国家社科基金一般项目（15BZW159）

郑州大学厚山人文社科文库
ZHENGZHOU UNIVERSITY HOUSHAN
HUMANITIES&SOCIAL SCIENCES LIBRARY

时代性 人民性 实验性
老舍抗战戏剧论稿

梅启波 ◎ 著

中国社会科学出版社

图书在版编目(CIP)数据

时代性　人民性　实验性：老舍抗战戏剧论稿/梅启波著. —北京：中国社会科学出版社，2022.1

(郑州大学厚山人文社科文库)

ISBN 978-7-5203-9593-9

Ⅰ.①时…　Ⅱ.①梅…　Ⅲ.①老舍(1899-1966)—话剧—戏剧文学评论　Ⅳ.①I207.34

中国版本图书馆CIP数据核字(2022)第014382号

出 版 人	赵剑英
责任编辑	陈肖静
责任校对	刘　娟
责任印制	戴　宽
出　　版	中国社会科学出版社
社　　址	北京鼓楼西大街甲158号
邮　　编	100720
网　　址	http://www.csspw.cn
发 行 部	010-84083685
门 市 部	010-84029450
经　　销	新华书店及其他书店
印刷装订	北京君升印刷有限公司
版　　次	2022年1月第1版
印　　次	2022年1月第1次印刷
开　　本	710×1000　1/16
印　　张	25.25
字　　数	389千字
定　　价	138.00元

凡购买中国社会科学出版社图书，如有质量问题请与本社营销中心联系调换
电话：010-84083683
版权所有　侵权必究

郑州大学厚山人文社科文库
编委会

主任：

宋争辉　刘炯天

副主任：

屈凌波

委　员：（以姓氏笔画为序）

方若虹　孔金生　刘春太　李旭东

李建平　张玉安　和俊民　周　倩

徐　伟　樊红敏　戴国立

丛书主编：

周　倩

总　序

哲学社会科学是人们认识世界、改造世界的重要工具，是推动历史发展和社会进步的重要力量。习近平总书记在哲学社会科学工作座谈会上深刻指出："一个没有发达的自然科学的国家不可能走在世界前列，一个没有繁荣的哲学社会科学的国家也不可能走在世界前列。"郑州大学哲学社会科学研究工作面临重大机遇。

一是构建中国特色哲学社会科学的机遇。历史表明，社会大变革的时代，一定是哲学社会科学大发展的时代。党的十八大以来，以习近平同志为核心的党中央高度重视哲学社会科学。习近平总书记在全国哲学社会科学工作座谈会上的重要讲话为推动哲学社会科学研究工作提供了根本遵循。《关于加快构建中国特色哲学社会科学的意见》为繁荣哲学社会科学研究工作指明了方向。进入新时代，我国将加快向创新型国家前列迈进。站在新的历史起点上，更好进行具有许多新的历史特点的伟大斗争、推进中国特色社会主义伟大事业，需要充分发挥哲学社会科学的作用，需要哲学社会科学工作者立时代潮头、发思想先声，积极为党和人民述学立论、建言献策。

二是新时代推进中原更加出彩的机遇。推进中原更加出彩，需要围绕深入实施粮食生产核心区、中原经济区、郑州航空港经济综合实验区、郑洛新国家自主创新示范区、中国（河南）自贸区、中国（郑州）跨境电子商务综合试验区、黄河流域生态保护和高质量发展等重大国家战略，为加快中原城市群建设、高水平推进郑州国家中心城市建设出谋划策，为融入"一带一路"国际合作和推进乡村振兴、推动河南实现改革开放、创新发展，提供智力支持，需要注重成果转化和智库建设，使智库真正成为党委、政府工作的"思想库"和"智囊团"。因此，站在中原现实发展的土壤之上，我校哲学社会科学研究必须立足河南实际、面向全国、放眼世界，弘扬中原文化的优秀传统，建设具有中原特色的学科体系、学术体系，构建具有中原特色的话语体系，为经济社会发展提供理论支撑。

三是加快世界一流大学建设的机遇。学校完成了综合性大学布局，确立了综合性研究型世界一流大学的办学定位，明确了建设一流大学的发展目标，世界一流大学建设取得阶段性、标志性成效，正处于转型发展的关键时期。建设研究型大学，哲学社会科学研究承担着重要使命，发挥着关键作用。为此，需要进一步提升哲学社会科学研究解决国家和区域重大战略需求、科学前沿问题的能力；需要进一步提升哲学社会科学原创性、标志性成果的产出水平；需要进一步提升社会服务能力，在创新驱动发展中提高哲学社会科学研究的介入度和贡献率。

把握新机遇，必须提高学校的哲学社会科学研究水平，树立正确的政治方向、价值取向和学术导向，坚定不移实施以育人育才为中心的哲学社会科学研究发展战略，为形成具有中国特色、中国风格、中国气派的哲学社会科学学科体系、学术体系、话语体系做出贡献。

过去五年，郑州大学科研项目数量和经费总量稳步增长，走在全国高校前列。高水平研究成果数量持续攀升，多部作品入选《国家哲学社会科学成果文库》。社会科学研究成果奖不断取得突破，获得教育部第八届高等学校科学研究优秀成果奖（人文社会科学类）一等奖1项，二等奖2项，三等奖1项。科研机构和智库建设不断加强，布局建设14个部委级科研基地。科研管理制度体系逐步形成，科研管理的制度化、规范化、科学化进一步加强。哲学社会科学团队建设不断加强，涌现了一批优秀的哲学社会科学创新群体。

从时间和空间上看，哲学社会科学面临的形势更加复杂严峻。我国已经进入中国特色社会主义新时代，开始迈向全面建设社会主义现代化国家新征程，逐步跨入高质量发展新阶段；技术变革上，信息化进入新一轮革命期，云计算、大数据、移动通信、物联网、人工智能日新月异。放眼国际,世界进入到全球治理的大变革时期,面临百年未有之大变局。

从哲学社会科学研究本身看,无论是重视程度、发展速度等面临的任务依然十分艰巨。改革开放40多年来,我国已经积累了丰厚的创新基础,在许多领域实现了从"追赶者"向"同行者""领跑者"的转变。然而,我国哲学社会科学创新能力不足的问题并没有从根本上改变,为世界和人类贡献的哲学社会科学理论、思想还很有限,制度性话语权还很有限,中国声音的传播力、影响力还很有限。国家和区域重大发展战略和经济社会发展对哲学社会科学研究提出了更加迫切的需求,人民对美好生活的向往寄予哲学社会科学研究以更高期待。

从高水平基金项目立项、高级别成果奖励、国家级研究机构建设上看,各个学校都高度重视,立项、获奖单位更加分散,机构评估要求更高,竞争越来越激烈。在这样的背景下如何深化我校哲学社会科学研究体制机制改革,培育发展新活力;如何汇聚众智众力,扩大社科研究资源供给,提高社科成果质量;如何推进社科研究开放和合作,打造成为全国高校的创新高地,是我们面临的重大课题。

为深入贯彻习近平新时代中国特色社会主义思想和习近平总书记关于哲学社会科学工作重要论述以及《中共中央关于加快构建中国特色哲学社会科学的意见》等文件精神,充分发挥哲学社会科学"思想库""智囊团"作用,更好地服务国家和地方经济社会发展,推动学校哲学社会科学研究的繁荣与发展,郑州大学于2020年度首次设立人文社会科学标志性学术著作出版资助专项资金,资助出版一批高水平学术著作,即"厚山文库"系列图书。

厚山是郑州大学著名的文化地标,秉承"笃信仁厚、慎思勤勉"校风,取"厚德载物""厚积薄发"之意。"郑州大学厚山人文社科文库"旨在打造郑州大学学术品牌,集中资助国家社科基金项目、教育部人文社会科学研究项目等高层次项目以专著形式结项的优秀成果,充分发挥哲学社会科学优秀成果的示范引领作用,推进学科体系、学术体系、话语体系创新,鼓励学校广大哲学社会科学专家学者以优良学风打造更多精品力作,增强竞争力和影响力,促进学校哲学社会科学高质量发展，为国家和河南经济社会发展贡献郑州大学的智慧和力量，助推学校一流大学建设。

2020年，郑州大学正式启动"厚山文库"出版资助计划，经学院推荐、社会科学处初审、专家评审等环节，对最终入选的高水平研究成果进行资助出版。

郑州大学党委书记宋争辉教授，河南省政协副主席、郑州大学校长刘炯天院士，郑州大学副校长屈凌波教授等对"厚山文库"建设十分关心，进行了具体指导。学科与重点建设处、高层次人才工作办公室、研究生院、发展规划处、学术委员会办公室、人事处、财务处等单位给予了大力支持。国内多家知名出版机构提出了许多建设性的意见和建议。在这里一并表示衷心感谢。

我校哲学社会科学研究工作处于一流建设的机遇期、制度转型的突破期、追求卓越的攻坚期和风险挑战的凸显期。面向未来，形势逼人，使命催人，需要我们把握科研规律，逆势而上，固根本、扬优势、补短板、强弱项，努力开创学校哲学社会科学研究新局面。

周　倩

2021年5月17日

目 录

绪论 …………………………………………………………（1）

第一章　老舍戏剧创作的第一个高峰 ………………………（15）
　第一节　从小说家到戏剧家 ………………………………（16）
　第二节　抗战前老舍对戏剧的认识：神的游戏 …………（31）
　第三节　老舍与抗战戏剧运动 ……………………………（49）

第二章　家国、民族与现代国家文化的形成 ………………（57）
　第一节　家国的破碎与民族的凝聚 ………………………（57）
　第二节　民族的和解与国家形成 …………………………（81）
　第三节　老舍抗战戏剧与现代国家文化的建构 …………（94）

第三章　政治、乌托邦与宣传 ………………………………（114）
　第一节　老舍抗战戏剧与政治 ……………………………（114）
　第二节　政治书写与乌托邦建构 …………………………（128）
　第三节　老舍抗战戏剧的宣传性 …………………………（141）

第四章　夹缝间的戏剧职业化 ………………………………（173）
　第一节　集体创作的尝试 …………………………………（173）
　第二节　以舞台为导向，尊重导演的改编 ………………（183）
　第三节　对戏剧职业化环境的探索 ………………………（196）

第五章　悲歌、讽刺与含泪的笑 ……………………………………（220）
第一节　抗战时期的悲歌 ………………………………………（221）
第二节　充满幽默的讽刺 ………………………………………（234）
第三节　笑中有泪的悲喜剧 ……………………………………（251）

第六章　新旧、中西与戏剧现代化 ………………………………（271）
第一节　老舍对传统曲艺的继承 ………………………………（272）
第二节　老舍抗战戏剧与西方艺术 ……………………………（304）
第三节　走向人民性的现代戏剧 ………………………………（315）

第七章　语言、叙事与舞台艺术 …………………………………（328）
第一节　多样而现代化的语言 …………………………………（328）
第二节　类似"图卷式"的叙事 …………………………………（355）
第三节　充满实验性的舞台艺术 ………………………………（366）

结语 …………………………………………………………………（384）

参考文献 ……………………………………………………………（387）

绪 论

2020年是中华民族抗战胜利75周年,党和国家对此高度重视。在抗战69周年座谈会上,习近平总书记就曾指出:"伟大的抗战精神,是中国人民弥足珍贵的精神财富,永远是激励中国人民克服一切艰难险阻、为实现中华民族伟大复兴而奋斗的强大精神动力。"① 这句话不仅高度肯定了抗战精神的历史意义和当代价值,同时也对我们抗战文艺研究继续挖掘抗战精神内涵具有启示意义,这一意义在于揭示了文学与政治、文化精神的内在联系。

老舍为了抗战宣传的需要,投身于从未涉足的戏剧领域。1938年就创作了4部抗战京剧:《新刺虎》《忠烈图》《薛三娘》《王家镇》。1939—1943年,老舍先后创作的9个多幕剧,包括《残雾》《张自忠》《大地龙蛇》《归去来兮》《面子问题》《谁先到了重庆》六部话剧,与他人合作的《国家至上》《桃李春风》《王老虎》三部话剧。老舍短短几年创作了13部戏剧,这无论是在中国抗战戏剧史,还是在世界文艺史上都是少见的文学现象。

一 国内外相关研究的学术史梳理及研究动态

从国内抗战戏剧的研究来看,对老舍抗战戏剧的重视还不够。目前国内抗战戏剧研究已经取得了丰硕的成果,出现了一批相关的论著。如

---

① 习近平:《在纪念中国人民抗日战争暨世界反法西斯战争胜利69周年座谈会上的讲话》(2014年9月3日),人民出版社2014年版,第11页。

陈白尘、董健主编的《中国现代戏剧史稿》（1989）、黄会林的《中国现代话剧文学史略》（1990）、柏彬的《中国话剧史稿》（1991）、王新民的《中国当代戏剧史纲》（1997）、葛一虹主编的《中国话剧通史》（1997）、郑邦玉主编的《解放军戏剧史》（2004）、田本相主编的《抗战戏剧》（2005）和《中国现代比较戏剧史》（2008）、丁芳芳的《抗战时期的戏剧研究》（2014）等。这些研究对抗战戏剧都有深入论述，但对老舍抗战戏剧研究和评论的非常少。在《中国话剧史稿》中连老舍的名字和作品都没提到，可见对老舍抗战戏剧的研究有待加强。

从老舍研究的角度看，老舍抗战戏剧也有进一步深入的空间。就目前所掌握的材料来看，对老舍的研究多集中在他的小说，以及他中华人民共和国成立后创作的《茶馆》《龙须沟》等戏剧。这种状况与文学史写作对老舍文学成就进行割裂的现象有关：中国现代文学史只强调老舍的小说创作，而不顾及其抗战剧作；当代文学史又只关注老舍中华人民共和国成立后的剧作而不涉及其三四十年代的戏剧。这使我们无法整体把握老舍文学成就，难以客观描述老舍思想和艺术发展的轨迹。新时期以来老舍研究得到长足发展，老舍剧作研究的重要收获是冉忆桥、李振撞的《老舍剧作研究》（1988年），洪忠煌、克莹的《老舍话剧的艺术世界》（1993年）。这两部著作对老舍戏剧的语言艺术、幽默风格、戏剧美学思想等作了深度阐释。即使在《老舍剧作研究》这一专门性集子中，对抗战戏剧的研究也只占一章，且主要在于介绍老舍抗战戏剧的内容和思想。目前老舍抗战戏剧研究并无专门论著，只有一些论文。在CNKI期刊网上，从1979—2021年3月，以"老舍戏剧"为主题搜索到相关论文约92篇，以"老舍抗战戏剧"为主题检索只有为数不多的14篇。①

李平章的《老舍的抗战剧作值得重视》（1982）是最早提出老舍抗战剧的研究价值和重要性的论文。石兴泽的《试论老舍的〈残雾〉及其意义》（1987）是较早对老舍抗战戏剧进行文本分析研究的。进入20

---

① 从1979—2021年3月以"老舍"为主题搜索论文为8954篇，以"老舍小说"为主题搜索论文为2329篇，而老舍抗战戏剧研究论文明显较少。

世纪 90 年代,特别是 1992 年召开首届老舍国际学术研讨会后,老舍研究热逐步显现。周国良的《试论老舍抗战时期的话剧创作》(1992)探讨了老舍这一时期话剧创作的独特风格,甘海岚的《论老舍的抗战文学创作》(1997)探讨其戏剧的民族品格和面向大众的特点。

新世纪以来,对老舍抗战研究更深入,进入到其艺术特色。陈军的《论老舍"小说体戏剧"的成型》(2001)探讨了老舍"小说体戏剧"的成因及其风格,指出了老舍的小说体戏剧始于老舍的"不懂戏剧",陈为艳的《老舍话剧的小说化结构》(2007)是此观点的继续和发展。孔焕周的《老舍抗战话剧的个性》(2003)、《文化分析与"出走"模式——老舍抗战剧作的思想和艺术表现》(2004)主要研究了老舍戏剧的爱国主义思想和艺术特色,特别是《论老舍抗战时期的话剧创作》中提出了老舍抗战剧三大内容和两大特点,以及老舍抗战戏剧思想性和艺术性不平衡,小说化戏剧创作方法的不足。① 傅光明的《抗战中的老舍:"士"的精神与"国家至上"》(2008)讨论了老舍抗战文学的主题和民族精神。徐亦成的《热情的迷失:老舍从小说到戏剧》(2010)探讨了老舍抗战时期的创作转向问题。李卉的《老舍在重庆时期的抗战戏剧》(2011)在孔焕周的基础上进一步分析了老舍抗战剧的主题思想。

2012 年第 6 届老舍国际学术研讨会在福建漳州举办,关纪新和王富仁一致认为"国家至上"是老舍抗战时期,乃至一生的核心精神思想。② 翟瑞清的《抗战背景下老舍的民族焦虑与文学担当》(2014)讨论了老舍抗战时期的文化心理变化。王家平、杨秀明的《抗战时空里的谣言与身体》(2014)对《国家至上》这个戏剧作了深入的文本分析。2015 年"老舍与纪念世界反法西斯战争胜利 70 周年暨第 7 届老舍国际学术研讨会"在西南大学举行,掀起老舍与抗战文学的研究热潮。梅启波的《老舍抗战戏剧的人民性》(2015),王本朝的《论抗战时期老舍的戏剧创作》(2016),金吉开的《政治热情下的艺术探寻——论老舍抗战话剧》(2019),谢昭新的《老舍的京剧创作》(2019)等都对

---

① 孔焕周:《论老舍抗战时期的话剧创作》,《文艺理论与批评》2004 年第 5 期。
② 关纪新:《"我的见解总是平凡"——前期老舍精神理路之再梳》,《文学评论》2013 年第 1 期。

老舍抗战戏剧思想和艺术有独到的论述。还有 4 篇专门涉及老舍抗战戏剧研究的硕士论文：姬立强的《老舍抗战戏剧新论》（硕士学位论文，山东师范大学，2004 年）、李媛的《老舍抗战话剧论》（硕士学位论文，重庆师范大学，2007 年）、胡杨的《论抗战时期老舍话剧创作的小说化》（硕士学位论文，重庆师范大学，2014 年）、王辰竹的《论老舍抗战剧与民族精神》（硕士学位论文，青岛大学，2016 年）等。这些论文无疑对老舍抗战戏剧思想、艺术上的成就作了有益的分析和探讨。

总体来看这些论文研究有如下特点：（1）研究多集中于介绍性或专题性讨论，成果分散、缺乏系统性。（2）多集中于分析老舍抗战时期思想转变，或者介绍老舍抗战戏剧的思想内容、人物形象。（3）在艺术分析上，多论述老舍以小说的思路创作戏剧，认为老舍抗战戏剧艺术成就不高或不成熟。

老舍的艺术创作是一个体系，包括小说、戏剧、诗歌、文艺理论等多方面的内容，而抗战戏剧作为老舍戏剧创作的起点，还有如下问题值得探讨：一、老舍创作思想转变与抗战精神的关系。老舍怎样看待中国时代、政治对文艺的要求与影响。二、老舍抗战戏剧作为一个历史和社会的文本，从中可以窥见抗战时期中国人家庭、民族心理的变化，以及国家精神文化的建构。三、老舍在创作中有哪些艺术实验和创新。实际上老舍抗战戏剧不仅仅只有以小说方式创作戏剧这一个特色，他还进行了更多的探索和实验，也许这些创新和实验还不成熟，但其创新精神和思维值得研究，它对后续老舍艺术的影响也不能忽视。四、老舍抗战戏剧如何处理民族传统艺术与西方艺术之间的关系，怎么让戏剧呈现鲜明的中国特色。五、老舍抗战戏剧的美学思想和艺术特色。这些特色与西方戏剧，以及当时中国抗战戏剧有何不同，老舍的这些戏剧美学对其中华人民共和国成立后戏剧创作的影响和意义。

二 研究的价值和意义

虽然老舍抗战戏剧并未受到应有的重视，但老舍抗战戏剧研究具有多方面的意义和价值。

首先，老舍抗战戏剧研究有助于推动老舍研究。老舍抗战戏剧为他后来的戏剧创作奠定了艺术基础。老舍抗战戏剧作为他戏剧创作的起点，是老舍由前期个人主义的文艺创作向后期人民艺术家转变的一个重要契机，是老舍研究不可忽视的重要一环。课题研究对于全面认识老舍文艺创作、美学思想，乃至重写文学史具有一定意义。

其次，老舍抗战戏剧的艺术价值。老舍抗战戏剧具有艺术实验性。其戏剧大量吸取中国传统艺术，以及西方歌舞剧等多种艺术。对于采取"旧瓶装新酒"，还是中西融合的方式，老舍作了多方面的实验，让其抗战戏剧显现出鲜明的中国特色。老舍抗战戏剧对当代文艺创新也具有参考意义。老舍抗战戏剧不断尝试传统艺术的现代转换，这种实验精神对我们当前民间艺术的保护和文化艺术的创新极富启发性，是老舍留给我们的值得认真思索的思想财富。

最后，课题研究对当前文艺政策制定和文艺创作方向有启发意义。老舍抗战戏剧具有时代性和人民性。他在文艺创作中自觉走在时代大潮之前，致力于汉、满、回等多民族的团结抗战。老舍抗战戏剧弘扬的一些核心价值观，对当时民族国家观念的形成具有重大意义。老舍抗战戏剧的文艺创作思想不仅在抗战胜利70周年具有意义，也为当下文艺政策的制定，以及作家如何创作出与时代和人民同呼吸、共命运的作品提供了借鉴。

三 研究内容

老舍抗战戏剧需要从多个维度进行考察。一方面，由于抗战这个大时代，老舍走出象牙塔和个人写作的小圈子，他的写作与时代和人民联系更紧密，特别是其抗战戏剧与政治、宣传等工作密不可分；另一方面，戏剧本身就是一个综合艺术，除了综合了小说、诗歌等文学文体，它还和其他各种艺术形式，与政治、经济、市场等各种环境因素存在互相影响的关系，因此有必要从多个维度综合考察老舍的抗战戏剧。

1. 老舍抗战戏剧的时代性与人民性

时代性和人民性是老舍抗战戏剧的基调，是其戏剧的一贯核心精神。老舍发表于1937年2月的《大时代与写家》可以说是启动抗战文艺的一篇宣言书，老舍强调只有与时代契合才能成为真正的作家。

> 每逢社会上起了严重的变动,每逢国家遇到灾患与危险,文艺就必然想充分的尽到它对人生实际上的责任,以证实它是时代的产儿,从而精诚的报答它的父母。……大时代须有伟大文艺作品。①

抗战使老舍毅然抛家弃子,投入时代的洪流之中,担任"文协"的领导,并积极从事抗日文艺工作。老舍反复强调"时代的伟大:时代是心智的测量器"。② 老舍从小说创作转向抗战戏剧的写作,有时代的必然性,也有其内在充分的可能性。包括老舍小说创作经验、戏剧艺术的素养、生活经验的积累,乃至隐藏于后的文学思想变化。老舍转向戏剧创作中有痛苦思索和精神转变,大时代浪潮的鼓荡下,老舍自身心理机制的调适,包括对作为"作家的个体"与作为"政治的个体"的协调,促使他的文艺从自由主义转向功利宣传。

老舍抗战时期创作这些戏剧是因为人民需要戏剧,老舍抗战戏剧从根本上是站在人民的立场,表达人民的情感需求。老舍指出"在这一个大时代里,要用中国的感情,写中国的文艺"。③ 老舍很多抗战戏剧是应各抗战人民团体的要求而创作的,《国家至上》《大地龙蛇》《张自忠》分别是应中华回教协会、东方文化协会、军界委托创作,反映了抗战大熔炉之中满、汉、回、蒙等各民族团结抗日的精神。从某种程度上看,老舍早期小说抒发个人情感成分较多,而这些戏剧表达的是各阶层人民的呼声。老舍抗战戏剧人民性在于创作和演出方式的人民性。老舍抗战戏剧不仅创作是与抗战时期各种团体、协会之间的互动形成的,就是演出也是具有强烈的地方色彩,可以按照很多地方群众的语言和生活风俗习惯进行演出。

2. 家国、民族与文化性

家国情怀是老舍抗战戏剧中最浓烈的色彩。战争让老舍和千万中国老百姓一样流离失所,老舍在抗战戏剧中细致地描绘了家庭物理空间和传统家庭伦理道德的破碎与重构。传统的家庭如何转变,旧的家庭伦理

---

① 老舍:《大时代与写家》,《宇宙风》1937年12月1日第五十三期。
② 老舍:《三年来的文艺运动》,重庆《大公报》1940年7月7日"七七纪念特刊"。
③ 老舍:《抗战以来的中国文艺》,《文化动员》1939年2月第一卷第三期。

褪去而蜕变成新的家庭，如何投入抗战建国之中，这成了老舍抗战戏剧叙述的重要主题。

民族团结是老舍抗战戏剧极力提倡的。在《国家至上》等戏剧中，老舍批判狭隘的民族概念，积极宣扬回汉团结，现代国家的形成一方面是有赖于现代政治制度的建立，另一方面则基于现代民族文化的建立。老舍说过抗战的目的是保持我们文化的生存与自由，这样才有历史的繁荣与延续。

老舍认为戏剧是文化的发言人，因此他用戏剧来弘扬民族文化精神。老舍说过"抗战的目的，在保持我们文化的生存与自由；有文化的自由生存，这样才有历史的繁荣与延续——人存而文化忘，必系奴隶。"[①] 经过多年抗战的洗礼，老舍更加深刻地意识到文化的力量。老舍说："以我们的不大识字的军民，敢与敌人的机械化部队硬碰，而且是碰了四年有余，碰得暴敌手足无措，必定是有一种深厚的文化力量使之如此。"[②] 老舍抗战戏剧致力于对传统文化"核心"价值的挖掘：自尊、坚韧、温柔敦厚而又威武不屈的精神。老舍抗战剧作塑造的几位传统儒者形象，如《大地龙蛇》中的赵庠琛、《桃李春风》中的辛永年等，这些人物既有温柔敦厚的品格，又有杀身取义的民族气节，是中国传统文化的体现。老舍戏剧中一些"痴人"的精神品质，如《归去来兮》中善良和坚韧的吕千秋等人都受日本侵略者的残害，但仍坚守内心良知。老舍提炼这些价值观，思考它们是如何在抗战的烈火中浴火重生，重建民族文化的。

老舍抗战戏剧也有对不利抗战的旧文化落后成分的批判。他清醒地看到我们要用抗战来检讨文化，需要给文化照"爱克斯光"。《残雾》《面子问题》等戏剧就是对官本位、钱本位等国民劣根性的批判和反思，老舍通过戏剧艺术致力于文化新质的发掘，文化旧质的剔除。

老舍对中国未来文化走向的思考。老舍《大地龙蛇》等戏剧的艺术构思也是对"东方文化"的全面思考。从横向来看，涉及以中国文

---

① 老舍：《大地龙蛇·序》，载《老舍全集》第9卷，人民文学出版社2008年版，第358页。
② 老舍：《大地龙蛇·序》，载《老舍全集》第9卷，人民文学出版社2008年版，第358页。

化为中心的包括印度、日本、朝鲜、新加坡等东方诸国的文化,主要构成是儒家文化、老庄文化、佛教文化、伊斯兰文化、印度文化等;从纵向来看,是以中国文化为中心的"东方文化"的过去、现在和未来。老舍戏剧表现了东方民族文化的内质美,激发了观众的民族意识和自豪感。

3. 政治性、宣传性与夹缝中的职业化

老舍早期明确反对"道"的文学,认为文学要远离政治。老舍从走出个人写作圈子,进入文协后,不仅走在时代潮头,更卷入了政治的漩涡。老舍本身是文艺自由主义者,对政治是一种拒斥态度。抗战时期老舍极力保持着政治中立,但情感上却不断靠近延安人民性的政治立场,老舍在抗战戏剧中还建构了一个理想的政治乌托邦。

老舍本来反对宣传的文艺,但由于抗战这个特殊时代,老舍呼吁文艺要有宣传性。老舍清楚看到抗战期间中国的诸多问题,但他认为越是民族危难之时,越要进行正面的宣传,他坚信"光明展开,黑暗自然后退"①。老舍和梁实秋平时是好友,还一起合作相声。老舍很少参与论争,但为了团结抗战,老舍反对梁实秋的"抗战无关论",认为"抗战八股"也比"功名八股"有良心。老舍认为"当社会需要软性与低级的闲话与趣味,文艺若去迎合,是下贱;当社会需要知识与激励,而文艺力避功利,是怠职。抗战文艺注重宣传与教育,是为尽职,并非迁就。"②老舍以发展的眼光来看待文艺的宣传性,老舍个人创作实践也是从最初口号式宣传,到"旧酒瓶装新酒"的抗战京剧宣传,再到抗战话剧的宣传。老舍忍受着痛苦,力求寻找艺术与政治宣传之间的平衡。老舍说:"在文艺者的心里,意向是要作品深刻伟大,是要艺术与宣传平衡。"③但这种平衡很难达到,老舍"一脚踩着深刻,一脚踩着俗浅;一脚踩着艺术,一脚踩着宣传,浑身难过!这困难与挣扎,不亚于当青蛙将要变成两栖动物的时节"④。

国民党政府也越来越认识到戏剧的宣传作用,从政治、市场等方面

---

① 老舍:《新气象新气度新生活》,《民意》1943年4月13日第十八期。
② 老舍:《三年来的文艺运动》,重庆《大公报》1940年7月7日"七七纪念特刊"。
③ 老舍:《三年来的文艺运动》,重庆《大公报》1940年7月7日"七七纪念特刊"。
④ 老舍:《三年来的文艺运动》,重庆《大公报》1940年7月7日"七七纪念特刊"。

对戏剧职业化演出进行管控。老舍在其戏剧职业化创作和演出中有了更深刻的体会，对戏剧职业化提出了一些自己的理论和建议，同时也受到当时政治和宣传的掣肘，最后不得不暂时放弃戏剧创作。

4. 悲歌、讽刺与幽默的交融性

老舍抗战戏剧在悲歌中又满含幽默与讽刺。老舍不仅塑造了诸如张自忠这样的历史英雄人物，其戏剧更多则以小人物为主角，描述芸芸众生在战争中的悲壮和苦难。这些普通人在民族危亡时刻都站立起来，成为民族的脊梁，老舍赞颂的就是这些普通民众，这也是老舍抗战戏剧人民性之所在。在小人物抗战含泪的微笑中，老舍也有对汉奸、发国难财的商人、麻木不仁的市民进行无情的讽刺。中外戏剧史上有人擅长悲剧，有人专注喜剧，而只有像莎士比亚这样极少数的戏剧家能对悲喜两种戏剧风格把握得游刃有余。刚登上戏剧创作舞台的老舍将悲壮与讽刺融入其惯有的幽默之中，达到一种交融。

老舍抗战戏剧中的悲喜因素并不是绝对的平衡。在《残雾》《面子问题》等戏剧中，形式化的喜剧因素比较突出，悲郁的情绪只是潜隐的基调；在《张自忠》《国家至上》《大地龙蛇》《王老虎》等戏剧中，悲壮和英雄的情绪唱了主角，喜剧因素往往零落在各幕和场次间；在《谁先到了重庆》《归去来兮》《桃李春风》等戏剧中悲喜剧因素都比较内敛而均衡。在民族危亡时期，现代民族国家转型时期，各种负担显得异常沉重。老舍毫不犹豫承担起这个责任，在抗战戏剧含泪的微笑中，激励人民在大时代中创造中国新的历史与文化。

5. 新旧、中西与戏剧的现代性

中国戏剧在走向现代的历程中，有几个互相纠缠的问题始终困扰着剧作家，那就是如何处理新旧、中西、传统与现代之间的关系问题。新旧、古今似乎是一个纵向和历时性的问题，是一个文化进化论方面的问题；而中西之间似乎是横向和共时性的问题，是跨文化传播的问题。然而在中国文学走向现代化的道路中间，西方往往又和新的等同，中国传统与旧的相关联。老舍从事话剧创作是在五四文学的基础之上，这对于传统戏剧来说是新的文学形式；话剧作为一个来自西方的文体，在中国发展中又面临一个中国本土化的问题。这样的新旧、中西问题是老舍和中国现代戏剧家必须思考和回答的问题。

首先，老舍抗战戏剧深受传统艺术影响。老舍为了抗日的需要写了四部京剧：《新刺虎》《忠烈图》《薛三娘》《王家镇》。为了使前线军民易于观赏，这几部戏剧老舍都采取独幕剧，京剧人物的塑造、亮相、对白或唱词、舞台意识、舞台技巧对老舍后续话剧创作都有影响。抗战初期，老舍为了宣传，进行了大量曲艺、大鼓、坠子的创作，后来老舍自然将这些因素运用于戏剧创作之中。

其次，老舍对新旧、中西文艺的思考走向成熟。老舍在早期《文学概论讲义》从理论上系统地对新旧和中西文艺理论作了梳理，经过二十年的小说和戏剧创作实践后，抗战时期老舍又回到理论，有了更高层次的体会和总结。老舍参与抗战文艺中"旧瓶装新酒"和"民族形式"问题的讨论，并结合戏剧创作反复思考几个问题：老舍分析"民族形式"如何因抗战宣传的需要转为"民间形式"的同义语，老舍戏剧如何对民间形式进行实验和运用。老舍所理解的"民族形式"即"民间现在活着的东西"，它与新文艺存在一定距离，老舍试图弥合二者矛盾。老舍最后结论很明确：赞成仍沿用五四以来的文艺道路，但注意要自然，不能太欧化。老舍在概念混杂的论争中文艺思想逐渐成熟，排解了自抗战以来"制作通俗文艺的苦痛"。

最后，走向中西文化艺术的交融。重点分析《大地龙蛇》如何对中西各种艺术形式的综合运用。这个剧本如何将四支短歌、两个大合唱、六种舞蹈等中国歌舞与西方歌剧进行有效组织和编排。老舍戏剧歌舞融合具有现代主义色彩。西方戏剧在古希腊有合唱队，但后来戏剧与歌剧、舞剧开始严格区分，当时中国话剧也严格遵循这一界定。老舍这种大胆的尝试，具有艺术超前性，丰富了中国戏剧创作。老舍抗战戏剧中传统曲艺通俗化、大众化的审美特征与西方艺术形成了鲜明对照，而又有机结合，造就了老舍人民性的现代戏剧美学。

6. 京味口语与欧化语言中和的现代化

老舍抗战戏剧一个突出的特征就是充满京味的幽默语言。老舍抗战时期的生活和戏剧创作都在重庆，但每部戏剧却充满"京味"。老舍戏剧中典型"京味"主要体现在风俗化，戏剧中人物对话和台词、叙述语言、场景说明到背景交代中的"京味",老舍抗战戏剧语言除了浓郁的"京味",老舍也特别注意语言的地方化和口语化。

老舍抗战话剧的语言有欧化的特点,除了直接的英文或英译词语,还有如下欧化特征:①名词前有较多修饰语。②存在一些夹注式的结构。③倒装句的运用。④句首有副词性的修饰语。老舍用京味地方语言,以及幽默口语来中和这些欧化语言。

老舍戏剧语言是现代化的。一方面,老舍抗战戏剧虽然写的都是日常生活,却无一例外是以抗战为背景,剧中人物形象和语言都是为反映时代政治意旨服务的,因而特别具有时代性。另一方面,老舍戏剧语言不仅有传统京味,更融入欧化语言而兼容民族性和世界性,形成开放的现代化语言系统。

7. 多样叙事与舞台艺术互通的实验性

老舍抗战戏剧具有实验性。老舍最初在英国创作小说是抱着写着玩的心态,而抗战戏剧创作也是抱着试一试的心态开始的,正是这种心态使老舍抗战戏剧在艺术上具有实验性。他说"抗战以前,专写小说;近来亦试写诗歌与话剧;旨在学习,不论成败。"① 老舍谈他自己创作第一部话剧《残雾》时说:

> 到写剧本的时候,我已经四十岁了。在文字上,经过十多年的练习,多少熟练了一些;在生活经验上,也当然比从前更富裕了许多。仗着这两件工具——文字与生活经验——我就大胆地去尝试。我知道一定写不好,可是也知道害怕只是泄气,别无好处。同时,跟我初写小说一样,我并没有写成必须发表的野心,这就可以放胆去玩玩看了!不知对不对,我总以为"玩玩看"的态度比必定发表,必定成为杰作的态度来得更有趣一点,更谦恭一点,更有伸缩一点。②

---

① 老舍:《致陈着锋——1941年4月》,载《老舍书信集》,百花文艺出版社1992年版,第129页。

② 老舍:《闲话我的七个话剧》,《抗战文艺》1942年11月15日第八卷第一、二期合刊。

老舍坦承已经有一定的话剧创作基础，但他更多是抱着一种写着"玩玩看"的态度。他在《读与写》中说："我写剧本完全是学习的意思，将来我若出一本全集，或者不应把现在所写的剧本收入。"① 老舍反复强调"我没有任何天才，但对文艺的各种形式都愿试一试。小说，试过了，没有什么好成绩。话剧，在抗战中才敢一试，全无是处"。② 列举这么多老舍的自述可以看出，老舍是很谦虚的，但很多研究者据此认为老舍抗战戏剧多数不是很成功。有些研究者认为老舍抗战戏剧除了《国家至上》《残雾》等在艺术上较完整，其他多以小说笔法写话剧，舞台技巧还不成熟。③ 这些评论依据老舍自己的论述，也有一定道理。当然我们也不能因此而忽视老舍抗战戏剧的艺术价值，特别是这些戏剧中的艺术实验和探索精神更值得我们研究和关注。老舍对戏剧有深刻的理解，他曾说过"过重技巧则文字容易枯窘，……我不愿意摹仿别人，而失去自己的长处"。④ 老舍不断试验，实际是想探索自己独有的戏剧艺术风格。

老舍戏剧实验性之一就是戏剧的去技巧化。老舍抛弃当时流行的"冲突论"创作手法，重情境而轻"冲突"。通常情节上忘记"打架"，而注重情境的集中性和完满性。老舍抗战戏剧弱化外在单一冲突，用众多小矛盾、小情境，以渐变代替激变来表现人物性格和心理内在冲突。

老舍戏剧实验性之二就是多样的叙事性。老舍确实从小说的叙事方面吸取了经验，但他也尝试了其他叙事方式，比如"图卷式"戏剧叙事，戏剧往往"多人多事"，其叙事如图画一样展现给观众。老舍叙事还多用穿插、正反对比、侧面烘托等手法来营造情境，与传统的"纯话剧文本"相比，显得更自然和生活化。凡此种种使得老舍抗战戏剧叙事美学具有现代主义倾向。

老舍戏剧实验性之三就是戏剧舞台叙事艺术的多样性。老舍在剧创

---

① 老舍：《读与写》，《文坛》1943年4月第二卷第一期。
② 老舍：《致友人——1942年3月4日》，载《老舍书信集》，百花文艺出版社1992年版，第134页。
③ 洪忠煌、克莹：《老舍话剧的艺术世界》，学苑出版社1993年版，第22页。
④ 老舍：《闲话我的七个话剧》，《抗战文艺》1942年11月15日第八卷第一、二期合刊。

作中经常警告自己：笔落在纸上，而心想着舞台。首先，老舍通常是以语言带动舞台，不同于传统的戏剧注重动作，老舍注重对话和叙事对舞台的推动；其次，老舍舞台艺术具有传统的写意和象征性；最后，老舍尝试交响乐式的舞台艺术。老舍在《归去来兮》《大地龙蛇》中综合传统曲艺、船歌、舞龙等构成一种多声部的舞台艺术。

在抗战期间，老舍这种大胆的尝试无疑具有艺术超前性和先锋性，并不被当时戏剧界的人能理解和接受，但老舍的这种艺术实验为最终形成"老舍式"戏剧风格奠定了基础，并极大丰富和拓展了中国戏剧创作和美学风格。

四 研究思路和方法

老舍抗战戏剧研究的主要目标如下：（1）分析老舍戏剧抗战精神内涵。老舍如何从一个西方游学归来的精英作家，转向时代性和人民性的戏剧创作；（2）老舍抗战戏剧对家国情怀、民族团结，以及现代国家文化建构的思考；（3）老舍如何处理艺术如政治、宣传，以及市场之间的关系；（4）分析老舍抗战戏剧艺术的实验性，以及老舍戏剧美学思想，这对他后期创作有何影响。

我们研究的重点是老舍抗战戏剧的抗战文化精神。老舍抗战戏剧的精神内核就是时代性和人民性，这一精神贯穿于老舍抗战戏剧的思想和艺术。同时还要着重分析老舍的戏剧精神与时代、人民、政治、文化的关系。老舍如何从一个精英的小说家向人民艺术家转变，如何在完成政治任务和保持时代先进性时，保持文艺创作的独立性。

研究的难点是老舍抗战戏剧艺术的实验性问题。难点之一在于资料收集。特别是老舍抗战戏剧中一些舞台演出并不很成功，而在艺术上却有大胆创新的作品，当时很多评论还需整理；难点之二在于论述这些创新对于老舍后来戏剧创作的推动，以及对中国戏剧艺术发展的意义。

要完成上述研究目标，需要从历时性角度，考察老舍由熟悉的小说转向戏剧创作的心理，在研究中特别注意结合文本分析老舍抗战戏剧思想和艺术的前后承接关系；从共时性角度，即从时代性与人民性出发，考察老舍抗战戏剧在家国、民族、文化、政治、宣传、市场等诸多方面的问题;从实验性出发,分析老舍戏剧在传统与现代、新旧与中西、悲剧与喜剧之间的探索和融合,在语言、叙事和舞台艺术上的现代性实验和创新;从整体性角度,分析时代性、人民性和艺术实验性是贯穿老舍抗战戏剧与中华人民共和国成立后戏剧的美学特征。这样避免对老舍戏剧囿于就某一个时期进行探讨的"割裂式"研究,从而对老舍戏剧有一个整体性、系统性的把握。

在研究中,注重文本细读与比较研究相结合,辅以文献实证来分析戏剧文本和台词。与此同时,要从广义的社会学、政治学、文化学、民俗学、心理学、语言学等多个维度,细致剖析老舍的抗战戏剧。老舍抗战戏剧不仅是一个文学文本,也是一个历史的文本,更是一个时代社会的文本,从老舍抗战戏剧可以窥见抗战时期,个人、家庭、民族、国家,以及整个国家的文化精神面貌。也注意从老舍抗战戏剧分析抗战这个特殊情境下,文学与政治、文学与宣传,以及文学与市场之间的关系。在研究中必须坚持用马克思主义历史唯物主义的方法,分析老舍抗战戏剧的前后继承关系。考察老舍从早期小说创作到抗战戏剧的转变,以及抗战戏剧对老舍后期思想和创作的影响,避免作孤立静止的研究。

第一章　老舍戏剧创作的第一个高峰

在世界文学史上，既是小说家，同时也是成功的戏剧家的人屈指可数，而老舍就是这为数不多的几人之一。作为中国现代文学的大家，我们对老舍最熟悉的文学作品是《骆驼祥子》《四世同堂》《二马》等小说，但他在中华人民共和国成立后创作的《茶馆》《龙须沟》等戏剧作品也毫无疑问是其文学成就中必须重视的部分。实际上，老舍戏剧创作的高峰是在抗日战争时期。我们不由会思忖：老舍是有戏剧的天赋和天才么？他是如何由小说创作转向戏剧创作的呢？实际上，老舍从事戏剧创作有其充分的内在原因，包括小说创作经验、戏剧艺术素养，乃至生活经验的积累。老舍曾在其《闲话我的七个话剧》一文中写道："到写剧本的时候，我已经四十岁了。在文字上，经过十年的练习，多少熟练了一些；在生活经验上，也当然比从前更富裕了许多。仗着这两件工具——文字与生活经验——我就大胆地去尝试。"① 因此，要考察老舍抗战戏剧的创作，就有必要对其前十年的小说创作做一个梳理，看看其文字和技巧方面有哪些经验影响了其后戏剧创作；也有必要了解老舍抗战期间的生活经历，考察对其人生和思想有哪些改变，特别是抗战文艺运动作为老舍创作由小说转向戏剧的这一前提和必要条件更值得深入挖掘。

---

① 老舍：《闲话我的七个话剧》，《抗战文艺》1942 年 11 月 15 日第八卷第一、二期合刊。

第一节　从小说家到戏剧家

一　成为小说家的老舍

农历戊戌年腊月二十三，即公元1899年2月3日，老舍先生在北京城西护国寺街小羊圈胡同（现今小杨家胡同）的一个满族正红旗贫苦家庭出生。老舍生于阴历立春时节，因此父母给他取名为"庆春"，有庆贺春天到来，前景美好之意。老舍上学后，自己改名为"舒舍予"，其意为"舍弃自我"，也有"忘我"的意思。老舍能成为一个小说家和戏剧家有诸多因素，最为重要的包括北京乡土底蕴的熏染，广阔世界意识的建构，对民族和家国的思考认同，以及对底层人民的关注，这些都构成了老舍小说和戏剧的创作底色与风格。

首先，深厚的北京乡土情怀。出生并成长于北京破落八旗家庭的老舍，其文艺创作题材多以下层人民生活为主。由于八旗制度清朝初创时，满人较汉人少，为维护其统治，就规定旗人只需专门负责军事，不能从事农工商业。随着八旗人口的不断增长，清朝财政入不敷出，一部分旗人贵族子弟疏于弓马而耽于玩乐，而广大下层旗人逐渐走向贫困。老舍的家庭就是皇城根下破落旗人家庭的典型之一。老舍出生后，除了已经出嫁了的大姐，全家6口人全靠父亲舒永寿在八旗军中当"巴亚喇"（汉语为"护军"，即守卫京师安全）每月3两饷银和一点老米度日。时值1900年，义和团运动甚嚣尘上，"八国联军"接连攻陷天津直奔京城，慈禧太后和光绪帝等王宫贵族仓皇西逃，京城就主要靠舒永寿这样的下层八旗护军卫护。当时舒永寿守卫正阳门，却不幸被炮火烧成重伤，死在爬回家的半路上。此后整个家庭的重担就压在老舍母亲身上。老舍曾说："我自幼便是个穷人，在性格上又深受我的母亲的影响——她是个楞挨饿也不肯求人的，同时对别人又是很义气的女人。"① 老舍母亲靠给街坊店铺缝补浆洗衣服，将几个孩子拉扯大。到老舍七岁时，很

---

① 老舍：《我怎样写〈老张的哲学〉》，《宇宙风》1935年9月16日第一期。

幸运的是碰到一个叫刘寿绵的大叔资助他去一个"改良私塾"读书，后来老舍考取了当时的北京师范学校，因为师范学生膳食、服装等都是公费，所以这期间他还算是衣食无忧。读师范学校的 5 年时间，也正是中国新文化运动酝酿和风起云涌的时期，老舍在文学方面的天赋逐渐显现，并受到当时校长和国文老师的器重。到 1918 年，18 岁的老舍以该届第 5 名的优等成绩毕业，并被分配到京师第 17 高等小学当校长。在这期间五四运动爆发，作为校长的老舍没有参加，但他深受当时新思潮的影响。1920 年老舍获得一个"优缺"：京师教育局北郊劝学员。老舍做不到两年就辞职了，因为他觉得那样是在浪费生命。初入社会的老舍也染上了一些不良习惯，还大病一场。1922 年，老舍在宝乐山牧师的介绍下加入基督教教会，期间除了参加教会的一些公益性活动，他还在北京一中、天津南开中学授课。1923 年，老舍将其一些文学想法付诸笔端并在《南开季刊》上发表了他的第一个短篇小说《小铃儿》，讲的是一个京城北郊小学生"小玲儿"要打倒日本帝国主义、完成报仇雪耻的故事。这个故事的语言和风俗就别具京韵京味。更重要的是，从这篇小说也可窥见北京城凝聚着老舍的家仇国恨，因此当日本侵华战争的炮火燃起后，老舍有更为深切的创痛，他义愤填膺地拿起文人的武器，通过戏剧创作鼓舞人们抗战。尽管老舍的抗战戏剧都在重庆创作，但无论是戏剧的题材、人物、对话，还是舞台布景等诸多方面也深深打上了北平的烙印。

其次，广阔的世界意识。老舍于 1924 年，经教会牧师推荐，到英国任中文教师，在伦敦大学东方学院工作了 5 年。在英国教授汉语和中国文学的同时，他还大量阅读从古希腊，到但丁、狄更斯、萧伯纳等诸多西方经典，让他对世界文学有了一个整体的认识。为了打发生活中的一些无聊，老舍也萌发起要"写着玩玩"的念头。1926 年，他开始陆续在郑振铎于上海主编的《小说月报》上发表长篇小说《老张的哲学》《赵子曰》《二马》。其中，《老张的哲学》讲述了市侩老张身兼商人、教员和军人的故事；《赵子曰》一篇描写了北京城里大学生们的众生相；《二马》是老舍创作逐渐走向成熟的标志，其作品视野也较开阔，主要通过中国人马氏父子在伦敦的生活故事，对比分析了中英文化和国民性格差异，批判了欧洲殖民主义和东方主义思想。1929年老舍从欧洲回国，中途在新加坡居住了5个多月，期间创作了长篇小说《小坡的生日》。小说讲述了新加坡的华侨儿童小坡和其他小朋友间的童趣故事。这部小说不仅体现了作为曾经"孩子王"的老舍对儿童发自内心的喜爱，更体现了他强烈的民族主义和爱国主义情怀。老舍实际上从世界意识出发来歌颂中国人的开拓精神，反思了康拉德南洋丛林小说中流露出来的欧洲中心主义和白人优越感。这种世界意识，使老舍在抗战戏剧中不仅以世界的眼光来烛照传统的劣根性，同时能跳出眼前仇恨的局限，以开阔的视野创作了《大地龙蛇》等戏剧，试图整合东亚和世界优秀文化来建构新的中国文化。

再次，老舍归国后创作的苦闷。1930年初，老舍被济南齐鲁大学聘为文学教授。原本他是满怀热切希望的回国，但恰逢第一次国共合作破裂之后军阀割据的混乱。故而1931年老舍写作《大明湖》抨击日军在济南制造的"五三"惨案，并将小说寄给《小说月报》。1932年爆发日军侵华的"一·二八"事件，老舍小说手稿都遭战火焚毁，因此读者也无缘再见这部小说。随着日本进一步侵略，满族人发源的东三省也沦为日本殖民地，而国民党奉行"攘外必先安内"的政策，忙着中原军阀混战，以及围剿共产党的井冈山革命根据地。老舍对国家前途极度失望，写下了长篇小说《猫城记》（1932年）。这部小说虽然是采取科幻寓言的方式写作但笔调辛辣，可以说是鲁迅之后最激烈的批判国民性的作品。当然这部小说当时也受到很多质疑：首先，作品流露的"中国文化落后"论太过消极。由于老舍从英国回国后不自觉带着一种"欧洲乌托邦"来审视中国文化，自然发现中国文化是一个全无是处的"噩梦"。其次，老舍政治上的不成熟。老舍一直长于文化分析，而与政治保持一定距离。辛亥革命后，包括老舍在内的满族知识分子，对各类的政治及政党采取消极回避的态度。最后，小说偏离了老舍温和幽默的风格。老舍因在欧洲时对祖国满怀热望，他带着一种欧洲式乌托邦回国后，一碰到残酷的现实，让他极度苦闷，故而《猫城记》中老舍一改原有的轻松幽默，加大了讽刺和幻灭性的议论。小说出版后虽然遭到很多批评，但也引起了老舍冷静地反思和总结，即小说暂时还是需要依赖自己的特长：一是对自己熟悉的北京风俗人情的叙写；二是发挥自己的幽默特长，并把这一特长运用的更好。1934 年，老舍任山东大学教授，并迁居青岛，重新将目光投向北京城小人物的生活，写出了《离婚》。讲述了北京国民政府的一个小科员的工作、升迁、老婆、孩子、外遇等等琐碎烦心事。道出了一个知识者从一个理想主义者蜕变成一个市侩小市民的无奈。幽默未了而悲从中来，该小说也充分体现了老舍"含泪的幽默"这一艺术风格，同时也是老舍回国后"苦闷的象征"。在当时，能否走出这一精神的困境，决定了是否有后续作为戏剧家的老舍。

最后，30 年代老舍小说创作了丰富的人物群像，而这些人物形象也直接影响其戏剧人物的创造。老舍 30 年代短篇小说人物群像包括知识分子、中小官僚、巡警，也包括五行八作的诸如拳师、匠人、车夫、艺人、逃兵、娼妓等等。他以细致的笔调书写出了当时中国的人间百态，同时继续关注着国民性的变迁和启蒙。30 年代正是中国从传统走向现代的混沌期，老舍的短篇小说则记录这一时代人物的心理和精神的变迁。具体而言，这些小说人物又分为以下几类：（1）下层小市民。老舍出身底层自然对下层民众有着深切同情。《微神》讲述的是贫困环境下一对男女青年爱情的破灭。《月牙儿》讲述的一个暗娼的女儿虽然自立自强，但仍逃不脱其母亲的职业。《我这一辈子》讲述了一个读过书，学过手艺能干的小伙子，最后成为底层巡警的故事。（2）洋奴。诸如《五七》《柳家大院》等小说中描绘了崇洋媚外，对同胞则仗势欺人的奴才形象。（3）守旧派。特别是盲目排外的人物，诸如《抱孙》《眼镜》等作品。（4）虚伪的道学家。诸如《新时代的旧悲剧》《善人》等。（5）新旧时代和伦理冲击下人物的对比。老舍从内心深处对在历史大潮下走向式微的传统抱有深切的感情。故而写出表现中国传统社会和行业所遭受现代转型的冲击的典型作品《断魂枪》《老字号》《新韩穆烈德》等。其中《断魂枪》是个老舍式的武侠短篇小说，文笔简约而意味悠长。小说着力描述沙子龙这种英雄末路的身份转换造成的巨大心理落差，以及传统国术文化黯然淡出历史舞台的悲凉。老舍短篇小说创作了丰富的人物群像，这些人物后来又以不同面貌出现在老舍抗战戏剧的大舞台上,思想和命运又发生了新的改变。

总之,老舍小说方面的成熟对其戏剧创作有着全面的影响。特别是到了 1936 年,老舍进入写作的第 10 年,其文学思想和艺术造诣等各方面都走向成熟。他辞去了教职成为一名"职业写家",创作了传世名篇《骆驼祥子》。这个作品将下层人民的心灵归宿与民族心理蜕变的探讨紧密结合,且小说中的北京韵味更是纯粹而自然。在《骆驼祥子》日文版序言中,周作人曾给予点评,大意为即至老舍出现,北京话在文学作品中得到更加重视,因而其著作一定程度上可与《红楼》《儿女》相提并论。所以 30 代的中国文学界,也借此重新发现了老舍的特别。当然,老舍这十年的文艺创作形成了他自己独有的风格,比如对下层民众现实生活的关注赢得了广大读者的感同身受,对人和事充满北京风俗画式的描绘给文坛带来一股清流,他作品语言温厚幽默中又让人含泪深思。在小说创作的技巧和风格走向成熟的老舍,其实也正面临进一步的探索,而抗战戏剧创作正是其艺术方向的一个自然转向。

二 老舍与抗战文艺活动

1937 年 7 月 7 日夜,日军以士兵"失踪"为由在北平西南处发动"卢沟桥事变",中华民族需进行全民抗战已成必然。在这种历史背景下,有着强烈爱国主义情怀的老舍毅然走出书斋,辞别妻小前往武汉,投身抗日文艺运动之中。抗战爆发,中国社会大量家庭出现离别逃散。当时广为流传的是郭沫若先生为了抗战"别妇抛雏"的故事。其实这样的故事很多,其中就包括老舍抛妻离子的故事。1937 年 11 月 15 日,济南城外炮声隆隆,就在沦陷的前夕,老舍辞去济南齐鲁大学的教职,告别妻儿毅然提着一个箱子挤上去往武汉的火车。为什么要抛家弃子,离开北方到南方,以及到重庆去?老舍在多个地方有表达过自己看法,我们看看他抗战戏剧《谁先到重庆去》中的台词:

> 吴凤鸣　你舍不得北平?
> 吴凤羽　我舍不得你,大哥!父母生了我,可是你把我养大的!
> 吴凤鸣　够了!够了!老二!学校封了门,就是不封门吧,你

总迟早也得到重庆去！重庆是咱们的首都，这里只是咱们的家；国比家大！旅行证，路费，我都给你预备好啦，横一横心，走！

  吴凤羽　（不甚热心的）好吧！（来回的走）

  吴凤鸣　我摸摸你的头！（摸）并不热！高高兴兴的呀，老二！能逃出这座监牢似的城去，还不高兴？①

  北平本是吴凤鸣和吴凤羽兄弟的家，而如今北平沦陷，重庆成为首都还是较为安全之地，且正如吴凤鸣所说"国比家大"，在他心中即使家人分离，家庭破碎，也要投身到抗战第一线。虽然家庭破碎了，但是爱国和抵抗侵略的民族精神却已经在他们心中根深蒂固，这也是老舍自己的心声。现实中，在老舍到达武汉后，他就积极参加各种抗战文艺活动，受到冯玉祥将军的高度赞赏并作打油诗一首：

  老舍先生到武汉，提只提箱赴国难；
  妻子儿女全不顾，蹈汤赴火为抗战！
  老舍先生不顾家，提个小箱子撑中华；
  满腔热血有如此，全民团结笔生花！②

  从此老舍的人生发生了根本性地转折，并谱写出他一生灿烂光辉的篇章。舒乙对自己父亲的这段经历充满骄傲和自豪："老舍的决定由跨出济南常柏路 2 号门槛的那一刹开始，使他由一个教授、学者、作家，一下子成了一个到处为家的战士，一个挥舞十八般武器、高举抗战旗帜、转战大江南北、奋力拼杀的战士。老舍的决定，使他由单枪匹马的状态中走出来，加入了全民抗战的洪流，成了一个联络全国各路文艺大军的勤务兵，组织成百上千拿笔当枪的文艺英雄，在中华抗战文艺史上写下了光辉灿烂的一页。"③

  在这一伟大的民族运动中，我们对老舍工作的印象主要有两个：一

---

① 老舍：《谁先到了重庆》，载《老舍全集》第 9 卷，人民文学出版社 2008 年版，第 516 页。
② 舒乙：《我的父亲老舍》，辽宁人民出版社 2011 年版，第 71 页。
③ 舒乙：《老舍》，华侨出版社 1999 年版，第 68 页。

是承担文协的领导工作。1938年,老舍被集结于"中华全国文艺界抗敌协会"中的左、中、右各派文艺家们共同推选为这一协会总负责人——总务部主任。"文协"组织先是在武汉,随后转到重庆,前后持续了7年时间,直到抗日战争取得全面胜利。这期间,他凭借着一腔热诚和耐心细致的工作,最大限度地团结着各方文艺家,共同致力于推动抗战的文艺活动,老舍的工作受到一致好评,因此他在这一协会总务主任的位置上一直连任。老舍还持续进行文艺创作,他先后完成了长篇小说《四世同堂》的第一部《偷生》、第二部《惶惑》。其实老舍抗战中还有很多文艺工作被人忽视。比如他完成了长篇小说《火葬》、中短篇小说集《东海巴山集》《火车集》和《贫血集》,长诗集《剑北篇》。另外还包括京戏、鼓词、相声、散文、歌词、回忆录等众多体裁在内的作品。在全民一致抗战的特别时期,原本以写小说见长的老舍,深感戏剧和曲艺等艺术门类隐含的重要作用,因此勤奋创作,广泛涉略,终也是成就斐然。

  老舍对文艺创作与社会活动的认识,是有一个逐渐深入的过程,且有深刻体认的。一方面,老舍认为文艺创作本身就是对社会的反映。文艺创作不仅仅是在象牙塔中的想象,而是参加社会文艺活动的产物。他一直以来都认为"一个文艺者的生命,应该是永远为文艺活着的"。一个文艺工作者如果"放弃了写作生活,便是放弃了对社会动态的关心,文心停止了活动,人就变成半死"。① 因此,文艺工作者停止了创作,也就停止了对社会的关心,逐渐厌世而脱离社会。另一方面,新文艺的产生,也是应时代和社会运动而生的。老舍认为新文艺的产生,根本是一种举国响应的运动。老舍说:"每值离乱,骚人墨客辄多避隐。设今日的文艺者而避处租界,以声色自娱,或退隐山林,寄情于诗酒,文艺自然还是雪月风花,与古无异。但五十年来,文艺的革命与革命的文艺,心苦已久,习于战斗;昔之以身殉者为了革命,今之从事抗战宣传者亦为了革命,数十年的培养使大患临头有备无患。且因文艺革命的成功,文艺传达的工具已非之乎者也,而是

---

① 老舍:《哀莫大于心死》,《文风》1942年6月1日第二期。

白话，便于宣传。行动与工具两有准备，文艺者遂能应声上马，杀上前去。"① 他指出文艺不能永远止在某时某地，"女大十八变"，文艺亦然，它需生长，它须变动。于是五四而后，有种种运动；此种种运动都是外循社会所需，内求文艺本身之进益。上海会战之后，武汉作为临时首都，聚集了各个党派、各地的知名作家。1938年3月27日，全国各地的500余名艺术家在汉口商会大礼堂成立了"中华全国文艺界抗敌协会"。大会当时隆重开幕，周恩来、邵力子、冯玉祥等都发表了讲话。老舍当时积极支持文协成立活动，在《我们携起手来》指出："分散开来，他们也许只能放出飞蚊的微音；联合起来，他们定能发出惊天动地的怒吼——大家'能'凑在一起呐喊，就是伟大！"② "文协"经过商讨和民主投票选举出了45名理事。实际上，此时的"文协"并没有一个正式的领导人。一直到1938年4月4日，才终于召开了第一次理事会，并按照全国各地作家代表均衡分配的原则，推选出老舍、胡风、郁达夫等15人为常务理事。至于由谁来担任总务组长，各党派互有争议相持不下，最后老舍被各派人士一致推举为总务组组长，代表"文协"统一主持协会内外包括财务、人员、刊物等日常会务，对外代表"文协"。老舍从文协成立开始连选连任，直到1945年抗日战争胜利结束，一直担任总会领导工作，一干就是八年。这一过程使得老舍能够获得机会进行各方面的锻炼，并逐步成长为优秀的领导者与组织者。也彻底改变了以往那种怕见生人，怕办杂事，怕出头露面的性格。成为挺身以出，担当起必须"见生人"、必须"办杂事"、必须"出头露面"的总务部主任，即"文协"于事实上的总负责人。在入会的誓词上他是这样说的：

> 我是文艺界中的一名小卒，十几年来日日操练在书桌上与小凳凳之间，笔是枪，把热血洒在纸上。可以自傲的地方，只是我的勤苦；小卒心中没有大将的韬略，可是小卒该做的一切，我确是做到

---

① 老舍：《三年来的文艺运动》，重庆《大公报》（七七纪念特刊）1944年7月7日。
② 老舍：《我们携起手来》，《弹花》（创刊号）1938年3月15日。

了。以前如是，现在如是，将来也如是。在我入墓的那一天，我愿有人赠给我一块短碑，刻上：文艺界尽责的小卒，睡在这里。①

抗战爆发之前，老舍只是一名书生，一名十足的书生。他曾当过"官"还是收入颇丰的"劝学员"，但生性正直的老舍不愿和那些官僚"同流合污"而辞职；他说自己是一个"喜静的人"，他的"理想"并不高，只要一张"干净的桌子"，一副"合手的纸笔"，还有一园"可爱的花草"。然而，当"文协"的重担落在他的肩上后，他却没有推卸，慨然相承。在此之前他所追求的只是一种恬淡的生活，一种与世无争的写作。他不喜欢政治，也不懂得什么是革命，更不懂得应当如何去革命。是十四年的抗日斗争——准确地说，是从他毅然跨出济南常柏路2号门槛，随即投奔到革命的队伍中来之后，才真正成熟起来。老舍在"文协"的工作得到国共两党人士的一致认可，并取得骄人的成绩。首先，其领导的"文协"在全国文艺界最早提出"文章下乡""文章入伍"的口号。他组织"文协"各个分会以多种形式进行文艺与抗战的结合。老舍本人也多次亲自组织战地访问团或慰问团深入前线，将文学、曲艺等带给前线军民。第二，领导"文协"推动大众文学和通俗文协的创作。其带头创作各种快板、大鼓等民间曲艺，并支持和发动更多作家为后方民众和前线军民创作通俗易懂的文艺作品，极大地促进了通俗文学的发展；第三，"文协"始终注意开展多方面的联谊活动，并在全国各主要城市（沦陷区除外），如成都、贵阳、桂林、昆明以及延安、香港等地建立了分会，既加强了文艺家之间的团结与合作，又使得这一组织严密有序步调一致；第四，"文协"坚持出版自己创办的会刊《抗战文艺》，这一会刊不仅是抗日战争期间延续时间最长的一份刊物，并且也成为抗战中文艺界的一面鲜艳旗帜，就连老舍本人也情不自禁地称赞道它实在是一部值得重视的文献。它不单刊录了战时的文艺创作，也发表了战时文艺的一切意见与讨论，并且报告了许多文艺者的活动。

---

① 老舍：《入会誓词》，汉口《大公报》1938年3月27日"全国文艺界抗敌协会成立大会特刊"。

它是文，也是史，使读者看到作家们是怎样的在抗战中团结到一起，始终不懈的打着他们的大旗，向暴敌进攻。在这些繁重工作中，老舍不仅亲自执掌"协会大旗"，而且处处亲力亲为。比如，亲自起草呼吁书，甚至献字献稿进行义卖，来发动援助贫病作家的运动和为前线将士募捐；又比如带头报名、跋山涉水、不辞劳苦组织作家参加战地访问团或慰问团；在发动作家为士兵编写通俗读物的活动中，又是他带头当教员，带头写作品，他创作的鼓词《抗战一年》，竟于一天之内散发了一万多份……对于自己的成绩，老舍从不宣扬。胡风曾感动地说："要他卖力的时候他卖力，要他挺身而出的时候他挺身而出，要他委曲求全的时候他委曲求全"，充分表现出了"舍己的胸怀"。茅盾也曾对其做出评价："如果没有老舍先生的任劳任怨，这一件大事——抗战的文艺界的大团结，恐怕不能那样顺利迅速地完成，而且恐怕也不能艰难困苦地支撑到今天了。"①

1938年夏，日本加大侵华力度，兵临武汉，老舍也经历惊险一劫。"七月十九，武昌大轰炸，我躲在院外空地上。炸弹在头上吱吱叫，晓得必落在附近，也许以我住的地方为目标。警报解除，回到院中，院墙及邻舍已倒。"② 老舍说："轰炸有什么好害怕的呢？炸死，炸死不过是一死；炸不死，多少在保卫大武汉的工作中尽自己一点点力量。轰炸只是使人愤怒，只有日本的愚蠢才以为我们害怕呢。"③ 经此一劫，文协会议决定从武昌搬到汉口，接着迁往重庆。老舍带领文协同仁整理协会的各种刊物、文件、印鉴等资料准备转移到重庆。历时近两个月的艰难跋涉，老舍、何容、老向夫妇，以及"文协"专职干事萧伯青等一行人于8月14日终于到达重庆，"文协"办公和居住地点就在重庆青年会。1938年到1939年上半年，由于"文协"不断搬迁，而各项工作又千头万绪还未展开，老舍需要付出大量心力，所以再也无法进行篇幅较长的小说创作，但老舍毫不后悔，他说："要明白大时代，所以，必须在大时代分担一部分工作。有了操作的经验与热情，而后才能认识时代

---

① 茅盾：《光辉工作二十年的老舍先生》，《抗战文艺》1944年9月第9卷第三、四期。
② 老舍：《船上——自汉口到宜昌》，《宇宙风》1938年10月16日第七十七期。
③ 老舍：《船上——自汉口到宜昌》，《宇宙风》1938年10月16日第七十七期。

一部分的真情真意。"① 可见经过一段时间的抗战工作,老舍已经完全不是那个躲在象牙塔里的职业"写家"了。为了文协宣传工作需要,老舍开始致力于抗战通俗文艺的写作。他在《三年来的文艺运动》一文中说:抗战文艺是民族的心声,"除了抗战国策,抗战文艺不受别人的指挥,除了百姓士兵,它概不伺候。因此,它得把军歌送到军队中,把唱本递给老百姓,把戏剧放在城中与乡下的戏台上。它绝不是抒情自娱,以博同道们欣赏谀读,而是要立竿见影,有利于抗战"。② 老舍在抗战的旗帜下,积极创作,短短几个月就出了大批作品。1938年11月,他出版了抗战通俗文艺作品集《三四一》:三段鼓词、四部抗战戏剧、一篇旧文体抗战小说。与此同时,老舍还积极响应号召,给《抗战文艺》《抗战画刊》《抗到底》等著名抗战杂志供稿,只要是抗战文艺有需求,他就满身心地投入写作。

1939年4月下旬,"文协"经费紧张需要筹款,众人推举老舍写一个抗战有关的幽默喜剧。老舍经过15天的努力,在日军频繁的重庆大轰炸中,5月4日老舍带着他的第一部抗战话剧《残雾》从防空洞走出来了。就在老舍写《残雾》的时候,重庆发生了"五·三、五·四"大轰炸,死伤七千五百多人,毁掉房屋两千二百余幢,火势蔓延全城,老舍也几乎丧生。他记载当时的情况是这样的:一九三九年五月三日,日军派飞机轰炸重庆,老百姓因为缺乏防空经验,一部分人惊慌失措,但没有被涉及的人仍然很麻痹。第二天,日军又派飞机施行全面大轰炸,由于防空设备差,山城中救火困难,以致形成空前大惨剧。老舍这时住在青年会宿舍。那天正在埋头写剧本,下午四点钟,宋之的、罗烽和周文来找他谈成都"文协"分会的事。没多久,空袭警报,大家到院子里看了看,没有动静,又回到屋子里继续谈。五点钟,拉了紧急警报,老舍拿着剧本稿,和大家进了防空洞。六点,日机狂炸。七点,警报解除,众人出来,全城已成火海。宋之的和罗烽赶快跑回家,事后知道,宋之的的家被全部烧光。

---

① 老舍:《我为什么离开武汉》,《弹花》1938年10月第六期。
② 老舍:《三年来的文艺运动》,重庆《大公报》1940年7月7日(七七纪念特刊)。

老舍和周文惊魂甫定，女作家赵清阁跑了进来，面色苍白，头上肿起个大包，手里拉着个十二三岁的小学生。原来她正在剪发，遇上了空袭，被震倒在地上，一块木板飞来，压在她身上，昏了过去。苏醒之后，街上已乱作一团。那个小学生原是出来买书，被人潮挤得回不了家，就拉住了赵清阁。接着，安娥来了。老舍本想请大家吃点东西，但街上已经没有小贩。这时，院子里有人喊："大家赶快离开！"第二次警报！老舍领着大家奔向中央公园，可是公园里已是人山人海，目标太大，敌机随时可能低飞扫射。众人又往乡下跑，赵清阁、小学生、安娥回了家。老舍带着周文奔向北碚，找到胡风，才算定下来。半夜又有一次警报，直到天亮才解除。

事后，老舍写给《文艺阵地》编辑部的信里说："五三四狂炸，同人等幸无大损失，'文协'安全。到北碚者有老向等，到南温泉者有欧阳山、以群等，市内余人不多，甚难作事。近已接洽妥，'文协'组织前线慰劳团，可有十人至十五人去庆，留渝者当更少矣。篷子略受跌伤，无大关系。之的财产烧光，人则安好。我与安娥、周文（适到渝）、清阁等落荒而逃，唯受虚惊耳。我有时到乡间，时来时往，以免会务中断。"① 为了躲警报，"文协"一部分人就住在北碚，那时候，在北碚国立编译馆旁有个小楼，是林语堂的财产，借给"文协"作宿舍，老向、萧亦五等人就住在里边。老舍有时候下乡则住在对面的中山文化教育馆。

大轰炸之后，由于一些印刷厂被毁，各报无法单独维持，改成联合出版。本来就"人财两缺"的《抗战文艺》就陷于极端的困境。罗荪的回忆里说，首先碰到的困难是找印刷所，市区的印刷所，有的疏散了，有的被炸了，有的不承印……总之，在市区跑了很多地方，都碰了壁，最后到北碚的草街子找到一家小印刷厂，答应排印，于是带上编好的稿子，搭上去北碚的小火轮，再从北碚坐小划子沿嘉陵江北上，在一家小镇上找到那家小印刷厂，一期却排了两三个月……敌机的狂炸，燃起文人的怒火，作家们在各报刊发表了很多文章，描述敌人的残暴和受

---

① 老舍：《致〈文艺阵地〉编辑》，《文艺阵地》1939年6月16日第三卷第五期。

灾人们的惨状，《抗战文艺》也出了《轰炸特辑》。《残雾》这部话剧就是在这个大轰炸的背景下创作和演出的，它讽刺了在广大人民同心协力抗日的情况下，一些官员和汉奸互相勾结，出卖国家利益，大发战争财的丑恶行径。1939年11月，这部话剧也由中国电影制片厂怒潮剧社首演，其结果好评如潮，这给老舍戏剧创作以极大信心，从此老舍的戏剧创作也就一发不可收拾。

老舍思想和精神的另一个转折点是1939年他北上前线，特别是到陕北延安等地慰抗战军民的经历。1939年6月，"文协"发起文艺工作者到抗战前线慰劳一线战士的活动，老舍带领的是总会北路慰问团。当老舍于9月10日到达延安时，他受到了以毛泽东同志为首的延安军民热烈欢迎。这段经历丰富而曲折，前线军民昂扬的斗志，前线抗战军民英勇抗战的事迹都让老舍振奋不已。从延安回到重庆，他便将此行经历写成长诗《剑北篇》。

1940年1月，老舍与宋之的合写了讲述回汉两族同胞团结抗日故事的四幕话剧《国家至上》，并于1940年4月由中国万岁剧团在重庆抗建堂隆重公演。1940年8月，在日本空军的大轰炸中老舍居住的青年会馆被炸后，老舍又搬至白象街《新蜀报》报社。老舍说："流亡四年中，简直没写出什么来。长篇小说是没法儿写了。生活不安定，怎能作长远的计划呢？不错，写家是要生活，生活在抗战中，才能写出抗战文以来。可是，生活是一件事，写作是另一件事。一个写作家应当在大街上活着，可是不能在大街上写作。他就像一条牛，吃了草以后须静静的去反刍细嚼，而后草才能变成乳，我，可是，找不到清静地方。"① 在颠沛流离之中，实在难以静下心来写作，老舍只能舍弃长篇小说，转向较短的诗歌、曲艺和戏剧创作。1940年6月至8月，老舍应军界朋友之邀创作了话剧《张自忠》，话剧主要描写张自忠将军坚持抗敌、以身殉国的英雄事迹。该剧在1941年1月也被中国万岁剧团在重庆公演。也就是在1941年末，老舍的母亲在北京病故，而这位伟大的母亲为了儿子能安心抗日让家里人在其逝世后不要急于告知老舍。一直到1942年

---

① 老舍：《成绩欠佳，收入更欠佳》，《文风》（创刊号）1942年5月1日。

年底的时候,老舍才收到母亲去世的信件。老舍说:"十二月二十六日,由文化劳军的大会上回来,我接到家信。我不敢拆读。就寝前,我拆开信,母亲已去世一年了!"① 老舍在这平静的叙事语言中,难掩对不能为母亲尽孝的愧疚。1943年10月,常年工作劳累以致病倒的老舍不得不住院割盲肠。同时,严重的贫血也导致他时常头晕,但他一致坚持抗战戏剧的创作。老舍说:"现在还在写剧,因患头昏,进行甚缓,是否能成功?且不去管,多练习自有好处,我写剧本,正如写小说与诗,不求能成一家,只愿写得像点样子,且有裨于抗战,便心满意足了。"②

1943年11月,老舍夫人胡絜青带着三个孩子去到重庆,与在医院的丈夫团聚。在众人帮助下,一家人住在了北碚蔡锷路24号的一个小楼。多鼠斋在重庆北碚区蔡锷路24号,是中华全国文艺界抗敌协会北碚办公处的所在。林语堂曾在这儿住过。这阶段老舍由于营养不良导致贫血,一低头便天旋地转,所以老舍曾戏称自己住的房子是"头昏斋",这名字只用了一次,就改叫"多鼠斋"了,盖因鼠多也。胡絜青向丈夫讲述了北平沦陷后的景况,以及自己家庭和北平广大人民群众的痛苦生活。老舍深切体会妻子所述,并据此创作长篇小说《四世同堂》,其中前两部《惶惑》和《偷生》在重庆创作完成,第三部《饥荒》到1948年在美国写完。

抗战期间,老舍还先后前往万县、灌县、昆明、成都等地了解抗日宣传工作和"文协"活动开展情况,并多次发表讲演。抗战胜利后,还专门写了长篇回忆文章《八方风雨》总结抗战期间的心路历程:"风把我的破帽子吹落在沙漠上,雨打湿了我的瘦小的铺盖卷儿;比风雨更厉害的是多少次敌人的炸弹落在我的附近,用沙土把我埋了半截。这,是流亡,是酸苦,是贫寒,是兴奋,是抗敌,也就是'八方风雨'。"③ 老舍为了抗战文艺的发展做出卓越贡献,其作品在当时极大激发了中国人民的爱国热情,成为鼓舞中华民族抗日救国的有力"武器"。有一些人质疑老舍的出走是为了逃离小家庭和婚姻生活,但其毅然决然的出

---

① 老舍:《我的母亲》,《时事新报·青光》1943年1月13日、15日。
② 老舍:《小报告一则》,《笔阵》1942年6月1日第三期。
③ 老舍:《八方风雨》,北平《新民报》1946年4月4日—5月16日。

走，其根源无疑来自于他发自内心的爱国主义情操。这里面没有了他往日一贯幽默的风格，有的只是血、尸体乃至老舍以"身临其境"为代价而获得的铁一般的"证据"。

由于连年劳累，老舍毁坏了身体，但他总能为了抗战的胜利、民族的解放、文学的发展，舍弃小我，其真挚其奉献感动了众人。1944年4月17日，鉴于老舍在抗战期间做出的无私奉献和努力创作，重庆文化界特别举行了老舍45岁生日暨创作二十周年纪念会。举办地点在重庆百龄餐厅，参加者包括文艺界众多知名人士。诸如邵力子、黄炎培、梅贻琦、邓初民、茅盾、顾一樵、孙绳武、张道藩、沈钧儒、董必武、杨云竹等纷纷发表演讲。全国各地"文协"的分会，包括北碚、成都、昆明等地也同步举行了纪念其创作二十年的相关活动。郭沫若在他赠给老舍的祝诗中写道："二十年文章入冠，我们献给你一顶月桂之冠。"① 大家的赞扬让老舍倍受激励，他在会上泣不成声地致了答谢词："二十年，历尽艰苦，很不容易，但是拉洋车做小工也不容易，我定要用笔写下去，写下去。"

当代学者钱理群在《中国现代文学三十年》中对老舍作了深刻分析，他说老舍早期作品写理想市民的侠义和善良的行为，多是大团圆式的戏剧结局。老舍早期作品多显其真诚、天真，暴露其思想的平庸面……随着生活的发展，老舍的创作逐渐深化。比如抗战时期所写的《大地龙蛇》，老舍就自觉地挖掘传统文化、民族性格潜在的力量，寻找民族振兴的理想之路。他本人也在戏剧中明确地指出，传统文化内涵仍然是中国文化的真实的力量，虽然有旧的成分，但正是一种可以革新的基础。这种认知并非保守，而是在一定程度上表明老舍的创作随着时代的推进发展到了一个新的高度。即在经历了"八方风雨"后，老舍开始从民族心理、文化传统及历史所赋予的内聚力上进行深入的文学思考和创作。这时的老舍对他笔下的人物不再含有悲悯和遗憾，对社会也不再含有惋惜与眷恋。这一重大转变，不仅一改老舍以往作品的风格与色彩，也让他在中国现代文学史册上留下了浓墨重彩的记录。毫无疑

---

① 郭沫若：《文章入冠》，《抗战文艺》1944年9月第9卷第三、四期。

问，抗日战争既是老舍人生的分水岭，也是创作的分水岭。他自己也曾坦然相承，这种转变完全受抗日救亡悲壮而雄劲的"八方风雨"影响。抗日战争初期，他仅仅希望自己可以成为一名"文艺界尽责的小卒"，但最终他却成为了中国抗战文艺大军中的一名令人敬仰的"大将"！

第二节 抗战前老舍对戏剧的认识：神的游戏

老舍多才多艺，艺术素养非常丰富，在中国现代像他这样具备多种艺术素养的作家并不多。一方面，老舍这种综合艺术素养不仅促进了他早期的小说创作，更对其戏剧创作有深远的影响；另一方面，在文艺和理论领域，老舍也是一个多面手。老舍创作戏剧之前，不仅创作多种小说，还创作了旧体和新体诗歌、散文、大鼓书词等多种文学体裁。戏剧本身就是一门综合艺术，不仅仅是文本体裁的一种综合，更是多个门类艺术的综合。为了更好理解老舍为什么能从小说创作那么快地转向戏剧创作，我们有必要对老舍的综合艺术素养有一定了解，特别是其戏剧艺术方面的素养和积累。我们看老舍能在抗战时期一连写出 11 部戏剧，好像是很轻松的事情。实际上，这个世界上并没有真天才，特别是戏剧创作这门艺术，即便对于老舍这样勤奋的作家来说，如果没有深厚的积累也是很难想象的。为了更好地理解老舍抗战戏剧创作，我们也有必要进一步了解老舍抗战前对中国传统戏曲的认识，对西方戏剧和理论的理解和总结，这是老舍进行抗战戏剧创作的重要基础。

一方面，老舍从小就喜爱传统戏剧和曲艺，并有较深厚的造诣。在传统曲艺之中，老舍最为熟悉的当然首推京剧。北京在元明清三朝大部分时间都是京城，当仁不让地成为中国的政治和文化中心。北京的一大特点就是多民族文化交汇融合，这一历史文化特征在一定程度促进了戏剧艺术的发展和繁荣。元曲在北京鼎盛一时，而明代的传奇也极为兴盛。到清朝乾隆五十五年，原在南方演出的"四大徽班"（三庆、四喜、春台、和春）进入北京，其间他们广泛吸取诸如秦腔、昆曲等曲艺的部分剧目、曲调和表演方式。三庆、四喜、春台、和春这四大徽班和以后陆续入京的其他徽班还与来自湖北的汉剧艺人进行合作，广泛吸收地方民间曲调，最终形成视为中国国粹的"京剧"。京剧主要用锣鼓、胡琴等伴奏，以西皮、二黄为主，兼南梆子、四平调、高拨子和昆腔、吹腔，可谓诸腔并奏、多声共鸣。然而京剧在形成之始，为了便于进入宫廷成为其重要动因，故而它的孕育和发展与地方其他剧种有较多不同之处。京剧的舞台艺术是在多种地方剧种的基础上综合而来的，而这些地方戏本都是经过长期历史沉淀而高度发展，它们在文学意蕴、表演技巧、音乐曲调、唱腔转承、锣鼓击鸣、脸谱化妆、服饰搭配等各个方面都各有不一。京剧正是通过无数优秀的地方剧种艺人的交流合作，在长期舞台实践和积累中形成了一整套系统和规范化的程式。其生活领域表现之宽广，塑造人物类型之众多，表现手法之虚实相济，以及对于舞台空间和时间限制的超脱，最终达到"以形传神，形神兼备"的艺术境界。

京剧的空前繁荣最初是在清朝宫廷，进而成为满清贵族和达官贵人追捧的艺术，这也自然地影响整个社会的欣赏喜好。清乾隆皇帝因下江南而喜好昆曲，这时徽班虽进京城，但皇宫还是以昆曲为主。到了道光年间，宫廷之中开始有昆曲之外的其他剧种被表演。至咸丰年间，开始召集徽班和秦腔戏班艺人进宫演唱乱弹、梆子等艺术。同治时期，尤其慈禧专权时，京剧走向成熟。所谓"上有所好，下必甚焉"，王公大臣们竞相仿效。京剧成为贵族风尚后很快流行于京城，在各个阶层中都受到追捧，并传遍大江南北。京剧可以说是从地方来，又回到了地方。满清贵族的爱好虽然推动了京剧的发展，但值得注意的是，京剧并不是宫廷和官方的艺术。京剧本身根源于地方和下层民众，正是它受到广大市民阶层的喜爱，才逐渐走向宫廷的。最后京剧成为北京市民生活的重要活动，乃至国粹，正是由于其根源于大众。晚晴京剧盛极一时，戏院、茶楼、酒肆都飘扬着京剧的腔调，无论是富商豪客，还是贩夫走卒都能欣赏判断，往往听到妙处，哪怕是一腔一板，也是竞相喝彩。晚清到民国时期，当红京剧名角受到热捧，而京剧的票友和发烧友更是充斥京城。清代夏仁虎在《旧京琐记》中就曾有过针对当时京剧盛行给当时民众带来巨大影响的描述——有不少进士因迷恋京戏而不愿意离京赴任，有不少贵族因痴于玩票而不惜败掉万贯家财，等等。可见京剧艺术及这种艺术背后衍生的文化对北京人生活产生了深厚影响，乃至到了今天，听戏、唱戏仍是北京较多民众业余生活的一种雅趣。

老舍正是在这种京腔京韵的文化氛围中生活并成长的，他很自然地受到京剧的影响和熏陶。老舍在其自传中回忆他小时候家里穷，买不起门票的时候，就经常和好朋友罗常培偷偷钻戏园子，或者到茶肆里蹭戏，这也成为他童年难得的乐事和享受。等到老舍从北京师范学校毕业，当上京师第17高等小学的校长，每个月工资有两百多元，虽然实际领到手只一百多元，但在当时已经是很优厚的待遇了。这些工资除了交一部分钱给母亲补贴家用，老舍还有不少余钱买票看戏。特别是老舍担任京师北郊劝学员时，空闲时间更多，他就更是成为戏院里的常客。老舍回忆说："因为看戏有了瘾，我进一步去和友人们学几句，感到酒酣耳热的时节，我也能喊几嗓子，好歹不管，喊喊总是痛快的。"① 老舍在艺术上的修养也促进了他的工作，老舍曾经在中学同时担任国文、修身、音乐三门课。在音乐课上不仅教学生学西式乐谱，更是教学生唱昆曲。在国文课上讲古文时，有时竟然别出心裁地穿插进京剧戏词，讲到兴之所至老舍甚至很自然地用京腔把文章唱出来（见）。他当时的学生，后来著名的戏曲作家翁偶虹回忆老舍讲课：

> 有一次，他讲骆宾王的《为徐敬业讨武曌檄》，从武韦之乱讲到开元、天宝，唐明皇与杨贵妃；从《长生殿》传奇讲到"絮阁"、"小宴"、"闻铃"、"弹词"。他逸兴遄飞地唱了一支［二转货郎儿］的曲子："想当初庆皇唐太平天下，访丽色把蛾眉选刷……"一边唱，一边用手拍着板。学生们听呆了，不知唱的是什么歌。惭愧我略窥涯涘，因为我从七岁就跟姨父梁惠亭先生学花脸，听说过"昆乱不挡"这句术语，对于昆曲的神秘性，如"颠"、"滑"、"哦"、"擞"、"四眼板"、"橄榄音"等，印象颇深。这时，目击耳聆，老舍先生一本正经地拍着"四眼板"，"颠、滑、哦、擞"

---

① 老舍：《小型的复活》，《宇宙风》1938年2月第六十期。

地唱起《弹词》来，不由惊佩地暗道一声："先生真神人也！"这是我多次请求姨父教我昆曲，而姨父辄以"没有神仙胚子不能学昆腔"来拒绝我的要求。又有一次，老舍先生教授诸葛亮的《出师表》，把文章讲透之后，又谈起京剧里的诸葛亮来。①

由此可见，老舍不仅是对京剧非常喜爱，更是能将其灵活运用。当然这不仅仅是长时间作为一个票友被耳濡目染那么简单，老舍对京剧经典曲目《空城计》《连环套》《四郎探母》《定军山》《打渔杀家》《让徐州》等都有过系统的学习和研究，他不仅会唱这些曲目，而且对每个唱腔所搭配的动作都了如指掌，甚至对每一幕的布景变化都非常清楚。老舍对京剧艺术的这种熟悉和喜爱可以说已经完全沉淀到其血液之中，成为其艺术素养和艺术生命的一部分，这对其后戏剧创作有着深远的影响。这就不难理解老舍为什么能在早期文论中对中西戏剧进行比较分析，对戏剧艺术能有非常深刻和独到的见解。也不难理解为什么老舍在抗战期间，以及中华人民共和国成立后都还进行京剧创作。京剧对老舍不仅仅是融入生活和血脉的文化因子，更是影响其艺术创作，它还是老舍在抗战时期从小说创作转向戏剧创作的重要原因。因为老舍看到新文化运动以来的小说只是在知识分子中有影响，而广大劳动人民喜欢的还是西皮和二黄的腔调，他便认识到了传统艺术在民间的生命力以及对抗战宣传的重要性。老舍为了抗战宣传，专门向民间艺人学习。他在武汉期间，"我开始正式的去和富少舫先生学打鼓书。好几个月，才学会了一段《白帝城》，腔调都是模拟刘（宝全）派"。② 由此可见，老舍在抗战初期也是专门抽出时间去学习传统曲艺的。

另一方面，现代西方戏剧也是老舍深入研究的一个维度。晚清西方戏剧逐渐传入中国，开始叫文明戏，一种中西戏剧杂糅的艺术形式。到五四时期，国人开始照原样引入西方现代戏剧，其中最突出的就是《新青年》杂志对易卜生现实主义戏剧的宣传，推动了当时中国现代话

---

① 翁偶虹：《老舍先生的戏曲熏陶》，《戏剧报》1984 年第 6 期。
② 老舍：《八方风雨》，北平《新民报》1946 年 4 月 4 日至 5 月 16 日。

剧运动的发展。老舍正是在新文化运动这一背景下成长,因为他当时正在北京师范学校读书。热爱新思想和艺术的老舍就和同学们自编自导自演现代话剧,其中有一定影响的就是《袁大总统》。该剧主要是讽刺揭露袁世凯窃取革命的同时,冒天下之大不韪恢复帝制。从这个戏剧,我们就可以看出老舍戏剧主题一开始就是关注国家政治现实、关照现实生活,这也论证了老舍对戏剧的认识和教育功能应该很早就有深刻体认。

老舍真正对西方戏剧深入学习和研究是他在英国的五年生活期间。去英国本来是教汉语,但为了更好掌握英语,他大量阅读西方文学经典,特别是莎士比亚、萧伯纳等人的戏剧作品。阅读这些作品的时候他并不完全是简单地浏览,或者当作一个语言的学习过程。老舍自叙中说他是系统的进行研读和琢磨的,对那些作品字词句的妙处、结构布局的精巧都十分重视,并且在读到妙处时往往击节赞叹。西方文学名著当时对老舍的影响可能还只是感性的,但这种阅读的作用就如同梁启超所说的"熏浸"那样,这种自由的阅读能让老舍能"化其身以入书中",能够体会作家的思想意图、创作心态,以及作品深层含义,从而"去此界以入彼界",这种和风细雨、不知不觉的阅读使他获得很多关于文学艺术的感悟。老舍在诸多回忆性的自述文章中经常有类似的表达:"阅读世界名著,使我明白了……"当时这些影响可能是潜移默化和不易觉察的,但确实真实存在。我们可以从老舍的抗战时期的戏剧作品中明显看到莎士比亚、萧伯纳、康拉德等人的踪迹,在抗战戏剧文论中,老舍也经常论及这些戏剧家,其对老舍影响可谓深远。

当然在考察老舍戏剧创作所受到的影响,首当其冲的就是古希腊罗马的艺术,特别是他经常提到的古希腊悲剧,以及英国的莎士比亚和萧伯纳等人的作品。老舍对西方经典的戏剧文学有较广泛和深入的阅读,特别是关于英国的戏剧文学。莎士比亚戏剧作为英国文学的伟大传统的骄傲和代表作,在西方文学史上有着崇高地位,对世界文学也有着深远的影响。老舍不仅阅读了莎士比亚的四大悲剧:《哈姆莱特》《麦克白》《奥赛罗》《李尔王》。还多次以"哈姆莱特"来命名自己的作品和作品中的人物,老舍戏剧中也有很多具有莎士比亚悲剧式的人物,莎剧的悲剧精神深刻地烙印在老舍身上。他也非常喜欢莎士比亚的四大喜剧,喜欢莎剧喜剧的艺术感染力和人物对话的幽默，老舍在山东大学任教时就有开设《莎士比亚研究》这门课，专门讲授莎士比亚的悲剧和喜剧。老舍对古希腊悲剧也有深入研读，他喜欢阿里斯托芬的讽刺，也喜欢埃斯库罗斯、欧里庇德斯等悲剧家。老舍在论悲剧时指出："世界上最古的悲剧总是表现命运怎样捉弄人，摆布人：天意如此无可逃脱。"① 老舍还说悲剧："二千年来它一向是文学中的一个重要形式。它描写人物在生死关头的矛盾与冲突，它关心人的命运，它郑重严肃，要求自己具有惊心动魄的感动力量。"② 老舍的对古希腊悲剧的论述无疑是来自他对希腊戏剧的大量阅读，而且已经从感性认识上升到系统的理论总结。

如果说老舍从小在北京对京剧和曲艺的学习只是感性的和经验式的，那么经过在英国对文学名著广泛的阅读之后，他逐渐将这些经验式的感性素养提升为理性认识。特别是在 20 世纪 30 年代初，从英国回来后在齐鲁大学、山东大学任教，开设有《文学概论》《近代文艺批评》《欧洲文艺思潮》《世界文学名著研究》等课程。为了备课，老舍又下功夫系统地研究了西方文学史和文学理论，最终形成了他自己的文学理论思想体系——《文学概论讲义》。

老舍一直认为《文学概论讲义》缺乏严密的文学体系，不愿意出版。直到他去世后，1984 年这本书才正式出版，并成为了解老舍早期文艺思想的重要途径和老舍研究的重要资料。当然如果要全面认识老舍的文艺思想，仅考察《文学概论讲义》肯定不够，这样会存在一定的片面性。一方面，这本书作为老舍"文学概论"课的一个讲稿，既有老舍自己思想，也有很多介绍性的知识；另一方面，这本书完成时间较早，老舍创作实践经验也并不丰富，用其来分析老舍的文艺创作和思想肯定是不全面的。因为随着老舍创作的不断拓展，其文艺思想也会继续发展。值得注意的是，这个讲义虽然只是体现了老舍阶段性文艺思想，缺乏严密和整体的理论体系，但也绝对不能忽视其中老舍思想的超越性和深刻性：第一，老舍比较文学的世界意识。老舍无论是对文学的特

---

① 老舍：《论悲剧》，载《老舍全集》第 17 卷，人民文学出版社 2008 年版，第 722 页。
② 老舍：《论悲剧》，载《老舍全集》第 17 卷，人民文学出版社 2008 年版，第 723 页。

质、起源、风格还是各种文类的分析，都是通过古今历史的对照，中西方的比较综合而论的，这其实是属于中国比较文学早期的论著；第二，老舍在写讲义时对很多文艺作品和理论都是经过自己思考的，实际是经过他思想过滤后的产物，带有明显的老舍自己思想和体认的痕迹，能看出老舍文艺思想的发展；第三，讲义体现了老舍的理论自觉性和深刻性。老舍早在英国的时候就阅读了大量的文学作品，并进行了文学创作实践，这本书虽然只是一个讲义，但其中确有老舍自己的阅读思考和写作体验，是积累到了一定程度后一种自觉的理论探寻。包括讲义中戏剧这一章，在写作这一章之前，老舍已经阅读中西大量戏剧作品，也做过一些戏剧创作。老舍在这一章中对戏剧本质、戏剧结构、语言和戏剧规律进行了细致的分析和总结，这也是我们分析老舍早期戏剧思想、理论来源的重要材料和依据。概括起来，老舍早期戏剧思想体系如下：

一　关于戏剧的本质是什么。老舍认为是在舞台上表现生命的真实。什么是戏剧？它和其他艺术形式有什么不同，这是戏剧作为一个独立艺术门类以来艺术家和理论家一直思考的一个问题，但是自从戏剧进入自觉的时代以来，人们对这一问题的回答往往仁者见仁智者见智，并没有一个令人信服的统一答案。老舍自己正是从对比中西不同理论中来进行考察。他先引了孔尚任在《桃花扇传奇》序言中的一段话：

> 戏剧传奇虽小道，但包含诗赋、词曲、四六、小说等，其体裁是无体不备；至于摹写须眉，点染景物，乃兼画苑矣。其旨趣实本于三百篇，而义则《春秋》，用笔行文，又《左》、《国》、太史公也。于以警世易俗，赞圣道而辅文化，最近且切。今之乐，犹古之乐，岂不信哉？[①]

老舍赞同孔尚任的大部分观点，孔尚任认为戏剧是包含诗赋、词曲

[①] 老舍：《文学概论讲义·第十四讲　戏剧》，载《老舍全集》第16卷，人民大学出版社2008年版，第137页。

等等多种文学体裁的综合体系，摹写刻画手法包含了绘画和造型艺术；戏剧用笔行文简洁，又和《左传》《国语》等太史公笔法相近；戏剧的功能主要是警世易俗，赞圣道而辅文化。老舍认为孔尚任只看到戏剧体裁结构上类似文学，功能的落脚点是"文以载道"的政治和社会功用，忽视了戏剧的艺术功能。他认为戏剧与其他文学样式的不同，不仅仅是体裁上的完备，更重要的是它是舞台综合艺术。戏剧必须在大众面前表演，在舞台上演出，因此戏剧不得不尽可能多地运用其他艺术形式来表达和完成自己的美。老舍认为戏剧的这种独特的表现成功与否，不是其道德的含义和教化功能，而在于能否感动人心，能否打动观众。老舍接着从西方文论的角度来考察戏剧的本质，他赞同亚里士多德《诗学》的模仿说。亚里士多德指出人类因模仿的本能而产生了艺术，特别是戏剧艺术。模仿高尚的人物和行为是悲剧，模仿卑劣人物和行为则是戏剧。老舍认为亚里士多德就是从艺术的角度来看戏剧的起源。亚里士多德认为戏剧的功能是唤起怜悯与恐惧的情感，老舍认为这也是艺术所要达到的功能，因此它必须要通过表演来达到，不是印出来给人念的。从中西两方面考证之后，老舍提出戏剧的本质就是："要在舞台上给人们看生命的真实。"[①] 当然老舍明白要在小的、有限的舞台空间来展现无限的生命的真实是戏剧不同于其他艺术的所在，也是其难点所在。他进而指出："戏剧是文艺中最难的。世界上一整个世纪也许不产生一个戏剧家，因为戏剧家的天才，不仅限于明白人生和文艺，而且还需明白舞台上的诀窍。"[②] 他认为舞台的诀窍在于戏剧是舞台综合艺术，需要多方面的联合：包括布景与音乐的互相映衬，导演的指导，需要演员的演绎和阐释，最后还离不开观众的判断。观众的判断是及时的，因此戏剧必须当时就对观众产生效应。如果当时观众没有什么反应，那么戏剧就是失败了。这样读一个剧本和看一个剧本的表演是不同的：看书的时候思接千载，神游八荒，想象可以从多个方向发散，然后又逐渐的集合；

[①] 老舍:《文学概论讲义·第十四讲　戏剧》，载《老舍全集》第 16 卷，人民大学出版社 2008 年版，第 137 页。

[②] 老舍:《文学概论讲义·第十四讲　戏剧》，载《老舍全集》第 16 卷，人民大学出版社 2008 年版，第 138 页。

而看戏时观众的想象集中在目前，不容游移的，因此舞台性是剧本最显著的特征。

二　戏剧与现实生活的关系：戏剧是多于生命的。老舍其实指的是戏剧源于生活，但要高于生活。他先引用沃斯福尔德《戏剧》（Worsfold：*The Dramd*）中的一段话，其中主要观点是如果文艺中内部的因素和分子是重要的，那么在戏剧中，外部的因素和分子也同样需要注意，因为戏剧有其他文艺没有的舞台上的表演。沃斯福尔德说："这一点——以真的表现真——使戏剧成为艺术的另一枝。但这以真的表现真的并不与日常生活完全相同……。真实，并非实现，是戏剧的命脉，是以集中把实现提高和加深，使之不少于，而是多于实现。"① 正如亚里士多德在《诗学》中所说的，诗不仅描述已发生的事，还可以描述可能发生的事。老舍认为戏剧虽然要表现已发生的真实生活，但戏剧家还应该按照事物可能和应该有的样子来，这必然是对现实的超越。老舍由此得出一个可以判断和解释戏剧与现实，以及其他艺术关系的标准："戏剧是多于生命的。"老舍认为古代的戏剧与近代的戏剧存在差异，西洋的和中国的戏剧也大不相同，如果用这一标准可以判断它们不同的原因所在。因为戏剧是一种需通过表演来呈现的艺术，那么时代与环境的差异，也会导致表演的方式有别。现代人认为古希腊戏剧是古怪的，但在当时却必须那样表演。元曲一人唱，旁人答几句话，这是不足以充分表现真实的，虽然它们的抒情诗部分都非常的美。老舍认为古希腊戏剧中也有抒情诗，但没有元曲那么多，也不太重要。至明清时期，中国戏剧中人物穿插的成分增多，但唱的部分却并未减少，而且多是以歌来道出人物的行动和故事的情节，而不单纯为表现给观众观看。像《长生殿》中的《闻铃》《弹词》，老舍认为并不是戏剧的表现，仅算史诗和抒情诗的吟唱，可以称作好诗但绝非戏剧。老舍据此得出的结论是"多数中国戏是诗与音乐的成分超过戏剧的"。②

---

①　老舍：《文学概论讲义·第十四讲　戏剧》，载《老舍全集》第 16 卷，人民大学出版社 2008 年版，第 138 页。

②　老舍：《文学概论讲义·第十四讲　戏剧》，载《老舍全集》第 16 卷，人民大学出版社 2008 年版，第 138 页。

在比较了中西戏剧的历史的基础上，老舍认为中国戏曲、古希腊悲剧与现代话剧的差异在于它们表现真实的程度上存在距离。他认为戏剧必须表现生活的真实，而现代话剧在表现的方法上是越来越真切，古希腊戏剧和中国的戏曲都没法和现代西方话剧相比。拿古希腊来说，其戏剧先是民间的歌唱，进而有音乐，而后又加入故事，正是这样的发展历程使得古希腊戏剧中诗的成分很重要。希腊戏剧为了表演时让容纳几万人的露天剧场观众能看见和听见，演员在表演时往往必须穿着很高的鞋子，并且还得用特定手势和特殊训练的声线来缓慢诵读戏文。中国的戏剧主要是歌唱故事而来，因而诗和音乐的成分多于行动，也就趋向于叙说。比如中国戏剧中角色往往自报家门和环境，常常吟唱景色和人物，对某一件事情也是反复陈说。中国的武戏虽然有行动，但不是通过行动来叙事，因情节较简单，它更多的是歌舞和杂技。老舍分析了毛西河《词话》中关于歌舞的关系：

> 古歌舞不相合，歌者不舞，舞者不歌；即舞曲中词，亦不必与舞者搬演照应，……宋末，有安定郡王赵令畤者，始作"商调鼓子词"，谱《西厢》传奇，则纯以事实谱词曲间，然犹无演白也。至金章宗朝，不知何人，实作"西厢奏弹词"，则有白有曲，专以一人奏弹并念唱之。①

老舍就较为认同毛西河的这一说法："至元人造曲，则歌者舞者合作一人。"在他分析了中国歌舞的历史渊源之后，认为即便到昆曲与皮黄戏，中国戏曲还是以歌唱和舞蹈为重要成分，而不能充分直观地表现现实。

老舍也从观众的角度出发来考察了这个问题。古希腊观众是一边看剧，一面敬神，因为戏剧其实是一种宗教行为；在中国，观众没有这种宗教束缚，而只是听一种歌，看一种舞，观众可能对这种歌舞的形式都

---

① 老舍：《文学概论讲义·第十四讲 戏剧》，载《老舍全集》第16卷，人民大学出版社2008年版，第139页。

已经很熟知了，但看的关注点在于专门演员对这歌舞的技术如何，从而获得欣赏的愉悦。中国戏曲顺着歌舞这条路径越走越远，一切神奇的事情都可以加入，可能与不可能的事物都可以用象征的手法表达。这样中国戏剧便逐渐成为一种讲究歌舞的艺术，而对表现客观真实并不在意。老舍也提到有些剧本非常具有现实性，但是也被规则和成法拘束，并不能充分表现。老舍指出中国戏剧以唱腔和舞蹈动作为主，其戏剧的形式大于表现的内容，故而较为注重表演技术，而希腊戏剧则是因环境和设施上的客观限制，故而偏向于往歌舞剧方向发展。由此老舍认为中国戏曲和古希腊戏剧在表现真实的维度和现代话剧是存在着差距的。

三　戏剧结构的内在动力。老舍认为致力于表现真实是戏剧结构进步的重要内在动力，而其中戏剧的穿插和细节的真实对于结构非常重要。从亚里士多德的悲剧理论看，老舍认为希腊古代戏剧、中国四折剧与西方现代戏剧在结构上都是依照起始、发展与结果的次序，在表现自然和真实方面也是不断改进的。他认为古希腊戏剧的舞台布景简单，受表演设备的限制，角色最多也只有三个演员。早期古希腊戏剧重点只能给观众一个整体的印象，而忽略一些小的细节。西方后来的戏剧因为有了复杂的穿插，戏剧角色也没有限制，便能顾及小的细节而显得更真实；中国戏曲则因为幕的规定一般较为规范，角色人数设置自由，但每一折之中众多人物的进出成为最大问题，以致往往不能在极恰当的时候换场，而且在换场的时候也没有开幕和闭幕。当然老舍认为中国在细节的真实方面也有进步，到了由昆曲改造而来的京剧则可以发现对于穿插的改善，使事实的表演更近于真实。老舍由此得出一个非常有启发性的结论："这趋进写真的倾向——因为戏剧是要表现真实的——是剧本进步的一个动力。"①

四　从戏剧与人物的关系看，结构是运动和发展变化的。老舍认为古代戏剧取材英雄人物，因而注重结局。近代戏剧取材于平凡生活，结构的重点转移到人物性格的表现；古代戏剧以结构中的穿插来管理戏剧

---

① 老舍：《文学概论讲义·第十四讲　戏剧》，载《老舍全集》第16卷，人民大学出版社2008年版，第141页。

角色，而近代戏剧以性格引领人物的行为。老舍认为中国古代戏剧多取材于历史，然而历史人物的性格表现却永远与平凡人物具有相似性。他认为元曲中有些戏剧类似古希腊戏剧往往以结构为重，因此人物性格有时无法充分发展。老舍认为戏剧发展到近代，结构虽然比人物要重要，但戏剧在穿插上已然比较活泼，甚至有时还给次要人物一定的空间来表现个性。在这方面，老舍也高度赞扬了《西厢记》中人物性格和戏剧结构的关系。他认为《西厢记》如果按古希腊戏剧结构，其主要人物只能是莺莺、张生和老夫人，可是王实甫的作品中，红娘成为活泼而重要的角色，甚至比主要人物还要出彩。老舍认为真实生活中人物大多是平凡的，而近现代戏剧的趋势就是如何去尽力表现这些平凡的真实。老舍认为马修·阿诺德认为的人物必须伟大高尚的观点已经不合时宜，因为现在文学更趋向怎样表现普通和平凡的现实。老舍说："据我们看，结构与人物的高尚与否似乎不成问题，所当注意的是结构与人物的如何处理。"① 他对人物性格与结构的关系方面也有自己独到的看法，提出注重人物性格的表现才是'求真'的趋势。"事实人物不厌其平凡，其要点全在怎样表现他们"，这才是近代戏剧的趋势。老舍提出戏剧结构在戏剧创作中有着不可忽视的重要性，而这在众多戏剧理论中也是文论家经常探讨的问题。老舍从多个层面分析了戏剧的结构问题，其中最重要的观点就是指出戏剧结构进步的动力是源于趋近写真实。他举例说虽然西方现代的五幕剧逐渐在结构上打破这些条件对戏剧的限制，但由于现代戏剧角色上的限制更少，在结构上可以有更复杂的穿插，因而在戏剧表现上更丰满，能有更多细节的表现。他认为从传统戏剧走向现代话剧的中国戏剧也正是遵循了这样的发展趋势。

五 戏剧结构的定义：最经济有效地从混乱人生中把握真实的手段。老舍认为结构在古典时代是定型的，现代戏剧观则认为结构为戏剧发展的自然秩序。老舍引用弥尔顿的《戏剧艺术家莎士比亚》（Moulton：*Shakespeare as a Dramatic Artist*）中的一段话：

---

① 老舍：《文学概论讲义·第十四讲 戏剧》，载《老舍全集》第16卷，人民大学出版社2008年版，第141页。

> 假如构为对于人生范围中扩大设计，为经验之丝所织成规则的图案，正如许多色的线之织入一匹布，则此观念必带出它的真正尊严。此外还有何种像这样秩序排列为科学与艺术的会合点？……戏剧家曾经检讨罪恶，并且看出来它与"报应"相联，曾把欲望改为深情，曾接受真实中没有定性的事实而使成为有秩序的经济的图形。把这个定形加于生命至上就是结构……①

老舍认同弥尔顿关于结构类似于织物的观点，这种织物的结构以人生经验为丝，是一种科学与艺术的有机秩序。这非常具有启发性，后来法国罗兰·巴特也提出文本结构如同织物一样是一个不断编织的过程。在《文本的快乐》（1973）一文中，巴特分析了文本的生成过程："文（Texte）的意思是织物（Tissu）；不过迄今为止我们总是将此织物视作产品，视作已然织就的面纱，在其背后，忽隐忽露地闪现着意义（真理）。如今我们以这织物来强调生成观念，也就是说，在不停地编织之中，文被制就，被加工出来；主体隐没于这织物——这纹理内，自我消融了，一如蜘蛛叠化于蛛网这极富创造性的分泌物内。"② 当然巴特在这里主要说明文本的结构不再是确定的，其背后亦无隐藏的真理。文本的生成在于语言机理之中，在符号滑动和浮沉不定、撩拨人的意义闪现的狂欢中。老舍这里的观点当然不完全等同于巴特后结构主义的观点，他更倾向认为结构是试图从事物的混乱材料中编织出理想的秩序的观点。在此基础上，老舍进而指出戏剧结构就是"极经济的从人生的混乱中捉住真实"③。意为结构主要是表现真实，但这种真实需高于生活。古希腊戏剧结构关注的是崇高，现代的戏剧则注重人物与行动的细节，或者是一个主义或问题。老舍认为无论注重哪点，"结构的形成是根本含有哲学性的。这哲学性便使时代的心神加入戏剧里面去，从而戏剧总

---

① 老舍：《文学概论讲义·第十四讲　戏剧》，载《老舍全集》第16卷，人民大学出版社2008年版，第141—142页。
② Roland Barthes, Richard Miller, *The Pleasure of the Text*, Oxford: Blackwell, 1990, p.64.
③ 老舍：《文学概论讲义·第十四讲　戏剧》，载《老舍全集》第16卷，人民大学出版社2008年版，第142页。

是表现人生的真实的，而不是只表现一些日常的事实"。① 老舍这一论断的确是非常深刻而有创见的，将戏剧结构是表现人生的真实这一点提高到哲学层面，其实与罗兰·巴特有异曲同工之妙：那就是文本具有独立自主性，但值得注意的是老舍指出文本的编织和生成必须有时代精神性，这一点又显示了文本的编织不仅仅是内在的，而是向生活敞开发展的。从这个角度来看，老舍的戏剧文本结构也并非是完全封闭的，而是开放和具有生成性的。

六　戏剧创作关键和难点：如何由表现人生到解释人生。老舍在抗战戏剧创作时多次提到戏剧创作的困难，其中有两点重要因素就是来源于《讲义》。他认为戏剧的创造困难在于："它第一要在进展上使节目与全部相合，一点冗弱与无关的情节也不能要，这样，才能成为一有系统有目的之计划，才能使观者的思想集中而受感动。"② 也就是说戏剧是一个有机整体，其间各部分须紧密结合，也只有一个完整的有机体才能给人一种特别的快感。其二，"是由进展而达到一个定点"。老舍认为这比第一层要困难得多，而且这也是多数戏剧失败的原因所在。老舍引用了叔本华的《论文学的几种形式》（Schopenhauer：*On Some Forms of Literature*）来证明：

> 第一步，也是最普通的一步，戏剧不过是有趣味……。第二步，戏剧变为情感的。戏剧的人物激起我们的同情，即间接与我们同情……。第三步，到了顶点，这是难的地方。在这里，戏剧的目的是要成为悲剧的。在我们眼前，我们看到生活的大痛苦与风波；其结局是指出一切人类努力的虚幻。③

---

① 老舍：《文学概论讲义·第十四讲　戏剧》，载《老舍全集》第16卷，人民大学出版社2008年版，第142页。
② 老舍：《文学概论讲义·第十四讲　戏剧》，载《老舍全集》第16卷，人民大学出版社2008年版，第142页。
③ 老舍：《文学概论讲义·第十四讲　戏剧》，载《老舍全集》第16卷，人民大学出版社2008年版，第143页。

老舍解释说戏剧创作的这个困难是一个事实，因为戏剧结构的本质是把握人生的真实，那么它的结局就必须满足观众的这一要求——"那就是说由看事实而归到明白人生的真实，由表现人生走到解释人生"。① 老舍认为古希腊戏剧多数是用当时的宗教观和命运观来解释人生。中国戏剧多数是按照诗的正义来关照人生，而以赏善罚恶为结局。钱钟书曾在英文论文《中国古代戏曲中的悲剧》提出中国戏曲缺乏悲剧性有三点表现，其一是"剧中表现的不是单一的总的激情"；其二是"诗的正义总被表现出来"；其三中国古代戏曲"悲哀和幽默的场景犹如五花肉上红白相间的颜色一样交替出现"②。钱钟书最后分析中国戏曲缺乏悲剧性的原因并不仅是大团圆的结尾削弱了对命运的关照而缺乏悲剧感，最主要的原因是中国戏曲因儒家和佛家文化往往表现诗的正义和宿命论，而非人对命运的抗争，使得《赵氏孤儿》这样原本可以成为最伟大悲剧的作品成为"忠""义"这些抽象理念化身。老舍则认为："这两种对生命的看法对不对是另一问题，但是，但人生的哲学及观感是不限于这两种，因而戏剧表现的精神也便不同。"③ 老舍这种看法无疑是辩证和客观的。他还提及近现代戏剧家从以前的解释人生，变为只是客观的表现，或者只是表现一个问题而不下结论的原因正在于多元的思想和广泛的信仰无法归结在一起。这正因为如此，近代的戏剧结构便比古代的显得散漫一些，但真实感更强。近代戏剧的解决也不再像古代给观众的印象与刺激那样的一致，因为近现代戏剧不再解释真实，而有观众来解释戏剧。老舍认为戏剧文本不再是由戏剧家决定而是由观众来决定，这可能是不可避免的事实，这也增加了戏剧创作的难度。

七 关于戏剧语言，老舍认为戏剧中言语的演变也是以表现真实为主。众所周知，老舍是中国现代语言大师，其戏剧语言独具风格和魅

---

① 老舍：《文学概论讲义·第十四讲 戏剧》，载《老舍全集》第 16 卷，人民大学出版社 2008 年版，第 143 页。

② 钱钟书：《中国古代戏曲中的悲剧》，《天下月刊》（Tien Hsia Monthly）（创刊号）1935 年 8 月。

③ 老舍：《文学概论讲义·第十四讲 戏剧》，《老舍全集》第 16 卷，人民大学出版社 2008 年版，第 143 页。

力，是其戏剧的亮点之一。老舍不仅在戏剧创作中善于运用语言，而且一生还写了很多文艺理论的论文，最多的就是关于语言的，也包括戏剧与语言问题。他认为从中西古今戏剧语言的发展史看，戏剧语言的演变也是以表现真实为趋势的。老舍说古希腊戏剧用的语言是韵文，因为它是诗剧，但到欧里庇得斯那里却已大胆地用日常的语言。莎士比亚的戏剧是韵文与散文并用的，老舍认为这证明散文比韵文更能表现真实，因而近代戏剧基本就全用散文了，并觉得中国戏曲的语言总是歌曲与宾白结合，近代的皮黄戏中歌曲的词句也勉强用韵，但算不上诗，甚至连韵都够不上，而且演员可以随意改动词句，只要声调上悦耳，听众并不在意。至于现代话剧的语言，老舍认为本着这种趋势，今日的话剧应"表现什么便用什么言语，一个学者与一个车夫的言语是不相同的，便应当用学者与车夫的言语去表现，这便能真确有趣。"① 从中我们可以窥见老舍"开口就响"的戏剧语言观。

　　老舍还对戏剧中官话与方言有辩证的认识。他指出京腔大戏中的言语已经是成形的，不管它的好坏，对于国语的推广是有力的。话剧的语言自然是应该利用国语，但老舍指出为了提倡话剧，就是全用方言也是可行的。要知道当时"国语运动"的推广活动在全国正是如火如荼，老舍这一观点可谓大胆，但同时也是有深刻见解的。老舍也指出旧剧中的尖团字作为伶人的一种重要训练是一成不变的，但新话剧的演员并不是皆懂国语，更不要说懂得尖团字，因此在各地方演戏大可使用方言，从而规避生硬而不自然地背诵官话，这样也不会有损真实。当然如果国语运动具有十足效果，那自然可用国语进行表演。

　　八　舞台的布景和行动。老舍认为中国旧戏曲有很多问题需要改革：比如自报家门与向台下的听众讲话，这是不合乎戏剧要表现真实的原理。西洋古典戏剧中也有这种自报家门的举动但已经改掉，西方现代剧"把舞台视成另一世界，以幕界为一堵厚壁，完全与台下隔开"。②

---

①　老舍：《文学概论讲义·第十四讲　戏剧》，载《老舍全集》第16卷，人民大学出版社2008年版，第144页。

②　老舍：《文学概论讲义·第十四讲　戏剧》，载《老舍全集》第16卷，人民大学出版社2008年版，第144页。

老舍其实是指在镜框式舞台上，通过人们的想象，把幕布当作一道实际上并不存在的"墙"，其实就是"第四堵墙"的戏剧理论。① 老舍说："戏剧是表现真实的，也是艺术的，它的布景是必须利用各种艺术而完成一个美的总集。"② 据此理论，老舍强调布景要遵循真实性原则。认为传统戏曲中以手作一推开之势就算开门等表演样式自然不太真实，但也比文明戏七拼八凑弄几张油画来敷衍强。他认为当前话剧舞台的布景人才极度缺乏，只能尽量避免舞台上诸如杀人撒血等恶俗表现。话剧创作也需要改善观念，不要以为只要努力写好剧本就够了，这并不能使话剧运动走向圆满，"他们必须注意到这全体美的设施，不然，他们的剧本在舞台上一定比旧戏更丑劣"。③

其实老舍也并没有贬低旧戏，只是认为它在表现真实上还不足。他认为皮黄戏是一种歌舞剧，中国传统戏曲的自成体系，那么旧戏的改革可以专从改善美方面入手，而把表现真实的工作交给话剧去作。由此可见，老舍对新旧剧改革是持一种理性态度的，他认为中国旧剧有保存的价值与必要，但需要改革。老舍还指出改革的方法："把它的音乐与歌舞更美化一些，把剧本修改得更近于情理"④，使它与新剧共存共同发展。了解老舍的这些看法，我们就能理解老舍抗战戏剧创作之初为什么首先进行了京剧改良创作的实践，他发现很困难是"因为旧剧的壳壳

---

① 安托万于1903年在《巴黎评论》发表《布景漫谈》中提出"第四堵墙"的概念，他要求舞台布景要显得富于独创、鲜明和逼真，如果是室内景，制造时就得有四条边，第四堵墙。第四堵墙的概念是适应戏剧表现普通人的生活，真实地表现生活环境的要求而产生的。18世纪启蒙运动代表人物狄德罗也涉及了第四堵墙的概念。他在《论戏剧艺术》中提到：假想在舞台的边缘有一道墙把你和池座的观众隔离开。19世纪下半叶，随着"三面墙"布景形式的日趋定型，位于台口的这道实际不存在的"墙"变成箱式布景房间第四堵墙的剖面，因而有了"第四堵墙"之称。

② 老舍：《文学概论讲义·第十四讲　戏剧》，载《老舍全集》第16卷，人民大学出版社2008年版，第144页。

③ 老舍：《文学概论讲义·第十四讲　戏剧》，载《老舍全集》第16卷，人民大学出版社2008年版，第145页。

④ 老舍：《文学概论讲义·第十四讲　戏剧》，载《老舍全集》第16卷，人民大学出版社2008年版，第145页。

中决不能完全适用真正的戏剧原理"。① 老舍实际从理论上早就认识到中国传统戏剧和现代话剧是不同的表现体系,但这只是一个理论假设,而没有经过实践检验。老舍只有经过抗战时期京剧和传统曲艺创作实践,真正尝试发现了"旧瓶装新酒"的困难后,他才开始现代话剧创作。老舍的话剧也不同于当时流行的话剧,他转换了一个思路,将传统戏曲某些元素融入现代话剧艺术探索,从而实现了传统和现代的转换。

九 演员与戏剧的关系。老舍指出演员与戏剧的关系如果达到艺术表现真实的地步是最佳的。他说:"演员在忠实于剧本之中,而将身心融化在剧旨里去解释它,去表演它。这样演员决不仅是背锅了剧本到台上去背诵,或是随意参加自己的意见与言语,而是演员本人也是个艺术家,用她的人格与剧本中的人格的联合而使戏剧表演得格外生动有力。"② 从老舍这段对演员与戏剧关系的论述中,我们可以窥见斯坦尼斯拉夫斯基学派的影响。③ 老舍认为一个演员的天才、经验和真诚非常重要,并不比别的艺术家要求低。老舍批判了以为表演算不上艺术的错误观念,指出表演虽然不是创作,但没有艺术的天分决不能明白艺术作品并表演到位。他认为现代话剧表现真实的要求使得演员的难度增加,中国古代和希腊的伶人可以通过脸谱和面具等来帮助,而近代话剧则全靠演员来表现人生,他的一切举动要契合真实,这是很不容易达到的。他还极富远见地指出,中国戏剧改革,必须注重演员的培养,而且演员除了有天分以外,必须要受过好的教育。这一观点,即便到今天仍然富有启发性。

老舍曾以"神的游戏"一词表达自己对戏剧的敬畏之心,因而一

---

① 老舍:《文学概论讲义·第十四讲 戏剧》,载《老舍全集》第16卷,人民大学出版社2008年版,第145页。
② 老舍:《文学概论讲义·第十四讲 戏剧》,载《老舍全集》第16卷,人民大学出版社2008年版,第146页。
③ 斯坦尼体系的核心观点是要"在体验基础上对形象的再体现"。该理论认为要在舞台上把角色体现好,必得经历一个体验过程,摆脱演员的"第一自我",深感"我就是"角色,完全与角色融为一体。剧作家为角色安排了规定情境,演员就得设身处地,确信无疑地生活其间。

直不敢尝试戏剧创作。这不意味着他不懂戏剧，恰恰是老舍对戏剧有着深刻的理解。从以上老舍对戏剧的分析，我们可以看到他对中西戏剧的历史发展、渊源有一个细致和综合的掌握。在此基础上，他从历史唯物主义的角度，以动态发展的眼光分析了戏剧的产生、本质、结构、语言等美学特质。其中不乏独到的美学见解，而且还未被学界所重视。如果说《文学概论讲义》的系统性可能还存在不足的话，老舍关于戏剧的这一章确实有严密的理论体系和论证逻辑，把握到了戏剧艺术内在本质和规律。也正是因为老舍对中西戏剧有如此的积累和深刻认识，纵使他在抗战时候虽然抱着"试一试"的实验心态来进行戏剧创作，但很快就进入创作的状态，而且戏剧创作实践逐渐和他的理论相结合，这给他抗战时期戏剧创作奠定了坚实的基础。值得注意的是，随着老舍抗战戏剧创作实践的不断深入，他对戏剧的体认愈加深刻。继而认识到戏剧不仅仅是一个纯粹的艺术问题，不单是剧本的创作和演出，还必须面对政治、意识形态、宣传和服务对象，以及市场等更多的因素，其戏剧理论又有了进一步的深刻调整和发展。

第三节　老舍与抗战戏剧运动

老舍不仅具备了较成熟的小说创作手段，也有较好的戏剧理论素养，这些是老舍进行创作的有利和必要基础，但这并不是老舍进行戏剧创作必然条件。老舍转向戏剧创作实际与当时整个文学运动的走向也有关系。抗战戏剧创作成为老舍文艺活动的高峰，在于其创作背景也是中国戏剧运动的一个高峰。

中国现代戏剧运动最早从日本爱美剧传入，到"五四"运动时期易卜生戏剧的传入让中国现代戏剧运动进入一个新的高度，但当时戏剧演出仅仅局限于北京、上海等大城市，演出戏剧和观看戏剧的一般都是有一定知识水平的上层知识者。只有到抗战时期，中国戏剧运动才发生根本的转变，戏剧的演出和观众范围极大地扩展，戏剧艺术已然成为抗日救亡运动的有力武器。老舍投身戏剧创作实际与抗战期间不断高涨的戏剧运动思潮密不可分，可以说是中国当时这股史无前例的戏剧大运动将老舍卷入其中的。当时中国戏剧运动分为三个主要阵地：一个是以陪都重庆为中心的国统区戏剧运动；一个是以延安为中心的红色根据地的戏剧运动；一个是以上海为中心的"孤岛"戏剧和其他沦陷区的戏剧运动。三个地方的戏剧运动在抗战时期有一定联系又有各自的特点：延安和敌后的话剧在中国共产党直接领导下进行了，虽然条件艰苦，但能广泛地结合和服务军民；上海、平津等沦陷区戏剧运动是在日本统治下进行的，往往比较艰难。重庆为中心的戏剧运动非常繁荣，但受到政治、意识形态，以及市场多方面复杂因素的影响。抗战戏剧一般是指1937年至1945年这8年，其实不止。实际上，抗战戏剧的发展可以分为三个阶段：

第一个阶段是抗战戏剧的序幕。1931年的"九·一八"事变后，金剑啸、潘富玉创作的独幕剧《海风》（10月25日）和《最后一课》（10月29日）在哈尔滨《国际协报》上接连发表。中国话剧界立刻就有了快速行动，进行了抗日戏剧编剧和演出，并取得了极大的社会反响。《最后一课》是对法国作家都德同名小说的改编。《海风》讲的是一个中国水手听到"九·一八"事变日本人占领自己家乡后奋起反抗，而被日本船长杀害，这引起了全体中国水手的暴动，随后水手们回国参加抗日战争的故事。这两个剧本可能还并不太成熟，但却体现了戏剧对社会和生活及时的反应。在这一时期的戏剧中取得最突出成绩的田汉，《乱种》《回春之曲》等都是他抗战戏剧的典范之作。还有尤兢（于伶）、洪深、凌鹤也都投身抗战戏剧创作，陈鲤庭的广场街头剧《放下你的鞭子》（1931）在抗战期间演遍了大江南北，可能是中国话剧史上演出场数最多的。中国话剧的发展在1931年至1937年间成为提高的重要时段，而抗日戏剧就是这其中十分重要的组成部分。

第二个阶段即抗战戏剧的大爆发时期，以1937年的"卢沟桥事变"为起点。"卢沟桥事变"后，中国戏剧界迅速行动，上海剧作协会立即组织张季纯、马彦祥、于伶等17个剧作者集体创作了《保卫卢沟桥》，洪深、金山等19人组成导演团，事变后一个月，也就是8月7日演出，立即轰动上海。随后上海的戏剧工作者迅速组成13个救亡演剧队，在"戏剧上街""戏剧下乡"等口号下，走向农村和前线进行演出宣传。北京、上海、南京相继沦陷后，国民政府迁都武汉。汉口聚集了全国众多戏剧工作者，并成立戏剧工作者的统一战线组织。1937年12月31日，田汉起草的《中华全国戏剧界抗敌协会成立宣言》在相关大会上通过，他认为戏剧无疑是全国广大民众作抗敌宣传最有效的武器。1938年夏天，国民政府军事委员会政治部第三厅领导戏剧工作者组成10个抗敌演剧队、4个抗敌宣传队、1个孩子剧团，奔赴相关战区演出。1938年10月重庆的戏剧人拉开了第一届戏剧节的序幕，怒吼剧社等25个演出团体出动上千人的阵容，在重庆各个街头、广场演出街头剧，演出持续了22天，观众日日人山人海，可谓参与人数之众多，影响效果之明显。在抗战前期，洪深的四川方言话剧《包得行》、吴祖光的处女作《凤凰城》、夏衍的《一年间》、阳翰笙的《塞上风云》、陈白尘的《群魔乱舞》、于伶的《夜光杯》都成为重庆重点演出的剧目，而老舍、宋之的共同创作的《国家至上》也成为当时盛行一时的剧目。同时，真正把抗战戏剧活动推向高潮的还有中国万岁剧团、中电剧团、中央青年剧社、中华剧艺社、中国艺术剧社等影响深远的专业剧团先后成立，这些都使得各专业剧团和抗敌演出队在重庆十分活跃。

抗战戏剧的第三个阶段是1941—1945年，属于抗战戏剧的成熟期。每年的10月到来年5月，由于重庆雾气容易弥漫，所以日机无法进行他们惨绝人寰的轰炸。这也间接使得重庆有一定条件在这期间举办盛大的戏剧公演，最终有118部大型话剧在这四年里被演出。重庆是陪都，各种商业戏剧演出都很兴盛，但社会影响更大的则是中共南方局的领导下展开的进步话剧运动，从而出现了众多经典的宣传抗战爱国主义精神的戏剧。

老舍加入抗战戏剧运动正是中国抗战戏剧进入高潮和步入成熟时期，选择进行戏剧创作无疑是受到当时戏剧运动的影响，但老舍的加入也进一步推动了当时戏剧运动的发展。

（一）老舍主动转向抗战文艺，并积极探索和推动民间曲艺。老舍本来就热爱民间曲艺，但由于这种民间曲艺并不属于知识分子文学圈，所以抗战前她主要致力于小说创作。等他转战到武汉后，老舍不仅致力于"文协"工作，也致力于团结广大民间曲艺人。1937年至1938年，他开始与山药旦等民间艺人合作，着力把民歌传唱到军队之中，将唱本递给普通老百姓，把戏剧演出真正放在城中与乡下的戏台上。在抗战的旗帜下，老舍积极创作，短短几个月就出了大批作品。1938年11月，出版了抗战通俗文艺作品集《三四一》，包括三段鼓词（抗战一年）、四部抗战京剧：《新刺虎》《忠烈图》《烈妇殉国》《王家镇》，仅有一部小说。从这可以看出老舍已经将创作重心转向了民间文艺和曲艺创作。在进行这些创作的时候，老舍注意联合民间艺人。在抗战文艺统一战线方面，很大程度上只是各个流派、不同政见作家之间的联合和统一，还很少人真正深入民间，和民间艺人进行密切的团结合作。老舍不仅向民间艺人学习，而且把鼓词写好后，让他们去传唱，经过传唱后民间艺人将不合口头文艺的部分指出，老舍再又进行修改，如此对老舍本身，同时对当时民间文艺的发展都作了很大的贡献。

（二）为了"文协"筹集经费而进行戏剧创作。1938年7月中旬，九江沦陷致使武汉无险可守、屏障尽失，老舍不得不带领"中华全国文艺界抗敌协会"转移到重庆。据先生自述，8月14日他们到重庆后暂住在公园路的青年会里。青年会作为"文协"在重庆的第一个会址，虽然办公地点简陋了些，但战争年代能有寄所已是难得。老舍与何容住在这所小楼二楼窗口朝阳的一间，屋内两张单人床，中间置放一个九屉桌，老舍常常坐在桌旁就可以开始工作。在这里，老舍一住就是两年，1940年8月，房屋由于在日本对重庆的大轰炸中被炸毁，致使老舍不得不离开这一生活和工作的地方，这一段时间一共是两年。当时，"文协"经费紧张，国民党也一度停止供给经费，这让"文协"的刊物发行都存在问题，老舍经常到处筹款，往往是办好一期《抗到底》，下一期的经费还没着落。然而戏剧在当时却非常流行，也就是在为"文协"筹款最艰难的这段时间里，老舍创作了他的第一部抗战话剧《残雾》。这部戏剧大获成功之后，老舍的戏剧创作就一发不可收拾。

（三）老舍创作戏剧是应社会各个团体邀请。老舍抗战时期积极从事抗战文艺活动，受到社会各界的好评。他的很多戏剧都是因政府机构和文化团体需求而创作的。每当各个文艺报刊或团体向他约稿，老舍只要为了抗战都毫不犹豫，从不推辞，积极促进当时抗战文艺活动。比如应国民党军部邀请创作了《张自忠》，应回教协会邀请创作了《国家至上》，应东方文化协会邀请创作了《大地龙蛇》，《谁先到了重庆》是应青年剧社所托写成的四幕话剧。① 为响应当时教育部对教师节的宣传，老舍创作了《桃李春风》来歌颂教师的奉献精神等等。老舍说自己改行写戏剧，"一来是为了学习；二来是社会上要求我，指定我，去写，我没法推辞"。② 总体来看，中国戏剧工作者是中国抗战文艺队伍中最具战斗力的，而老舍是其中的一个代表。老舍说一个好的戏剧需要花费大量的时间去完成，但他在短短的两年多时间里创作了4部京剧、9部话剧，这种高产的状态在世界文学史上都是不多见的，究其根源主要是老舍的社会担当和勇挑重担的精神在背后作强有力的推动。

（四）老舍转向戏剧创作，是为了服务当时抗战军民需求，为了解决当时普遍存在的"剧本荒"问题。老舍创作了《残雾》之后就随北路慰劳团到西北各省区五个多月。慰劳团受到各地军队的热烈欢迎和招待，老舍发现招待程序中总会有演剧这一项。有的剧团演话剧，有的表演旧形式新内容的二黄或秦腔，有的新旧杂体。有些剧团到各处巡回演出，往往五十人出去，也许只回来数人，都被缺乏戏剧人才的部队硬给三三两两地截留了。"戏剧已成为抗战宣传最得力的东西，于此可证。大家都认识了戏的效力，都极热心的组织剧团，有如上述，可是大家都演了些什么呢？就我所能看到的，话剧总是《放下你的鞭子》与《电线杆子》几出老戏，旧戏总是《梁红玉》与《玉镜台》；除了延安有些新编的剧本而外，简直找不到什么新的贡献。"③ 老舍认为抗战两年多以来，无论军事还是建设上都有所进展，"可是抗战的戏剧还是那些二年前的老剧本，还是一把鼻子一把泪，与其说是激励抗战情绪，无宁是宣传敌人的凶残可怕的故事；这是怎样严重的一个问题呀！没有剧本，

---

① 老舍：《致姚蓬子（三）》，《文坛》1942年7月15日第六期。1942年7月1日《谁先到了重庆》在《中国青年》连载，从第7卷第1期开始到2、3期合刊续完。1943年2月，联友出版社出版单行本。
② 老舍：《致西南的文艺青年书》，桂林《大公报》1941年3月16日。
③ 老舍：《由〈残雾〉的演出谈到剧本荒》，《弹花》1940年2月1日第三卷第三期。

没有剧本!"① 老舍说没有话剧剧本,也没有二黄或秦腔剧本,大家只能哭丧着脸表演那些老戏,前方如此,后方也差不多。"剧本荒是普遍的。因此,一个新剧本出来,各处都饿虎扑食似的想得到,演出,饥不择食也。"② 老舍认为自己还没来得及修改好的《残雾》能得以各处上演多半是因为剧本荒,他感到很惭愧,老舍说自己创作话剧时并不是很懂话剧就开始了创作:

> 当我开始写小说的时候,我并不明白什么是小说,同样的,当我开始写剧本的时候,我也并不晓得什么是戏剧。文艺这东西,从一方面说,好像是最神秘的,因为到今天为止,我已写过十好几本小说和七个剧本,可是还没有一本象样子的,而且我还不敢说已经懂得了何为小说,哪是剧本。从另一方面说呢,它又象毫不神秘——在我还一点也不明白何为小说与剧本的时节,我已经开始去写作了!近乎情理的解释恐怕应当是这样吧:文艺并不是神秘的,而是很难作得好的东西。③

老舍这么谈自己创作戏剧的缘起,其实是呼吁文艺界的同仁积极创作剧本,"连我,这不会创作剧本的,也愿意效劳帮忙;我们应对得起艺术,也更应快来救荒!"④ 老舍创作戏剧的目的很明确,那就是为了解决剧本荒,抗战军民服务,急人民需要之所急。他自觉地为人民创作戏剧,也决定了其戏剧已经具有了人民性特征。

(五)老舍与戏剧界同仁密切合作,共同推动抗战戏剧发展。老舍抗战时期就创作了数量惊人的戏剧,可谓是一个文化奇迹,但这一成绩也与当时火热的戏剧运动密不可分。他当时与众多戏剧家、导演、演员等密切交往,他们互相探讨创作,共同形成一个戏剧生产的"文化场"。纵览老舍重庆的几年戏剧创作活动,他与宋之的、赵清阁、郭沫

---

① 老舍:《由〈残雾〉的演出谈到剧本荒》,《弹花》1940年2月1日第三卷第三期。
② 老舍:《由〈残雾〉的演出谈到剧本荒》,《弹花》1940年2月1日第三卷第三期。
③ 老舍:《闲话我的七个话剧》,《抗战文艺》1942年11月15日第八卷第一、二期合刊。
④ 老舍:《由〈残雾〉的演出谈到剧本荒》,《弹花》1940年2月1日第三卷第三期。

若、茅盾、夏衍、阳翰笙、曹禺、陈白尘、于伶、洪深、吴祖光等一大批戏剧名家都有密切交往，他们共同掀起了一股席卷重庆的戏剧创作热潮。据曾健戎统计，抗战期间，在重庆地区所见到正式出版的剧作共有1200余种，其中街头剧57种、独幕剧500种、多幕剧426种、歌舞剧29种、翻译或改编剧242种。① 高质量戏剧作品的大量涌现推动了话剧演出的多姿多彩。抗战八年间的重庆话剧舞台热闹纷呈，有声有色。据石曼统计，多幕剧在城市剧场的公演就有一百八十余出，加上独幕则达二百四十余出之多，而老舍的戏剧创作占总数的8%。② 老舍还与张瑞芳、秦怡、金山、魏鹤龄、项堃、孙坚白、蓝马等知名话剧明星探讨话剧的舞台艺术，对他们在舞台上的精湛演技给予高度肯定。老舍也与陈鲤庭、张骏祥、郑君里、应云卫、焦菊隐一批高水平的导演来往密切，虚心听取他们的意见，这些导演虽然风格各异，但老舍非常信任他们，谦虚地认为自己只是写剧本的，至于话剧登上舞台则要尊重导演和演员，放心的将剧本交给他们去创造，他们有第二次创造的能力和自由。老舍还虚心请教戏剧观众、剧评家，促进了当时戏剧艺术评论的发展和繁荣。

老舍与众多戏剧家形成的这个文化场如同一个巨大的星系，而围绕老舍又形成一个自成体系的小星系，它们互相牵引、激发促进了当时抗战戏剧的发展，推动了当时重庆戏剧运动的热浪。这就不得不提"雾季公演"。太平洋战争爆发后，日军为了尽快结束中国的战争，打击中国人民的抗战信心，开始了对陪都重庆的大轰炸，妄图吓倒中国人民。由于每年10月至次年5月是重庆长达近7个月的雾季。这期间，由于日机来犯相对减少，于是大规模的戏剧演出就在重庆不断出现，时间从1941年一直持续到1944年，形成我们现在所说的"雾季公演"。"雾季公演"的得名与老舍的《残雾》，以及其好友宋之的《雾重庆》直接相关。抗战爆发后，众多文化名人从全国各地相继来到战时首都重庆，随之而来的还有大批优秀剧人。1938年10月10日至11月1日，全国

---

① 廖全京：《大后方戏剧论稿》，四川省教育出版社1988年版，第4页。
② 洪忠煌、克莹：《老舍话剧的艺术世界》，学苑出版社1993年版，第5页。

"文协"和"剧协"在重庆领导举办了第一届戏剧节，戏剧节持续时间为 23 天，参加了演出活动的由戏剧工作者 500 余名、业余戏剧爱好者 1000 余名，另外还有数十万人观众，这一盛景极大地轰动了整个重庆。这次戏剧节作为重庆戏剧界规模空前的抗日救亡文化活动，把抗战初期的重庆戏剧运动推向了高潮。戏剧的火种一旦点燃便燎原山城。1939 年 1 月 1 日，重庆近三千名戏剧界人士高举火炬彩灯举行了一个盛大的火炬游行，并演出了史诗性剧作《抗战建国进行曲》。这次活动轰动了整个陪都重庆，一定程度显示了抗战戏剧巨大的战斗力。1941—1944 年的 4 年间，"雾季公演"共打造了 242 台进步话剧，老舍《残雾》《国家至上》则是其中影响深远的名剧，是点亮雾季的明灯，指引和激发着广大军民奋勇前行。

抗战初期戏剧运动虽然呈现出状态火热和鼓动性强的特点，然而由于编演都较匆忙草率，且题材和思想较为狭窄。随着抗战状况的持久横亘，老舍认为光喊"打倒日本帝国主义"口号式宣传并不能持久。因此他逐渐从单纯呼喊打倒日本鬼子，转移到通过戏剧深入思索我们民族的精神是什么，我们能抗战胜利的文化根源是什么，即由单纯因抗战宣传需要创作，到深入探索抗战戏剧到底应该用什么样艺术形式，用什么样语言表达才能达到更好为人民服务的效果。期间《抗战戏剧的发展与困难》《抗战中的通俗文艺》《抗战以来的中国文艺》《三年来的文艺运动》等重要文章的写成，是他深刻探讨如何进行抗战戏剧创作的结晶。在这一过程中，老舍抗战戏剧创作的视野、思想以及作品题材都逐渐宽阔、深刻和丰富起来，从而形成他戏剧创作的第一个丰收期，而这种"丰收"也在一定程度上推动了当时抗战文艺和戏剧运动不断取得成效，并让中国现代戏剧的发展璀璨明亮。

第二章　家国、民族与现代国家文化的形成

一直以来,家国与民族就是中华民族形成和走向现代化国家过程之中紧密联系的两个概念,而且它们又与文化有着千丝万缕的联系。家族这个单位在中华民族的形成中一直是社会组织、政治体制、道德伦理、律法制度等机制和意识形态的基础。在春秋时期,儒家就提出"修身齐家治国平天下",在此后两千多年的发展中,逐渐形成了"家国一体"的社会模式,而这种"家国"观念也深刻地渗透到中国的道德、法律、政治等方方面面。从霍去病的"匈奴不灭,何以家为"到岳飞后背刺字"精忠报国",都无时不在彰显中国人根深蒂固的"家国"观念。中国人都深知"国之不存,家将焉附"。到了抗战时期,不仅家国破碎,甚至中华民族都到了危机存亡的时刻。日本帝国主义利用满、蒙、汉、回、藏等不同民族之间的矛盾,不断侵蚀中国。在这大的历史背景下,以老舍为代表的作家创作的戏剧中不仅有对日本侵略中国造成家国破碎的控诉,更是歌颂了在民族危机下各民族团结抗战的家国情怀。老舍用他的戏剧作品不仅歌颂了中华民族在外敌入侵时展现的强大民族凝聚力,更是有力地证明了中国文化的生命力是完全能支撑中华民族走向现代国家强大的内生动力。

第一节　家国的破碎与民族的凝聚

众所周知,老舍的《四世同堂》是叙说家国历史和精神的代表作,这部小说描述了在日本侵略下中国家庭的破碎与坚韧的民族精神。其实《四

世同堂》中的很多人物、情节、主题都可以在老舍抗战戏剧中找到影子，特别是小说中有关家国问题的思想在多部抗战戏剧中已有深刻表现。在日本帝国主义的侵略下，大好河山沦陷，成千上万的中国家庭支离破碎。严峻的事态让国人真正放弃小我和小家，为了国家这个大家庭共同献身奋斗，最终形成统一的民族国家精神，这正是老舍抗战戏剧中表现的主要内容。

一　战争对传统家庭空间的破坏

老舍抗战戏剧中对家庭最直接的表现是对"家"的物理空间的建构与解构。老舍抗战话剧的场景很多安排在客厅或书房，集中表现一个家庭、几个人物。剧情围绕家庭的一些琐事和矛盾展开，并逐步推进扩展。老舍在戏剧中往往简略地勾勒出客厅和书房的外在空间形态、房屋的样式、房间的格局、室内的各种器物陈设，都能让读者了然于胸。"家"是人物日常生活的地方，勾勒出家的视觉形式，其实也就描述了家庭的经济状况、日常生活，以及业主的生活方式、文化品位和价值取向。我们可以先看看《残雾》中洗局长家的客厅：

第一幕

时间　二十七年初秋的一个上午。

地点　重庆。洗局长家客厅。

客厅里不十分讲究，可也不算不讲究。装饰与布置大概是全家人的集体设计，大概也就是不十分讲究而又不算不讲究的原因。左壁设红木长几，几上有古瓶一尊，座钟一架。壁上悬大幅北方风景油画。右壁设方桌，覆花桌布，置洋瓷茶壶茶碗成套。正壁悬对联，字丑而下款值钱。堂中偏左有太师椅一把，铺红呢垫，是为"祖母椅"，距祖母椅不远，有洋式小圆桌，上置镀银烟灰碟及洋火盒一份，炮台烟一听，四把椅子。另有一大躺椅，独立的在正壁对联下。电灯中悬。电话与对联为邻。左壁有门通院中。开门略见花草。右壁有门通内室，故悬绸帘。地板上有地毯。[①]

[①]　老舍：《残雾》，载《老舍全集》第9卷，人民文学出版社2008年版，第3页。

从整个客厅的布局来看，家庭装饰比较讲究。这是有一定地位和经济条件较好的家庭，比如有电灯、电话，地板上都铺上地毯。另一方面看，这个家庭装饰的不讲究更值得探讨，显示了这个家庭因为年龄，思想和观念的差异，而导致的装饰混杂和不和谐。堂中正壁上悬字丑而下款值钱的对联，对联下一个有一个大躺椅，这是这家主人——附庸风雅的洗局长的地盘，而堂中偏左铺红呢垫的"祖母椅"，以及旁边镀银烟灰碟和炮台烟则是只求温饱乐享晚年的局长母亲大人的位置。左壁红木长几上的瓶和钟，意味着传统的"终生平静"，上悬的北方风景油画，可能是家中受过西方教育，而又不忘北方沦陷故土的洗仲文的布置。右壁方桌上的花桌布，洋瓷茶壶茶碗，可能是家中有现代生活气息的洗局长夫人和女儿的选择。这样一个混杂着讲究而又不那么讲究的布局，体现了这个家庭的传统，居中洗局长男人的地位，高堂太师椅上的老太太则是传统孝道伦理的体现，左右两壁则显露居于下风的现代思想和被压制的生活气息。

在《残雾》这客厅第一个出场的人物仆人刘妈，却是一个由于日军侵略战争失去家庭的人。刘妈在逃难中和家人失散，暂时在洗局长家中做仆人，她关心战争的进展，渴望知道何时能重返家乡与亲人相聚：

> （收拾到条案，抬头看了看壁上的大幅北方风景画。只看了一下，即急忙像矫正自己似的，低头拂拭案尘。可是，手还在擦拭，眼又不由的找到那张画；手由速而慢，以至停顿；摸索着提起衣襟，拭了拭眼角；仍呆呆的看画）家？哼，连高山都丢了！（想用手摸摸画上的山，只抬到半路，就落了下来；仍呆视着）①

刘妈看着北方的画就想起家乡，她询问洗局长的弟弟洗仲文关于战争的情况说，"难道咱们白丢了那么多地方，"又回头看看壁上的画，"白死那么多人，就不往回打啦？我就永远回不去老家吗？"② 刘妈虽然是生活在底层的一个女仆，但是内心真诚干净，从刚开始就能看出她有爱国热

---

① 老舍：《残雾》，载《老舍全集》第9卷，人民文学出版社2008年版，第4页。
② 老舍：《残雾》，载《老舍全集》第9卷，人民文学出版社2008年版，第5页。

情和民族情怀。刘妈实际是从北方逃难到重庆来的。日本侵略者在 1931 年发动九一八事变,中国东三省和华北五省先后沦落,北京、天津、济南等地的老百姓大都家破人亡、流离失所。在《残雾》中,老舍颂扬了以佣人刘妈、难民朱玉明为代表的具有爱国情怀和责任担当的底层人民,尽管他们丢失了家的物理空间,然而在内心仍然对家的心理空间有着深刻的执念。

在抗战这一大背景下,无论是平民百姓家还是达官贵人,都一样得面对日军的侵袭。《残雾》中的冼老太太是中国封建家庭家长的代表,虽住着豪宅,但也躲不了日军炸弹。冼老太太非常害怕空袭警报,说都被吓出毛病来了,只要听见一个长声,就以为是警报。冼老太太她们在偏厅打麻将,一听到警报就让刘妈去把自己的金镯子拿给她:炸死,好戴着我一对心爱的金镯子,不至于空着手儿"走"了。杨先生为了讨好老太太,给她讲了一个抗战麻将的故事:

> 太太,你还记得老王吗?王子甘?(等太太点了头)就是他。他同着三位朋友凑成了局,正打到热闹中间,警报了!老王向来胆子大,说咱们打咱们的,他炸他的!不大一会儿,头上忽隆忽隆的响开了;老王拼命摔牌,表示反抗;他自己先告诉我的,那叫作白板防空。哈哈哈哈!(擦了擦泪)他们真镇静,敌机投弹了,他们还接着干。老王亲嘴告诉我的,窗子都炸得直响,他们谁也不动。这可要到题了:忽然,院里噗咚一声,老王离窗子最近,回头一看,猜吧,是什么?(目光四射,等着大家猜)
>
> 原来是一只人腿!还是一只女人腿,穿着长统的白丝袜子。老王出去了,一摸呀,腿还热着呢。这还不足为奇。细一看哪,丝袜子的吊带儿上系着一个小纸包。老王把纸包拿下来,打开一看;猜!三十块法币,五元一张的六张!你看他们这个跳呀,这个喊呀,连解除警报都没听见。那天晚上,他们足吃足喝了一大顿!这才是笑话,是真事;多么巧,多么有意思!我管这叫作抗战麻将,作为是我太太的话的补充材料,哈哈哈哈!①

---

① 老舍:《残雾》,载《老舍全集》第 9 卷,人民文学出版社 2008 年版,第 14 页。

有一部分人，虽然家的物理空间是完好的，但家庭的心理空间已经崩塌了。老舍这里借杨先生之口讲了"抗战麻将"的笑话，讽刺了当时一些人的精神病态，反映了某些人在战争背景下一种醉生梦死的状态，但这也是当时战争现实的一种反映。1938年12月2日，日军总部向侵华的日军传达了"大陆第345号"即《陆海空中央航空协定》①。日军对重庆进行了长达5年零6个月的残忍轰炸，先后出动了9000多架次的飞机，投弹11500枚以上。重庆在大轰炸中损失惨重，市区繁华地区大都被破坏，轰炸遇难者达10000人以上，超过17600幢房屋被毁。这是继1937年4月德国在西班牙内战中对格尔龙卡（Guernica）实施轰炸之后，历史上最先实行的战略轰炸。在这几个月漫长的轰炸中，尤以1939年5月3日、4日的轰炸最为惨烈，史称"五·三"、"五·四"大轰炸。1939年5月3日，日机45架轰炸机连续对重庆人口密集的市中区进行轮番轰炸，总共投掷爆炸弹98枚、燃烧弹68枚，朝天门到中央公园两侧约两公里市区最繁华的街道沦为火海，市中区的27条主要干道中有19条都变成废墟。5月4日，日机27架再次偷袭重庆，此次空袭共投掷爆炸弹78枚，燃烧弹48枚，炸弹在全市10余处地点引发大火，连续燃烧了2天后，都邮街等10余条中心街市都在大火中被烧毁。此外，国泰电影院不幸被轰炸，200余名观众当场被炸死；全市37家银行受损严重，其中有14家银行遭到损毁；古老的罗汉寺、长安寺也被大火吞噬；同时被炸的还有外国教会及英国、法国等各外国驻华使馆，就连挂有纳粹党旗的德国大使馆也未能幸免。据不完全统计，在"五·三"、"五·四"大轰炸中，日机共炸死3991人，炸伤2323人，建筑物受损多达4889栋，大约20万人流离失所……日军此举

---

① 协定规定："陆军航空部队以航空兵团为主，对华北、华中要地进行战略、政略的航空作战。海军部队主要担任对华中、华南要地的战略、政略作战。"并指示部队"对中国各军可使用特种弹（即毒气弹）"，可以"直接空袭市民，给敌国民造成极大恐怖，挫败其意志"。日本侵略者此举的目的在于妄图依靠其空中优势，用来配合日本政府在政治上对国民政府的诱降活动，迫使国民政府向日军低头。1938年12月25日，日军第一飞行团团长寺仓正三下令："攻击重庆街市，震撼敌政权。"此后日机开始对重庆的政治、军事、经济等中枢机关及市街、学校、商店、居民住宅进行长时间无区别的"重庆大轰炸"。

创下了世界空袭屠杀史的最高纪录。同样惨绝人寰的是，重庆市内有一个重要防空洞的部分通风口在轰炸中被炸塌，导致洞内通风困难（据幸存者曾婉清回忆，轰炸当天有汉奸向日军发送轰炸信号，日军是有目标、有计划地向洞口和通风口投掷炸弹）。洞内市民因氧气不足、呼吸困难一起向洞口涌去，以致发生互相践踏的惨剧，还有大量难民窒息，据估计有数千人不幸丧命（当时的官方没有公布权威的伤亡数字）。

老舍的《残雾》正是在日军大轰炸的背景下于1939年5月4日完稿。老舍说："五四午时完成，晚间大轰炸，抱稿入地下室。"① 日军残忍的大轰炸给老舍留下的影响是深刻的，仇恨也是激烈的，老舍也专门撰文抨击日军暴行。但值得注意的是，老舍并没有直接将这血与火的大轰炸直接写进戏剧，而是将它作为一个背景，从一个小的家庭空间入手，来反映战争对人们家庭关系和心理的影响。因此，只有了解日本人对中国的这种残暴的无差别轰炸攻击，我们才能理解《残雾》等老舍戏剧中家庭人物普遍的心理状态。老舍在《大地龙蛇》的开幕也选择了一个极富重庆特色和战时气象的赵宅进行了物理空间的建构：

> 壁上的灰黄色的对联，佛像，横幅（赵老先生手题："耕读人家"），沉重而不甚舒适的椅凳，大而无当的桌子，和桌子上的花瓶，水烟袋……都是属于赵老夫妇那一代的。假若没有别的东西窜入的话，这间屋子必定是古色古香的有它特具的风味。可是，因为旁边的屋子受炸弹震动较烈，于是属于立真与素渊这一代的物件仿佛见空隙就钻进来似的，挤在了"古"之间。②

老舍几句话勾勒出房子的突出特点：拥挤和杂糅。有镜子的那个衣柜属于女儿赵素渊，而动植物标本、鸟笼、兔笼，连带笼子里的鸟和白兔，都是儿子赵立真的，这些与赵老夫妇没有任何关系的零碎，却也得

---

① 老舍：《由〈残雾〉的演出谈剧本荒》，载《老舍全集》第17卷，人民文学出版社2008年版，第238页。

② 老舍：《大地龙蛇》，载《老舍全集》第9卷，人民文学出版社2008年版，第362页。

有地方安置。但拥挤进来就破坏了这间屋子原有的气象，使赵老先生颇为伤心，战争使得大家的生活也都不好过。戏剧在第一幕开幕的布景中就表现出中西融合的氛围。中式的对联、佛像、横幅、花瓶、水烟袋等赵老先生和太太的传统用具，穿插"乱入"的衣柜、标本、鸟笼与兔笼等西式物品，两种风格的物品相互交错，看似西式的物品破坏了中式古色装饰的美感，而实则很多旧式的装饰品是"大而无当"的，在时代的发展中已不再实用，倒是新式的物品渐渐"占领"客厅。戏剧开场，赵老先生就命令女儿赵素渊把壁上的两个鸟笼摘走，这样就腾出墙壁上的空间，把赵老先生刚从小摊上淘的一幅"山水"画挂上。赵素渊不太情愿，这是个两边都不讨好的活：不挂画，惹恼父亲；鸟笼取下，肯定会得罪她大哥，大哥特意托付她来照料这些小鸟。她刚刚把笼子摘下一个，大哥就匆匆地跑进来。《大地龙蛇》本是一部话剧歌舞混合剧，作者在普通话剧的基础上给予了很多突破创新，规模宏大。戏剧开篇却围绕重庆大轰炸中一个老宅的局促小客厅，单从家具不仅可以看见时局的风雨飘摇，也可以看出新与旧、中与西等多方文化的冲突，有些传统的家具在战争的风雨飘摇中显得冗余，而新式的物品却又不断挤进客厅。到第二幕，赵摩琛的古色客厅已经完全被赵兴邦布置成了"军事基地"：

第二幕

开幕：赵宅的客厅已非旧观。不但立真与素渊的鸟笼衣柜等已被移走，就是赵老夫妇的"山水"与佛像也把地位让出。而兴邦的大地图及广播收音机都得到了根据地。"耕读人家"横幅已被撤去，悬上了总理遗像。那张大而无当的桌子，看起来已不那么大了，因为已堆列上图书，报纸，笔墨，水果，衣刷，茶具，饼干盒子，还有什么一两块炸弹的破片。简单的说吧，这间屋子几乎已全被兴邦占领。赵老先生的领土内只剩了一几一椅，几上孤寂的立着他的水烟袋。屋子仿佛得到了一点新的精神，整齐严肃，兴邦受过军事训练，什么东西在他的手下都必须有条有理。现在，他又收拾屋子呢，连父亲的水烟袋都擦得发了光。一边工作，一边轻唱，还时时微笑一下,仿佛生命精力的漾溢,随时荡起一些波痕似的。①

这位青年战士为家庭带来不一样的气息,场景的变换也预示着人物性格心理的转换和情节的推进,在儿女们爱国热情的影响下,赵庠琛终于走出古板的格局,也投入为祖国贡献一份力量的事业中去。这种家庭物理空间的变化在《谁先到了重庆》中也是非常明显。

第一幕

〔开幕:一间几净窗明的客厅,虽系旧房而门窗甚多,像被一个受过新教育的中等人所改造过者。陈设亦然,有一二张红木桌子,也有半旧的沙发。窗外有枣树,树梢上露着皇城的门楼。墙有复壁。开幕时,凤鸣拿着一把手枪,由暗门出来。②

从这个窗明几净的客厅,是旧房但门窗甚多,可以看出这个受过新教育人的开放精神,树梢露着皇城门楼暗示这里是皇城根,复壁、暗门、手枪则显示吴凤鸣是一个潜藏的抗日斗士。随着日本人统治的进一步加强,这个客厅很快就换了主人。

第三幕

开幕:吴凤鸣的房子已被管一飞占据。房屋仍旧,而陈设改观;装上了电话。幕开时,董志英坐,李巡长立,管一飞则正往外送贺客。桌上堆置礼物甚多。③

到第三幕则是物是人非,汉奸管一飞占据了吴凤鸣的房子。房屋依旧,但陈设改变。电话显示了管一飞的地位,同时显示其常与日本人联络,桌子上堆满礼物,客厅里挤满或坐或立的来贺喜的客人,显示汉奸小人得志。

---

① 老舍:《大地龙蛇》,载《老舍全集》第9卷,人民文学出版社2008年版,第387页。
② 老舍:《谁先到了重庆》,载《老舍全集》第9卷,人民文学出版社2008年版,第515页。
③ 老舍:《谁先到了重庆》,载《老舍全集》第9卷,人民文学出版社2008年版,第550页。

老舍抗战戏剧中大量关于家的空间塑造，主要表现了战争条件下国人的颠沛流离。老舍并没有将笔墨漫撒在战火纷飞下家庭的破碎，而是往往通过客厅、房间的一隅、一两件摆设等生活化的变迁来凸显。值得注意的是，老舍更重视在这一物理空间变化中，国人的家庭伦理和观念的变迁。舞台的有形空间和无形空间相结合，丰富了话剧的容量。总的看来，老舍话剧的舞台空间从小到大，从狭窄到开阔；舞台地点的设置从家庭的客厅到公共场所，舞台容纳的人物从几个人到几十个人；戏剧矛盾由内及外，个人性格和民族的命运与历史都得到了充分的彰显。

二 战争对传统家族体系和伦理的瓦解

日本帝国主义的侵略在一定程度上瓦解了中国固有的宗族体系，这也对中国人传统心理空间造成了巨大冲击。中国封建社会是在血缘与家庭的基础上形成的，而这种家庭结构又在自给自足的农耕经济的基础上得到进一步的巩固。在一个大陆型农业社会中，家庭是最小的生产单位和社会细胞，然后由同一血缘的姓氏组成家族小村落，这样构成了中国社会稳定的基层行政单位。中国封建社会的运行机制也是建立在一个个这样的宗族体系的村落之上，彼此之间盘根错节，互相勾连。比如老舍的《国家至上》这部戏剧，戏剧开头就是一个村子里两个小孩打架，这是因为两个小孩属于不同的家族和民族，这种矛盾是由来已久的。随着日本人的侵略，回汉两族人民的家庭和亲人都遭到日本杀戮，小的家庭支离破碎。

  张老师　我的大盟兄马振雄！你，马振雄的孙子！（痛快得要落下泪来，要过去拉马的手。）
  张老师　（向马怒喊）你祖父呢？
  马宗雄　死了！
  张老师　什么？
  马宗雄　死了！教日本人给杀了！
  张老师　啊！大哥！（要落泪，但仍挣扎着，坐下了）[①]

[①] 老舍：《国家至上》，载《老舍全集》第9卷，人民文学出版社2008年版，第132页。

村子里众人说抓到一个汉奸，最后发现是马师傅的孙子马宗雄。马宗雄说日本飞机轰炸礼拜堂，把正在礼拜的爷爷和乡亲们炸死了。马宗雄在日本人占领村子后，失去了自己的祖父和自己的家，被迫投奔张老师，后来一心一意从事抗日活动。田汉认为："写农民典型成功的作品，中国一共有两部，一部是写南方的农民典型的如《阿Q正传》，另一部就是这个写北方农民典型的《国家至上》了。"① 《国家之上》这部戏剧中，张老师、黄子清、马老师虽然都是回族拜把子的兄弟，但却属于不同姓氏和宗族。马老师和张、黄二人因距离较远多年未见，黄子清和马老师虽然住在一个村镇上，但由于二人对与汉族交往的观点不一致，导致两个家族之间一直有成见。张老师的女儿一直想找机会弥合父辈之间的矛盾，可是张老师竟然让女儿在真主面前发誓再也不去黄老师家。为什么同为教内好兄弟，反而还有这么大的嫌隙呢？实际上，与汉族交往与否是二人的主要矛盾，小家庭之间的矛盾则是次要的。黄子清家庭兴旺发达，几个儿子都是气宇轩昂，而马老师就一个女儿，实际上马老师内心深处对此还是有妒忌的，这也是导致他和黄子清不和的深层原因。中国农村往往固守小的家族圈子、小的血缘关系，纠结于眼前的小家庭利益而看不到整个国家的危机，对于日本人兵临城下都无动于衷。张老师认为既是日本人来了，凭着自己的功夫，还有自己的一些个徒弟就足以抵挡。他不听黄子清说的和汉人商议共同抵抗日本人的建议。直黄子清临上战场之际把自己的一家人托付给张孝英。

    黄子清 别胡思乱想。我的意思也简单得很，我那一大家子人，你弟弟呢，年纪小，哥哥又都没有在家，姐姐是个女流之辈，婶婶又是个没主意的人。孝英，你想想，万一我们打败了，这清水镇要守不住，你叫我去靠谁！
    张孝英 ……
    黄子清 我只有托你，我把我的一家交给你了！②

---

① 田汉：《一九四一年文艺运动的检讨》，《文艺生活》1942年1月15日第一卷第五期。
② 老舍：《国家至上》，载《老舍全集》第9卷，人民文学出版社2008年版，第178页。

黄子清实际是为国家大义而不惜牺牲自我的小家,最后张老师牺牲了,张孝英也失去了自己的父亲。

> 张老师　(抖战更厉)我……叫……你……认识……我张二……(手枪落地,死)
> 张孝英　爸爸,爸爸!(哭倒在地)①

在日本人的战争机器面前,张老师、黄子清、马老师三个异姓家庭虽然最后都破碎了,但他们的后代却在与日本侵略者的战争中紧紧地团结在一起,形成一个更加和谐的大家庭。传统血缘的宗族虽然破产了,但随之而去的是那种小的家族利益圈子的割裂和争斗,换来了新的社会关系的建立。

在抗日战争中,日本帝国主义的侵略也导致传统封建家庭伦理道德的裂变。《残雾》中的洗老太太就是传统道德伦理的化身。她恪守长子嫡传,三纲五常的传统伦理道德。她身为女人,置儿媳的痛苦于不顾,洗局长要纳妾,她反而责怪儿媳不明事理。洗老太太认为儿子是局长,是"官",就是"公正",办大事娶姨太太也理所应当。

> 洗老太太　教我的儿子另立一份家,不是什么好办法,太费钱呀。把姨太太娶到家来,多添一双筷子就够了;我呢,也多一个人伺候着。分居另过得多费多少钱哪!还有一层,媳妇只有个女儿,始终没养住个男孩儿;这也就难怪丈夫想讨小老婆不是?名正言顺的把小老婆娶到家来,大家和和气气的,赶明儿,靠洗家门祖宗的德行,生两个胖小子,不是大家的欢喜吗?媳妇,你得往远处宽处看,别净顾你一个人!②

洗老太太虽然自己也是女人,但她却以过来人的经验劝儿媳从宽

---

① 老舍:《国家至上》,载《老舍全集》第9卷,人民文学出版社2008年版,第187页。
② 老舍:《残雾》,载《老舍全集》第9卷,人民文学出版社2008年版,第20页。

处看。所谓宽处，就是她封建家长制的伦理道德，要以丈夫为纲。这就是要求女人专注家族的最高利益，首先考虑生儿育女，不考虑什么个人情感，存天理灭人欲，把个人的幸福扼杀于家族的等级制度之中。她身为封建大家长维护旧习旧礼，这也是老舍在"传统文化"与"抗战"之间的反思。《残雾》主要通过对洗局长弟弟洗仲文的形象刻画，批判了中国文化土生土长的"出窝老"的家庭养育模式。剧本主要是通过洗仲文与他哥哥、嫂嫂、侄女、难民的四段对白来表现这一形象的。他厌恶洗局长专横跋扈抛妻养妾的恶行，但又不敢公开反对，只得暗里发泄不满，帮助嫂嫂。他安慰兄长蹂躏的难民朱玉民，甚至放她走掉，却又不能切实地、彻底地解救她。他虽然也曾想投身前线洒血沙场但又念记着不费劳力就有吃有喝的家，以及六十余岁的老母和对自己"恩重如山"的老嫂。他奉劝侄女要为抗战做些实际工作，自己却整天在无所事事中敷衍生活虚度年华。这是一个毫无朝气、碌碌无为、充满幻想而又缺少行动的人物，而这正是由于家庭的羁绊所造成的。老舍曾在《二马》（1929年）中写道："民族要是老了，人人生下来就是出窝老。"中国历史悠久、文化繁荣，然而这是一种"过熟的"的文化。这种文化压制个性，人从降生起便被淹没在古老民族文化染缸之中，最终成为"老中国儿女"的一分子。少年老化，生命力衰退；成人多幻想，爱发愁，听从命运的摆布成为"生命的空壳"。这是人类退化的象征。鲁迅先生在《华盖集·北京通信》说过："我以为人类为向上，即发展起见，应该活动，活动而有若干失错，也不要紧。惟独半死半生的苟活，是全盘失错的。因为他挂了生活的招牌，其实却引人到死路上去。"① 老舍和鲁迅的心是相通的。他在《残雾》中塑造的洗仲文这一形象显然对传统文化中的养育方式进行了批判。近代中华民族的危机之一，就在于传统文化所养育的人格生命力严重衰退，以致最后成为弱国子民、东亚病夫。在一定意义上说，老舍所塑造的洗仲文这一形象应当是家庭生存的警世钟。《大地龙蛇》赵庠琛夫妇虽然比较开明，但仍然恪守传统的家庭伦理，希望子女承欢膝下，延续香火，老死家中。赵庠

---

① 鲁迅：《华盖集·北京通信》，载《鲁迅全集》第三卷，人民文学出版社1981年版，第52页。

琛对儿子一直搞科学研究很不满意。

> 赵庠琛　立真，我的确不是责备你，而是劝告你！你看，在这乱世，生活是这么困难，性命天天在危险中。你第一不管家计如何，第二不管有没有儿孙，延续赵氏门庭，第三不管什么立德立功的大责任，这是修身养家的道理吗？①

赵庠琛说的这段修身养家的道理体现了中国人对家庭的眷念，这是中国千百年来的传统伦理，但在抗战期间，这些家庭伦理被冲击得支离破碎。中国传统封建道德最重要的是孝道。"德者，在家尽孝也"，传统道德认为只有在家尽孝，方能为国尽忠。中国圣贤道德讲究忠孝两全，爱国忠君首先在家庭中表现出孝道。比如孟母断机杼和孟母三迁的故事广为流传。孟子提出："事孰为大，事亲为大"（《孟子·离娄上》）。孟子大力提倡孝道，事亲、尊亲被认为是内在道德的重要体现，孝道被尊为最基本的人生道德。孟子又提出"不孝有三，无后为大"（《孟子·离娄上》），这句话可谓深入到了中国人的意识深处。在日本大举侵华的背景下，中国人被迫背井离乡，无法尽孝。比如《王老虎》中的主人公就是一个孝子，王老虎虽然穷又没受过什么教育，但他受母亲的教导，质朴善良。由于日本侵华，中国农村经济破产，到处都在拉壮丁，王老虎不得不离开家乡讨生活而无法孝敬老母亲；又如《桃李春风》中的孩子们很孝顺，要给辛永年祝寿，辛永年却说："不必了吧？国难期间，敌人都快打到这里来了，还祝什么寿？"

儒家道德在面对忠孝不能两全的时候，第一选择是忠君爱国，这也是老舍戏剧中极力歌颂的一面。在爱国主义精神的感召下，很多有志青年面对在家行孝和参加抗战救国的矛盾时，都最后却选择了离家抗战，比如《大地龙蛇》中的赵立真、《归去来兮》中的乔家两兄弟，还有王老虎等，这些戏剧人物都曾面临忠孝不能两全的难题。孟子在《孟子·滕文公上》中提出五种基本的伦理关系："父子有亲，君臣有义，

---

① 老舍：《大地龙蛇》，载《老舍全集》第9卷，人民文学出版社2008年版，第372页。

夫妇有别，长幼有序，朋友有信"。在这五伦中，孟子认为父子、君臣是重中之重，"仁之实，事亲是也；父之实，从兄是也"（《孟子·离娄上》），而孝悌则被看做五伦的核心，所谓"人人亲其亲，长其长，而天下平"（《孟子·离娄上》），"入则孝，出则悌，守先王之道"（《孟子·滕文公下》）。孟子所最为推崇的圣人是尧舜，"尧舜之道，孝悌而已矣"（《孟子·告子下》）。自孟子以来，人们将孝悌作为德性的最高表现，孝道文化已融入中国人的血脉之中。

父子、夫妇、兄弟之间的人伦关系正是君臣上下级、主仆关系在另一维度的集中体现。"父不慈则子不孝，兄不友则弟不恭，夫不义则妇不顺矣。"① 比如《桃李春风》中的乔仁山，和他哥哥德山为国家英勇作战牺牲性命相比，在他父亲眼中，他是"一个废物，虽然没死，可是跟死人也差不多"。在他母亲眼中，他的作用也只是"能够传宗接代"。乔仁山虽然善良，但敢于直言顶撞父亲："有的人忙他不该忙的，有的人帮助别人忙那不该忙的，这就是减少了抗战的力量。"与此同时，他也性格软弱忧郁彷徨，不敢有所担当："我不要钱，也不要衣裳！妈，太苦了！全是责任，全是责任！而又是毫无意义的责任！负起来吧，没有任何好处；不负起来吧，就备受责难！"他有着哈姆雷特"延宕"的处事方法，为事事操心却不去行动。他这种延宕和迟疑，正是遵守传统孝道在家结婚生子给父母养老，还是像哥哥一样为国战死而尽忠之间的矛盾：

> 今天的哪一个有心胸的青年，不应当像你那样赶到战场，死在战场？我并不怕死！可是，我要追随着你的脚步，去到沙场，谁来安慰妈妈，照应妹妹，帮助大嫂，同情以美？噢，这群不幸的妇女们！我不能走，不能走！我不能痛快的洒了我的血，而使她们老以泪洗面！可是，安慰妈妈就是我唯一的责任吗？我爱妹妹，她可是准备着嫁一个流氓啊！我佩服以美，可怜以美；结婚我可是想不出道理来，我不能教她永久作奴隶，把肉体给了我，把灵魂卖给金钱。

---

① 颜之推：《颜氏家训治家第五》。

至于爸爸，他总是爸爸呀！他不但给了我生命，仿佛也给了我命运。可是，我的命运就是敷衍爸爸！在臭水坑里作个好儿子，好哥哥，好丈夫吗？我应当孝顺我的爸爸，从而管钞票叫祖父吗？①

乔仁山希望每个人都能够在社会中有自己的位置，每个身份都应当承担与他身份相应的责任。在抗战这个大背景下，他看到的却是像自己父亲乔绅一般投机倒把、自私自利的人，他想要改变，却又不得不遵从父命，所以他永远活在自己理想的世界中，看每个人嬉笑怒骂，自己却只能叹息彷徨。乔仁山的出现，使这类形象得到充分的发展。乔仁山身上有洗仲文、赵素渊的影子，但因生活经历和环境的不同，其性格也远比他们复杂、深刻。《归去来兮》这个剧本原名为《新罕默列特》，因主人公乔仁山"有理想，多思考，辨善恶，但缺乏果断与自信"，类似于哈姆雷特。他曾受过新的教育，时常驰骋在自己想象的王国里，而一旦回到现实又显得局促不安，忧虑重重。他毫无朝气，终日无所事事，空虚无聊。他说："我老想打谁一顿，或者被谁打一顿。打别人呢，我的手嫩；也许倒是被人家打一顿有趣一点！"又是一个"活死人"，又是一个"出窝老儿"。他是洗仲文的同宗兄弟，但他的更深的痛苦在于处在抗日战争的紧张时期，大批"有心胸的青年"奔赴前线，浴血沙场，而自己却不能勇敢地跨出家庭门槛，投入到时代的洪流中去。剧本第二幕乔仁山徘徊室中，面对战死的哥哥遗像的那一段感人肺腑的独白，把内心的这种矛盾痛苦袒露无遗。他想追随烈士哥哥的脚步、投身沙场，又顾念谁来安慰妈妈，照应妹妹，帮助大嫂，同情以美。他鄙视金钱，不满贪图钱财的父亲，却不敢反抗，只得敷衍，在臭水坑里做个好儿子，好哥哥，好丈夫。特别是他的母亲坚决不放他走，孝道又是他所尊崇的观念。家庭这时候成了一个带血的锁链，牢牢地束缚着他的手脚，他在家与国、忠与孝这两组二难选择中痛苦、焦虑。

乔妻　他走了，我还活个什么劲儿呢？

---

① 老舍：《归去来兮》，载《老舍全集》第9卷，人民文学出版社2008年版，第467—468页。

  吕千秋　弟妹，不能这么说。现在，是一个有点心胸的青年，都得为国家出点力！

  乔妻　我的大孩子已经阵亡了！

  吕千秋　一家子死净了也比亡了国强！再说他那么一个好孩子怎能看得上你家里那份生活呢？他能不想走吗？

  吕千秋　弟妹！还有一句话！仁山要走，教他走！你想想，你要是不教他走，而他在家里折磨死，你对得起儿子呀，还是对得起国家？弟妹，你说！①

  他的母亲也担心他也像大儿子一样，走上战场后一去不回。吕千秋开导他们，亡国了，家也不存在，家庭的羁绊对一个青年来说是一种折磨。乔仁山毕竟不是哈姆雷特，他受吕千秋的影响和大嫂的激发，经过痛苦的思索，终于战胜自己的弱点，冲出家庭的牢笼，勇敢地赶赴抗战前线。乔仁山这个形象真实地反映出生活在国统区的小资产积极知识分子的精神世界和思想历程。

  老舍抗战戏剧中还刻画了一批试图从传统大家庭伦理中脱离出来的女性形象，这批女性是自"五四"以来女性走出家庭的延续，但在抗战这一恶劣环境下，这些女性的命运也显得特别无助。这批女性一方面追求进步，另一方面不得不困守家庭，在社会上找不到出路。比如《大地龙蛇》中的赵素渊亦属这一形象系列。她出身于"耕读人家"，受到严格的家庭教育和管束。她不甘心囚禁在家庭的笼子里，想反抗却又无办法，在寂寞痛苦中只好用"恋爱"发泄自己的苦闷。旧家庭一旦打破，闷气也烟消云散，她在二哥的鼓动下终于走出家庭，服务于社会。作者通过她，又一次检讨了民族文化，批判了传统文化的消极影响，但也揭示了民族抗战的感召力，给苦闷青年指出了正确的道路。赵素渊较之洗仲文虽有所发展，但失之于表面化、理念化，这在于赵素渊最后的命运是老舍设想的二十年后抗战结束后中国女性的生活，这是一种理想化的构想。

---

① 老舍：《归去来兮》，载《老舍全集》第 9 卷，人民文学出版社 2008 年版，第 503—504 页。

应该说,老舍剧作中所表现的这种家与国、忠与孝的矛盾在当时是非常普遍的现象。老舍本人也不例外。老舍别室离家投身救亡,也不是没有犹豫的。《八方风雨》一文记载了他离开济南到武汉的经过。临别时他对妻子说的一句话是:"到车站看看有车没有,没有车就马上回来!"① 有车就可以顺利到达目的地,投身救亡;无车,则折回来与家人共患难。家有时候对人有千般的羁绊,老舍在《谁先到了重庆》中也有诸多描述,戏剧中吴凤鸣让弟弟发誓,逃离北京到重庆后,只有等抗战胜利之后才和小马结婚:

吴凤鸣　起誓!

吴凤羽　还得起誓?

吴凤鸣　关系大的很!得起誓!小马儿是东北人,你生在北平,都已经是无家可归的人,我要你们上重庆,不单是为逃出这里,也还为是给国家作点事!一结婚,柴米油盐酱醋茶,天天开门七件事,你们想为国尽力也来不及了!②

吴凤鸣要小马儿和吴凤羽起誓抗战胜利后才能结婚,是害怕结婚会阻碍他们为国尽力,而这正是老舍家国观的体现。比如《王老虎》中,王老虎作为一个农村出来的孩子,其老母亲一心巴望着他能赶紧结婚,自己好早点抱上孙子,但王老虎对他的爱人玉姑斩钉截铁地说:"还是那句话吧?咱们抗战胜利以后再结婚!"③,这就体现出了老舍对家与国的选择。"家"这一社会单位,追求团圆和稳定。但抗战时期,中国人对于"家"的过度重视却可能阻碍了对"国"的维护,因此老舍力图在自己的戏剧中对中国传统的"家国观"进行重构。《谁先到了重庆》中,吴凤鸣坚持要送走弟弟吴凤羽和小马儿,在他看来,他们的离去虽然会带来家的破碎,但是却给祖国带来了希望。正是在这种"出走北平"中体现了爱国及反抗侵略的民族精神。当时的每一个人都会面临着

---

① 老舍:《八方风雨》,载《老舍全集》第14卷,人民文学出版社2008年版,第380页。

② 老舍:《谁先到了重庆》,载《老舍全集》第9卷,人民文学出版社2008年版,第520页。

③ 老舍:《王老虎》,载《老舍全集》第10卷,人民文学出版社2008年版,第96页。

这种两难的选择，可贵的是有老舍等大批有血性的中国人能够挣脱家庭的束缚，勇敢地投身于民族解放事业。而另外一些人则把自己拴在家庭的圈子里或遭敌人屠杀，或不得已替日本人做事，甚至沦为汉奸。老舍说："有的朋友，我知道，完全是因为家庭之累，不敢跺脚走出北平。……家庭把好人，有用的人，拴在了敌人的屠案前，静候宰割。"①老舍说："卖国贼很可以是慈父良夫，错处是只尽了家庭中的责任，而忘了社会国家。"②而根子就在传统文化的内部，"国家要咱们作战士，家庭要咱们做孝子"。③在抗战的国家危乱之际，如果只考虑小家庭的利益，做了孝子也可能成为卖国的汉奸。老舍说："这次抗战，我们除了许多大英雄，也出了不少的汉奸。用不着掩饰，在我们这个以家族主义支撑着社会组织的老文化里，'因私可以废公'不仅时时表现行为上，而且是一个普遍心理，到处可以讲得通，这就无怪乎可以随机应变的作汉奸了。"④黑格尔曾经分析过中国传统文化："中国纯粹建立在这一种道德的结合上，国家的特性便是客观的'家庭孝敬'，中国人把自己看作是属于他们的家庭的，而同时又是国家的儿女。"⑤不少人认为黑格尔对中国文化带有明显的偏见，但他指出中国人的家庭观念是首位的，这无疑是正确的。家族观念是国家观念的前提和基础，而国家观念又是家族观念的延伸与发展。在和平时期，孝与忠处于相对的统一之中，在家孝敬，做到"齐家"，就自然能尽到忠于国家，做好"平天下"的工作。然而外敌入侵、国土沦陷的现实打破了这种平衡。根深蒂固的家庭观念要人们守在父母的身边，去完成建家立业传宗接代的使命；而儒家的入世思想，又驱使人们加入到保家卫国的事业中去。受传统文化影响极深的中国人特别是知识分子，在历史裂变和民族危亡之际，面临着这种无可推卸的双重选择。这种处于文化这种尴尬境地的病态文化人格，曾有不少作家表现过。例如曹禺的《北京人》塑造了曾

---

① 老舍：《"七七"怀友》，重庆《大公晚报》1945年7月7日。
② 老舍：《婆婆话》，载《老舍文集》第14卷，人民文学出版社1989年版，第547页。
③ 老舍：《婆婆话》，载《老舍文集》第14卷，人民文学出版社1989年版，第547页。
④ 老舍：《且讲私仇》，重庆《新民报·血潮》1938年1月20、21日。
⑤ 黑格尔：《历史哲学·东方世界·中国》，上海三联书店1956年版，第185页。

文清的形象，把这种文化性格放在平静如水的生活中去铸造，又如巴金的《家》塑造了高觉新的形象。面对同一主题，在民族危亡的特殊时代背景下，老舍的抗战话剧则是通过对吴凤鸣、乔仁山、王老虎的形象塑造来完成，把这种个人性格与传统文化性格放在外敌入侵的血与火的氛围中去冶炼，表现这种文化性格的内在矛盾性，以及他们新的选择。

战争对中国传统家庭伦理的瓦解有其历史大背景，但家庭中个人心理的撕裂和痛苦也是老舍所关注的。比如《大地龙蛇》第三幕是民国五十年后，中国已经和平了，赵兴邦和妹妹拿起父母照片感叹，如果父母活着看到大哥成为著名学者该多好，赵素渊则说要看到他们俩还没结婚该多伤心。

> 赵兴邦　谁知道！无论怎么说吧，我总愿老人们还活着！奇怪，父母在世的时候，我们总不爱听他们的话；赶到没有了老人，特别是在很高兴或很不高兴的时候，就觉得自己仿佛没了根，像浮萍似的随风飘荡！你也这样吧？素渊
>
> 赵素渊　有时候也那样，特别是在有点病，或闲着无聊的时节。人生好像老在兜圈子，转来转去，还是回到父母子女，饮食男女，这一套上来。在咱们二十多岁的时候，绝对想不到今天咱们说的话，是不是？①

这段对话应该包含着老舍自己痛苦的人生体验。《大地龙蛇》写于1941年十月，那时老舍刚好42岁。老舍出生时父亲就死于八国联军的炮火，老舍从小由母亲拉扯大，后来去英国教授中文，回国不久就奔赴抗战，从济南、武汉辗转到重庆，从事抗战文艺创作和组织工作。老舍半辈子如浮萍一般飘荡，他写这段话时该是多么思恋在日军占领和统治下的北平的母亲啊。实际上1940年夏，老舍母亲就去世了，老舍只能从照片上感怀自己母亲。老舍曾说："不管我写的什么，不管我写的是哪一些老幼男女，我自己总会也在其中的。更清楚一点的说吧：无论怎

---

① 老舍：《大地龙蛇》，载《老舍全集》第9卷，人民文学出版社2008年版，第409—410页。

样冷静的去观察,客观的去描写,写作时的精力,心境,与感情总是我自己的。"① 战争让传统家庭离散,但老舍心底这种传统的家庭伦理亲情是难以割舍的,这种血脉亲情和文化是战争难以摧毁的。

三 破碎和牺牲中的家国重建

抗战时期,中国家庭无论是物理空间,还是道德伦理都遭到了巨大的冲击,而老舍抗战戏剧关注于此,并致力于思考如何重建家国。一方面,老舍的很多抗战戏剧以人物的家庭关系为主要内容,探讨家庭在面对时代危机时如何获得存续;另一方面,老舍又在戏剧中描述家庭在战争中的破碎,特别是"家"与"国"的冲突与的融合。在老舍看来,家与国的重建是一个双向互动的过程,也是通过改变单个"家"的观念,最终实现公共性的"国"的观念重建的过程。

家庭是老舍抗战戏剧的重要舞台。老舍采取的手段主要表现为围绕"家"的日常生活琐事展开,同时着力于家庭成员内在世界观和价值观变迁的描述。老舍抗战戏剧虽名为抗战宣传剧,但大多数并不是直接从国家层面入手,也不进行宏大的战争描写。也就是说,戏剧人物在进入表现"国家政治"的冲突事件之前,老舍多从家庭冲突来描绘其人物"性格"。老舍注重人物在家庭的冲突中来表现人物在历史中的成长,人物从家庭的矛盾逐渐转移到国家和社会的矛盾冲突,从而自然获得更大的"历史"视野。老舍的人物"家庭意识"内在包含着"民族观"和"国家"的想象。也正是在这一关键点上,即便是讽刺剧《残雾》和《面子问题》这两个戏剧中,人物带有传统腐朽的家族观念,但这些家庭中仍然有突破这一家庭禁锢的人物,比如《残雾》中洗局长的弟弟,《面子问题》中科长的女儿,实际上他们都对旧的家庭观念提出了质疑,这两个剧本中的家庭可能最终随着时代发展而零落。比如洗局长被捕了,科长也被免职了,那是因为他们都为了个人的私利而忘了国家的存亡,这样的家庭必然走向毁灭。但是老舍在毁灭这些家庭的同时,也有重建新家庭的希望。比如《残雾》中在洗局长家当仆人的刘

---

① 老舍:《我呢?》,《文坛》(创刊号)1942年3月20日。

妈,最后和被洗局长霸占的李玉明一起离开,她们一起回到北方,回到抗战前线,她们最初来自战争中破碎的家庭,最后又在抗战中携手,随着抗战胜利新的国家建立,可以预见她们会建立起一个超越传统血缘关系的新的家庭。比如《面子问题》中,老舍对科长家这个传统书香门第的沦落进行了极尽细致的描绘和讽刺,并歌颂了因抗战一起奔赴前线的医生和护士,他们两个不仅代表了新家庭的建立,也是新的国家建立的基础和希望。

老舍着力表现人物在家庭的破碎和牺牲中的觉醒。传统中国社会注重维系小的家族利益和关系,有时会忽视社会的整体利益。在《大地龙蛇》中,赵明德的哥哥赵明常被抽壮丁在战场牺牲,赵明德本来作为一个普普通通的农民,安于自己的家业,但面临山河破碎、国仇家恨,他失去了土地与亲人,决定不再浑浑噩噩地生活,他为了自己的国家和兄弟走向战场,肩负起挽救民族危亡的使命。

  赵明德 那,我不放心!我得当面儿告诉二叔,还有,我打算去当兵,也得叫二叔知道。我要是也死在外边,二叔您好知道我们弟兄俩全都阵亡了!
  赵庠琛(要落泪):没想到你们种地的人有这个心眼!
  赵兴邦 这就是咱们的文化,爸爸![1]

赵明德的勇敢、赵兴邦的劝导,在赵庠琛的心中掀起波澜,他渐渐改变自己的想法,理解了儿女的心愿。他明白自己对外界了解的局限,不能拘束儿女仍按自己的路子走,而他自己也要跟着儿女的步伐,和老朋友张修之一起,去成都办文牍,为祖国尽一份微薄之力。

  赵庠琛:我管不了他们啦,所以我自己也想走!这也许是一家离散,也许是一门忠烈,谁知道?好在立真不走,他陪着你在这里![2]

---

[1] 老舍:《大地龙蛇》,载《老舍全集》第9卷,人民文学出版社2008年版,第397页。
[2] 老舍:《大地龙蛇》,载《老舍全集》第9卷,人民文学出版社2008年版,第401页。

在赵庠琛看来，国重家轻，先国后家，只是传统文化一直束缚着自己，作为家长的重任一直压在自己肩头，他要顾全家人的安全，要让自己的小家庭在乱世中延续。然而小家庭在乱世中苟且偷安，这并不符合这位懂得深明大义的老爷子的期望，他的血性被子女们激发出来。作品中"睡龙"的意象，在赵庠琛身上也得到了体现，他怀有"老骥伏枥，志在千里"的信念，在祖国的后方支持战斗，与日本"毒蛇"进行斗争。老舍在《归去来兮》中塑造的吕千秋也为了抗战艺术而抛弃安稳的家庭生活，和女儿他们一起离开家乡。还有《桃李春风》辛永年带领一群学生逃离家乡重新建校，其中一个学生说，家恐怕已经教日本人给占了，他也想家，可是一看辛校长，他的气就壮起来。因为辛校长带着孩子们建立了一个更大的新的家园。正是赵庠琛、辛永年等这些老先生都以国家为表率，更激励着更多的年轻人舍家卫国。老舍多部戏剧都描绘了在日本法西斯战火中家庭的破碎和家人的离散，但这并没有吓倒中国人，反而促使国人凝聚精神奋起反抗，从而在战斗中建立起新的家园。老舍呼吁人们捐助和支持前线抗日战士，他说："毁家而保国，家乃以兴；国亡了，有家又怎样呢？这根本不是看情面买票听慈善义务戏的事了，认清这个！"①

老舍认为家的重建与国的新生是一体的，只有国家获得新生，才有家庭的重建。老舍在《大地龙蛇》这部戏剧中就着力描绘了新的家国诞生。老舍说："第三幕设景青岛，亦因取景美丽，无他用意，也可以改换"② 是否真的就仅仅是景色美丽呢，我们可以看看戏剧中老舍的描绘：

  时间 大中华民国五十年春，和平节
  地点 青岛
  开幕：青岛市郊，面碧海星岛，毛亭一间，环以花木，立真兄弟之校园也。园与海之间有马路，夹路青桐，隐隐可见。时亭内外

---

① 老舍：《善心》，《辛报》1937年10月15日。
② 老舍：《大地龙蛇·序》，载《老舍全集》第9卷，人民文学出版社2008年版，第360页。

杂置鲜花，瓶碗，桌布……兴邦正忙着布置，似欲招待客人者。园右为大门，园左为住宅；竺大夫自左来，招呼兴邦。①

这开头颇有中国古典散文味道，亦像诗人海子《面朝大海，春暖花开》的诗歌，甚至是我们现代人都想要的生活环境。其实老舍对青岛春天早有多段描写，可以和戏剧这里对照。老舍《樱海集》序言中说："开开展门，正看见邻家院的一树樱桃。再一探头，由两所房中间的隙空看见一小块儿绿海。这是五月的青岛，红樱绿海都在新从南方来的小风里。"② 老舍在《春风》里写道"青岛的山，虽然怪秀美，不能与海抗衡。秋海的波还是春样的绿，可是被清凉的蓝空给开拓出老远，平日看不见的小岛清楚地点在帆外"，③ 句子优美得像诗。老舍非常热爱青岛，多次写到择居的话题，例如在《我的理想家庭》里说"这个家庭顶好是在北平，其次是成都或青岛"④，老舍的理想家庭选址，青岛被列其中。老舍非常喜欢春天的青岛，"因为青岛的节气晚，所以樱花照例是在四月下旬才能盛开。樱花一开，青岛的风舞也挡不住草木的生长了。海棠，丁香，桃，梨，苹果，藤萝，杜鹃，都争着开放，墙角路边都有了嫩绿的叶儿。……看一眼路边的绿叶，再看一眼海，真的，这才明白了什么叫作'春深似海'"⑤ 他不喜欢夏天的青岛，因为那时都是避暑的外国战舰和各处的阔人，生意比草木还茂盛。"到那时候，青岛几乎不属于青岛人了，谁的钱多谁更威风，汽车的眼是不会看山水的。那么且让我们自己尽量欣赏五月的青岛吧！"⑥ 1934年8月老舍到青岛的国立山东大学担任教职，并在青岛寓居直至1937年7月。1935年夏，老舍创办了《避暑录话》。老舍对青岛的特色和位置有着深刻且独到的见解，他说："北中国的景物，是由大漠的风与黄河的水得到色

---

① 老舍：《大地龙蛇》，载《老舍全集》第9卷，人民文学出版社2008年版，第407页。
② 老舍：《樱海集·序》，《论语》1935年6月16日第六十七期。
③ 老舍：《春风》，《益世报·益世小品》1935年3月24日。
④ 老舍：《我的理想家庭》，《论语》1936年11月16日第一百期。
⑤ 老舍：《五月的青岛》，《宇宙风》1937年6月16日第四十三期。
⑥ 老舍：《五月的青岛》，《宇宙风》1937年6月16日第四十三期。

彩与情调：荒、燥、寒、旷、灰、黄。在这以尘沙为雾、以风暴为潮的北国里，青岛是颗绿珠，好似偶然地放在那黄色地图的边儿上。在海边的微风里，看高远深碧的天上飞着大雁，真能使人忘了一切，即使欲有所思，大概也只有赞美青岛吧！……至于沿海上停着的各国军舰，我们看见的最多，此地的经济权在谁之手，我们知道的最清楚；这些——还有许多别的呢——时时刻刻刺激着我们，警告着我们，我们的外表朴素，我们的生活单纯，我们却有颗红热的心。我们眼前的青山碧海时时对我们说：国破山河在！"① 青岛这个地方，实际上深深地寄托着老舍的家国思念与怀想。

老舍在青岛期间是一生最闲适，同时也是创作最丰厚的时期，因此抗日战争胜利后，老舍仍然想再次赴青岛定居。1944 年在《"住"的梦》中说："我在青岛住过三年，很喜欢它。"② 在老舍心里，青岛可以说是他的第二故乡和伊甸园。他说："在北平与青岛住家的时候，我永远没想到过：将来我要住在什么地方去。在乐园里的人或者不会梦想着另辟乐园吧。"③ 王统照在《忆老舍》中提到，老舍曾经委托当时已定居青岛的王统照为自己物色住房，也计划前往青岛国立山东大学任教，可惜由于老舍要前往美国讲学，两者均未能实现。从此老舍再也未能重返青岛，这可能也是老舍内心的一大遗憾。老舍在《大地龙蛇》中就将追求科学建水族馆的赵立真兴办学术文化报刊的赵兴邦，以及追求生活美的赵素渊的家安排在青岛，这里既适合科学文化发展，也适合家庭居住，让自己赞赏的戏剧主人公生活在这是再合适不过的，也暗含老舍自己的家庭梦想。

总之，这种在"家"与"国"的相互矛盾与重构的关系中，老舍着力要表现的是传统的家庭如何转变，如何投入抗战建国之中，旧的家庭伦理如何褪去而蜕变成新的家庭。抗战戏剧如何塑造新型家庭关系，这成了老舍抗战戏剧叙述的主题和风格。比如《国家至上》张老师最后牺牲了，但他女儿和李汉雄、黄子清等人在抗战之中会如何建立新的

---

① 老舍：《青岛与山大》，载《老舍全集》第 14 卷，人民文学出版社 2008 年版，第 52—54 页。
② 老舍：《"住"的梦》，《民主世界》1944 年 5 月第二期。
③ 老舍：《"住"的梦》，《民主世界》1944 年 5 月第二期。

家庭关系自然而然是要思考的问题。比如《王老虎》中农村小伙王老虎离开母亲和家乡走上抗战的道路,在他决定抗战之后,家庭和国家命运如何转变也很值得期待。这种新的家国一体带来的矛盾和新的关系建构是老舍戏剧着力表现的。老舍抗战戏剧就是在传统乡村人伦格局如父子、母子、夫妻、恋人等关系中,表现在血与火的淬炼之中,新的家庭伦理是如何融合和形成的。这种新家庭的建立虽然往往伴随着牺牲和痛苦,但也充满希望。

第二节 民族的和解与国家形成

老舍抗战戏剧不仅关注战火中家庭的悲欢离合,更关注中华民族这个大家庭中各成员的命运,关注各民族人民之间的矛盾,以及如何捐弃前嫌共同抗日,而正是各民族共同抗日的历程锻造了新的民族精神,促进了现代国家的形成。民族指的是经长期历史发展在文化、语言、历史或宗教等方面与其他人群在客观上存在区别的群体,在老舍的抗战戏剧中民族和国家相互对照、息息相关。老舍的部抗战戏剧就描绘了在日本侵略下中国多民族的国家认同问题,而且也表达了他对民族和国家关系的多方面思考。

一 民族的纷争与国家的破碎

老舍关于民族与国家问题最著名的戏剧就是《国家至上》,它主要是关于回汉两族的纷争和解决。戏剧开幕就是冯铁柱和胡家兄妹打斗,从小孩子打斗引出回汉矛盾。冯铁柱说"哼,你忘记了吧,这是我们的地方,你该来吗?要玩,上你们那边玩去!"胡二妞回答说:"这,这是黄先生的门口,黄先生愿意叫我们在这里玩!你们的地方?你把它搬到家里去!我爱在这儿玩,偏在这儿玩!"开头对话中就得知回汉两个民族是有一定隔阂的,他们彼此间的界限划分地很清楚,也能看出黄子清让汉人在自己的施茶处玩耍,他是能包容汉人的。冯铁柱与胡家兄妹发生矛盾后找县长和黄子清评理未果,他说"县长要是不管,我找张老师评理去，黄伯伯，你老偏向着外教人"，"我找张老师去，他公道"，可以看出张黄二人的差异。其实冯铁柱与胡大勇两人只是戏剧中的一个小人物，平时的打架只是单纯的个人行为不带有多少政治性和道德性，但是一旦放在民族国家这一主题之下，战斗与逃跑不仅象征着个人的胆识、力量，而且测试出两个民族对同一国家共同体的忠诚程度。因此在第三幕中，胡大勇和冯铁柱相互造谣对方逃跑，用另一民族在战争中的胆怯行为来表现自己民族的勇猛和忠诚，通过贬低其他民族而建立自己民族的信心。他们之间虽然是个人冲突，背后却是民族之间的斗争和裂痕，回汉之间斗争得越厉害，最终得利的却是日本人，损害是国家和回汉两族人民。李汉杰说："越打仇恨越深，再闹到不能收拾的时候，我看国破家亡也就快了。"① 李汉杰指出了问题的要害，如果民族纷争不解决，国家就会山河破碎，难以安宁。

回族是一个具有悠久历史的民族。唐宋时朝，中西交通和商贸蓬勃发展，不少阿拉伯等地的伊斯兰商人陆续来华，至元代已成为中华民族大家庭的成员。从此回族人民融入中华各兄弟民族的生活，共同建设家园，对中华文化的丰富和发展起到了非常重要的作用。比如赛典赤·赡恩丁的治滇，还有常遇春、汤和、邓愈、胡大海、蓝玉、沐英等英雄，以及七下西洋的郑和、刚正不阿的海瑞等，都成为中华历史和文化上的美谈。千余年来，回汉两族在长期相处中相互影响，在生产、生活中相互帮助，并肩战斗。然而这并不意味着回汉两民族之间没有矛盾，回汉在宗教信仰、风俗习惯毕竟还是有一定差异。特别是满族入主中原以来，对回汉两族实行了防范政策，传统"从俗从宜"的宽容气氛渐趋消失，从乾隆中后期一直到清王朝统治结束的一百多年间，回族同胞的信仰、习俗、文化礼俗遭到歧视和禁止。从某种程度上来讲，执政者的政策方针极大地影响着民族之间关系。日本入侵后，就正好利用了回汉民族之间的一些矛盾。正如陈红旗在《爱国立场与启蒙现代性的彰显——〈国家至上〉再解读》一文中指出的："本来，回汉在面对日本帝国主义侵略时是利益一致、目标一致、国家主义价值观一致的，但当

---

① 老舍：《国家至上》，载《老舍全集》第9卷，人民文学出版社2008年版，第157页。

时的国民政府却无法合理有效地动员各民族团结起来实施现代化和抗敌御侮的国家工程。《国家至上》所呈现的中国社会历史文化环境——1938年夏天,使得张老师们所面对的是一个不具有现代民族国家统一形式的政权,这个政权统治下的中国不仅备受帝国主义势力的欺压,还承受着内部政治纷争不断的麻烦。"① 他认为回汉之间爆发矛盾冲突的根本原因是"中国作为一个民族国家的现代性缺失,使得她无法有效对外抵抗帝国主义侵略和对内消解各民族矛盾"②。陈红旗指出了一个关键问题,就是现代国家的缺失,中国当时政治上内部纷争不断,却无法消解国内民族矛盾问题。

1911年,孙中山先生推翻满清统治时的口号是"驱逐鞑虏,恢复中华"。后来民国建立,为了维护国家稳定,虽然提出满、汉、回、蒙、藏五族共和的口号,包括北洋政府也使用五色国旗,但外国侵略者却不断利用各民族之间的矛盾,对中国领土进行蚕食鲸吞。③ 齐思和就曾指出,孙中山的民族主义的主要缺点,是忽略了种族与民族之区别。民族的构成主要是精神的、主观的;种族则是物质的、具体的。所谓满、汉、蒙、回、藏的说法,是以种族划分之结果,而民族是指人们在一定的历史发展阶段形成的有共同语言、共同地域、共同经济生活以及表现于共同的民族文化特点上的共同心理素质的稳定的共同体。

1937年日本全面侵华,中华民族实际上已经支离破碎,民族和国家危在旦夕。当时学界甚至有人质疑中国是否存在现代西方意义上的民

---

① 陈红旗:《爱国立场与启蒙现代性的彰显——〈国家至上〉再解读》,《民族文学研究》2016年第34卷第4期。

② 陈红旗:《爱国立场与启蒙现代性的彰显——〈国家至上〉再解读》,《民族文学研究》2016年第34卷第4期。

③ 早在19世纪末,英国就窥探西藏,到1904年,近万名英军打着历史上最大使团的旗号入侵西藏,制造了血腥的"曲硬米新郭惨案"和"江孜浩劫"。1904年8月英军占领拉萨并在大炮下签订了《拉萨条约》,此后英国一直对西藏进行殖民统治,即便到二战时候和中国同为同盟国,在江孜和亚东仍有据军。比如俄国一直蚕食中国西北领土,到1934年,苏联红军联合俄国白军,利用中国国内军阀盛世才和中华民国政府的矛盾制造了"哈密暴动",此后十年时间盛世才的军阀统治实际让新疆脱离了国民政府的统治,而且苏联军队一直占据和田等地。在东北1931年日本发动"九一八"事变,之后扶持溥仪成立伪满洲国。1935年日本又扶持德王进行"华北五省自治"运动。

族。早在1935年日本帝国主义推动"华北自治运动"之际，傅斯年就提出了"中华民族是整个的"这一论题。傅斯年指出两千几百年以前，中国各地的民族存在差异，方言各异，文化也参差不齐。经过殷、周两代的严格政治的约束，东周数百年中经济与人文的发展，大一统思想深入人心。政治方面得到统一后，凭借政治的力量，书同文，车同轨，行同轮。我们中华民族，是用同文字，同一文化，行同一伦理，是一个大家族。傅斯年强调"中华民族是整个的"是历史的事实，更是中国当下的事实。顾颉刚认为"中国本部"一词就是日本帝国主义为了征服和分化中国而生造出来的一个词，它实际就是将满、蒙从中国整体割裂开来，这样"使得大家以为日本人所垂涎的只是'中国本部'以外的一些地方，并不曾损害了中国的根本"①。这样中国汉族觉得不伤及本部，尚可忍受，外国人也觉得可以宽恕，而日本人的阴谋就得逞了。顾颉刚也指出"五大民族"这个名词必须废弃，因为中华民族是除了满、汉回、蒙、藏五大民族以外，还包括苗、壮、傣、侗等众多民族，是众多民族相互交流、融合而成的一个整体。

老舍在《国家至上》中就是致力于揭露日本人怎么狡诈地利用汉奸挑拨回汉民族，制造矛盾和分歧，引起回汉斗争，从而对中国各民族分而治之。戏剧中的金四把作为反面人物，就是日本这一恶毒思想的代表，全剧在他颠覆性的动作中，不断地出现险情，矛盾激化、纷争不止。最开始提到金四把这个人并不是他本人出场，而是在谈话中提到，并对这个人有了一个简要的介绍。张孝英说："金四把的话永远是挑拨是非的，三叔你留神！"黄子清说："说媒拉纤的那个家伙，不是本地人，前二年才搬来的。对人顶客气，顶会说话，谁也摸不清他到底要做什么的那么一个人！有他常常在张二哥的耳朵旁边，准保事情越闹越糟！"金四把上场后自己说的第一句话是发生在李汉杰顶撞张老师后，张老师说"这个吃奶的小孩子是谁？这年月小孩子太没规矩了！"金四把和颜悦色地说："李家的少爷，汉杰，新从外边回来。"他说的第二句话是在张老师让他给县长回报的时候，"是！是！张老师！这，这！

---

① 顾颉刚：《"中国本部"一名亟应废弃》，《益世报》1935年1月1日。

县长！县长容禀"！立起来鞠躬，这些语言和动作，就能看出他是很客气但又圆滑有点小聪明。他到处挑拨离间，每次都恰到好处使剧情反转。在张老师准备跟黄子清讲和时，他出现说："喝！我来得正凑巧！刚才我从东大街过，看见一群人，围着黄三爷，又在那儿——啊，讲究张老师呢！我不拉老婆舌头，不用教我学说——反正你也能猜得到他说的是什么？"成功阻止了张老师合作的计划，造成剧情突转。他面对汉人时就说"咱金四把就是这个人，讲交情，够朋友，从来不昧着良心讲话，人总要讲良心，是不是？像张老师那样护短——那样自私自利，我就瞧不上眼"。也在李汉杰面前又说"其实家父跟李老太也还够交情，讲起来，咱们还算世交呢！这个话，因为你年纪轻了一点，怕不大那个，不太十分清楚了，你以为怎么样？我其实并不在教——""连张小姐也——她说——说你是癞蛤蟆想吃天鹅肉。自然自然，这完全是她造的谣，是她想你，不是你想她，因为想你想不到手，所以就背后偷偷的搂了铁柱子亲嘴"！

　　金四把的人物身份复杂，谁也摸不清底细。他是神秘的外来者，身份始终处于摇摆之中，一会儿是回民，一会又说没入教，却在不停地破坏回汉两族的团结抗日大业。《国家至上》这部戏剧的目的是呼吁民族团结共同抗日，然而奸细的身份放置在任何一个民族上都不合适，只能使没有民族归属的人承担叛徒的罪名。老舍的作品极力批评那些没有民族和国家观念的汉奸，他们没有道德廉耻，见利忘义。金四把平时八面玲珑，挑拨是非，在战争的环境下，他们的劣根性暴露出来，为了一己私利不惜出卖祖国。他们是民族的蛀虫，但他们也只是利用了民族之间已有的矛盾，来制造更大的裂痕，出卖国家利益，这也是老舍痛心疾首的现实。老舍认为只有把民族矛盾对国家的种种危害写进书中，在舞台上演出，才会引起人们的关注和重视，只有扫除这些阴暗，弥合民族矛盾，国家才能获得新生。

二 民族的团结与抗战胜利

　　在老舍看来，只有民族团结起来，抗战才能取得胜利。努力让回汉合作，是通过《国家至上》中的李汉杰提出的："我从外边一跑回来，就想看二叔去,商议个办法,怎样叫黄老师和张老师先和好起来,而后再叫回汉联合起来!团结才能发生力量。"赵县长也说"思想是正确的,想叫我们大家团结起来,你与张老师合作,然后回汉再合作,教内相亲,教外相友,大家一起跟日本人干"。这出戏剧并不是上来就高喊国家至上、回汉合作,而是逐步递进,由小到大,由浅入深,同时节奏紧密、剧情紧张,特别是第三幕,剧情跌宕起伏,节奏突转,黄、张二人瞬间和好,突变将剧情带入到高潮阶段,戏剧手法始终保持着较好的张力。

1937年初,顾颉刚等人就从中国历史发展的高度出发,呼吁各民族要团结起来进行全民抗战。顾颉刚指出:"在中国的版图里只有一个中华民族。在这个民族里的种族,他们的利害荣辱是一致的,离之则兼伤,合之则并茂。"① 顾颉刚号召我们不要仅在名义上团结,更不可在私利及压力下强迫团结,而要在同情和合作中真诚地团结。我们要生活在相互和平之中,以求共同的存在,在天地间取得独立自由的地位。1937年4月,顾颉刚等人还在《禹贡》上撰文说要把我们的祖先历尽甘苦结合而成中华民族的历史阐述清楚,让国人都知道各民族都是休戚相关,相互关联的,中华民族应该团结为一个最坚强的民族。

老舍作为满族,眼看着满族祖先活动的东北三省被日寇以所谓"民族自决"的借口占据,其痛心可想而知,而更痛心的是当时满、汉、回、蒙等各族在面对日本侵略时的分裂和矛盾。《国家至上》致力于描绘日本人怎么狡诈地利用汉奸挑拨回汉民族之间的斗争,最后各族人民如何团结抗战的。赵县长是老舍抗战戏剧中的一个正面行政官员形象,他实际上是国家政府的一个形象代表,他从始至终都高举民族团结的旗帜。他先呼吁黄子清和张老师回教内部团结,在此基础上再回汉团结。赵县长对黄子清说:"你与张老师合作,然后回汉再合作,教内相亲,教外相友,大家一齐跟日本人干"② 赵县长在这个戏剧中很特别,他并没有卷入戏剧主要人物的冲突之中,而且还特别公正包容,很明显

---

① 顾颉刚:《中华民族的团结》,《申报》1937年1月10日。
② 老舍:《国家至上》,载《老舍全集》第9卷,人民文学出版社2008年版,第110页。

是一个符号化的国家政府形象。

  黄子清　哦，我倒忘了把县长那礼物拿来，这儿，你们看——
（他展开那东西，原来上面是一面锦旗，上绣"国家至上"四字）
  黄子清　县长他还说，国家至上！
  金四把　（胆战的）国家至上？
  张老师　（大兴奋）老三，我明白县长的意思，我明白。他放心好了，鬼子来了咱们回教总不会比别人弱，大冲锋，咱们两个人的事。①

这是这部戏剧的第三幕，也是整部戏剧的高潮，在这一幕中，张老师和黄子清二人重归于好，此时县长的一句"国家至上"，让他们明白了当下应以国家的利益为重，而个人的矛盾，甚至是两个民族之间的摩擦在国家的生死存亡关头已不算什么。这一幕中，金四把也露出了他汉奸丑恶的一面，他试图挑拨离间李汉杰与张家父女的关系，然而并没有成功。

  张老师　我只要一杆枪，老三，我只要一杆枪。当初穆圣传道，主借了穆圣的嘴告诉我保卫国家，是伊斯兰信徒的天职。②

老舍在戏剧中多次借助人物对话论及回教，其实是想表明回汉两族尽管民族不同，信仰不同，但同处一个国家共同体之中，他们的利益是相同的，保卫祖国是他们共同的使命。在共同的敌人日本帝国主义侵略者面前，他们最能终达到民族的和解，共同保卫国家。剧本最后，张老师的死是因为回汉两民族不合作造成的，这也暗示了这两个民族必须达成和解，必须团结起来，才能赢得胜利。

  黄子清　明白了！什么？是不是回汉得合作？

---

① 老舍：《国家至上》，载《老舍全集》第9卷，人民文学出版社2008年版，第164—165页。
② 老舍：《国家至上》，载《老舍全集》第9卷，人民文学出版社2008年版，第173页。

张老师　回汉得合作。①

一对老友终于和好了，这一和好的基础是建立在一个共识之上，即回汉得合作才能保家卫国。剧作结尾时，金四把汉奸身份暴露，冯铁柱忘记之前与胡大勇的矛盾并主动邀请胡大勇和自己一同抓他，大勇欣然同意，二人下场。戏剧开头由他们二人的矛盾展开，他们和好以结尾，虽然是两个不起眼的小人物，但也起着牵引剧情发展的作用，冯铁柱与胡大勇的比试和纠葛，是回、汉民族从隔阂、冲突走向团结抗战故事的一个剪影。张老师枪毙金四把，自己牺牲前强调回汉要合作，从一个偏狭的民族主义者，最终成长为一个超越民族偏见的爱国者。面对敌人入侵和民族国家危机，国家认同超越了文化身份认同、宗教认同、民族认同。这出戏剧也由回汉隔阂到冲突，由冲突到牺牲，最后团结合作，实现抗战胜利。老舍的话剧《国家至上》就是要讲清楚回汉都是中华民族大家庭成员，要团结合作而不是纷争不断。老舍戏剧中的人物也是有生活原型的，他说剧中的某个人物"是我在济南交往四五年的一位回教拳师的化身"，另一位"是我在甘肃遇到的一位回教绅士的影象"。他用"化身""影象"这两个词，显然是为了强调这些人物是真实生活的反映。他认为正是"人物的真切使这本戏得到相当的成功"，表明相当满意这样的写法。他还进而宣称："假若有人以为我们剧中人太不象样的话，我希望（他）在抗战后到北方去看看。"② 老舍的戏剧反映了中国北方各民族团结抗战的现实。

老舍关于北方中国各族团结抗战的戏剧还有《大地龙蛇》，其中有一节场景在绥远大青山下，讲述各民族团结抗战。老舍说："关于第一幕第二节设景在绥西，纯粹是为了绥西有民族聚集的方便；若嫌不妥，请随便换个地方。"③ 老舍将绥远作为戏剧的背景肯定是有其用心，因为他去过西北前线，对西北各民族团结的"绥远大战"高度赞扬，因

---

① 老舍：《国家至上》，载《老舍全集》第9卷，人民文学出版社2008年版，第187页。
② 老舍：《〈国家至上〉说明之一》，载《老舍全集》第16卷，人民文学出版社2008年版，第2566页。
③ 老舍：《大地龙蛇·序》，载《老舍全集》第9卷，人民文学出版社2008年版，第360页。

此将它写进戏剧加以歌颂。

绥远位于中国北部，是日本扩张侵略，征服中国乃至称霸世界要努力争取的战略要地之一。1936 年春，日本帝国主义指使伪满军侵占中国察北 6 县，令投敌的蒙族德王驻嘉卜寺。同年 6 月日本关东军参谋长坂垣征四郎"访问"绥远，要求绥远省政府主席兼第三十五军军长傅作义"改善"日、华关系。傅作义正告坂垣征四郎说：华北是中国的领土，绝不许任何人出来搞一个独立局面。内蒙和绥远都是中国的领土，不许任何人来分割独立。坂垣的离间阴谋未能得逞扫兴而去。8 月伪蒙军和日军由热河开抵张北。8 月 14 日，毛泽东致电傅作义指出，德王帝不啻溥仪，蒙古傀儡国之出演，咄咄逼人。日本帝国主义卧榻之侧，岂容他人鼾睡！先生北方领袖，爱国宁肯后人！保卫绥远，保卫西北，保卫华北，先生之责，亦红军及全国人民之责也。毛泽东还指出，近日红军愿为后援。毛泽东希望能互派代表，定抗日救亡大计。傅作义得此信后，益加坚定了抗日救亡的决心。8 月 15 日，伪军进犯集宁，遭到傅作义总部的坚决反击。绥西战役大致分为两个阶段，第一阶段从 1938 年至 1940 年，在此期间发生两次战役。第二阶段从 1940 年至 1942 年，这一阶段的战略任务侧重于防守，侵略日军被赶走之后，最终成功收复绥西，此举维护了河套黄河以南地区的安全。绥西战役的意义重大，不仅阻挡了日军西进、南下的步伐，而且守住了西北地区的北大门，宁夏、陕西、甘肃等地免于日军的践踏，保护了苏联援华物资运送的绥新公路（绥远至新疆）和西兰（西安至兰州）、兰新（兰州至新疆）公路的安全，有力地支持了全国的抗战。

绥西抗战中一万多名宁夏回汉儿女团结一致，共同奔赴战场，为保卫国家同日本侵略者浴血奋战，体现了中华民族不屈不挠的精神。绥东剿匪司令达密苏凌原为德王的至亲好友，但在日伪进犯绥东时，出于炎黄子孙的爱国情感，毅然站到了祖国的一边。共同的抗日要求，既把蒙汉人民的命运连在一起，也把全国人民的命运连在一起。我们可以看《大地龙蛇》绥远大青山下豪迈如歌的一段：

  林祖荣 炮声远了，我们胜利！（注意：以下的对话都有韵）

罗桑旺赞　佛的光明，佛的智慧，祝福我们胜利的军队！黄永惠啊，我们胜利！请吧，请用你的妙笔，描写个详细。把这冰天雪地的胜利消息，传到终年有鲜花绿树的南洋，教那日夜北望的同胞们狂喜！啊，西藏的大师，佛法无边，祝福吧，我们的胜利光辉了正义！听，那是谁？（立起来）歌唱着，走向咱们这里！

　　林祖荣（也立起来）　啊，歌声是炮声的兄弟，它的名字是胜利！

　　黄永惠　迎上去，迎上去！迎接中华的英雄！啊，多么光荣，英雄是咱们的同胞兄弟！

　　李汉雄（上，唱）　我的枪多么准，我的手多么稳！啊，我的心哪，又准又稳！噢，见了敌人，见了敌人，我怎能不向他瞄准？为夺回我们的江山，不能，不能不把敌人踏为齑粉！①

　　这是第一幕的第二节，大量的人物纷纷登场，其中有印度医生竺法救、蒙古兵巴颜图、回教兵穆沙、陕西人李汉雄、投诚华军的日本兵马志远、西藏高僧罗桑旺赞、南洋华侨日报驻绥通讯员林祖荣、南洋华侨代表黄永惠，全中国的汉、藏、蒙、回等各个民族为了抗战都走到一起，甚至海外华人都联合起来为这场正义的事业贡献自己的一份力量。老舍通过戏剧表明：只有各族同胞团结一致，才能驱逐日寇，取得抗战最终的胜利。

三　民族团结与现代国家

　　随着抗战的深入，各民族团结抗战，老舍逐渐认识到只有民族团结，才有强有力的现代国家和政府；而只有国家统一，才有利于民族团结。老舍将这一思考通过《国家至上》与《大地龙蛇》充分地表达了出来。

　　有学者认为，《国家至上》是中国现代文学史上值得重视的一部剧作，它深入地描绘了抗日战争背景下错综复杂的民族关系、民族矛盾和民族心理，为解读抗日战争时期的民族国家的叙事问题提供了丰富的阐

---

① 老舍：《大地龙蛇》，载《老舍全集》第9卷，人民文学出版社2008年版，第380页。

释空间。《国家至上》所表现的冯铁柱与胡大勇的比试和纠葛，是回汉民族从隔阂、冲突走向团结抗战故事的一个剪影，面对敌人入侵和民族国家危机，国家认同超越了文化身份认同。①毫无疑问，《国家至上》这部戏剧着力表现的是回汉团结，最后达到国家的认同，但是所谓超越了文化认同这一点还需要进一步厘清。在《国家至上》中，冯铁柱和胡大勇等人超越的应该是原始的血缘和部落种族文化，而认同的是民族国家文化，二者是不同层次的文化认同。

正如本尼迪克特·安德森所言，民族是一种想象的政治共同体。②人类在不同发展阶段，有不同的民族文化认同。在原始氏族社会，社会组成形态是一个个有血缘关系的小部落，在漫长的发展和交往中，这些有血缘关系的部落逐渐发展成一个较大形态的民族。到了封建时代，国家政权逐渐强大，取代了原始的部落区划，以行政区划运行的封建统治使得原有民族进一步融合，形成新的民族国家。到了资本主义时代，由于资本的流动性，国内民族因经济纽带联系紧密，文化上的趋同性更明显。现代意义的民族概念，大多数是以国家作为区分标准的，也有些民族有着相同的文化概念，但没有共同的语言、历史、宗教。现代的民族也被称为国族，如果说民族是指在文化上有共同的历史记忆、语言、文字，以强烈的身份认同为纽带形成的共同体。那么国族是以政治为纽带结成的新族群，在文化习俗进一步融合的情况下，国族又可以转化成民族概念。世界上各个国家就是在血缘部落，到民族，到国族，再到新的民族这条道路上不断演进的。

抗日战争时期，中华民族面临着分崩离析的危险，需要文学的想象重塑一个政治命运共同体形象来团结抗战。正因为如此老舍在《国家之上》《大地龙蛇》等多部戏剧里面都较深入地描绘了回、汉等民族冲突问题，这是迄今为止也很少作家涉及的。更有远见的是，老舍从戏剧创作方面反映了在中华民族危机情况下的呼声：即各民族团结一致，共

---

① 王家平、杨秀明：《抗战时空里的谣言与身体——〈国家至上〉中回汉矛盾与民族国家叙事》，《中国现代文学研究丛刊》2014年第1期。
② [美]本尼迪克特·安德森：《想象的共同体》，吴叡人译，上海人民出版社2003年版，第5页。

同抗日。老舍的戏剧形象地描绘了中华民族如何从分裂走向整合，如浴火重生般获得新的民族认同。

> 张孝英　家里的事，你说怎办，我无不服从！国家的事是大家的，谁都可以说话！有什么理由不和黄三叔说话？有什么理由不跟汉人来往？大家不都是中国人吗？①

从张孝英这段话，可以看出回汉两民族之间确实存在矛盾，但她认同和遵从中国的孝道文化，特别是认同大家都是"中国人"。中国这一概念的形成，在我国实际上是源远流长的。中华民族其实是在血缘基础上的炎黄部落融合而成的，在形成国家以后，又不断融合周边其他民族，经过漫长的历史演进而逐渐成形。中国早期有"夷夏之辨"的说法，这建立在以血缘为基础的"族类"观念上，但是随着华夏人口的不断扩展，非华夏人口的持续内迁，夷夏之间也有交融互变的可能，这也正是韩愈在《原道》中所说的"诸侯用夷礼则夷之，夷而进于中国则中国之"。华夏或汉族的概念已经不能用纯粹的血统来界定，地域或文化成了区分的准则，即凡是定居在中国范围或者被扩大到中国范围内的人，无论用何种方式接受了中国文化的人，都属于中国。学者余英时就倾向于中国民族主义自发论，偏好强调中国传统"民族意识"中包容性相对较强的文化因素，并将其视为一种"原型的"文化民族主义。

实际上，在《国家至上》这部戏剧中，回汉两族超越的是狭隘的血统和宗教方面的文化认同，而希望达到的是现代国家民族的文化认同。由于信仰和生活习俗存在差异，长期以来回汉之间误会、矛盾不断，在北方地区，回汉之间的流血冲突时有发生。老舍作为回族同胞的朋友，对回族的生活习惯和文化特点非常了解，因此在创作回族题材的作品的过程中，能最大程度地尊重回族的风俗信仰，正确把握回族文化精神特点，这对于人们减少对回胞的误解和隔阂，在回汉之间建立良好的沟通渠道起到了很重要的作用，老舍曾坦言："回族在风俗、习惯上

---

① 老舍：《国家至上》，载《老舍全集》第9卷，人民文学出版社2008年版，第144页。

是很有特点的，如爱清洁，回教的馆子都擦得非常干净。回民大都不抽烟、不喝酒……回族生活严谨，这是优点。回民的身体大都是很健康的……作品应该很细致地把这些不同的特点表现出来，要宣传回族人的好处。"① 这部剧作以回汉合作为主题，一方面批判了狭隘的民族观念，另一方面颂扬了回族同胞的高尚品德，突出团结抗战的重要性。作家以群在看完戏后写道："看戏，我很少流眼泪，而看《国家至上》至第三幕。两位老盟兄（张老师和黄子清）在苦难中，捐除了积累多年的成见而复归和好的那一段，我禁不住流泪了。"② 该剧公演以后，在回汉群众中反响强烈，一位观众看完此剧后感言："希望我们中国的穆民，甚至全国的同胞们，都能本着这个剧中的指示，去促成穆斯林与汉族的大团结，集中全国所有力量，巩固抗日的阵线，争取最好的胜利。但是最当留心的是要建立廉明的政治，培养良好的地方官吏。愿全国同胞本着'为国难，忘却私仇，团结第一；舍性命，争取正义，国家至上'的这种精神，才是我们胜利成功的保障。"③

不可否认，宋之的和老舍几乎都是以命题作文的方式写出了《国家至上》一剧。其本意是从回族和汉族之间的关系来强调民族团结的重要性，当时这是一个现实性很强的问题。值得注意的是，老舍他们的剧作对这样一个在当时非常重大的社会问题的处理却并没有采用简单的政治方式。剧中的回族拳师张老师、教育家张子清、青年李汉杰、张老师之女张孝英以及赵县长等人物并不是处在一种民族对立或民族和好的认识框架中，也不是作为两个民族的代表者的抽象符号，这些人物都是个性突出、形象生动的人物。剧中矛盾的解决没有采用通常的问题剧的方式。而剧作家白薇对此都颇有微词，在她看来，民族之争主要是政治原因，政治的不平等造成了民族的不平等，而该剧是通过个人的方式来化解矛盾的，没有突出政治背景和政治的组织力量。白薇的意见在当时的批评意见中很有代表性，这种看法非常典型地体现了左翼戏剧时期那

---

① 张贵兴编：《老舍资料考释》（修订本），中国国际广播出版社2000年版，第61页。
② 以群：《观〈国家至上〉》，见曾广灿、吴怀斌编《老舍研究资料》（下），北京十月文艺出版社1985年版。
③ 中杰：《"国家至上"的涵义》，《突崛》1941年第七卷第五—六期。

种问题剧的思维方式。按照这种问题剧的思路,《国家至上》一剧解决矛盾冲突的方式应该是由赵县长代表政府正式地发布文告,政令所至,矛盾自然化解。现代有不少评论家认为白薇忽视了戏剧艺术与现实政治的区别,把戏剧艺术引向了公式化、概念化的死胡同,而这又脱离了抗战这一历史语境,没有看到当时民族问题的历史性,没有看到当时很多民族问题确实是现代政府的缺失。而建立现代国家至上的认同感,对于处于抗战时期的中国来说,是一个急迫的问题。

埃里克·霍布斯鲍姆认为"民族主义原型"(proto-nationalism)有两种类型:第一种是超地域的普遍认同,人类超越自己世居地而形成一种普遍认同感;第二种是少数特定团体的政治关系和词汇,这些团体都跟国家体制紧密结合,而且都有普遍化、延展化和群众化的能力。[①] 老舍更认同和致力于建构超越地域,同时也超越政治团体的国家文化认同和建构。从民族团结到进而建立强大的现代民族国家,是老舍一以贯之的社会理想。老舍是一个满族人,对国内民族歧视有很深的体会,所以非常希望全国各民族能相互沟通理解,团结一心。老舍说:"回教与喇嘛教是西北两大宗教。专从宗教的立场来看,本来可以各布善道,无可冲突。可是,以前因政治的不良与教育的弛废,遂往往以宗教的团结力量来发动对苛政的反抗,或因狭窄的宗教观念激起本可相安无事的同胞间彼此的仇视与敌对。赶到政治一清明,教育一发展,民无所怨,新地开朗,自然能够团结到一处。"[②] 老舍对此问题的论述可谓切中肯綮,只要国家政治进步了,教育和经济发展了,宗教纷争就自然会消失,这样民族也就团结了。现代国家和文化的建设是民族团结的一个重要前提和基础。

第三节　老舍抗战戏剧与现代国家文化的建构

老舍是对文化有着深刻思考的作家,他曾不断追问探寻:"什么是

[①] [英]埃里克·霍布斯鲍姆:《民族与民族主义》,李金梅译,上海人民出版社2000年版,第54—55页。

[②] 老舍:《归自西北》,重庆《大公报》1939年12月17日。

文化？东方文化将来是什么样子？"① 正如关新纪所言："老舍民族心理的形成与其自我民族的坎坷遭逢直接相关，他的民族观却闪现着跨越民族藩篱的现代人文光芒。老舍，是非政治家和民族学家的中国20世纪知识分子中，极难得的一个具备超前民族观念的人。"② 老舍深深懂得文化的重大意义，老舍说过："抗战的目的，在保持我们文化的生存与自由；有文化的自由生存，才有历史的繁荣与延续——人存而文化亡，必系奴隶。"③ 因此老舍明白文化是一个民族存在的前提，也是一个现代国家凝聚力的基础。现代国家的形成一方面是有赖于现代政治制度的建立，另一方面则基于现代民族文化的建立。政治制度和国家组织形态只是外在的框架，而民族文化才是内在的凝聚核心和基础。

老舍抗战戏剧之所以不直接以中日战争为题材，并不是因为战争本身不具备戏剧性，而是老舍知道要战胜日本帝国主义，还需要强有力的精神文化，有了这种文化中国民族才能立足，现代国家才有可能建立。老舍谦虚地说"我不是思想家，……我所要写的是剧本"。④ 老舍致力于用戏剧对民族文化的书写和建设，是因为他深知戏剧之于文化的意义。老舍说："戏剧把当时的文化整个的活现在人的眼前。文化有多么高，多么大，它也就有多么高，多么大。有了戏剧的民族，不会再返归野蛮，它需要好的故事，好的思想，好的语言，好的音乐，服装，舞蹈，与好的舞台。它还需要受过特别训练的演员与有教养的观众。它不单要包括艺术，也要包括文化！戏剧，从一个意义来说，是文化的发言人。"⑤ 如果说《国家至上》中老舍的观点是回汉各民族要在超越既有血缘种族观念基础上，认同中国这个国族，建立现代国家的话，老舍在《大地龙蛇》中的观点则是中国现代国家建立的基础，在于中国文化的传承与创新。老舍的抗战戏剧就是从多个方面演绎了这种民族文化内涵的多层次和丰富性，老舍希望通过戏剧将中国民族文化的深刻内涵挖掘

---

① 老舍：《大地龙蛇·序》，载《老舍文集》第9卷，人民文学出版社2008年版，第358页。
② 关新纪：《老舍民族心理刍说》，《满族研究》2006年第3期。
③ 老舍：《大地龙蛇·序》，载《老舍文集》第9卷，人民文学出版社2008年版，第358页。
④ 老舍：《大地龙蛇·序》，载《老舍文集》第9卷，人民文学出版社2008年版，第358页。
⑤ 老舍：《我有一个志愿》，重庆《新民晚报》1944年2月15日。

并加以发扬光大。正如老舍三幕歌舞混合剧《大地龙蛇》的主题：为中华复兴，大家永远携手行，建立一个活活泼泼、清清醒醒、堂堂正正、和和平平、文文雅雅的现代中国和中华文化。

一 老舍对传统文化的批判性分析

抗日民族解放战争促使作家对中国文化的负面认识有一个更为清醒的状态。老舍说："爱国家爱民族须先明白国家与民族。知道了你所爱的是什么样的国家与民族，你才不至于因事情不顺利而灰心，因一次的失败而绝望。"① 老舍的抗战话剧把笔触插入中国文化的深层结构，分析其不利于抗战的因素。如果老舍早期小说创作中体现出了五四以来的文化启蒙精神，即通过对文化的批判与剖析，期望达到改造国民性的目的，那么抗战期间，老舍的文化批判则是对前期文化批判的继承和发展。老舍是站在抗战和民族存亡的高度来审视和批判中国人的官本位、钱本位思想，剖析中国人讲面子的问题，并指出如果这些文化劣质因素不改正，国人不仅会在抗战时代大潮中落伍，甚至还会危害整个民族和国家的抗战。

首先，老舍批判了"官本位"对抗战的危害。在中国几千年来的士大夫文化中，"学而优则仕"是中国知识分子的一贯追求，从而形成了重功名的"官本位"思想。当官就有话语权，说的话就是金科玉律。当了官就有了地位、名望，受人尊敬，就有不尽的荣华富贵。《残雾》中冼老太太对儿媳说："他（指冼局长）是你丈夫，可也是局长……他是我儿子，也是局长。""局长比公理更有力量。"局长就可以在机关里专横跋扈，在家里目无一切，可以假公济私，贪恋美色，出卖人格，甚至出卖国格，这就是官本位的实质所在。受这种文化的熏染，有些人投机抗战想乘机捞个一官半职，《残雾》中杨先生说"在抗战中爬上去，一辈子就不用发愁了，抗战的功臣，永远有吃有喝"。如果在抗战中有这种心态，那么必然会被日本人利用，最终出卖国家利益，冼局长被捕的结局就是老舍给这些人的警告。在那些官本位者看来，即使在伪政权

---

① 老舍：《血点》，《大公报》1938 年 12 月 7、14、15、21 日。

中任职也算是个官,也可光宗耀祖,趁机捞油水。老舍说:"有的人是故意留在北平,以便得到升官的机会。他们认准了做官是光宗耀祖的事。只要高升,便应得意,不管赐给他们官职的是官是狗。'官'迷了他们的心窍。有这样迷了心窍的官,敌人才能任意宰割老百姓,此'官'之所以极可怕也。"① 老舍的抗战话剧用冷峻的笔墨揭露了那些卖国反动官僚以及不惜一切代价出卖人格充当汉奸的群丑。比如《残雾》中的洗局长、《张自忠》中的墨子庄、《国家至上》中的金四把、《谁先到了重庆》中的管一飞、胡继江等就是这样的民族败类,他们必将被钉在民族的耻辱柱上,受人唾弃。

其次,抗战是不讲"面子",而是需要为国实战的。老舍认为中国人是最讲"面子"和客套,而这在抗战的炮火面前完全是空虚无用的。剧本《面子问题》形象地解剖了中国的"面子"问题,揭示出讲面子这种病态国民性在抗战现实生活中的具体病症和危害。剧本的情节是这样的:重庆某一小机关,从秘书、科长到书记员,人人都为维持和争取"面子"勾心斗角,正常的工作无法开展,严重影响了抗日这一全民族的大事业。老舍从历史和思想传统出发来探寻它的病根,把对中国人的"面子问题"的解剖与批判官本位和钱本位联系在一起。剧中人物佟秘书对下属书记员说:"趁着年轻,要设法抬高自己的身分;等到你的身分相当的高了,大家就把面子送给你了。"在他看来,面子就等于官位。剧中人物方心正夫妇为了获得"伟大的面子",聚集所有财产,做投机生意。在他们看来,面子又似乎等于金钱。鲁迅先生曾说中国人讲的"面子",就是隐瞒自己的过错,随后摆出一副正经的面孔,"面子"在这就成了一种伪善。

最后,批判"钱本位",反对发"国难财"。老舍从《老张的哲学》这部小说开始,就从中国传统文化中寻找根源来批判"钱本位"。抗战时期,老舍认为"钱本位"不仅是自私的问题,而且还是一种卖国的汉奸行径。《桃李春风》中乡镇小商贩胡力庵,是一个暴发户,为保全财产,他认贼作父当了汉奸。胡力庵眼里只有钱,而没有什么民族大

---

① 老舍:《"七七"怀友》,重庆《大公晚报》1945年7月7日。

义，当日本人要他的财产时，视钱财如性命的他进行反抗，被日本人杀死。《归去来兮》中的乔绅只顾发战争财，反对自己的儿子上抗战前线，最后在家中落了一个众叛亲离的下场。老舍早期小说对"钱本位"思想的批判主要体现在针对那种吝啬自私人性的讽刺，抗战话剧中则深刻地揭示出了"钱本位"这一劣质思想是一种自私短见，没有认识到如果国家灭亡，个人的利益也不复存在。老舍在抗战戏剧里揭示了这一类人短视的悲惨下场。

总之，老舍的抗战戏剧延续了他前期小说的文化启蒙精神，同时又加入时代、民族政治的思考。老舍眼看国家沦陷，然而一些国民却依然愚昧无知，沉迷于个人私利难以自拔，老舍旨在通过批判他们身上的病态文化人格，以唤醒更多国民参与到反抗侵略的大潮之中，为争取民族独立做出自己的贡献。当然老舍抗战戏剧以宣传正面为主，批判文化的劣根性不是其抗战戏剧的主题，老舍抗战戏剧始终关注抗战对传统优良的文化的继承和发展。老舍始终认为抗战与文化建设必须携手同行，"文化滋养艺术，艺术翻回头来领导文化，建设文化。在艺术中，能综合艺术各部门而求其总效果的，只有戏剧"[①]。因此，老舍在抗战戏剧中不仅讽刺和批判，而且更致力于民族精神和文化的弘扬、建设。

二 对家国情怀的颂扬

自古以来，在中国人的传统观念里，国与家是一体的，国和家紧密联系、休戚与共。国是放大的家，家是缩小的国，个人命运与民族走向息息相关。一个时代有一个时代的民族英雄，一个时代有一个时代的爱国主义，而家国情怀却贯穿老舍文学作品的始终。老舍的众多作品无不体现出他对祖国山河的眷恋，对国家民族的认同，对家庭的思念。老舍抗战戏剧更是充满浓郁的家国情怀，因为老舍深知中华儿女这种最普遍的情感共识和情感底色能在民族危亡之时引发情感上的共鸣，号召民众团结一心共同抗敌。老舍抗战戏剧就是特别着力描绘由家国情怀衍生出来的爱国主义精神，是如何激励了中华儿女为保护家园而战斗，为保持

---

① 老舍：《我有一个志愿》，重庆《新民晚报》1944年2月15日。

民族独立而战斗的。比如《大地龙蛇》中的赵兴邦走出家庭，看到大好河山后，反过来又认同了传统家国文化。

  赵兴邦 嗯——我觉得差不多学"通"了！
  赵庠琛 学通——了？我读了几十年的书，还不敢说学通；你出去瞎混了三年，就会学通？笑话！
  赵兴邦 您看，我到四处乱跑，看见了高山大川，就明白了地理，和山川之美。懂得了什么是山川之美，我就更爱国了；我老想作诗——①

  赵兴邦作为爱国青年，不惧牺牲上前线抗日，在这个过程中，他走出了个人的小圈子，看到了祖国的大好河山，视野和格局明显扩大。随之而来的是他爱国情怀的高涨，热情洋溢地融入祖国的奋斗事业，视野更加开阔，心智更加成熟，从一个普通的知识青年成长为坚毅的爱国战士。也许还有些人文化层次并不高，也不知道何为爱国，但家乡观念却深入骨髓。比如王老虎文化水平很低，但孝敬母亲，总是思考为什么在家乡的土地上无论怎么努力却总是那样穷，正是这种淳朴的家乡观念使得他参加抗日，这完全是发自内心的家国情怀促使他做出这些行动。当然老舍戏剧中家国一体的观念不再以儒家"天地君亲师"为终极目标，不再以效忠帝王为宗旨，而是像赵兴邦那样的以国家文化为认同，以主权在民的民族国家为认同的。老舍戏剧中的这种文化的国家认同观念，无疑给传统中国家国一体理念和家国情怀注入了新的时代要素。随着时代的发展，一方面现代国家要求国民达成共识，在国家认同方面高度统一；另一方面在近现代中国人的家国情怀之中，人的观念会更加凸显，但对国家，对民族的认同感依旧不会消失，只是其中的忠君观念已不复存在，其中所体现的更多的是对国家本身的热爱。现代意义上的家国情怀，爱国主义与个性解放互为依托，人的创造力和价值变得更加重要，只有每个人都得到了全面而充分的发展，国家才会变得兴盛强大。

---

① 老舍：《大地龙蛇》，载《老舍全集》第9卷，人民文学出版社2008年版，第376页。

由于近现代这段历史的特殊性，有的人眼见国破家亡、山河破碎，不禁感叹"寸寸河山寸寸金，侉离分裂力谁任？"；有的人则抒发与国家共存亡的豪情壮志，"我自横刀向天笑，去留肝胆两昆仑"，但无疑这些都饱含了国民对于家国深沉的情感，体现了他们面对外敌入侵时勇于抗争的斗志与坚韧不屈的抗争精神。

中国人由于家国情怀而恋土难移，但在抗战中，众多民众不得不离开家乡。在《谁先到了重庆》中，老舍描述了北平沦陷后人民不甘心当亡国奴而不屈抗争的精神。普通市民吴凤鸣作为一个爱国人士自己不能离开家乡，但他为了让自己的弟弟等人在年前去往抗日的重庆，与日本侵略者进行了勇敢的斗争。

> 吴凤鸣　你舍不得北平？
> 吴凤羽　我舍不得你，大哥！父母生了我，可是你把我养大的！
> 吴凤鸣　够了！够了！老二！学校封了门，就是不封门吧，你总迟早也得到重庆去！重庆是咱们的首都，这里只是咱们的家；国比家大！旅行证，路费，我都给你预备好啦，横一横心，走！①

北平是吴凤鸣和吴凤羽兄弟的家，而如今北平沦陷，重庆是抗日根据点，是目前的首都，正如吴凤鸣所说"国比家大"，在他心中即使家人分离，家庭破碎，也要投身到抗战第一线。虽然家庭破碎了，但是爱国和抵抗侵略的民族精神却已经在他们心中根深蒂固。还有《国家至上》中的回汉人民，在日军侵略面前，不畏强暴，奋起反抗保卫自己的家园。

老舍作品中之所以有这么深厚的家国情怀，其实也和他自己的经历有关。1937年11月15日的黄昏，炮火映红了济南的上空，齐鲁大学院内也被震得地动山摇，树木簌簌发抖。38岁的老舍将一双小儿女紧紧地拥抱，辞别正在床上为怀中婴儿哺乳的妻子，拎起早已收拾好的小皮箱，老舍说："我去车站看看有没有火车，如果没有马上就回

---

① 老舍：《谁先到了重庆》，载《老舍全集》第9卷，人民文学出版社2008年版，第516页。

来……"这是他给家人留下的最后一句话。那时最大的孩子才四岁,最小的刚三个月。老舍无疑是内心忐忑的:一方面是自己前途未卜,另一方面是妻子和三个儿女在日军占领地该如何生存。老舍死里逃生后下了如下诗句:

> 弱女痴儿不解哀,牵衣问父去何来?
> 语因伤别潜成泪,血若停流定是灰!
> 已见乡关沦水火,更堪江海逐风雷?
> 徘徊未忍道珍重,暮雁声低切切催!①

老舍抵达武汉后,想起自己弃家庭,别妻儿,怎么不伤心?"但是为国卖命,事体更大,使家庭吃点亏,也就无法,则不是不讲人情,而是成仁取义,难以面面俱到"②,这体现了老舍的家国情怀,国家利益高于家庭的利益。老舍还给同样将家眷留在孤岛的友人陶亢德写过一封长信,其中也谈及个人、家庭与国家的关系:"我想念我的妻与儿女。我觉得太对不起他们。可是在无可奈何中,我感谢她。我必须拼命地去做事,好对得起她。男女间的关系,是含泪相誓,各自珍重,为国效劳。男儿是兵,女子也是兵,都须把最崇高的情绪生活献给这血雨刀山的大时代,夫不属于妻,妻不属于夫,他与她都属于国家。"③ 这言辞恳切的语言让人不由想起蔡文姬离开匈奴与亲生儿女分别时所作的《悲愤诗》,想到了杜甫笔下的"烽火连三月,家书抵万金"。老舍抗战戏剧中除了《谁先到了重庆》中的吴凤鸣、《大地龙蛇》中的赵立真等人像老舍自己一样舍离家庭抗战外,还有诸如《王老虎》中农村憨小伙离家报国,也有像《归去来兮》中在香港读书的乔德山,不顾父亲反对,奔赴前线。这些人物背后蕴含的是中国自古以来的家国情怀,在国难面前都是有那种舍小我而取大我的爱国精神,体现了中国人情感始终在国与家之间徘徊和回荡。老舍抗战戏剧中这些人物,面对国土沦丧的感怀,包

---

① 老舍:《八方风雨》,载《老舍全集》第14卷,人民文学出版社2008年版,第380页。
② 老舍:《答友人书》,《抗战》1938年1月第十三期。
③ 老舍:《一封信》,《宇宙风》1938年5月1日第六十七期。

含了民族与世界、个人与国家、小我与大我、情感与理智等复杂的情感。

三 威武不屈、宁可玉碎的抗争精神

老舍推崇中国传统的威武不屈的抗争精神，其抗战戏剧更是致力于弘扬赞颂这一文化精神。中国传统就有为民族危难而抗争的文化精神，文天祥曾高呼"人生自古谁无死，留取丹心照汗青"，范仲淹同样表达了"先天下之忧而忧，后天下之乐而乐"的愿望。在这种文化浸润下，每逢外敌入侵之时，中国总不乏宁为玉碎的仁人志士，他们不畏艰难敢于抗击侵略者。老舍在《归去来兮》中塑造的乔仁山就是这样舍生取义的人，而吕千秋虽然是一个老弱文人而无法上前线，但他也心怀国家存亡，他说："我没有能力去打仗，可是我能把抗战的精神和民族的正气，用我的心血画出来，永垂不朽。"老舍写《张自忠》一剧并不是仅仅因为接到的宣传任务，而是实实在在被张将军所感动，因为在创作之前，老舍本人已多次撰文颂扬张将军，在文中多次引用张将军五月一日给所部将领的手谕：

> 看最近之情况，敌人或要再来碰一下钉子。只要敌来犯，兄即到河东与弟等共同去牺牲。国家到了如此地步，除了我等为其死，毫无其他办法。更相信只要我等能本此决心，我们国家及我等五千年历史之民族，决不至于亡于区区三岛倭奴之手。为国家民族死之决心，海不枯，石不烂，决不半点改变……①

老舍说张自忠将军和文天祥、岳飞等人一样，并不是勇武而无谋略之人，他们并非不知道死亡的危险，只是为了民族气节才敢于选择牺牲自己的生命。老舍戏剧中多次描绘了中国人"苟利国家生死以，岂因祸福避趋之"的抗争精神。自从鸦片战争打开了古老中国的大门以来，中国就开始了一段充满灾难的屈辱历史，这是一段抵御外敌入侵争取民

---

① 老舍：《张自忠将军的战绩与殉国经过述略》，载《老舍全集》第14卷，人民文学出版社2008年版，第250页。

族独立的斗争历史,更是一段寻求民主之路、实现自由的探索历史。老舍满怀激情的呼吁:"我们要写,要多写,好使全民族知道他们的历史;有历史才有光荣。文字最大的效用,便是保持并发扬民族的正气,以血为墨及时的记录下民族最伟大的经验;继往开来,民族万岁!起来,同志们,担负起这种文字的最大责任来!"① 老舍的抗战戏剧就是要致力于中华民族不屈抗争史的书写,是一种文学性的书写。

> 辛永年 (亦饮,不胜感慨)唉!教书二十年?只落得无衣,无食,君子忧道不忧贫,我不怕吃苦,可是教翠珊随我受罪,我的心中实在不安,习仁你说,老天爷有眼睛,要晓得咱们做好事并不为有好报应呀!我的难过,第一是为了翠珊,第二是为了我的平民学校……一点固定的经费也没有,教我怎么维持下去呢?在今天,咱们已经和日本人决一死战,小学,中学,大学教育固然要紧,平民教育也绝对不可疏忽,我们起码得把平民教导明白,教他们知道宁可断头,也不去做日本人的奴隶呀!②

辛永年作为一个穷教师,一生为平民教育付出,教导学生宁可断头,也不做亡国奴。中国现代民族国家意识是随着民族危机的逐步加深而出现的。中国传统封建国家建立在臣民关系之上,爱国和忠君是相联系的。当满清王朝被推翻,中国结束帝制后,中国民众其实并没有自然而然地转变为现代意义上的国民。

老舍认为"中国文化的精神是忠恕仁义,孝悌廉耻,能宽恕别人的过错,而不能屈膝受辱"③。中国人虽善良,但不容欺辱,这是中国传统知识分子的气节,老舍在离开济南奔向抗战后写下的一段文字:

> 我着急,而毫无办法。战事的消息越来越坏,我怕城市会忽然的被敌人包围住,而我作了俘虏。死亡事小,假若我被他们捉去而

---

① 老舍:《血点》,《大公报》1938年12月7、14、15、21日。
② 老舍:《桃李春风》,载《老舍全集》第9卷,人民文学出版社2008年版,第145页。
③ 老舍:《新气象新气度新生活》,《民意》1938年4月13日第十八期。

> 被逼着作汉奸，怎么办呢？这点恐惧，日夜在我心头盘旋。是的，我在济南，没有财产，没有银钱；敌人进来，我也许受不了多大的损失。但是，一个读书人最珍贵的东西是他的一点气节。我不能等待敌人进来，把我的那一点珍宝劫夺了去。我必须赶紧出去。①

老舍抛家弃子不为别的，只为读书人心中所坚守的那个"气节"，这是老舍认为"最宝贵的东西"，他宁死也不愿意当汉奸。儒家文化一直是中国传统文化的主流。老舍回忆自己刚入学时，首先就是拜至圣先师孔子。老舍早年所接受的文化教育完全是传统儒家思想体系。老舍曾说："五四运动以前，我虽然很年轻，可是我的散文学桐城派，我的诗学陆放翁和吴梅村。"②孟子的"生于忧患"、范仲淹的"先天下之忧而忧，后天下之乐而乐"等思想都成为老舍创作"民族气节的象征"的重要思想来源。所以老舍主张"孔孟之邦廉耻先"，崇仰"为国尽忠死""忧心天下"。这些儒家士人的典型心态在老舍的抗战戏剧中也得到了彰显和颂扬。

老舍的抗战话剧中不乏学识渊博、举止高雅的儒者，"身后声名留气节，眼前风物愧诗才"。《大地龙蛇》中赵庠琛幼读孔孟之书，壮存济世之志，游宦二十余年，达则兼济，穷则独善，"我公不出，如苍生何"。目睹了日本人在祖国的土地上横行霸道烧杀抢掠的暴行，老友借重之时，他不惜年高，投身沙场，为抗战贡献余生。《归去来兮》中的吕千秋谨记"富贵不能淫，贫贱不能移，威武不能屈"的古训，视金钱如粪土，潜心艺术，孤傲狷介。他没有能力去打仗，但要画巨幅的《正气歌》，把抗战的精神和民族的正气，用自己的心血画出来，让这种民族精神永垂不朽。从《谁先到了重庆》中的吴凤鸣身上，也可以看出其受到了"天下兴亡，匹夫有责""威武不屈""杀身成仁"等传统士人文化的影响。《桃李春风》中的辛永年对弟弟仁厚慈爱，是个典型的儒者，他具有为伟大理想殉道的精神；勤克俭变卖家产艰难办学，

---

① 老舍：《八方风雨》，载《老舍全集》第14卷，人民文学出版社2008年版，第379页。
② 老舍：《〈老舍选集〉自序》，载《老舍全集》第17卷，人民文学出版社2008年版，第520页。

抗战爆发后，他受命于危难之际，率弟子迁校，始终保持着民族气节和操守，将一切都献给了青年一代。老舍抗战戏剧中塑造的这几个人物既温柔敦厚，又敢于在危难时刻舍生取义，他们身上充满了典型儒家文化的原生力：一方面，在和平时代的日常生活中表现为温柔敦厚，礼义廉耻，孝悌忠恕；另一方面，当个体人格和民族国家利益受到威胁时，则表现为杀身成仁，"士可杀不可辱"，决不苟安求全，屈膝受辱。老舍正是从传统思想资源中汲取精髓，刻画了这些不屈的抗争者形象。

四 坚韧、包容而又不断创新的文化精神

关于文化，老舍有深刻的思考，并给出了一个定义："一个人群单位，有她古往今来的精神与物质的生活方式；假若我们把这方式叫作文化，则教育、伦理、宗教、礼仪，与衣食住行，都在其中，所蕴至广，而且变化万端。"[①] 这个定义类似于钱穆先生说文化是"群体的人生"。老舍认为中国民族之所以能繁衍生息而绵延不断，正在于这个群体的文化是坚韧、包容而又不断创新的，从而使得中华文化富有韧性的生命力。老舍的抗战戏剧不仅表达抗击侵略者的爱国主义情怀，而且注重激发大众对民族文化的自信与觉醒。现代的中华民族，必须有赖于统一的民族文化精神。这种民族文化可以说是民族精神的核心或者原型。正如梁漱溟所说的："这是中国思想正宗，……它不是国家至上，不是种族至上，而是文化至上。"[②] 中国人这种文化主义至上观念，使得中国人常把民族观念消融在人类观念里，也常把国家观念消融在天下或世界观念里，而只把民族和国家当作一个文化机体，于是并不存有狭义民族观与狭义国家观，因为"民族"与"国家"都只是为文化而存在。也因此民族与国家两者常如影随形，有其很亲密的联系，而使得"民族融合"即是"国家凝成"，"国家凝成"亦正为"民族融合"。[③] 因此可以说"中国是一个国家，但它不同于近代的民族国家（nation-state），它是一个以文化而非种族为华夷区别的独立发展的政治文化体，或者称之

---

① 老舍：《大地龙蛇·序》，载《老舍文集》第9卷，人民文学出版社2008年版，第358页。
② 梁漱溟：《中国文化要义》，学林出版社1987年版，第166页。
③ 钱穆：《中国文化史导论》，商务印书馆1994年版，第23页。

为'文明体国家'(civilizational-state),它有一独特的文明秩序。"① 这种文明秩序其实也是一种深层的民族文化,而正是这种民族文化精神使中国人为了保家卫国而不屈服外敌,而这也正是老舍抗战戏剧所探索和思考的。

首先,老舍的抗战话剧深刻地挖掘出我们传统文化傲然不可犯的坚韧精神。在抗战胜利后,有很多人分析日本失败而中国胜利的种种原因,传统文化中坚韧不屈的抗争精神却被很多人所忽视。有不少人认为,中国的胜利在于中国是正义之战而得道多助,但正如有学者指出的,在这长达八年的长期抗战中,"我国所遭受黑暗悲惨之命运,至堪惊心。如我国于盟邦实力援助未集之前,而被暴力所屈服,即将陷我民族于万劫不复之深渊,而使英美爱莫能助。于此实有赖于贯彻始终之精神,与坚持不屈之毅力"②。老舍认为中国人常常给人一盘散沙和三分钟热度的印象,而今一变有如此精神毅力,大出世人之所料,究其根本原因在于中国文化的坚韧生命力。正如下面这段文字所示:

> 赵兴邦:日本人吃亏就吃亏在这里,他们以为只要把咱们的学校都炸坏了,把个读书的人杀吧杀吧,砍吧砍吧,就是征服了中国!他们就没想到,我们人民所种的地,也埋着我们的祖宗!稻子、麦子、高粱、包谷,是咱们的出产;礼义廉耻也是咱们的庄稼,精神的庄稼!爸爸,您说是不是?③

赵兴邦指出中国这大好河山里不仅仅有庄稼,还有我们祖先的文化和精神,这些能支撑我们抵抗日寇侵略的文化精神包括诸多方面。《大地龙蛇》中迷人的龙舞生动地表现了民族文化的内质美,而剧作中所塑造的民族英雄形象更能激发观众强烈的民族意识和自豪感。《国家至上》一剧题目本身就有振奋民心的感召力,《张自忠》剧终映出的"民族精神"四个字在演剧中的高潮处更能激发观众的情绪。在抗战剧作

---

① 金耀基:《中国政治与文化》,牛津大学出版社1997年版,第177页。
② 倪正和:《抗战胜利与民族精神》,《南行》1946年第一期。
③ 老舍:《大地龙蛇》,载《老舍全集》第9卷,人民文学出版社2008年版,第398页。

中老舍颂扬了辛永年的书痴精神、秦医官的务实精神，张自忠的拼命精神，以及赵兴邦、乔德山这些热血青年驰骋沙场奋勇杀敌的献身精神。从他们身上我们可以看到关云长、岳飞、辛弃疾、文天祥、陆游这些民族英雄的影子，看到我们民族的希望之所在。

中国历史悠久，但是战乱和灾难时常发生，中国人在此过程中塑造了一种独特的民族心理，并在更深的层面积淀成一种集体社会意识，我们可以把它称为关于"韧"的精神。这种"韧"的精神，具有强大的自我更新能力，使得中国文化在巧妙的智慧和蓬勃活力的支撑下，能顺利解决以往遇到的各式各样的难题，生生不息，绵延不绝。在中国传统文化中，"韧"的精神的重要表现是外向的儒家思想和内向的道家思想之间的相互调和。儒家思想彰显了中华文明进取、担当的阳刚一面；道家思想则反映出谨慎、谦虚的阴柔一面，两者共同构成了"韧"的精神特质。儒学强调"入世"，人自身的价值要在社会环境中得以实现。这种思想与抗战时代的艰难环境非常匹配，特别是儒家思想重视群体，鼓励奉献，这些有利于中国社会在抗战时代凝聚力量，激发中华民族的潜能。道家还指出逆境和顺境的辩证关系："祸兮福之所倚，福兮祸之所伏""天下之至柔，驰骋天下之至坚"。道家认为动与静、强与弱、柔与刚等都可以相互转化。冯友兰先生说儒家"游方之内"，比道家入世一些；道家"游方之外"，显得比儒家出世一些，这两种趋向彼此对立，但是也互相补充。儒家和道家思想的结合，将进取和内敛融为一体，渲染出了中华文明的"韧性"的底色。老舍认为正是中华文化丰富的智慧和韧性，赋予民族强大生命力，这也是中国在抗战时能以落后的军事和经济打败貌似强大的日本军国主义的内在原因。

其次，中华文化的宽容和融合是文化坚韧的基础。在《大地龙蛇》中老舍借用回教兵穆沙之口，号召包括回族在内的各民族"为中华抗战，不分满汉蒙回藏"。《大地龙蛇》末尾一幕，老舍饱含对中华各民族团结协作对抗外敌的期望，通过幻想描写了抗战胜利后的20世纪60年代，爱好和平的国内外的各民族代表，欢聚青岛一起共度"和平节"的场景，人们大声欢唱：

> 从印度接来佛法，
> 放大了爱的光明；
> 从西域传来可兰，
> 发扬了清真洁净；
> 无为的老庄，
> 济世的孔孟，
> 多一分真理，
> 便多一分人生，
> 多一份慈善，
> 便多一分和平；
> 道理相融，
> 渗入人生，
> 善为至宝，
> 何必相争？
> 我们的心地和平，我们建造了和平，
> 和平！和平！和平！①

由此可见，老舍在艰苦卓绝的民族战争时期，批判几近麻木不仁、纠缠于个人恩怨的狭隘民族观，提倡更宏阔的文化观，要将佛教、伊斯兰教、儒家和道家思想都相互融合，渗入我们的人生和文化之中。老舍祈盼的不仅仅是各个兄弟民族之间的沟通，更希冀的是东亚各种文化的大融合，最后形成和平相依的"东方文化"胜景。老舍的《国家至上》和《大地龙蛇》不仅体现了他多元依存、繁荣与共的民族观念，更体现了他要广泛吸收亚洲，乃至全世界的优良文化的包容的文化观。只有在这种文化观下，才有中国的繁荣以及世界的和平。英国历史学家阿诺德·约瑟夫·汤因比（Arnold Joseph Toynbee，1889—1975年）在其《历史研究》中认为人类历史发展就像生物有机体一样有产生、发展和消亡的过程。汤因比并不看好西方文明，在他看来中国文化反而是一种

---

① 老舍：《大地龙蛇》，载《老舍全集》第9卷，人民文学出版社2008年版，第275页。

"融合与协调的智慧",能够给人类前途带来无限的启示。老舍批判封闭自足的文化,他说:"拿过去的文化说吧,那一项是自周秦迄今,始终未变,足为文化之源的呢?哪一项是纯粹我们自己的,而未受外来影响呢?"① 老舍认为春秋战国时期的诸子百家,提出为人处世、安邦定国的行为规范,在数千年的发展过程中塑造了中华文化智慧交融的特征,随后的汉晋、唐宋等朝代,佛老、孔孟等文化思想也在不断融合。老舍认为中国文化的活力就在于它在不断融合中创新。在抗战艰难之际,老舍就有这么超前的文化建国观念,实在是有远见卓识。

再次,老舍认为中华文化坚韧的生命力在于不断地创新精神。我们不仅要发掘和发扬传统文化中优良的成分,同时我们也要根据时代的变化,不断创造有生命力的文化传统。老舍将他关于中国文化建构的诸多思想融入到其抗战戏剧之中,借戏剧中人物之口传达出。我们看下面这一段:

> 赵兴邦　前方是在打仗,可是也需要文学、音乐、图画;它也强迫着我们去关心历史、地理、政治、经济、卫生、农村、工业……。而且,它还告诉了我们音乐与文学的关系,政治与军事的关系,种种关系;一环套着一环,少了哪一环也不行。我管这个叫作文化之环。明白了这个,你就知道了文化是什么,和我们的文化的长处和短处。
>
> ……
>
> 赵庠琛　我的画又怎么了?!你还懂得绘画?!
>
> 赵兴邦　这是张青绿山水,您若题上四个大字——还我河山,有用没有?没有!抗战期间,你得画那种惊心动魄的东西。这,您就得把世界的普遍的绘画理论与技巧,下一番功夫把握住。等到你把握住这理论与技巧,您才能运用自己的天才,自己的判断,创造出世界的中国绘画!②

---

① 老舍:《大地龙蛇·序》,载《老舍文集》第9卷,人民文学出版社2008年版,第359页。
② 老舍:《大地龙蛇》,载《老舍全集》第9卷,人民文学出版社2008年版,第377页。

赵兴邦认为中国文化需要不断根据时代创新。抗战不仅需要军人战斗，更需要文艺工作共同努力，需要文学、音乐、绘画，需要文化工作者的参与。赵兴邦认为中国传统戏剧艺术的节奏散淡而富有诗意，但在抗战这一特殊时期我们需要充满血性，甚至是在传统绘画理论中显得粗俗直白的那些艺术。对于赵庠琛的山水画，赵兴邦建议要画那种惊心动魄的东西，要在把握世界普遍的绘画理论和技巧的基础上，才能创造出既是世界的，同时也是中国的艺术作品。显而易见，赵兴邦正是因为走出家庭参加抗战，其见识和思想才得以提升。比如《国家至上》中回族拳师张老师从偏狭走向觉悟，《王老虎》中王老虎从鲁莽走向成熟，《大地龙蛇》中赵明德从带着旧的文化因袭传统，投身于抗战而获得新的视野；《谁先到了重庆》中吴凤鸣从一个普通的北平小市民，成为为民除奸以身殉国的义士……从他们身上，我们可以看到"一部文化史"，从中可以看到中国在这个民族危难之际，其文化和国民精神是如何创新和发展的。

  赵庠琛　哼，修身齐家治国平天下的丰功伟业，好像都教你们俩包办了！小孩子！

  赵兴邦　不过，爸爸，大哥的科学精神，我的清醒的乐观与希望，大概不会错到哪里去。爸爸你作了修身齐家的功夫，我们这一代，这一代当然不能光靠着我们弟兄俩，该作治国平天下的事情了。您等着看吧，到您八十岁的时候，您就看见另一个中国，一个活活泼泼，清清醒醒，堂堂正正，和和平平，文文雅雅的中国！

  赵庠琛　倒仿佛今天的一切都是光明的！

  赵兴邦　假若今天的一切都是黑暗的，我相信我们年轻人心中的一点光儿会慢慢变成太阳。我知道，我们年轻的不应当盲目的乐观，可是您这老一辈的也别太悲观。您给了我们兄弟生命，教育，文化，我们应当继续往前走，把文化更改善一些，提高一些。此之谓齐一变，至于鲁；鲁一变，怎么来着？[①]

---

① 老舍：《大地龙蛇》，载《老舍全集》第 9 卷，人民文学出版社 2008 年版，第 378 页。

中国儒家提倡"修身齐家治国平天下",这是建立在对个体德性修炼,以及建立和睦家庭的基础之上的,走出小我,为国家乃至整个天下奉献自己,这正是"仁者先难而后获"的真谛。在新的形势下,赵兴邦敏锐地把握时代脉搏,说出了什么是民族文化,什么是这个时代该有的民族文化。他不仅是一个会打仗的战士,更是一代有知识文化的青年,他把自己所学运用到国家的实际战斗和建设中去,不仅关注个人,也关注国家、政治、经济、文化等方方面面,与时俱进,为民族文化注入新的血液。

最后,亿万人民因抗战而形成的民族意志是一种新的文化精神。老舍向来推崇那种脚踏实地的文化精神。作为现代史上可数的文化伟人之一的老舍,是从处在底层的人民中走出来的,他不仅看到了普通劳动人民群众身上纯朴爽直的朴素人性美,也看到他们身上的愚昧、麻木、落后的一面。老舍抗战前的小说创作与鲁迅的"改造国民性"的主题一脉相承,对中国人民普遍存在的国民性弱点进行了无情的鞭挞与嘲讽。而抗战时期,老舍对劳动人民群众的认识则大大前进了一步。老舍认为,文化并非专为知识分子所有,"义烈之风尚在民间,虽没教育却有文化","以我们的不大识字的军民,敢与敌人的机械化部队硬碰,而且是碰了四年有余,碰得暴敌手足无措,必定是有一种深厚的文化力量使之如此"[1]。从老舍的抗战剧作我们可以看到发生在普通劳动人民身上的精神变化,他们性格中所蕴藏着的健康的文化因子,以及这种性格赖以存在的传统文化的深厚的内驱力。近现代意义上的家国情怀,塑造了一代又一代知识分子阶层乃至每一个普通老百姓的爱国主义精神。老舍反复提到"我们的大字不识的百姓,能够见义勇为,为国牺牲,可见教化入人之深,虽不识字,而善恶分明,明辨是非"[2]。老舍认为中国普通老百姓的这种文化精神是日本帝国主义没有料到,也无法理解的。老舍的抗战戏剧目的不是唤醒一个人、一个阶层,而是让我们认识到整个民族的文化觉醒。广大人民的文化自觉才是真正意义上的"民

---

[1] 老舍:《大地龙蛇·序》,载《老舍文集》第9卷,人民文学出版社2008年版,第358页。
[2] 老舍:《新气象新气度新生活》,《民意》1938年4月13日第十八期。

族魂",正是这种文化精神的觉醒,中国才能赢得最后的胜利。越是在民族危机的时刻,越是能激发民族精神,而戏剧是这种民族精神的最好的艺术表达形式。正如法国戏剧理论家费·布伦退尔所言:"一国戏剧兴起的时刻正是一个伟大民族的意志十分高昂的时候,可以这么说,在其本身内部,我们发现其戏剧艺术也达到发展的高峰,产生出其伟大的作品。希腊与波斯战争同时。埃斯库罗斯和米提亚人打过仗;相传欧里庇得斯正是在舰队在萨拉弥斯附近的海面交战的一天降生的……"[①] 中国人民也正是因抗战的激发,将已有的文化精神激发出来从而凝聚成一种全新、积极昂扬的人民精神意志。

老舍抗战戏剧表现了大量底层劳动人民焕发的这种新的精神意志,他们从普通的受欺压的对象,到因投入战斗而变得勇敢,展现了人性英雄的一面。比如《残雾》中的刘妈、《面子问题》中的秦医生、《归去来兮》中的吕以美,老舍认为只有这些脚踏实地、充满热情的人才是中国文化精神之源,只有他们会走向新中国,走向真正的人生之路。老舍对底层人民的描写与刻画体现了老舍对民族未来走向的思考,他主动联系民族命运的发展,在抗战的背景下,力图改造并创造宏观文化。老舍在这种动态发展过程中深刻地体会到:健康民族性格的深厚土壤在于民间。老舍的思考与发现是耐人寻味的,知识分子是中国文化的传承者,然而读书人中却有认贼作父的,原因在于这些人吸取的恰恰是文化表层中的腐烂部分。老舍认为人民群众吸收的是作为文化心理积淀,并经过"刚健清新"的本色过滤了的传统文化的精华部分。这是抗战时期老舍对中国文化再认识,他在被中国文化优质成分所哺育的"为民请命"的仁人志士,还有那些脚踏在黄土地上,有着质朴、坚强而伟大的灵魂的人民大众身上看到了中华民族的未来。老舍到西北慰问发现,无论是在乡村还是军队,不论是在西安、兰州那样的大都市,还是在山村和塞上,都能看到话剧上演,听到战斗的歌声,"中华民族已不复是忍气吞声,甘受欺侮,像以前那样;而是昂首高歌,有英勇气概的民族了"[②],这更坚定

---

① [法]费·布伦退尔:《戏剧的规律》,载《编剧艺术》,文化艺术出版社1986年版,第10页。
② 老舍:《文艺成绩》,《新蜀报·蜀道》1940年1月4日。

了老舍继续抗战戏剧和文艺创作的信心和决心。

在民族危亡、山河破碎的危急关头，老舍在抗战戏剧中依然把探求民族解放和民族振兴的目光投向文化，想从人类历史的以往道路中寻求有利于人类发展的长处，改善人类自身存在的不良习惯，搭建起能够推动社会和人类自身可持续发展的健康文化结构模式。老舍在民族危亡之际，通过戏剧思考来探索这一构想的可行性。文化坚守和创新可以说是老舍最具个性的写作姿态和不变情怀。中国文明能传承至今，历经患难而不曾断裂和灭亡，能立于世界民族之林，文化是起了相当重要的作用的，正是依赖于像老舍这样的作家，于民族最昏暗和艰难的时刻，依然高举文化自信和建设的旗帜。这一点对于我们今天的民族国家建设应该有一定的启示。历史的后浪拍打着前浪，浩如烟海的人事如同沙滩上的足迹，被历史的潮水抹平而不见踪迹，也唯有如众多像老舍这样为了民族文化而不懈奋斗的人，最后才得以聚沙成塔，成就现代中国民族文化的丰碑，傲然矗立于历史的长河中。

第三章　政治、乌托邦与宣传

如何面对政治和宣传，如何面对战争的灾难和痛苦？是选择宣传正面和积极的抗战精神，还是揭露战争背后的种种人性黑暗，抑或退避纯艺术和市场？这是摆在抗战时期中国的文艺工作者面前无法回避的问题。柏拉图在《理想国》中曾提出要将诗人逐出理想国，因为按照他的政治理念，夸大描绘苦难和痛苦会让城邦的受教育者感到软弱。面对这些问题老舍是如何应对的呢？实际上，我们应该从整个抗战戏剧运动和思潮的角度来看。老舍的这些戏剧不仅是时代政治宣传的临时产品，更是对历史现实的忠实记录，从中我们可以看到抗战时期的各种斗争，仍然可以触摸到当时现实生活的温度，是我们整个民族活着的记忆。从老舍的抗战戏剧，也可以看到以老舍为代表的艺术家们如何在政治、宣传、现实与启蒙理想之间进行戏剧职业化的艰难探索。

第一节　老舍抗战戏剧与政治

有不少人认为文学是自由的，但实际上文学自由只是相对的，文学离不开政治，政治也深刻地影响着文学。文学在某种程度上也是政治的晴雨表，有时会直接反映政治斗争，有时会间接折射政治变动，并且影响着政治的发展。文学同政治的密切关系，就是指文学运动、文学思潮、文学创作方法、文学风格和流派，甚至文学形式的变革等，也无不同政治有关。当然文学同政治的关系，是上层建筑内部的关系，不是从属关系。具体就个别作家、作品同政治的关系而言，他们往往因不同时代、语境和政治等原因也存在着或亲近，或疏离的关系。老舍在英国游学多年。20世纪30年代，老舍在其文学理论中明确指出，他反对"道"的文学，认为文学要远离政治。那么在抗战时期老舍是如何转变思想的呢，他是否真的就走向了政治的文学？具体到老舍抗战戏剧中，老舍的政治观念是怎样的？众所周知，在抗战时期共产党和国民党一直在不同领域执掌着抗战文艺的领导权，老舍的戏剧创作如何处理这些政治之间的矛盾呢？

一 抗战前老舍的政治思想和态度

老舍基本的思想立场是爱国主义和民族主义，在此基础上的政治意识形态则会有所变化。一个人的政治立场一般是会随个人成长，以及社会思潮的发展而发生一定的转变，这也符合社会和意识形态的规律。老舍出身底层社会，读了师范学校后成为劝学员，但仍关注下层民众生活。他接受了基督教的思想，并受教会资助去英国教授中文，同时学习了英国文学，并接受了英国自由主义和个人主义的思想。老舍特别欣赏英国人的那种对自己负责的个人主义精神，他相信只要每个人都做好自己的事情，努力上进，那么整个社会自然就会发展起来。

（一）反封建的爱国主义

老舍最基本的政治理念是爱国主义，以及"五四"新文化运动所灌注的民主、科学思想。五四新文化运动唤起了老舍对下层人民群众命运的思考，以及对新文学的兴趣。老舍曾写文章谈五四运动对自己的影响，他说如果没有"五四"运动，他很可能终身做这样的人：兢兢业业地办小学，恭恭顺顺地侍奉老母，规规矩矩地结婚生子，如是而已，绝对不会忽然想起去搞文艺。也就说，没有五四运动，老舍将仍然保持其平民思想，从而缺少后来的作家身份，以及政治意识形态的发展。

"五四"运动不仅给老舍创造了当作家的条件，更重要的是它给予了老舍政治思想的基本立场：反封建主义和反帝国主义。他发现是"五四"让自己的思想发生了转变。"五四"运动作为中国现代思想史上最著名的文化事件，其历史文化定位，以及政治意识形态等问题是比较复杂的。其历史文化意义有诸如"文艺复兴"说、"启蒙运动"说、"思想革命"说、"意识危机"说、"不完全的现代性"说、"西方主义"说、"既非文艺复兴亦非启蒙运动"说等。从政治意识形态上看，老舍认为"五四"运动首先是反"封建"的。正是反封建主义，老舍发现以前他以为的正确，变成了错误。老舍说他幼年入私塾，第一天就先给孔圣人的木牌行三跪九叩的大礼，每天上学下学都要向孔子牌位作揖。到了"五四"，孔圣人的地位大为动摇，老舍认为这一下子就打乱了两千年来的老规矩。老舍说："我还是我，可是我的心灵变了，变得敢于怀疑孔圣人了！这还了得！假若没有这一招，不管我怎么爱好文艺，我也不会想到跟才子佳人、鸳鸯蝴蝶有所不同的题材，也不敢对老人老事有任何批判。'五四'运动送给了我一双新眼睛。"①

其次，老舍认为"五四"运动是反帝国主义的。老舍从小就知道家仇，读小学时就知道了国耻。老舍说直到"五四"运动，他才明白国耻是怎么来的，而且知道了应该反抗和反抗什么。'五四'运动，老舍才懂得了'天下兴亡，匹夫有责'。老舍说"这运动使我看见了爱国主义的具体表现，明白了一些救亡图存的初步办法。反封建使我体会到人的尊严，人不该作礼教的奴隶；反帝国主义使我感到中国人的尊严，中国人不该再作洋奴。这两种认识就是我后来写作的基本思想与情感。"② 因此老舍抗战戏剧充满爱国主义精神，批判洋奴卖国贼，歌颂抗战英雄。老舍认为可能他写的还并不深刻，但这都是"五四"运动给他的影响和写作的灵感。总之，面对五四新文化运动的复杂内涵，当时年轻的老舍所接受的思想也是爱国主义和反封建主义，这是"五四"运动的主潮，也是老舍最初的基本政治立场。

（二）文艺上的自由主义与对政治的疏离

老舍也有很浓厚的自由主义思想。值得注意的是，老舍的自由主义有一定限度，并在不同历史阶段是有所不同的。笔者认为老舍更多是在

---

① 老舍：《"五四"给了我什么》，载《老舍全集》第14卷，人民文学出版社2008年版，第636页。
② 老舍：《"五四"给了我什么》，载《老舍全集》第14卷，人民文学出版社2008年版，第637页。

文艺观点上持有自由主义,而非政治上的自由主义,他对政治实际上持有一种疏离和拒斥的态度。

老舍成长于五四时期,目睹了中国社会逐渐走向共和的历史。虽然他开始感受到了自由和共和的气息,但当老舍走进社会工作的时候,他突然发现周遭仍然是一片黑暗,自由主义的风气根本吹不进黑暗的堡垒。在老舍当小学校长时,他热心于社会教育。遇到周围旧势力的冷酷与腐朽,他倍感失望。老舍真正接受自由主义是在1942年去英国教书以后。老舍到英国以后,除了教学,大部分时间都用来阅读英文小说,以此学习英文,对狄更斯、康拉德等人的作品更是熟悉,英国小说影响了老舍的人道主义,以及自由主义思想。当他到了英国,接触了英国的文化和公民政治,开始有所触动。其小说《二马》的用意原在对比中英两国民族性的不同,但在一连串笑谑中显示了海外侨胞受人歧视的处境。小说推崇小马那种实干精神,以及负责人的自由主义精神,这都来自英国的公民精神,老舍直到20世纪30年代也一直推崇这种独立、自主和实干的公民精神。

老舍在《文学概论讲义》开篇就提出自己反对"道"的文学,推崇厨川白村文学自由的观点。老舍提倡丢开"道"的尺子,充满诗意地呼吁"让我们跑入文学的乐园,自由的呼吸那带花香的空气去吧!"① 老舍文艺上的自由主义就是追求艺术上的真和美,这点在抗战戏剧中仍然有表现。比如老舍比较欣赏的一个人物——《归去来兮》的画家吕千秋,为人高洁而不合俗流,吕千秋说:"许多人说我坏,就是因为我老追求真与美,而他们喜欢黑暗,丑恶!"②

老舍的自由主义其实更多是文艺上的,是并不带政治立场的,他对政治更多的是一种疏离和拒斥的态度。陈红旗在《老舍与左翼文学(1926—197)》中指出,老舍置身事外、独立不倚的清高态度以及1923年以后留学英国的时空限制,使他对"五四"运动、"五卅"运动和北伐革命都比较"隔膜",这也是老舍难以正视"革命"积极作用的重要

---

① 老舍:《文学概论讲义·引言》,载《老舍全集》第16卷,人民文学出版社2008年版,第10页。

② 老舍:《归去来兮》,载《老舍全集》第9卷,人民文学出版社2008年版,第436页。

原因之一。"个体生命体验上的缺失和对国内革命情形的'隔膜',的确造成了老舍以消极的态度去审视学生运动、政治斗争和阶级革命的存在情形。"① 实际上,老舍回国后就遇到日本人在济南制造的"五卅"惨案,以及国内风起云涌的工人斗争运动。以此为背景,老舍创作了一部反对帝国主义的作品——《大明湖》,体现了老舍强烈的民族爱憎情感和鲜明的政治立场。老舍自己说《大明湖》里没有一句幽默的话,因为他心里想着"五卅"惨案。老舍说《猫城记》(1932)有感于"对国事的失望"而写的,特别是对国内党派斗争的厌恶和痛恨。小说一方面对黑暗现实有较多的批判,另一方面也严重歪曲人民革命运动,并嘲笑了革命者。老舍在《猫城记》中直言学生是"政治思想的发酵力",可他们的热烈是浮浅的,青年们缺少真知识,易被奸狡的政客所操纵作为利己的工具。老舍指出革命没有"以知识及人格作为政治的基础",缺乏改革的真诚,结果"民主思想越发达,民众越贫苦"。相当长的一个时期内,老舍对于政治采取旁观以至厌恶、嘲弄的态度,对革命的政治也缺少认识。《猫城记》发表后不久,受到诸多批评,老舍也逐渐认识到这一问题。1924年的《离婚》描绘了在反动政府任职的一群公务员灰色无聊的生活图景,暴露出官僚机构的腐败,显示了老舍一贯的对政治的拒斥,甚至是厌恶的态度。老舍非常崇尚实干精神,可以说是一个实干家。老舍在抗战中无论在"文协"还是在其他工作岗位上,他始终兢兢业业,从未有过懈怠。在协会困难之时,他游走于政治团体之间,到处筹集资金保证协会正常运营。这是一个实干、认真负责的人才能表现出的品质。

二 老舍抗战时期政治立场的转变

抗战时期,中国剧作家的政治立场和文化心态都有所变化,必然会影响到其文学观念和创作。通过对剧作家政治文化心态的考察,我们可以看到剧作家对时代政治的感知与回应,从其戏剧作品中,亦可窥见战争政治的痕迹,以及它们对剧作家创作的影响与限制。对于老舍而言,

---

① 陈红旗:《老舍与左翼文学(1926—1937)》,《民族文学研究》2010年第2期。

抗战时期剧作家的政治激情首先表现为"国家至上"的政治关怀。中国知识分子向来有"以天下为己任"的政治关怀传统，在民族存亡的历史时刻，这种绵延传承的政治关怀传统更是在老舍身上得到了淋漓尽致的体现。正如老舍所言："我们必先对得起民族与国家；有了国家，才有文艺者，才有文艺。"① 显然，此时的老舍已将"国家至上"作为包括文学创作在内的一切行为的准则。

（一）作为"抗战派"的老舍

七七事变之后，如果说老舍有政治立场，那就是政治上的"抗战派"。抗战爆发后，老舍曾明确宣称："我不是国民党，也不是共产党，谁真正抗战我就跟谁走，我就是一个抗战派。"随着日军的步步推进，沪宁等地相继失守。一时间，有七八百名文化界人士从各地撤退到了武汉。为了使云集武汉的文化界人士更紧密地团结起来，以更强大的力量抗日，周恩来指示共产党员阳翰笙等人组织筹备一个中华全国文艺界抗敌协会。1937年底，阳翰笙首先以个人名义倡议成立了一个"文协"组织，立即得到各方面的热烈响应。正在这个时候，老舍也来到了武汉。周恩来、王明和冯玉祥将军共同商议，准备邀请老舍出面主持"文协"工作。"文协"成立之初共有会员97人，除周恩来、陈立夫、邵力子、冯玉祥、陈铭枢等军政要员外，中国各党派和无党派文化名人差不多都在其中，如左联作家阳翰笙、夏衍、张天翼、姚蓬子、"南国社"的田汉、"七月社"的胡风、右翼"中国文艺社"的张道藩、王平陵、"第三种人"的施蛰存、和鲁迅论战过的陈西滢、梁实秋、胡秋原等。各个党派、各种政治态度的作家都集中到"文协"这个最广泛、最有效的统一战线机构之中，会员发展到300余人。老舍曾在回忆这段历史时说："文人，在平日似乎有点吊儿郎当，赶到遇到要事正事，他们会干得很起劲，很紧张。文艺协会的筹备期间并没有一个钱，可是大家肯掏腰包，肯跑路，肯车马自备……"② 知识分子勇敢地承担起文化人的责任，放弃了既有的政治立场和斗争，以知识分子的良知和担当捍

---

① 老舍：《努力 努力 再努力》，载《老舍全集》第14卷，人民文学出版社2008年版，第213页。

② 老舍：《八方风雨》，载《老舍全集》第14卷，人民文学出版社2008年版，第387页。

卫祖国。正如老舍所说，中国文艺工作者"分散开来，他们也许只能放出飞蚊的微音；联合起来，他们定能发出惊天动地的怒吼——大家'能'凑在一起呐喊，就是伟大"①。老舍积极号召去前线，高喊"去打日本！"，他专门撰写了《写家们联合起来！》《联合起来》两篇文章，阐述了日寇大敌当前的境况，文艺界人士要团结起来，让文艺在抗战救国中更好地"尽宣传上激励的责任"。他在"文协"《发起旨趣》中号召文艺界用铁笔做成"笔阵"，把分散的各个战友的力量团结起来，像前线战士用他们的枪一样，用我们的笔来发动群众，捍卫祖国。

老舍担任总务部主任，主持"文协"的日常工作，可以说是这个组织的实际领导和中坚力量。从"文协"组织筹备开始，老舍就在推动不同政治立场的文艺工作者们团结起来，协调他们开展各类文艺理论争鸣、创作，以及组织各政治派别作家组成战地作家访问团。由于这个文艺团体不分党派，所以能够访问不同战区，受到不同军队的一致欢迎。老舍为了文协的抗战工作全力以赴，一个人作为常务理事并兼任总务部主任，老舍分掌文书、会计、庶务、交际等事宜，成为文协的实际负责人。这个没有工资又大量耗时的工作，需要人全身心投入和付出。老舍的"文协"工作历程中展现出高风亮节与艰苦奉献精神。"文协"成立后，很多常务理事都是不同党派的，还有其他政治职务或者由于个人工作原因，实际承担协会的具体工作，而将"文协"正常工作的运转交给了总务部，这无疑加大了身为总务部主任的老舍先生的工作量，尤其是在"文协"撤离武汉迁到重庆后，"文协"绝大部分工作都压在了身为"自由写作者"的老舍先生身上。邵力子、郭沫若、茅盾等29人签名的《老舍先生创作生活二十年纪念缘起》中有："文艺界抗敌协会的成立与发展，主要便是他所护育的顶大的成果。这是值得我们永远纪念的。"茅盾先生在《光辉工作二十年的老舍先生》中也提到，"那时候，全国文艺界抗敌协会正在筹备，老舍先生置个人私事于不顾，尽力谋'文协'之实现。我们那时的几次见面，所谈亦无非此事。如果

---

① 老舍：《我们携起手来》，汉口《大公报》1938年3月27日"全国文艺界抗敌协会成立大会特刊"。

没有老舍先生的任劳任怨，这一件大事——抗战的文艺家的大团结，恐怕不能那样顺利迅速地完成，而且恐怕也不能艰难困苦地支撑到今天了。这不是我个人的私言，也是文艺界同人的公论"。① 老舍是能团结不同党派文人同心协力抗战的有力领导者。

（二）力求政治中立

老舍在抗战期间，其政治立场以团结抗战为主，力求在共产党和国民党之间保持中立的态度。文协地位重要，而其领导人更为重要，国共两党为文协领导人争持不下，正是因为老舍这种政治中立的态度，老舍才成为两党都一致同意的人选。老舍认为自己只是文艺界的一个小卒，"在我入墓的那一天，我愿有人赠给我一块短碑，刻上：文艺界尽责的小卒，睡在这里"②。老舍特别分析了小卒可以保持中立的好处，"我几乎永远不发表对文艺的意见，因为发号施令不是我的事，我是小卒"③。老舍这个小卒，除了高声呐喊团结抗战，应该还有一种潜在的呼喊："我不要对立！""我讨厌政治"④。抗战时期，老舍作为文协的负责人，一直处在国民党、共产党、无党派人士因利害得失而不断产生的各种矛盾中，也就是说处在政治漩涡的中心。在日常生活中老舍经常接触党派矛盾，他自己有时候也不免被卷入政治性的事情。可是不管他怎样热心并巧妙地对待这种事情，在心灵深处，他总是感到痛苦，总是喊着"我不要对立""我讨厌政治"。老舍一方面在心灵深处涌动着强烈的抗战使命感，一方面却必须考虑如何躲避冗杂的政治纷扰。

老舍的抗战戏剧中也尽量不涉及党派政治问题。抗战时期的中国虽然是由南京国民政府统一领导，但抗战军队在政治上分为多个系统，主要一个是国民党方面的军队，另一个是八路军、新四军等共产党领导的军队。在不同的具体战场上，都有不同系统的部队。毫无疑问老舍知道

---

① 茅盾：《光辉工作二十年的老舍先生》，《抗战文艺》1944 年 9 月第九卷第三、四期。

② 老舍：《入会誓词》，汉口《大公报》1938 年 3 月 27 日"全国文艺界抗敌协会成立大会特刊"。

③ 老舍：《入会誓词》，汉口《大公报》1938 年 3 月 27 日"全国文艺界抗敌协会成立大会特刊"。

④ ［日］杉本达夫：《有声的呐喊和无声的呐喊》，《中国现代文学研究丛刊》1993 年第 2 期。

这种现实，在西北旅行的路途上他也亲眼看到过。可是他在作品里是怎样描写战斗的呢？比如小说《大地龙蛇》，是描写军民合作战斗的作品。戏剧中的环境看来，是位于大青山，可是对于在戏剧里打仗的部队，老舍只是指出这些士兵的民族，并没有明显的国民党军队或者共产党军队的标志。其实大青山就是绥西抗战的前线，这次战役有傅作义带领的晋绥军，国民党的部队，还有宁夏回族地方武装，也有爱国的蒙古武装，还有游击队，但老舍在戏剧中并未从政治上对这些士兵的来源和系统加以区别。再如戏剧《谁先到了重庆》，在这部描写日本统治时期北平生活的戏剧里，地下斗争占据着很重要的地位，吴凤鸣他们进行了有一定组织的地下斗争。可是他们是自发组织的吗？有没有什么政治背景？有没有什么党派领导的标志呢？戏剧里却找不到任何蛛丝马迹。比如《张自忠》这个抗战戏剧，老舍提到国家和政府，通过墨子庄这个人物提到"中央"，但戏剧点到为止，而只是通过墨子庄这个跨党、政、军、商四界的人物，批判和讽刺了政治斗争是抗战的不利因素，老舍在戏剧中始终赞扬的是张自忠这样没有政治对立而只有爱国抗战精神的军人。还有《王老虎》中这个北方农村的年轻农民，最后走出封闭的村庄，参加了革命队伍。王老虎对日本统治地的工厂进行偷袭，这很明显像是共产党在北方日统区的敌后武装活动，老舍同样也没提是谁让这个农村小伙觉悟和转变的。这固然是因为老舍不知道具体情况，但更重要的，是老舍自觉地回避或不让他们具有党派色彩。在老舍看来抗日的部队或个人都应该是整个中华民族的部队或个人，不该是某个党派的部队或个人，从事抗战事业的人都应该超越党派的观点，忘掉党派的利害得失。老舍每天目睹的是现实中的对立与斗争，但他心里总是不能，也不愿意认同这种现实，所以他在作品里抹消了一切党派色彩。

（三）走近延安的人民性政治立场

老舍刚从山东的小家逃离到武汉，感叹"在动摇的时代，维持住文艺的生命，到十几年，是不大容易的。思想是多么容易落伍，情感是多么容易拒新恋旧"①。老舍认为一个四十多岁的人很容易老气横秋，

---

① 老舍：《入会誓词》，汉口《大公报》1938 年 3 月 27 日"全国文艺界抗敌协会成立大会特刊"。

能跟上时代并改变思想是很难的,但在这个抗战的大时代,老舍只有紧跟时代前进的步伐。随着老舍在文协担任领导工作,他不得不周旋于国民党政府、共产党以及其他民主党、无党派之间,进行各种协调工作。老舍实际上是处在政治漩涡的中心,在进行抗战文艺工作过程中,他逐渐反感国民党政府,并从心理和创作上逐步向延安靠拢。

老舍在为文协的奔走中,疲于应付国民党政治的各种低效率。以群在《我所知道的老舍先生》中谈到"几年来,为了文艺界的团结,为了'文协'的工作,他不知费去多少心力。奔走,求情,乃至叩头,作揖,只要是为了'文协',他从不推辞;碰到困难也从不退避。"老舍先生第二次当选为总务部主任后,文协常务理事会决定:一是"以后关于对外一切事宜,不及开会决定者,由总务部斟酌办理",二是"对国外发函,由总务主任及国际文艺宣传委员会主任签字"。由此一举奠定了老舍先生在"文协"工作中的核心地位。这来自于他为"文协"工作所付出的努力与热情,以及建立在此基础上"文协"同人的普遍认同。

1938年重庆成为陪都以后,国民党为了加强抗战文艺管理,成立了"社会部"。"文协"是在"社会部"成立之前便成立的,但社会部官员仍要求老舍补办呈请立案文件,包括:呈文、计划书、理事履历表、职员履历表、工作报告、会员名册、会章。在此之前"文协"的一切活动暂停。正当老舍一筹莫展的时候,宋之的和葛一虹拿来了国民党宣传部的公函,请"文协"帮助编制"民众游艺指导法",包括对歌曲、戏剧、鼓词、游戏、故事等艺术形式的规定。老舍对国民党这一系列的文艺管控深有体会。为了文协的合法存在,老舍放下了正在编写的《抗到底》的稿子,带头与宋之的、何容、葛一虹四人开始了编定工作。老舍深知这些工作缺少艺术味,但其原则是尽可能将与抗战有关的内容都加入进去。老舍他们经过多方努力,终于在完成了国民党的"民众游艺指导法"之后,补齐了一系列相应文件,使"文协"获得了合法性。

在负责"文协"工作期间,老舍非常关心文化界人士的生活,有时不得不奔走于国民党政府部门。他总是尽自己的力量去帮助文化界人士解决生活上的困难，有时自己实在无法解决，则往往吁请社会贤达和民主人士给予帮助。他曾请冯玉祥从募款中提出二百万元帮助文艺界生活困难的人。郭沫若建议从这笔款子中提出五十万元办个刊物，一面宣传抗战，一面维持文艺界人士的生活。当时有些文化界人士遭到逮捕，都是通过老舍奔走、冯玉祥从中斡旋而营救出来的，如孟克、骆宾基等。骆宾基脱险后，冯玉祥和老舍还请他在两路口巴县中学楼上吃饭以示慰问，在座的还有郭沫若、于立群等人。皖南事变后，重庆文化界有一次举行纪念鲁迅的活动，先是在百龄餐厅开会未成，后改为露天集会，不想国民党警察却出面干涉，并且扬言要抓人，这时老舍气愤得挺身而出说："要抓人吗？抓我，我是头儿。"最后警察灰溜溜地走了。老舍此言行充分映现了那个时代作家们的独立精神，这深深地影响了老舍这一时期抗战戏剧创作的内在主题与外在表达形式。

　　老舍与共产党逐渐走近。老舍当选为"文协"的常务理事和总务部主任，周恩来当选为"文协"的名誉理事。为着一个共同的目标，周恩来与老舍的交往逐渐多了起来，两人彼此尊重，把工作开展得有声有色。1938年5月"文协"召开第二次理事会，周恩来应邀参加。老舍在他的会务报告中，对当时的现场情况作了精彩记述。周恩来不仅密切地关注着老舍的写作——经常来看他写的戏，给他的剧本提出宝贵的意见，而且还无微不至地关心着他的生活与安全——他曾一再叮嘱身边的报童：给老舍先生投送《新华日报》时，一定要在夜深人静的时候，以防引起特务的注意。对于老舍的工作，周恩来更是自始至终给予全力的支持——他曾经这样向众人说道："文协的事务一定要老舍来主持，别人都不如他合适，由他出面最好！"也正因为这一切，老舍曾一度被国民党的要人们抓住了"把柄"，并以此威胁道："你可要提防被人利用啊！"老舍哈哈一笑，回答干脆利落："我被谁利用？我只知道老百姓，我只知道抗战！我看你们也应该叫老百姓利用利用了！"通过与周恩来的多次亲密接触，老舍对中国共产党的认识逐渐加深，最终心悦诚服地"成为共产党的一位忠实可靠的朋友"。他曾感慨地说："这就是共产党，没有别的。就是大公无私，为国，为民！对每个人都热情关注，目光四射！"抗战结束后，老舍为自己的这段经历作了一个总结：

"这几年,我别的长进也许不怎么大,但是非曲直总算看清楚了:救中国还得靠这个——"说到这里,他用手指比划出了一个"八"字。

老舍思想和精神的另一个转折点是 1939 年他北上前线,特别是到陕北延安等地慰问抗战军民的时期。1939 年 6 月,文协发起文艺工作者到抗战前线到全国慰劳一线战士的活动。老舍带领的是总会北路慰问团,从 6 月 26 日出发,到 12 月 9 日返回,一共历时 5 个多月。老舍的总行程达二万多里,这可谓遍及了小半个北中国的一次长征。老舍先后到达五个战区,川、鄂、豫、陕、宁、青、甘、绥等十余个省市,慰问各地抗战军民。当时文协没有经费,老舍便自筹行装,他最体面的衣服是一件掉色的中山装,被友人笑为"斯文扫地的衣裳"。这一路他们不仅跋山涉水、风尘仆仆,且可以说是出生入死。老舍曾三次涉险:第一次是在河南陕县,遭到敌机轰炸,差点被炸死;第二次是在陕西黄龙的山路上,因为一座公路桥年久失修,老舍他们的汽车路过的时候桥面突然断裂,汽车坠下山崖,最终是被密林挡住而死里逃生;第三次是在返回途中,在从陕北秋林到宜川的一次渡河中发生的。当时突发山洪,骡队受惊,而向导弃骡而逃,最后只剩老舍一人。幸运的是骡子喜群,遇险之后反而挤成一团,前拥后挤地把老舍夹在中间,最后在慌乱中不知怎么被冲到了岸边。对此老舍承认也有后怕,毕竟是一次对于生命的挑战。即便经历诸多险阻,但老舍觉得和前线战士相比是微不足道的,而且老舍也一直珍惜这次旅程给自己带来的思想和精神上的提升:"在大时代中,专凭着看与听,是不能够了解它的,是不能明白事态中人物的情感的。看别人荷枪赴前线,并不能体念到战士的心情。"正因为如此,才要亲身实地去体验广大军民的抗战,去感受他们为祖国大好河山而战的精神。

> 一路上,车声炮响,
> 并掩不住抗战的歌唱:
> 在城镇,在塞外,在村庄,
> 中华儿女都高唱着奋起救亡;
> 用头颅与热血保证希望,

> 今日的长城建在人心上！
> 到处，人影旗光，风尘浩荡，
> 我遇上中华的铁汉开往前方；
> 任凭乌纱岭上的积雪十丈，
> 还是瀚海里的亘古饥荒，
> 都拦不住健儿的前进，健儿的歌唱……①

这是老舍在《剑北篇》中写下的诗句，是老舍走出书斋后的一次精神飞跃。老舍在这么一次经历中，不仅真正寻找到了中华民族的脊梁，也为他此后抗战戏剧的写作提供了素材，为人民抗战的戏剧创作打下了坚实的基础。

当老舍于9月10日到达延安时，他受到了以毛泽东同志为首的延安军民的热烈欢迎。老舍与毛泽东的最初认识就是从文协的北路慰问团在延安的活动中开始的。在延安各界欢迎慰问团的大会上，老舍见到了毛泽东同志，并聆听了他的讲话。在给文协接风洗尘的招待宴会上，毛泽东特意坐到老舍旁边，举杯向老舍敬酒，并一饮而尽。老舍忙起身给毛泽东回敬酒说，毛主席是五湖四海的酒量，我不能比；我是一个人，毛主席身边则是亿万人民群众啊！在欢迎宴会之后，老舍难掩激动之情，就即兴来了一段京剧清唱，以此表达自己对革命圣地及广大抗战军民的热爱。

这段经历丰富而曲折，前线军民昂扬的斗志和英勇抗战的事迹都让老舍振奋不已。在回到重庆之后，老舍将此行经历写成了一首数千行的长诗《剑北篇》。这首诗歌记载了他带领战地慰问团在西北的所见、所闻、所思、所感。老舍本想仿但丁《神曲》写上万行，但最后仅得六千余行。老舍对诗歌韵律也作了尝试和探索，他说："文艺界对'民族形式'问题讨论甚烈，故用韵设词，多取法旧规，为新旧相融的实验。"② 该诗每节用押韵，一韵到底，这在现代诗歌中实为少见，于

---

① 老舍：《剑北篇》，载《老舍全集》第13卷，人民文学出版社2008年版，第252页。
② 老舍：《剑北篇·序》，载《老舍全集》第13卷，人民文学出版社2008年版，第251页。

1942年5月在大陆图书公司出版。老舍在诗中激情满怀地赞美了大西北的雄浑、壮美，以及悠久的历史文化，更歌颂了西北各个民族团结抗日的英雄气概。西北之行极大地激励了老舍，他坚信坚持抗战中华民族一定会取得最终的胜利，特别是延安的军民给老舍留下了深刻的印象：

> 看，那是什么？在山下，在山间，
> 灯光闪闪，火炬团团？
> 那是人民，那是商店，
> 那是呀劫后新创的：
> 山沟为市，窑洞满山，
> 山前山后，新开的菜圃梯田；
> 听，抗战的歌声依然未断，
> 在新开的窑洞，在山田溪水之间，
> 壮烈的歌声，声声是抗战，
> 一直，一直延到大河两岸！
> 轰炸的威风啊，只引起歌声一片：
> 唱着，我们开山，
> 唱着，我们开田，
> 唱着，我们耕田，
> 唱着，我们抗战，抗战，抗战！①

从现有资料来看，这段"延安颂"可以说是中国抗战文学中较早描写和歌颂中共革命圣地的文学作品。老舍在从西北返回重庆后将这首诗歌发表，并引起很大反响，这给大后方人民群众了解延安打开了一扇窗口。从此之后，"延安"二字不仅开始出现在了老舍的作品当中，更深深地埋藏在了他的心底。老舍文协的工作要协调各党派和各流派文艺工作者共同服务于抗战，这也使得老舍有机会接触到共产党人。通过工作上密切的交流，老舍开始对中国共产党由陌生到熟悉，对共产党有了

---

① 老舍：《剑北篇》，载《老舍全集》第13卷，人民文学出版社2008年版，第370—371页。

更加深刻的认识和了解。后来文协迁移重庆,一度受到国民党政府的刁难与限制:经费被扣——每月的津贴还不够买双皮鞋;活动被阻——就连鲁迅纪念会也遭到禁止。这时的老舍拍案而起:"你们如果不想再要文协的话,我就扛着它的牌子到延安去!"老舍在抗战结束后的一篇文章《走向真理之路》中,总结了"文协"成员在八年抗战中之所以没有被日本人利用,而能坚定抗战的原因。老舍说是因为"我们不管什么党,什么派。我们只知团结到一处"①。这可以说是典型的反映了老舍坚定的爱国和爱人民的立场。如果说老舍走近延安,那也是走近了延安的政治立场——人民性的政治立场。

第二节 政治书写与乌托邦建构

日本帝国主义侵华打破了老舍在象牙塔里当一个自由主义写家的梦想。大时代改变了老舍的政治立场,也重新塑造了老舍戏剧的政治书写风格。老舍抗战的政治书写的基本立场当然是为了人民和国家,但在这一宏大政治叙事的背后,也潜藏着个人乌托邦建构。

一 为人民抗战的政治立场

老舍抗战戏剧最高的立场是国家至上,人民至上。甚至可以说,此种政治关怀直接内化为了其文学创作的指导原则与宗旨。老舍在谈到"文协"的工作主题时说:"这个时候大家所谈的差不多集中在两个问题上:一个是如何教文艺下乡与入伍,一个是怎么使文艺效劳于抗战"② 这其实就指出了当时文艺的政治立场:为人民与抗战服务。老舍在谈《抗到底》这个刊物的立场时说道:"谁给我们写,写的是什么,全都决定于写者与文章是否在爱国的老百姓的立场上,为团结而呼吁,为加强抗战而发言。"③ 老舍的戏剧《国家至上》,便是他这种政治立

---

① 老舍:《走向真理之路》,《笔》1946 年 6 月 20 日第一卷第一期。
② 老舍:《八方风雨》,载《老舍全集》第 14 卷,人民文学出版社 2008 年版,第 391 页。
③ 老舍:《本刊半年来的回顾》,《抗到底》1938 年 9 月 25 日第十五期。

场、政治关怀的现实外化与艺术表达的直接结晶。这个戏剧可以说响应了中国共产党的抗日救国十大纲领，表达了民族团结、共同御敌的政治诉求。其主题曲《蒙汉青年联合抗战进行曲》，便是在"国家至上"的政治关怀下吹响的民族团结的集结号角。老舍"国家至上"的政治关怀是中国剧作家在抗战中的生命选择，也是他在抗战中自觉呈现的群体意识。正是这一特殊的"国家至上"，为中国抗战戏剧乃至抗战文学增加了新的重要维度，也为我们走进抗战时期的作家心灵提供了一条独特路径。在特殊的战争政治的时代环境下，中国的剧作家们普遍感受到来自战争政治的巨大压力，从而产生各种思想上的矛盾和情感上的起伏，而这也是全国人民的一种民族危机感。对于剧作家们而言，戏剧理所当然地成为他们传达这种全国人民情感的方式之一，他们希望借此发出广大人民愤怒的呐喊与激昂的呼声。也可以说，抗战时期以老舍为代表的剧作家的抗战情绪和与此相应的审美表现，实则是人民的情绪，以变形、变通形式的转移。老舍将广大人民聚集的过量的政治焦虑和民族危机感，通过艺术审美的形式表现在戏剧演出中。在很多情况下，参与抗战戏剧演出的演员与观众之间能够达成的是一种政治态度的一致，在民族抗战的一致情感上也能产生巨大的政治情感共鸣。在舞台上演员的几声爱国和抗战口号，往往能赢得观众的一片喝彩之声，从而使得演出现场呈现一种群情激奋的场景，获得某种演出气氛上的成功效果，最后达到一种文学审美的交流和艺术体验的融通。比如说《国家至上》这个剧本第三幕，当张老师、黄子清、李汉杰等的矛盾和误会化解时，黄子清拿出县长送的锦旗，绣有"国家至上"四个大字。整个舞台上的人物的精神都为之振奋，汉奸金四把也为之胆战，观众自然而然受到这种政治气氛的感染。还有在《大地龙蛇》《谁先到了重庆》《张自忠》等这类戏剧演出中，当戏剧主角打败敌人、杀死汉奸时观众都会欢呼；当主角牺牲时，观众则激奋和同情。这实际上也是演员与观众通过戏剧活动宣泄过量政治焦虑和爱国情绪的方式。抗战时期，几乎所有中国作家的生活或创作都在某种方式上受到了战争的影响。在急剧动荡的战争环境下，作家们当然无法拥有惯常的安静环境与平和的创作心态，抗日救亡取代了一切形式的自娱，所谓"为艺术而艺术""生活的趣味""超于现实的艺术美",已成为"不合时宜"的东西。处于此种特殊的情境,以老舍为代表的作家自觉或不自觉地迅速调整自己的创作使命,做出新的人生与文学道路的选择:或奔赴硝烟弥漫的前线战场,或投身波澜壮阔的群众运动,为抗战救亡尽一己之力。老舍更是自觉地将文学创作向现实抗战靠拢,选择了最能扬己之长的"以文抗战"。

老舍以为人民与抗战服务的政治目标来指导其文学创作,这种政治功利性也直接体现在其文体选择上。正如刘勰所言"文变染乎世情",文学体裁的演变与社会的演变息息相关。老舍深深知道戏剧的力量,知道"一国戏剧兴起的时刻正是一个伟大民族的意志十分高昂的时候"。与诗歌、散文和小说相较,各种大鼓、歌词,特别是戏剧因其强烈的现场感染力、鼓动宣传力与对民众"唤醒功能",成为抗战时期创作数量最多的文体。老舍创作了大量人民需要的歌词、大鼓之后,开始集结在戏剧这面文学抗战大旗之下,充分利用戏剧对重大社会内容的敏锐感知和艺术表现,以充沛的政治激情,努力尝试创作、演出抗战戏剧。此外,老舍还通过"文协"积极组织各种抗战戏剧活动,将戏剧作为政治宣传的最得力工具之一,全身心地投入到抗日救亡的"战斗"中。不管原本的人生目标、艺术趣味与文学追求有何不同,此时老舍与很多戏剧家对戏剧战斗功能的认识却是惊人的一致。值得注意的是,有很多戏剧家如曹禺、田汉、夏衍、郭沫若等,在抗战之前便取得了一定戏剧创作成就,在抗战爆发后依然以戏剧为表现手段,并将其视为战斗武器,因而其戏剧创作的政治化倾向至为明显。由于抗战戏剧的热潮,很多从未有过戏剧创作的作家,基于现实政治功利性驱动,也进入这艺术领域,并不乏一时影响之作,而老舍就是其中的代表。老舍等众多作家创作转型,无论是戏剧的表现内容、审美形式还是创作探索,都深具典型的代表性与鲜明的时代政治特征。

老舍的"以文抗战"体现在政治激情鼓荡下进行戏剧创作的内容及其艺术品质上。老舍对此有自觉的理论认识:"新文艺的产生,根本是一种举国响应的运动。有此运动,故有此文艺。文艺不能永远停止在某时某地,'女大十八变',文艺亦然,它须生长,它须变动。于是五四而后,有种种运动;此种运动都是外循社会需求,内求文艺之进益,故新文艺不死。此种精神遇到了抗战,便极自然的,合理的,发为抗战文艺运动。"[1] 作为中国新文学戏剧创作的代表作家,老舍早期的小说如《二马》《骆驼祥子》等更注重作品本身的艺术及其传达的独特生命体验。但抗战的爆发让他弃置了这种诗意追求,转而适应"戏剧更加政治化、现实化与通俗化"的时代诉求,并迅速改变了自己的戏剧创作理念,主动向时代政治靠近,以增强作品的时代意义和鼓动抗战的力量。此种转变发生在老舍身上,有着非同寻常的意味。因为老舍作为最初一个听从"内心呼唤"自由主义的作家,相对于社会政治,他本更注重对人性的探求与表现。在战争政治面前,这一转变是否就是"轻而易举"的,值得研究和思考。实际上老舍的自由主义文艺观是逐渐消退的,中间也有痛苦,正如孙洁曾说的:"中国现代作家对自由主义的放弃给中国现代文学的质量带来了一定的损失,然而诚能对此有益于抗战,也是在时代与道义要求下某种必要的牺牲和无法避免的顿挫而已。"[2]

于此种政治召唤之下,老舍在抗战期间,创作了具有鲜明宣传鼓动性质的剧作:《张自忠》《国家至上》等。《谁先到了重庆》主要表现后方抗日爱国人士与汉奸及日本间谍的生死斗争。《王老虎》等抗战剧在叙事上概念化、模式化倾向非常明显。很显然,政治功利性的文学选择,使得他仓促间难以找到艺术与政治的最佳调和状态,这些抗战剧更多地止于政治的宣传而非艺术的沉思。在抗战时期,老舍更为坚决地强化了自己的这种政治功利性的艺术主张,明确强调抗战以来的文艺应该成为组织和教育大众的工具,此种主张在他抗战时期的剧作《忠烈图》《王家镇》《薛二娘》中均得到了充分的彰显。在激越抗战情绪的感染下老舍的政治激情更为饱满,他将创作的重心又重新转向了戏剧创作。《桃李春风》塑造了满怀激情的人物形象,营造了诗意氤氲的抒情氛围,但其强烈的政治隐喻意味和煽情言辞,将作者戏剧创作的政治功利性和现实目的性显露无遗。

老舍的创作转型更深具典型的代表性与文学研究意义。老舍是以小

---

[1] 老舍:《哀莫大于心死》,《文风》1942年6月1日第二期。
[2] 孙洁:《论老舍抗战初期的文学转向》,载崔恩卿等编《走进老舍》,京华出版社2002年版,第202页。

说家的身份确立自己在文坛的地位的。在抗战之前,他虽对戏剧艺术心向往之,但因认识到该艺术形式难以驾驭而迟迟未敢付诸实践。抗战爆发之后,老舍认识到"当此抗战时期,艺术必须尽责宣传,而宣传之道,首在能懂"①。于是他自觉地迎合现实政治的需要,甘愿牺牲自己的艺术追求,暂时放下自己熟稔的小说,而选择了更适合进行政治宣传与鼓动的鼓词和曲艺。正是强烈的政治参与意识让老舍创作了一些更为通俗的鼓词与小调等。老舍抗战戏剧很多是配合当时政治宣传,有时更多是不得已,是形势所迫。在"文章下乡,文章入伍"的号召下,"文协"时期的老舍先生创作了大批以抗战为主旨,迎合民间大众审美取向的作品。这些作品多为通俗文艺创作,形式多样,有鼓词、京剧、通俗小说、相声、坠子、新三字经、诗配画、新洋片词等。这些作品主题大都与歌颂抗战、激发民众斗志有关,充分迎合了"文协"的创作宗旨,达到了为抗日进行宣传的效果。但是这些作品也是建立在老舍牺牲自己的艺术才华基础之上。在国破家亡的民族危难境遇之下,为了动员广大的民众抗日救国,再多的无奈与痛苦也要默默按下,无畏地扛起为抗战进行写作的大旗。老舍先生用自己的实际行动迎合了时代的精神,配合了"文协"所提倡的审美取向。直到老舍开始创作抗战话剧,老舍更多地将抗战情绪和政治因素凝练集中,用审美的方式加以表现。老舍抗战戏剧作品都有一条很明显的主线,那就是国家至上,国家利益、抗日救国重于家庭、个人,以及和平时期的民族隔膜、政党纷争。

二 对官僚政治的批判

老舍的第一部抗战戏剧《残雾》就多方位批判了国民党的官僚思想。其中塑造的冼局长就是一个专横跋扈、好财、贪权、爱色的道貌岸然伪君子形象。他一边唱着义勇军进行曲,一边宣称自己的道理:"噢,你给我排解难纷,我帮你升官发财,对吗?你要是知道,我在政界有个精明刚正的名声。对内对外,我有我自己的主张与办法。"② 还有寄生

---

① 老舍:《一九四一年文学趋向展望》,《抗战文艺》1941年1月1日第七卷第一期。
② 老舍:《面子问题》,载《老舍全集》第9卷,人民文学出版社2008年版,第313页。

在这个官僚圈子里，像杨先生夫妇这样贪财附权的众多小人："听说政府要采办一大批战时需买的东西，存起来，以免将来发生恐慌。主办的人和大哥是老朋友，他要是能给我说句话，我一定能挂个名，作了采办委员，一月又可以多进个三百四百的。不瞒大嫂说，现在东西这么贵，不多入几个零钱，简直没法过日子。还有一说，——咱们都是自己人——咱们抛家弃业的来到此地，为了什么？还不是为了抗战？还不是为乘着抗战多弄下几个积蓄？人同此心，心同此理：没有人，不能抗战；没有钱，谁也犯不上白白抗战。这不是真话吗？"① 这些人所谓的抗战，只不过趁着战争发国难财。老舍在《面子问题》里批判了官僚的面子和关系问题。

> 佟秘书　继芬，继芬，爸爸有办法！有办法！没有秘书，佟景铭就根本不存在了！我豁出这条老命，去干，去活动！②

佟秘书认为没有秘书这个官位，他什么都不是，为了自己和家族的面子，愿意到处活动走后门。他认为政治活动就是通过活动斗争，让别人害怕。

> 于科长　好！我一向是您的人，今天明天，以至永远，老是您的人，我必尽心力而为，帮助您成功！不过，我们顶好是积极进行发展的计划，不必消极的多得罪这里的人；等我们的计划完成了，教他们看，吓他们一跳，岂不更大仁大义，更漂亮？③

按照佟秘书的评价，于科长就是一个八面玲珑、左右逢源的人。于科长对自己直接上级佟秘书巴结并客气，对可能有背景的秦大夫和发了财的赵勤也进行了拉拢，以求将来有所益处；重视官职和地位，也重视金钱和资本，一边当着小官员走政治路线，一边想着走商业路线发大

---

① 老舍：《面子问题》，载《老舍全集》第9卷，人民文学出版社2008年版，第315页。
② 老舍：《面子问题》，载《老舍全集》第9卷，人民文学出版社2008年版，第343页。
③ 老舍：《面子问题》，载《老舍全集》第9卷，人民文学出版社2008年版，第326页。

财；为人十分圆滑，巧舌如簧。对底层人民，先利用，若无利用价值就打压报复。他看佟秘书的病已经好了，马上把桌上礼物提走，准备送给别人，他对待上级，见风使舵，当佟秘书已无利用价值时，立刻变了态度，赶忙巴结他人。秦医官则对这种官僚政治极其反感，他说："我永远不会干政治！好，我该走了！作事，作事，工作会给我们带来快乐！"①秦医官这番话应该是老舍自己对官僚主义的批判，也表明了老舍的政治立场。

老舍的抗战戏剧的确是配合抗战政治宣传需要，但在思想深度上也并不浅薄。戏剧是要为抗战服务的，但是不能认为只有直接表现抗日战争的现实题材才是为抗战服务。老舍认为戏剧的根本意义应该是真实地反映多方面生活，提高人们的思想认识，促进人民团结抗战。那么不仅直接表现抗战的戏是为抗战服务，凡是鼓舞人们向上，反对虚伪面子、假恶丑的戏都应该是为抗战服务。直接揭露和批判日寇是为抗战服务，而诸如《残雾》《面子问题》等揭露批判统一战线内部的阴暗面或某些不良倾向和落后人物，也都是为抗战服务。

三　政治乌托邦的建构

老舍的抗战戏剧除了表现了坚持抗战的人民性立场，批判官僚统治的思想外，还有非常浓厚的政治乌托邦的建构。乌托邦至少有两方面的的作用，一是对当前现实的否定和批判；二是对未来或其他时空事物的赞美和希望。老舍的政治乌托邦在话剧《大地龙蛇》中有非常清晰的描绘，在这个话剧剧本的第三幕，老舍描绘了中国社会的未来图景。该戏剧作品写于 1941 年秋天，第三幕的时间是民国五十年，即 1961 年，是 20 年以后的世界。在抗战处于艰难时期的 1941 年描绘未来社会的图景，正说明老舍当时追求怎样的理想世界和这种追求愿望的强烈。在这一幕里，老舍建构了一个乌托邦式的世界。我们从戏剧场景设计就可以看出来。老舍说："关于第一幕第二节设景在绥西，纯粹是为了绥西有民族聚集的方便；若嫌不妥，请随便换个地方。第三幕设景青岛，亦因

---

① 老舍：《面子问题》，载《老舍全集》第 9 卷，人民文学出版社 2008 年版，第 307 页。

取景美丽，无他用意，也可以改换。"① 前一章其实已经论及，老舍将这个戏剧的背景放在青岛，其实有很强的个人目的性，实际上从政治理念方面体现了老舍的多重思想。

首先，世界和平的乌托邦。国际团结的实现以及对持久和平的祈念，根本没有矛盾，没有纠纷，更不用说什么政治斗争了。这时候赵立真的水族馆已经落成；赵兴邦和马来人林祖荣合办报刊注重文化宣传和学术报道，而不是成为工商界的口舌；热爱生活的赵素渊也成了一个小学老师；印度人竺法救在印度造船时常来青岛；日本人马志远已加入中国国籍在青岛经商。这种绝对和平的世界就是老舍衷心追求的理想。

其次，科学和真理的乌托邦。在老舍看来，科学和求真应该成为未来社会的首选目标，这是政治本身远远退到幕后的乌托邦。这时候《大地龙蛇》舞台上出现的是科学的发展、事业的发展，即便如此，老舍对政治仍有距离感，这一点我们看《大地龙蛇》中赵立真的态度就可以知道。赵立真听人说有人邀请他弟弟赵兴邦作下任市长候选人，他并不赞同。

> 赵立真　呕！我不希望他作政治，他没那么大的本事！
> 竺法救　作政治，要有极高的理想，同时又得有极实际的才干，咱们这些人恐怕都不及格！
> 林祖荣　不过呢，现在的政治也好干一点了，因为经济、外交军事，等等，已然不拿政治作挡箭牌，而暗地里各自另有所图了。而且各国的政治都有了这种倾向，政治既要不是手腕，就好办多了！②

那么什么样的情况才能参加政治呢？赵立真说："除非到了科学与人生哲学能平衡与合作，一致的以真理正义和人类幸福为目的而发

---

① 老舍：《大地龙蛇·序》，载《老舍全集》第9卷，人民文学出版社2008年版，第360页。
② 老舍：《大地龙蛇》，载《老舍全集》第9卷，人民文学出版社2008年版，第421页。

动并监督政治的时候，我们还是不去作政治吧。"① 这种理想世界和他所处的现实社会的距离感，体现着老舍内心世界的痛苦程度。老舍在把理想寄托于未来社会的同时，表现了对现实政治的排斥。这就是老舍的乌托邦世界。在这一世界里有几项原则：（一）真理和人类的幸福是最高目的，并监督政治；（二）经济与社会，科学与人生都均衡发展；（三）政治不再是口号和斗争手腕。那么在这样的社会，作家的理想生活应该是怎样的呢？老舍在1944年底曾这样描述他的理想世界：

> 在那个世界里，我爱写什么就写什么，正如同我爱到何处去便到何处那样。我相信，在那个世界里，文艺将士讲绝对的真理的，既不忌讳什么吞吞吐吐，也不因遵守标语口号而把某一帮一行的片面当作真理。那时候，我的笔下对真理负责，而不帮张三或李四去辩论曲直是非……那时的社会上求真的习尚，使得写家必须像先知似的发出警告，那时候人们的审美力的提高，使作家必须唱出他的话语，像春莺似美妙。②

我们可以看到老舍的这种求真和自由的思想和赵立真的是多么相似，或者说赵立真的生活就是老舍梦想的生活，就是老舍的乌托邦世界。在这一世界里有几项原则：（一）文艺创作是自由的；（二）能无所顾忌地讲真理，说真话，而无须顾忌标语口号；（三）作家是独立的、无党派的，没有党派之争；（四）作家要发挥其求真的前瞻性，能像先知一样发出警告；（五）作家创作必须以美的形式，适应教育和审美能力提高的读者。这既是老舍对未来的期许，其实也显示了老舍在抗战后期对当时政治和现实的不满和批判。

最后，文艺自由的乌托邦。老舍在这里其实是想建设一个文艺自由主义的乌托邦。范毅豪先生认为"老舍在30年代就已牢固建立的自由

---

① 老舍：《大地龙蛇》，载《老舍全集》第9卷，人民文学出版社2008年版，第422页。
② 老舍：《梦想的文艺》，《抗战文艺》1944年12月第九卷第五、六期。

主义文艺观，尽管在抗战年代一度似乎被'国家至上'所取代，但内心深处老舍的自由主义取向并没有根本改变。"① 孙洁也认为老舍有过数次对自由主义的折返，老舍在1941年前后对抗战文坛弊病的思考中"实现了自己向着自由主义的回归"②。其实老舍在抗战初期已经明确提出"在抗战期间已无个人可言，个人写作的荣誉应当改作服从——服从时代与社会的紧急命令——与服务——供给目前所需——的荣誉。"③老舍不是不推崇个人主义，而是认为在时代和社会有紧急情况，民族危亡的特殊背景下，个人主义应该让位于民族主义，而不是单单追求所谓个人的利益和荣誉。这部戏剧体现老舍对美和独立自由文艺的梦想和追求。上面那关于文艺自由的观点其实可以追溯到老舍30年代的文艺思想。老舍非常认同日本文艺理论家厨川白村关于文艺是自由的观点，曾多次大段引用，比如这一段："有人说，文艺的社会使命有两方面。其一是那时代和生活的诚实的反映，别一方面是对于那未来的预言底使命。前者大抵是现实主义的作品，后者是理想主义或罗曼主义的作品。从我的《创作论》的立脚地说，则这样的区别几乎不足以成问题。文艺只要能够对于那时代那社会尽量地极深地挖掘进去，描写出来，连潜伏在时代意识社会意识里的无意识心理都把握住，则这里自然会暗示着对未来的要求和欲望。"④ 老舍承认文艺要有反映社会的使命，但也有预言未来的自由。

青岛是老舍认为最合适文化和科学发展的地方，是文艺和文化自由创作的理想之地。在青岛期间，是老舍创作的鼎盛时期⑤，老舍一直都怀念这段文艺创作的经历。《大地龙蛇》中的赵兴邦和马来人林祖荣合办报刊注重文化宣传和学术报道，这也是有老舍自己生活经历的。1935

---

① 范毅豪：《迟到的老舍及其他》，天津人民出版社2015年版，第23页。
② 孙洁：《世纪彷徨：老舍论》，百花洲文艺出版社2003年版，第158页。
③ 老舍：《写家们联合起来！》，《文艺月刊·战时特刊》1938年1月1日第5期。
④ 厨川白村：《苦闷的象征》，鲁迅译，见老舍《文学概论讲义·文学的倾向》（下），载《老舍全集》第16卷，人民文学出版社2008年版，第116页。
⑤ 老舍发表长篇小说有《牛天赐传》、《骆驼祥子》等五部。中篇小说有《我这一辈子》《新时代的旧悲剧》《月牙儿》三部。短篇小说有二十五篇。散文、杂文有六十篇。此外尚有诗作、译著等。还有《断魂枪》《黑白李》等分别被收入《蛤藻集》和《樱海集》两本小说集里。

年夏天老舍与友人合办了《青岛民报》副刊——《避暑录话》。青岛的夏天，是一年中最具魅力的季节。老舍在《青岛与"山大"》中说"因为青岛与避暑永远是相联的"。然而这年夏天，老舍和王统照、吴伯箫、孟超、洪深、赵少侯、臧克家、刘西蒙等 12 位作家、学者相聚于青岛，并不是为了专门避暑的。如王亚平在《老舍与避暑录话》所说：既然大家相聚在此，就应该"干点事儿，不能荒废下去。"于是在一次聚餐会上大家决定给《青岛民报》办一个副刊，借避暑之名谈点心里话，故取名为《避暑录话》。在某种程度上，他们建立了一个文艺自由的团体。正如洪深在《避暑录话》的《发刊辞》中所言："他们在青岛，或是为了长期的职业，或是为了短时的任务，都是为了正事而来的，没有一个人是真正的闲者，没有一个人是特为来青岛避暑的。"① 当时的青岛文化生活很贫乏，被称之为"荒岛"。老舍对刊名解释是："宋朝，有个刘梦得，博古通今，藏书三万卷，论著很多，颇见根底，这个《避暑录话》，也是他的著述，凡二卷，记了一些有考证价值的事。我们取这个刊名，要利用暑假，写些短小的诗文。"② 老舍认为这个取名是为了仿效刘梦得，希望大家创作短小文章能集腋成裘。而其背后的真正原因，洪深作题解："避暑者，避国民党老父之炎威也。"③ 洪深认为这些作家实际都是充满正义感而在国民党白色恐怖下难以发声的，"否则他们有沸腾着的血，焦煎着的心，说出的'话'必然太热，将要使得别人和自己，都感到不快，而不可以'录'了"④！洪深也指出这个文艺团体各成员的差异和共同点："作风不同，情调不同，见解不同，立场不同；其说话的方式，更是不同。……他们在一点上是相同的：他们都是爱好文艺的人；他们都能看得清，文艺是和政治、法律、宗教等，同样是人类自己创造了以增进人类幸福的工具。他们不能'甘自菲薄'；他们要和政治家的发施威权一样，发施所谓文艺者的威权。"⑤ 当然

---

① 洪深：《避暑录话·发刊辞》，《青岛民报》1935 年 7 月 14 日。
② 老舍：《暑避》，《青岛民报·避暑录话》1935 年 7 月 14 日。
③ 洪深：《避暑录话·发刊辞》，《青岛民报》1935 年 7 月 14 日。
④ 洪深：《避暑录话·发刊辞》，《青岛民报》1935 年 7 月 14 日。
⑤ 洪深：《避暑录话·发刊辞》，《青岛民报》1935 年 7 月 14 日。

他们还有一点是相同的，那就是"同人们相约"，说话必须保持着"避暑"的态度。从1935年7月14日创刊，至9月15日停刊，共出了10期，曾印合订本。老舍参加创办和编辑工作，并发表了11篇作品。散文7篇，短篇小说1篇，旧体诗3首。由老舍和洪深在《发刊词》中所说的这些话，可见办刊宗旨，这虽然是一个文艺团体，但也有自己独立的政治立场：（一）他们要在青岛这个文化"荒岛"建立一个文艺的乌托邦；（二）躲避国民党的政治权威压迫；（三）都是文艺的爱好者，认为文艺与政治、法律和宗教都是平等的；（四）文艺是促进人类幸福的工具，有独立于政治之外的权威。

老舍等人之所以能在青岛建立一个文化乌托邦的团体，主要是因为青岛处于多方政治权利交错控制的特殊地位，在文化控制上处于一个近乎无人管辖的"荒岛"。1897年德国人从清政府手中强租胶州湾，建立胶澳租借地。1898年，德皇威廉二世正式命名胶澳租借地的市区为青岛，就这样，青岛诞生了。1914年8月，第一次世界大战在欧洲爆发，日本于8月23日借"英日同盟"的名义对德宣战，日本打败德国取得了在青岛的统治权。1919年，以收回青岛主权为导火索，爆发了中国现代史著名的"五四运动"。直到1922年12月，中国北洋政府名义上收回青岛，但实际仍在日本控制之下。直到1929年7月，国民党政府设青岛特别市，1930年改称青岛市，但政治和工商经济方面仍被日本人牢牢把控，1930—1931年青岛换过多达5任市长①。直到沈鸿烈（1931.12—1937.12）在青岛执政6年，他才开始注重抓民生和市政建设，但对文化方面却无暇顾及，对文艺的管控也是一个相对真空的状态，这为老舍等人进行自由的文艺创作提供了一个宽松的环境。洪深因在上海大光明影院反对放映美国辱华电影《不怕死》，遭到租界当局拘捕审讯，国民党政府同时开始监视洪深，他只好到青岛躲避控制。此后不久，田汉因创作了进步话剧《回春之曲》在上海被捕，后又转移到南京监禁。田汉辗转将在狱中写的诗交给洪深，在这种白色恐怖之下，

---

① 比如人称"不倒翁"马福祥曾任青岛市市长，因为其从清政府至北洋政府，再到国民政府，官运一直不倒。1929年11月23日，马福祥和日本驻青领事签署《日商工厂复工办法》，出卖中国工人的利益，这个时候国民政府与日本在青岛的政治和经济方面的争夺方面处于弱势。

洪深将诗歌在《避暑录话》上发表。① 由此可见，青岛的这一个小刊物确实是 30 年代白色恐怖下中国少有的一方自由净土。老舍在《避暑录话》十期结束后，写了《完了》短文，表面上说他们这些文人只是避暑并不关心国事，因为国家大事自有"英雄俊杰"在操心，而自己"只向文海投了块小石，多少起些波圈也正自不虚此'避'"②。最后朋友们要散归四方，老舍仍觉得意犹未尽，"想起来未免有些恋恋不舍"③。老舍将这种不舍之情和对未来的希望融入《大地龙蛇》之中，这个乌托邦的建构其实折射出老舍希望青岛能脱离帝国主义和战争的控制，同时老舍对这一时代文化自由的怀念，也反衬了老舍在重庆戏剧创作处于政治漩涡中的艰难。

老舍在抗战戏剧中其实塑造了很多对艺术和美有乌托邦式追求的人物。在《归去来兮》中吕千秋、乔仁山都是理想主义的化身，这主要体现在他们对金钱的态度上。老舍非常推崇理想，但不认为理想主义是文学思潮，因为理想高于文学思潮，是所有文艺派别共有的。他说"理想主义：这在文艺上根本不成立，因为无论是在古典派、浪漫派，写实派，唯美派，都不能没有理想；除了侦探小说的大概是满意现代，不问事的对不对，只描写事的因果，几乎没有文艺作品是满意目前的一切的。乌托邦的写实者自然是具体的表示：对现世不满，而想另建理想国。"④ 在吕千秋的世界中，似乎没有金钱存在的价值："钱，钱是什么东西？钱美吗？丑恶！拿丑恶的钱能换来一点香美的花，太便宜了！美

---

① 诗词标题为《友人狱中诗》和《友人狱中词》，其中脍炙人口的句子有"江山已待争兴废，朋辈都堪死共生。壁上题诗君莫笑，明朝又是石头城"。下署："洪深录注"。近年出版的《田汉诗抄》，大部分诗词收录集中，但经校核几首诗句有所出入。如《上海南市狱中》在《田汉诗抄》中为："平生一掬忧时泪，此日从容作楚囚。何用螺纹留十指，早将鸿爪付千秋。娇儿且喜通书字，剧盗何妨共枕头。极目天际风云恶，手扶铁槛不胜愁。"在"避暑录话"中诗题为"打手印后"，下有洪深注："他的长子海男，尚在小学读书，寄了一封信给他，故第五句云云。"

② 老舍：《"完了"》，《青岛民报·避暑录话》1935 年 9 月 15 日第十期。

③ 老舍：《"完了"》，《青岛民报·避暑录话》1935 年 9 月 15 日第十期。这期还发表了老舍的《诗三律》："漠漠云车移往事，斑斑蚌壳照新晴……何日再举兰陵酒，共听潮声兼话声。"这时期老舍其实并大写古体诗词，从中可见老舍一乌托邦式自由的文艺空间在老舍心中的地位。

④ 老舍：《文学概论讲义·文学的倾向》（下），载《老舍全集》第 16 卷，人民文学出版社 2008 年版，第 115 页。

原是没有价钱的呀。"如果给他一座银行,他会:"每逢有美丽的小姐来取钱,我就给她一把儿鲜花,(以手中的花比方)对她说:'小姐,把花儿拿回去吧,这里没有钱!'"在吕千秋的生命中,最重要的就是女儿和他的艺术。为了追求艺术和美,他借了自己的好友乔绅的钱,但是他的女儿因为美却要给乔绅算账干活,忍受乔绅的威胁恐吓。他不太懂得所谓的人情世故,他觉得自己画的画比任何东西都值钱,但是他愿意将自己所画的全部献给国家,因为那是艺术,那是美。他想过要给乔德山重新画一幅肖像画,因为他为国牺牲了自己宝贵的生命。有时候,他像一个天真的孩子,他觉得"漂亮不就是美",他看重的是人的内在,他怀着一颗赤子之心对待他人和祖国:"我没有能力去打仗,可是我能把抗战的精神和民族的正气,用我的心血画出来,永垂不朽!"从吕千秋对于金钱的态度中,我们能发现他虽然生活上困顿不堪,但是精神世界却是美好的,他是艺术乌托邦最忠诚的信徒。

中国话剧在抗战时期进入发展的黄金时期,这也是与社会政治密切相关的。同时戏剧的发展也并非一帆风顺,政治上的波澜起伏也会影响戏剧发展,老舍等剧作家是通过艰苦斗争才能取得如此成果。抗战时期,中国剧作家的政治激情与戏剧行为作为一面镜子,映现出了现代中国作家的独立人格、自由心灵与政治询唤、时代规约之间的博弈及内在矛盾。梳理老舍抗战戏剧中的政治简图与精神地理,不仅可以反思文学政治书写经验,而且对于透视整个 20 世纪中国文学都有着重要意义。

第三节 老舍抗战戏剧的宣传性

老舍早期极力主张文学的自由性,反对宣传的文学,但抗战时期却大力宣扬文学的宣传性,特别是戏剧的宣传性。老舍早期反对"道"的文学和"以艺术为宣传主义的工具",老舍说:"这种办法,不管所宣传的主义是什么和好与不好,多少是叫文艺受损失的。以文学为工具,文艺便成为奴性的以文艺为奴仆的,文艺也不会真诚的伺候他。"① 老舍承认普罗文学是当时的一大文艺思潮，但也意识到了初期革命文学的浅露、直白、过分强调宣传的弊病，批评革命文学的倡导者太重视"普罗"而忘了文艺。老舍认为普罗文艺中所宣传的主义也许不错，但若它们不能成为文艺，其结果仍然会是徒劳的。

抗战时期，老舍则来了一个一百八十度的转变，他宣称文艺为了服务抗战，要多以抗战为主题进行宣传，来激发民众的抗战精神。这种抗战文艺对于凝聚全国人民同心抗战无疑有巨大的积极意义，但同时也导致一些问题，出现了大量口号式的、良莠不齐的作品。有批评者认为这是"抗战八股"，很多有水平的作家也都瞧不起这种创作，导致从事抗战文艺的作家水平不高。老舍面对这种情况，仍积极投身其中，并多次谈到其中的苦痛，他在给陶亢德的信中吐露自己心声："假若我本来有成为莎士比亚的本事，而因为乱写粗制，耽误了一个中国的莎士比亚，我一点也不后悔伤心。"② 在面对民族的苦难的时候，文学该如何？是积极宣传鼓舞士气，还是直面痛苦，甚至揭开伤疤？如何把握宣传与文艺的平衡？老舍的这些探索这对我们今天仍然有思考的意义。

一　抗战戏剧的主调：正面积极的宣传

老舍非常明确抗战戏剧和文艺的主调和目的是宣传。老舍本来信仰和坚持的是自由的文艺，反对"道"的文学。那么老舍是怎么实现这种文学思想观念的转变的呢？其实老舍自己实现了观念的转变，还写了大量的文章从理论上分析这种转变的历史必然，探讨了宣传为谁服务，以及宣传内容上的选择等方面的问题。

第一，文艺进行宣传是时代的原因。老舍认为"时代是心智的测量器"。③ 老舍认为在闭关自守的时代，虽明哲君子也只看四海之内，不见四海之外，但在这个时代，即便是一个中学生也能看清这个世界自己的立足点。在暴敌当前的特殊情况下，文艺要进行宣传。老舍还特别从战争的性质出发，分析这个时代的抗战绝非春秋列国或五代、军阀时

---

① 老舍：《文学概论讲义》，载《老舍全集》第16卷，人民文学出版社2008年版，第44页。
② 老舍：《致陶亢德》（五），《宇宙风》1940年2月乙刊第二十一期。
③ 老舍：《三年来的文艺运动》，重庆《大公报》1940年7月7日"七七纪念特刊"。

期的那些可有可无的小战,"而是民族的灭亡或解放的选择与决定,战则生,降则亡,故必战,既战,我们有致胜的方法与决心。文艺,在这个时候,必为抗战与胜利的呼声。此呼声发自民族的良心"①。这种文艺为抗战,不仅是因为时代和战争的性质,是因为良心的催动,更是广大抗战人民在这个大时代的牺牲。老舍说:"战士的英勇,与民众的诚笃,使文艺者真想用泪去洗他们的足。文艺者,于是,义不容辞,责无旁贷的,须为士卒与民众写作。戏剧,诗歌就都不免的成为宣传文艺。"② 正是这种在大时代中人民为民族的存亡而献身的牺牲精神,让戏剧等文艺的宣传成为一种发自内心的自然情感抒发。同时,老舍抗战戏剧的宣传也是大时代下人民的需求。不少剧作是"遵命之作",像《残雾》是为"文协"筹款而作,《国家至上》是受回教协会邀请所写,《张自忠》是应军界朋友的委托,《大地龙蛇》则是遵东方文化协会的命题作文。由于是命题作文,老舍创作剧本的过程中也遇到过许多的困难。老舍在《三年写作自述》一文中说自己放下熟悉的小说、杂文,是因为"神圣的抗战是以力伸义,它要求每个人都十八般武艺件件精通,全德全力全能的去抵抗暴敌,以彰正义。……我也希望把我不像诗的诗,不像戏剧的戏剧,如拿着两个鸡蛋而与献粮万石者同去输将,献给抗战"③。因此老舍抗战时期的话剧创作与早期作品相比,具有强烈的时代气息,这也是贯穿他抗战期间剧作的一条主线。

第二,文艺和戏剧的宣传是文艺思潮发展内在的必然。老舍总结了"五四"到北伐时期文学与宣传的关系,他认为五四运动本身差不多就是文艺运动,它成绩最好的部分也是文艺作品,当时的政治和哲学的理论还比较幼稚,而文艺却奠定了新文学史的基石。老舍说:"一年前,不会有此种抗日的战争,亦不会有此等抗战文艺。时代给心灵以活动的机会,在今日而不错过机会,即必成为抗战的文艺;时代奇伟,文艺运动遂成空前。"④ 老舍开始认识到宣传的力量:"北伐的胜利,平心静气

---

① 老舍:《三年来的文艺运动》,重庆《大公报》1940年7月7日"七七纪念特刊"。
② 老舍:《一年来之文艺》,《民意》1938年7月6日第三十期。
③ 老舍:《三年写作自述》,《抗战文艺》1941年1月1日第七卷第一期。
④ 老舍:《三年来的文艺运动》,重庆《大公报》1940年7月7日"七七纪念特刊"。

的来看，宣传实尽了抛在当时的最大力气，有时宣传的力量且比兵力更强一些。"① 老舍还认为以前的文艺只是个人的文艺，文艺的缺乏广度和高度，"因为在没有认清文艺是民族的呼声以前，文人只能为自己道出苦情，或进一步嗟悼——是嗟悼！——国破家亡"②。老舍指出每值离乱，骚人墨客辄多避世隐居。"设今日的文艺者而避处租借，以声色自娱，或退隐山林，寄情于诗酒，文艺自然还是雪月风花，与古无异。但五十年来，文艺的革命与革命的文艺，心苦已久，习于战斗；昔之以身殉者为了革命，今之从事抗战宣传者亦为了革命，数十年的培养使大患临头有备无患。且因文艺革命的成功，文艺的传达工具已非之乎者也，而是白话，便于宣传。"③ 老舍认为文艺进行宣传是文艺革命运动的继续，而且白话语言也便于宣传。老舍认为以前把自己放到一个团体里充当一名战士，去复兴民族，维护正义，是万难做到的，而在抗战时期可以做到，"因为新文艺是国民革命中产生出的，文艺者根本是革命的号兵与旗手"④。由此老舍认为抗战这一特殊的时代，文艺必然也要发挥其宣传的作用。戏剧走向宣传实际是中国戏剧运动的趋势，也是戏剧有识之士的共识。正如欧阳予倩说的："这些年来盛行于全国各地的舞台话剧，如果一问它的发展史，实在是'戏剧运动'所引起来的。当时竭力提倡'易卜生主义'的剧本在国内受着盛大的欢迎，于是社会问题剧乃跟着新潮先流行于一时。跟着时代的进展，渐渐觉得这种专事扮演社会问题的戏剧，太浅薄了，太没有文艺的价值和趣味了。"⑤ 在此之后为艺术的戏剧乃应时而起。这时候的许多戏剧团体，可以说是全是为纯粹的艺术而努力的。直到抗战，民族命运受到了高压，"把我们从象牙塔赶到十字街头，从前迷恋于艺术王宫的戏剧家，这时都如梦

---

① 老舍：《保卫武汉与文艺工作》，《抗战文艺》1938 年 7 月 9 日第一卷第十二期。
② 老舍：《快活得要飞了》，汉口《大公报》1938 年 3 月 27 日 "全国文艺界抗敌协会成立大会特刊"。
③ 老舍：《三年来的文艺运动》，重庆《大公报》1940 年 7 月 7 日 "七七纪念特刊"。
④ 老舍：《快活得要飞了》，汉口《大公报》1938 年 3 月 27 日 "全国文艺界抗敌协会成立大会特刊"。
⑤ 欧阳予倩：《近代戏剧选·序》，上海一流书店 1942 年版，第 1 页。

初醒，都觉得无家可归。于是，我们剧坛的作风乃又一变。很明显的：由颓废变为激昂，由少数人的观念变为大众的意识，由虚幻的天堂走到实际的人生来了"①。欧阳予倩回顾了中国戏剧自"易卜生主义"流行以来的转变，特别是在民族命运危机之下，为艺术的戏剧逐渐转变为大众的宣传剧。老舍将自己的话剧称为宣传剧，很确切地表达了他对其剧作的明确定位：宣传抗战。从这些情况看，老舍话剧作品中浓烈的社会功利主义色彩，一方面是老舍个人的选择、时代的需要，另一方面也是文艺发展的内在必然。

第三，老舍从作家论的角度指出了文学的宣传必要性。老舍认为当下抗战文艺运动是时代的大潮，只有投身这一文艺运动之中，作家才能得到真正的成长。老舍认为赵清阁就是从抗战宣传文艺工作中成长起来的作家代表。老舍很钦佩众多像赵清阁那样的作家为文艺吃苦冒险而永不后悔的精神。老舍认为在她的几篇文章里，还可以见到一件事，就是她曾经到民间去做宣传工作，这些在《从开封到汉口》和《凤》里都可以看到。老舍赞扬道："她作过宣传工作，还愿再去作；她是勇敢的！这种勇敢是今天每个文艺者必须有的，为了国家，我们应当到军队与民间去；为了文艺，我们必须去。在今天，闭户读书的文人既无益于别人，也成就不了自己。"② 老舍这里不仅仅感同身受地称赞了赵清阁不辞辛苦地投入宣传的文艺工作，而且指出这一工作的意义。老舍指出宣传的文艺不仅是为了民族国家的存亡，更是为了成就自己，文艺反映时代这是文艺的自身规律。老舍说："文艺要看发展，这是文艺者在战争中本着天量决定下的态度；这态度一点没有错误，因为抗战需要文艺正是民族向上心理应有的表示：作家与民族的心理必须一致。"③ 自然而然，作家也必须顺应时代与民族心理保持一致，走向抗战宣传，而不是闭门读书。老舍认为只有深入前线与民间才能充实自己，才能增强新文艺。

第四，从受众的角度，老舍肯定戏剧宣传的力量和作用。老舍抗战初期时候对抗战文艺的作用并不看好，特别是日军长驱直入，夺取济南

---

① 欧阳予倩：《近代戏剧选·序》，上海一流书店 1942 年版，第 1 页。
② 老舍：《〈凤〉序》，载《老舍全集》第 17 卷，人民文学出版社 2008 年版，第 291 页。
③ 老舍：《文艺成绩》，《新蜀报·蜀道》1941 年 1 月 4 日。

的时候，他认为军事才是首要的。他看到不少从北方流亡到济南的学生文艺活动，虽然积极评价，但仍认为"政治的力量或大于文艺"。老舍说，"演戏的有两组，一组是省立剧院的学生，新旧剧都演，而且每周必演几次。另一组是平津流亡学生所组织的剧团，除在济南，也还到四乡去表演。戏剧，说真的，自然有它刺激与感动的功能；学生的热心也大可钦佩。可是一向以戏剧为'看着玩的'东西的老百姓来看，恐怕也不过依然是看着玩吧。"① 这时老舍由于对抗战初期的失利的激愤，认为"戏剧只是救亡工作的一项，专凭他来支持一切是不行的"，最终还是要依靠军事和政治上行动才能有效的救亡。比如老舍在谈到《国家至上》这个剧本的效果的时候，举了个例子，就是他去大理，他说："一位八十多岁的回教老人，一定要看看《国家至上》的作者，而且要求我给他写几个字，留作纪念。回汉一向隔膜，有了这么一出戏，就能发出这样的好感，谁说文艺不应当负起宣传的任务呢？"② 老舍写话剧是由于听从民族的召唤，为了抗日的需要，逐渐认识到话剧对民众宣传的效果更好。正如曹禺所说："他似乎感到小说还不够有'劲'，不够直接，不够快。他挥戈投入话剧队伍。"③ 随着抗战文艺进一步发展，特别是文协成立后，老舍看到文艺创作，特别是戏剧在抗战中起到的激励作用，对文艺宣传作用的态度得到改变。老舍特别推崇戏剧在抗战的宣传作用。他比较说"刊物不论是独立的，还是附属在报纸的，都是供给都市民众的读物，力量恐怕难达到乡间，似乎就不如戏剧与大鼓书之能直接打到民众的耳中了"。④ 老舍认为："一首歌能使战士忘了疲劳，一出戏能使受伤的将士再赴前线。我们深信文艺的力量并不小于枪炮，因为我们曾亲自试验过，曾与军士和老百姓有过文字之缘。"⑤ 老舍下到前线，发现前线战士非常渴求文艺产品，需要它的激励和鼓动。

---

① 老舍：《三个月来的济南》，汉口《大公报》1937年12月4日至6日。
② 老舍：《闲话我的七个话剧》，《抗战文艺》1942年11月15日第八卷第一、二期合刊。
③ 曹禺：《老舍的话剧艺术·序》，载克莹、李颖编《老舍的话剧艺术》，文化艺术出版社1982年版，第1页。
④ 老舍：《三个月来的济南》，汉口《大公报》1937年12月4日至6日。
⑤ 老舍：《本刊半年来的回顾》，《抗到底》1938年9月25日。

老舍看到"到处都有剧团，演的也许是话剧，也许是二黄或秦腔，可都是为了抗战的宣传而表演。"① 老舍看到戏剧在前线特别受欢迎，宣传的教育的作用无可比拟，他说："剧写家们，你们应当如何的高兴啊；你们并没有白费了心血，你们已确实民众的教育者了。"② 老舍认为文艺工作者和话剧家也是战士，是宣传战线上的士兵，老舍说："去慰劳军队，去城内与乡下宣传，文艺者便都带着自己心血制造的礼物。平日我们说，文艺都含有一切宣传性；现在，我们说，文艺的工作就是宣传。"③ 这就是因为抗战需要文艺宣传，老舍就全身心投入，老舍曾说："想起来就头疼呀：到底是应当按着民众的教育程度，去撰制宣传文字呢？还是假设民众已经都在大学毕业，而供给高深莫测的作品呢？"④ 虽然会有痛苦，但老舍还是自觉献身抗战宣传工作。

老舍认为戏剧宣传是民众文化水平提高的重要手段。"假如你还不大看起戏剧，就请想想看吧，有没有第二个东西足以代替它？准保没有！再看看，哪一个野蛮民族'有'真正的戏剧？和哪个文化高的民族，'没有'戏剧？"⑤ 老舍认为艺术的各个部门，各个艺术种类在宣传上都是各有所长，不能说哪种重要，哪种不重要。"不过，以我们的老百姓的识字能力来说，我们立刻就看出来，能用形象色彩声音或动作表现出来的，就比专用文字的更重要，更有效。一出戏就比一本小说更有力量。"⑥ 老舍还认为宣传也是一个战场，是敌我争夺的高地。"在敌人方面，现在已利用我们老百姓所习见的图画，所听惯的歌调，来作他们的宣传……现在，已到了宣传工作白刃战的时候了，艺术家们准备好去肉搏！"⑦ 老舍认为相对于日本帝国主义系统的宣传攻势，我们如同在军事方面一样还准备不充分。老舍说他到西北的几个月，虽然发现各地

---

① 老舍：《文艺成绩》，《新蜀报·蜀道》1941年1月4日。
② 老舍：《文艺成绩》，《新蜀报·蜀道》1941年1月4日。
③ 老舍：《一年来之文艺》，《民意》1938年7月6日第三十期。
④ 老舍：《未成熟的谷粒》，《新蜀报·蜀道》1940年2月5、9、14日。
⑤ 老舍：《我有一个志愿》，重庆《新民晚报》1944年2月15日。
⑥ 老舍：《宣传工作还不够》，《抗战画刊》1940年3月5日第二卷第二期。
⑦ 老舍：《宣传工作还不够》，《抗战画刊》1940年3月5日第二卷第二期。

对抗战宣传已知道重视了，但人力物力两缺，不少青年也愿意投身文艺宣传，但缺乏支持。老舍希望"有艺术修养的人多去前方，给那些热诚的青年以帮助与指导"①。

无论是孔子还是柏拉图，都强调诗的教化作用，也就是文艺的宣传教育功用。孔子强调诗的讽喻、教化作用，而柏拉图则要将那些诱人沉湎于享乐的，败坏社会道德的诗人们从他的理想国中驱逐出去。文艺复兴时期的思想家多通过文学来宣扬人道主义思想，反对教会控制。18世纪的欧洲启蒙思想家们也是利用文艺这个有力的武器宣传自由、博爱、平等的思想。博马舍的《费加罗的婚礼》上演后，当时法国国王在观看完戏剧之后说"戏剧上演产生的影响将会导致拆除巴士底狱"；美国南北战争时期，斯陀夫人的小说《汤姆叔叔的小屋》起了巨大的鼓动作用；1907年春柳社用林纾翻译的版本改编成《黑奴吁天录》，被欧阳予倩称为"可以看作中国话剧第一个创作的剧本"，激起了中国人民反抗压迫的斗争精神。由此可见，所谓文学对社会的宣传和教化作用，说到底就是通过文学对社会的能动反映，通过文学对社会公众的精神影响，最终达到对社会的政治、经济和文化产生实际的作用。没有这种实际的作用，文学对社会的反作用只能是一句空话。他认为"文艺必须负起教育的责任，使人民士兵知道、感动，而肯为国家与民族尽忠尽孝"②。所以老舍认为抗战戏剧绝不像"唯美主义者"所说的，仅仅是摆着好看的"花瓶"，是单纯供人消遣的娱乐。戏剧是抗战战车上不可或缺的"零件"，是抗战教育的重要"角色"。

老舍抗战戏剧立足人民需求，同时他非常注意人民的接受，并极力调动广大军民主动参与宣传。老舍说："我们的立场既是协力同心打日本鬼子，我们当然便顾及宣传的普遍性。政治及其他理论我们是欢迎的，可是我们万不能因维持文章的水准，而忽略了士兵与老百姓。我们不但为他们写，还去找他们写稿子。我们不但要向他们宣传，也愿他们有机会说话。"③ 从文学对读者的直接作用这个角度看，作为意识形态

---

① 老舍：《宣传工作还不够》，《抗战画刊》1940年3月5日第二卷第二期。
② 老舍：《三年来的文艺运动》，重庆《大公报》1940年7月7日"七七纪念特刊"。
③ 老舍：《本刊半年来的回顾》，《抗到底》1938年9月25日。

它必然会影响到公众的心理和情绪、观念和行为，从而对社会的政治、经济、文化产生深远的影响。

第五，老舍认为抗战文艺和戏剧要致力于正面宣传。老舍认为那些在文学上持悲观看法的文人是片面和不尊重现实的。他说"所谓文艺要现实的首先尊重现实。在抗战之前文人以文艺为游嬉并不是大逆不道的。就是在今天也并不是没有用。譬如写些笑话给士兵笑笑也是好的。但整个的说，我们应该避免玩弄的态度，尊重现实可以避免堕落和悲观的思想。近来当汉奸的文人，都是因为不尊重现实，不能在抗战时代改变自己享受的习惯，所以悲观了，感伤了。他们没有把中国放在世界上看一看，仅只就武器或火其他片面的看法以为中国无望"。① 老舍批评文艺上的悲观者和感伤者是聪明人反而做了愚蠢的事，没有尊重现实，没有看到中国人抗战中的积极因素。

老舍在分析柏拉图《理想国》第十卷中苏格拉底对荷马的批评时，认为柏拉图把哲学放在文学之上，而荷马是模仿的艺术，离真理甚远，"有这样的诗人是国家的不幸，而应当驱逐出境的！这里，我们可以看出来柏拉图是要使文学家成为哲学家，而文艺的构成必依着理想国的理想"②。老舍认为柏拉图是从城邦政治和哲学的角度来看诗人的，老舍认为柏拉图也肯定了艺术的作用，艺术对公民的宣传和教育作用。"柏拉图为了追求正义与至善，所以拿社会所需规定艺术的价值：凡对社会道德有帮助的便是好的，反之就是不好。他注意艺术只因艺术能改善公民的品德。艺术不是什么独立的创造，而是模拟。"③ 老舍并不是不痛恨丑恶和腐朽而没有把他们写下来，而是他更肯定有正面积极和建设作用的宣传，他说：

> 我也看到不少不好意思往外说的事。这些事无疑的事与那些可

---

① 老舍：《抗战以来文艺发展的情形》，《国文月刊》1942年7月、9月第十四、十五期。
② 老舍：《文学概论讲义·文学的批评》，载《老舍全集》第16卷，人民文学出版社2008年版，第118页。
③ 老舍：《文学概论讲义·文学的批评》，载《老舍全集》第16卷，人民文学出版社2008年版，第51页。

歌可泣的正相反。我不愿意把它们写在这里；不是不肯踢开黑幕，而是据我看来，这次神圣抗战把中国变成个新国家，从原有的雄厚力量中产出无与伦比的伟大建设。在这个过程里，民族复兴的光焰将烧残一切障碍，把些阴霾将一扫而空。这黑暗的方面不是不当去顾虑与设法扫除，但是激励鼓舞似乎更积极更有力；光明展开，黑暗自然后退；怎样放出万丈光芒倒是最紧要的。就是说，我们须在民族复兴的信念，与驱击暴敌的努力中，造出一种新的风气，新的生活精神。旧的文化基础已使我们在风暴中稳立，给暴敌以意外的打击；在这个时候，我们就该更进一步去踏入新的路途，使民族国家永远昌盛自由。①

老舍这段文字非常重要，指出了文艺是否要进行宣传，为什么要进行宣传，是揭露缺点，还是宣扬积极正面的。抗战以前老舍的作品大多是悲剧性，比如《猫城记》《月牙儿》《断魂枪》《骆驼祥子》，揭示了美的品性和人无可避免地走向毁灭，以及传统文化的无望。抗战一爆发，老舍突然发现了在民族拼死抗战中展现出来的力量与美，老舍仿佛豁然开朗，对中华民族充满了信心。老舍并不是对那些黑暗面视而不见，而是他更相信抗战中那些不顾个人生死，在血与火中献身的精神会锻造一个全新的民族精神，"光明展开，黑暗自然后退"。老舍相信新的生活精神会横扫一切落后的"残雾"，这在《大地龙蛇》《国家至上》中有很好的体现。老舍认识到民族文化中美的成分，在血与火的考验中能得到淬炼和提升，于是老舍开始由悲剧性写作走向正剧的书写，开始自觉致力于地宣扬民族文化的复兴。

二　与"抗战八股"有关的老舍

对于文学是否应该进行抗战宣传，当时还是有不同的意见和争论。有一些作家认为文学创作应该是表现人性，是广泛而自由的，不应该只写与抗战相关的。而且这些抗战宣传文学水平不高，多沦为"抗战八

---

① 老舍：《新气象新气度新生活》，《民意》1943年4月13日第十八期。

股",所以文学应该与抗战无关。对梁实秋的"与抗战无关论"的批判,以及对"旧瓶装新酒"的民族形式的讨论,是中国现代文学史上关于文学是否要宣传,以及如何宣传的两次论争,而老舍和"文协"的同仁正是积极参与论争。

1938年12月1日,梁实秋在《中央日报·平明》副刊发表了一篇名为《编者的话》的文章:

> 现在抗战高于一切,所以有人一下笔就忘不了抗战。我的意见稍为不同,于抗战有关的材料,我们最为欢迎,但是与抗战无关的材料,只要真实流畅,也是好的,不必勉强把抗战截搭上去。至于空洞的"抗战八股",那是对谁都没有益处的。①

梁实秋还用他一贯的"幽默"指出:"我老实承认,我的交游不广,所谓'文坛'我就根本不知其坐落何处,至于'文坛'上谁是盟主,谁是大将,我更是茫茫然。"② 梁实秋的这种观点仅仅得到了沈从文的回应,他在《文学运动的重造》一文中,坚持京派自由主义的文艺立场,认为要把文学从"官场"和"商场"中解放出来。梁实秋的"抗战无关"论一出,立即被"文协"设置成重要的批判议题,引起了"文协"的诸如罗荪等作家对梁实秋的口诛笔伐,也就是"有关"与"无关"之争。

以老舍为代表的"文协"在写给《中央日报》的公开信中严正指出:"本会虽事实上代表全国文艺界,但决不为争取'文坛坐落'所在而申辩,以致引起无谓之争论,有失宽大严肃之态度。"③ 同时直接对梁实秋进行了尖锐的批评:"在梁实秋先生个人,容或因一时逞才,蔑视一切,暂忘团结之重要,独蹈文人相轻之陋习,本会不欲加以指斥。不过,此种玩弄笔墨之风气一开,则以文艺为儿戏者流,行将盈篇累牍

---

① 梁实秋:《编者的话》,《中央日报·平明》1938年12月1日。
② 梁实秋:《编者的话》,《中央日报·平明》1938年12月1日。
③ 文天行、王大明、廖全京编:《中华全国文艺界抗敌协会史料选编》,四川省社会科学院出版社1983年版,第281页。

为交相谇诟之文字，破坏抗战以来一致对外之风，有碍抗战文艺之发展，关系甚重；目前一切，必须与抗战有关，文艺为军民精神食粮，断难舍抗战而从琐细之争辩；本会未便以缄默代宽大，贵报当有同感。谨此函陈，敬希本素来公正之精神，杜病弊于开始，抗战前途，实利赖焉。"① 在这篇文章中老舍先生指出，梁实秋之所以受到批判，其根本原因是忽略了"文协"的存在，忽视了"文协"领导的全国的抗战文艺活动。

事件发展至后来，梁实秋还认为自己并没有"说错话"，并辩解他主编期间发表的"与抗战有关"的文章占了十之八九，"与抗战无关"文章只有十之一二。② 但梁实秋最终还是被迫辞去了《中央日报》的编辑工作。鉴于当时重庆确实有一股国民党妥协派的投降政治逆流，同时又有人不惜采取简单粗暴的方式批评梁实秋，整个团结抗战文艺运动面临着分裂的危险。此时身为"文协"重要领导人的老舍先生洞若观火，他理智而明晰地参与到了这场论争之中，连续发表多篇文章讨论此问题，阐明自己的观点。

第一，老舍认为战时状态，所有人的生活都和抗战有关，文艺也必然和抗战有关。老舍指出不能因为抗战文艺有缺点就想发展一种与抗战无关的文学，那种对于抗战文艺就是标语口号的担心是一种误解，"所以我们不但不必为抗战文艺担心，更不应该因此发展一种与抗战无关的文艺。因为抗战文艺的所以空洞标语化，并不是抗战文艺没有可写的，而是因为我们对抗战的认识太少，现在我们的生活没有一件是与抗战无关的，想找一件与抗战无关的事可谓决不可能，除非你不愿意抗战，决没有一件事可以和抗战完全脱离关系"③。因此，所谓的抗战无关论是没有认清时事和现实，一种对抗战责任的逃避。老舍认为是神圣的时代孕育和催生了不平凡的文艺。既然抗战文艺是应抗战的呼唤和需要产生的，战争的正义性质便决定了抗战文艺的鲜明倾向和内容，"是民族的

---

① 文天行、王大明、廖全京编：《中华全国文艺界抗敌协会史料选编》，四川省社会科学院出版社1983年版，第281页。
② 梁实秋：《梁实秋告辞》，《中央日报》1939年4月1日。
③ 老舍：《抗战以来文艺发展的情形》，《国文月刊》1942年7月、9月第十四、十五期。

灭亡或解放的选择与决定，战则生，降则亡，故必战，既战，我们有致胜的方法与决心。文艺，在这时候，必为抗战与胜利的呼声。与呼声发自民族的良心"①。而且社会民众迫切需要抗战文艺，抗战要求中华民族的每个人都要关心国家的危亡，而政治宣传的普及不够，文艺理所当然地应分担教育宣传的责任。老舍十分深刻地指出"当社会需要软性与低级的闲话与趣味，文艺若去迎合，是下贱社会需要知识与激励，而文艺避功利，是怠职。抗战文艺的注重宣传与教育，是为尽职，并非迁就"②。有人贬责抗战文艺是"八股"，是粗劣的宣传品。老舍认为这种论调是资产阶级艺术至上心理的反映。他斥责那些在国家民族遭受涂炭时还劝人"为了艺术，大家都须藏起来"的习惯于住在象牙塔里的艺术家。老舍说这种人"心中没有国家，没有民族，只有自己，与自己那点闹着玩的艺术"③。老舍强调："今天的一个艺术家必须以他的国民的资格去效劳于国家，否则，他既不算个国民，还说什么艺术不艺术呢？"④

第二，"抗战八股"比抗战无关"功名八股"有良心。老舍认为作家应该承担民族和抗战的责任。老舍认为那些"抗战无关"论者往往追求功名，写着"功名八股"的论文，他说："抗战八股总比功名八股有些用处，有些心肝。由抗战八股一变而为通俗八股，看起来是黄鼠狼下刺猬，一辈不如一辈了，可是，它的热情与居心，恐怕绝非'文艺不得抗战'与'文艺不得宣传'的理论者所梦想得到的吧。"⑤ 真正的抗战文艺是民族良心的体现，而抛开抗战内容的"功名八股"专玩文字技巧游戏，它科举时的八股一样都是"死魂灵"，"是永难再立起来的僵尸"。⑥ 抗战文艺者尽心抗战的热情，不是某些所谓"文艺不得抗战"或"文艺不得宣传"论者所能理解的。懂得了这点，也就更看清，"抗战文艺毕竟强于《上小坟》……睁开眼睛看看百姓，则认识了宣传

---

① 老舍：《大时代与写家》，《宇宙风》1937 年 12 月 1 日第 53 期。
② 老舍：《三年来的文艺运动》，重庆《大公报》1940 年 7 月 7 日 "七七纪念特刊"。
③ 老舍：《艺术家也要杀上前去》，重庆《新华日报》1940 年 2 月 10 日。
④ 老舍：《艺术家也要杀上前去》，重庆《新华日报》1940 年 2 月 10 日。
⑤ 老舍：《制作通俗文艺的苦痛》，《抗战文艺》1938 年 10 月 15 日第二卷第六期。
⑥ 老舍：《血点》，《大公报·战线》1938 年 12 月 7、14、15、21 日。

品的粗劣亦自有其客观的需要在……再看有些青年们，无文艺修养，无人指导，而怀着一团热情，尽力于宣传，情有可原，功有所在，尤胜于开口艺术，闭口灵感，而永不动笔者也。"① 老舍自己也是积极主动承担各种宣传工作，他说："深愿外界托给工作，凡关系抗战的，有益于抗战的事，大家无不乐为。台儿庄胜利，政治部第三厅来约帮忙，大家便连夜赶写了几十篇宣传文字。中宣部委托写作通俗读物，每月五种，亦分头赶办。"② 老舍认为："设若文艺者，在民族生死关头，而投笔从闲，钻入防空洞去，则文运绝，廉耻丧矣。今有人焉，指此运动为无聊，为多事，为毁灭文艺，定是另具心肝，或者是躲在防空洞内而想吆退飞机者也。"③ 老舍还进一步指出抗战文艺比那种只注重所谓文字技巧的文艺更有社会责任感，更符合时代要求。老舍在重庆《大公报》上连载的《血点》一文中指出抗战文艺"是全民抗战的产物，也是全民抗战的支持力量之一"，"像一二文人因过于重视文字技巧而以为文艺不必死死拉着抗战，也没多大关系；它并没有成为，且永远不能成为文艺上的一个有力的理论"④，因为梁实秋的主张仅得到了沈从文的响应，并没有成为当时文艺界的主流，反而遭到一致批判。老舍还说假若是一个有良心的文人，"谁还肯转求文字的漂亮而把圣神的抗战放一旁呢，那么一二向来不事于创作的人，偶尔的说句不责任的话也就只是说说而已"⑤。老舍在第二战区兴集的一次文化工作座谈会上发言，批判那种脱离现实，总想当莎士比亚和托尔斯泰而瞧不起写抗日唱本的理想主义者："有人说有这样的伟大的时代，应该有很多伟大的作品，于是想上峨眉山去隐居，去慢慢儿的准备写作，这种逃避现实，上峨眉山写作的人，只有听其自便，因为抗战已经很久，到今天还有主张写'与抗战无关'的人，我们不应该去学他们。"⑥

---

① 老舍：《三年来的文艺运动》，重庆《大公报》1940年7月7日"七七纪念特刊"。
② 老舍：《关于"文协"》，《宇宙风》1938年8月16日第七十三期。
③ 老舍：《哀莫大于心死》，《文风》1942年6月1日第二期。
④ 老舍：《血点》，《大公报·战线》1938年12月7、14、15、21日。
⑤ 老舍：《血点》，《大公报·战线》1938年12月7、14、15、21日。
⑥ 老舍：《略谈抗战文艺》，《抗战四年》1941年8月13日军事委员会政治部编印出版。

老舍认为"抗战八股"的宣传意义和作用要大于抗战无关论。"文协"及老舍先生已经意识到了抗战文艺作为战时的衍生品，是存在自身的先天不足，他们也致力于去寻找解决的方法与途径。老舍的好友宋之的曾说，抗战时期就戏剧与宣传存在三种观点："其一：戏剧无用论；其二：是技术无用论；其三：是技术至上论，这三种论法，现在正有形或无形的占着整个戏剧界。"① 这里宋之的提到了一个重要问题就是戏剧的功用问题：戏剧是宣扬的工具，还是完全独立的艺术形式？宋之的说："有两种由来已久的倾向：一种，说艺术就是宣传品；另一种，说一切宣传的艺术品都是低级的，或者是无聊的，或者是浅薄的。抗战以后，这倾向不仅是没有能够克服，反倒更加增长起来。不过因为是统一战线了，有些聪明人就此缄口不言，但互相的轻蔑却还是存在的。自然，也不免有人聪明的过了火，微露切齿之声了。——这，在一年来的抗战戏剧运里找例子，是比较容易的。"② 宋之的很明确地批判那些瞧不起抗战宣传剧的人是聪明过火，而这一论断无疑与老舍的主张是相呼应的。

　　第三，老舍认为抗战期间作家应该暂时放弃文艺自由和作家的个人性，个人的私生活让位于国家和民族的战斗。老舍说："从作家的生活上看，文艺是最自由的东西：有什么样的生活，便可以写出什么样的作品；作梦写梦，打虎的写虎；只要它有文艺性，便可以算作文艺作品。可是，在抗战期间，主观的客观的都不再允许文人去作梦打虎。而须一致的去抵抗倭寇。这个变动，就是文人须把个人的私生活抛去，而建立起一种团体的，以国家社会为家庭的公生活。"③ 可见老舍虽然认为文学应该是自由和有文艺性的，但也应该随着时代和生活发生改变。梁实秋则坚持不变的人性论文艺观，他受白璧德善恶二元的人性论和自我克制的伦理原则的影响，曾明确表述："文学发于人性，基于人性，亦止于人性。"④ 梁实秋的这种人性论观点在"五四"时期无疑是进步的，

---

① 宋之的：《戏剧与宣传》（代序），载《演剧手册》，上海杂志公司1939年版，第1页。或见宋时编《宋之的研究资料》，解放军文艺出版社1987年版，第152页。
② 宋之的：《从戏剧节说到抗战戏剧运的两种倾向》，重庆《时事新报》1938年10月9日。
③ 老舍：《略谈抗战文艺》，《抗战四年》1941年8月13日军事委员会政治部编印出版。
④ 梁实秋：《文学的纪律》，载《梁实秋文集》第1卷，鹭江出版社2002年版，第143页。

是他毕生维护的一杆理念旗帜。但他认为为"人性不变",文学就应该表现这"永久的人性",使其多次陷入了论争的漩涡。梁实秋在1926年12月15日首次发表在北京《晨报副镌》的《卢梭论女子教育》的文章中攻击卢梭浪漫混乱而宣扬永久不变的人性时。鲁迅以《卢梭和胃口》、郁达夫以《卢骚传》和梁实秋先生展开了激烈的笔墨之战,后续鲁迅先生还写了著名的《文学与出汗》对梁实秋的人性论进行讽刺。20世纪20年代末到30年代初,双方论争的中心都发生了转移。梁实秋在《文学是有阶级性的吗?》中以他的人性论来反对"普罗文学"的阶级性,他欣赏阿诺德文学批评"无所为而为"的超然态度。鲁迅则在《"硬译"与文学的"阶级性"》一文中,对梁实秋的超阶级人性论进行了辩驳:"生在阶级的社会里而要做超阶级的作家,生在战斗的时代而要离开战斗而独立……恰如用自己的手拔着头发,要离开地球一样。"① 从某种程度上讲,人性应该是多维度且具有历史性的,而非固定不变的。老舍原本和梁实秋一样强调文学是人性的,但他强调在抗战这个时候文人也要像士兵一样,抛下个人的一切去为国效劳。老舍说可能有些文人不适应这种生活和思想的转变,并不是像脱下长衫而换上军装那样简单。如果思想为转变而强行要求他们进行抗战文学创作,那么其作品不是热情的自然流露,内容也会非常空洞的。总之抗战文学的发展必须先要有生活经验的积累和相应思想转变,这样的宣传才是文艺而不是口号式的疾声高唱。

　　第四,老舍也坦承抗战文艺初期存在"抗战八股"的不足。其实在梁实秋使用上述字眼论述抗战文艺之前,老舍先生就睿智地提到过类似问题,承认"说句实话,抗战以来的文艺,无论在那一方面,都有点抗战八股的味道"。② 即便是当时发起论争的罗荪也认为抗战文艺"描写范围的不够广阔,主题选择的过于狭隘","概念的文艺政论化,是减低文艺的宣传效果"。③ 老舍并不讳言抗战文艺初期阶段存在的问题甚至认为其存在不少缺点。实际上关于"抗战八股"也不是梁实秋

---

① 鲁迅:《鲁迅全集》第4卷,北京人民文学出版社1981年版,第366页。
② 老舍:《制作通俗文艺的苦痛》,《抗战文艺》1938年10月15日第二卷第六期。
③ 荪(罗荪):《强调现实主义》,《抗战文艺》1939年第3卷第五、六期。

一个人的看法，某种程度上是一种社会上较为普遍的观感，老舍自己也戏谑的承认了。老舍第一部话剧《残雾》中的杨太太对冼老太太说，最近没什么消遣的，倒是来了川剧京戏的名角。冼老太太嫌街上乱，戏园人多，臭气烘烘，而且对抗战戏剧不感兴趣。

    冼老太太 净唱什么抗战戏啊，一点意思没有；哪如规规矩矩的唱两出老戏呢！
    杨太太 跟我一样，这些日子了，我连大鼓书场都不愿意去，大鼓书词也改成抗战的了，岂有此理！赶明儿麻将也改成抗战麻将，才笑话呢，哈哈哈哈哈。①

  这段对话，虽然是官僚小市民的玩笑话，但老舍这里有对这些官僚太太不接触抗战前线，对抗战宣传作品的隔膜的批判。老舍剧本里的对话，极富生活感，有现实场景感，也反映了当时抗战宣传戏剧在普通市民眼里水平不太高，不是很合欣赏口味的尴尬现状。其实，关于"抗战八股"，左派作家茅盾、胡风等人早就发现并予以批评，《七月》还专门发表过议论公式主义的文章，欧阳凡海后来回忆说，《七月》在武汉复刊时曾发表了一些不算粗制滥造的报告文学："便有人说它是死抱住文学，那意思就是说，有点不识时务。另一方面，尽管是粗制滥造的报告文学，但却有一个公式，这公式，本来是已经被打得倒在地下奄奄一息的半死尸，那时候也趁机复活了。"② 老舍认为梁实秋提出这个问题，不过是想以非八股的文字来调剂一下那些单纯、浅薄、固定化了的八股现象，但同时他也充分肯定了文学为抗战服务的正确方向，并分析了"八股"产生的根源在于作者"没有生命与生活"，"不去求生活"，"有了生活而不能紧紧把握住"。

  第五，老舍认为要以发展的眼光来看待抗战文艺。老舍认为抗战初期宣传文艺有些艺术性不强和八股的味道，但他强调要从爱护的立场出

---

① 老舍：《残雾》，载《老舍全集》第9卷，人民文学出版社2008年版，第13页。
② 欧阳凡海：《五年来的文艺理论》，《学习与生活》1942年3月第三期。

发,肯定主流,具体分析不同层次、不同发展阶段的抗战文学。老舍说"我们决不以抗战初期作品是浮浅而悲观,觉得它无用,要以它的发展来注视。"① 老舍也批驳了抗战无关论者其实是以静止观点来看待抗战文艺,这是片面的,"有人误认抗战文艺,就是打仗的文艺,其实不然,因为抗战和建国是并进的,所以抗战文艺决不能专写打仗的事,又有些看了些标语式的东西而为抗战文艺担心,其实这也不必。假如文艺要活下去,决不能止于空洞的标语上而不进步的"②。针对抗战文艺"贫困"的说法,老舍回答道,如果客观地考虑战争的艰苦环境和作家自身遭到的困难,抗战中的文艺作品并不少于或弱于抗战前的作品,甚至比抗战前还多,它在群众中的广泛动员作用和活跃程度更大大超过了战前。他认为时代给予文艺家的是一件开新路的艰巨工作,战争和急剧变化的现实使他既无法安下心来写作,又需要有一个认识把握过程,还要考虑用何种文字形式才能适应新的读者对象等等,从这个意义上看,把初期阶段的抗战文艺都算作"试验品"也未尝不可。老舍说抗战文艺一时还没有什么伟大作品出现,"面对现实,我们不幻想三天之内写出一部《战争与和平》,而愿今天打今天的仗直到胜利"③ 抗战时期受写作时间的限制,精力不能集中,"终生写成的《神曲》与《浮士德》是不能在这儿期望的"④ 老舍认为抗战文艺是刚兴起的时代潮流,难免夹带着些许浑浊泥沙。老舍说不怕它浑如黄河,目前不是急盼浊流澄清的时候,而是如何使潮流更猛烈更壮阔的问题。老舍认为只要不逃避现实,"针对着初期抗战文艺的贫弱、肤浅,我们要把现实放在作品中,把眼光放远一点,不仅要有抗战的信念,并且要有建国的信念,才能建立起抗战文艺"⑤。宋之的也认为,当前的抗战宣传戏剧是以后戏剧发展的基础。"艺术必然供奉于自己的阶级,成为自己阶级的耳朵和眼睛,是无疑问的。我们的敌人,现正对我们作人类历史中前所未有的

---

① 老舍:《抗战以来文艺发展的情形》,《国文月刊》1942年7月、9月第十四、十五期。
② 老舍:《抗战以来文艺发展的情形》,《国文月刊》1942年7月、9月第十四、十五期。
③ 老舍:《保卫武汉与文艺工作》,《抗战文艺》1938年7月9日第一卷第十二期。
④ 老舍:《保卫武汉与文艺工作》,《抗战文艺》1938年7月9日第一卷第十二期。
⑤ 老舍:《抗战以来文艺发展的情形》,《国文月刊》1942年7月、9月第十四、十五期。

残酷侵略，由于他们精良的武器，而蹂躏了我们许多的城市和乡镇……我们的国家，正在抗战中生长。军事、政治、经济、工商业，以及文学，艺术，都将在抗战过程中求进步，求丰饶，求成熟。今日救亡演剧运动，不仅要视为辅助抗战的一种最有效的工具，且要视为将来戏剧运动的基石，基石不稳固，自是不能使得建筑宏丽壮伟的。……但怎样才能使得建筑宏丽壮伟呢？这绝不是草率可以完成的。戏剧较之其他的艺术形式都要复杂，舞台表演是这复杂的根由，从语言到行动，从绘画到建筑，都是必备的基本条件。这诸种条件的总的和谐，才能完成优美的制作。换句话说，才能博得观众最大的同情。"①

老舍持发展的眼光看待话剧等通俗文艺的宣传问题。老舍认为通俗文学的出现，其最大功绩便是便于抗敌宣传，"并不是要把文艺和图画全都通俗化了，只许通俗，不许干别的"，用其取代新文艺。"写通俗文艺是尊重教育程度稍低的读者，与表现抗战文艺的热烈，此处别无企图"②，也就是说，老舍认为通俗文艺的异军突起，完全是因为在特殊的环境下，它能够在普通民众与军人中更易于进行文艺宣传。"旧瓶装新酒"的神奇之处在于它的宣传价值而非艺术价值。老舍先生的这些理论主张一方面驳斥了胡风对"文协"发动与支持的通俗文艺的否定，另一方面又维护了通俗文艺活动的合法性；相对于胡风对"旧瓶装新酒"的误读和茅盾所秉持的新文学一元化立场，老舍的看法坚持了新文学本位立场，同时也肯定了"旧瓶装新酒"在抗战文艺活动中的宣传价值。老舍说："在武汉的时候，我最初写通俗文艺，完全是因为客观形势的要求，和当时所能发声的效果。"③ 老舍说抗战初期，热情煽动着每一个中国人，"旧瓶装新酒就在这个时候给予我一种强烈的诱惑，以为这是宣传抗战最锋利的武器"④。他和许多作家去创作唱本等通俗读物，旧形式和新生活之间的矛盾给他带来极大的困难和痛苦，通

---

① 宋之的：《戏剧与宣传》（代序），载《演剧手册》，上海杂志公司1939年版，第1页。
② 老舍：《制作通俗文艺的苦痛》，《抗战文艺》1938年10月15日第二卷第六期。
③ 老舍：《一九四一年文学趋向展望》，《抗战文艺》1941年1月1日第七卷第一期。
④ 老舍：《一九四一年文学趋向展望》，《抗战文艺》1941年1月1日第七卷第一期。

过实践他明白了"文学上的新形式,新风格,还正在创造的路上"。①老舍并没有否定通俗文艺的作用,他说:"到今天已由个人或机关专去作这类东西,而曾经努力于此道的许多作家中,有不少便仍回头来作新的小说、诗、戏剧等等。这是因为什么?大概是因为在抗战初期,大家大概不甚明白抗战的实际,而又不肯努力于抗战宣传,于是就拾起旧的形式,空洞的,而不相当的宣传效果的,作出些救急的宣传品。渐渐的,大家对于战时生活更习惯了,对于抗战的一切更清楚了,就自然会放弃那种空洞的宣传。"②老舍抗战初期写了大量这种宣传的鼓词和诗歌,富有口号性和鼓动性,这一点从其诗歌名称就可窥一斑:《保民杀寇》《保我河山》《丈夫去当兵》《从军乐》《抗战民歌》等。这些作品宣传色彩浓烈,具有通俗化、大众化的特点,并具有强烈的民族意识和鲜明的国家观念,体现了明确的政治功利性的文学取向。老舍认为那些宣传为主,文艺为副的通俗读品,自然还有它的效果,应该交给专门负责宣传的部门和人员去制作。"至于抗战文艺的主流,便应跟着抗战的艰苦,而更加深刻。"③宋之的也以巴尔扎克和托尔斯泰为例批评了张庚的"指出式"现实主义太过急躁,他认为:"必须通过艺术的形式,宣传的效能才会宏大;也必须含有现实的意义,作品的艺术性才能够完成。这方向,是并无高低之别的。"④老舍也认为宣传要通过艺术的形式,"当代的世界的文豪无不是宣传而于艺术呢!宣传艺术平衡,不扔掉旧的传统(起码须谈中国话),也不忽视了世界的潮流(不关起门来打仗啊)"⑤。老舍认为抗战的持久加强了文艺的深度,抗战文艺的宣传就不会再是口号标语式的了,老舍这一时期的抗战戏剧就是对"抗战无关"最好的回击,使得抗战文艺从"抗战八股"走向有深度的文艺宣传。

第六,老舍以团结的立场来看"抗战无关"论。老舍自抗战以来

---

① 老舍:《一九四一年文学趋向展望》,《抗战文艺》1941年1月1日第七卷第一期。
② 老舍:《一九四一年文学趋向展望》,《抗战文艺》1941年1月1日第七卷第一期。
③ 老舍:《一九四一年文学趋向展望》,《抗战文艺》1941年1月1日第七卷第一期。
④ 宋之的:《从戏剧节说到抗战戏剧运的两种倾向》,重庆《时事新报》1938年10月9日。
⑤ 老舍:《三年来的文艺运动》,重庆《大公报》1940年7月7日"七七纪念特刊"。

就强调文人要团结，这是时代和民族的要求，要求文人将个人融入抗日文艺团体之中。老舍认为抗战时期的文人"不是乌合之众，而是战士归营，各具杀敌的决心，以待一齐杀出。这么着，也只有这么着，我们才足以自证是时代的儿女，把民族复兴作为共同的意志与信仰，把个人的一切都放在团体里去，在全民抗敌的肉长城前有我们的一座笔阵"①。老舍也指出"文艺家的批评，与汉奸的反宣传，是绝对不同的"。② 老舍说："自抗战以来，文艺界有了个好现象，就是大家能抱着非抗战文字不写的态度，把笔尖一齐朝外。各地的文人都不约而同的如此，抗敌救国，人同此心。"③ 老舍认为这种团结和友谊值得珍惜，"在这种友谊的团结下，希望能更进一步，以最真诚的态度，爽直的言语，像亲兄弟相劝相励的样子，彼此批评，彼此争辩。没有批评没有进益；没有争辩，不见真理。设若因维持友好，而废止了批评与辩论，便还欠真诚；那是彼此客气，不是益友"④。老舍认为对真理不准客气，对朋友不许乱吵。真正的朋友是辩而不吵，要为真理争辩，而不是进行文字上的骂街。1940年，梁实秋曾参加国民参政会的前线慰劳团，计划去延安，因毛泽东致电不欢迎其前往而作罢，但老舍却受到毛泽东专门的设宴款待。二人都是想去延安，但遭遇却是云泥之别。毛泽东同志致电参政会："国民参政会华北慰劳视察团前来访问延安，甚表欢迎，惟该团有青年党之余家菊及拥汪主和在参政会与共产党参政员发生激烈冲突之梁实秋，本处不表欢迎。如果必欲前来，当飨以本地特产之高粱酒与小米饭。"⑤ 公开表示对慰问团中余家菊、梁实秋两人不予欢迎，该团遂取消延安之行。此事使梁实秋甚为尴尬，一时成为议论中心。毛泽东为什么公开拒绝梁实秋访问延安？溯根探源都源于与梁实秋当时的"抗战无关论"。虽然梁实秋执拗于其不变的"人性论"，但他还是爱国和坚

---

① 老舍：《快活得要飞了》，汉口《大公报》1938年3月27日"全国文艺界抗敌协会成立大会特刊"。
② 老舍：《略谈抗战文艺》，《文史杂志》1941年8月15日第一卷第八期。
③ 老舍：《联合起来》，《中央日报》1938年9月25日星期增刊"艺文"。
④ 老舍：《联合起来》，《中央日报》1938年9月25日星期增刊"艺文"。
⑤ 参见徐世强、李道明《毛泽东为什么不欢迎梁实秋访问延安》，《团结报》2014年5月8日。

持抗战的。梁实秋在抗战开始时便力主抗战,被日本人定为抗日分子,并上了日本宪兵队的黑名单。为躲避日本人的迫害,梁实秋孤身一人从汉口逃到重庆,与家人别离达 6 年之久,这些经历与老舍等主张抗战的众多文人经历也是相似的。梁实秋表明自己的态度:"我不说话,不是我自认理屈,是因为我以为我没有说错话。四个月的《平明》摆在这里,其中的文章十之八九是'我们最为欢迎'的'于抗战有关的材料',十之一二是我认为'也是好的'的'真实流畅'的'与抗战无关的材料'。"① 据统计,梁实秋所说的是客观事实,他主编《平明》几个月刊发的文章大部分和抗战密切相关,仅 20% 左右的文章和抗战没有直接关系,被批评者常提到的几篇如《说酒》《睡与梦》和《吃醋》等"与抗战无关"的文字,虽然不能激发起人们更大的抗战热情,但也不至于使人们消极颓废起来,不去抗战。梁实秋在抗战期间所写的文章里,提到"抗战"的次数也很多。老舍清楚地认识到这一点,在众人还想将论争引向政治分裂的斗争的时候,力主团结,要求停止关于"抗战无关论"的论争。此后梁实秋对文学批评的兴趣也逐渐消退,从此告别了文学批评领域,开始了雅舍小品的散文创作,潜心莎士比亚全集的翻译工作。他在晚年对这一行为的解释为:"我热衷过一阵文学批评,但是不久我发现,没有文学便无所谓批评,而批评亦需要理念基础,我在这方面未下过多少功夫。"② 而老舍和梁实秋算是不打不相识,自此成为好友,还一起演出相声。1940 年夏,国立编译馆邀请在北碚的各机关团体,在儿童福利试验区的大礼堂举行文艺晚会,共同发起募款劳军活动。晚会共举办两场,为吸引观众,演出之前,需暖场表演一出"帽戏"。老舍自告奋勇,邀请梁实秋作搭档,友情客串一段相声以助兴。老舍在北平的平民家庭长大,说得一口字正腔圆、干脆圆润的北京话,土音土语不折不扣,对相声颇有研究。梁实秋也是北平人,对相声虽然不陌生,但没有老舍那么专业,为了劳军,他硬着头皮答应了。演出时两位文学大师穿着纺绸大褂,手拿折扇,走到台前,一胖一瘦,

---

① 梁实秋:《梁实秋告辞》,《中央日报》1939 年 4 月 1 日。
② 余光中:《秋之颂》,九歌出版社 1988 年版,第 444 页。

恭恭敬敬地向台下观众深深鞠了一个躬。随即绷着脸，面无表情，泥塑木雕一般直挺挺地站在台上不开腔。观众早已乐不可支，笑得前仰后合。演出中老舍幽默有趣，梁实秋反应敏捷，可谓配合得天衣无缝，台下观众笑声不断，掌声雷动。后来很多单位邀请他们表演相声，两人商量决定等抗战胜利了再继续合作。然而抗战胜利后，老舍赴美讲学，梁实秋去了台湾，他们天各一方，再无机会同台演出。晚年的梁实秋还专门写了一篇《老舍和我说相声》的文章，生前一直未曾发表，后来以遗作之名，刊登在台湾的期刊上：

> 抗战后期，老舍有一段期间住在重庆北碚，和我时相过从。
> 有一次，北碚各机关团体，以国立编译馆为首，发起募款劳军晚会，一连两晚，盛况空前，把北碚儿童福利试验区的大礼堂，挤得水泄不通。国立礼乐馆的张充和女士多才多艺，由我出面邀请，会同编译馆的姜作栋先生（名伶钱金福的弟子），合演一出"刺虎"，唱做之佳，至今令人不能忘。在这一出戏之前，垫一段对口相声。这是老舍自告奋勇的，蒙他选中了我做搭档，头一晚他"逗哏"我"捧哏"，第二晚我"逗哏"他"捧哏"，事实上，挂头牌的当然应该是他。他对相声特别有研究。在北平长大的，谁没有听过焦德海、草上飞？但是能把相声全本大套的背诵下来，则并非易事。
> 如果我不答应上台，他即不肯露演，我为了劳军，只好勉强同意。老舍嘱咐我说："说相声第一要沉得住气，放出一副冷面孔，永远不许笑，而且要控制住观众的注意力，用干净利落的口齿，在说到紧要处，使出全副气力，斩钉截铁一般迸出一句俏皮话，则全场必定爆出一片彩声，哄堂大笑，用句术语来说，这叫做'皮儿薄'，言其一戳即破。"我听了之后，连连辞谢说："我办不了，我的皮儿不薄。"他说："不要紧，咱们练着瞧。"于是他把词儿写出来，一段是"新洪羊洞"，一段是"一家六口"，这都是老相声，谁都听过。相声这玩意儿不嫌其老，越是经过千锤百炼的玩意儿，越惹人喜欢，籍著演员的技艺风度之各有千秋，而永远保持新鲜的滋味。

相声里面的粗俗玩笑,例如"爸爸"二字刚一出口,对方就得赶快顺口答腔的说声"啊",似乎太无聊,但是老舍坚持不能删免,据他看,相声已到了至美的境界,不可稍有损益。是我坚决要求,他才同意在用折扇敲打我头的时候,只要略为比划一下而无须真打。我们认真的排练了好多次。到了上演的那一天,我们走到台的前边,泥雕木塑一般,绷著脸肃立片刻,观众已经笑不可抑,以后几乎只能在阵阵笑声之间的空隙,进行对话。该用折扇敲头的时候,老舍不知是一时激动忘形,还是有意违反诺言,抡起大折扇狠狠的向我打来,我看来势不善,向后一闪,折扇正好打落了我的眼镜,说时迟,那时快,我手掌向上两手平伸,正好托住那落下来的眼镜,我保持那个姿势不动,彩声历久不绝,有人以为这是一手绝活儿,还高呼:"再来一回!"

我们那一次相声相当成功,引出不少人的邀请,我们约定不再露演,除非是至抗战胜利再度劳军的时候。没想到胜利来得那么快,更没料到又一次浩劫来得那么急,大家的心情不对了,我们的这一次合作成了最后的一次。①

从梁实秋晚年栩栩如生的回忆中不仅可窥见他和老舍的相互默契,更显示了抗战时期曲艺的繁盛。在中国现代文学馆的藏品中有一盘珍贵的录音带,内容是梁实秋讲述当年他和老舍同台说相声的往事,由久负盛名的"四小姐"张充和女士亲自录制。梁实秋满口京腔,说到得意处哈哈大笑,极富感染力。张充和在录音带上加注了数行文字:"梁实秋谈老舍,1963.2.3,于台北安东街309巷10号梁宅,在座还有梁夫人程季淑和孟瑶、李惠泽、张充和。充和录。"这可谓是一段弥足珍贵的名人口述史料。

梁实秋虽然与鲁迅以及左翼作家在文艺观上相左,甚至在政治观念上也存在差异,但他还是爱国,坚定地支持抗战的。梁实秋也称颂好的抗战戏剧作品,比如《古城烽火》。1938年冬顾毓琇写成了《古城烽

---

① 梁实秋:《我和老舍说相声》,《文汇读书周报》1999年3月13日。

火》，在剧中歌颂了在敌后的游击健儿，揭露了降敌求荣的汉奸丑态，国立戏剧学校在重庆公演该剧。顾毓琇有一个观点：如知识分子认为抗战有望，也未必得胜；但如知识分子认为抗战无胜利希望，则抗战必败。梁实秋评论《古城烽火》不是浅薄的宣传品的观点，当时也得到很多人的认可。宋之的评论道："一切伟大的艺术品，将必然蕴藏着作者自己的观念和思想。也必然决定于作者所隶属的民族、阶级以及生活。那艺术品越成功，那么，这种思想的渗入就越深；换言之，给予观众的影响也越大，宣传总用也最强。"① 他进一步举例说："巴比塞、雷马克、绥拉菲莫维之关于战争的小说不说了吧，即希腊悲剧若嗳斯古罗斯的《波斯人》，又何尝没站在希腊人的立场上，给波斯人投来讥笑。艺术作品里的宣传作用，是千古同例的。但太把艺术看成了宣传，也是今日的通病。喊口号、散传单都是宣传，但其所以不同于演剧者，就是因为演剧须通过戏剧艺术的形式，而达到宣传的目的。"② 宋之的举出埃斯库罗斯的《波斯人》的例子来证明好的戏剧作品宣传力量更强大，但也不主张把文学单纯地当成宣传工具。

事实上，文学创作题材以及文学与政治宣传的关系问题长期以来都在争论。梁实秋坚持文艺的不变的"人性"论本来就受到鲁迅等人批判，在抗战民族危机最严重的时候提出"抗战无关论"就更显得不合时宜，当然重庆文艺界对梁实秋所谓"抗战无关论"的尖锐批评也有一定的断章取义和绝对化。老舍则认为经过文艺界持续论争，问题已谈清楚，甚至接下来主要任务还是团结抗战。老舍说："在抗战以来文人相轻相互攻击的文字和无病呻吟的文章没有了，大家一致以文艺来支持抗战"③，抗战文艺面临文艺与政治和宣传等种种问题，"这些，逼迫大家接受研究批评和讨论，直接影响每一个抗战文艺工作者，在近两年来我们感觉到文艺应该是现实的、综合的、和本位的"④。老舍认为文艺的三个维度很重要：第一，要立足现实，特别是要反映抗战中人民的生

---

① 宋之的：《从戏剧节说到抗战戏剧运的两种倾向》，重庆《时事新报》1938年10月9日。
② 宋之的：《从戏剧节说到抗战戏剧运的两种倾向》，重庆《时事新报》1938年10月9日。
③ 老舍：《抗战以来文艺发展的情形》，《国文月刊》1942年7月、9月第十四、十五期。
④ 老舍：《抗战以来文艺发展的情形》，《国文月刊》1942年7月、9月第十四、十五期。

活；第二，文艺是综合的，并不是完全独立的，而是与社会、政治、宣传等密不可分的；第三，文艺必须反映民族本位文化和审美精神。老舍这一观点无疑是具有辩证的思想，对当时分裂和混乱的文艺批评有一定启发性，正如胡亚敏教授指出文艺批评需要坚持三个维度："即人的维度、社会维度和审美维度，力图构建一套既有主导面又具兼容性的价值判断体系。"① 梁实秋最大的问题在于他只坚持了文艺批评人的维度和审美维度，而忽视了社会维度。特别是在民族和社会危机时刻，文艺的社会维度更为重要，因此老舍所说的文艺应该是现实、综合和本位的观点无疑更符合文艺批评的现实情况而具有指导意义。1941年老舍在西南联大作了四次演讲，对于"抗战无关"论争总结性的文章就是《抗战以来文艺发展的情形》。老舍在文中代表"文协"为这场论争确定了性质，即维护文艺界团结抗战的论争。老舍也向各界昭示"文协"之于中国抗战文艺的领导地位，显示了维护抗战文学运动方向的决心，展现了"文协"参与抗战文艺活动的实力，同时也委婉的提醒"文协"诸君不要一味"舍抗战而从事琐细之争"，在事实上要求停止对梁实秋的批评。

三 政治宣传与现实真实的困境

在以老舍等为代表的作家从口号式的宣传，走向艺术的宣传后，国民党政府在文艺上仍紧紧抓住文艺宣传，只是把文艺当作一个工具。鲁觉吾的《中国话剧运动总检讨》劈头一句就是"总裁最近指示：'电影戏剧是宣传最有效的工具'"②，这实际使得文艺沦为简单的宣传工具了。老舍抗战戏剧具有鲜明的人民性和时代性，反映出抗战中广大人民关切的重大问题，这些问题往往也是政治和军事的重大问题。老舍创作这些戏剧的时候，要承担社会的宣传责任，也要面对各种政治上的考量，同时又要兼顾戏剧的文艺审美性和现实真实性。在国民党加强文艺控制后，剧作家通过文艺批判现实的空间更小了。很多戏剧家就转向了

---

① 胡亚敏：《马克思恩格斯的社会理想与文学批评价值判断的重建》，《福建论坛》2020年第3期。

② 鲁觉吾：《中国话剧运动总检讨》，《中央日报》1943年10月24日。

历史剧创作，郭沫若提出了"失事求是"的创作原则。郭沫若指出："古人的心理，史书多缺而不传，在这史学家搁笔的地方，便须得史剧家来发展。"① 因为历史剧可以不需要纠结于一些细节的真实性，这样剧作家的自由空间就大得多了。正如夏衍所说："历史剧家不仅许可而且需要夸张，不仅许可而且需要补改。"② 初创作戏剧的老舍则不畏艰难，选择创作真实人物的历史剧。老舍要达到这种平衡，在某程度上就如同在刀尖上舞蹈，是非常困难和痛苦的。

老舍历史剧《张自忠》是一个典型的政治宣传剧，其创作过程就体现了这种政治宣传与现实真实，历史真实与艺术虚构之间的重重矛盾。老舍在谈《张自忠》的创作时候说："对于话剧的一切，我都外行，我之所以要写剧本是因为（一）练习练习；（二）戏剧在抗战宣传上有突击的功效。"③ 但是老舍等戏剧创作完成后，发现如果戏剧处理方面很含混，要上演的话，导演可能要对这些地方做修改。老舍专门写一篇长文，来解释这个戏剧存在着一些含混和矛盾的原因，这也是他这么创作所面临的困难之所在。

第一，如何表现历史剧的人物。张自忠将军虽然是当代刚去世的，但也是一个历史人物，如何来塑造一个真实的历史人物，老舍作了自己探索。老舍说："这是个历史剧，虽然我不大懂戏剧，可是我直觉的感到，从问题与挣扎中来表现历史的人物，一定比排列事实，强加联系更有趣味与意义。以中心问题烘托中心人物，自然是如鱼得水。"④ 但是老舍认为他不能这样写作，张自忠是历史人物不假，但中心人物逝世未久，与张自忠相关的人与事太近，"以中心人物逝世未久，人与事的切近反倒给我许多不方便"⑤。围绕张自忠将军是否能返回自己的部队，

---

① 郭沫若：《历史·史剧·现实》，《戏剧月报》1943年第四期。
② 夏衍：《历史剧所感》，《边鼓集》，美学出版社1944年版，第43页。
③ 老舍：《写给导演者——申明在案：（为剧本〈张自忠〉）》，《文艺月刊·战时特刊》1940年9月10日第五卷第一期。
④ 老舍：《写给导演者——申明在案：（为剧本〈张自忠〉）》，《文艺月刊·战时特刊》1940年9月10日第五卷第一期。
⑤ 老舍：《写给导演者——申明在案：（为剧本〈张自忠〉）》，《文艺月刊·战时特刊》1940年9月10日第五卷第一期。

中央军队对这个地方派系部队的态度等等,确实有很多矛盾和问题,如果把这些问题和矛盾在舞台上展开,足以使张自忠人格逐渐发展,但与之相关现成的事实资料又不便采用。比如说在抗战开始的时候,许多的误会把张将军遮在黑影里,比如墨子庄认为张自忠很残暴,只懂打仗杀人而不懂政治,这里很有"戏"。可是老舍不敢用,只好把这黑影点化成了墨子庄先生。所以有对张自忠的制约和问题,只能通过一个不存在虚拟人物墨子庄来表现,但又不是事实。因此墨子庄这个人与他所代表的一切,好像是可有可无的。老舍多次说《张自忠》这部剧失败了,没写成一本戏,"这里虽然在内容的处理上不无可以请求原谅的地方,但究竟是自己的本事不够;而且也似乎太爱听别人的话,以至于人家所不喜的,我即不写,而把戏剧的成分放弃了许多。写戏就是写戏,不许听别人乱说在剧本以外的事——可是,悔之晚矣"①!

第二,如何宣传一个英雄。《张自忠》这个戏剧最大的优点是没有将英雄神化,但在表现英雄的真实方面却遇到极大困难。老舍认为在实际抗战中,我们有许多英雄,而英雄无疑是能克服困难,解决问题的人。老舍认为如果沿着英雄原型故事的道路来编写剧本,可能会更生动,也会更深刻。老舍深入思考后发现抗战时期敌强我弱,要打一个胜仗绝不是一件简单的事,而且张自忠将军打过多场胜仗,如果仅仅专靠主将的匹夫之勇是办不到的,张将军不会单凭勇敢,一定是克服了许多困难,解决了许多问题。一旦思考到这里老舍又不能写了,因为"一谈困难与问题就牵扯到许多人许多事,而我们的社会上是普遍的只准说好,不准说坏的。因此,我的手既不能自由,到了非有衬托不可的地方,我只好混含。因此,我既没把张将军表现得象个时代的英雄,又没能从抗战的艰苦中提出教训"②!老舍希望导演能理解他的不直面问题和含混处理的苦衷。"我希望导演者勿以为我把问题都可惜的混含过去,而须细细考虑一下,我之混含自有理由。除非你有既能使之明显而

---

① 老舍:《一点点写剧本的经验》,重庆《大公报·战线》1942年2月15日。
② 老舍:《写给导演者——申明在案:(为剧本〈张自忠〉)》,《文艺月刊·战时特刊》1940年9月10日第五卷第一期。

仍能不失含蓄的手段，千万莫轻易改动。"①

第三，真实人物与戏剧的虚构之间的矛盾。张自忠本来是一个真实的历史人物，其真实经历波澜壮阔并充满戏剧性，但戏剧大部分却是虚构的情节。张将军在抗战中几乎是每战必胜，按照他的战功来说，应当纳入剧本的至少有（一）临沂之战，（二）徐州突围，掩护退却，（三）随枣之役，（四）殉国。以此四题分入四幕是个很不错的办法，可是四事皆为战争，即使每战各具特色，恐怕在舞台上也难免过于单调，老舍并没有这样办。战争而外，他的治军方法，对百姓的态度，和他自己的性格，自然也都须描写，否则只有"开打"而无人物。有这么两层——战功与人格——都须顾及，所以老舍取了交织的办法：第一幕写他回军，表现他怎样得军心。第二幕写临沂之战及徐州掩护撤退。这两件大事全没由正面写，为的是给第四幕留地步，使各幕情调不同。第三幕写他自己由徐州撤退，把他怎样对部下对百姓，和与士卒共甘苦等等，略事介绍。第四幕正面写战争，写张自忠的战斗，以及牺牲。老舍这么设计和布置都是为了第四幕的高潮，第一二两幕虽然是铺垫和衬托，但其中有不少墨先生的戏，使全剧稍微有些站立不稳。而且二幕中由侧面写临沂之战与掩护撤退，也嫌纤弱无力，无法完全凸显张自忠将军的谋略与勇气。特别是第二幕容易使观众弄不清戏剧的重点到底是什么，为什么侧重在墨先生。老舍其实有其困难，如果直接表现张自忠，那就必定要以一个战争，即临沂之战或掩护撤退为表现主题，或者以张自忠面临的一些问题，诸如和友军的联络来代替。如果这一幕直接描写战争，则与第四幕高潮雷同；如果这一幕表现现实困境与问题，则极易惹起国民政府反感，甚至请老舍创作的国民党军部也不愿意。

第四，戏剧性与真实性问题。谈到戏剧性，老舍在这个剧本创作上碰到了个难以克服的困难：军队中只有服从，不许质问辩论。老舍认为一位军长或司令对他的秘书或顾问是可以随便的谈谈；可是对他的师长、旅长实际上要保持一定的等级距离的。军队首长在发布命令时候，

---

① 老舍：《写给导演者——申明在案：（为剧本〈张自忠〉）》，《文艺月刊·战时特刊》1940年9月10日第五卷第一期。

其部下只能服从,不可能有对话,更谈不上反抗,这也就没有了"戏",所有的"戏"几乎都在无所表情的服从里。老舍说他在初稿中还是有多"戏",他甚至连一个勤务兵都给了表情的机会,但他把戏剧交给部队友人看时,他们说这完全不符合现实,老舍只能删掉大半部分,最后觉得越改越单调,这剧本直像一株枯树。老舍又进一步谈了真实和虚构的问题:"真的材料,因为小心,未能采用。表现出些'意思',人物与事实乃不惜虚构。"① 真的人只有张将军,张高级参谋,与贾洪马三副官,他们是与张将军同时殉国的。在事实上,张高级参谋是新任的,应在第二幕就出来,为了避免人物的出没无常,故违背了事实。丁顺实有其人,可是今犹健在,所以没有使用真的姓名。胖伙夫也是真的,可是老舍觉得写出姓名,不如"胖伙夫"有力。这些真人物的性格事迹,除了张将军,都是多半出于虚拟,便易于作"戏"。

第五,政治现实的真实与戏剧艺术的单调重复。老舍选择了这个政治宣传剧,但又用艺术的手法表现,他被迫选了一条不甚好走的道路,问题和现实被隐去,只能采用逐步铺垫,侧面衬托的艺术手法。具体操作上,老舍每一幕设置一个与张自忠相关的人物和事件,以期达到一些戏剧的小冲突,最终达到总体戏剧效果。第一幕,在老舍的设计上,是由苦闷而狂喜,整个军队都群龙无首,以为张将军不会被中央放回来,但等张将军一露面,即立刻显出严肃与紧张。无论是苦闷还是狂喜,都是烘托,而严肃与紧张才是老舍要表现的正笔;但老舍发现,当剧本转换成表演的时候,作为陪衬人物的苦闷和狂喜更容易通过动作表现,观众也易于接受,而作为主角的张自忠反而显得沉闷,这样演出有点喧宾夺主,失去重心了。第二幕是并列的三件事:临沂之战,接受徐州掩护退却的命令,以及结束墨先生。由事实上说,前二者宜占重要地位。老舍说:"由我的写法上说,末一项倒很有'戏'。假若太注意了'戏',则不但破坏了事实的正确,而且也破坏了全剧的调谐。我不晓得怎办

---

① 老舍:《写给导演者——申明在案:(为剧本〈张自忠〉)》,《文艺月刊·战时特刊》1940年9月10日第五卷第一期。

好，我只能对导演者放'警报'，这幕不大好办！"① 第三幕和第一幕在情调上很调谐，是老老实实的表现事实，没有什么可说的。这一幕人物众多，是老舍式的图卷式戏剧，本来会场面壮阔，但好几位主角只在这一幕里露一场就完，老舍担心好演员不肯来担任，而这几场如果没有好的演员来表现，那么戏剧效果则无法达到，第三幕等于虚设。老舍还提醒导演还有一件该注意的，就是必须表现出士兵是怎样的疲惫。在那样的疲惫残缺之中，还能那样守纪律，才能暗示出治军的有力，并补释了第二幕接受掩护任务的勇敢沉着。第四幕最难写，因为许多事都得"混含"。老舍说如果戏剧能先从困难和矛盾入手，继而克服困难，而后以英雄的殉国结束，那会是很自然的一个戏剧结构。而老舍现在这个戏剧只能"混含"，所以不能一开幕便把困难摆出来，老舍只能由静而动，慢慢地通过存托将矛盾氛围紧上去，而且老舍只写张自忠英勇，而放弃了写他克服困难。老舍希望"导演者别再特别加重英勇这一点——那样，就是表现了一位猛张飞，而不是屡建奇功的大将军了"②。老舍特别提到第二幕与其他三幕不太协调：第二幕老舍本来想就张自忠被中央放回部队后提出一个问题，而问题刚一提出就自行结束了。老舍认为如果第二幕完全是写临沂之战，那也一定是非常精彩的，至少也有四幕一致的好处，那就是都写事实，这样写热闹壮阔的战争场面，不用去理会战争背后的问题。但这又面临一个艺术上的重复，如果第二幕就花大量笔墨写精彩的临沂之战，第四幕又写张自忠牺牲的枣宜会战，两场战争戏又很可能趋同，会喧宾夺主，因此老舍在这里面临着现实与真实、政治问题和艺术表现的三重困难。

老舍虽然在戏剧宣传工作上面临着多重困难，但他从不放弃。他说："随着脊瘦的理论去学习，怎能康健呢？还是勇于创作，多方去实验吧！"③ 老舍知道自己初学戏剧，所以非常谦虚。他说："没有打旗子

---

① 老舍：《写给导演者——申明在案：(为剧本〈张自忠〉)》，《文艺月刊·战时特刊》1940年9月10日第五卷第一期。
② 老舍：《写给导演者——申明在案：(为剧本〈张自忠〉)》，《文艺月刊·战时特刊》1940年9月10日第五卷第一期。
③ 老舍：《未成熟的谷粒》，《新蜀报·蜀道》1940年2月5、9、14日。

的，恐怕就不易唱出文武带打的大戏吧？所以，我永不看轻打旗子的兄弟们。"因为老舍自己觉得就是个打旗子的，虽然没有在戏台上跑来跑去，"可是每日用笔在纸上乱画，始终没写出一篇惊人的东西，不也就等于打旗子吗"？因此老舍说自己从不敢轻看戏台上跑龙套的，且常这样勉励自己：努力呀，打旗子的！不知打末旗的是否可以升为打头旗，但老舍认为自己的戏剧创作只有努力尝试，"不害羞自己永远庸庸碌碌吗？没关系！不偷懒，不自馁，我呀，我只求因努力而能稍稍进步！再进一万步，也许我还摸不着伟大的边儿，那有什么关系呢？努力是我所能的，所应该的；在梦中我曾变为莎士比亚，可惜那只是个梦呀"①！老舍在戏剧创作时，一方面甘当跑龙套打旗子的宣传小兵，另一方面又藏着一个一个莎士比亚的梦想。

　　老舍认为艺术性与宣传性要兼顾，并达到一种平衡。老舍说："在文艺者的心里，意向是要作品深刻伟大，是要艺术与宣传平衡。"② 文艺本身存在着宣传教化与艺术娱乐的双重品性，只是在不同的政治环境和历史境遇下，侧重点会有不同，甚至存在很大差异。在抗战这一特殊语境下，政治和宣传却是压倒性的，老舍也自觉地做出了顺应时代和自己良心的选择，但他也必须面对艺术和现实的种种困境。在抗战这一特殊语境下，老舍说他对这种平衡是慢慢试探尝试的过程，"一脚踩着深刻，一脚踩着俗浅；一脚踩着艺术，一脚踩着宣传，浑身难过！这困难与挣扎，不亚于当青蛙将要变成两栖动物的时节"③。一般来说，宣传性和文艺性二者应处于对立统一，相辅相成的张力关系中，如果过分向一端倾斜就会消解另一端的制衡作用，而双方的过分背离或势不两立同样会撕裂这种制衡关系，而老舍正是在这一夹缝中进行探索和实验。

---

① 老舍：《未成熟的谷粒》，《新蜀报·蜀道》1940年2月5、9、14日。
② 老舍：《三年来的文艺运动》，重庆《大公报》1940年7月7日"七七纪念特刊"。
③ 老舍：《三年来的文艺运动》，重庆《大公报》1940年7月7日"七七纪念特刊"。

第四章　夹缝间的戏剧职业化

老舍在担任文协领导时，积极参加了戏剧创作，经过一系列的创作活动，他广泛接触了导演和演员，对戏剧职业有了深入了解，对其艰辛也有了深刻体会。老舍在创作之余也积极呼吁戏剧职业化，为演剧的体制建设提供建议，并形成一定思想体系。老舍在 30 年代的《文学概论讲义》中已经对戏剧有深刻的论述，但主要讨论戏剧的起源、本质、艺术特征、戏剧结构等问题。抗战时期老舍从实践上进行了戏剧创作，对上述问题不仅认识更深入，也更多地认识到戏剧不仅是单纯一个文学文本，它还涉及舞台、演员、导演、灯光布景，以及职业化演出环境等一系列复杂问题。老舍认同抗战戏剧主要目的是宣传，但这种宣传需要一定的艺术性，并通过职业化演出来实现。同时值得注意的是，在抗战中期，很多左翼进步剧团积极开展戏剧演出活动，而国民党政府也越来越认识到戏剧的宣传作用，从宣传、市场等方面对戏剧职业化演出进行管控。老舍在其戏剧职业化演出中有了更深刻的体会，对戏剧职业化提出了一些自己的理论和建议，同时也受到当时政治和宣传的掣肘，最后不得不暂时放弃戏剧创作。

第一节　集体创作的尝试

老舍在抗战时期还进行戏剧的集体创作的尝试，而且他非常注重集体创作。老舍抗战戏剧很多是和其他戏剧家合作创作，或者请多人帮助批评修改，有时修改多次变动也很大，这也是一个再创作的过程。老舍说开始创作第一部话剧《残雾》正是抗战时有一个戏剧的圈子和集体鼓励帮助他，"有写剧与演戏经验的朋友们，如应云卫、章泯、宋之的、赵清阁、周伯勋诸先生都答应给我出主意，并改正。"① 他就放大了胆开始写戏，老舍说他的戏剧总是"写完了，请了几位朋友听我朗读，以便指出毛病，好再改正"。② 老舍谈到《张自忠》的写作时说他带着改过三次的稿子，专门到赖家桥土场马彦祥那儿住了两晚继续修改。除了马彦祥，老舍还找吴组缃修改，老舍说："这本剧，改过五次，吴组缃兄给我看过五次。也许是他读了五次，与这本有了感情吧？他说，这是一本好戏。"③ 老舍虽然自谦说《张自忠》没能写好，但他修改的功夫是没少下的。老舍说："除了像《残雾》那样因特殊原因未能改正的例子而外，我向来是不怕改，而且知道改的好处。"④

老舍之所以愿意采取集体创作的形式，并不厌其烦地修改，主要在于：第一，戏剧是一门综合性很强的艺术，本来就需要编剧、导演、演员、音乐和舞美设计等多方面的通力合作，这合作当然带有更大的集体创作性。第二，抗战时期剧本荒很严重。抗战前线和地方急需大量好的剧本，但专门进行抗战创作的作家跟不上。老舍和很多作家都是临时兼职投入戏剧创作，所以采取了合作的方式。第三，此时戏剧创作和演出的主要目的是为抗战的政治宣传服务，因而要求剧本创作需跟当时不断变化的政策宣传和时事宣传密切结合。在此种情况下，为了尽快跟上政策宣传的步伐，集体合作创作也就当仁不让地要比个人创作来得快。这在当时与时局相关的题材创作中表现得特别明显。第四，老舍能有机会采取集体创作，以及和其他作家合作创作戏剧，也和他投身抗战后遇到的志同道合的同志都汇聚于重庆密切相关。老舍自己说抗战前他在青岛和济南，可以说是文坛的边缘，"因此，平沪两大文艺大本营的工作

---

① 老舍：《记写〈残雾〉》，《新演剧》（复刊号）1940年6月10日第一期。
② 老舍：《一点点写剧本的经验》，重庆《大公报·战线》1942年2月15日。
③ 老舍：《闲话我的七个话剧》，《抗战文艺》1942年11月15日第八卷第一、二期合刊。
④ 老舍：《致南泉"文协"诸友》，《新蜀报·蜀道》1940年9月24、25日。

者，认识我的很少。抗战后，有了见面机会，我交了许多朋友。"① 老舍认为这些朋友如果只是大家呼兄唤弟的，不但没有什么用处，而且也显得肉麻。老舍觉得这是学习这些朋友经验和特长的好机会，"不会写剧本么？去讨教！写得不好么？请大家批评！就是这种友谊中，我才开始练习写诗歌与剧本。"② 老舍认为这种同仁之间互相合作、学习与批评的气氛是抗战这个大环境造成的，这也是推动文艺繁荣进步的一大因素。老舍说："现在写诗，散文，小说，剧本的人都能够常相接触，互相讨论，所以能有较好的作品产生。在重庆某一剧作家有了新作即邀集其他戏剧工作者作集体的批评，而后再改正为定本。所以我们见到的批评文字虽不多，可是批评并未死灭。这种态度如能保持下去，我相信批评工作能更有进步。"③ 老舍经过抗战时期的这种戏剧互相请教和讨论，觉得这种集体创作和互相批评的形式需要继承和发展，他相信"因为相互教导与批评的风气在抗战中造成，一定不会因抗战胜利而消灭。"④ 的确，老舍在中华人民共和国成立后的戏剧创作中，也继承了这一优良的传统，因此才有北京人艺的经典戏剧作品《茶馆》《龙须沟》。这些戏剧都是老舍一再和戏剧同仁讨论、批评和修改而成的，他们共同的努力成就了这些世界级的艺术精品。

一 老舍与宋之的合作

在老舍尝试了《残雾》的创作并取得一定成功后，他又和宋之的合作了一个抗战时期非常成功的《国家至上》。可以说两个人合作的集体创作是这个戏剧成功的重要原因，当然，他们也是有合作成功的共同条件和基础的。

首先，两人都来自北方，对绥远和回教有比较深刻的认识。原本这个戏剧是回教协会1939年初请宋之的来写的，但宋之的因参加作家战地访问团到年底才回到重庆，没能交稿。回教协会之所以请宋之的也是

---

① 老舍：《自述》，《大公报·战线》1941年7月7日。
② 老舍：《自述》，《大公报·战线》1941年7月7日。
③ 老舍：《抗战以来文艺发展的情形》，《国文月刊》1942年7月、9月第十四、十五期。
④ 老舍：《自述》，《大公报·战线》1941年7月7日。

有原因的，老舍说："之的对回教习俗知道一些，而且有不少回教的朋友，故回教协会请他执笔。"①　宋之的 1914 年 4 月出生于河北省丰润县宋家口头村一个农民家庭里。到宋之的十一岁时，家境衰落，难以为继。父亲只好将他寄养到绥远（今内蒙古自治区呼和浩特市）的二伯父家里。宋之的在那里考入了扶轮小学，开始接受现代教育。1929 年蒋阎军阀大战，绥远时局动荡，宋之的才被送回家乡，他考入河北丰润车轴山中学继续读书。宋之的在绥远时正值少年时期，他在那里生活得很快乐，结交了很多质朴纯真的回教朋友，对回教认识也很深入。至于老舍，老舍先生在《国家至上》后记中介绍该剧创作的时代背景时说："为促进回汉的团结，为引起国人对于回民生活以及回教文化的注意，回教协会请之的与我编个剧本，以是宣传。我们答应下来，就着我们自幼在北方所见过的回胞的生活习惯，掺以抗战中的实事与想象，商量了半天，即由我动手写故事。"②　老舍与回族的最早接触，是在童年时期。老舍的出生地——北京护国寺小羊圈胡同一带，就曾经居住着许多回民兄弟。老舍本人也不止一次地在文章中说过自幼与回教信徒为邻，和很多人是同学，与一些人是好朋友，晓得回教人的一般的美德。在北京或者还有别地受满族统治者压迫最深的是回民，他们只能卖卖羊肉烙烧饼，作小买卖，至多不过是开个小清真饭馆。走上工作岗位之后，老舍与回族同胞的交往更进一步了。老舍在担任京师郊外北区劝学员期间曾经与伊斯兰教的教友们在工作上密切配合，京师北郊区马甸清真教长李廷相等要求办学，得到了老舍的大力支持。老舍向上级京师学务局呈送了"调查马甸清真教国民学校报告"，最后顺利地办好了办学的审批手续，协助成立了京师北郊公立马甸清真教国民学校。老舍从英国回来在济南的时候也认识不少回教朋友，有一个回教拳师教老舍练拳，还有一位当过镖师，老舍把他们的形象和故事写进了《断魂枪》。抗战期间老舍恰好是刚参加西北战地访问团，到过绥远，因此回教协会和宋之的就找老舍。老舍说："我既不会写剧本，又非研究回家的专家，本不敢答

---

① 老舍：《〈国家至上〉说明之一》，重庆《扫荡报》1940 年 4 月 5 日《国家至上》公演特辑。
② 老舍：《国家至上·后记》，载《老舍全集》第 9 卷，人民文学出版社 2008 年版，第 188 页。

应。可是朋友们以为我新从西北归来，必多之多懂；厚情难却，乃与之的合作；勇气本各具五分，合作乃凑足十分。"① 其实参加西北战地访问团对老舍影响非常深远，他对西北政治经济和文化有了深入的认识，不仅热情洋溢地写下长篇现代诗歌《剑北篇》，还写下他很少涉及的政论文《归自西北》，专门有论及西北的宗教问题。正是因为老舍对西北和回汉问题有了深刻体验和思考，才能有与宋之的的共同合作。二人合作《国家至上》取得了巨大成功，有了很大影响，著名回族学者马宗融先生1940年曾发表《对〈国家至上〉演出后的希望》一文谈到了邀请他们创作的缘起和后续希望：

> 一年前，我在《新蜀报》发表了一篇"提议组织西北旅行团"的文章，就希望着用回教抗敌题材来编写戏剧，以表扬回教人的抗敌精神，以鼓吹回教及非回教人民间的合作。这个提议虽受到各方面回教及非回教朋友们的注意，且修正了我的意见，决定组织一文艺宣传团，以戏剧、歌咏、电影、漫画等配合起来去向西北民众宣传，而且组织的计划亦具体的拟定了，但至今还是一种希望。可是为便利搜集回教题材，明了回教精神，一个不分国籍、教别的"回教文化研究会"却产生了。因了这个研究会的产生，才有极端赞助该会且为该会会员的老舍及宋之的两先生合编《国家至上》之举。现在得到回教救国协会的支持，中国万岁剧团的帮忙，这个剧本马上就要搬上舞台了，这是我们多么欣喜的！
>
> 《国家至上》所提出的问题，诚如许多朋友所说，在南方，尤其是在四川，是不存在的。但在中国境内大部分的地方，还是一个值得注意的问题。现在既由这剧本把它提出，就希望各方面的朋友来把它严重的考虑一次，并热烈的讨论一番，庶可以作为责任解决这等问题的当局参考。这是我们的希望之一。用回教题材写成戏剧，不但在话剧是破天荒的一次，据闻连旧戏也几乎没有专用回教人的故事编演的。但世界上伟大的剧作家如莎士比亚、莫利耶尔、

---

① 老舍：《〈国家至上〉说明之一》，重庆《扫荡报》1940年4月5日《国家至上》公演特辑。

福禄特尔等都曾用回教人的故事作题材编写过戏剧，歌德也企图过编写一部穆罕默德故事的戏剧，虽未成功，但在他的全集中却存留着一些零篇断简。

现在宋之的、老舍两先生既把我们的目光引到了向不为人注意，或不敢注意的题材上，那么一大块艺术的新园地就展现在我们的面前了。希望弄文艺的朋友们都在这园地里给我们培养出多量新鲜而异样的花！这是我们的希望之二。

那天到中国制片厂去参观《国家至上》的排演，偶然遇见万家宝（曹禺）先生，他看见马彦祥先生的热心导演——不分昼夜地热心导演——又和我谈过一回这部戏剧的编写经过之后，也感到十分兴奋，当即采用左宝贵的故事，写出一部民族抗战剧。我们在正替他搜觅材料，而万先生自己也开始参观清真寺、观察回教人生活等活动了。这部能振奋国人抗战精神的剧，想必不久就会与世相见吧。这是我们的希望之三。

中国万岁剧团的团长郭沫若先生、副团长郑用之先生对回教问题的戏剧极表同情。郑先生在我们的招待席上曾这样宣言过"我希望今后有很多的回教戏剧源源地写出来，我们中国万岁剧团一定担任演出，并一定予'回教文化研究会'以种种的帮助。"郑先生这几句话说得诚恳而热烈，我们受到非常的感动。望戏剧界朋友们与我们也有共感，庶不负郑先生这番热情，这是我们的希望之四。

最后，我们更希望社会人士、政府当局予我们这种活动以切实的注意和热烈的同情。这是我们的希望之五。

1940.4.4. 于重庆①

从马宗融的这封信可以看出，老舍和送之的能一起合作是因为一年前他提议成立西北文艺宣传团，在此基础上又成立了一个"回教文化研究会"。老舍和宋之的都是研究会的成员，这是二人能达成合作的一个机构基础。老舍他们的《国家至上》写完之后，先找到"回教文化

---

① 马宗融：《对〈国家至上〉演出后的希望》，《新蜀报·蜀道》1940年4月7日第八十九期。

研究会"的马宗融等友人,朗读给他们听,反复地修改。之所以如此谨慎,老舍有过特别的说明,"全剧写好,拿到回教协会,朗读给大家听。情节不妥当的地方,不合回教习惯的用语,都当场提出,一一改正。因此,这本剧虽没有别的好处,却很调匀整洁——稍微一不检点便足惹起误会,甚至引起纠纷!在写的时候,我们是小心上又加小心;写完了,我们是一点不敢偷懒地勤加修正。宣传剧的难写就在这里——要紧紧的勒住了笔,就像勒住一匹烈马似的那么用力"。① 可见,老舍完全不是凭空想象和由着性子来写的,老舍深知宗教问题和习俗的敏感,他这个戏剧的成功是基于他对回教同胞生活习惯的熟悉,并对抗战中的事实加以艺术化创作。老舍说"人物的真切使这个本戏得到相当的成功"。② 特别是剧本中关于回教三杰的事迹,是有一定现实故事基础的,特别能打动回教观众。

其次,老舍和宋之的都思想进步,都有去西北战地访问的经历。宋之的在1933年,为躲避国民党宪兵搜捕,宋之的被迫中断了学业离京赴沪,参加上海左翼剧联,组织并领导新地剧社、大地剧社,同时参加了夏衍领导的左翼影评小组。1938年夏天,时兼国民党军委会政治副部长的中共中央副主席周恩来在政治部三厅厅长郭沫若陪同下约见宋之的,肯定了他取得的成绩,并希望他能暂时少写剧本,多上前线作实地采访,以打破国民党摘的新闻垄断,并特别提出希望宋之的到山西、河南等八路军活动地区跑一跑,宋之的欣然同意。次年六月份,宋之的便参加了中华全国文艺界抗敌协会组织的西北战场"作家战地访问团",并担任副团长,先到李宗仁的第五战区,然后又到了晋东南,采访了徐向前、周士第、彭绍辉等八路军将领,写下了大量的特写和报道。宋之的和老舍这次西北访问,进一步对中国共产党的抗日活动有了深入认识,进步思想进一步靠近,这也是二人合作的一个重要前提。

最后,宋之的和老舍艺术观点相近,老舍与宋之的都有相近似的艺术创作经历,愿意为抗战宣传进行创作。1930年,宋之的考入了北平

---

① 老舍:《三年写作自述》,《抗战文艺》1941年1月1日第七卷第一期。
② 老舍:《三年写作自述》,《抗战文艺》1941年1月1日第七卷第一期。

大学法学院俄文经济系读书，1932年6月，宋之的与于伶等人组织成立了苞莉芭（俄文"斗争"的音译）剧社，并经于伶介绍加入左翼戏剧家联盟北平分盟，主编机关刊物《戏剧新闻》。宋之的批判学院派"为艺术而艺术"的文艺观，主张"戏剧反映人生"，戏剧要为底层人民呐喊，这一艺术观和老舍抗战戏剧的人民性是相一致的。老舍第一部戏剧是《残雾》，并在重庆引起轰动。宋之的也创作了相似主题的《雾重庆》，这部戏剧1940年12月由中国万岁剧团在重庆国泰大戏院上演，盛况空前。由于老舍的《残雾》，宋之的的《雾重庆》等戏剧的连续上演，从此雾重庆成为了国民党陪都的代名词，在国内产生了长久的影响。

二 老舍与赵清阁的合作

除了和宋之的合作，老舍与赵清阁合作戏剧也比较多，包括《虎啸》（又名《王老虎》）、《桃李春风》（又名《金声玉振》）。老舍和赵清阁都是北方人，都是因抗战离家奔赴武汉抗战前线。赵清阁是河南信阳人，不仅是现代文学史上第二代女作家中的佼佼者，还是编辑家、画家，且擅长戏剧创作。赵清阁生于1914年，祖父是清朝举人，生母董氏擅诗画，但在赵清阁5岁时即病逝。她考入河南省艺术高中，赵清阁后来在河南大学中文系旁听一年，接着考取上海美专西画系，在天一电影公司勤工俭学写宣传稿期间，结识了作家叶灵凤、剧作家左明、导演洪深等。1934年，20岁的赵清阁给鲁迅寄去自己的小说、散文和旧体诗，没想到几天后，鲁迅便回信约她去内山书店见面。在左明陪同下，赵清阁见到了鲁迅，鲁迅建议她写新体诗，而非旧体诗，并说"写散文要富诗意，作新诗对写散文有帮助"。1937年抗战爆发，赵清阁随王莹、洪深等在内地宣传抗战，开始写剧本。1938年2月，《文艺》月刊主编、剧作家胡绍轩为了组稿，在武汉订了一家酒店宴请老舍、穆木天、郁达夫、赵清阁等人，这可能是赵清阁与老舍第一次见面。与此同时，华中图书公司老板唐性天请赵清阁编一本与抗战相关的杂志，双方商定杂志定名《弹花》（即"子弹开出的花"）。1938年3月《弹花》创刊号在武汉面世，而杂志的首篇稿子就是老舍撰写的《我们携起手来》。3月27日中华全国文艺界抗敌协会在汉口成立，老舍任总负责人，赵清阁担任组织干事，他们开始携手共同为抗战文艺奋斗。老舍对《弹花》这杂志支持力度可说最大，先后在刊物上发了10篇稿，老舍成为《弹花》的主要撰稿人。老舍说："流亡到武汉，我认识了许多位文艺界的朋友，清阁女士是其中的一位，那时候，她正为创刊《弹花》终日奔忙。她很瘦弱，可是非常勇敢，独自办一个刊物已非易事，她还自己写稿子……《弹花》并不能给她饭吃，还须去做事挣来三餐。"① 赵清阁在编"弹花文艺丛书"时找老舍约稿，老舍当时正在创作军方命题的话剧《张自忠》，赵清阁对这个本子不满意，老舍说："这时候清阁女士已读完了那个剧本，她又浇了我一场凉水。我说明了写作时所感到的困难，但是并不足以使她谅解。"② 赵清阁认为老舍当时还是缺乏戏剧经验，创作的戏剧缺乏舞台性。

后来抗战伤残军人萧亦五找老舍合写《虎啸》（又名《王老虎》）剧本。1942年6月16日，老舍开始创作《王老虎》。老舍在《致姚蓬子（三）》详细说明了《王老虎》创作起因和写作有关情况。"在碚，萧兄亦五把他所写成的中篇小说《王老虎》交给我看……看了之后，我就想把它改编为剧本，但是，故事中作战的场面甚多，不易搬到舞台上去，我就和清阁女士商议，怎样改编好。……以往我写的剧本，剧中每都只有对话，舞台上人物道具与社会地位全略而不写，上演时随导演去处理，与我无关。……清阁是研究戏剧的，她的剧本中对人物的左转右转都清楚的注明。假若她能为《王老虎》设计，必比我高明。"③ 老舍考虑到赵清阁刚做完盲肠手术还在修养，不能太累，就分工合作，让"他（萧亦五）想故事，清阁想结构，而后由我写词"。④ 老舍找到赵清阁，赵清阁本不同意合作编剧，但最终被老舍说服。剧本由萧亦五先根据他抗战中所见闻作为故事素材，稍加改造成为戏剧情节梗概。在此基础上，赵清阁来设计戏剧的结构、幕次，以及舞台等方面的问题，最终由老舍写对话和台词。三人合作可以说非常融洽，各司其职，完成也较

---

① 老舍：《〈凤〉序》，载《老舍全集》第17卷，人民文学出版社2008年版，第291页。
② 老舍：《致南泉"文协"诸友》，《新蜀报·蜀道》1940年9月24、25日。
③ 老舍：《致姚蓬子（三）》，《文坛》1942年7月15日第六期。
④ 老舍：《致姚蓬子（三）》，《文坛》1942年7月15日第六期。

为顺畅，但上演的反响却一般。究其原因在于萧亦五提供的王老虎的故事，是一个农村孩子走上抗战道路的故事，老舍和赵清阁一直都在城市里读书，然后从事文艺工作，因此对农村生活并不太熟悉。应该说王老虎的故事的确是当时中国抗战生活中的普遍现象，但老舍和赵清阁对这个人物的体验并不深刻，写出来也就并不太能打动读者。对于戏剧创作的合作，最好还是作者双方有一定生活经历，或有较深刻体验的题材，这样才有较大成功几率。

  通过合作，赵清阁对老舍语言幽默倒是高度认同，双方准备再合写另一部剧《金声玉振》（后改名为《桃李春风》）。这个是当时国民政府为教师宣传工作的需要，而且老舍当过小学老师、校长、区劝学员，对教师的生活和精神可以说有深刻认识和体验，对创作这么一个题材是驾轻就熟的。但工作还没开始，1943 年 5 月，赵清阁便因阑尾炎住院，只能老舍先写好前两幕，再送到医院由赵清阁写后两幕。等到 10 月份剧本刚完成，老舍又得了阑尾炎，住进医院。1943 年赵清阁与老舍合写《桃李春风》时，"交往非常密切。当时，两人同住北碚，比邻而居。更巧的是，两人先后得了盲肠炎，又可谓同病相怜"。[①] 老舍《割盲肠记》中写道："10 月 4 日，我去找赵清阁先生。她得过此病，一定能确切的指示我。她说，最好去看看医生，她领我上了江苏医院的附设医院。"老舍由赵清阁陪伴住进医院，因为她"和大夫护士都熟悉"。动手术时，赵清阁和老向等人一直等候在手术室外。赵清阁写戏剧先于老舍，所以在剧本创作技巧及操作方面曾影响过老舍，其中四幕话剧《桃李春风》最为引人关注。赵清阁说："他善于写对话，我比较懂得戏的表现。故事由我们两个人共同商定后，他把故事写出来，我从事分幕。好像盖房子，我把架子搭好以后，他执笔第一二幕。老舍的对话很幽默，如第一二幕情节虽嫌平静，对话却调和了空气，演出博得不少喝彩声。"[②] 赵清阁看完演出后还说："《桃李春风》是一个比较严肃沉闷的戏。如果，你要是纯粹为了寻开心去看它的话，你就一定会失望！因

[①] 桑农：《老舍和赵清阁：桃李春风本一家》，《书屋》2008 年第 12 期。
[②] 赵清阁：《看过〈桃李春风〉演出后》，《时事新报》1943 年 11 月 12 日。

为它没有很多噱头,也没有热闹的场面。不过,你要是一半为了欣赏艺术,那么这里也许能够使你发现两样可珍贵的东西:一,是人类最崇高的感情——天伦的、师生的;二,是良心——教育的、生活的。"① 这段评论显示赵清阁倾向艺术性的话剧,而对那种场面热闹,或者当时流行的矛盾冲突激烈的戏剧并不认同,这点与老舍图卷式戏剧风格追求是一致的。《桃李春风》是为纪念教师节而作,颂扬了教育者的气节,该剧上演后引起轰动,国民政府教育局特别奖励1万元。当然关于《桃李春风》上演后也有诸多评论,还涉及当时政治和意识形态之间的对立。

老舍的这几部合作戏剧的制作确实经历了一个复杂过程。它们成形的过程中有合作者之间的共同的经验,相近的艺术思想,但在艺术创作手法上又各具特色,合作必然导致不断的磨合,对个人某些特色的剥离,甚至最终被取替;另外这些戏剧的合作往往是当时政治、宣传等方面的强烈要求,面对这些意识形态话语的压力时,合作者采用何种艺术叙述语言与意识形态话语对接,也是一个不断对话和交流的过程。在某种程度上,这种集体合作创作,已不再是个人的简单作品,而是老舍思想和艺术语言的修正,更多地打上了时代和社会政治意识形态的烙印,同时也让初步进入话剧创作的老舍快速进入状态,让其抗战话剧作品不那么单调,反而呈现多样的风格和斑驳的色彩。

第二节 以舞台为导向,尊重导演的改编

老舍以舞台为导向,注重与导演沟通,尊重导演的改编。与此同时,老舍认为当一个剧本写成,剧作家似乎就已完成他的任务,剧本获得了他独立自主的意义,成为一个独立的文本,可以被导演和观众自由的改编和解读。值得注意的是,抗战时期国内政治在文艺上还有不同立场,对剧本的改编角度也会有很大的差异,这也是抗战时期戏剧市场化

---

① 赵清阁:《看过〈桃李春风〉演出后》,《时事新报》1943年11月12日。

的一个特别之处。

老舍从来不将自己的剧本视为一个独断不可改编的文本。老舍说："我把剧本写成，自己并不敢就视为定本，而只以它为一个轮廓；假若有人愿演，我一点也不拦阻给我修改。"老舍认为导演者改动剧本，大概有两个理由：（一）剧作者对舞台技巧生疏，写出来的未必都能适合于舞台条件，或未必发生效果；（二）著者在某一处的设意遭配混含不清，导演者有设法使之强调明晰的必要。前者事微，只要导演者不是处心要以低级趣味博观众的欢心，就无所不可。后者，却不这样简单；因著者的混含，颇足引起误解；不幸，导演者若误解了剧本原意，则难免驴唇不对马嘴，越改越不像样子了！按理说，剧本根本就不应有混含之处，使人为难。可是，在实际上，这却很难避免。剧著者未必都技巧纯熟，百发百中，难免不东摇西摆，自陷迷阵。还有，客观上必要的顾忌，不许写者畅所欲言，遂尔隐晦如谜。我这剧本，因为缺乏舞台的经验与编剧的技巧，自然有许多不妥当的地方，必须改正，而且欢迎改正，不在话下。

一 《残雾》的问题与导演改编

抗战以后，话剧蓬勃，剧本的需求量大增，老舍应"文协"之邀，在一九三九年四月，开始写他有生以来的第一个话剧剧本《残雾》。正如有学者指出："老舍的戏剧之路是从《残雾》起步的，虽有些'身不由己'，但他却是义不容辞。"[①] 老舍他不懂舞台技巧，又没有写剧本的经验，能在十五天之内赶出来《残雾》，并且演出却非常成功，成为当时重庆戏剧界的一大热点现象。让人不禁思考老舍一创作话剧就是完美的吗而不存在问题吗？

老舍的《残雾》实际上创作非常仓促，并且存在诸多不足。老舍说："文协为筹点款而想演戏。大家说，这次写个讽刺剧吧，换换口味。谁写呢？大家看我。并不是我会写剧本，而是因为或者我会讽刺。我觉得，第一，义不容辞；第二，拼命试写一次也不无好处。不晓得一

---

① 梅琳、王本朝：《老舍〈残雾〉的创作、演出与论争》，《贵州社会科学》2016年第2期。

位作家须要几分天才，几分功力。我只晓得努力必定没错。于是，我答应了半个月交出一本四幕剧来。"① 老舍在写完《残雾》之后就离开重庆去西北慰问前线抗战将士了，临走前，他把剧稿交给了王平陵代为保存。当老舍回到重庆时，《残雾》不仅已发表，而且成功演出了。老舍觉得是意外之喜："还有三百元的上演税在等着我。我管这点钱叫作'不义之财'，于是就拿它请了客，把剧团的全班人马请来，喝了一次酒；别人醉了与否，我不晓得，因为我自己已醉得不成样子了。这是我与戏剧界朋友有来往的开始。"② 《残雾》演出的确非常成功。1939年11月19—22日，中国电影制片厂怒潮剧社在国泰大剧院举行了《残雾》首演，参与演出的阵容也堪称豪华。著名导演马彦祥作指导，主演为时任中国电影制片厂厂长郑用之，其他演员有舒绣文、吴茵、孙坚白，剧务主任是周伯勋。著名战地记者勾适生看过《残雾》首演后在通讯中写道："在演出上是相当的成功，怒潮剧社的诸位朋友演出是太纯熟了。"③ 所获的反响与成功却是第一次写剧本老舍所没预想到的，甚至让老舍有些"偷着乐"。老舍自己也总结了《残雾》演出成功的原因，有四点理由：一是社会上对以写"以小说为业，忽然改行"的老舍的"好奇心"，想看看这家伙怎么耍新把戏；二马彦祥先生是导演老手，他有丰富的经验"把那生硬的一堆材料调动成可以看得下去的几幕，会设法把没动作的地方添上动作，足以摆到台上去"。这是他对老友的苦心善意，并非剧本有什么可取之处；三是演员都是"名手"，又"肯卖力"，"尽责表演"；四是"剧情虽无可取，可是总算给抗战戏剧换了个花样，讽刺剧也许另有味道，谁管他好坏"④。其中最为重要的是导演马彦祥根据自己多年的经验对剧本进行了适当的修改，他还特地在《国民公报》发表文章"一点声明"，讲述对《残雾》改编的缘由：

  我很愉快的有机会导演老舍先生的《残雾》，有老舍先生的小

---

① 老舍：《记写〈残雾〉》，载《老舍全集》第17卷，人民文学出版社2008年版，第260页。
② 老舍：《闲话我的七个话剧》，《抗战文艺》1942年11月15日第八卷第一、二期合刊。
③ 勾适生：《评老舍〈残雾〉》，《国民公报》1939年12月3日。
④ 老舍：《由〈残雾〉的演出谈到剧本荒》，重庆《新华日报》1940年2月10日。

说在圈内早有定评，无待捧场，但他创作剧本《残雾》确实第一本，如他小说中作的一样，对于人物、布局、情节、丝毫不会放松了一点，几乎使人相信，竟会是他的处女作，这在舞台效果上给导演者以莫大的便宜。但是和一般不常写剧本的朋友，所容易有的弱点一样。《残雾》中也有其舞台上的一些缺陷，就如人物的上下场，常常缺少充分的理由。或是对话太长、动作太少，这都增加了排演上不少困难。这些地方我已经在尽可能不损害剧作者原意的范围给予解决了。只有两点改动比较大的：第一点，洗仲文一角，据原剧中所写是有点思想而不深刻，爱发愁，会骂人打架，带点洋习气的青年人。这样的一个人物在剧中是不能担当什么任务的。因此把他改为一个在思想上比较纯洁，抗战中在前方很努力服务受伤回来的政工人员，这样可以后方醉生梦死的人们作一个对照。第二点，女间谍芳密在原剧作中是被漏网的。尽管事实尚不能如此，但是在舞台上是容易被观众同意的，主犯漏网，将是舞台上的莫大损失。因此只得将她改写为一并被捕。这与《残雾》的剧名或许有些出入吧？因为老舍先生不在重庆，未能事先征求他的同意，对于上面两点的改动，如果有欠妥的地方，当由我负责。除向老舍先生抱歉外，谨作声明。①

如前面所论述，老舍对于导演的修改向来是合作和支持的，因为老舍自己也清楚他的戏剧存在着诸多问题：

首先，没有考虑舞台演出，没有注意处理人物的出场。老舍说："我的第一个剧本，《残雾》，只写了半个月。不会煮饭的人能煮得很快，因为饭还没熟就捞出来了！在那时候，我以为分幕就等于小说的分章；所以，写够一万字左右，我就闭幕，完全不考虑别的。我以为剧本就是长篇对话，只要有的说便说下去，而且在说话之中，我要带手儿表现人物的心理。这是小说的办法，而我并不知道小说与戏剧的分别。我的眼睛完全注视着笔尖，丝毫也没感到还有舞台那么个东西。对故事的

---

① 马彦祥：《一点声明》，《国民公报》1939 年 11 月 19 日。

发展，我也没有顾虑到剧本与舞台的结合；我愿意有某件事，就发生某件事；我愿意教某人出来，就教他上场。假使我心中也有点警觉——这是在是写剧本呀！——我心目中的戏剧多半儿是旧剧。旧剧中的人物可以一会儿出来，一会儿进去，并可以一道出来五六个，而只有一人开口，其余的全愣着。《残雾》里的人物出入，总而言之，是很自由的；上来就上来，下去就下去，用不着什么理由与说明。在用大场面的时候，我把许多人一下子都搬上台来，有的滔滔不绝的说着，有的一声不响的愣着。写戏是我的责任，把戏搬到舞台上去是导演者的责任，仿佛是。"① 可见，老舍对《残雾》人物上下场存在的问题是非常清醒的，但他认为这些问题都可以交给导演解决。

其次，老舍戏剧注重人物对话，缺少动作。老舍说："听说戏剧中须有动作，我根本不懂动作是何物。我看过电影。恐怕那把瓶子砸在人家头上，或说着好好的话便忽然掏出手枪来，便是动作吧？好，赶到我要动作的时候，马上教剧中人掏手枪就是了！这就是《残雾》啊！"② 老舍知道他的话剧缺乏舞台上的知识，往往只写了对话，而忘了行动。但老舍对自己戏剧也有自信的地方："剧本既能被演出，而且并没惨败，想必是于乱七八糟之中也多少有点好处。想来想去，想出两点来，以为敝帚千金的根据：（一）对话中有些地方颇具文艺性——不是板板的只支持故事的进行，而是时时露出一点机智来。（二）人物的性格相当的明显，因为我写过小说，对人物创造略知一二。"③ 老舍自信于自己戏剧的人物和对话，这是其优点，也是其不足之处。老舍说："我的对话写得不坏，人家的穿插结构铺衬得好。我的对话里有些人情世故。可惜这点人情世故是一般的，并未能完全把剧情扣紧；单独的抽出来看真有些好句子；凑到一处，倒反容易破坏了剧情。有些剧作，尽管读起来没什么精彩，一句惊人的话也找不到，可是放在舞台上倒四平八稳的像个戏剧。"④

---

① 老舍：《闲话我的七个话剧》，《抗战文艺》1942年11月15日第八卷第一、二期合刊。
② 老舍：《闲话我的七个话剧》，《抗战文艺》1942年11月15日第八卷第一、二期合刊。
③ 老舍：《闲话我的七个话剧》，《抗战文艺》1942年11月15日第八卷第一、二期合刊。
④ 老舍：《三年写作自述》，《抗战文艺》1941年1月1日第七卷第一期。

再次，老舍颇为得意的人物塑造方面也存在一些争议。比如马彦祥导演将仲文改得"使他更硬些"，不像哈姆莱特而像革命青年，这一点老舍其实并没有太大异议。倒是第二点，"把芳密捉去了"这样的修改则让老舍感觉到导演"未免太厉害"，因为这是老舍写剧本时候精心安排且特别在意的地方。老舍说："芳密须比局长更聪明，更大胆，更有办法。所以局长被捕，她可以逃脱。假如我写得好的话，我是要以她这一跑，指示出一个公务人员若不忠于职守，就会自陷于阱；自己受罚还不算，且使真正的间谍逍遥法外，纲纪全弛，毫无办法。可惜我没能把这一层写的更明显；自己有话未说，自难希望别人都猜测得到；彦祥先生的改正并非多事，而是由于剧本的欠明朗清楚。假若我当时能够心到手到的写的详密，也许她逃脱是比她被捕更多余味的。"① 可见，老舍基本认可导演的改编。

最后，戏剧的结构上也存在一些不足。他说从故事上说，《残雾》只是一片残雾，流动聚散，而没有个有力的中心，从而也就没有明显的哲理与暗示。它是把一些现象——说丑态或更恰当些拼凑到了一块。老舍说："这剧本乃成为事与事的偶然遇合，而不是由此至彼的自然演进与展开；是街头上指挥交通的巡警眼中的五光十色，而不是艺术的择取与炼制。暴露往往失之浮浅冗杂，残雾即中此病。"② 就此也有剧评人王洁之对《残雾》的结构设计给出了建议：

> 从结构上来讲，仿佛太散漫一点。有人说："四幕局的处置有一个起、承、转、合的公式。"这当然不是如此呆板的，西洋名剧中也有不平铺直叙的剧本，演出来则甚得效果。但在《残雾》这剧本上，似乎能有一些高潮（Climax）则更动人了。还有一点，在写《残雾》故事的过程中，有许多不必要的过程上，似乎可以节省的，第四幕的上半部，完全是些无聊的应酬客套，更显得散漫。反之，向洗局长自持是一个严正的人物，被杨茂臣说一句活动到

---

① 老舍：《由〈残雾〉的演出谈到剧本荒》，重庆《新华日报》1940年2月10日。
② 老舍：《由〈残雾〉的演出谈到剧本荒》，重庆《新华日报》1940年2月10日。

了×主任委员，就可以捞到"二百万"，洗局长就即发了"贪污的心"，转变了内里。洗局长的转变才形成故事发展的骨骼——然而这过程，描写得像是太单纯，太简便一点，或又："这洗局长本来是个伪君子"，那么伪君子在表现上，还转变到伪君子的真相时，一定是更经过许多烦杂的过程。①

王洁之的建议较为中肯，戏剧是由不同目的而产生的冲突所推进的，而《残雾》略显散漫。由于老舍在戏剧结构、情节铺设上面的不熟悉，洗局长的转变也显得很是突兀，观众对这个人物的厌恶本应是逐渐升级的，但是由于洗局长转变过快，观众的情绪未能同步，一定程度上影响了戏剧效果。后来也有人劝老舍对《残雾》进行修改，或者能成为一个相当好的剧本。但是老舍认为"作品如出嫁的女儿，随它去吧。再说，原样不动，也许能保留着一点学习进程中的痕迹；到我八九十岁的时节若再拿起它来，或者能引起我狂笑一番吧？"② 老舍将剧本比作"嫁出去的女儿"，意味着剧本写成后就一个独立的生命体，剧作家不再对其具有权威性，它的演出则由导演改编。总之，老舍非常清楚自己戏剧创作的不足，也愿意接受别人的批评，以及导演的改编。

二 《国家至上》的改编与演出

《国家至上》是老舍比较成功的一个戏剧，在全国多地频繁上演，但是不同导演对其改编也有不同。老舍说：

> 因为《残雾》的演出，天真的马宗融兄封我为剧作家了。他一定教我给回教救国协会写一本宣传剧。我没有那么大的胆子，因为自己知道《残雾》的未遭惨败完全是瞎猫碰着了死耗子。说来说去，情不可却，我就拉出宋之的兄来合作。我们俩就写了《国

---

① 王洁之：《残雾》，《新蜀报》1939年12月6日。
② 老舍：《闲话我的七个话剧》，《抗战文艺》1942年11月15日第八卷第一、二期合刊。

家至上》。在宣传剧中，这是一本成功的东西，它有人物，有情节，有效果，又简单易演。这出戏在重庆演过两次，在昆明、成都、大理、兰州、西安、桂林、香港，甚至于西康，也都上演过。在重庆上演，由张瑞芳女士担任女主角；回敬的朋友们看过戏之后，甚至把她唤作"我们的张瑞芳"了！

此剧的成功，当然应归功于宋之的兄，他有写剧的经验，我不过是个"小学生"。可是，我也很得意——不是欣喜剧本的成功，而是觉得抗战文艺能有这么一点成绩，的确可以堵住那些说文艺不应与抗战结合者的嘴，这真应浮之大白！曾经我到大理，一位八十多岁的回教老人，一定要看看《国家至上》的作者，而且求我给他写几个字，留作纪念。回汉一向隔膜，有了这么一出戏，就能发生这样的好感，谁说文艺不应当负起宣传的任务呢？

《国家至上》的主题无疑是"团结抗战"，而剧本的中心内容则是回汉合作。这部戏曲在陪都重庆、长沙、大理等地相继演出，都获得好评。由于这部戏剧是一个上演较多的戏剧，也是职业化演出的一个典型，在总的主题不变的情况下，在不同地方演出的时候，不同导演往往会做作相应的改动和调整。其中在广西桂林等地演出时，有诸多的改动。

首先，是关于戏剧高潮的处理问题。原剧本戏剧高潮在第三幕，黄子清不计前嫌送张老师去医院，之后张黄二人抱头痛哭，这时剧情已经发展到了高点，观众情绪也调动起来，甚至是激动到了最高峰。有人看桂林艺术馆，还有长沙演剧八队演出时，现场高潮是出现在这一幕。有评论者认为，如果这个时候把"国家至上"的旗帜拿出来，就没有二人和好的戏份动人，"这样就无法暴露出'团结抗战'的主题。再则观众感到张老师与黄的结合纯粹是靠着感情和义气，几乎没有一点国家民族意识的成分（这不是说他对国家民族意识一点儿都没有，而是太少了）"。① 这样有观众后来认为张老师去打日本人是为了朋友义气，为了

---

① 乔松：《关于〈国家至上〉的主题》，《柳州日报》1941年10月6日。

给大哥马振雄报仇。评论者认为，这个剧本有多个地方让观众会有这样的感觉，比如县长说："好汉子，回汉合作怎么样呢？要讲联合就讲到家。"张老师虽然和黄子清和好了，但对于回汉和好与汉人合作内心并不同意，他不好回绝县长，只好转过头去发汉保的气。最突出的还是全剧终，张老师临死前的一场戏。

> 张老师　老三，对，对！我上了他的当！直到今天，我明白了，我快死了，我明白了！
> 黄子清　明白了！什么？是不是回汉得合作？①

这时候张老师已经身负重伤，命不久矣，人之将死，其言也善。他虽然口里说了两次明白了，但仍然很固执的不直接说出"回汉合作"。所以这个人物就是很固执，缺乏国家民族观念，不管把高潮放在第三幕，还是第四幕，观众在观剧时发现高潮始终是在张黄和好这个点，很类似传统戏剧的将相和，而这显然就没达到老舍戏剧的主旨。长沙演剧八队在演出的时候就将戏剧的高潮做了变动，放在第四幕结尾，张老师开始转变，和汉人合作。当时的评论者认为这个戏剧中张老师的性格非常突出的。"抗战当中，这种个人英雄主义，不要他活。于是我们处理高潮是在第四幕剧中张老师的死，因此一切都围绕着这一主题。"②

其次，对老舍戏剧的主角回族领袖张老师进行了适当的弱化。导演认为张老师这个人物在全剧太过突出，差不多其他人物都围绕着他，性格刻画得相当好，固执义气。"如果在表演上不注意，很容易给观众一种感觉——'这种刚强爽直的北方老头子，性格真可爱。'因为我们不需要这样的效果，所以在表演上我们特别注意，必须使观众讨厌这个固执的个人英雄主义的张老头（剧本上并无改动）。"③ 因此导演在话剧表演时对张老师不仅适当弱化，还让观众对其情感上有一些反感，都是为

---

① 老舍：《国家至上》，载《老舍全集》第 9 卷，人民文学出版社 2008 年版，第 187 页。
② 乔松：《关于〈国家至上〉的主题》，《柳州日报》1941 年 10 月 6 日。
③ 乔松：《关于〈国家至上〉的主题》，《柳州日报》1941 年 10 月 6 日。

了突出国家至上的主题。

再次,导演特别对青年李汉杰的形象进行了加强。这个青年人物与张老师的关系非常密切和重要,但导演认为"整个剧本的人物要素按他写的顶糟了。一个二十多岁的青年以被嘲笑的手法写成了小丑,用他来衬托张老师,这对我们处理剧的目的恰恰相反"。① 乔松认为当时社会应该有像原剧本李汉杰这样的人,但并不是太多。抗战以来大多数青年都不顾一切,抛弃爹娘加入了抗战工作,并不是像李汉杰那样感情浮动、幼稚。如果戏剧要暴露黑暗面的话,能够写和说得非常多,而没必要将一个二十来岁的青年写得如此不堪。他还特别指出戏剧中李汉杰"从前在北平做学生的时候,宣传抗日,我总是第一个领头参加,这一次我们非和日本人打到底不可。(第二幕李与孝英的谈话)"这显然存在着一定的矛盾。导演说:"为了这剧的主题我们断然的反过来,把他处理成一个诚恳、天真、活泼、热情的青年(当然多少仍存在着很多幼稚的地方)。要他对团结发生力量,要观众觉得张老师对李汉杰完全是一种旧社会的成见……"②

最后,导演还加大了戏剧演出中群众的力量。导演在修改了高潮、张老师和李汉杰等人物的表现后仍意犹未尽,认为这个剧本中群众的力量还写得不够。从初演时观众的感觉来看,清水镇的保存功劳都在几个大人物身上,到张老师死后,还会同情他、可惜他,忽略他不与大家合作而单刀匹马地去干的错误。"所以我们在第四幕加了一场群众戏——在张老师单刀匹马出发之前,县长召集老百姓开会,在群众经过黄子清门口时,金四把向他们进行反宣传,正在这时赵县长上……"③ 为了突出群众的力量,导演在最后一场戏的时候把群众加多了,汉奸金四把在剧本中是张老师临死前醒悟后打死的,而演出时是群众打死的。导演这么修改的目的是为了使观众明白清水镇之所以能幸存,不是张老师单刀匹马的个人主义能获得的胜利,而是大多数老百姓的力量。到张老师死后,群众也都明白了,要战胜日本鬼子,非得要群

---

① 乔松:《关于〈国家至上〉的主题》,《柳州日报》1941年10月6日。
② 乔松:《关于〈国家至上〉的主题》,《柳州日报》1941年10月6日。
③ 乔松:《关于〈国家至上〉的主题》,《柳州日报》1941年10月6日。

众的团结不可。

  他们这么改编的主要原因是他们是左翼剧团，强调青年、群众和人民的力量。乔松说："上述这样改法，对我们这群年青幼稚的青年来说是非常冒昧的。不过我们是一片忠心，总想把原作者所要表现的东西尽量想各种方法将它传达给观众。"① 不得不说，乔松他们关于戏剧高潮方面的处理的确是有道理的，同时他们加入了很多自己的观点，使得《国家至上》从演出的意义已在一定程度上超出了老舍的原剧本。第八队真正走上戏剧演出是从《国家至上》这个剧本开始的，队长刘斐章说《国家至上》是这个队伍从草台班走向讲求剧场艺术的里程碑。这个剧团前身为上海救亡演剧第八队，队长刘斐章，主要成员为石凌鹤、王逸、程漠、马英、刘谅、叶向云、舒仪、朱启穗、鲍训端、田稼、晓河、丁浪、陆地等，成员大多是没有多少文艺工作背景的工人。1937年"八·一三"淞沪抗战时，上海立刻成立了上海戏剧界救亡协会，郭沫若任主席。中共以于伶为代表，在上海跑马厅旁边的卡尔登剧院召开大会，号召成立上海救亡演剧队。第一队是作家队，宋之的、工人作家姚时晓、陈白尘等人。第二三队多半是演员，当时参加会议的有两百多人，除了演员、作家、文艺工作者，大多数是普通文艺爱好者，有学生、店员、老师，还有比较进步的工人。后来统计一共有十三个队，有三个队还留在上海（当时叫孤岛）继续坚持斗争。刘斐章那个队是第八队，成立时只有九个人，后来还找了四个人。第八队到了南京，地下党的负责人杨翰笙接待安顿他们，给他们上课，讲表演、导演。1938年国共合作，周恩来同志出任（国民政府军事委员会）政治部副部长管第三厅，厅长郭沫若。第三厅第六处管艺术宣传的处长是田汉，下属第一科是戏剧科，科长是洪深，管戏剧队。周恩来倡导和建立了十支抗敌演剧队。三厅成立了中共党的特别支部，支部书记是光未然，每个演剧队都指派了支部书记或政治指导员。刘斐章他们就由救亡演剧第八队改名为抗敌演剧八队，后来又改名为演剧六队，驻地在衡阳。八队抗战时在湖南有过几次很重要的活动：如长沙大火（1938年11月12日）

---

  ① 乔松：《关于〈国家至上〉的主题》，《柳州日报》1941年10月6日。

的善后、两次到湘北前线劳军、南岳游击干部培训班期间的抗日宣传等。八队在中共党组织领导下坚持两次上湖北前线和深入穷乡僻壤,而《国家至上》就是他们演出的最重要剧目。刘斐章回忆说:"《国家至上》是老舍、宋之的合写的、描写回汉合作打鬼子的题材,欧阳(予倩)当时领导广西艺术馆上演了这个戏,受夏衍的推荐,我去看了,大开眼界。"① 刘斐章等人正是看了《国家至上》后大受鼓舞,回到长沙全队开始了业务大学习,像郑君里的《演剧六讲》、斯坦尼斯拉夫斯基的《演员自我修养》、上海出版的《剧场艺术》,都成为他们的教材。有一次田汉还建议他们学习湘剧艺术:话剧除了走大众化的道路外,还要走民族化的道路,才能更受民众的欢迎。有很多同志都到湘剧队去学习过,湘剧队演田汉的《旅伴》,他们不但去看,还跟着学唱,学习戏曲的表演身段,帮他们跑龙套。刘斐章说:"通过学习,有了提高,我们就开始排演《国家至上》。"② 可见在田汉看来,只有刘斐章他们在理论和实践上对中外戏剧艺术有了一定的学习基础才能演《国家至上》,而且这个戏剧的主题非常适合国内外的政治环境。当时反共逆流甚嚣尘上,分裂活动加剧,投降倾向抬头,他们排演《国家至上》这个戏,强调团结对敌,本身就很有现实意义。这个戏是在湘潭首演的,为募捐"剧人号"飞机公演了三天,座无虚席,观众很踊跃,当地报纸还出特刊专门报道。后来他们转回长沙公演时,《阵中演剧》发表了大量评论,评价也非常高。刘斐章说:"《国家至上》是我们这个队伍从草台班走向讲求剧场艺术的里程碑,这个戏一直保留演出多年,前后共演出了三十多场。抗战胜利后,周恩来同志在重庆八路军办事处亲切接见过我们四个演剧团团(队)长,他听了我的汇报后微笑地说:'这个戏我看过,以后还可以多演'。这给了我们很大的鼓舞!"③ 当时还有很多左

---

① 刘斐章、王林:《岁月:让我们无法忘怀——演剧八队在湖南的抗日宣传活动》,《艺海》2005 年第 4 期。

② 刘斐章、王林:《岁月:让我们无法忘怀——演剧八队在湖南的抗日宣传活动》,《艺海》2005 年第 4 期。

③ 刘斐章、王林:《岁月:让我们无法忘怀——演剧八队在湖南的抗日宣传活动》,《艺海》2005 年第 4 期。

翼剧团改编和演出《国家至上》，其中比较突出的就有桂林新中国剧社，著名的女演员石联星①参演。1940年石联星在桂林演出《国家至上》，这次演出帮助她突破了在江西苏区时期扮演的与自身年龄、气质相似的人物的局限，开始参演更广泛的剧目题材。在不断的磨砺中，她适应了各种类型的剧目，并取得了各种不同角色的成功，是她作为表演艺术家走向成熟的一个标志。②

老舍的抗战戏剧对当时的政治和艺术生活有多方面的影响。当然无论戏剧的社会作用多么重要，只能是在经济、政治支配之下的反作用。这种作用是有限度的，不能把它夸大到不恰当的地步。鲁迅先生曾有感于国民党当时的控制说："则一年多，我不很向青年诸君说什么话了，因为革命以来，言论的路很窄小，不是过激，便是反动，于大家都无益处。"③鲁迅先生说："各种文学，都是应环境而产生的，推崇文艺的人，虽喜欢说文艺足以煽起风波来，但在事实上，却是政治先行，文艺后变。"④老舍抗战戏剧的确能一定程度地影响当时人的政治思想和行为，但戏剧不能决定政治的变化，相反戏剧的变化取决于政治、经济环境的变化。

---

① 石联星（1914.6.1—1984.8.1）原名石莲馨，生于湖北黄梅县城关镇，她1926年进入汉口女子二中，积极参加革命文艺宣传活动。1932年她还是个高中生时，在上海参加赤色互济会，到中央苏区瑞金，先后在列宁师范学校、红军学校看护连、高尔基戏剧学校、中央苏区星火剧团任文化教员、演员。那时中央苏区的戏剧运动开始起步，石联星是中国工农红军时期的革命文艺战士，中国共产党瑞金和延安时期红色戏剧的开拓者之一。她因主演话剧《武装起来》《女英雄》等话剧，与李伯钊（后为杨尚昆夫人）、刘月华被誉为中央苏区"三大赤色红星"。中华人民共和国成立后她主演影片《赵一曼》，荣获第五届卡罗维·发利国际电影节演员优等奖，成为新中国第一位在国际电影节获奖的女演员。

② 中国电影资料馆：《电影人物｜"赤色红星"石联星》，2018年10月8日，https：//www.sohu.com/a/258251121_287936。

③ 鲁迅：《现今文学的概观——五月二十二日在燕京大学国文学会讲》，北平《未名》1929年5月25日第二卷第八期。

④ 鲁迅：《现今文学的概观——五月二十二日在燕京大学国文学会讲》，北平《未名》1929年5月25日第二卷第八期。

第三节　对戏剧职业化环境的探索

在老舍进行戏剧创作之前,中国戏剧的职业化已经有一定的发展。话剧在中国经历了文明戏和爱美剧两个发展阶段。文明戏以演剧为前导,职业化、明星制、分行当,组织形态类似传统戏,而舞台艺术又粗具话剧的雏形,如纯用对白,有写实布景等等。文明戏在"甲寅(1914)中兴"以后,在市场的拉动下,迅速沦入恶俗。诞生于新文化运动中的爱美剧,则与文明戏相反。它以学生、职员、工友为主体,以文学创作为基础,业余演剧,逐步推行导演制,讲究整体配合,有明确的思想和艺术追求,艺术形态更接近于严格的现代剧。爱美剧在20世纪30年代中期走上了职业化的道路,逐渐成熟壮大,成为具有广泛共识。① 抗战初期,话剧成了最便捷的宣传鼓动手段,抗日救亡的洪流中各种以"抗战""抗敌""国防""救亡"命名的业余剧社和专业演剧队遍地开花。戏剧职业化虽然有了大的发展,但也受到政治、宣传,以及经济等多方面的影响。老舍为了给文协筹措经费,除了四处讨钱之外,也加快戏剧创作。但戏剧不仅是一个文本的创作,它是大众化同时较为市场化的艺术形式,这一市场不仅受政治、经济等多方面影响,还与社会综合文化环境有关系,老舍对此也深有体会并有自己的思考。

一　政治宣传和戏剧审查的控制

国民党的戏剧审查主要包括两方面的内容,一是通常的例行审查监督,二是查禁和奖励。老舍第一个话剧《残雾》上演受到好评,但遭到了删改,并且禁演,而后期的《桃李春风》获得戏剧奖,但上演反响一般,还受到很多批评。这其中政治宣传和戏剧审查之间的矛盾,对

---

① 参见马俊山的《1937:话剧突围》(《戏剧艺术》2002年第1期)、《上演税与剧作家的职业化》(《中国现代文学研究丛刊》2002年第2期)等文。如李旭东、杨志烈、杨忠主编的《中国戏剧管理体制概要》(中国戏剧出版社1989年版)一书系统地梳理了戏剧院团的内部管理体制,做了很有意义的工作,但却没有涉及国家政治对戏剧院团的管理和影响。

老舍抗战戏剧的创作有着深刻影响。

（一）对《残雾》的批评与戏剧审查

老舍《残雾》是躲日本防空期间 15 天写出来的，但这个剧本是进行过一些删改才上演，即便如此最后也遭到禁演。正如梅琳、王本朝指出《残雾》的创作不仅带有老舍抗战时期戏剧写作的试验性，"在它的创作、演出和论争过程中也隐含着老舍与戏剧，老舍与抗战文艺等的复杂关系。"①《残雾》演出后，由开始的大受欢迎，再到受到批判，最终于 1943 年被国民党政府禁演，其背后有什么深层原因呢？

《残雾》在重庆、桂林演出成功后，国民党当局召开了一次关于《残雾》的检讨会，而且各种批判也随之而来。老舍说："回到重庆，看到许多关于《残雾》的批评，十之六七是大骂特骂"，"写了一本戏，挨了许多骂"②。他在给郁达夫的信里说："我的《残雾》上演大红，把教授们的鼻子都气歪了，那剧本根本要不得，可是谁叫他们懒惰不写呢？"③ 这明显是说斗气话。特别是批评者没有设身处地理解抗战时期的特殊语境和老舍临危受命创作《残雾》的辛劳，而在那里空谈戏剧艺术，甚至有些评论者仅仅是读了第一幕就写下了评论④。于是他反驳说："批评者只顾要求理想的作品，而每每忽略了大家在战时的生活的窘迫忙乱，假若批评者肯细心读一读他自己在忙乱中所写的批评文字，恐怕他要先打自己的手心吧。"⑤ 老舍以不服气的口吻说："笼统的批评理论，对我，是没有什么用处的。只有试验的热心，勤苦的工作，才教我长进。"⑥

老舍在抗战前期一直支持国民政府的正面抗战宣传工作，他也并非不知道国民政府存在诸多问题，老舍在早期的通俗文艺中多宣扬抗战的正面和积极方面，而《残雾》实际是老舍从通俗宣传转向文学艺术创

---

① 梅琳、王本朝：《老舍〈残雾〉的创作、演出与论争》，《贵州社会科学》2016 年第 2 期。
② 老舍：《三年写作自述》，《抗战文艺》1941 年 1 月 1 日第七卷第一期。
③ 老舍：《致郁达夫》，载《老舍全集》第 15 卷，人民文学出版社 2008 年版，第 534 页。
④ 梅英：《残雾消散吧——读老舍处女剧作第一幕》，《新蜀报》1939 年 12 月 3 日。
⑤ 老舍：《三年写作自述》，《抗战文艺》1941 年 1 月 1 日第七卷第一期。
⑥ 老舍：《三年写作自述》，《抗战文艺》1941 年 1 月 1 日第七卷第一期。

作的一个转折点。文艺创作不同于纪实和宣传,它有很多艺术表达的自由空间。《残雾》这个戏剧在某种程度上是老舍心理的一个宣泄口,实际是将他抗战以来看到的民众的苦难,压抑在心里愤懑,对当时国民党政府腐朽的痛恨,以文艺方式隐晦表达出来。老舍说过,现实主义作家"都毫无顾忌的写实,写日常的生活,不替贵族伟人吹嘘;些社会的罪恶,不论怎样的黑暗丑恶……写实主义的好处是抛开幻想,而直接的看社会。"[①] 在当时的重庆,老舍无法进行现实主义的文学创作,当时文坛上的"暴露与讽刺"的论争,老舍也并无过多参与。他并未张口呐喊自己的文化理想,也未怒吼社会不公,只是适时写就了《残雾》。"暴露与讽刺"国民党统治区贪腐行径的文艺作品有张天翼的小说《华威先生》(1938),但《残雾》在戏剧领域却是开创性的,老舍对国统区的阴暗事实进行了无情揭露的同时,对战争时期的民众思想问题及个人出路问题进行了温情关怀。老舍在《残雾》中采用了多重象征的艺术手法。以洗局长一家为切入点,将人的生存境遇与民族命运有机地融合在了戏剧情境中,深刻反映了民众在当时国统区阴霾统治下的苦痛生活。所谓"残雾",既有长期战乱残留在民众心理上的阴霾,在传统意识与现代意识中的自我迷失,也有像洗局长等代表的腐败势力在大后方上空所形成的政治迷雾。

首先,《残雾》是对国民党官员的腐朽的讽刺。抗日战争期间国民党统治内部贪污腐败之风严重,洗局长就是"抗战官"的典型。抗战不再是为了民族救亡,反而成为他投机倒把,大发国难财的借口。杨茂臣夫妻则专靠拍马,钻营而升官发财,对官场上的各位顶头上司极尽所能地阿谀奉承。为了拿到采办员的名额,主动承担起了维护洗局长"家庭和睦"的重责;为了获得更多好处,把交际花徐芳蜜介绍给了洗局长。为迎合上司,事无巨细,事事上心,连带着对其家人也是百般的奉承与忍耐。特务徐芳蜜,借助于常军长义女的身份活动于各种交际场所,牺牲色相献媚洗局长,与其联手出卖国家情报,并诬陷对她有爱慕之心却毫不知情的知识分子红海。同杨茂臣夫妻一样,她所做的一切均

[①] 老舍:《文学概论讲义》,北京出版社1984年版,第108页。

是受经济利益的驱动，始终尽力讨好周围一切可能被自己利用的人，只求"互惠互利"。《残雾》还对那些庸俗文人的讽刺。红海一直自诩为天才，并以此身份穿梭于各种社交场所，借此攀附各种权贵。既缺少传统文人所具有的傲气，也缺乏儒者所应有的"士"精神，整日靠着肚子里的几滴墨水而故作风雅。他到前线采集军事资料，做战地通讯，创作刊物不是为了启蒙民众，而只是为了自己能够更加顺利地走向仕途。他坚信："刊物一出来必风行一时，成为文化界的权威。政府必能注意到我和我的刊物，做官是不成问题的。"他相信自己能够凭借自己的才能得到将领军官的认可，被委任为师部或军部的秘书。他的做官是为了赚钱，而赚钱是为了有机会出人头地，做更大的官，赚更多的钱。虽然戏份不多，红海却是一个"官本位"与"钱本位"思想两结合的经典人物。正是因为有这些市侩小人，腐败之辈在抗战高层中放迷雾，才使得黑暗事实有增无减，危害着抗日民主力量的发展。因为在他们眼里，从来只有个人，而没有国家。

重庆当时仍然有人认为《残雾》的"暴露与讽刺"太过于消极。批评者认为单揭露发国难财的贪腐行径主题，对于观众是不是无益甚至有害。比如刘念渠认为老舍的《残雾》虽有暴露和讽刺，但"不能止消极的暴露讽刺"，还应对"观众和读者必须有启示"，使观众不仅"看到黑暗的一面，还该在黑暗中发掘其积极的、有益的现实的因素"①。显然刘念渠出于抗战剧的宣传性角度出发，要求老舍能更多表现积极抗战的层面，他这样的观点和导演马彦祥显然是一致的。当然也有人给出了不同意见，萧蔓若就谈道：

> 一个丑恶的人看了暴露丑恶的作品，不会就不丑恶，这是肯定的。否则良心、法律这些玩意都可以不要了，只要艺术就够了。但如果说看了揭露丑恶的作品就会悲观，或者就认为自己会就此丑恶起来那也未必。相反的倒会发生一些另行的作用。为了懒得自己绞

---

① 申列荣、石曼：《戏剧的力量——重庆抗战戏剧评论选集》，西南师范大学出版社2009年版，第58页。

尽脑汁让我引用一段茅盾先生一年前的话来发答复那些过虑的先生们：有人以为写了丑态徒然给读者以沮丧，但这样的过虑是多余的，一些作家对于丑恶的无比憎惧和愤怒写出来的作品，其反应一定是积极的……文艺的教育方面不仅在示人以何者有前途，也须指出何者没有前途……直面《残雾》所揭露的，值得什么大惊小怪呢？也真如茅盾先生在同一文中所说，我们作家笔尖所触的，实在不过百分之一而已。①

其次，《残雾》讽刺了国民党"新生活运动"②的虚伪可笑。礼义廉耻"（四维）是新运的中心思想。蒋介石要民众把"礼义廉耻"结合到日常的"食衣住行"各方面。蒋介石的新生活运动其实就是要树立传统的家长权威制，而冼局长在家在外都是不可动摇的权威。他专制残暴，除了对自己的母亲显示出一些敷衍的关心之外，妻女、兄弟在他看来只不过是他权钱下的奴隶。因为妻子对他表示不满，他便毫不留情地进行精神上折磨与物质上的压制："属我管得就得听我的话，不听呢，我有我的办法！太太不听我的话，我会断绝她的供给，我会成立另个小家庭。"他好色，为了满足自己私欲，利用难民朱玉明的孝心，强占为妾。遇见新欢徐芳密，明知她是特务却依然被对方的色情所俘虏，且转而就打算把朱玉明当做礼物送给其他利益相关人。在这位视财如命的局长看来，所有的关系都可以等价为金钱利益关系。只要是受过他一点儿恩惠都要进行利益最大化处理，对于反抗他的家人最先考虑的就是实行经济压制。当知道冼仲文背着他把朱玉明放走时，丝毫不顾亲情，扬言要治他一个拐卖人口的罪名。在官场，冼局长到处吹嘘自己的"刚正不阿"，字字不离"辛苦抗战"，实则是到处放烟幕弹，粉饰自己。在家唯我独尊的他，在官场也是两面三刀，利用抗战大发国难财。老舍通过对周围人的描写，衬托出了一个专制、贪权、好色的官僚家长形象。"新生活运动"期间所产生的许多笑话和虚伪作假的乡愿风气，殆成为

---

① 萧蔓若：《从"残雾"说起》，《新蜀报》1940年1月28日。
② 新生活运动，简称新运，指1934年至1949年在中华民国政府第二首都南昌推出的国民教育运动，横跨八年抗战。

"新生活运动"的最大败笔。中国近代外交家顾维钧的第三任妻子黄蕙兰在其回忆录中说,中国驻外人员常有外遇而导致婚变,故在抗战前外交界即戏称新生活运动(New Life Movement)为"新妻子运动"(New Wife Movement)。《残雾》中的洗局长不仅将逃难的女学生纳为小妾,还落入徐芳蜜陷阱。《残雾》中洗老太太打"抗战麻将"也是对新生活运动的讽刺。冯玉祥将军就说过新生活是说着骗人的,比如新生活不准打牌,但只有听见说蒋介石来了,才把麻将牌收到抽屉里,表示出一种很守规矩的样子;听见说蒋介石走了,马上就打起麻将来,24圈卫生麻将的、推牌九的、押宝的也都是这个样子。

宋美龄把推广"新生活运动"当作其政治事业来看待。妇女起初是被期待成为在家庭中作贤妻娘母的角色,就如《残雾》洗老太太和洗夫人一样,这种文化运动给她们的定位却是:相夫教子。宋美龄后来提倡男女应平等地参与社会,在其倡导下,妇女逐渐动员起来成为"抗战建国"的力量。女性是否就真的独立了呢?洗局长的女儿淑菱作为一个摩登女孩,她也被动员起来了,她关心抗战只在于看了十几部抗战电影。认为抗战期间,摩登女孩应该以摩登的方式去尽力,诸如与军官喝喝咖啡,跳跳舞,这就是她的新生活运动。当时有批评者认为《残雾》创作中存在着对剧中女性形象"故意夸大的刻薄",是对新生活运动的污蔑,但当时的妇女杂志的文章中也不得不承认:"在战时后方的我们只要睁开眼仔细看看,似乎这样的妇女,在我们的周围到处都可发现。像这样的妇女,多半是受过教育的……然而只要他们的一家存在,人必然是可以什么都不管的。由着个人主义的发展,他们可以做汉奸,可以做不顾廉耻的少奶奶,也可以做封建残余的守护神!"[①]《残雾》写出了洗老太太、洗夫人、杨太太、一向同情宋家姊妹的美国作家项美丽说的,"新生活运动"后来变成了全国性的一场不大不小的笑话。

最后,《残雾》更揭露了国民党内部政治上的分裂。《残雾》中的那些汉奸、出卖国家利益的败类都是在抗战的迷雾中,打着抗战旗号进

[①] 宛英:《"残雾"中的妇女问题》,《妇女生活》1939年第八期。

行见不得人的肮脏交易的，因此这些人之间的谈话往往遮遮掩掩、充满象征、暗示和隐喻，显得迷雾重重。《残雾》中出卖国家利益的有代表政府官员的冼局长，有神秘的交际花徐芳蜜，有文化人红海。在大幕落下的时候，冼局长和红海的汉奸罪行败露而被捕了。徐芳蜜却收到一个神秘的邀请和保护，被一辆黑色的小汽车接走了。戏剧给观众留下一团诡谲迷雾：谁接走了徐芳蜜？谁在充当汉奸和间谍的保护伞，或者说谁在幕后指使和利用徐芳蜜？

徐芳蜜是谁？仿佛是皇帝的新衣，她一出场所有人都围绕她转，唯独最幼稚的淑玲直接指出她是汉奸。徐芳蜜一上场，就打出各种招牌，比如庞院长、于处长、马军长等人，说都是她父亲的老友。杨先生也介绍她与政府上层联系密切，而红海听说她能出钱给他办杂志，更是围着她团团转。她质疑徐芳蜜为什么不用真名，她哪儿来的钱给红海办刊物，但淑玲的质疑不被重视，认为她是嫉妒红海开始围绕徐芳蜜甜言蜜语而冷落她，因此淑玲的质疑并没引起重视。实际上，冼局长一眼就看穿了徐芳蜜的谎言，他和徐芳蜜订立了攻守同盟，两人互换情报，合作互助。可是老谋深算洗局长最后被抓了，而真正的汉奸和间谍徐芳蜜却被一辆黑色轿车接走了。

徐芳蜜出场时候就指出她父亲是庞院长手下的主笔，"庞"的韵母和"汪"的韵母都是一样的，老舍很可能就是暗指汪精卫，当时都知道汪精卫与国民党在重庆的政府存在矛盾，但也不能说明。实际上，国民党政府内部一直就存在着对日本的投降派和分裂派。1937年12月及1938年3月，日本在沦陷区北平和南京两地分别组织了伪"中华民国临时政府"和伪"中华民国维新政府"。1938年7月，日本向重庆国民政府外交部亚洲司司长高宗武透露，日本拟认汪精卫为和谈对手。同年10月，日军攻占广州、武汉。1938年11月，日本再次发出诱降声明。于是汪精卫集团代表高宗武与日本代表影佐桢昭等在上海举行秘密谈判签订《日华协议记录》①，1938年12月18日，汪精卫、曾仲鸣、周佛海

---

① 卖国协议内容包括：缔结反共协定；中方承认"满洲国"，日方于恢复和平后两年内撤兵（内蒙古等地除外）；日本享有开发中国资源的优先权等条款。

等在龙云的帮助下逃离重庆，蒋介石得知汪精卫逃离重庆之后，最初的态度是"痛惜"，一直希望汪精卫能回头。重庆政府还动员各地报纸，不要为难汪精卫等人，并暗中指使报纸，停止"讨汪肃奸"的言论，因为这最终还是会影响国民党。到越南河内后，发表降敌"艳电"迈出当汉奸的第一步。1939年4月，由日本特务秘密护送汪等进入上海，着手组织伪中央政府。国民党内部的分裂已经非常明显，这样也就说明了蒋介石的怀柔政策失败。1939年元旦，国民党召开会议，经过长时间的讨论，最终决定开除汪精卫的党籍，撤除一切职务。重庆国民党政府还是心存一丝侥幸，并未发出通缉令，只是动员政府的所有报刊讨伐汪精卫。日本帝国主义一面扶持汪精卫，另一方面加大对重庆的轰炸力度，1939年5月3日、4日的轰炸最为惨烈，史称"五·三""五·四"大轰炸。日机共炸死3991人，伤2323人，损毁建筑物4889栋，约20万人无家可归……日寇创下了世界空袭屠杀史上的最高纪录。日军的长期轰炸刺激了人们敏感的神经。《残雾》中冼局长的女儿淑菱写文章发表想起个笔名，红海建议取名为"红洗"。淑玲一听就说不行，"红洗""红洗"，猛一听像"空袭"，不吉利！取个笔名都联想到空袭，可见战争阴云笼罩下人民心理的脆弱，老舍的《残雾》正是在当时这一背景下写出的。

　　《残雾》虽然运用了象征和隐喻的手法，但无疑具有很强的预言性，预示了国民党内部的分裂。1940年3月30日，南京举行所谓"国民政府"还都仪式，正式成立傀儡政权，汪精卫在日本的支持下成为汪伪国民政府主席兼行政院院长。《残雾》触及了国民党的贪腐、政治等多个方面的敏感神经，使得国民党当局极为不满，国民党当局关于《残雾》的检讨会，马彦祥、周伯勋等均被要求参加[①]，随后《残雾》的演出遭到了打压。1943年《残雾》被国民党中央图书杂志审查会正式列为不准出版、不准上演的剧本。国民党当局认为《残雾》扰乱人心，给予禁止上演。老舍对抗战时期，国民党戏剧审查和控制是深有体会的，但也没料想到《残雾》会被禁演。其实早在1939年2月重庆就专门设立"戏剧审查委员会"，随后中宣部成立"剧本审查委员会"，

---

① 老舍：《记写〈残雾〉》，载《老舍全集》第17卷，人民文学出版社2008年版，第59页。

以及"教育部教科用书编辑委员会戏剧组"等。1942年2月26日，国民党中常会第195次会议通过《剧本出版及演出审查监督办法》，规定"未经依法向主管机关立案之剧团，一律不准公演，更不得假借任何机关名义出。"同时又增加了试演和公演随场检查程序。1942年春，国民党以CC文化头子潘公展为主任的中央图书杂志审查委员会监管演出审查，并在各省成立分支机构。4月中审会与重庆市有关机构商定，由市社会局牵头会同中审会、中宣部、市党部，每日派员临场在前5排最好的座位上，严密监视舞台演出与审定通过的剧本是否完全一致。1942年3月，新中国排演《再会吧，香港！》（田汉、洪深、夏衍等），剧审、准演、试演全部通过，一应手续俱全，就在大幕即将拉开的前一刻，当局忽然又传令禁演，逼迫得该剧导演洪深走到前台，手持准演证请大家"有秩序地退票"。至于像首演《翼王石达开》那样，被荒谬绝伦地掐头去尾，让人惨不忍睹的情形也屡见不鲜。皖南事变后，国民党倒行逆施，先后出台了一系列加强其法西斯专制的文化政策，给话剧的现实题材创作设置了一道道禁区，逼迫它不得不转向历史，借古人的酒杯浇今人的块垒，先后涌现出《忠王李秀成》（欧阳予倩）、《屈原》（郭沫若）等一系列震撼人心、质疑国民党统治的舞台剧。郭沫若曾说："在反动政府的严格检查制度之下，当代的事迹不能自由表达或批判，故作家采取迂回的路，用历史题材来兼带着表达并批判当代的任务。"① 1942年5月，在中苏文化协会举行的文艺界招待会上，潘公展等人当着郭沫若的面大骂《屈原》歪曲历史、想造反，并扬言要查禁该剧。郭沫若率剧组成员愤而退场，以示抗议。1943年5月，经潘公展与陈立夫会签，中审会制定出更加详细的《重庆市审查上演剧本补充办法》，共6条，剧审中又增加了新的内容："凡关于历史剧本务必送国立编译馆史地教育委员会复审始可准演。"公民的艺术言说空间几乎完全被国家权力填充。中审会官员随时可以让你的戏排不成、演不出、看不完，使戏剧审查形同天罗地网，从剧本、排练、彩排到公演，无时无处不在，几达无隙可乘的地步。从此这个机构便对演出剧本百般

---

① 郭沫若：《郭沫若论创作》，上海文艺出版社1983年版，第511页。

挑剔，肆意删减，多次删改之后，能上演的往往已面目全非。曹禺的《蜕变》，在演出时审查官发现剧中小伤兵重上前线时挥动红肚兜向丁大夫告别，就硬说这是共产党的红旗，不改不能演。又如阳翰笙的《草莽英雄》，剧本一送审就被扣留禁演，原稿也被没收。还有的孩子剧团演《秃秃大王》，他们硬说是影射蒋介石光头，不许演，反复纠缠，最后改名为《猴儿大王》才算完。

有些戏剧即使是侥幸上演之后，发现不合其意旨，也可再行禁演。不仅老舍的《残雾》遭到审查和查禁，还有《风雪夜归人》《结婚进行曲》、《草莽英雄》等都遭过禁演。有些没有禁演的也可能删掉首幕，或尾幕，然而他们的压制终于压不住进步戏剧力量为抗战胜利所做的努力。一来中国剧人从来都是爱国而且追求进步，20世纪30年代起更是大规模左转，势不可挡。比如《升官图》侥幸上演，但国民党却在剧院前进行封锁，或派流氓特务骚扰剧场。对于私自上前线演出的剧团，更是动辄以军法处置，甚至全团入狱。国民党的戏剧审查标准虽经再三修订，但首要任务始终未变，那就是杜绝一切不利于国民党"一个国家，一个政党，一个领袖"思想的创作和演出。查禁，是它的主要手段。到底有多少好戏成了国民党这套剧审制度的屈死鬼，真是只有鬼才知道了。据鲁觉吾的统计，除了杂志刊登者外，战前共出版译剧约300种，国人剧作100种以上；抗战初创作出版宣传剧300多种；1942年4月—1943年10月的一年半时间，不计杂志上发表的作品，中审会共受理多幕剧和独幕剧本约680种，每年送审剧本达350种以上。[①]鲁觉吾当时是中审会负责戏剧审查的委员，这个统计还是比较可信的。到1943年8月的16个月间，仅中审会查禁的话剧即达114种。1943年11月，中审会将编定的准演剧目送请教育部公布，总数只有70种。中审会每年受理的送审剧目却有350种（含少量戏曲）以上。显然，绝大多数剧作未及问世便被枪毙了。这一多一少充分说明了国民党戏剧审查制度的用意和作用。从现代国家的政治和法制建设来说，政令的统一是

---

① 鲁觉吾：《中国话剧剧本出版鸟瞰》，《出版月刊》1944年1月15日第二期。该文又见其《戏剧新时代》一书，青年书店1944年版。

必要的，这样可以避免令出多头造成的支离与纰漏。但国民党治下的中国是个"党国"，以党代政、党政不分是其基本政治特点，因而这种政令统一实际上只能导致两种结果：或者使社会生活的方方面面更加党化，更加政治化；或者扩大国家政权与公民社会的张力，形成更加尖锐的对抗。抗战后期的话剧正是在国家与平民、内敛与背离的这种张力中艰难前行的。以老舍为代表的进步话剧界立足市民，保持独立，以各种形式，同国民党的戏剧审查制进行斗争，只能将一些批评和讽刺潜藏于正面的宣传剧之中。

（二）关于《桃李春风》的戏剧评奖

除查禁剧目以外，国民党也曾搞过戏剧评奖，但这项活动是由教育部主持的，规模和影响较著者有 3 次。1943 年老舍和赵清阁合写的《桃李春风》获得戏剧头等奖，在 1944 年又获得国民政府教育部主持的优良剧本奖第一名。中审会拟定的授奖词却是"意识正确，而描写尤具有感人力量，有益社教殊非浅鲜"。[①] 由此可见国民党官方的戏剧理念指向是非常明确的。但《桃李春风》的获奖却闹得满城风雨，各方争议不断。

国民党中央宣传委员会于 1933 年 4 月曾出台过《文艺创作奖励条例》，后于 1940 年 7 月由社会部重订公布。奖励标准加了一条"描写抗战建国史实"的内容，其余基本相同，核心是："发扬中华民族精神""激励民族意识"。虽也可以"描写被压迫民族之痛苦"和"社会恶势力之流毒"，但必须是暗示"奋斗途径"或"改革途径"而"其思想正确者"。[②] 产生这两个条例的社会历史背景并不完全相同，但提倡民族认同这个大方向始终未变，主题范围还是比较宽松和自由的。1941 年 5 月，国民党中宣部即通过中审会指示各剧审机构，规定："今后戏剧应着重表现理想生活及扬善方面，同时对于成仁之故事，亦应避免，而应以成功之英雄事迹为剧本之材料，以增人民对本党主义之信心与抗战之意志"，凡"暴露社会罪恶"的剧本，则一律"不予通过"。"一般剧本

---

① 国民党中央社会部档案，中国第二历史档案馆藏，卷宗号：5—11987。
② 国民党中央社会部：《文艺作品奖励条例》，载《中国民国史档案资料汇编》第五辑第二编·文化（一），江苏古籍出版社 1998 年版，第 73 页。

作者应循此原则从事写作，必要时本部可设置奖金，征求优良剧本。"1942年9月国民党中宣部副部长、文化运动委员会主任张道藩发表《我们所需要的文艺政策》，提出"六不""五要"，重点是要求文艺创作不专写社会黑暗，不带悲观色彩。显然，后来的剧审、评奖，以及这些剧本入选"优良剧本"，都是依此行事的。

1938年12月教育部制定《征求抗战剧本办法》，经过国立剧校的试演，话剧最后录取沈蔚德《新烈女传》（第一名）、左明《上海之夜》等15部分别予以奖励。1943年以后评奖改按年度进行，仍由教育部主持，聘请有关人员组成"优良剧本审查奖励委员会"，从当年发表或演出过的剧本中遴选。该项评奖统共搞过两届，共有21部话剧获奖。1943年老舍、赵清阁的《桃李春风》获得头等奖，另外还有于伶《杏花春雨江南》、姚苏凤《之子于归》、沈浮《金玉满堂》、王梦鸥《燕市风沙录》，吴祖光《正气歌》，王进珊《日月争光》，郭沫若《南冠草》，陈铨《无情女》，陈白尘《大地黄金》，曹禺《蜕变》，王平陵《情盲》，李庆华《春到人间》，共13部全是话剧。其实因张道藩等要员不在重庆（代表剧协同孟君谋一道赴桂林参加西南剧展），无法组织评委会，再加剧本收集不全，教育部并未认真组织评审，最后公布的获奖者悉依中审会提供的初选名单。1943—1944年，国统区话剧正处于由盛转衰的关节点上，思想艺术俱佳、剧场效果突出的优秀剧目，虽然远不如前两年多，但《朱门怨》（周彦）、《戏剧春秋》（夏衍、于伶、宋之的等）、《牛郎织女》（吴祖光）仍不失为佼佼者，但却未能入选，而获奖者绝大多数又是些平庸之作。当时有不少评论认为，即使是夺得1943年度头奖的《桃李春风》一剧，无论对作者而言还是与其他作家作品相比，都算不上优秀作品。就连奉命试演的教育部实验戏剧教育队的报告都说，该剧虽获奖励，然"剧情间架，百洞千疮，问题殊多。以天真之态度处理情节，则情节不尽合人情之处比比皆是，又以预定之情节支使人物，则人物多若傀儡，缺少人性"。[①] 对《桃李春风》批评闹得满城风雨，更有甚者涉及个人私生活。王本朝在《中国现当代文学，

---

① 国民党中央社会部档案，中国第二历史档案馆藏，卷宗号：5—11987。

如何创新研究路径?》一文中指出，有资料显示"当时国民党政府教育部长陈立夫暗自喜欢赵清阁，就给她评一等奖。"① 1943年老舍住院期间，《桃李春风》公开上演，随后有诸多批评和暗讽。同年9月11日，赵清阁在致阳翰笙的信中写道："人与人之间既无'了解'，而又有'批评'。这些批评是什么？即恶意的毁谤，因为他不了解你，所以他误会你，甚而猜疑你，至于冤诬你。尤其是对于女性，做人更难。他会给你造出许多难以容忍的想入非非的谣言。天知道我们（像我同老舍）这种人，刻苦好学，只凭劳力生活，为的是保持淡泊宁静，而孰料仍不免是非之论。苟果知媚上，则何至如此清贫？"② 赵清阁这里所谓"媚上"，可能就是指有人诽谤《桃李春风》一剧谄媚当局。而信中关于"女性做人更难"的感慨，也可以看出在政治漩涡之中，女性作家文艺保持独立之艰难。

在《桃李春风》公演后不久，《新华日报》即发表署名文章，指出主人公辛永年与时代的激变脱节。"剧作者为什么不接触这一些问题，明眼人是可以想象到的。"③ 从表面上看，这两年抗战的题材并不比前两年少，如《桃李春风》《杏花春雨江南》《万世师表》等"与抗战有关"的剧作，其中的储南侬、梅岭春、辛永年等表现了所谓气节的正面人物，其性格和作为显得过于理想化、空泛化，有意回避了尖锐复杂的社会矛盾。而《重庆屋檐下》（徐昌霖）、《春暖花开》（李庆华）、《否极泰来》（胡绍轩）之类千篇一律的光明尾巴，则更不符合实际生活。当时即有评论指出："我们相信，在作家下笔的时候，这种明知的距离是早已存在的了，残酷的现实环境迫使我们现实主义的作家'构造'出一些'可能'，迫使我们作家拿出一些常识口号来装饰一个空虚的远景。"④ 作者进一步质问："谁使他们如此？谁使一个作家忍痛歪曲

---

① 王本朝：《中国现当代文学，如何创新研究路径？》，《社会科学报》2019年6月5日总第1659期第5版。
② 胡绍轩的《铁砂》、赵清阁的《桃李春风》等，都曾为参与教育部抗战剧本评奖，致函陈立夫，请其援手，但终因未能获奖而大不开心。见教育部档案，5—11982。又见桑农《相思欲诉又彷徨》，《书屋》2008年第12期。
③ 赵涵：《评〈桃李春风〉》，《新华日报》1943年11月15日。
④ 赵涵：《评〈桃李春风〉》，《新华日报》1943年11月15日。

自己的感情与思想？"① 虽然作者没有明说，答案显然是直指国民党当局的。当然赵涵这些不在重庆的评论家可以站在一个清醒的立场来看老舍《桃李春风》的不足，但并不能体会重庆那些在国民党统治下剧作家的压力。当时就有重庆的文艺工作者不满意这些批评："抗战时期戏剧大繁荣，是党领导戏剧事业最成功的范例！但由于一两位'钦差大臣'式的人物，'下车伊始'便'哇啦哇啦'对重庆剧运指手画脚一番，于是'抗战文艺右倾论'便流传三十余年，至今不衰！"② 由陈白尘这个重庆当时戏剧创作者的话可以看出，当时老舍等国统区作家处于政治意识形态斗争中进行戏剧创作的艰难。我们再看看一位身为教师的读者怎么看《桃李春风》：

  说来奇怪，我对于话剧，兴趣总是淡淡的。偶尔看一次两次演出，常是失望而归，越发倒了胃口。翻翻剧本，与抗战有关的，总觉得不免于千篇一律，近于公式化；与抗战无关的，又往往觉得意识上不理想。因此对话剧老是打不起精神来，原因，恐怕第一，是自己对戏剧外行。第二，也许是求之太严。不然就是另有原因了。

  也许是我的偏见，我总觉得戏剧负有教育使命，必须使之教育化。编剧的是教材编纂者，演剧的是教师，观剧的是学生。演员在台上一言一动，都直接渗入观众的内心深处，一点一滴，都正面影响观众的心理。纵然编者演者都并不想教育观众，但观众却都受他们的影响。因此，一不小心，便发生反教育的作用，生出无穷的流弊，而编者演者还不知道。按道理讲，他们是应当负责任的。所以，编演的人在编演的时候，要时刻注意到这个问题。

  单就教育论教育，大家都知道它是圣神而严肃的事业；迫切、重要，自不必讲。但拿教育作题材，利用戏剧这块绝好的园地，而从事教育工作的，还不多见。具体点说，就是：以教育的材料，作成剧本。更使它在戏剧艺术本身上发生教育功用的，还不曾看见。

---

① 赵涵：《评〈桃李春风〉》，《新华日报》1943年11月15日。
② 陈白尘：《中国话剧的过去、现在和未来——在重庆雾季艺术节上的讲话》，《南京大学学报》（哲学社会科学版）1986年第1期。

有之，则自"金声玉振"始。①

从徐文珊评论看，他是从中立的角度，单纯从教育和艺术的方面来谈这个戏剧的优点，特别是指出《桃李春风》是中国教育题材戏剧的第一部，这已然难得。徐文珊也客观指出戏剧的不足："戏剧的大忌是说教气味太重，或是太'戏剧化'，使观众受了教还不知道，这叫做潜移默化，是教育的上乘，也是艺术的极峰。"② 徐文珊指出戏剧的一大不自然在于辛永年对学生教育是全身心的，但对自己的弟弟、儿子，以及相依为命的侄女教育似乎太少。

总体来说，国民党利用剧审和评奖这两手策略，缩小了话剧创作的题材范围，限制了作家的思考，直接导致了抗战最后两年大批剧作构思雷同、人物概念化的后果。与此同时剧作家在宣传和艺术之间能自由表现的空间越来越狭窄，这也是后期老舍不得不放弃戏剧创作的原因之一。

二 政治经济压迫，生存环境恶化

老舍提到他抗战进行话剧创作的直接原因是当时文协经济困难，所以创作了《残雾》。老舍说："文协为筹点款而想演戏。大家说，这次写个讽刺剧吧，换换口味。谁写呢？大家看我。并不是因为我会写剧本，而是因为或者我会讽刺。我觉得，第一，义不容辞；第二，拼命试写一次也不无好处。不晓得一位作家须要几分天才，几分功力。我只晓得努力必定没错。于是，我答应了半个月交出一本四幕剧来。"③ 从老舍这段看似轻松的表述中，我们可以看出老舍创作这个戏剧有如下原因：一是抗战形势的需要。老舍在1937年《大时代与写家》中提出作家要与时

---

① 徐文珊：《读〈金声玉振〉》，《时事新报》1943年11月12日。徐文珊（1900—1998），男，河北省遵化县人。1929年，徐文珊考入燕京大学文学系，受教于顾颉刚、胡适等人，毕业后在北平汇文中学做国文、历史教师，后任北京大学中文系讲师、助教、副教授和教授。1937年7月，抗战爆发后，他从北京南撤到湖北、四川和重庆等地，先在国民政府教育部编写中学国文教科书，并相继在重庆国立实验剧院任编导、江津县九中女子高中部任国文教师，后在国民政府文化运动委员会担任委员兼编译科长，主编文化运动丛书和《文化先锋》期刊等。

② 徐文珊：《读〈金声玉振〉》，《时事新报》1943年11月12日。

③ 老舍：《记写〈残雾〉》，载《老舍全集》第17卷，人民文学出版社2008年版，第260页。

代呼应，要为抗战而进行文艺创作；第二是工作需要，老舍作为文协实际的领导人，需要为其工作进行筹款。老舍说："作家们的生活困难，似乎比别人更多。直到抗战第三年，政府才有文艺奖助金的筹措与实施。可是，奖助金的额数并不很大，而且在战时交通不便，信息不灵，又未能普遍。至于文人自己，虽有提高稿费运动，但成绩欠佳……因此，文艺工作者就往往没法不为三餐而另谋工作。"① 从老舍的这段话可以看出，大部分文艺工作者靠稿费是无法生活的，必须在兼职的情况下才能从事文艺工作。因为当时戏剧繁荣，市场火爆，因此老舍为了文协经费才进行戏剧创作。但戏剧的市场也受到经济费多方面的压制。

首先，戏剧演出受到票价限制和高税收的压制。国民党政府的第一个《筵席及娱乐税法》于 1942 年 4 月 24 日公布实施，对戏剧演出课以高税。② 许多进步剧人如老舍、马彦祥、陈白尘、刘念渠、章罂等，以及国民党内像潘孑农、田禽等，都曾指出国民党话剧政策的矛盾性和危害：一方面，当局要求戏剧要有教育意义，且和抗战相关；另一面又把戏剧当成纯营业性的纯娱乐性捐税的对象，包括营业税、娱乐捐、节约建国储蓄券、冬令救济捐款等，种类繁多。一方面，视戏剧为"宣传武器"，既组剧团，又建剧教队，甚至还有"若干党政要员不遗余力地倡剧运"；另一方面戏剧又被视为娱乐，演剧被认为"不正当行为"，与娼妓同被取缔。国民党加大剧审的同时，又开征娱乐税并限制票价以后，演剧的投资风险激增，合法经营难免赔本。老舍看到戏剧剧团的困难，不仅写剧本解决他们的剧本荒问题，有时如果戏剧赔本就免收剧本稿费。比如老舍《谁先到了重庆》就是应青年剧社所托而写，老舍说"演一台戏，动不动就赔上几万，我不敢勉强他们上演，所以，'先尝

---

① 老舍：《略谈抗战文艺》，《抗战四年》1941 年 8 月 13 日军事委员会政治部编印出版。
② 其中第 2 条第 2 款规定娱乐税征稽对象为"以营业为目的之电影、戏剧、书房、球房、及其他娱乐场所"，税率"不得超过原价百分之三十"，但一切音乐演奏会及不以营利为目的之娱乐免征。赋税额在 48%—73% 之间。如果再加上随票附征的各项经常性杂捐 20%—30%，演剧捐税总额则达到 68%—103% 之高，这在中国历史上都称得上空前绝后。特别是在抗战后期的 1943 年 7 月—1946 年 12 月期间，连续 3 年半保持在 103% 以上，荒谬得令人难以置信，这实际上是"寓禁于征"了。

后买'，较为合理。"① 戏剧界在限制票价和高捐税的重压之下，戏剧团体为了使自己不至于饿死，演出只能借助于募捐，"这便是两三年来大后方戏剧演出都挂上一块'为××××筹募××基金公演'招牌之故了"。② 于是五花八门真假莫名的募捐公演，就成了剧坛的一道独特的风景。老舍《残雾》演出以募捐为名，就是在这种背景下出现的。因为募捐公演既可以减免税赋，票价实际上又不受限制，增收而节支，演出往往有所盈余。打着募捐旗号公演，实在是一件万般无奈的事情。由于募捐公演把话剧和具体的权力捆绑到了一起，从权力的支持中寻找生机，因而势必削弱甚至丧失话剧来之不易的自主性，重新沦为政治的奴隶。这是广大剧人不能接受的。再者，募捐需要一定的社会关系，需要借助于强力机关的支持，由剧团操作难度较大，终非长久之计。于是另外一种对剧团来说是更简便易行的募捐演剧形式便应运而生了。

其次，物价飞涨，戏剧文艺工作者生活困难。在1939年以前，国统区的经济虽然有一定的通货膨胀，戏剧从业人员一般属于官办剧团，或者是另有职业，生活都有一定的保障，戏剧演出还不需要太多考虑成本与市场问题。1940—1942年期间，货币发行量激增，"物价也是天天上涨，但在演剧运动中仍未成大的障碍。几万块钱的布景服装，团体平常一切演出开支等等，还可以在票价收入中得到抵偿，甚或有些盈余。"③ 关于抗战时期国统区的物价指数，各家虽因统计指标不尽一致而略有出入，但大同小异。一般认为零售价上涨2300倍左右。④ 1943年以

---

① 老舍：《致姚蓬子（三）》，《文坛》1942年7月15日第六期。
② 徐乘骃：《论大后方戏剧运动的危机》，《戏剧月报》1944年4月第一卷第五期。
③ 章罂（张颖）：《剧季的过去和现在》，《新华日报》1943年10月21日。章罂即张颖，时任周恩来的文化秘书。据她和本文作者讲，当时她写的不少文章（如署名茜萍的《评〈北京人〉》等）都经过周恩来的修改。本文所表现出来的思想政策水平，即高度的原则性与充分的灵活性的有机结合，显然是代表了中共的话剧理念，她还隐约记得该文曾经过周恩来修改。
④ 参见彭明、张同新《民国史二十讲》，天津人民出版社1991年版，第477页；杨荫溥《民国财政史》，中国财政经济出版社1985年版，第159页；盛灼三《民元以来上海之物价指数》及其附录，朱斯煌主编《民国经济史》，银行学会1948年版，第407—410页；杨寿标《中国财政统计大纲》，中华书局1946年版，第44—45页；《中华民国实录》第五卷·下·六（商业与物价），吉林人民出版社1997年版等。

后，国统区的全部职业剧团，不但民办的中华剧艺社、新中国剧社、中国艺术剧社先后陷于入不敷出、负债累累的局面，即使是官办的中电剧团、中万剧团、中央青年剧社等也都面临着严重的经济危机。随着话剧危机日益深重，突出表现是，在物价飞涨、高捐税、低票价的三重压迫下，抗战后期演剧陷入赔本经营的恶性循环，剧人生活日益艰难。当时物价是一天一个样，"一方面是剧团工作人员的生活费用及戏剧演出的成本日益提高，一面是观众的消费能力日益减低，观众日益减少"，"经济问题不单妨碍了演剧运动的发展，而且可能窒息剧团的生命"①。话剧几乎被逼迫到了山穷水尽的地步，剧人生活日趋恶化。中艺、中术等民办剧团的基本演职员都没有薪酬，只吃大锅稀饭度日。演职员营养不良而百病缠身，很多优秀剧人英年早逝，如江村和施超死后连墓地都是人捐献的。中艺的前台主任（兼群益出版社经理）沈硕甫长期带病工作，最后死在赶赴剧场的路上，入殓时内衣破烂得不堪入目，令所有中艺同仁为之恸哭失声。第一流大演员施超（31 岁）和江村（28 岁）都因肺病先后逝世。导演贺孟斧只是得了和老舍、赵清阁一样的阑尾炎，也因无钱进大医院，被小诊所庸医治死。当时戏剧界领袖阳翰笙和大导演中艺社长应云卫的女儿也都因无钱治病夭亡。以上这些都是文艺界和戏剧界的领袖人物，所以被大众知晓，而更多底层普通戏剧人的悲惨命运则不为人所知。老舍说："在抗战中，戏剧在宣传抗战、教育民众上尽了极大的力量。我真不愿看着戏剧作家都抱屈含冤的饿死。"② 老舍和很多抗战戏剧工作者就是在这种艰难困苦的环境中咬着牙鼓着气，并且乐观地投身于抗战戏剧的艺术创造之中并且取得了高度成就，为抗战胜利做出贡献。

最后，各种因素综合造成戏剧环境恶化，戏剧工作者情绪低落。1941 年国民党制造的"皖南事变"不仅震惊中外，更让文艺工作者陷入一种绝望的情绪之中。剧作家洪深先生全家服毒自杀，洪先生遗书上写道："一切都无办法，政治、事业、家庭、经济，如此艰难，不如且归去。"③ 洪深先生虽经抢救脱险，却损折了大女儿。此事给老舍很大刺

---

① 章罂：《剧季的过去和现在》，《新华日报》1943 年 10 月 21 日。
② 老舍：《不要饿死剧作家》，《戏剧月报》1943 年 3 月第一卷第三期。
③ 洪深：《洪深——回忆洪深专辑》，中国文史出版社 1991 年版，第 192 页。

激,当时很多文艺工作离开重庆前往延安,还有像茅盾等奔赴香港。只有老舍等人坚持留下进行抗战文艺工作,周恩来同志专门邀请老舍到曾加岩,周恩来说当下工作可能困难,希望老舍能团结作家们,组织他们更好地为抗战服务。另外,切实地做些工作,帮助大家解决生活上的困难。重庆大轰炸以后物价飞涨,许多人吃不消了,文艺家们本来就清贫的很,应该发动大家捐钱捐物,一是为了抗战,二是可以帮助救济一下有困难的作家、艺术家。老舍向周恩来表示一定维持好文协工作,回去就组织一次捐献活动。老舍组织"文协"来发起"筹募援助贫病作家基金",他考虑到困难时期,文人们个个都生活困难,如果再让大家捐献,肯定会影响文艺工作者的生活。老舍决定组织卖戏剧文稿,老舍借《新蜀报》营业部的房子,刷了几条标语:"文协出纸,作家出力,请诸公出钱"。1941年2月28日《新蜀报》简讯中有一条:"老舍所捐《面子问题》原稿一张,以二元被人购去。"也就是说,老舍一部戏剧的原稿,仅仅才能卖2元。老舍坦言自己戏剧中《残雾》和《国家至上》最为流行。老舍曾在1942年算了一下自己的版税收入,"《残雾》到今日为止,得过四十一元!您给我算算,我的版税是相当的可观,还是'不'相当可观?"① 其他戏剧就更谈不上版税了,老舍说:"《国家至上》一剧曾在重庆、成都、香港、桂林、西安、兰州,甚至于在云南的大理演出过。只有重庆、桂林两处给过上演税。这岂止是剥削作家,也是屠戮戏剧。我费了心血光阴写了剧本,而得不到我应得生活费用。"② 国民党以剧审、重税、限价等高压手段,在抗战后期终于把话剧逼进了死胡同。只有一些媚俗戏剧盛行,如陈铨的《野玫瑰》《蓝蝴蝶》《无情女》之类或间谍加色情,或猎奇加肉麻的戏,一演再演大行其道,还有以浅薄庸俗的噱头、闹剧,以及杂耍博取观众之一笑。以至于陈白尘惊呼新的"文明戏"行将临盆了!1944年戏剧节《新华日报》发表社论指出"由于物价提高而观众逐渐限制于有钱有闲者的事实,后方剧运有脱离广大人民,游离于抗战现实,而渐次趋向于卑俗娱乐和高蹈自喜的

---

① 老舍:《成绩欠佳,收入更欠佳》,《文风》(创刊号)1942年5月1日。
② 老舍:《不要饿死剧作家》,《戏剧月报》1943年3月第一卷第三期。

倾向"。这"分明是一种歧途",突破重围的办法是"抗战戏剧到人民中去!"① 可见在国统区,在极端的政治和经济环境的综合作用下,戏剧逐渐走向媚俗,但老舍这样的非职业戏剧艺术工作者却仍抱着至死无悔的决心,推动话剧运动和文艺工作,这实在是难能可贵的。

三 戏剧演出环境的营造与建设

老舍还注重戏剧演出的环境,注重专业剧团的发展。比如他在听说中国艺术剧社要演出宋之的先生的《祖国在呼唤》(导演洪深),老舍写了一封贺信,但祝贺少,而建议颇多:

> 一、我希望中国艺术剧社多演抗战剧。
>
> 二、我希望这新剧团的演员真能以演出为学习,像旧剧科班似的那么表演与学习打成一片。这样,或者足以矫正社会上管看话剧叫作"看白杨"的错误,而每一戏剧的演出,都个个尽职称职。充分发挥剧本的文艺性与导演的本领来。
>
> 三、我希望每一剧的演出,编剧者与导演都在事前都有一篇"自述",说明编剧的趣旨与导演的经过,揭诸报端,并另印单页,赠送给观众。观众读了,也许能增加一些对话剧的了解与认识。
>
> 四、我希望能有个什么"观剧须知"之类的东西发给观众,说明为什么要按时入场,为什么要在开幕后不要谈天,为什么不要在场内吸烟……并在场内贴上好看的标语"请勿吸烟"及"闭幕前请勿鼓掌"等等。②

老舍首先提到的就是要"多演抗战剧"。具体原因老舍并没展开,其实一个剧团是否能生存下来和当时的政治和宣传环境有密切关系。1939年4月18日,由国民党中宣部牵头,召集教育、内政、社会等部的有关机构负责人,举行"筹商统一全国剧院剧团及职业剧人登记办

---

① 社论:《抗战戏剧到人民中去!》,《新华日报》1944年2月15日(国民政府新定之戏剧节)。
② 老舍:《贺中国艺术剧社首次公演》,重庆《中央日报》《扫荡报》1943年2月9日联合版。

法谈话会",议定由社会、内政两部负责"搜集有关法规并拟具意见交由中宣部参考草拟剧院剧团管理办法"。1939 年 12 月至 1940 年 2 月期间,教育部为制定《举行全国文化团体总登记办法》先后致函国民党中宣部、社会部磋商有关条文,最后确定:(一)文化团体办理登记须先经当地党部核准,然后报主管官属备案;(二)话剧系"具有改良风俗习惯性质之团体",主管官属在县为社会局,省为民政厅,中央为内政部;(三)全国性的文化团体特别划出,由社会部主持办理。至此包括剧团在内的文化团体登记程序及管辖权限基本勘定,国民党的剧团执业登记法规体系初具规模。1940 年以后,剧团注册皆依此办理。从各剧团申报的"组织章程"与"工作计划"来看,其格式及内容完全合乎上述"要点"及"办法"的规定,足见其已经实施,而不必另行制定其他的"剧院剧团管理办法"了。当时中华剧艺社("中艺",1941 年 5 月成立于重庆)、新中国剧社("新中国",1941 年 10 月成立于桂林)等民间职业剧团尚未成立,因而该"要点"把执业登记的对象简单定义为所谓的"人民团体"是事出有因的,但因此而忽略了在战前的演剧职业化运动当中,话剧既已显现出来的商品性、市民性。国民党的话剧政策一开始就建立在一个独断的、脱离实际的理念上,要求剧团演出符合其政治宣传,这种致命的工具性,让剧团的生存越来越难。老舍给"中艺"的第一条忠告就是多演抗战剧,这既不违背国民党政策,也符合抗战这一大时代下,民族和人民的需求。

  老舍关于剧团建设的第二条是要加强演员的学习和提升演员的素养。老舍非常重视演员水平的提高,他相对系统地研究了当时职业化剧团在舞台上很少见精彩的演技的情况,归纳其原因为:(1)接二连三的演出使演员缺乏足够的研究与创造的时间;(2)演员不自觉地在创造中使用过去的那一套文明戏产物;(3)演员缺乏学习与观摩的机会。老舍发现前线的演员多是流亡的男女学生,跟着军队做政治宣传工作,后方的演员只重个人声誉,往往会挑选角色。"前方演员缺少修养,后方演员或重个人,结果当然不会有很好的成绩。"[①] 老舍提出建议,抗战戏剧人才

---

① 老舍:《抗战以来的文艺发展情形》,《国文月刊》1942 年 7 月、9 月第十四、十五期。

需要多交流，有经验的演员要上前方指导，前方演员也需要多到后方学习。在演出者方面，要像旧剧科班似的那么表演与学习，珍重艺术前途，加紧学习。这也与抗战后期话剧演员生存环境日趋恶劣及戏剧日趋媚俗化有关。当时混乱的艺术市场上，有很多戏剧掮客临时组织的一些剧团，没有专职的演员、编剧、导演、剧务、道具，一切都靠拼凑，有时主演忙于其他演出不能到场而由别人代排，甚至未经排练就上场，所以根本谈上演员水平的要求。演员实际是一个长期培养的职业，需要有长远的职业规划，因此老舍才提出演员要像旧剧科班那样训练和学习。

老舍建议的第三和第四条是希望改善当时的剧场环境，按照职业化的标准来进行。关于改善剧场观看环境方面，老舍多次提意见，甚至不厌其烦地逐条指出一些小的细节问题：

（一）在剧情说明书上，在剧场内外，在任何可以利用的地方都印上，写上：

入场务祈脱帽。

入场须请招待人代为对号，以免坐错。

看清戏票，座位是在楼上，或楼下。

务祈勿用手电筒探照幕上。

开幕后务祈勿大声咳嗽。

开幕后务祈停止谈话。

开演时务祈勿鼓掌喝彩。

入场后最好不吸烟。

务祈勿携抱六岁以下小儿入场。

（二）假若可能，卖票处须像汽车站那样安起木栅，请警察监视，先到者在前，后到者在后，不得随意争前恐后。

（三）没有票的绝对不许入场。

（四）场内不得临时加凳子。

（五）剧场走道上不许任何人站立。①

---

① 老舍：《剧教》，《新蜀报·蜀道》1942年2月9日。

当时重庆抗战各种剧场戏剧蜂拥而上，真正专门认真研究戏剧职业化的学者并不多，更遑论涉及观剧环境问题。老舍深深知道中国没有西方的戏剧观看传统，而且戏剧观赏文化传统是一个养成的过程。"教育是迟慢的事，所以时时刻刻灌输。我们有了戏剧运动，可是还没有剧场的教育。假若永远作不到这点，则剧场永远乱七八糟。"① 剧场环境建设的现代化是戏剧现代化的重要一环，也需要全社会的共同营造。后续老舍又继续写了更详细的《话剧观众须知廿则》，用幽默的正话反说，列具了一些观剧的陋习，从开场前咳嗽、吐痰、携带零食、高声谈论、打架、吸烟等陋习加以批评，还讽刺有些官员"观剧宜带勤务兵或仆人数位，侍立于侧"②。抗战后期，政治环境逐渐恶化，当时剧场环境也鱼龙混杂。国民党宣传部门拿不出一个像样的剧本来竞争，但在戏剧上演的时候，往往会有军警特务的刁难、敲诈和地痞流氓的骚扰，不买票随便进出剧场，弄得剧场环境乌烟瘴气，让人敢怒不敢言。老舍这么逐条列出来其实是有针对性的，希望中国话剧的演出环境能够摆脱各种政治影响和传统陋习，逐步走向现代化。正如夏衍说话剧的"现代化，换言之，就是我们要彻底扬弃旧时代的陈旧办法体制，而完成一个可以适应于今天和明天的剧团组织和演出制度的问题，最终目标是建立一个职业化的演剧体制"。③

抗战期间，中国社会处在急剧变动之中，令正在成长中的新兴戏剧经历诸多新的考验，尤其是市场与政治两大力量的此消彼长，时刻关乎戏剧的盛衰。老舍说："我们二十年来的成就，虽然还没有一鸣惊人的杰作，可是我们也干干净净，并没有去做像英美诸国哪些专为卖钱而写出的侦探小说与大减价的罗曼司。所以，我们应当把我们的比较优秀的作品介绍到国外去，使世界上知道我们的黄皮肤下的血也是红的，热的，崇高的。"④ 老舍认为中国抗战话剧最大的优势在于其激越的民族精神，使其独立于市场；同时抗战的需求，又极大促进了

---

① 老舍：《剧教》，《新蜀报·蜀道》1942年2月9日。
② 老舍：《话剧观众须知廿则》，《时事新报》1942年5月5日。
③ 夏衍：《人·演员·剧团》，《天下文章》1944年1月第二卷第一期。
④ 老舍：《敬悼许地山先生》，《文学月报》1941年12月10日第三卷第二、三期合刊号。

戏剧职业的开展，使之逐渐打破了政治的束缚。在这市场与政治的相互制衡中，中国抗战戏剧作为一门独特文化艺术参与到现代民族国家的文化建设中，而老舍也在其中探索和促进着中国戏剧的自主和现代化发展。

第五章 悲歌、讽刺与含泪的笑

如何面对人生的痛苦、命运的诡谲、社会的黑暗，文学表现形式上有不同的形态：或为悲剧，或为喜剧。在戏剧形态上，西方从古希腊戏剧开始就有悲剧和喜剧的二分法。西方从亚里士多德以来，一直推崇悲剧，喜剧虽然受大众喜爱，但地位却并不太高。直到文艺复兴时期，维加、莎士比亚等人开始突破悲喜两分法，将悲剧与喜剧融合，但也难以撼动悲剧在古典主义理论家眼中的地位。随着话剧传入中国，中国也逐渐接受西方的戏剧分类，虽然中国有小人物作为戏剧主角的传统，但中国的小人物更多只是苦情戏中令人同情的对象，不是社会潮流的弄潮儿。在抗战的历史背景下，历史上传统的将相王侯和英雄纷纷又登上了话剧的舞台，成为鼓舞抗战精神的重要力量，在这种情况下，老舍抗战戏剧不只塑造了诸如张自忠这样的历史英雄人物，其戏剧更多则以小人物为主角，描述芸芸众生在战争中的悲壮和苦难。这些普通人在民族危亡时刻都站立起来，成为民族的脊梁，老舍赞颂的就是这些普通民众，这也是老舍抗战戏剧人民性之所在。在小人物含泪的抗战中有微笑的绽放，老舍也有对汉奸、发国难财的商人、麻木不仁的市民进行无情的讽刺。王德威曾在《荒谬的戏剧？〈骆驼祥子〉的颠覆性》中说："实际上真正使老舍有别于其他现代中国作家的，不是他对社会弊病的客观暴露，而是他通过滑稽与闹剧的笔法对社会所作的嘲弄。这种嘲弄笔法的力量来自老舍对笑声和泪水极其自觉的夸张，以及他戏剧性地显示或颠覆道德和理性价值。"[①] 王德威从老舍早期小说中就敏锐地看出老舍那

[①] 王德威：《想象中国的方法》，百花文艺出版社2016年版，第163页。

些看似滑稽和闹剧背后的笑与泪的杂糅，而这种杂糅则是其戏剧性的独特所在。中外戏剧史上有人擅长悲剧，有人专注喜剧，而只有像莎士比亚这样极少数的戏剧家能对悲喜两种戏剧风格把握得游刃有余。那么刚登上戏剧创作舞台的老舍是如何处理悲剧和喜剧的关系呢？又是如何把握他惯有的幽默和讽刺批判之间的尺度呢？这都是值得探讨的问题。

第一节　抗战时期的悲歌

从某种程度上来说，面对中华民族存亡之秋，志士仁人慷慨奔赴抗战前线的情形，中国抗战时期戏剧大多都染上了一抹浓重的悲剧色彩，老舍的13部戏剧也莫能例外。老舍重点关注的是悲剧的内涵，他说："希腊的悲剧教我看到了那最活泼而又最悲郁的希腊人的理智与情感的冲突，和文艺的形式与内容的调谐。"① 老舍认为古希腊戏剧是一个过去的文艺，因为没看见它们在舞台上"旧戏重排"，只是从书本上看到他们的"美"，"这个美不仅是修辞上的与结构上的，也是在希腊人的灵魂之中的"。② 老舍更看重希腊悲剧内在"呼吸着的"精神美，也就是更重视悲剧的内在精神。当然每个作家都是独特的，即便是悲剧，老舍也有其独特的风格，而且每部戏剧的悲剧格调也各有不同。

一　英雄的悲歌

古希腊悲剧的核心并不是悲哀，而是崇高。在西方美学里，悲剧总与英雄人物同时出现，英雄主人公的毁灭或死亡常常生发出崇高悲壮的美感。车尔尼雪夫斯基就曾说："悲剧是崇高的最高、最深刻的一种。"③ 在中国美学史上，也常把"悲"与"壮"合在一起称为"悲壮"，荆轲刺秦歌所展示的悲壮意味至今还使人荡气回肠。作为一名优秀的平民作

---

① 老舍：《写与读》，《文哨》1945年7月第一卷第二期倍大号。
② 老舍：《写与读》，《文哨》1945年7月第一卷第二期倍大号。
③ ［俄］车尔尼雪夫斯基：《车尔尼雪夫斯基选集》（上册），周扬等译，生活·读书·新知三联书店1959年版，第22页。

家，老舍创作的悲剧固然承载了许多催人泪下的普通人的哀婉，但在抗战风云激荡的时代，他也一直在塑造着体现他的理想的英雄人物。

老舍抗战戏剧表现了中国人民勇于抗战、视死如归的悲壮精神。老舍说："《国家至上》与《张自忠》都是写英雄的死亡，按说应算作悲剧。但是这里所写的不是英雄的末路，而是英雄的杀身成仁。"①《张自忠》是一部历史人物剧，它的创作正值1940年抗日战争的艰难时期。全剧总共分为四幕，抗日将领张自忠的英勇事迹让老舍深受感染，因而老舍选取了"临沂之战""徐州掩护撤退""随枣之役"和"殉国"场景，突出了张自忠作为一名抗日战争将领所拥有的英勇无畏、与犯我中华者血拼到底直至战死沙场的精神，塑造了一个鲜活的抗日将领形象，以此来激励抗战中的人民。张自忠在剧中的悲壮突出表现在抗战到底、不畏牺牲。最后一幕在杏儿山，司令面对敌人的炮火，始终英勇无畏，"赵团不行了！你自己上去。若不行了，我上去！今天要是有命令撤退，咱们算是完成了任务；接不到命令，咱们就都死在这里！——对，反正今天不能叫敌人过来一个！"他的一句"在危难里，军人要是不敢冒险，国家便没了灵魂"激励着抗战士兵，"有我在这里，光是枪刺和大刀也能打仗！人人心里有一个火，拼命的官长就是吹起火来的风！上去看看？"更是勇敢，在敌强我弱的局势下，他让大家放弃他拼死抗战，"杀！杀！洪，马，看在国家的面上，先打敌人，不要管我！"越到险境，他越从容，在张自忠的观念中，就是"已把死亡置之度外！我活一天就打一天的敌人，就跟你这样的坏蛋斗争一天！"然而勇猛无敌的将军也有着软柔的一面，"我一看见小孩儿扯着大人的衣裳跑，我就恨不能痛哭一场！"刚柔并济的形象让这一人物有血有肉，有情有义。

军人讲究军令如山，一个优秀的将军不仅具备英勇、谋略，还要有着严格的部队纪律。当看到自己的士兵骑百姓的牲口，张自忠怒不可遏，觉得愧对百姓，整天生活在枪林弹雨里的将军更是不容许自己的士兵有任何的矫情和软弱。他说道"不准骑人家的牲口。我有命令，你

---

① 老舍：《一点点写剧本的经验》，重庆《大公报·战线》1942年2月15日。

知道不知道？马副官，枪毙了他！"曾经看到孩子就柔软的将军在这里面对犯了错误的小士兵丝毫不手软，并亲手枪毙了他，以示军威。当葛敬山告诉他自己把枪丢了，犯了该枪毙的罪过，他却说"再去找一找。"戚莹问道，"军长，你不枪毙他？也不打他军棍？"张自忠只是简单回答了句"他还不是我的兵！"严格的纪律只是针对自己的士兵，他并不会滥用自己的权利，也正是因此赢得了葛敬山的尊重，立志"愿意永远跟着你，作你的部下，为你死了！"大家都时刻把张自忠将军的安危挂在心上，但又必须听从张将军的命令，无法劝说他退到后方。洪进田作为张自忠的部下，一直以他马首是瞻，葛敬山一直劝张自忠先走，并想了合理的对策，与洪进田商量并希望他能劝导司令，然而洪进田说，"老部下也不能说话！我服从命令，服从司令长官。我一见司令就不大说得出话来！我不怕死，可是怕司令！啊！怕司令也就是不怕死！"足见司令在属下们心中有多么高的威望，死都不怕，却怕司令。葛敬山也说："我是真心的爱咱们的司令，我怕他困在那里！司令要叫我死在这里，我一定连动也不动，可是，司令是国家的大将啊！咱们死，没关系，司令要是……贾副官，洪副官，咱们一齐去说！咱们就说，咱们在这里截击敌人，请司令带两连手枪队，往东北去；和尤师长取得联系，再两面夹攻。两连人够不够？"而马孝堂说："用不着商议吧？没有用！司令是咱们的脑子，咱们用不着商议！"他们的对话直接展示了张自忠司令在他们心中的重要地位和纪律的严明。

　　《张自忠》主角无疑是张自忠司令，但这个英雄人物周围有无数英雄的普通士兵和民众。戏剧中甚至连伙夫也放弃逃亡愿意继续追随司令，胖伙夫说："我怕没个人给司令烧烧水，煮煮豆子，我就没走！"看到有人动他刚给司令烧的热水，马上阻拦说，"那是给司令的，谁也不准动！我在这里等着，看司令起来，我把水端了来，就是一个锅！老丁，还有豆子吗？"当发现没有豆子后，马上说"我会给司令挖点野菜去！"还有村里的妇女老翁也纷纷送来食物，老翁说，"知道司令没的吃呀！唉，为了打鬼子吃这么大的苦，我们还怕什么！我们半夜里给司令摘来的豆子！我们不给这样的军队作点事，还算人吗！"不同身份的人物都在发自肺腑的为司令考虑，希望他安全希望他能吃饱，想必只有道德情操格外高尚的人才能赢得这么多人的尊重和敬爱。面对大家的关心，司令也不停的说"大家吃豆子，豆子真香"。在硝烟烽火的艰苦环境中，司令依然能苦中作乐，他们像一个大家庭一样生活在一起，相依相惜，司令就是大家的精神支柱。《张自忠》作为历史剧，老舍通过摆事实，从问题与挣扎中来表现历史人物。戏剧从多角度、多方面刻画张自忠的形象：有战场上，也有战场外，有主人公自己的直接语言，也有他人的反映和态度，相互交织，让我们深刻了解了抗战英雄张自忠是来自千千万万个抗日民众的一个。中华民族不甘成为亡国奴的精神在张自忠的身上体现得淋漓尽致，他的英勇牺牲本身就是一曲足以唤起人们崇高悲壮美感的崇闳壮美之歌。

　　人们常说，一个没有英雄的民族是没有希望的，有英雄而不懂得颂扬和尊敬的民族更是悲哀的。抗战中更有千千万万牺牲的英雄，他们只是普通的士兵，他们在历史上也不会留下名字，老舍通过戏剧表达了对这些牺牲者的赞颂和礼赞。《谁先到了重庆》中的吴凤鸣更是大义凛然、无所畏惧，孤身一人混入日本人的会议现场，刺杀了西岛七郎、大汉奸胡继江，最后也身死枪下。吴凤鸣没能到重庆，但他从最初就想着为国做事，身在不在重庆并不重要，重要的是他的心一直在努力接近重庆，接近抗战，最终以一死实现了他的理想和愿望。最后那一句"还是我先到了重庆"既让人为之动容，又令人感到震撼，使观众感到深深的惋惜。我们又会想到只要一心抗战，无论身份多么低微，无论身在何地、身处何时，都是在为国家做贡献。《归去来兮》中的乔德山在抗战中牺牲了，并没有什么隆重的仪式，也没多少人知道，在戏剧中仅以粗鄙的遗像出场。不仅如此，他的商人父亲乔绅对他去世的评价是："什么地方不好死，单单要死在前线？把我要气死！"① 一个抗战英雄的去世在乔绅的眼中不过是少了一个赚钱的工具。就如同乔仁山所说："把我们兄弟的热血洒在了战场上，难道就为保存一堆臭粪吗？"② 正是这样只顾自己利益的人在战场后方苟活，才让这些在前方战场上挥洒热

---

① 老舍：《归去来兮》，载《老舍全集》第9卷，人民文学出版社2008年版，第441页。
② 老舍：《归去来兮》，载《老舍全集》第9卷，人民文学出版社2008年版，第441页。

血的英雄死得无意义，实为可悲！然而对乔德山正面的描写则主要集中在吕千秋对其的描述上，一个"活泼的、含笑的"生灵，在残酷的硝烟中殒没，正是把美好的事物毁灭给观众看，实为人生悲剧。吕千秋认为正是像乔德山这样千千万万都还没在舞台上露面就牺牲的人，才是中国的脊梁，他们和文天祥的《正气歌》是血脉相通的。通过吕千秋对其精神的颂赞，泼墨般的描绘出了一幅雄主义悲歌。

二 普通人的赞歌

悲剧从古希腊开始，大多是英雄的悲剧，命运的悲剧，到近代则逐渐以性格悲剧和社会悲剧居多。老舍抗战悲剧的主角遵循了他小说创作以来的一贯原则，以小人物和普通人为对象，歌颂他们在抗战中的点滴贡献。老舍写了13部抗战戏剧，除了《张自忠》直接描绘了战争，大部分作品的舞台并不是抗日前线战场，而是抗战大后方，故事的主角大多是普通人。老舍抗战戏剧中表现更多的则是普通人的悲歌，特别是表现他们宁为玉碎，不为瓦全的悲壮气节。老舍在一篇纪念张自忠将军的文章里说，每个普通人不能只把为国牺牲的事情交给军人，在老舍眼里，每一位投身抗战事业的普通人都是英雄。老舍认为"一个总司令与一个排长，只要敢为国牺牲价值便相等。血肉不分贵贱的。同样的，一位教师，工人，或文艺者，能肝脑涂地的献身于所业，也就是英雄豪杰"① 老舍认为中国人不是不懂得崇拜英雄，"但是往往把英雄看成另一种人，英雄必天生异质，幼有奇才；他的事业也必是惊天动地，出类拔萃，他死后又能成神显圣，保国佑民，简言之，英雄是从头至脚都与众不同的人"② 老舍认为这种心理往往使得老百姓遇到危难时候，总只想天降英雄，福佑众生，而自己却自居凡庸不出来抗争。老舍抗战戏剧则试图改变这一心理，作品中大量的普通人都以天下为己任，尽心尽力地成为平凡而又有价值的英雄，老舍笔下的英雄大致有三类。

一类是老舍讽刺剧中的配角。这些戏剧中有些人物虽然是普通的配

---

① 老舍：《大家都成为英雄吧》，重庆《扫荡报》1943年5月16日。
② 老舍：《大家都成为英雄吧》，重庆《扫荡报》1943年5月16日。

角，在舞台的边缘，却光辉闪亮，是老舍大力歌颂的人物。比如《面子问题》，看戏时候人们的目光都聚焦在好面子的佟秘书和他女儿身上，但老舍歌颂则是普通人秦医官和女护士欧阳雪。抗战期间，国家破碎，许多医护人员为了救死扶伤，而不惜冒着生命危险走向战场前线，为抗战拼尽全力。可许多官僚体制下的小官员，如佟秘书和于科长之流仍旧守着自己的身份和地位，终日为了自己的未来和一些鸡毛蒜皮的小事喋喋不休，费尽心机。佟秘书这种心态也影响了他的女儿佟继芬，她对秦医官有好感，劝他给父亲一点面子，劝秦大夫不要离开这里。秦医官说："前方的将士也十万火急的需要医生，我不能不去！我所以要到前方去的原因，一半是因为前方需要我，一半是因为看不惯你们的臭官僚气！"① 佟继芬认为他这么可爱的人，假若再能交际交际，应酬应酬，什么医院院长呀，卫生所所长呀，一定可以拿到手。以他的学问人品，再加上院长或所长的身份，就更可爱了。秦医官最后完全不给面子说："国家到了什么地步，你们还为豆儿大的事瞎吵乱闹，为什么不把心思力气多在抗战上放一点呢？"② 护士欧阳雪说她也要上前线，哪怕炮还响着，担架队、大夫、看护一齐跑上去，从战场上往下抢救伤兵，多么有意义呀！欧阳雪说：

> 秦大夫在这里已经干腻了，不久就到前方去，我也愿意同他一道去，服侍那些光荣的抗战将士！你们讲面子，我们当医生和护士的讲服务的精神！③

这些医护人员完全不顾那些官僚所谓的面子，而一心为抗日将士服务，他们虽然普通，但和前线战士一样是值得赞颂的。

第二类就是特立独行，有一身傲骨儒者。比如《桃李春风》中的辛永年就是一代表。辛永年说教书的就是要牺牲了自己，给青年们造前途，只要有一个有出息的学生，一切苦楚就算没白受！他为教育费心

---

① 老舍：《面子问题》，载《老舍全集》第10卷，人民文学出版社2008年版，第308页。
② 老舍：《面子问题》，载《老舍全集》第10卷，人民文学出版社2008年版，第323页。
③ 老舍：《面子问题》，载《老舍全集》第10卷，人民文学出版社2008年版，第296页。

血,渴望培养保持中国人的自尊并怀有爱国热情的人才,对社会有用的人才。他不仅严格要求自己和家属,也把这种严格与爱倾注在学生身上。他把祭奠亡妻的经费毫不犹豫地拿来资助贫困学生,完全不为自己的生活考虑。老舍塑造这类人物形象的可贵之处就在于对理想信念的高举。

  辛永年　（慢慢的）校长？校长？多么重的责任呀！教书二十年,我天天盼望自己能办个学校。今天,我的梦成了真的,可是我有办学校的本事吗？况且,咱们正是和日本打仗,万一日本人很快的就打到这里,我怎么办呢？我能率领学生去投降吗？不能,绝对不能,我得带着学生们搬走,怎么走？这个责任,这个责任,我能担当得起吗？①

他好不容易自己办了个学校,可是日本人打过来了,为了不带着学生投降,为了不当亡国奴,就带着整个学校和全体学生搬迁,不辞辛劳。

  辛永年　（亦饮,不胜感慨）唉！教书二十年？只落得无衣,无食,君子忧道不忧贫,我不怕吃苦,可是叫翠珊随我受罪,我的心中实在不安,习仁你说,老天爷有眼睛,要晓得咱们做好事并不为有好报应呀！我的难过,第一是为了翠珊,第二是为了我的平民学校。一点固定的经费也没有,教我怎么维持下去呢？在今天,咱们已经和日本人决一死战,小学,中学,大学教育固然要紧,平民教育也绝对不可疏忽,我们起码得把平民教导明白,教他们知道宁可断头,也不去做日本人的奴隶呀！②

第四幕中,辛永年教过的学生们把他从困境中解救了出来。做商人的毕业生积极提供现款帮助他上交给不停催租的旅馆老板。做公安检查

---

① 老舍:《桃李春风》,载《老舍全集》第10卷,人民文学出版社2008年版,第117页。
② 老舍:《桃李春风》,载《老舍全集》第10卷,人民文学出版社2008年版,第145页。

官的毕业生，遵守严格教育的精神来严格执行职务的他，一知道是辛永年率领的集体，就不施行检查允许通过。现任站长的毕业生，特意安排车辆来让辛永年一行出发。要知道这时的铁路情况极其严峻，即使买到正规的车票也可能无法正常上车。既有教育部汇款来的支援，更有学生们临时形成的人脉，这种突转，当然是献给辛永年这位教育家的赞歌。

《归去来兮》中的吕千秋也是一个热爱绘画艺术的普通画师。他总是说，钱是什么东西？钱美吗？是丑恶！而美原是没有价钱的。这样一个画家连生活都顾不上，但仍坚守自己的初心与原则，他宣称只要上帝还没毁灭了他自己创造的美丽的山川花草，就不会投降给丑恶。

> 吕千秋：把它撕碎，我去另画一幅！德山活着的时候，对我老是那么亲热，不叫伯伯不说话。现在，我一闭眼，就还能看见他，英俊的，活泼的，含笑的，立在我的面前。我去画，画出这个英雄的面貌，与他的精神。他的精神将永垂不朽，我的画也要成为不朽的杰作！①

吕千秋虽然是普通人，但他敬重英雄。他认为乔德山为国家把血流在了前线，就不能用恶劣无比的画简单应付，这样的英雄必须受到民众的尊敬和爱戴，必须要用好的画来纪念。

> 吕千秋 ……你看，弟妹，我第一要给德山画个像，然后我想画八大幅或十大幅正气歌，我已经用心的读了关于文文山的一切记载，已经打好了腹稿。这两种作品，都要成为杰作，画完，我再死，也就可以瞑目了！我没有能力去打仗，可是我能把抗战的精神和民族的正气，用我的心血画出来，永垂不朽！②

这一类人身上有中华民族优秀传统文化中的高尚气节，他们威武不

---

① 老舍：《归去来兮》，载《老舍全集》第9卷，人民文学出版社2008年版，第437页。
② 老舍：《归去来兮》，载《老舍全集》第9卷，人民文学出版社2008年版，第443页。

屈，安贫乐道，混乱时势中仍坚持自己风骨和追求，是老舍歌颂的对象。

第三类就是长期受压迫，而最终站起来的普通人。比如《残雾》中的仆人刘妈和难民朱玉明，在这些戏剧中，老舍把讽刺的对象放在舞台中央，在聚光灯下让众人一睹其丑态。刘妈是北方人，战争让她失去一家老小，逃难到重庆作洗局长家的女仆。刘妈是《残雾》第一个出场人物，在收拾条案的她连抬头看一眼墙上的壁画都觉得是冒犯，赶紧低下头来矫正自己，眼不由又找到那幅画，手由速而慢，以致停顿，摸索着提起衣襟，拭了拭眼角，仍呆呆的看画。"家？哼，连高山都丢了，"在二爷打电话未通后，刘妈问二爷战况，说，"难道咱们白丢了那么多地方，"又回头看看壁上的画，"白死那么多人，就不往回打啦？我就永远回不去老家吗？"刘妈虽然是生活在底层的一个女仆，但是内心真诚干净，从刚开始就能看出她有爱国热情和民族情怀。在聊到日本人时，她说道"我要是捉到日本人啊，我就把他的耳朵鼻子全咬下来。"这句话听起来有些粗俗，可这样的语言正好与刘妈这地位卑微的女仆形象相符，虽然她没什么文化，但依然在用自己的方式宣泄着对日本人的憎恨，和以洗局长为首的官僚阶级形成鲜明对比。朱玉明也是北方逃难而来的难民，虽是幼儿师范毕业，因母亲病重被洗局长收留，洗局长想收她作小妾，为了救母亲无奈被洗局长霸占，但她其实在剧中是一个向往光明、关心国家的人。最终她也想方设法冲破黑暗，逃离洗局长的魔爪。刘妈坚定的支持朱玉明，决定一起离开重庆，回到北方的抗日前线去。

老舍抗战戏剧写了大量受压迫的女性，这些女性吃尽苦头，忍受苦难，最终站起来反抗，老舍在抗战戏剧中给予她们同情，也毫不吝啬地给予颂扬。老舍曾说过面对民族危难，"我们不要等着从石头里跳出齐天大圣来，男儿固然当自强，女人也当自强"。[①] 老舍戏剧中大量女性一改其早期小说诸如《月牙儿》中受压迫的形象，都奋起反抗来改变自己的命运。《谁先到了重庆》中小马儿就是典型，她被田雅禅欺骗，

---

① 老舍：《大家都成为英雄吧》，重庆《扫荡报》1943年5月16日。

落入管一飞的手中。管一飞惨无人道地虐待小马儿,不仅给她打哑巴针,还让她陪日本人睡觉。小马儿之所以经受这样的折磨,落入悲惨的境地,是由于试图摆脱日军的统治,想要离开北平,去往革命阵地重庆,她是为了伟大的革命事业才受难的。再次见到董一飞时,尽管她"面色惨绿,头发散乱,如半死的人",却仍旧奋力向仇人董一飞扑来,试图与他同归于尽。小马儿的这一壮烈举动,反映了她的坚贞不屈,正直凛然,老舍在塑造小马儿这一形象时,谱写了一曲革命壮士的英勇悲歌。像《面子问题》中佟宅女仆徐嫂也是一样,她们在那些小官僚眼里地位低微,如同尘埃,但她们却似乎不知世间的面子问题,是最质朴和真诚的。老舍戏剧中大力歌颂了这些底层老百姓,表明他们才是千千万万人民的主体,他们的觉醒才是中华民族的觉醒。

三 亡国奴的哀歌

在日本帝国主义铁蹄下,大片国土沦丧。有人拼死抗战,或逃亡,但仍然有大量的老百姓沦为亡国奴。在沦陷区,有些小市民是被迫当了亡国奴,但又胆小怕事,不敢反抗;有一些是主动投敌,不顾廉耻,当了卖国贼;也有一些是由于种种原因当了汉奸,为日本人做事,但内心其实也痛苦悲哀。

一类是被迫沦为亡国奴的普通小市民。他们有些爱八卦、爱围观、爱泄露消息、怯懦,还有一些奴性。比如《谁先到了重庆》中的章仲箫,就被称为"广播"专家。一旦章仲箫知道的事情,全世界就都晓得了。章仲箫一边到处宣扬,还一边强调:"没什么。噢,请严格的保守秘密,凤羽和小马儿要上重庆!"同时章仲箫还说别人爱泄露消息:"真的!请保守秘密,前两天,我的一个朋友,作侦探的,因为说错了一句话,(用手比)哪!结果了性命!不要说给日本人作事,就说日本人跟我合作,我都觉得这个家伙(指头)不牢靠!"① 这种小市民爱炫耀自己消息灵通,喜欢博取别人关注的特点被描绘得入木三分。章仲箫还有小市民爱吹牛又胆小的特点。吴凤羽讽刺他:"走到前门车站,日

---

① 老舍:《谁先到了重庆》,载《老舍全集》第9卷,人民文学出版社2008年版,第527页。

本宪兵看你一眼，你就乖乖回来了"。章仲箫还说大话："凤羽，不要以为你能走开，就觉得自己勇敢，也不要以为我还不能走，就是不爱国，没志气！我老章不能白活一世，我还得做出点惊天动地的事情来呢！走！走！喝酒去！志英说的对，喝醉！喝醉了，说不定我会马上杀死一两个日本人呢！（说着，关上了一扇窗子）"① 这个关窗户的动作形象的透露这个小市民的怯懦。当凤鸣牺牲后，他也会去买烧纸，也会哭一场，但只是在屋里落泪。

　　章仲箫　小点声！绝对保守秘密呀！他来了，准得出事！咱们别在这儿罣误！他穿着破衣裳，也打着小白旗，在一个角落里蹲着呢！不妙！不妙！我并不怕，是谨慎！你要是不走！我可失陪了。②

　　章仲箫总是强调他不是害怕，是谨慎。连绵的战争，颓败的政府造成了民生凋敝、哀鸿遍野的破败局面。生存的危机导致了生活的沉沦、肉身的痛苦，也加剧了心灵的畸变，他们煞有介事地、充满正义感地用封建伦理的条条框框阉杀自己，指责他人，完全丧失了人的独立自由精神，没有丝毫个性，更谈不上创造力，在循规蹈矩的途中，他们经常像阿Q一样专注地干着把圈画圆之类可悲的事。人性在封建文化道德的磨蚀下被扭曲、异化，平凡的悲剧充满了生活，竟然变成了令人扼腕的生活"主题"。

　　老舍最痛恨的是奴性。章仲箫见了日本宪兵，赶紧掏出良民证，行九十度鞠躬。在日军的警笛、坦克声传来之时，章仲箫立刻"堵上耳朵"，并"放下右手去掏口袋"，拿出良民证，希望它能证明身份并保护自己的安全，这一连串动作，暴露了他内心的担忧和害怕。而当管一飞指出他内心的恐惧时，他又故作镇定地表示自己并没有害怕，只是受不了现在的生活，这一过激的反应表明他自欺欺人的劣根性。章仲箫对于良民证无条件信任，将其视为保命的令牌，这也正反映了他安于现

---

① 老舍：《谁先到了重庆》，载《老舍全集》第9卷，人民文学出版社2008年版，第580页。
② 老舍：《谁先到了重庆》，载《老舍全集》第9卷，人民文学出版社2008年版，第582页。

状、苟且偷生的懦弱品格，身处被日军控制的北平，他不敢勇敢地反抗，只想着做一名良民，安稳地过活。实际上，在那个年代，不反抗就会被压迫，这样的奴性荼毒着章仲箫，使其一步步走向黑暗的深渊。

> 章仲箫　（喘息着跑来）啊哈，到底是教我找到了！管大哥，你真会找地方享受！看，那是中南海，那是图书馆，那是紫禁城，那是西山！北平，北平，连街上的土也是香的呀！太好了！太好！下辈子还是奴隶，我也愿再托生在北平！我说，志英姑娘，你怎么也来啦？我们出来的时候，到处找你，都找不到，原来你也上这儿来了。是不是和雅禅定的约会儿？告诉我，我绝对保守秘密！①

不能否认的是旧文化中遗留的美德与险恶的生活环境也练就了他们顽强的生存能力并给他们灰暗、卑琐的生命一丝亮色——热情、勤劳、善良和不懈地为生存奋斗的生命韧性。若不是遇上发生重大变化的社会转型，他们也许会像祖祖辈辈前人一样，躬耕、劳作、娶妻生子……循规蹈矩地碌碌一生。可不幸的是日本帝国主义的侵略打破了东方沉睡的幻梦，激变的国际、国内形势无情地把这些旧中国的儿女们推向了黑暗生活的深渊。老舍清醒地看到压在人民身上的两重精神负担，没有简单地把笔触停留在人性悲剧的文化深源上，他感应着时代的潮动，把旧文化制度下的人性悲剧推进到了新的社会现实中的社会悲剧的深度，从而成功地完成了对中国现代特定历史时期社会生活的深刻剖析，旧文化与新现实交叠的压迫给小人物人性和生存带来的双重悲剧充分显示了老舍思想的敏锐性和深刻性。

第二类是汉奸。老舍抗战戏剧还展现了很多为众人所忽视，甚至唾弃的这类人物的悲剧命运。汉奸是抗战时期为人们所不齿和唾弃的，老舍作品也批判和讽刺了大量汉奸，但老舍也有预见性的指出汉奸的命运是悲剧性的。汉奸有可能是孝子、慈父，因放不下个人小的家庭利益而被迫作了汉奸，牺牲了民族大义。当一些汉奸想要重新拾起民族气节和

---

① 老舍：《谁先到了重庆》，载《老舍全集》第9卷，人民文学出版社2008年版，第544页。

大义时，付出的代价往往是巨大，同时结局也是悲哀的。老舍抗战戏剧也塑造了被很多人忽视的曾经作为汉奸的中国人的悲剧人生。比如《谁先到了重庆》中的田雅禅：

> 田雅禅　凤鸣大哥，走！
> 吴凤鸣　（拉志英疾走）
> 兵　（开枪）
> 田雅禅　（开枪回击，挺身前进，掩护凤鸣）
> 吴凤鸣　（催董去）
> 田雅禅　（中弹，倒）志英，我也对得起自己了！
> 兵　（搜索田的身上）
> 吴凤鸣　（回来）雅禅！雅禅！（见田倒于地上）啊！
> 兵　（击凤鸣）
> 吴凤鸣　（中弹，仍还击；又中弹，倚亭柱上）凤羽，小马儿，还是我先到了重庆！（倒）①

这里是戏剧的结尾，悲剧气氛达到顶点。酉岛七郎和胡继江被杀，董志英主动站出来，承认自己是杀人的刺客。管一飞欲杀董志英，而此时田雅禅挺身而出击倒管一飞后，为掩护吴凤鸣和董志英逃走而中弹身亡。在管一飞无休止的压迫和羞辱之下，本是汉奸的田雅禅，终于爆发了，加之自己心爱的女人董志英都勇敢地站出来，更激励了田雅禅起来反抗，最终杀死管一飞。曾为"侦探"的田雅禅受到感化，掩护吴凤鸣和董志英离开，自己中弹身亡，爱国义士吴凤鸣最终也以身殉国。这里两人的死可以说是为反抗日本压迫而献身，田雅禅的被感化挺身反抗而死和吴凤鸣的英勇就义为整个剧本增添了悲剧的色彩。然而死亡并不是终结，这更加唤醒了观众的爱国热情和民族精神，吴凤鸣倒下了，但他会感化更多麻木不仁的国民，甚至是感化那些曾经主动投靠日本人的汉奸，一个吴凤鸣倒下了，还会有千千万万的吴凤鸣挺身反抗。亡国奴

---

① 老舍：《谁先到了重庆》，载《老舍全集》第9卷，人民文学出版社2008年版，第585页。

的地位是可悲的，生活是哀痛的，站起来反抗可能会牺牲，但其精神会在血与火的考验下涅槃重生，不屈的精神永存。

第二节　充满幽默的讽刺

马克思在《拿破仑第三政变记》中说："一切巨大的世界历史的事变和人物，都是出现两次。第一次是以悲剧出现，第二次是以闹剧出现。"老舍是幽默写家，抗战期间第一部戏剧《残雾》的创作就是因为文协的同仁认为老舍用幽默笔调来写戏剧一定有市场。老舍有论文专门论述幽默，而且区分了幽默与讽刺的关系，认为幽默高于讽刺，但老舍的幽默笔调总是收不住，一不小心就跑到了讽刺，无论是早期的小说《猫城记》，还是抗战时期的戏剧，其作品中的幽默和讽刺总是密不可分的。老舍以寓讽刺于幽默的笔调，深刻透析了中国传统文化中官本位、钱本位和"面子问题"等文化劣根劣性。

一　对官僚主义的讽刺

老舍深切同情着城市中处于下层社会的市井百姓，他们生存的艰难与个体生命被无情的黑暗吞噬的痛楚与无奈都是老舍内心的隐痛；但另一方面，他又看到了市井生活中那种平庸、猥琐的习性和被传统文化所扭曲的人性，不得不在对百姓寄予深切同情的同时鞭挞人类灵魂的丑恶一面。在帝都文化这一特殊的大背景下，古老的文化深深地融入了老舍的悲剧创作之中，其中"官本位"情结以及由此而造就旧中国国民的"官迷"思想和"主奴"人格便是典型之一。老舍最擅长对中国传统的官僚主义进行讽刺。无论是早期小说中，还是抗战戏剧之中，老舍对官僚主义是深恶痛绝，讽刺也是入木三分的。

老舍首先讽刺的就是中国国民的"官迷"情节。中国人自古就有学而优则仕的说法。《面子问题》中的佟秘书世家出身，极度珍视当官，当官就有了身份。他不仅自己要面子，还时时刻刻提醒女儿注意身份和面子。为了世家面子，不愿走商业路线做买卖，不愿屈尊，只能走政治仕途。

> 佟秘书　想想看——这里的家，上海的家，都放在我老头子一个人的肩上！儿女尽管不孝，我不能不作慈父！你的曾祖父，你的祖父，都是进士出身，不能由我这一代败落了家风！我自己作官二十多年，不能在今天丢落了身份，可是我现在连小大英的香烟都不敢吃！我也穿上制服，听人家喊一二也跟着唱党歌，还教我怎样呢？我能不发牢骚？①

佟秘书是一个旧式官僚，做什么事儿都要讲面子，实质是要摆官架子。他让下属赵勤双手递信，生病不上医院，非让医生过来给自己看病。本可以一天处理完的公事非要十天才处理完毕，因为同事间的斗争，他还向日伪政权的人抱冤喊屈，发牢骚。

不仅有范进等人为中举而发疯，就是平头百姓也想着有一天等做个官，当当官老爷，威风一下。比如《桃李春风》中的胡立庵，眼看着日本入侵，认为天津，北平，全丢了，肯定打不过日本人。他自己当不了官，反而怂恿辛去当汉奸换取官位。

> 胡立庵　（跟着辛）大哥，你还笑呢？倒仿佛日本人快打到家门口是闹着玩的事。他们叫我保举几个人，我头一个就举出大哥来，我说，辛大哥是我们镇上的诸葛亮，可以做县长。我自己呢，自知无才，我只愿帮着大哥，给大哥管管账，别的我不会，我可会打算盘，你看，大哥我公道不公道，我有地，有房，有钱财，一辈子就没做过官，这回，能进了县衙门，哪怕是屁大的官儿呢，总算有过了功名，不白活这一世，大哥，你说是不是？②

老舍从不吝惜对普通市民的刻画，他笔下的高官却寥寥无几。胡立

---

① 老舍：《面子问题》，载《老舍全集》第9卷，人民文学出版社2008年版，第342页。
② 老舍：《桃李春风》，载《老舍全集》第10卷，人民文学出版社2008年版，第156页。

庵有钱有地,足以在乱世中寻个安身立命,但他却是个"官迷",哪怕是个屁大点的官也想当当。这是因为他不是士大夫阶层,对待"仕途"只能望洋兴叹,但"官本位"作为一种毕生的追求,已经在他的生活中扎根,成为他唯一的理想和对下一辈的拳拳期待。

官本位思想的核心根源则是"主奴"思想。"主"主要是指对于下级讲究"官派"、耍"官威",一副"主子"的做派;"奴"则倾向于对待上级、对待权势所表现出的奴才特性。我们可以看看《谁先到了重庆》中对管一飞和李巡长之间关系的讽刺:

> 管一飞　（行九十度鞠躬,而后拱手立门前）谢谢!谢谢!（客已去,用着有弹性的脚步,轻灵的走回来对李巡长）李巡长,你天天早上要到这儿来看看,看我有什么吩咐你的事。
>
> 李巡长　是!是!只要你吩咐下来,咱们没有作不到的!
>
> 管一飞　等我把牌子都挂好,再派人在门口儿守卫,暂时你先安上一个岗吧。
>
> 李巡长　人不大够用的,不过我可以把岗位调一调,无论如何也得教咱们的门口有岗!你放心,咱们办事,嗨,永远有分寸,哪里要紧,咱们心里都有个数儿!①

老舍对管一飞前倨后恭的官本位姿态作了形象细致的描写。送上级的时候"行九十度鞠躬,而后拱手立门前",但对变成下级的李巡长则"用着有弹性的脚步,轻灵的走回"吩咐他。拱手站立的姿态本是传统风俗礼仪的一种,用于欢迎或送别尊敬的长辈或有身份的人,可以看出他对于日本人的殷勤和巴结之意。

> 李巡长（立住,从袋中掏出小红封儿来,转身）管先生,真不好意思往外拿!公事忙啊,没能给你带点礼物来。（双手献礼）这点啊!——小意思!小意思!

---

① 老舍:《谁先到了重庆》,载《老舍全集》第9卷,人民文学出版社2008年版,第550页。

> 管一飞　李巡长，我该罚你，这成什么话呢？
> 李巡长　这是咱北平的规矩，有了新房总得温居，小意思！你要是——我就没脸再来了！①

这里描绘的就是官僚主义的恶习，李巡长见管一飞受到"重用"马上就变脸送礼讨好。管一飞口头上还说该罚他，李巡长说这是北平的规矩，这实际是对长期以来官僚体制内收受贿赂，然后官官相护的恶习的讽刺。李巡长给管一飞送礼，并说"这是咱北平的规矩"。北平一直是中国的政治、文化、军事中心。千年的历史和文化赋予了这座古都应有的"端正"与"大气"，也是皇家威仪之所在。对于北京人来说，在有数百年皇城历史的特权城市文化环境的熏陶下，"官本位"意识愈加浓重。李巡长以所指的规矩是温居礼仪，当朋友乔迁新居时，要带着礼物上门道喜。中国自古以来都是一个人情社会，像温居这样的风俗习惯，维系着官僚成员之间的关系网。从管一飞的这一连串动作中，可以形象的看到官本位的标准动作模板。

> 管一飞　请！（拉了拉领子，衣襟，敬候于门旁，轻轻的嗽了两下）好好的坐着，我给你介绍一位要人！（听院中有声音，急迎出门外，遥行九十度鞠躬，然后趋迎数步）继老！继老！太对不起！劳步！劳步！（赶上去恭敬的挽扶胡）慢一点！慢一点！门坎，留神门坎！②

这里小汉奸管一飞刚才还对李巡长耍官威，但对大汉奸胡继江则亦步亦趋，一副十足的奴才相。鲁迅曾说："专制者的反面就是奴才，有权时无所不为，失势时即奴性十足。"③ 以血缘伦理为基础是作为宗法社会的传统封建中国的特征，礼教秩序和政治权利共同运作了整个社会生活。传统文化讲究"君臣有定""长幼有序""贵贱有名""夫妇有

---

① 老舍：《谁先到了重庆》，载《老舍全集》第9卷，人民文学出版社2008年版，第551页。
② 老舍：《谁先到了重庆》，载《老舍全集》第9卷，人民文学出版社2008年版，第552页。
③ 鲁迅：《谚语》，载《鲁迅全集》第4卷，人民文学出版社1981年版，第414页。

别"等。作为一种等级制度,宗法制度必然以人与人之间不平等关系为起点。奴性人格在此种等级制度的不平等之上表现出了双重特征:在尊者、长者面前,他们是受支配者的奴性;而在卑者、幼者面前,他们想要支配他人的主性又显露无遗。

> 管一飞　他们对您发脾气,您就对我发脾气好啦!求之不得的!有您这样的人对我发脾气,我就有了饭吃!继老,您绝对不能退休,先不说别的,为了我们这群小兵小将,您也不能撒手不管,等您把我们培养起来,在资望上、经验上,能继续您的事业了,您才能去享福。否则您一生兢兢业业所创立的事业,势力,便马上塌台,岂不太可惜了!①

官场是双重奴性人格的催化剂,如果人伦亲情还可以为传统家族中的"尊卑"辩解的话,那官场之中则充满了"主奴"关系利害之争。对待上级和坐拥权势者毕恭毕敬、小心翼翼,在权力面前曲意逢迎、无所谓尊严,更是把原则和纪律胡乱丢掷。因为"能够用势力压人和避免挨打,在他,是人生最高的智慧"。② 如管一飞之流的汉奸在普通人面前无恶不作,作威作福,但是面对比自己地位更高的人却卑躬屈膝,假意逢迎,这都是那些欺软怕硬的人的讽刺,更深入一点,我们也可以看出这里对官僚体制内追求声名,汲汲营营的劣根性的讽刺。

官本位思想深深熔铸在中国封建文化之中,可谓来源已久。它有着利于社会发展的一面,即在创立初期吸纳精英知识分子,确立他们的管理地位。但遗憾的是,这种体制日益僵化,直至走向了它的反面。手段和目的的错用导致了个性的丧失和人格的扭曲,成为了民主化进程的绊脚石。在晚清民初小说中,官场的恶成为重要题材。老舍的笔下更是除了《国家至上》的赵县长之外没有描写过一个正面形象的官员。他清晰的认识到中国社会中浓重的"官本位"思想,用他特有的诙谐、夸

---

① 老舍:《谁先到了重庆》,载《老舍全集》第9卷,人民文学出版社2008年版,第554页。
② 老舍:《哀启》,载《老舍全集》第8卷,人民文学出版社2008年版,第554页。

张的语言，让各路"妖魔"现形，有力地抨击了"沽名钓誉之徒""国贼禄鬼之流"。老舍和鲁迅一样，即揭开国民之病的脓疮，目的则是走向"疗救"。像老舍、鲁迅这样的"民族良心"，必须值得我们铭记和学习，他们以笔为剑，用或沉痛或幽默的创作之笔，揭露现实的阴暗之处，以期将我们引入光明。

二 对钱本位的讽刺

在《共产党宣言》中，马克思一针见血的指出，在充斥着金钱交易的社会大环境下，利害关系成为连接人类的唯一中介。利己主义占据了上风，抹去了人与人之间的温情。老舍在进入社会之中感受到的，就是金钱交易包裹下的腐败气息。

在老舍当小学校长时，他那点真诚好比暗夜中一点微弱的星光，他那点热心于社会教育的天真，好比荒野中的一根嫩芽，他周围则荒草丛生。老舍后来在《老张的哲学》中讽刺了老张"钱本位而三位一体"的市侩哲学。这种以金钱为本位的思想已经渗透了民众的深层心理，老舍对残雾中冼老太太的刻画就非常深刻。她说空袭警报声把她都吓出毛病来了，听见一个长声，就以为是警报。她一听见警报就让刘妈上屋里去拿那对金镯子来。

> 十六那天，一清早，门口有辆汽车叫唤，我以为是警报呢，心里一动。赶到十点多钟，真警报了；你看，我的心不会白动！刚才你一嚷，我心里又动了一下；你等着，待一会儿准警报，错不了！反正我不躲，就坐在这儿；炸死，好戴着我一对心爱的金镯子，不致于空着手儿"走"了！①

冼老太太这临死前也决不空着手走的心态，活灵活现了中国人骨子底里对金钱的崇拜。比如《桃李春风》中的胡立庵就是一心钻到钱眼里，对教育问题嗤之以鼻。

---

① 老舍：《残雾》，载《老舍全集》第9卷，人民文学出版社2008年版，第11页。

> 胡立庵　我看那有点看三国流泪，替古人担忧！你看我认识几个字？斗大的字，我认识七个八个的！可是，我也照样发财呀！想当年，我穿短衣裳，打赤脚，卖苦力气，现而今我穿狐腿的袍子！学生念书就是挂个幌子！真仗着念书发财，没有那么一回事！学生既是这样，咱们何必非一个萝卜一个坑的，丁是丁，卯是卯的干吗？现在好极了！太好了！①

胡立庵认为靠读书发不了财，特别是在乱世。抗战时期，民族危亡，他为了捞更多钱不惜卖国当汉奸，不仅有像他这样的土财主，有些读了些书的人也为了钱而不惜卖国，老舍更是极其痛恨。

> 记者　管先生，和平大会假若用人的话，请你多分点心，给我上个名！
> 管一飞　好，我一定在意！
> 记者　比如出个刊物什么的，我作编辑还能应付。我想，要出刊物的话，顶好叫作"祖国"，表示日本就是咱们的祖国，你看好不好？
> 管一飞　好！等我作预算的时候再看吧。
> 记者　那么，我今天不能预支点编辑费吗？哪怕是一点呢！
> 管一飞　（掏出十块钱）先拿去坐车吧！明天我要看你的新闻，要是有白字，我可不答应！
> 记者　你放心，我会多查查字典，一定！（下）②

记者的作用本来应该是曝光日本侵华事实真相，对民众启蒙和教育起到正确的引导，然而这里的记者却见钱眼开。这些人为名利和钱财出卖良心，认日本为"祖国"。这种读书人只需要"十块钱"就可以像狗一样打发，这也是对这种见利忘义，卖国求荣者的讽刺。除了这些为了

---

① 老舍：《桃李春风》，载《老舍全集》第10卷，人民文学出版社2008年版，第121页。
② 老舍：《谁先到了重庆》，载《老舍全集》第9卷，人民文学出版社2008年版，第562页。

钱卖国的政治投机者，老舍也批判了大量经济投机者。《面子问题》里的单鸣琴就是一个投机者，老舍对那种普遍的趋利性有自己的体会和总结。

  单鸣琴　对呀，凌自安司长！他告诉我的：无论多么厉害的狗，都受贿赂！所以到乡下闲游散逛啊，总得带着吃食！天华公司孟小泉经理的两条狼狗，还一月吃三百块钱的牛肉呢！早知道，我们从城里带两桶来！前天，李秘书还送给我们两桶儿，由飞机运来的！①

《归去来兮》中塑造的拜金者乔绅，趁国难之际，靠囤积、倒卖货物大发横财，所有的心思都是在如何挣钱上面：

  对物价问题，我细心的研究过了：你看，今天香烟飞涨，别的东西，比如说洋火吧，并不涨价，毫无动静。过两天，香烟又涨了，洋火和别的东西还不动。你以为洋火不会动了？哼，看着吧，忽然有那么一天，洋火来个孙悟空折筋斗，一下子十万八千里，它开过香烟去了！假若你有洋火，我问你，岂不一本万利，登时发了财？所以，我们应当以不变换万变。②

市民阶层中，很多人兴办实业，救亡图存，但其中也不乏卑劣之流。一心想着大发国难财，置国家安危于不顾。也有一些市民尚未觉醒，只想着如何在战火频繁、物价飞涨之时艰难度日。乔绅之流从不关心抗战，也不顾民族的存亡。在他的认知当中，实业家与金融家是可以在任何政权下屹立不倒的势力，他只需要成为这样的高等人。

  乔绅　（兴奋的）凭我的头脑，影秋的腿，你的手，咱们的

---

① 老舍：《面子问题》，载《老舍全集》第9卷，人民文学出版社2008年版，第318页。
② 老舍：《归去来兮》，载《老舍全集》第9卷，人民文学出版社2008年版，第464页。

钱就会一倍，两倍三倍十倍百倍的增多起来。然后，咱们不但成为实业家，金融家，还可以立下永远不倒的势力，无论政权在谁手里，咱们总是高等的人！想想看，你不过是个穷画家的女儿，怎可以放弃作我的媳妇的机会。金钱，势力，快乐，汽车，都等着你呢！你又不是个傻子，还能看不出来？①

乔绅是一个非常世俗的商人，其行为直指赚钱的目的。只要能囤积的东西，他都囤积，有一次丁影秋问他有一批报纸要不要。他说："要！我不是告诉过你，就是一批棺材也要吗？只要我们有东西，只要我们能沉得住气存着东西，我们就大成功。将来打完了仗，我们是大实业家，或者是作个什么官儿，金钱势力都在咱们的手心里！"② 面对金钱，他可以不顾儿女自身的品性，他的儿女全都沦为或被要求成为他赚钱的工具，以美与仁山结婚只为可以免费驱使以美为其算账，莉香与影秋结婚只为影秋可以死心塌地帮其在外打拼。

在他的眼中，国家大事不如自家小事，自家小事不比"赚钱大事"，更不用说让其投资于教育事业或艺术事业。这所有一切集中于乔绅身上就体现出一个被金钱扭曲化的自私自利的专制家长的特点。而乔绅小妾桃云也是一个庸俗之人，只把事物与金钱对等，而不懂事物自身的价值。乔绅想要通过钱财的获取和精明的算计实现一家之主控制一切的自由，但是他却没想到，他不关心的时代变革、抗战风雨却成为冲击他的家庭的利器。大儿子德山在抗日前线牺牲了，儿媳李颜因为夫报仇之计不成，患了精神病，整天只想着如何为夫报仇。二儿子仁山本来就无心帮他经商，最后在抗战热情的鼓舞下出走了。女儿不懂世事，一味摩登，为了他的生意整天和各种男人进行应酬，结果被骗子丁影秋玩弄，还怀了不知道是谁的孩子，他想到的解决办法仍然是用钱。他说："你放心，我决不打骂你，错待你，你可得听话，我教你干什么，你就得干什么！你要好好的在家里，给我写账，看着电话，不能再出去乱

---

① 老舍：《归去来兮》，载《老舍全集》第9卷，人民文学出版社2008年版，第454页。
② 老舍：《归去来兮》，载《老舍全集》第9卷，人民文学出版社2008年版，第463页。

跑！等我慢慢的去找，找到一个合适的，能帮助我的小伙子，我会给他一两万块钱，先堵上他的嘴，而后叫他娶了你！这样，你的事岂不就干净利落的解决了吗？告诉你，只要有钱，什么事都不难解决！所以，你得帮助我挣钱，多多的挣，越多越好！"① 他花几万块钱买来的小老婆，也随流氓逃亡香港。他本想让老友、画家吕千秋之女吕以美嫁给自己的儿子乔仁山，以便长期帮他经商，做他的奴隶。但吕以美拒绝他的安排，随父亲上了前方。乔绅的一切打算都落空了，姨太太桃云和丁影秋私奔，画家和女儿以美及仁山一起奔赴抗日前线，莉香也要离开家庭。他彻底陷入孤立的处境。从侧面来看，他整日绞尽脑汁如何挣钱，好像被金钱操纵的生活充实，来一个电话就是找他的。但是在这表面下隐藏的是他不安的内心："看数目字，教我心里安定，好象抓住点什么东西似的。"正如他妻子对他的评价："对他看不起的人，他会客气；对他看得起的人，反倒硬碰硬"；在他的价值观里，只有亲属关系才是最牢靠，最让他安心的，因此他用吕千秋欠自己的钱来威胁以美为自己干活，但是这并不能完全让他心安，还一再用以美对父亲的孝顺来胁迫她。

  吕以美 叔父，现在我在这里作事算是还本，将来作您的媳妇算是利息，是不是？
  乔绅 你要那么说，也无所不可！借钱就得拿利息，古今一理！你要知道，我会疼爱你，也会恨你。你服从我呢，我会拿你当作亲女儿似的对待，你反抗我呢，我有法惩治你！②

他就对以美威逼利诱，让他嫁给自己的儿子，总觉得这样才能让以美对自己绝对服从。还有狡猾的丁影秋，他聪明狡猾有手段，但是乔绅也不敢完全相信他，只有用嫁女儿的方式来让他为自己忠心做事："我不愿撒手莉香，有她交际的本事，帮了我不少的忙。可是影秋也是极有

---

① 老舍：《归去来兮》，载《老舍全集》第9卷，人民文学出版社2008年版，第496页。
② 老舍：《归去来兮》，载《老舍全集》第9卷，人民文学出版社2008年版，第442页。

用的人，不买住他的心，恐怕他不会死心踏地给我作事"。他冷血自私、毫无同情心和爱国之心。当有人组织捐钱之事时，他觉得"我没有必要帮助为别人添麻烦的人"，还摆出条条道理来。

  乔绅 又是捐启？不用看，写上五毛钱！
  吕以美 五毛钱！这上面说，一位是教育家病死了，身后很萧条！
  乔绅 我最看不起活着不努力，死后还麻烦别人的人！五毛钱就不少，我并不欠他的！
  吕以美 没法落笔呀，叔父！
  乔绅 我的钱，你怎么没法落笔？不写就更好，死人又不会说一声谢谢，用不着敷衍他！①

剧作详细描绘了乔绅的境遇，表面上是抨击讽刺了眼界短小、只顾埋头投机发国难财的奸商，实则是向人们宣告：抗战大背景下的蝇营狗苟是可耻的，除了投身抗战，别无选择。利他和利己这两种人生观就一直对立着。有的人舍身取"义"，有的人则见"利"忘"义"，为财舍命。老舍在青年时就追求社会的公平、真诚、和谐与光明，他最容不得自私、虚伪与偏狭。老舍在抗战期间依然是一名民主主义作家，在全民抗战的情况下，很多国人都牺牲身家性命，忘我无私地投入战斗，但仍有些人发起国难财。老舍就挑起批评社会"丑"的担子，揭示社会黑暗和某些人心底的黑暗。老舍对于生活和现实始终秉承着真诚的态度，以他之笔书写着抗战之下的芸芸众生，这期间流露出作者对生活的评价，闪烁着批判现实主义的光芒。

三 对"面子问题"等劣根性的讽刺

在老舍一生漫长的创作道路中，他所有的有分量的作品无不具有深刻的文化蕴涵。延续了数千年的中华传统文化无疑是我们的巨大精神财

---

① 老舍：《归去来兮》，载《老舍全集》第9卷，人民文学出版社2008年版，第453页。

富，但是如果仅"以老牌号自夸自傲，固执地拒绝更进一步，是自取灭亡"①，所以老舍认为："一个文化的生存，必赖它有自我的批判，时时矫正自己，充实自己。"② 在这一观念的指导下，对文化劣根性的批判和讽刺成为老舍抗战戏剧的重要题旨。除了官本位、钱本位，由此而导致的还有"面子问题"、自私、麻木，以及奴性等附属文化的劣根性。比如《面子问题》的佟秘书对不给自己面子，不顺从自己的人就要穿小鞋，要拿秦医官开刀，于科长马上提醒说：

> 他已经要上前方了，况且"两"位司令长官都给他来过电报，我看，我们应当再考虑一下！我想啊，他起码也得来个战区军医处长，六七百块的薪水，少将或是中将衔，而且单就买药品说，就有好大好大的一笔"自由收入"！不错，今天他抹了我们的面子。可是，我们要设法拉过他来呢，他的面子就加入了我们的面子；面子加面子，等于伟大的面子！我们不但不该拿他开刀，还得拉拢他呢！③

于科长这一大段关于"伟大面子"的理论背后，其实体现了面子背后的官本位、钱本位思想，由此而来的见风使舵、趋炎附势、前倨后恭的奴性思维本质。这也是传统文化劣根性的综合表现，有极其深厚和深层的文化传统原因。单鸣琴这个"面子问题"理论专家对此也有新时代的新理解。

> 单鸣琴　何必呢，科长！我们挣扎，奋斗，为了什么？为维持我们的身分，体面。这个动机是完全纯正的！前天，我遇见邱参事，他对我说：敌机轰炸的时候，他宁愿炸死，不能倒在地上，怕弄脏了洋服！我们也要有这种精神，叫这种精神，通过我们的努力与牺牲，永久不灭！④

---

① 老舍：《〈大地龙蛇〉序》，载《老舍全集》第9卷，人民文学出版社2008年版，第358页。
② 老舍：《〈大地龙蛇〉序》，载《老舍全集》第9卷，人民文学出版社2008年版，第358页。
③ 老舍：《面子问题》，载《老舍全集》第9卷，人民文学出版社2008年版，第298页。
④ 老舍：《面子问题》，载《老舍全集》第9卷，人民文学出版社2008年版，第321页。

单鸣琴喜好金钱，也重视面子。走在时代前端的新女性，不似旧时代女性对丈夫言听计从，反倒是在其讲话时常常抢白，还掌握家里的财政大权。有资产阶级陋习，吸烟，爱讲究。家里房屋被炸毁，兴办实业发国难财的美梦破碎，但仍为了面子不肯讲出实情。为了面子和虚荣心，常常假话连篇。讲面子，嘴上处处维护面子，但不似佟秘书般自尊心过强，觉得丢了面子可以再找回来，例如当他们无家可归无钱生活的时候，死皮赖脸地待在佟秘书家却丝毫不觉得羞愧。爱金钱，愿意为其挣扎奋斗，而不顾钱来得是否干净。总之，自己有自己的一套哲学，从不会觉得自己有错。《桃李春风》中的胡立庵也秉持着这种理念。

  胡立庵　你全不用管，都交给我办就是了，还告诉你，咱们绝对赔不了钱，我一辈子不干赔钱的事，明天，我就先给你裁两套衣服，做了官，不能再这么破破烂烂的，还有（欲言不止）啊，刘习仁，你出去一会儿，行不行？①

这种面子背后其实传统封建等级文化的世俗表现，中国封建文化讲究君君臣臣父父子子，每个阶层都有特定的礼制和仪式，这种礼制文化并非完全一无是处，在长期发展中也催生了很多优良的文化遗产，它是维系封建统治的有效文化制度。随着封建统治在中国几千年的发展中逐渐走向没落，这一封建文化在日本帝国主义的枪炮声中匆匆谢幕，但其精神幽灵——封建文化观念和道德准则却顽强地蛰伏于民众的心理机制中，阴魂不散，噬咬着他们的灵魂。在民族危亡时刻，这种封建的奴性文化又变异称为汉奸文化、卖国文化。

  记者　管先生，这回，我的稿子不错吧？
  管一飞　起码有十几个白字！
  记者　就连这样，还四个报馆争着请我呢！这年月，缺乏人才，此地无朱砂，红土子为贵！你别看我的中文差点事，我可是会

---

① 老舍：《桃李春风》，载《老舍全集》第10卷，人民文学出版社2008年版，第154页。

几句日本话呢!

　　章仲箫　(到亭子里去，把花瓶从新摆了摆，拿起两颗樱桃尝了尝)

　　管一飞　呕，你还会日文?

　　记者　是呀! 我就希望能上趟日本! 住上十天半个月，也就算留过学了![1]

这里记者的文化水平其实不高，但是他说还有四个报馆争相聘请，可以想见这类报馆的立场都是亲日卖国的，而记者也以会说日本话自豪，说自己去日本住上十天半个月就算是留过学，这都是对记者这类不明白民族大义的亲日卖国之人的嘲讽。章仲箫这里对此却毫不关心，只是在意花瓶的位置和樱桃，这也是对北平小市民麻木愚弱的劣根性的讽刺。

　　老四　(领一队人，有男有女，有老有小，皆囚首散衣，手执白旗，上书"中日亲善""世界和平"……乱七八糟的进来)

　　管一飞　排好了，孙子们! 把旗子，他妈的，举起来!

　　老四　排齐! 排齐!

　　众　(略排了排，前进)

　　章仲箫　诸位哥儿们，别吐痰，别掐花呀! 众 (下)[2]

管一飞组织所谓的世界和平大会，其实是汉奸卖国者的会议。真正的爱国老百姓并没有人参加，为此他雇用了群众演员，他们甚至做出吐痰、掐花这样的行为，可见北平底层愿意来给这个汉奸大会捧场的群众素质并不高，只是为钱而来。这一场闹剧其实一方面是对管一飞这样只重形式不求实效的办事作风的讽刺，另一方面也是老舍对未受教育的人素质不高的真实描绘，一些老北京人见惯了城头变幻大王旗，这些顺民

---

[1] 老舍:《谁先到了重庆》，载《老舍全集》第9卷，人民文学出版社2008年版，第577页。
[2] 老舍:《谁先到了重庆》，载《老舍全集》第9卷，人民文学出版社2008年版，第576页。

只知道领钱，而根本没意识到亡国，老舍深深痛恨这种不觉悟和劣奴性。

> 老四　章先生！你不要去给我报告！我的一家大小都指着我一个人吃饭呢！
>
> 章仲箫　他们都是穷人哪，你怎么可以每人少发二毛呢？作事赚钱，我懂得！可是，去赚上头的钱哪，怎可以揩穷人们的油呢？
>
> 老四　都是出于不得已呀！这就叫作大鱼吃小鱼，小鱼吃虾米啊！我　求求您，章先生，千万别把我告下来！
>
> 章仲箫　这种事我看不下去！
>
> 老四　您等着，赶明天隆福寺开庙的时候，我孝敬你一对小哈巴狗，管保是官里太监养起来的，嘴，鼻子和脑门，一边儿平！您是要黑白花的，还是黄白花的？
>
> 章仲箫　顶好是一样一个！听人说，外国人管哈巴狗就叫作北平狗，特产，特产！太有趣！太有趣！那么我先谢谢了！
>
> 老四　我这件事呢，您可就也别再提了！
>
> 章仲箫　我负责，绝对保守秘密！你放心吧！去吧！①

这一幕极具代表性，活灵活现地刻画出章仲箫这样的小市民善恶不分、麻木怯懦的形象，只贪图享乐而不顾国难当头。他本来同情受压榨的穷苦市民，指责老四克扣工资，但是得知老四要送他哈巴狗便权当不知，小市民的麻木愚昧表现得淋漓尽致。老四所说的"大鱼吃小鱼，小鱼吃虾米"也是对官场上下层层剥削、吃回扣的讽刺。这也讽刺了日本人占领下中国小人物的怯懦、麻木、保守、奴性和安于现状。张仲箫是老舍先生从北平的大杂院里信手拈出并加以塑造的一个小人物，他身上具有当时北平市民的诸多缺点，老舍先生对此进行了鲜明的讽刺。章仲箫常把"请保守秘密"挂在嘴边，但他本人却时常将别人的消息或秘密泄露给他人，言行不一的表现是他的道德缺陷在作怪，好像是在

---

① 老舍：《谁先到了重庆》，载《老舍全集》第9卷，人民文学出版社2008年版，第581页。

以这种方式引起别人对自己的关注，增加自己的吸引力和影响力，甚至以此自我夸耀。老舍先生还从侧面、正面两方面揭露了章仲箫的怯懦胆小，侧面为凤鸣等人评论章的话语；正面为章本人在管一飞面前唯唯诺诺的描写。章仲箫对待日本宪兵的态度和动作，鞠九十度的躬，恭敬的奉上良民证，生动而鲜明的展现了一个奴才的丑陋形象。章仲箫长期居住在北平，家中世代经商，对北平有着深厚的感情，但是在日本侵略者的残酷统治下，章依旧沉浸在老北平的生活之中，宁愿作奴隶，也要活在北平，甘心做顺民、国奴。

章仲箫作为一个老派的市民，深受旧北平文化的影响，把早已过时的所谓的"北平的规矩"当作为人处世的一项重要标准。当管一飞说吴鸣凤和小马都私通重庆，章仲箫也有关联的时候，章仲箫马上说：

> 管大哥，卖房子，我是中人？北平的规矩，中人要使"三成破二"的用钱，我并没有使过这笔钱呀！凤羽和小马儿有什么文件？我是一字不知！管大哥，这不是故意为难我吗？①

在这里，所谓"北平的规矩"成了他逃避牵连，明哲保身的借口。章仲箫在这一所谓规矩的基础上评价别人的言行，约束自己的举止，并一厢情愿地以此劝告别人，抬高自己。比如汉奸管一飞搜捕吴鸣凤，章仲箫则献媚地拉着他说请他去北海漪澜堂吃饭，管一飞嫌他啰嗦耽误他事情，他则批评汉奸管一飞"怎么了？怎么翻脸不认人，说起不好听的来了？这不合北平的派儿呀！"② 管一飞进而威胁他去找吴凤鸣，章仲箫继续说："我不能去！咱们北平人讲究规矩礼行，这么不客气，像什么话呢？"③ 他看似有些骨气，但其实这规矩是没有一点原则。后来管一飞搬出日本人他就认怂了，章仲箫还想参加和平大会得点小钱，就又找管一飞说"我来道歉！前天骂了您一句，越想越不够北平人的味

---

① 老舍：《谁先到了重庆》，载《老舍全集》第9卷，人民文学出版社2008年版，第561页。
② 老舍：《谁先到了重庆》，载《老舍全集》第9卷，人民文学出版社2008年版，第545页。
③ 老舍：《谁先到了重庆》，载《老舍全集》第9卷，人民文学出版社2008年版，第546页。

儿！我特意来道歉，就手帮帮忙！"① 管一飞看到章仲箫带的一批"群众"在和平大会掐花、吐痰，就责怪他捣蛋，章仲箫则说"都是苦人，都是苦人，北平的规矩，对苦人也得和气着点！"② 这些都使得观众对他产生厌恶和反感，他将传统中落后且愚昧的文化礼行奉为至宝，动不动就北平的规矩，同情穷苦人也是顺口即来"北平的规矩"，就连对汉奸也讲所谓的规矩，其实也只是无原则地见风使舵。章仲箫深受北平传统文化的影响，在侵略者的统治之下，他还能常常醉心于北平的美丽景色，不忘记生活要精致。他为了巴结管一飞，还准备请他吃饭，他说："管大哥，今天散会以后，务必请过来，咱们是肥肉丁拌嫩茴香尖——只要那个嫩尖——小小的包几个饺子，您要是嫌茴香气味太大，咱们还有嫩豌豆，一咬一股水的嫩豌豆，也能作馅子！"③ 文中老舍先生对章仲箫请管一飞吃饺子时对饺子馅儿的细致描写，就表现出章仲箫甘做顺民，安于现状，只求生活安稳的消极心态。

当血与火，暴力与抵抗，邪恶与正义，死亡与生存在中国大地上汇聚成一场决定民族命运的战争时，老舍内心的爱憎情感更加分明。他更多地把目光投向了那些在文化迷雾掩盖下拼命营私的耗子和蝗虫，把他们用讽刺的鞭子一个个赶上了舞台，包括出卖国家情报、甘当汉奸的洗局长、管一飞，办事无能、善于吹牛拍马、投机钻营、千方百计捞官捞钱的杨茂臣、于科长、方心正，大发国难财的奸商乔绅，以及围绕在他们周围的麻木、奴性的市民章仲箫，这样那样的人。老舍认为讽刺"必须用极锐利的口吻说出来，给人一种极强烈的冷嘲；它不使我们痛快的笑，而是使我们淡淡的一笑，笑完因反省而面红过耳"。④ 他用讽刺这种比幽默"更厉害的文笔"，"一个巴掌一个红印，一个闪一个雷"⑤ 塑造了抗战大形势下的各色反面人物，有意识地夸大和强化人物身上的荒唐、丑恶的一面，折光式地反映出严肃的内容，挖掘那些恶俗

---

① 老舍：《谁先到了重庆》，载《老舍全集》第9卷，人民文学出版社2008年版，第575页。
② 老舍：《谁先到了重庆》，载《老舍全集》第9卷，人民文学出版社2008年版，第576页。
③ 老舍：《谁先到了重庆》，载《老舍全集》第9卷，人民文学出版社2008年版，第575页。
④ 曾广灿、吴怀斌：《老舍研究资料》，北京十月文艺出版社1985年版，第502页。
⑤ 曾广灿、吴怀斌：《老舍研究资料》，北京十月文艺出版社1985年版，第521页。

人物的卑陋灵魂。老舍揭开了黑暗社会生活的帷布，使人看到了在特殊的时代背景下广大下层人民共同的悲剧命运所积结成的重大社会和文化悲剧，对于悲剧和文化的透析，老舍戏剧表现出了前所未有的深度。

第三节　笑中有泪的悲喜剧

老舍的幽默天才一开始就出现在他的作品里，为他带来了许多赞誉。他始终掌握着这种优势，并形成了成熟稳健的幽默风格，作为一代幽默大师，屹立在中国现当代文坛。老舍的幽默，又不同于其他作家的幽默，正像每种花都有自己的颜色和芳香一样：鲁迅的幽默，冷峻犀利；钱钟书的幽默，温文儒雅；张天翼的幽默，冷漠无情，相比而言，老舍的这种幽默一个显著特色就是具有复合性，表现为幽默与讽刺杂糅，喜剧性与悲剧性的相互渗透。皮沙洛夫在《纯朴的幽默之花》中说："真正杰出的幽默家的笑声中，永远可以听到忧郁与严肃的声调。"老舍正是这样一位幽默作家。读者从老舍作品的"笑声中"，可以听到"幽默与严肃的声调"。正如王德威所言："老舍的笑不仅针对一个充满非理性的世界而发，也针对陷于这世界的老舍本人而发。他不仅对表面可笑的题材大肆发挥，而且要刺探那些原应引起愤怒和眼泪的题材里的喜剧潜流。"[①] 老舍的喜剧背后实际上又潜藏着对社会和人生严肃的追问，老舍说："在我的作品里，我可是永远不会浪漫。我有一点点天赋的幽默之感，又搭上我是贫寒出身，所以我会由世态与人情中看出那可怜又可笑的地方来；笑是理智的胜利，我不会皱着眉把眼钉在自己的一点感触上，或者对着月牙儿不住的落泪，因此我喜欢十七八世纪假古典主义的作品。"[②] 老舍自己认为他的作品可能没有像浪漫主义那种使人迷醉颠倒的力量，他更认可新古典主义的悲喜平衡。他幽默，但同时又被浓重的黑暗压得透不过气来，压根就不能开怀畅笑；他悲观，但达观

[①] 王德威：《想象中国的方法》，百花文艺出版社2016年版，第164页。
[②] 老舍：《写与读》，《文哨》1945年7月第一卷第二期倍大号。

的态度却是他窥视社会和人生的载体,所以他的作品往往在笑里藏着泪,在喜剧形式下裹挟着悲剧,"透过有目共睹的微笑",揭示出"世人看不见的泪",最终达到新古典主义"这种作品至少是具有平稳,简明的好处"。① 寓悲于喜,在喜剧的形式里,蕴涵着悲剧的内容,达到悲喜的平衡即是老舍的幽默特色之一。

一 幽默与讽刺杂糅

老舍不论是塑造人物,还是插叙事件,常将悲剧的内容以诙谐讽刺,俏皮风趣的笔墨写之,令人既笑得浑身颤抖,而又止不住眼泪直流。这截然不同的悲喜两种感情状态,往往可以互相转化,互相补充,相辅相成,老舍作品的幽默,大都具有这种特点。梅林在谈到老舍幽默时也说:"所谓幽默,恐怕是在某种适宜场合,严肃的说一句概括机智的话,起初不禁使人莞尔或哄笑,过后一想叹息或'不好过'起来的一种解释吧。"② 梅林深刻而客观地概括了老舍作品的幽默特色,即寓悲于喜。他的幽默几乎都是把悲剧巧妙地隐藏在喜剧的外衣之下,这已经是业界公知的。可见不同于浅薄意义上对幽默贫嘴滑舌、玩世不恭的刻板印象,老舍的幽默是经过认真思考和打磨过,健康、有益、有趣、有意义的幽默,它带给人的是一种审美体验。凡是成功的幽默作品,悲与喜是相互衬托的。也可以是'含泪的笑'喜剧。由于感受到艺术的思想和生活之间的矛盾而引起的悲剧性二者的复杂结合,就像19世纪中常见的那样。这种复杂的结合,只有在最杰出作家的作品中才会出现,老舍便是最突出的一例。老舍语言艺术的重要特点是诙谐讽刺,这也是他与别的作家语言艺术之间的突出标识。老舍说:"文字要生动有趣,必须利用幽默。假若干燥,晦涩,无趣,是文艺的致命伤。"③ 老舍用他敏感而机智的笔触把生活中的幽默构成情境。夸张、比拟、讽喻、反语、谐音、曲解等修辞手法都运用自如。由此,老舍当之无愧被

---

① 老舍:《写与读》,《文哨》1945年7月第一卷第二期倍大号。
② 梅林:《老舍先生二三事》,《华西晚报艺坛》1944年4月17日"老舍创作生活二十周年纪念特刊"。
③ 老舍:《谈幽默》,《宇宙风》1936年8月16日第23期。

冠以"幽默的语言艺术家"称号，他的幽默才华在剧作中不断迸发，把深刻的思想碰撞形成流利洒脱的语言，使剧作历久弥香，浸染了浓郁温厚的幽默色彩。

（一）夸张的幽默

夸张是老舍幽默最常见的一种形式，他采用夸大的方法，把该讽刺的行为适当地集于一身，从而创造出形象鲜明的人物来。老舍说："夸大是讽刺的必要手段。既须夸大，就不许把许多该讽刺的行为适当集中于一身。"[①] 在《面子问题》中，作者大量运用夸张手法，来揭露面子的庸俗、虚伪、无聊乃至无耻。佟秘书拼命不择手段地往更高的地位上爬以增加自己的面子，而要做到这点，首先就要不顾面子，这一点佟秘书极想做到而又碍于面子难以做到，他的内心陷入一种无法解脱的可笑而又可怜的矛盾状态中，发出了"我的身份地位把我限制住了"的感叹。他时时刻刻有一种"地位有点不稳当"的自我感觉，把他推向心理分裂和变态的境地。

> 佟秘书　你太看不起我了！信到，不马上给我送到家里去，现在才给我，你太目中无人了！不要开口！我知道，你看我去年是秘书，今年还是秘书，别人升官，我老当秘书，所以你看不起我，告诉你，我作了二十多年官了，我的资格比他们都老；要把眼睛睁开了看人！你有什么可忙的？还不是去巴结那些有势力的人。把我的事放在一边！[②]

工友没有及时把信送到他手里，他觉得是看不起他；书记员说他脾气大，他马上想到是不是有人不满意他，要把他挤走；医官因为太忙，不能及时上门为他看病，他立刻怀疑医官已经听到关于他地位不稳的谣言。一方面，为了保住地位保住面子，他想拉拢刚发财的工友老赵，另一方面，因为怕丢面子失身份，又耻于和老赵同桌吃饭；一方面，他怀

[①] 老舍：《谈讽刺》，载《老舍全集》第17卷，人民文学出版社2008年版，第679页。
[②] 老舍：《面子问题》，载《老舍全集》第9卷，人民文学出版社2008年版，第283页。

疑一切人都在拆他的台，扫他的面子，另一方面，为了面子，他又不愿也不能让这种心态在下属面前有一丝流露。

> 佟秘书　我明白了！明白了！这不是什么紧张不紧张的问题，而是他们要设法赶出我去！我的生活这么苦，没人体贴；我的资格这么老，没人尊重；我的年纪这么大，身体这么坏，没人同情！他们紧张吗？并不然！我应当紧张吗？也不然！只是因为他们大家要拿我这个地位，所以故意与我为难，故意说我办事太慢！不然的话，他们就应当体贴我，尊重我，同情我，不要说我还天天去办公，就是拿干薪，永远不到部办公，他们也得毕恭毕敬的对待我！①

他郁郁寡欢，惶惶不可终日，得了官场病，到最后听到免职一事居然立即想到的就是自杀，因为他"没有了声望，什么也没有了！免职就是死刑！"② 佟秘书无视历史已发展到中华全民族奋起抗战的非常时期，置民族尊严于不顾，只顾修饰个人的羽毛而死要面子的行为和思想令人哑然失笑。

佟秘书只是典型代表，国家危难之际，在大后方重庆的国民党政府小官僚很多不是投身于抗战，而是空虚无聊到只关心个人面子，这令人感到气愤，又令人感到悲哀。最为可笑的是，他一方面为了面子耻于和周明远、赵勤同桌吃饭，一方面又为了面子在明知方心正夫妇是来骗吃骗喝的情况下，还要接待、收留他们；最令人感觉心寒的是，他的女儿也深受影响，中了"爱面子"的毒，对油灯发出"不够灯的身份"的感叹，老一辈人受传统文化的禁锢似乎还有点道理，而年轻一代也深受其害，那就不由不让人对于国家新生、民族的希望感到担忧了。如此笑后思笑，不免悲从中来，由喜转悲。至于周明远为了向上爬而倾其一月的薪水再三恳请佟秘书赴宴的情节，佟继芬、于科长为把赵勤训练成一名绅士而开办"讲习班"的插曲，赵勤为学系领带把脖子勒得出不来

---

① 老舍：《面子问题》，载《老舍全集》第9卷，人民文学出版社2008年版，第325页。
② 老舍：《面子问题》，载《老舍全集》第9卷，人民文学出版社2008年版，第351页。

气、用破袜子塞满西服口袋以示富有等细节，都无情地嘲讽了面子的庸俗。这些夸张性描写，无处不体现老舍对面子问题的讽刺，而幽默讽刺的深层意蕴，却是老舍对于社会改革和重铸国魂的铮铮热情。

（二）内外对照的讽刺

老舍认为讽刺是及时施行手术，刮骨疗毒，治病救人，不疼不痒的讽刺等于放弃讽刺的责任，也就得不到任何教育效果。老舍讽刺时并不直接，而是通过人物自身言行的矛盾自然对照，而使其显得荒唐可笑，这种个人内外对照最为典型的莫过于章仲箫。章仲箫是个对于新的事情与道理都明白个几成，礼义廉耻在心中也占很大分量的老北京市民，他明白青年人"都得去报国"，愤恨日本人抢走自己小买卖的霸行，对日本人发的良民证满心愤怒，拒绝管一飞诬陷吴凤鸣的行为；他同时又是在传统的旧文化、习惯心理及闲适的环境中培养出来的一个胆小苟且、贪图小利的老北京市民，明知管一飞是汉奸，却被迫为他做事；明知战乱期间不能乱说，却因为在这个年代"苦闷，无聊"而一边说着"请保守秘密"，一边以泄露别人的秘密为荣，差点导致抗战志士吴凤鸣被捕；明知老四克扣穷人银两不对，一听说要送他两只小哈巴狗又转变主意。这矛盾的两方面使他的言行显得非常可笑：人称广播专家，口头禅却是"请保守秘密"；边说"喝醉了，说不定我会马上杀死一两个日本人呢！"边关上一扇窗子；边说"我也时常想走，扛上枪，穿上军装，夺回咱们的北平来！"边说"一看见黄土大道，我就不敢再往前走啦，唯恐丢了我的北平！"他身为亡国奴，还只惦记着好吃的好喝的好玩的，对这样一个妥协懦弱，做人没有立场的老北京市民，我们会感到非常好笑，笑过再想，又为沦陷区市民的缺乏原则性、毫无斗志、贪图蝇头小利，在国家将亡的危难时候，还如此麻木，如此讲究生活艺术、注重繁文缛节，把国家的救亡图存、民族大义置之不顾，感到一种难言的辛酸和无奈的苦涩。

从佟秘书为了面子而穷尽心思的一生中，从章仲箫只图自己生活安稳闲适的言行中，我们看到了老舍早年小说《二马》中老马的影子"他不好，也不怎么坏，……他不大爱思想，因为事事已有了准则。这使他很可爱，也很可恨；很安详，也很无聊"。还有单鸣琴，表面是最讲面子：明明破产了来投靠佟家，还装成有"三四百万元的资本"，明明在路上吃的是烧饼，还假说是用烧饼来喂狗，事实上又最不要脸：她的面子观是"面子就像咱们头上的别针，时常的丢了！丢了，再找回来，没关系！"即使佟家对她持不欢迎态度，她仍然心安理得地"穿着佟小姐的绣花拖鞋，披着佟小姐的秋大衣，脸上擦了佟小姐的香粉——所以擦得特别厚。"这个把"说"和"做"分开来的女人，是老舍笔下的一个活灵活现的讽刺性人物。老舍用略带夸张的手法，生动幽默的细节，把佟秘书的变态心理和畸形灵魂，单鸣琴的表里不一，章仲箫的敷衍、苟且偷生、软弱、贪图小便宜的国民劣根性——揭露出来，刻画出浸泡在延续了几千年的熟悉了的文化里，不思进取，无聊空虚，庸庸碌碌打发一生的庸人形象，使观众笑后思笑，笑后思悲，在笑声的背后感到国民性改造的艰难、悲哀与沉重，真可谓喜中藏悲。

  管一飞　（进来，向大家点头，把门窗都关上）谨慎点呀！隔墙有耳！日本鬼子不喜欢年轻人离开北平！
  章仲箫　我不怕！
  吴凤羽　仲箫二哥刚才只关上了一扇窗子！①

老舍先生以关窗子的行为表示人物胆量的大小，新奇而又有趣，管一飞关上了所有的门窗，而章仲箫只关了一扇窗子，表面上看是章比管胆量大，实际上是讽刺章胆小、懦弱，而这一讽刺委婉、含蓄，读来让人为之一笑。胡继江是个大汉奸头子，总是冠冕堂皇的嘴上说一套，实际做一套。他总说："唉！我为难哪！上边不许我辞职，下面不许我辞，我弄得简直毫无自由，连念佛的功夫都没有了，可怜！阿弥陀佛！"②胡继江自夸上级对他重视，下级也要依仗他，任务重，时间紧不容许他辞职；更是抱怨念佛没时间，但最后却说了一句"阿弥陀佛"，话语的前后矛盾不仅让观众为之一笑，而且生动地揭露了胡继江虚伪、做作、

---

① 老舍：《谁先到了重庆》，载《老舍全集》第9卷，人民文学出版社2008年版，第524页。
② 老舍：《谁先到了重庆》，载《老舍全集》第9卷，人民文学出版社2008年版，第555页。

自以为是的面貌。

> 管一飞　是，我这里有点小意思，（掏出钱，双手呈上）二位买枝香烟吸吧！
> 宪兵甲　（接钱）好的！不准开会！
> 宪兵乙　（把钱拿过去，细细的数）不准开会！①

管一飞给日本宪兵送钱贿赂他们通融一下，宪兵甲一句"好的"迅速让人想到日本人同意了，可是紧接下一句"不准开会"，收到钱后依旧不改口，我们就不难想象管一飞此时尴尬和无奈的表情，让人捧腹大笑，日本人也是有只拿钱不办事的。这一幕场景很好的表现了管一飞等汉奸谄媚的嘴脸和日本人骄横跋扈的样子，使人恶心愤恨，但又觉得好笑。

（三）机智的讽刺

老舍推崇机智讽刺，"从性质上来说，机智与讽刺不易分开"。② 在《残雾》中，杨先生（茂臣）是一个庸俗自私到处钻营、企图借抗战之机以肥私囊的小丑性形象。当他听说政府要采办一大批战时需要的东西的时候，很想捞个采办委员的差事，乘着抗战多弄下几个积蓄。为此借调停洗局长家庭风波之机，先是极力游说（其实是借机巴结）洗太太，碰壁之后又转而以美人计投局长所好，并企图通过"夫人外交"的办法让自己的太太打进上层社会交际圈。杨先生劝说洗局长的语言片段："……大哥，你作官这么十来年了，必知道现在太太与男子的事业有多大关系。一个得力的太太，就如同一本长期存款的折子，老是你自己的，而且每月有利息。"他劝洗局长说一个有地位的男人要是不会运用太太，那就和下象棋不会使车差不多。"桃色案之所以成为案，多半由于一个男人死钉住一个女人，而使另一个男人吃不消。假若大家都逢场作戏，无拘无束，就一定只有桃色，而没有案了。"③ 这样的歪理邪说

---

① 老舍：《谁先到了重庆》，载《老舍全集》第9卷，人民文学出版社2008年版，第578页。
② 老舍：《谈幽默》，《宇宙风》1936年8月16日第23期。
③ 老舍：《残雾》，载《老舍全集》第9卷，人民文学出版社2008年版，第31页。

一套又一套，老舍机智而形象的讽刺了这类人的虚伪。

老舍说："机智是什么呢？它是用极聪明的，极锐利的言语，来道出像格言似的东西，使人读了心跳。"① 老舍认为机智的语言与讽刺喜剧联系在一起，特别是这种有哲理和智慧的语言出自被讽刺对象之口的时候，更增加了作品的反讽力量。杨茂臣求官碰壁之后又转而以美人计投局长所好。他劝说冼局长"国事是大家的，可以关心也可以不关心；私事是个人的，自己不关心有谁来代替？私事不痛快，公事也没有心情去做；此所谓齐家而后平天下也。把太太安置好，把情人安置好，家里太平，事业才能顺利；这是我对你，大哥，的小小一点贡献，你的心中快活，事业顺心，我也就随着得些好处。"② 乍听起来，这些话显得圆滑、世故、机智、幽默，仔细分析，却恰恰暴露出杨茂臣卑鄙无耻、庸俗自私的丑恶嘴脸。至于于建峰提出了的"把握时代""面子相加""月亮—太阳"这三大面子理论，恰恰暴露了"面子"的无耻性，表现出老舍对"面子理论"的无情批判。在剧作中，还出现了这样的人和事：一群人面对敌机的轰炸若无其事，把麻将桌搬到屋里继续打，而对炸弹炸来的一条女人腿无动于衷，反而因为白白捡了"30元法币"异常高兴，"足吃足喝了一大顿！"抗战时期，居然还有这样一群对国家、同胞生死不关痛痒，完全麻木不仁的人存在，不免使人悲愤；于建峰在佟秘书还是秘书的时候，唯唯诺诺，关心备至，有令必从，一听说佟秘书被免职，马上翻脸不认人，把刚送来看望佟秘书东西全拿走，行为之露骨令人在笑声中发愣；当刚发了财的赵勤在一群人的教唆下穿起了旧洋服，却把破袜子什么的都塞在洋服口袋以"显着阔气"时，我们忍俊不禁，然而感觉沉重，"钱"对人的改变是如此之大，连一个小小的工友也不放过，"钱本位"思想的泛滥可想而知了；墨子庄在抗战前线大放厥词，以"日本人来了，金子还不是金子，现大洋还不是现大洋吗？既然金子洋钱不是因为日本人来了就变成马口铁，何必打这个穷仗"为由劝说战士们回家，抗战前线居然还有如此的卖国贼，真令人

---

① 老舍：《谈幽默》，《宇宙风》1936年8月16日第23期。
② 老舍：《残雾》，载《老舍全集》第9卷，人民文学出版社2008年版，第31页。

不可思议。老舍冷嘲热讽刻画的这些小官僚、奸商、卖国贼、市井无赖，本来是历史的小丑，却占据了历史舞台唱起了主角，这深刻地诠释了别林斯基说："当不合理显得合理而压倒合理的时候，喜剧性就有了悲剧性"的意义，更使喜剧中的悲剧色彩显得越发浓厚。出于对未来的美好期望，老舍在剧作结尾给每个小丑一个应得的下场：洗局长被逮捕、杨茂臣的生日宴被搅乱，于建峰被称作"佟党"也被免职，乔绅囤积的大量港币和货物都在香港遭日本空袭而化为灰烬，墨子庄被扣在前线不准回去。这样的结果，为剧作添上一丝亮色，也令观众发出会心一笑，一吐前面的悲愤之气，泪中含笑。

老舍的幽默和讽刺是形式多样和杂糅的。早在英国开始小说创作时，老舍就提到，在形式方面，由于刚读了《尼考拉斯·尼柯尔贝》和《匹克威克外传》，他就大胆地吸纳了"崇高和卑贱、恐怖和滑稽、豪迈和诙谐，离奇古怪地混合在一起"的英国式的幽默形式，表象的喜剧因素先声夺人，人物的肖像动作滑稽离奇，情节波折起伏，暗藏悲凉。老舍说"我恨坏人，可是坏人也有好处，我爱好人，而好人也有缺点"，这既富同情心又含包容感的认识使老舍"要笑骂，而又不赶尽杀绝"，于是"失了讽刺，而得到幽默"。可见老舍小说的幽默风格中其思想冲突的反映，是其情感和理智相互妥协的结果。老舍小说从创作伊始就标明了他幽默的本质特征：以悲喜交加的形式蕴涵着互相抵牾的双重情感。其实悲喜本身也并不是简单的形式，而是不同的审美因素，审美因素投射到读者心中就会形成审美情感，引起阅读主体与阅读客体精神情感上的沟通、交融，进而达到审美愉悦，作品是在与读者的精神交流中满足读者的审美需要，提升读者的审美情感，从而实现其自身审美价值的。对审美价值的研究必然从审美因素的分析开始。

如前所述，喜剧因素与悲剧因素在老舍小说中是不断发展变化的，在《老张的哲学》中喜剧因素主要表现为比较浅层的描画，如夸张的肖像描写和油滑的语言表现，悲剧因素则更多地体现为老舍对黑暗社会的些许无奈。这都不能代表老舍小说所达到的思想艺术高度。

老舍的这种幽默的多样性和复合性的形成，是有着深刻的主客观原因的。老舍出身贫寒，但这并未局限他的视野，反而使他广泛的接触了下层市民的苦难生活，即使是这样的市民社会，有的却不仅是苦难，还充满幽默气氛。在下层贫民的世界里，上层社会的"奇闻"被拿来作为谈资和笑料，上层社会的奢侈生活也是常常被拿来作为讥讽的对象。另一方面，抗战颠沛流离，人命如草芥的环境氛围中，他们对于自己所遭受的肉体与精神上的双重剥削与压迫感到无法摆脱，因而自嘲成为了平衡失常心态，得到片刻解脱的方法。老舍生长在这样一个市民社会里，自然而然的形成了他的幽默气质，他的母亲所具有的坚韧的生活意志，豁然的自我排解，使老舍潜移默化受到了深刻的影响。一般评论认为老舍戏剧是笑中含泪的悲喜剧，这种风格的形成与老舍幼年生活有很大的关系。老舍出生贫困，父亲早亡，而全家生活重担都压在母亲一个人肩上。母亲为人坚韧，靠着给街坊拆洗缝补度日。老舍说："我还不到两岁，父亲即去世，……家更穷了，天天吃棒子面与咸菜。"① 老舍一出生就面临国破家亡的境地，他出生时八国联军入侵北京，父亲战死，全家生活无着落。老舍在《昔年》中回忆："我昔生忧患，愁长记忆新，童年习冻饿，壮岁饱酸辛。"置于底层社会物质匮乏，正是对他前半生忧患经历形象的写照。好在老舍有一个坚强的母亲，这位伟大的母亲培养出了一个"天生洒脱、豪放、有劲、有力量蕴蓄在里面而不轻易表现出来"② 的儿子。老舍怀抱洒脱与硬气，他不会采取"哭"来表达自己幼年时起接踵而至的辛酸，而是用穷人的眼光看待世界，从中找出一些可笑的毛病，以"笑"的形式加以表现。正如老舍所说："穷，使我好骂世；刚强，使我容易以个人的情感与主张去判断别人；义气，使我对别人有点同情心。有了这点分析，就很明白为什么我要笑骂，而又不赶尽杀绝。我失了讽刺，而得到幽默。"特殊的生活经历使老舍既没有像鲁迅那样"以自虐反抗受虐，以复仇反抗绝望"，也没有像巴金那样"坚决与吞噬青年可爱生命的黑暗势力抗争"，而是在不断地探索与实践中，找到了一种最能实现自己的写作方式：敏锐地捕捉生活中的喜剧材料，却又表现为宽厚善良的胸怀；常用轻松的笔法写人间的酸辛事；不过分

---

① 张桂兴：《老舍资料考释》，中国国际广播出版社2000年版，第65页。
② 罗常培：《我与老舍——为老舍创作二十年作》，《扫荡报》1944年4月19日。

刻薄，也不过分悲伤，对社会生活能够采取一种保持一定心态距离的俯视关照方式，多元立体地表现社会生活和人物情感的丰富性和复杂性。

二 幽默中的悲婉

老舍喜欢幽默，但其幽默中往往包含悲壮和哀婉，这在其抗战戏剧中特别明显。老舍认为笑是"人生最宝贵的东西，最能表现人情的东西"，郭沫若曾以"寸楷含幽默，片言振聩聋"① 来表达对老舍幽默的敬意。他主张幽默者"看"事应从平凡处所发现缺欠可笑之处，而后遵照笑之原理写出来，引触大家都笑，充满喜感。但是他又认为"人寿百年，而企图无限，根本矛盾可笑"②。处在国家危急时代的老舍，用忧国忧民的眼光，看到了一切荒诞、劣、丑陋的陈腐势力和幼稚的、不成熟的新生力量、新生事物，看到了其中的荒诞、幽默。因此老舍的幽默之中往往暗含着苦涩与辛酸，人类生存的实情在笑声中开启，却在散场时充满苦涩与悲凉的回响。老舍自我评价为："悲观有一样好处，它能叫人把事情都看轻一些，这个可也是我的坏处，它不起劲，不积极，您看我挺爱笑不是？因为我悲观。"③

老舍抗战戏剧将具有正面素质，同时也具有某些丑陋的品性、落后的意识的二元化人物，通过一系列滑稽、怪诞的行为反映出来，形成人物性格表面化的喜剧性。透过人物性格表面的喜剧性揭示出传统文化所造成的人物命运的悲剧性实质。在旧文化中成长，接受了新文化洗礼的生活在夹缝中的乔仁山，因为与环境、时代不能合拍以至精神上极度苦闷，只能用疯言疯语来表达内心的苦闷和痛苦。当重庆正处于敌机日夜轰炸的危急时刻，当大哥已经为国捐躯，乔仁山作为一个正直、善良、爱国的知识分子，在既想背负抗战救国的民族责任，承担照顾家庭的义务，又无法回避的民族冲突和无力抗拒的生活方式这两难选择中显得十分痛苦和焦虑。他不满意父亲发国难财的可耻行为，他渴望上前线为国家作贡献，但是当嫂嫂央求他上战场为兄复仇时，他却犯了愁，"我走

---

① 曾广灿、吴怀斌：《老舍研究资料》，北京十月文艺出版社1985年版，第450页。
② 曾广灿、吴怀斌：《老舍研究资料》，北京十月文艺出版社1985年版，第426页。
③ 老舍：《又是一年芳草绿》，《益世报》1935年3月6日。

了,剩下妈妈在家中受气,我怎能放心呢?"他不愿叫亲人伤心,同时又感到颓丧,苦闷"我好象是新抱来的一条狗,……我什么都作不出来,一天到晚只夹着尾巴吃三顿饭,喝几口水!"在家与国,忠与孝的两难选择中,他产生了激烈的思想斗争,面对哥哥的遗像发出一大段自白,袒露了他痛苦的心声:一方面他认为哥哥"死得光荣,死得光明",明白"今天的哪一个有心胸的青年,不应当象你那样赶到战场,死在战场?"另一方面他又顾念谁来"安慰妈妈,照应妹妹,帮助大嫂,同情以美",他反思自己"我的命运就是敷衍爸爸,在臭水坑里作个好儿子,好哥哥,好丈夫吗? 我应当孝顺我的爸爸,从而管钞票叫祖父吗?"① 在一连串的反思和省悟过后,他终于做出决定,勇敢地迈出了第一步,"我得马上走,我到外边去,一来是去尽每一个青年应尽的义务,二来是为爸爸向国家社会赎罪!"我们既对乔仁山的疯话感到难以理解,感到好笑,又从他的疯话中体味到一个爱国知识分子夹在传统文化和新式教育之间的痛苦、焦虑和无奈;我们既为他缺乏决断,优柔寡断的软弱性格感到可气,又为他经历了惶惑、偷生后勇敢地奔向抗战前线而击掌叫好。洗仲文也属于这类人物,一方面他看不惯哥哥在外纳妾的丑行,要帮助嫂子打抱不平,时时劝说侄女淑菱在抗战期间以最大的努力去救亡图存,他热心帮助朱玉明逃走,对哥哥的狐朋狗友杨茂臣夫妇不屑一顾。另一方面,他没有独立的经济能力,依靠哥哥洗局长生活,他也没有实际战斗的勇气,而是只说不做,只想不动,活脱脱一个"说话的巨人,行动的矮子"。乔仁山、洗仲文这类人物"徘徊、迟疑、苦闷",充满了矛盾和悲哀,正如老舍说的"知道自己矛盾,也看出世事矛盾,他的风凉话是含着双重的苦味"。② 他们的言行常常使人感到又好气又好笑,从好笑的背后体会到一个有正义感的青年既清晰地认识到自己的责任又背负传统文化的重担而无能为力时的内心冲突与挣扎,使人理解生活在国统区的小知识分子的精神苦痛,从而对他们在进行人生选择时无所适从的心理状态有所同情,对他们力图在新与旧两极关系

---

① 老舍:《归去来兮》,载《老舍全集》第 9 卷,人民文学出版社 2008 年版,第 469 页。
② 老舍:《何容何许人也》,《人世间》1935 年 12 月第 41 期。

中保持平衡而又终于失衡的悲剧性冲突生出一份悲凉与无奈，这便是老舍"含泪的笑"的幽默表现最深入的方面。如果说，我们习惯于把"哀莫大于心死"作为衡量悲剧形象的美学尺度，那么，乔仁山、冼仲文则应归于"哀莫大于心不死"这类形象，因为他们都是清醒而始终充满希望和矛盾地在悲剧的漩涡中挣扎着，这也许是更为深刻的悲剧了。老舍在结局的处理上，也营造出壮士出征的悲壮气氛。《归去来兮》也有异曲同工之妙，虽然仁山能够得其心愿而奔赴前线，实为幸事。风萧萧兮易水寒，然而这一去生死无常，家庭中却有父亲、母亲、妹妹和嫂子在盼望他归来，尤其是乔绅搀扶着体弱的乔妻回家，李颜独自坐在江边的情形，显示出对这个家庭的弱小与庞大的国家却飘摇不定的悲婉、感伤！

真正美学意义上的悲剧，是不可能脱离历史时代的。老舍并非把自己圈禁一隅，只忧患个人命运的作家。20世纪前半叶黑暗中国带给作家的深刻感知，也是他悲剧意识的主要来源。任何一个爱国爱民的青年，都会想要在民族屡遭外敌入侵，政府黑暗腐败，人民穷困潦倒的困境之中为祖国探求解脱的道路。新文化运动的先驱者们打开了黑暗的闸门。使他有了"一双新的眼睛"来审视社会危机和民族危机。在社会转型期，老舍的文艺观念使他不惧困难重重，开启了多向的探求之路。他接受洗礼加入基督教，只为奔着大同理想；他也曾求取于宗月大师，以求得解决现实困难的有用之道。然而当炮火连天、民族危亡时，老舍调整了自己的文化方向，以小我的视角切换到大我，"经世济世"的忧国精神使他将创作视为"时代的产儿"，并且认为"每逢社会上起了严重的变动，每逢国家遇到了灾患与危险，文艺就必须想充分地尽到它对人生实际的责任，以证实它是时代的产儿，从而精诚地报答它的父母"。[①] 老舍的忧国精神使他产生了这样的文艺观念，充满血泪与忧愤的时代浪潮使他敢于面对现实生活的种种不幸。作为一个具有高度责任意识的作家，他的一部部作品不尽地刻画着日常生活中习以为常的悲剧。祖国遭受侵略的时代，他心中满怀着对祖国人民的爱，对于麻木的国人则与鲁迅有着一样的"哀其不幸，怒其不争"的心

---

① 老舍：《大时代与写家》，《宇宙风》1937年12月1日第53期。

理,老舍采取了与鲁迅不同的方式,即幽默的笔法来抒发自己内心的苦闷和忧虑,以幽默的情怀写生活中的悲剧,让人在哈哈一笑中体会淡淡的忧伤。

老舍的幽默既是一种以"笑"代"愤"的发泄,又是一种对自身不满的自我解嘲,在老舍这里,幽默是作为一种工具,一种方式而出现的,老舍借助它,承受着生命中不能承受的轻与重。总之,他认为笑是一种可以在艰辛生存状况下获得暂时解脱的方式,用老舍自己的话说,就是把幽默看成生命的润滑剂。老舍总是"由世态与人情中看出可怜又可笑的地方来",然后博采技巧,诱发笑因,横操竖持皆成妙趣。但是在笑声中又寄寓深沉的悲感,使人在"巧妙的滑稽中",可以"感到作者悲凉的心情"。这种悲喜剧美学构成,迸发出了巨大的艺术魅力,主要在于它所能够提供给人的多种美的享受。而这也更加突出了老舍自身的那种强烈的社会责任感和历史使命感,把思维视野扩展到全民族,人物的愚笨可笑之处,必有社会学,文化学的依据。这样就使个体生命突破一般的政治层面,上升为对民族性的剖析,概括,让人们从笑中体悟和深思,看到社会的不合理之处和民族的劣根性,从而激发其打破旧体制的意识,意识到必须为创建新体制而努力。这才是老舍留给后人最宝贵的财富,或者说是老舍作品幽默风格的精髓所在吧。

三 含泪的微笑

老舍抗战戏剧是幽默与讽刺杂糅的悲喜剧,是含泪的微笑。老舍自己在《我的创作经验》(1934)说:"我的脾气是与家境有关的。因为穷,我很孤高,特别是在十七八岁的时候。一个孤高的人或者爱独自深思而每每引起悲观。自十七八到二十五,我是个悲观者。我不喜欢跟着大家走,大家所走的路似乎不永远高明,可是不许人说这个路不高明,我只好冷笑。"[①] 冰心认为:"老舍的幽默里有伤心的眼泪。"[②] 臧克家则评价道:"他的心思是苦的,或者可以说,强颜为笑,狂歌当哭。"老

---

① 老舍:《我的创作经验》,《刁斗》1934 年 12 月 15 日第一卷第四期。
② 曾广灿、吴怀斌:《老舍研究资料》,北京十月文艺出版社 1985 年版,第 258 页。

舍夫人胡絜青认为老舍的"幽默饱含着哲理，不是光为了逗笑；他的幽默饱含着哀愁，仔细一想，便又要落泪"①曹禺说："老舍的幽默藏着令人心酸的眼泪，刻骨的讽刺，又使人开怀畅笑，笑出心中的闷气。"②可见，大家对老舍作品"笑中有泪的悲喜剧"特色是公认的。但值得探讨的是，这个笑是"冷笑"还是"微笑"。因为这种不同"笑"果导致了悲喜交融的美学形态，给观众带来复杂多样的感受，使作品拥有了巨大而复杂的魅力。到了抗战时期，老舍经历大时代的洗礼，"笑"在其抗战戏剧往往存在更丰富的呈现，有些戏剧中是炫丑为美穿插讽刺冷笑，有些戏剧中暗隐辛酸的笑，有些是在悲婉中不失坚定的笑，更多则是在痛苦和失望中又带有希望的微笑。

老舍抗战戏剧在犀利讽刺的笑中往往隐藏着浓重的悲凉。老舍自己曾说过："想写一本戏，名曰最悲剧的悲剧，里面充满最无耻的笑。"③比如《残雾》这个戏剧就是讽刺的笑中含着悲凉。剧中前方军民浴血奋战，作为政府高官的洗局长一口一声"只有国，没有家"，却乘人之危骗诱、威逼逃难女朱玉明做小妾；他身为国民党政府高官，却对杨茂臣所谓的"我们必须抓住抗战，象军火商抓住抗战一样"的谬论大加赞成；他声称"贪污近乎人情，汉奸无可原谅"，却明知徐芳蜜是日本间谍仍不知羞耻地单膝跪下，高呼"芳蜜！芳蜜！给我，给我！把一切给我！我要疯！要疯！"丑态毕现，可笑至极。这个外表冠冕堂皇、内心却毫无责任心，只顾金钱与美色的洗局长，居然是政府高官，还掌握着国家的机密情报，如此重要的职位由这样一个恶棍流氓来把持，国家民族救亡从何谈起？剧作透过洗局长喜剧性言谈举止，揭示出由于时代的错误、社会的腐败所造成的危害和弊症等悲剧实质，意在提起人们的注意。最后的结局更富喜剧性，洗局长因为卖国被抓走，而徐芳蜜却因为认识更高级别的官员在众目睽睽之下溜掉，这个既令人喷饭叫绝而又难忍愤怒的结局看似意外实则必然，隐含了老舍对国统区黑暗面的清醒

---

① 胡絜青：《老舍的幽默》，《文学报》1981年12月24日。
② 曹禺：《我们尊敬的老舍先生——纪念老舍先生八十诞辰》，《现代文学研究丛刊》1979年第4期。
③ 老舍：《未成熟的谷粒》，《新蜀报·蜀道》1940年2月5、9、14日。

认识和无能为力的辛酸。

　　老舍抗战戏剧有悲婉的,但哀而不伤,带着希望的微笑。毕竟抗战戏剧的主调是要宣传和激励人民坚持抗战。老舍就常用人物赤裸裸的自我表白来设置幽默,暗藏心寒。杨茂臣为一己私利求助洗局长,赤裸裸的表白"咱们抛家弃业的来到此地为了什么?……还不是为乘着抗战多弄下几个积蓄?人同此心,心同此理,没有人,不能抗战,没有钱,谁也犯不上白白抗战。"如果"抗战得不到利益,"那就去"作汉奸,也无所不可。"杨茂臣这番抗战理论暴露了一心只为争面子捞钱财,不但不抗战还随时准备出卖抗战的庸俗无耻嘴脸。老舍把这类人称为"半汉奸":"此等汉奸虽未公然卖国通敌,可是他们寝食不忘的是他们的个人身家的安全。他们利用他们的地位与金钱,眼观六路,耳听八方,有个风吹草动,他们比谁都跑得快。"①《面子问题》中的于建峰科长,对于抗战的紧张情形不仅不着急,反而埋怨时代使他过得不好:"总而言之,都是时代的毛病,这时代太伟大了,伟大得把个科长、司长,全仿佛看不见了,要是在太平年月,凭我这个科长,小洋房一住,小麻将一打,舒舒服服,自自在在,还用得着费尽心机去混三顿饭吃?"一个具有市侩作风的小官僚便在这些无耻的直白中凸显出来。抗战期间政府官吏和政府帮闲们一副事不关己,高高挂起的嘴脸,让人不免感到阵阵心寒。把人物互相攻讦或互相吹捧作为推动幽默情节的一部分,暗含心酸。于建峰科长与佟秘书为争面子、往上爬而钩心斗角,尔虞我诈,闹得乌烟瘴气,鸡犬不宁,不但贻误了战机,坑害了人民,连正常的工作都无法开展。洗局长和徐芳蜜为了达到各自的目的沆瀣一气,事情败露后,二人又为了推卸责任而互相指责、谩骂,洗徐二人的互相攻讦尖锐地揭露了国民党反动派,假抗日真卖国的反动本质,指出"抗战官僚"的危险道路与可耻下场。抗战期间政府官吏不但不为国为民尽一分力,反而为了个人的私利贻误战机,暴露国家机密,这样的人和事,表面荒诞而好笑,实际暗含着老舍的心酸和无奈。当然老舍认为"对此等人,我们第一希望他们觉悟,把胆气和良心都拿出来一些,看

---

① 老舍:《半汉奸》,《宇宙风》1937 年 10 月 16 日第 49 期。

明白这是精忠报国的好机会……第二我们须用舆论制裁他们，不能信着他们的意这样耍乖巧，占便宜，误事情。"[1] 因此老舍在戏剧里虽然非常痛恨这类人，但也是在微笑中对他们加以讽刺。当然老舍戏剧中还有些笑更复杂，比如《谁先到了重庆》中的这一节：

> 董志英：大哥，我请客，我要喝醉了！我庆贺他们俩能逃出去，可是我自己，大概就这么死在这座死城里面了！我要酒，我得喝醉，喝醉了好痛哭一场！
> 小马儿：志英，为什么说这样的丧气话呢？你也可以走哇！
> 董志英：我？我走？上哪儿？（惨笑）
> 章仲箫：大家都走！都离开这座死城！
> 吴凤羽：仲箫二哥，你也想走？你走到前门车站，日本宪兵看你一眼，你就乖乖的回来了！
> 吴凤鸣：老二！
> 章仲箫：凤羽，不要以为你能走开，就觉得自己勇敢，也不要以为我还不能走，就是不爱国，没志气！我老章不能白活一世，我还得做出点惊天动地的事情来呢！走！走！喝酒去！志英说的对，喝醉！喝醉了，说不定我会马上杀死一两个日本人呢！（说着，关上了一扇窗子）
> 小马儿（天真的笑了）[2]

被日本人围困在北平的这群人，没有一个甘心臣服于外邦人的统治。他们内心充满了反抗的情绪，但是苦于缺乏坚定的信仰和精良的武器，只能在沉迷酒精的时候安慰郁闷的自己。一方面，他们自以为是地认为自己是勇敢的有志气的人，能做出惊天动地的大事情；另一方面，他们手无寸铁，连说大话都谨慎地留着心眼，生怕隔墙有耳，被侦探间谍听了去告发。小马儿天真的笑、董志英的惨笑对比其他人的丧气话是

---

[1] 老舍：《半汉奸》，《宇宙风》1937年10月16日第49期。
[2] 老舍：《谁先到了重庆》，载《老舍全集》第9卷，人民文学出版社2008年版，第522页。

"以乐衬哀，更显其哀"，悲喜融合之间将战争时期存有或多或少爱国情绪的普通人的心境描绘得淋漓尽致。

老舍早期小说创作时，形式化的喜剧因素居多，但到抗战戏剧中则逐渐实现了悲喜自然融合。老舍早期《二马》《赵子曰》等小说中造笑的形式化喜剧因素还是比较明显，悲喜因素分布不平衡的原因主要在于：思想与创作技巧的成熟程度与生活现状的影响。初期小说喜剧因素的突出和悲剧因素的潜行主要是思想和创作技巧不成熟造成。到《老张的哲学》这部小说中，老舍开始奠定了"一半恨一半笑的去看世界"的基调。但正是形式化的喜剧因素误导了读者对老舍的理解，读者大多以为老舍只是"笑王"，当时文协请老舍进行创作戏剧也是因为其幽默。随着老舍走上戏剧创作的道路，其审美风格逐渐成熟，形式化的喜剧因素逐渐被来自生活的真实性喜剧因素所充实。无奈的悲剧感也在正视现实、剖析人生的思想逼视下转变为抗战背景下深沉的民族文化、社会悲剧意识。老舍开始自觉将喜剧和悲剧这两种似乎矛盾的艺术成分巧妙而有机的结合在一起，以喜剧的眼光挖掘悲剧内涵，形成"一种啼笑皆非的苦笑，不知是哭好哇，还是笑好"的"笑中含泪"的老舍式幽默。老舍将这种创作心态和手法也渗透在他的九部抗战话剧，无论是身处家国两难选择中的乔仁山，还是在国难期间麻木自私、软弱妥协的章仲箫，无论是穷尽一生只为面子只想当官的佟秘书，还是贪图钱财和美色不惜出卖国家机密的冼局长，老舍总是作为清醒的旁观者，运用幽默、讽刺等手法，来揭示其身上的可悲可怜可笑之处，使人看到抗战期间居然还有这样的人和事，完全跟如火如荼的抗战形势背道而驰，不由产生悲哀，在笑声中体会到一种无言的苦涩。面对着历史的无情脚步和小人物可怜又可悲的命运遭际，老舍领会到的只是人生的矛盾，对那贫苦出身的人们的爱使他不能不加选择地决然否定或背弃他们的思想和生活方式，但挚烈的爱使他更不能闭上双眼，无视腐朽的思想和铁屋子里黑暗的生活，他只能选择这种悲喜参半的幽默形式，"以不可见之泪痕悲色，振其邦人"。茅盾先生说："老舍先生的嬉笑唾骂的笔墨后边，我感到了他对生活态度的严肃，他的正义感和温暖的心，以及对于祖国的热挚爱和热望。"① 幽默并不是模棱两可和妥协，而是对生活复杂性的深邃洞察和真实表露，它试图用俏皮、泼辣、精警的文学把矛盾揭示出来，"使人先笑几声，而后细一咂摸，脸就红起来"。幽默以一种温和和充满爱意的方式让人感动、受到教育，然后主动改造自己、提高自己，从而达到改良人生，促进社会发展的作用。老舍幽默风格的价值也在于此，它在逼视人生真实，为我们展示特定民族在特定历史时期的生活画面的同时，以饱含爱的笔调为改良人性，推进社会发展和人类进步而努力。

当历史的车轮已碾过 20 世纪的百年沧桑，当不幸过去，人们已经淡忘那凄惨画面的今天，我们仍然可以从老舍抗战戏剧里得到警醒。警醒的不仅是那血泪横生、萧条凋敝的社会生活，更有人类自身悖论性历史发展的尴尬。只有对人类历史发展的悖论性有了正确的认识，才能调整好人类的文化生存环境；只有调整好人与自己创造物的关系，才能最终保证人类的健康发展。老舍小说所呈现的审美价值不只是单单停留在阅读个体所获得的精神享受，而是深一步的强调个体的忧患意识、民族的忧患意识，督促人们主动去改造现实，进而达到民族精神文化素质的自然提高。

当然，老舍抗战戏剧中的悲喜因素也并不是平衡发展的，它们并不是总如影随形、平分秋色式地出现在作品中。在《残雾》《面子问题》等戏剧中，形式化的喜剧因素比较突出，悲郁的情绪只是作为小说潜隐的基调，如草蛇灰线；在《张自忠》《国家至上》《大地龙蛇》《王老虎》等戏剧中，悲壮和英雄的情绪唱了主角，情感的主观性使作品或阴郁难挨、或失望决绝、或愤慨激烈，喜剧因素往往零落在各幕和场次间或闪烁一下便即消失；在《谁先到了重庆》《归去来兮》《桃李春风》等戏剧中悲喜剧因素都表现得比较内敛，凝固成为一种情感的深化与理性的思考。在人物命运的处理上，也往往出现颠覆性转折，形成悲喜交错的人物命运结局。比如《归去来兮》中吕以美一直受困于乔家，还要被逼婚，然而在影秋刻意的"帮助"下，她和父亲吕千秋将共同赴

---

① 茅盾：《光辉工作二十年的老舍先生》，《抗战文艺》1944 年 9 月第九卷第三、四期。

往前线参与爱国事业。乔绅则是一心想要赚钱，原先在家中趾高气扬，然而家庭破碎，事业受损加之乔妻的劝解，他略有回归人性之势。乔仁山从一个左右为难的知识分子转变为最后坚定踏出家庭赴往前线的战士，其命运是由悲转喜。而莉香则本是一个骄横的少女，在无人管教的情况下丧失了贞洁，本想抓住影秋为孩子落跟，却被影秋抛弃。影秋与桃云则相互勾结，摆脱乔绅对其的控制，然而却在香港遭遇到了轰炸，生死未卜，这则是由喜转悲的命运。人物痛苦的倾诉与人物幽默的话语构成悲喜交融的风格。仁山痛心疾首的倾诉，以及乔妻维护儿子的话语，还有莉香发现影秋变心后的言语等等都是个人情感痛苦的表现，而吕千秋他所说的话因其洒脱的品行给人以轻松感与正义感，戏剧中悲喜剧因素有机地融合在一起，互相对峙又彼此映衬，极富张力感，使戏剧在生动活泼中迸溅出情感的火花，显示出老舍思想的力度。

　　从审美角度看，悲喜结合才是人生的本真形态。悲剧和喜剧都是人的本质对象化纵向运动所必经的两个阶段，由于历史发展的阶段性和局限性，任何事物都难以逃脱从悲剧到喜剧的命运。历史在扬弃中不断前进，悲喜与之伴生，并肩而行，这在新旧事物交战的社会重大变革时期体现得尤为突出。中国现代大动荡、大转变的社会现实为悲喜剧的滋生和表演提供了温床和舞台。特别是在抗战这个悲喜交加的时代，艺术发展驳杂，作家们跃跃欲试，力图以五花八门的艺术形式抓住千变万化的时代精神。老舍的笔锋直指抗战大时代新旧时期交替所带来的现实生活的本质矛盾，并用幽默这种含盖悲喜、有极大包容力和表现力的形式抓住了那个时代本质的精神特征。生活在历史中的人总是肩负着过去的历史文化和现存的生活处境带给他们的双重精神负担，在中华民族危亡时期，现代民族国家转型时期，这种负担显得异常沉重。老舍毫不犹豫地承担起这个责任，在抗战戏剧含泪的微笑中，激励人民在大时代中创造中国新的历史与文化。

第六章　新旧、中西与戏剧现代化

　　中国戏剧在走向现代的历程中，有几个互相纠缠的问题始终困扰着剧作家：那就是如何处理新旧、中西、传统与现代之间的关系。新旧、古今似乎是一个纵向和历时性的问题，是一个文化进化论方面的问题；而中西之间似乎是横向和共时性的问题，是跨文化传播的问题。然而在中国文学走向现代化的道路中，西方往往又和新的等同，中国传统与旧的相关联。老舍从事话剧创作是在五四文学的基础之上，这对于传统戏剧来说是新的文学形式；话剧作为一个来自西方的文体，在中国发展时又面临一个中国本土化的问题。这样的新旧、中西问题是老舍和中国现代戏剧家必须思考和回答的问题。老舍对传统曲艺的继承与整个20世纪中国传统曲艺改革运动是紧密联系在一起的。中国曲艺中最璀璨的艺术形式莫过于京剧。京剧由传统向现代化的转变，大致有下面几种：一种是强调弘扬京剧独特的艺术风格，但却不能与中国革命与时俱进，此种改革以传统京剧艺人为主，代表人物是梅兰芳；一种是以延安为代表的强调政治宣传的改革，主张内容革命化、形式大众化，但与传统艺术形式有一定的割裂；另一种则是以田汉、欧阳予倩、老舍等为代表的中间改良派，他们继承传统的同时，也注意思考如何将传统与现实相结合。他们往往引入西方的戏剧文学，在用西方艺术形式来改造传统的同时，也尊重传统，希冀实现传统艺术的现代转化。当然这些探索各有不同和偏差，他们在不同的阶段也有不同的思考，有很大的个体差异性，也有一定的共性。老舍在抗战戏剧创作中的艺术探索之路则在一定程度上体现了中国艺术家的探索之路。

第一节　老舍对传统曲艺的继承

老舍对传统文化艺术的继承在抗战戏剧创作中表现在多个方面。首先就表现为他对传统曲艺的爱好。老舍先生的妻子胡絜青曾说："在他小的时候，满族人中还有很多人都会吹拉弹唱，不少家庭中有三弦、八角鼓这类简单的乐器，友人相聚的时候，高兴了就自弹自唱起来，青年人也往往以能唱若干段打鼓或单弦而自傲。"① 老舍自己常常回忆小时候去天桥看戏，边看边学着唱，从此看戏和唱戏成了老舍生活中重要的一部分，同时也融入到了老舍的文艺创作之中。老舍抗战初期也进行了大量传统曲艺创作。据统计，抗战第一年，老舍创作出6篇鼓词、5出旧戏、一部传统小说，转到重庆之后，又创作了几篇鼓词。《文盲自叹》《张忠定计》《王小赶驴》《打小日本》等就是由其创作出来的鼓词代表；《西洋景词》是洋片词代表；《中秋月饼》等是相声的代表。当然其中最突出的还是老舍的抗战京剧创作。

一　老舍传统曲艺和诗歌的创作实践

旧剧在五四时期已经遭到了极大的否定和批判，但抗战时期老舍为什么要创作旧的曲艺？其中最主要的原因还是前面论及的时代、政治宣传和抗战文艺发展的需要。老舍说："在抗战期间，应把一切可以用的力量拿出来，新诗旧诗大鼓书……全当各尽其力。要尽力，就用不着争什么正宗正统。"② 可见，在老舍那里并没有什么新旧、中西之别。随着抗战文艺的发展、广大军民的需求，老舍将各种文艺形式可谓十八般武艺拿出来轮番上阵。老舍认为旧剧，包括二黄、京剧等也是受到广大群众所喜欢的，广大文艺工作者开始认识到，以前弃之如敝履的传统曲艺，也即旧剧和大鼓也能成为强有力的宣传武器，这样全盘否定的观点

---

① 胡絜青：《老舍和曲艺》，载《老舍曲艺文选》，中国曲艺出版社1982年版，第388页。
② 老舍：《答客问》，《抗战文艺》1938年12月3日第三卷第一期。

就变得不合时宜。

首先,新文艺还不足,而传统曲艺符合广大群众的教育和欣赏水平。抗战期间,话剧获得较大的发展,但新文艺没有深度融合到大众群体当中,它的读者还只是学生与知识群体。① 老舍也说旧的文艺形式"你若说它要不得,你就须供给一些别的去代替了它。新小说、新戏剧,显然还没能代替了它,而你不能用政治的力量把它一下子扫除净尽——即使能做到,也不近人情。因此,你必须去创造新的东西代替它,这是你必须努力的"②。毋庸置疑,话剧虽然在中国已经发展了三十多年,但其实并没有在社会上得到普及,话剧在广大群众中还只能收到部分的宣传效果。相反地民间曲艺、旧剧都很流行,抗战前线的军民,特别是下层民众文化普遍受教育水平不高,甚至完全没有受过什么教育,没有什么文化的民众也能听懂,他们看习惯了,也容易接受。老舍说:"民间的剧本,是由多年修改成的,能博得民众欢心,因为民间的剧人知道民众需要什么。"③ 随着抗战的进一步发展,广大下层民众的需求成为文艺必须面对的问题,要解决文艺为谁服务的问题,老舍和广大文艺工作者开始思考,很多人提出必须"充分利用我们民族大众中流传着的旧艺术旧形式的优点"。④ 这就是老舍开始京剧创作的重要原因。

其次,要肯定传统曲艺中优秀的、适合新时代的因素和成分。自从上海"八一三"事件后,上海戏剧界就多次举行座谈会,探讨如何将旧剧投入抗战的问题。周信芳指出:"旧戏一般被认为是在宣传封建思想,因此许多戏遭到禁止,技术上渐次失传,但有些戏又实在有反封建的意义。"⑤ 传统曲艺的确存在一定问题,但也有很多旧剧有许多积极、

---

① 茅盾:《文艺大众化问题》,载文振庭编《文艺大众化问题讨论资料》,上海文艺出版社1987年版,第380页。

② 老舍:《答客问》,《抗战文艺》1938年12月3日第三卷第一期。

③ 老舍:《抗战以来文艺发展的情形》,《国文月刊》1942年7月、9月第十四、十五期。

④ 《陕甘宁边区民众娱乐改进会宣言》,载《延安文艺丛书·文艺史料卷》,湖南文艺出版社1987年版,第500页。

⑤ 田汉:《抗战与戏剧》,载《田汉全集》第15卷,花山文艺出版社2000年版,第328页。

宝贵的因素，因此应该一分为二地看待，不应该全盘否定。老舍在《答客问》中专门谈到"旧"的文艺问题，他说："你对旧形式的'旧'字，恐怕有点误会。你以为这旧即是破旧不堪之旧，其实是旧有之旧。旧有的玩意儿在许多年前生长在民间，而今还存在着，并随时改变前进。你说它不行，它却顽强的就立在你的身旁。"① 当然老舍也承认旧文艺形式中有糟粕，正如新文艺中也有坏的东西。老舍说："我要取精去粕，用旧盆栽新花来。旧盆的样子也许欠玲珑新巧，可是吃过多年的水，也许更有益于新华的生长。好吧我就本着这个宗旨去写作。"② 老舍也强调旧的形式、技巧不是一看就能把握的，它是活在民间生活之中，而不是在纸上的，它不仅有音节腔调的问题，还要上板入弦达韵合辙成为活的表演，实在不易。

最后，还是抗战的需要。老舍在《我怎样写通俗文艺》中写道："在抗战以前，无论怎样，我绝对想不到我会去写鼓词与小调什么的。抗战改变了一切。我的生活与我的文章，也都随着战斗的急潮而不能不变动了。七七抗战以后，济南失陷以前，我就已经注意到如何利用鼓词等宣传抗战这个问题。记得，我曾和好几位热心宣传工作的青年去见大鼓名手白云鹏与张小轩先生，向他们讨教鼓词的写法。后来，济南失陷，我逃到武汉，正赶上台儿庄大捷，'文章下乡'与'文章入伍'的口号既被文艺协会提出，而教育部、中宣部、政治部也都向文人们索要可以下乡入伍的文章。"③ 这就让我们明白了老舍传统曲艺创作的背景缘由。

目前老舍在抗战时期创作的小说、话剧已引起人们的重视和研究，但旧剧、鼓词、长诗等作品尚关注较少。其实这些作品都是老舍创作不可分割的有机组成部分，老舍在这些领域丰富多样的创作，也为老舍抗战话剧写作打下基础，这是老舍研究不容忽视的重要领域。据目前所知，老舍将抗战期间的戏、曲创作汇印出版的仅有一本《三四一》集。因其中收鼓词《王小赶驴》《张忠定计》《打小日本》三篇；京戏《新

---

① 老舍：《答客问》，《抗战文艺》1938年12月3日第三卷第一期。
② 老舍：《答客问》，《抗战文艺》1938年12月3日第三卷第一期。
③ 老舍：《制作通俗文艺的苦痛》，《抗战文艺》1938年10月15日第二卷第六期。

刺虎》《忠烈图》《王家镇》《薛二娘》四出；《兄妹从军》一篇（实为评书艺人提供的话本）；故名《三四一》，出版于一九三八年八月。它是老舍抗战期间出版的第一部创作专集，也是老舍创作"通俗文艺"的第一部专集（另一部为《过新年》，中华人民共和国成立后出版），在老舍创作中占有独特的地位。老舍在《三四一》集的"自序"中曾说："这八篇东西，都是用'旧瓶装新酒'的办法写成。旧瓶新酒这问题的讨论已有不少，我不想再说什么。我只愿作出几篇，看看到底有无好处。不动手制作而专事讨论，恐怕问题就老悬在那里，而且也许越说离题越远了。"抗战开始后，如何发挥文艺的宣传、鼓动作用，激发民众投入抗战洪流，已成为文艺界面临的重大课题，当时曾围绕"文艺大众化"展开了热烈的讨论，并提出"文章下乡""文章入伍"的口号，可见《三四一》集正是老舍将理论探讨化为创作实践的产物。除上述八篇戏、曲作品外，老舍还先后创作了7篇鼓词：《游击战》《抗战一年》《"新拴娃娃"》《文盲自叹》《赞国花》《陪都巡礼》《贺新约》；快板2篇：《女儿经》《忠孝全》；洋片词3篇：《二期抗战得胜图》《西洋景词》《新洋片词》，以及《抗战民歌二首》《童谣二则》。在武汉时，冯玉祥将军那里有三位避难唱河南坠子的先生，他们都是在河南乡间集市上唱书的，所以需要一段可以至少唱半天的唱歌词。老舍说："我向他们请教了坠子的句法，就开始写了一大段抗战的故事"①，最为可惜的是一段河南坠子，据老舍说共有三千多句，因无底稿，也未发表，但老舍说："可是，我确知道那三位唱坠子的先生已把它背诵得飞熟，并且上了弦板。说不定，他们会真在民间去唱过呢。"② 可见，老舍在抗战初期进行了大量和丰富民间曲艺创作实践，流传下来的和我们所看到的只是冰山一角。

（一）老舍的大鼓书词创作与研究

在传统曲艺创作中，老舍创作最多，影响最大的应该是大鼓书词。鼓词一般指以鼓、板击节说唱的曲艺艺术形式，这种说唱形式的历史十

---

① 老舍：《八方风雨》，载《老舍全集》第14卷，人民文学出版社2008年版，第387页。
② 老舍：《八方风雨》，载《老舍全集》第14卷，人民文学出版社2008年版，第387页。

分悠久。鼓词的名称起源于明代,清代以后,鼓词演唱兴盛。北方鼓词主要流行于河北、河南、山东、辽宁以及北京、天津等地。南方主要有江苏的扬州鼓词和浙江的温州鼓词等。今天的读者难睹其原貌了从老舍抗战时期仅存的戏曲作品看"到底有无好处",又表现在那里。茅盾同志在回忆录《烽火连大的日子》里曾说,一九三八年二月七日至十九日在武汉时,为了办好《文艺阵地》要"掌握一批质量高的稿件",他曾拜访了老舍,请他为《文艺阵地》写新鼓词。收到他的好几篇大鼓词,深感这是"旧瓶装新酒"的成功试验,是文艺大众化的一条途径。茅盾说:"他的创作范围是扩大了,他从小说而剧本,而长诗,而在运用旧形式方面,他亦作了光辉贡献。"① 茅盾文中称这些是"成功试验""光辉贡献",可由如下事实为证:老舍的洋片词也被画家们采用,作为大幅抗战宣传画的解说词;老舍的鼓词《游击战》《抗战一年》等也都是宣传抗战和颂扬抗战中的感人事迹的。其中《抗战一年》印制了一万多份,四处散发,这在抗战经费紧张和印刷困难的情况可是一个了不起的成绩,反映了它受欢迎的程度。《新"拴娃娃"》《文盲自叹》《王小赶驴》《陪都巡礼》等,分别被鼓词名演员富少舫、董莲枝、富贵花等采用,并在重庆公开演出,有的甚至还成了演员们的保留曲目。老舍曾自述:

  我开始正式的去和富少舫先生学大鼓书。好几个月,才学会了一段《白帝城》,腔调都模拟刘(宝全)派。学会了这么几句,写鼓词就略有把握了。几年中,我写了许多段,可是只有几段被富先生们采用了:
  《新栓娃娃》(内容是救济难童),富先生唱。
  《文盲自叹》(内容是扫除文盲),富先生唱。
  《陪都巡礼》(内容是赞美重庆),富贵花小姐唱。
  《王小赶驴》(内容是乡民抗战),董莲枝女士唱。
  以上四段,时常在陪都演唱。②

---

① 茅盾:《光辉工作二十年的老舍先生》,《抗战文艺》1944 年 9 月第九卷第三、四期。
② 老舍:《八方风雨》,载《老舍全集》第 14 卷,人民文学出版社 2008 年版,第 396 页。

由此不难看出，老舍的曲艺作品不仅起过较大的宣传、教育作用，而且是"增强民众抗战情绪"的成功之作。老舍的鼓词之所以能受到民间艺人欢迎，有多方面的原因：语言通俗，而且形象而幽默。如鼓词《别迷信》描写"三官庙"中的五个愚弄欺诈百姓的道士时抓住他们的特征加以勾勒。他们之中，一个"面黄肌瘦无精打采，暗中倒有三个小老婆"，一个"肥头大耳白净子脸，浑吃闷睡好吃又好喝"，一个"脸上的烟灰三寸厚，抽足了鸦片才会降魔"，另外两个年青的，"哈德门做'高射炮'，白面抽得多"。语言通俗幽默，只用了八句，六十三个字，便把五个道士不同的形态特征栩栩如生的描绘出来了。语言具有音乐美。老舍认为，鼓词是表演的，再者观众大部分不识字，所以它是听的艺术，更多的是音乐效果，就需要非常讲究语言的音乐美。

老舍投入了大量时间和精力在大鼓书词的创作上，老舍也专门解释了创作大鼓书是时代的需要。他说："文艺是随着时代走的。以前有《杜十娘》与《栓娃娃》，现在我们写义勇军的母亲《赵老太太》与《募寒衣》，虽然《赵老太太》与《栓娃娃》的调子相同，可是内容差得很多很多了。为何要利用《栓娃娃》呢，因为调子现成，而且颇爽快顺畅，比《毛毛雨》妹妹我爱你都更硬气。赶到明天，中国音乐发达了，中国大众的教育程度提高了，民众根本厌弃了《栓娃娃》，而都要求世界上的名乐，自然也就没有人再照《栓娃娃》写新词了。"① 他还创作了鼓词《识字运动》交给山药蛋（富少舫）演奏。老舍对鼓词的演出方式也有自己的研究，其中《王小赶驴》写平西乡下的赶驴人，为保家卫国，毅然投军，执行任务时与敌相遇，他驱遣驴子回去报信，自己则英勇牺牲。老舍说："其中以《王小赶驴》为最弱，因为董女士是唱山东犁铧大鼓的，腔调太缓慢，表现不出激昂慷慨的情调。于此，知内容与形式必求一致，否则劳而无功。"② 由此可见，老舍不仅学习和创作大鼓书词，还认真进行了研究，可以说是现代曲艺史上大鼓书词的一个专家。这里有老舍一篇被人忽视的专门研究京韵大鼓的文章，因

---

① 老舍：《答客问》，《抗战文艺》1938年12月3日第三卷第一期。
② 老舍：《八方风雨》，载《老舍全集》第14卷，人民文学出版社2008年版，第396页。

为老舍写得简明而清晰，笔者就不作赘述：

> 对于大鼓书，我不十分懂行。就我所知道的那一点，愿说几句：
>
> （一）从清末到今日，北方十样杂耍班子中的各部门很有些变动。有的因用人较多，人不易凑，钱须多花，不利于班主，故渐被淘汰；经济决定一切，太平歌词与莲花落等遂成没落。有的因过于高雅，难学难唱不讨好，自然也就不赚钱，也难免由大家的冷淡而销声匿迹。单弦牌子曲虽勉强挣扎，终是强弩之末，衰灭之象已成；若马头调等则已几成绝响。在这短短的三十来年的变动中，能日见峥嵘者，唯有大鼓。一人一鼓一弦，开销较省；学徒——多是十几岁的小姑娘——上场，本是借地练习，车钱甚微，亦好赚钱。大鼓之盛，是为经济的条件。由通俗文艺的价值上看呢，它既不太文，也不太俗，有雅俗共赏之妙。唱多激亢，亦能委婉，刚柔相济，不至过于单调；五场大鼓相继，因刚柔互异，不至于像五场"快书"之使人喘不过气来也。唱之外，加以形容，手挥目送，绘声绘形，复无呆板之病，台下固喜玩艺儿活泼。有此数因，大鼓遂渐成为杂耍班之主干，别的节目只是陪衬。南京定都，北人南下，闻故乡歌声，当然欣快；大鼓在京沪也略见抬头。讲普遍，诸般玩艺，俱须让它一头。故写大鼓书词较写别的歌曲，更为上算。
>
> （二）大鼓本门中，又有多种：河北与山东民间有"怯大鼓"，腔简词俚，多唱整本故事；如《于公案》、《刘公案》等。在都会中的杂耍班里，因要作到"杂"，所以场场变换，以求醒脾；而每场以时间关系，亦只能唱独立的一小段；稍长的，如《战长沙》一类的曲子，且须分两三次唱完。各种大鼓的混合奏演秩序，当然是按角色的声誉与身份而排定，名誉最高的必须压台，不管他唱的是什么。但是大概的说：今日的杂耍班中，除了单弦牌子曲的老手，能代大鼓压台，其余的都已无此项资格，专就大鼓来说，梅花调大鼓、奉天大鼓、梨花大鼓等，又都争不过京音大鼓（以奉天大鼓或梨花大鼓为主体的班子，自然须另说）。京音大鼓的所以取

得此胜利者概有数因：

（1）腔调：京音大鼓音调高亢，富于刺激性，容易引起听众注意。梅花大鼓确是很好听，可是音乐之美（应配以五音连弹），把歌曲压了下去，歌者就白费了力。奉天大鼓的词句本与京音大鼓相近，但因腔调的限制，句中非多加虚字不可——"初一十五庙门开"，须变成"初一唉嗨十五喂唉庙门儿开唉。"方能唱出。这样，它便接近小调，而失去激壮的气派。以此调去唱《单刀赴会》，或《长坂坡》，遂不相宜。至于梨花大鼓，则慢处柔长，快处细碎，虽所唱多"三国"中节目，可是靡靡之音，不足以达英雄豪杰的情怀。京音大鼓的音调的运用，在抑扬高低之间，既无奉天大鼓之平板，又无梨花大鼓的弛缓与细碎，所以它挺拔可喜。因腔调挺拔，所以它极重视吐字的清晰沉稳。不管行腔的急或缓，吐字必达于听众耳中。譬之戏剧，昆腔比二黄难懂，所以二黄取了优势；二黄又比评戏（半班戏）难懂，所以评戏在最近又风行各地。京音大鼓之占优势，亦非偶然，它清楚易懂，不以腔累意也。

（2）京音大鼓用字遣词多半如《三国志演义》，力求整洁雄壮，故对历史上可歌可泣的故事，颇能传神。《宁武关》《取荥阳》等都能尽情发挥。在另一方面，它吐字清晰，有时如直述，板稳而腔少，所以也能滑稽逗笑，或描写儿女情肠。一硬一软，它可伸可缩，不似别种鼓书之千篇一律，只顾腔而不顾情也。

（3）近来京音鼓书中，往往加入几句二黄，亦所以迎合听众所嗜。若安排得好，象《马鞍山》中之加几句反二黄，不但生动讨俏，而且更能加深感动的力量。梨花大鼓近亦采用此法，但山东音调，忽然加入京剧，便显着不对路了。

（4）二黄戏是国语运动的一大功臣，每见南方戏迷，勉强打着官话道白，虽颇可怜，但二黄戏宣传官话的力量，正不可侮。京音大鼓亦出自平津，调句自然是以官话为主；于是，它在言语上也就比别种鼓书容易占有广大的领土。二黄戏与《红楼梦》若能通行全国，京音大鼓书词便也不怕什么了。

根据上述的理由，下面要说出大鼓书词在抗战通俗文艺中的长处。

（一）用"打牙牌""叹五更"，或"妈妈好胡涂"的形式，把激昂慷慨的歌词装进去，恐难有圆满的效果。调软则词亦随着软了。虽抗战歌词或不拒软性，究当以激壮为主。大鼓书词之能传达并激起壮烈情绪，为已成的事实，拿来利用，自无毛病。据说《长坂坡》《单刀会》《战长沙》《草船借箭》等名曲，都出自一家之手——惜忘其姓名——，词句都极简劲，而且没有什么过于俗俚的地方，足作抗战大鼓的模范。

（二）京音大鼓用官话写，在宣传上较易普遍。各地方自然应当用土语，就各地原有的歌调，编制抗战歌曲，可是大鼓书仍然是个好东西。因为既是用官话写成的，纵不知其调，仍可读其词。市上卖的小唱本，并不附着工尺字，而买的人也未必都会唱；唱物虽变为读物，可是多少也要发生些作用的。我曾在《大时代》发表过《打小日本》一曲；按说，写大鼓应有完整的故事，与典型的人与事，方能有声有色；可是这篇东西，把日本之所以欺负中国，各地战事的经过，及将来的希望，都给说明。这样，第一是它太长了，一共六百多句，就是铁喉的歌者，也不能一气唱下来。第二是缺乏具体的表现，而是用白话歌词讲国家大事，与大鼓书的写法不合。可是，我却另有个打算，长不要紧，不具体也无妨；我根本就是要利用大鼓书的形式写个宣传的小册子；唱不了，那就哼着念好了。反正它通俗，它有劲，它能教民众明白一些战事的始末根由；这就有用。

（三）京音大鼓的句子，是以七言为主。在旧诗里，七古是善于讲故事的，如《长恨歌》等。我们写大鼓书，最好通体七言，力求整重。有了这个骨架，交给歌者，他就会把它活散开。以七字一句为原则，他会随时加入"抬头看"，"这就是"等"三字头"，或于别处加字，使之变为八字、九字、十字、十一字，以至于十五个字的句子；长短相间，自然灵活。我们自然也可以这样把它写好，但一不留神，反倒弄巧成拙，难以入弦够板。反之，我们抱定以七字成句的主意,虽有不少的困难,可是文字必能简练有力;歌者每每会活用别人的文字,而自己却不会创作出有力量的"底子"来。市上的小唱本之无特定的调子者,亦往往七字成句;故大鼓用此法,也算通大路;管他怎么念呢,反正七个字的句子有力量,有使人不知不觉而哼起来的作用。

(四)设若七字为句的作法能成功,则大鼓书实在是较比容易写的。单弦牌子曲,一个牌子一个样儿;牌子换了,词调就须改变;太费事了。大鼓简单,可以省下许多写作时间。句之外,宜注意者,是全曲须用一韵。此等韵被呼为"辙",即以官话发音为准,而把同音的字作韵也。中冬辙,不必分一东二冬;凡是北平话中可以与东冬拉在一处者,都可以用。这个,又没什么难处。上下句可千万安排好。起首四句如七言诗,头两句的末一字都须用平音,如"周仓关平立两旁,当中坐定大忠良"。以下就是一仄一平,一低一高,一直到底了。歌者最怕下句末字是个仄声字,设法唱得响,遂骂编者为不懂行。此外没什么重要的规矩。每一歌,以一百五十句至二百句为合适,过长则太费力,唱不了。非长不可呢,则可分为数大段,以一段为一本,分开来唱。既分了本,则辙可变,每本一辙,隔开去唱,自无犯规之弊。

(五)歌者于演唱之前,往往交待几句话,有时泛泛,有时介绍歌曲内容。抗战鼓书,据我看,可以多加些话,以激动听众。不过,按台上的规矩,未演唱前可以说话;既已开唱,则须一气唱完,不许中间搀话断气。写抗战鼓书者,可在歌之前后附上一些演说词,备歌者采用;若是宣传队到民间去唱,则可不必死守规矩,即在歌的中间加几句话,亦无不可。一段歌,一段话,颇有效力;山东的学生到四乡宣传,曾用此法,成绩甚佳。

(六)京音大鼓书词,拿到乡下去用,可以改用各处原有的大鼓调子,将语词略有改动即可,句子无须大变。黄河流域的各种大鼓,句法组织都与京音大鼓差不多。到南方来,此法很难利用,那就得设法改编以适合土调了。

雄壮、利落、普遍(较比的)、容易写、活动、读唱两可,这些就是我所能想出来的京音大鼓书的长处。①

在民间曲艺史上，既能创作，又能进行学术性研究的人可以说少之又少，而老舍就是其中一个。老舍还在其他文艺杂文中多次提到鼓词的创作问题，总体来说，他有如下观点：

首先，他强调文人作家要转换身份，认清并摆正自己的位置。忘了自己是文人，忘了莎士比亚与杜甫，而变为一个乡间唱鼓词的，或说书的……要把社会经济政治等专门名词忘掉，而能把"摩登女性"改为"女红妆""小娇娘"。

其次，要注意把握形势与内容之间的关系。鼓词是有固定形式的，且形式往往拘束住思想，所以鼓词不能充分自由的以言语直接传达思想。写鼓词首先要考虑到鼓词句子的音节，这样经过翻来覆去的推敲，直至想到合适音节，又合适原意的句子，并且又能上口入弦，很容易唱得起来，这样才算鼓词。内容要丰富充实，须是用民间的语言，说民间自己的事情。

再次，由于鼓词属于韵文，因此要特别注意合辙押韵。就像诗有韵一样，鼓词必须有"辙"，没辙不成为鼓词，鼓词不像快书、弹词可以频繁变换韵辙，而是一个曲本，自始至终只用一道辙，中途不能换韵、改辙。写一篇鼓词相当困难，必须要改了再改，改了还再改。写鼓词不能粗制滥造，写的是韵文，究竟那一个字响亮不响亮，现成不现成，都要仔细地想一想。要知道，通俗韵文写出来是为歌唱的，而且唱出来能使大家听得懂。因此，在字与词上，必须精心选择。

最后，大鼓等通俗文艺和戏剧一样是一门综合艺术。老舍说："要学会一段大鼓，须学韵律、工尺、节拍、腔调，这都需要耐心与功夫。"②

老舍作为一个新文艺的精英作家，转向传统曲艺创作并不是没有痛苦和烦恼的，他曾多次说过："写惯了新文艺的，越敢自由，便越见胆气与笔力；新文艺所要争取的是自由，它的形式内容也就力斥陈腐，要

---

① 老舍：《关于大鼓书词》，《文艺战线》1938年2月第一卷第八期。
② 老舍：《答客问》，《抗战文艺》1938年12月3日第三卷第一期。

拿出争取自由的热诚与英姿来。赤足已惯,现在硬教我穿上鞋,而且是旧样子的不合脚的鞋,怎受得了呢?写新小说,假若我能一气得一二千字;写大鼓词我只能一气写成几句。着急,可是写不出;这没有自由,也就没有乐趣。幸而写成一篇,那几乎完全是仗着一点热心——这不是为自己的趣味,而是为文字的实际效用啊!……牺牲了文艺是多么狠心的事呢?这么一想,有时候便把写成的几句扯碎。然而,自己既懂得一些写通俗文艺的方法,而且确实有不少读众,为什么不努力于此呢?"① 1944年,"文协"为庆祝老舍创作二十周年时,茅盾曾指出:老舍"在运用旧形式方面","亦作出了光辉的贡献"。这绝非恭维夸饰之言,而是恰如其分的公允评价。老舍之所以能在抗战初期即以《三四一》集奉献给广大读者,是因为老舍与戏、曲艺术有着深厚的历史渊源。众所周知,老舍是满族人,而满族又是一个极喜爱并努力创制民间文艺的民族。作为八旗子弟之一的老舍,自幼便接受了民间文艺的熏陶。从而与戏曲结下不解之缘,自然是顺乎情理之事。何况老舍确实曾经说过,在小学读书时,就常常与好友于放学后即去茶馆听书,对曲艺怀有极大的兴趣。因而老舍在抗战时期认识到我国土生土长的文艺形式—戏、曲的艺术功能,决定一试身手时,儿时所受的文艺熏陶便发挥了作用。加之他又能虚心向白云鹏、张大轩、富少舫等鼓词名家和一些不知名的民间艺人求教,和不顾有失身份的大胆实践,以及边作边改的不断磨砺,反复琢磨研究方才取得成功的。

(二) 老舍的抗战相声

老舍抗战期间还创作了好几个相声,实事求是的讲,老舍创作的这些相声宣传激励有余,包袱尚不足,这是当时的环境造成的。这些相声均散见于一九四二年前各报刊,未能成集。老舍曾多次提到一段"费了不少的力气""而且是很坏"② 的相声,因未公开发表,故无法查考;老舍和欧少久合作说了很多他自己新编的抗战相声,在相声当时远没有普及的西南地区,这些相声也足够让观众们耳目一新了。这些相声段子

---

① 老舍:《制作通俗文艺的苦痛》,《抗战文艺》1938年10月15日第二卷第六期。
② 老舍:《谈相声的改造》,《过新年》,晨光出版公司1951年版。

直到80年代这些段子才面世，据说当时的编辑收到署名老舍的相声作品时还不敢相信，其中最精彩是最著名的是《中秋月饼》①：

> 甲　我一见月饼就来气呢？
>
> 乙　为什么一见月饼就来气呢？
>
> 甲　我认为：月饼放白纸上，像日本的国旗。我们祖国的领土上，发现了日本国旗，这种奇耻大辱，你有气没有？
>
> 乙　有，有气！
>
> 甲　不但你有，全国同胞都有气，一定要把它消灭掉！这叫食、寝不忘抗日，一定要把日寇赶出中国去！
>
> 乙　对，（高喊）坚决打倒日本军国主义！
>
> 甲　我不但触物生情，把月饼当作日本国旗去仇视，并且我还要将月饼剥其外壳，看其内瓤，比拟一下，更能激发全国同胞，同仇敌忾，抗日救亡的决心！
>
> 乙　您把月饼馅儿又比喻什么呢？
>
> 甲　我略举几种，比如："五仁"——就是说日寇侵华罪行，惨无人（伍仁）道！
>
> 乙　都有哪些罪行？
>
> 甲　日寇的三光政策。杀光、烧光、抢光，都从月饼馅儿里能比喻出来。
>
> 乙　您谈谈。
>
> 甲　"豆沙"——见人都杀，"细沙"（洗杀）——洗劫一空，再来杀害；"枣泥"就是把中国人民的生命财产，糟（枣）蹋的和泥土一样！

---

① 相声创作于1938年，在1939年重庆电影制片厂的联欢晚会上，老舍与相声艺人欧少久表演了这段相声，相声词后由欧少久回忆讲述，殷文硕记录。欧少久（1911—1987）笔名烧旧，艺名欧宝珊，北京人。12岁进广德楼斌庆班学习京剧，攻净行，后来拜师张寿臣的师弟李增成为宝字辈相声艺人，他曾捧哏，是老舍相声演出的第一个搭档，还曾与老舍好友、著名艺人富少舫、京剧名家李蔷华、李微华（为欧之义女，艺名小橘子、小苹果）在成都联袂演出。中华人民共和国成立后欧少久选择到贵阳开展相声推广和表演工作，这样他就成了西南相声的奠基人和推广者。

乙　太可恨了。①

传统相声有《吃月饼》《吃元宵》《吃饺子》等段子，老舍利用这些旧有的形式，融入抗战的现实生活作为内容，用幽默通俗的形式讽刺了日本侵略者。老舍曾经有个论断，如果说曲艺就是文艺轻骑兵的话，那有讽刺功能的相声则是骑兵和匕首。老舍相声对话的幽默与生动也影响了他的话剧创作，比如《残雾》《面子问题》等戏剧中人物对答就很有相声段子幽默和讽刺的味道。

（三）老舍抗战时期的诗歌

老舍还创作了不少新诗、旧体诗词，以及新民歌，而老舍新京剧中有不少旧体诗歌，话剧中则有不少新诗和新民歌，因此诗歌也是研究老舍戏剧不可缺少的部分。据不完全统计，目前已经发现的老舍新诗有80余首，旧体诗有330余首，散文诗2首，还有一部民歌体长诗《剑北篇》。

目前所能看到的老舍最早发表的新诗，是1931年12月刊登在《齐大月刊》上的一首名为《日本撤兵了》的诗歌。老舍1934年出版《老舍幽默诗文集》，其中收入讽刺诗10首，曾广灿、吴怀斌在1983年出版了《老舍新诗选》。老舍有多篇论文讨论新诗，其中在《论新诗》中老舍提出了三点看法：（一）新诗的工具是白话。新工具不易马上顺手，是理所当然，白话之所以不能一蹴而就，也很明显；（二）新诗的建设也须是新诗人性格的养成与表现；（三）从内容上看，过去二十年来新诗实在显得贫弱。② 老舍认为近二十年新诗多发一些情感牢骚而没有关注重大的社会问题，老舍认为只有去生活，才能成就一个诗的时代。抗战期间老舍的创作都是贴近抗战现实生活的，像《保我河山》《她记得》《空城计》《礼物》等作品有流离之痛和思乡之思，有抨击时弊和忧愤之情，更有对爱国志士在民族危难之际所作出的奋争的赞颂。

老舍也创作了不少旧体诗1938年3月，中华全国文艺界抗敌协会

---

① 老舍：《中秋月饼》，原载《天津演唱》1982年10月。见《老舍全集》第13卷，人民文学出版社2008年版，第50—51页。

② 老舍：《论新诗》，《中央日报》1941年5月30日。

在武汉成立，老舍任常务理事兼总务部主任，主持会务工作。他当时写了《贺全国文艺界抗敌协会成立》七律一首："三月莺花黄鹤楼，骚人无复旧风流。忍听杨柳大堤曲，誓血江山半壁仇。李杜光芒齐万丈，乾坤血泪共千秋！凯歌明日春潮急，洗笔携来东海头！"① 解读这首诗有几点值得注意，一是以新文学家为主的"文协"成立，却以旧文学的形式表示祝贺，表明诗词有极强的交流沟通功能。二是它要求诗人要从吟风弄月、离恨闲愁、倚红偎翠等"旧风流"中走出，投身于拯救国家的事业。三是诗作本身格调高亢，具有鼓动性和号召力。当时在诗歌怎样为抗战服务的问题上有一些讨论，人们更属意于新诗发挥作用。但老舍的旧诗表明，旧体诗词由于短小精悍，节奏韵律感强，适应国民心理，便于记诵而容易流传，能产生较大感染力和鼓动性。它在表达个人抗战豪情，反映国民抗战情绪方面，仍有突出优势。

老舍常以文协负责人的身份参与各种活动，常用诗来表达意见记录见闻。1939年秋，他随全国慰劳总会北路慰劳团慰问北方战场将士，写了《诗四首》《诗二章》《北行小诗》等。老舍的抗战诗歌表现出民族的共同心声；反映侵略战争给国家民族带来的灾难，抨击国难时期醉生梦死的行为；反对侵略，反对妥协投降，主张协力同心打败日寇。字里行间洋溢着浩然之气，是血性文字。这些诗作，或公开发表于报刊，或在各种集会上朗诵，起了鼓舞人心、激发民气的作用。如《赠冯纪法》："抗战今开第五年，男儿志在复幽燕。金陵纵有降臣表，铁甲终辉国土天。斜凝双星休乞巧，西风万马俱争先。多情最是卢沟月，犹照英雄血色鲜。"② 冯纪法是冯玉祥的副官，长期跟随冯玉祥征战。冯纪法回忆说，那时他和老舍在重庆歌乐山比邻而居，关系融洽。1941年七夕，两人同坐院中纳凉，老舍听说冯纪法手中折扇为冯玉祥旧物，触动激情，便在折扇上题了这首诗。作品歌颂中国人民反抗侵略、光复国土的英雄精神，也对汪精卫南京伪政府的投降行为进行了批判，情调慷慨激昂。老舍对这首诗是珍爱的，后来他加以修改，以《"七七"纪

---

① 老舍：《贺全国文艺界抗敌协会成立》，《文艺战线》1938年3月26日第二卷第一期。
② 老舍：《赠冯纪法》，《安徽日报》1985年9月11日。

念》为标题，发表于 1941 年 8 月 23 日《新蜀报》副刊。《诗四首》包含《沔县谒武侯祠》《潼关炮声》《过天津桥》《白马寺》。因为是慰劳抗敌将士，意在鼓舞士气，所以情调高昂，同仇敌忾的激励、抗战必胜的信念充溢于字里行间："死而后已同肝胆，海内飞传荡寇旗"；"山河浩气争存灰，自有军容灿早霞"；"奇兵无愧关河险，壮志同销古今愁；……连宵炮火声声急，静待军情斩贼头。"这些句子都有传统爱国诗词的浩气凛然和鼓动性，并且凝练精警。

如果说抗战前期，老舍诗歌抒发的是个人家庭离散和思恋之情的话，投身抗日后老舍不仅仅看到个人的痛苦，也看到千千万万民众国破家亡之恨。其情感类似"长太息以掩涕兮，哀民生之多艰"。老舍在《伤心》中痛哭"流民掩泣避惊雷"。一旦置身抗日洪流，报国有望，他立即一扫个人的愁苦凄惶之情。曾步原韵作《述怀》一首："黄鹤楼头莫诉哀，酒酣风劲壮志来。如此江山空暮雨，有谁文章奋云雷。烟波古留余恨，烽火从今燃死灰。奇师指日收河北，七步成诗战鼓催。"这时的老舍以诗作战鼓，频频催人奋勇杀敌，情豪志壮，一泻无余。前后两诗对照，那"私情"、家恨与国仇紧密相连，浑然一体，催人泪下，感人肺腑。自此以后，老舍即以国事为重，不辞辛劳地高举"文协"团结抗日之大旗，足迹所到之处无不声声为抗战，他表示："死而后已同肝胆"（《沔县谒武侯祠》）"壮志同消今古仇"（《潼关炮声》），"一生应为天下先"（《七七纪念》），"身后声名留气节"，"四海飘零余一死，青天尚在敢心灰"（《述怀》）。特别是在慰问抗敌将士途中，作者为自己不能投身军营而深感愧疚。中国现代民族国家意识的出现随着民族危机的逐步加深而出现的。中国传统封建国家是建立在臣民关系之上，爱国和忠君相联系的。当满清王朝被推翻，中国结束帝制后，中国民众其实并没有自然而然转变为现代意义上的国民，家国一体的观念不再以儒家天地君亲师为终极目标，不再以效忠帝王为旨归，而是以主权在民的民族国家为认同对象。这给传统中国文化里的家国一体理念和家国情怀注入了新的要素。一方面现代国家要求国民凝聚共识，形成一致对外的国家认同；另一方面，近现代诗歌里的家国情怀，人的观念会更加凸显，但对国家，对民族的认同感却依旧不会消失，老舍诗歌所体现的更多的是对国家本身的热爱。1942年，老舍居住重庆乡下，也写了一些十分有趣的作品，他往往以"乡居"为题，如《乡居杂记》《村居》等。在战争间隙，朋友间的相聚与慰勉无疑更为珍贵，老舍写下"蕉叶清新卷叶明，田边苔井晚波生。村姑汲水自来去，坐听青蛙断续鸣"（《蜀村小景》）这正是他说的个人心中审美力放射出来的情与景的联合，清新淡雅，是一种"活"的美。老舍很懂诗中表现的是一种温和的幽默，一种美丽的趣味，但内在的充沛爱国爱家之情都是潜藏的。他在抗战间的诗作，即使是一首儿歌童谣，也没有离开抗战救国的内容。"抗战第一，所以必须教大家都明白；而经验告诉他，对士兵民众宣传必须清浅简明；不浅明通俗等于没说。"①

  1942年老舍还出版长诗《剑北篇》（共27章，近4000行②）。经过了传统旧体诗和新诗的写作，加上传统大鼓曲艺创作，老舍致力于一种新的民歌探索，长诗《剑北篇》正是老舍诗学创新一次大胆尝试。老舍想从大众化、民族化的要求出发，使新诗作者向快板、鼓词及古典诗词学习，取其优点，互相突破，从中创造出一种雅俗共赏的新诗来。至于新诗所要歌咏描写的内容，老舍的主张和他在小说、戏剧领域中坚持的一样，是现实主义的。抨击社会丑恶，赞美祖国山河及人民，表现抗战时代精神，是其诗作的基本内容。早在一九三八年，中华全国文艺界抗敌协会召开的诗歌座谈会上，他响亮地为抗战诗歌提出三方面的任务："一，在感情上，激发民众抗战情绪。二，在技巧上，不论音节文字，要普遍的使民众接受，普遍的激动民众。三，思想上，正面发扬抗战意识，反面检除汉奸倾向。"③ 为了使诗歌紧密服务于抗战，他又著文大声疾呼："用两千行写八百壮士吧，用五千行描写一位伤好再赴前

---

① 老舍：《〈抗战诗歌集〉（二集）序》，载冯玉祥《抗战诗歌集（二集）》，三户图书印刷社1939年版。

② 老舍对《剑北篇》其实抱有很大的期待，希望完成一部史诗性作品。老舍一九四〇年二月中动笔，至七月初，得二十段，约二千五百行。七、八两月写《张自忠》剧本，诗暂停。一九四一年春初，因贫血，患头昏病时写时停，一年的功夫仅成廿七段，共三千余行。老舍说剩余材料，足再写十余段的，或可共得六千行。因句句有韵的关系，六千行中颇有长句，若拆散了从新排列，亦可足万行之数。

③ 老舍：《对于抗战诗歌的意见》，《抗战文艺》1938年12月17日第三卷第三期。

线的勇士吧！这些宝贵材料，在平时是无法找到的，抗战时代若使笔尖锈住，便永远成为哑子，使这种大时代在诗歌中哑然而逝是多大的损失！"① 老舍这样讲的，在创作上也是这样积极实践的。

老舍《剑北篇》这部长诗，是抗战诗坛上别树一帜的长卷。朱自清先生曾在《抗战与诗》一文中，把这部诗与柯仲平的《平汉铁路工人破坏大队的产生》并论为抗战诗坛上"有意在使诗民间化"的两部代表性作品：

> 诗的民间化还有两个现象：一是复沓多，二是铺叙多。复沓是歌谣的生命。歌谣的组织整个儿靠复沓，韵并不是必然的。歌谣的单纯就建筑在复沓上，现在的诗多用复沓，却只取其接近歌谣，取其是民间熟悉的表现法，因而可以教诗和大众接近些。还有，散文化的诗里用了重叠，便散中有整，也是一种调剂的技巧。详尽的铺叙是民间文艺里常见的，为的是明白易解而能引起大众的注意。简短的含蓄的写出，是难于诉诸大众的。现在的诗着意铺叙的，可以举柯仲平先生《平汉铁路工人破坏大队的产生》和老舍先生的《剑北篇》做例子。柯先生铺叙故事的节目，老舍先生铺叙景物的节目，可是他们有意在使诗民间化是一样的。《剑北篇》试用大鼓调，更为显然。因为民间化，这两篇长诗都有着整齐的形式。

朱自清高度评价老舍这首诗歌，将它作为民间化的代表，说它"着意铺叙景物的节目""发现内地的广博和美丽"以增强人们的爱国心和自信心。朱自清先生说它形式整齐，而且是用大鼓调的形式来创作民歌是独树一帜的。同时朱自清从新诗的角度出发，指出："《剑北篇》的铺叙也许有人会觉得太零碎些，逐行用韵也许有人会觉得太铿锵些。但我曾请老舍先生自己朗诵给我听；他只按语气的自然节奏读下去，并不重读韵脚。这也就觉得能够联贯一些，不让韵隔成一小片一小段儿的了。"②

---

① 老舍：《血点》，《大公报》1938 年 12 月 7、14、15、21 日。
② 朱自清：《抗战与诗》，载《朱自清讲诗》，新华出版社 2005 年版，第 116 页。

朱自清觉得这部长诗逐行用韵不太符合新诗规律，但朗诵起来确实有一种自然的节奏。老舍创作《剑北篇》时，恰逢文艺界热烈讨论民族形式问题。他不喜欢抽象谈理论，便有意在创作实践上去试验，正如在长诗的《序》中所说：

> 草此诗时，文艺界对"民族形式"问题，讨论甚烈，故用韵设词，多取法旧规，为新旧相融的试验。诗中的音节，或有可取之处，词汇则嫌陈语过多，失去了不少新诗的气味。行行用韵，最为笨拙：为了韵，每每不能畅所欲言，时有呆滞之处；为了韵，乃写得很慢，费力而不讨好。句句行韵，弊已如此，而每段又一韵到底，更足使读者透不过气来；变化既少，自乏跌宕之致。①

老舍一般都很谦逊地评价自己的作品，多提其不足，但这部长诗创作的企图确实非常明显："用韵设词，多取法旧规，为新旧相融的试验。"对于这部长诗，胡絜青先生有一段话讲得很明白："《剑北篇》是一种既象鼓词，又象新诗；既全用韵，又相当口语化；既能朗诵，又能唱；既有形式格调，又有自由活泼的诗，谁能说这不是一种新的尝试？"②正因为是一种尝试，就会有成功，有失败。笔者以为这部诗作除了尝试上的努力应当肯定外，在艺术形式上还有不少可取之处：其一是写得通俗，尽量选用富有诗意的俗字，使人人可读可诵，即使不识字的妇孺也能听懂，因此易在民间普及，产生效果。老舍对诗歌和曲艺作品的语言也非常重视。在文协举办的"怎样编制士兵通俗读物"座谈会上，老舍提请与会的各位人士注意，无论新形式还是旧形式都没有关系，但用字造句，一定要注意。像有些新字新句实在为大众所不懂的。在创作过程中，老舍贯彻了他的这一认识，我们即使在他的严肃文艺作品里也轻易看不到偏僻字，那么通俗文艺作品是何种情况是显而易见的。老舍为了能让普通民众看懂通俗文艺作品，"自己吃点苦，而民众

---

① 老舍：《剑北篇·序》，《老舍全集》第13卷，人民文学出版社2008年版，第251页。
② 胡絜青：《〈老舍诗选〉前言》，载《老舍诗选》，大地出版社1981年版，第2页。

得以读到一些可以懂得的新东西，便一定不是乖谬之举。"①

其二是给新诗吸收民间形式韵文作品长处积累了经验。长诗有意用口语俗字、采取鼓词较严整的用韵方法，明显增加了音乐的效果；其三因为诗人写得用力，许多诗句颇为新颖、别致，如形容葱郁重叠的群峰，用"绿色千种，绿色千重"，既简练、押韵，又形象、生动，不落俗套。

老舍抗战时期从小说转而从事曲艺、大鼓、韵文创作，再进行京剧，进而话剧。这些曲艺、韵文，以及京剧构成了一个老舍抗战时期话剧创作的体系性基础。它们环环相扣，相辅相成，紧密地连接在一起，不容分割。换言之，抗战时期的老舍，使出了浑身解数，动用了文艺武库中的十八般兵器，活跃在抗战的文坛上。这些兵器可能太旧，不太趁手，但老舍也愿意尽力拿来练一练。正是老舍在抗战前期广泛学习和创作了大量传统曲艺、大鼓、诗词、民歌等，正好也为他戏剧创作打下了一个坚实基础，因为戏剧是一个综合性的文艺，只有通过完整的体系性创作才能完成好；同时只有了解老舍传统曲艺、诗歌创作，我们才能对一老舍抗战时期的话剧的那种斑驳杂色，甚至所谓的不成熟问题作出客观、准确的评价。

二 大时代语境中的生旦净末丑

老舍刚进行抗战戏剧创作的时候，首先想到的就是创作新京剧，尝试着"旧瓶装新酒"。《新刺虎》《忠烈图》《薛二娘》《王家镇》这四部抗战题材的京剧就是老舍先生尝试的成果，塑造了大时代背景下的生旦净末丑等各色人物。抗战期间，出现大面积剧本荒。大城市演出最成功的当然还是《雷雨》《日出》等这类戏剧，受到知识分子和广大青年的喜爱，但在前线军民看来，这些戏剧远离他们的生活和欣赏口味，他们最喜欢传统皮黄，但剧本内容又是老旧的。老舍为了满足前线军民口味，同时宣传抗战现实，开始尝试传统的京剧创作。

京剧《新刺虎》中康氏在侵略军到来之际，将儿女和父亲送走，

---

① 老舍：《制作通俗文艺的苦痛》，《抗战文艺》1938年10月15日第二卷第六期。

与女仆春香留守,用计将敌人灌醉并杀死,抗击日本鬼子。京戏《忠烈图》是老舍应茅盾同志之约写的,最初发表在《文艺阵地》创刊号上,后收入《三四一》中,足见它的分量。这个戏曲讲述春县即将被日军占领之时,陈自修一家逃难,弟媳被强盗赵虎抢上山做"压寨夫人",她对赵虎晓以民族大义,说服赵虎抗日,并与留守家园抗日的仆人刘忠联合杀敌,使日军惨遭败绩,而陈自修壮烈牺牲。《烈妇殉国》中的薛氏痛恨丈夫刘璃球毫无廉耻,趁哥哥抗日在外,暗中打算将嫂嫂献给日军做军妓。薛氏帮助兄嫂投奔抗日的民团,民团痛击敌兵,而薛氏则承受酷刑拷打以身殉国。《王家镇》写镇上的农户王老好和王老三,以及其他行当的小商贩、赶驴人等,因日寇骚扰,无法生存,在教书先生薛存义的组织下,团结一心练兵习武,当日军进攻镇子时,王家镇的乡亲奋勇杀敌,保卫了家园。老舍的通俗曲艺创作继承传统艺术,塑造了一个大时代的生旦净末丑的群像。无论是在鼓词、洋片词,还是京戏中,老舍描绘更多的是正面形象,大都是深明大义、坚守民族气节的典范。他们面对侵略者,不惜毁家纾难,决不苟且偷安,特别是作品中的妇女形象,如《兄妹从军》送郎上战场的路秀兰,《新刺虎》中巧计杀敌的康氏,以及《薛二娘》中从容就义的薛二娘等人,在国难当头、强敌压境的危急关头,都表现得极为坚贞、壮烈,令人肃然起敬。这些人物之所以生动形象,栩栩如生,原因在于老舍借鉴了传统曲艺的人物表达方式。

首先,传统戏剧人物的脸谱化影响了老舍的戏剧人物。老舍对传统戏剧中的脸谱其实是肯定的,他说:"因为旧戏只行头,脸谱全成了定型的艺术美。"① 传统曲艺都注重表现人物的身份和性格等,都具有"写意化"的特点。为了传达这种写意的特征,传统戏剧往往运用多种夸张的手法,比如脸谱化,往往依据角色的性格和身份来决定净角的整脸油彩。这种脸谱往往固定和程式化,比如关公是红脸、包拯是黑脸,而曹操是白脸、典韦是黄脸,这种色彩和人物忠奸对应;张飞的眉毛是三瓣的,曹操的眼睛是细长的,这些线条的勾勒刻画了人物的性格。人

---

① 老舍:《抗战以来文艺发展的情形》,《国文月刊》1942 年 7 月、9 月第十四、十五期。

物一出场,即便没有多少文化的观众就能根据这些线条和脸谱直接判断角色的地位、身份和性格。老舍抗战喜剧人物一般是忠奸善恶分明,最终从根底里也可以看出这些戏剧背后传统的烙印和人物原型。比如《张自忠》《王老虎》这两部戏剧的主人公,一个是国军上将,一个底层小兵,二者差别很大,但从老舍的戏剧中我们似乎可以看到传统戏剧中的一个原型,即为"岳母刺字、精忠报国"的岳飞。张自忠他们都是爱国抗战的军人,具体而言,人物谱系上也有一定差异。王老虎虽然没有什么文化,但孝顺母亲,即便是被迫拉了壮丁当兵,也听从母亲的教导,要有良心,不做坏事,最终率领自己的小队挫败了日本人烧掉民族工业纱厂的阴谋。这个人物粗中有细,憨厚中有谋略,不由使人想起传统人物中的张飞、李逵。我们可以看到老舍曾多次称赞双厚坪的《水浒》,他也喜欢王少堂的《武松》,对白静亭的《施公案》也是赞叹有加。《谁先到了重庆》中的李凤鸣就有传统英雄人物的豪侠之气、实干之风,他刺杀日本司令最后牺牲的精神体现了传统的惩恶扬善的道德理想,虽然迎合与满足了广大普通居民的欣赏水平和习惯,但老舍抗战戏剧人物为国家和民族而牺牲的思想境界明显要高于民间通俗文学中的"侠客"形象,符合抗战这个大时代的伦理判断和价值需求。

其次,对传统京剧"亮相"的借鉴,是以静态和动态两种形式呈现出来的,角色第一次出场时的标志性戏剧动作即为"亮相"。静态亮相包括人物体貌、衣着、装饰等能反映其年龄、职业、地位,乃至性格和气质等直接呈现给观众的面貌。动态亮相指人物出场时候的特有的动作、台词,比如自报家门等,也能表明人物身份和性格等。一段充分展现穆桂英英姿飒爽的巾帼英雄的刀马戏,是《穆柯寨》中穆桂英的出场,这段出场是动态亮相中比较经典的。还有红娘《西厢记》中略带蹦跳碎步的出场,加上笑颜自语,红娘可爱灵巧聪明的形象跃然台上。在中国传统戏剧中,常用夸张的艺术手段使人物的性格在出场时就给观众留下深刻的印象,也即用角色"亮相"去塑造人物。老舍借鉴了传统戏曲的人物"亮相"的环节,比如《残雾》中仆人刘妈出场时手轻轻抚摸北方油画的亮相细节,体现了她作为北方难民的思乡之情。比如《谁先到了重庆》中吴凤鸣拿着手枪从暗门出去的亮相刻画了一个抗日斗士的形象。老舍深深懂得戏剧舞台上动作的重要性，他说："我写了许多大鼓书、二簧戏，我自己知道是不会好的，因为我是外行，写文章和写戏是不同的，先说话剧吧！马彦祥先生曾经告诉过我，一个点烟卷或是看手表的姿势，得练习三四天。"① 值得注意的是，老舍在主要人物正式出场进行亮相之前，还往往通过一些侧面烘托，来强化人物亮相时的特征，从而给人物性格的亮相打上高光，凸显折射人物性格。人物"亮相"的性格暗示，可以让观众在心理上主动与故事、人物发生沟通，加强了戏剧与观众的互动。这种潜在的互动，恰恰是老舍抗战戏剧的一个重要特征。

最后，脸谱化和亮相是老舍塑造人物时综合运用的戏剧技巧。特别是善恶分明的脸谱化造型能直接表现抗战时期正义与邪恶之间的殊死搏斗。我们可以用脸谱来比拟老舍作品中微妙复杂的人性，如果白色象征刚烈、忠勇的抗战军民，那么黑色就是残暴的日军、乘人之危的匪徒、卑鄙汉奸的象征。在黑白与善恶之间，还有大量普通人属于灰色，他们可能不作恶，但也并不行善。面对日军的暴行，在这黑与白、善与恶斗争的民族战争中，没有人能真正地独善其身，他们被迫在黑白、正邪两端之间做出选择。《王家镇》就是中国抗战的一个小模型，是中日善与恶斗争的战场，虽然只是抗战的一个角落，但老舍以饱满的激情歌颂这个小镇上人民的抗战。这个以"王"为姓氏的小小镇子上，民智混沌，他们对于抗战和敌人的了解是模糊的，对抗战与否的必要性也不清楚，开始时浑浑噩噩，随后又混乱如没有牧人的羊群。直到宣传员薛成义出现。他是善和正义的化身，他头脑清晰、英勇无畏地鼓舞了王家镇的居民，镇上居民最后终于清醒地认识到，只有团结一心抗战，打败日本侵略者，才有可能真正获救。从《王家镇》这曲京剧可以看到老舍的信念，对人民抗战和维护中华民族尊严和荣誉的信念，即他对人民战争和持久战无比坚定的信念。中日战争就其积极意义而言，在于重新凝聚了民心，这是不分贫富贵贱的人民战争。因此无论是普通百姓王小官、王

---

① 老舍：《在新歌剧改进诸问题座谈会上的发言》，《新演剧》1938年6月10日第1卷第3期。

老三、王老好，还是精明持重的富户王万发，都在存亡之际，被激发出抗战的热情。当人们放下私念，投身其中，便可以"外御其侮"。令人欣慰的是，无论这些王氏族人曾经表现出怎样的怯懦、恐惧、混乱和犹疑，也不管他们的见识多么有限，他们最终还是战胜了自我，更战胜了敌人。这些向善的心灵，有着天生的对于家乡的眷恋，和对于日本人的愤怒。毋庸讳言的是，在这些人身上，智慧和勇气一旦被唤醒，就是手足无措、混乱惊慌的人也完全有可能成为英雄。

在几部抗战京剧中，老舍塑造了几个刚烈女性的形象，这些人物身上脸谱化和亮相的综合运用特别明显。这些京剧的女性角色形象鲜明，其共同特点是有刚烈之气，并且勇毅担当。这些女性的出场亮相上，老舍刻意将她们置于极为艰险、退无可退的人生险境。人物一上场，就逼迫她们做出选择和判断。事实上，这是战争时期众多女性的苦难宿命。她们一面尽力照顾家庭、孩子，而另一面又怀抱民族大义，在忠孝、慈孝之间被迫做出选择，这是极为艰难的。这种人物特质在《新》《忠》《薛》中体现得颇为明显。《新刺虎》中的康氏在兵荒马乱的时节表现得非常镇定。面对敌寇的入侵，她没有像其他人那样慌张逃命，而是主动留下来定计杀敌。康氏虽说要和爹爹商议应对敌兵的妥全对策，但在父亲到来之前就已经做出了决定。在民族危难面前，她大义凛然地说：

> 贼兵侵略，本要亡我国家，灭我种族，我们理当人人皆兵，处处抵抗，不当各自逃生，灭自己锐气，增他人威风。①

掷地有声的话将一个"花木兰"式女英雄的形象凸显出来。自古忠孝不能两全，爱国的康氏抛下她父母，还割舍了自己的一双儿女，分别时她强忍内心的悲痛，"金郎！玉娥！儿呀！我的儿呀……"② 这声声呼唤撕心裂肺，令人痛心。她强忍心中的悲痛，坚定自若地和春香一起"妙计擒贼"。康氏的身份是复杂的，她集妻子、母亲、女儿的

---

① 老舍：《老舍全集》第12卷，人民文学出版社2008年版，第589页。
② 老舍：《老舍全集》第12卷，人民文学出版社2008年版，第591页。

身份于一身，这也意味着她担负着多重的责任，但她为了国家断然放下了这些身份和责任，因为在她看来自己最根本的身份是一个中国人。这份责任感让她在面对敌兵时假意欢笑、镇定自若，面对险境时坚定信心、绝不退缩。在刺死敌兵以后，她依然镇定地指挥春香藏起尸身，并且拒绝春香逃走的建议，留下来继续战斗，甚至做好了同归于尽的打算。康氏的大义凛然、坚强不屈和智慧果决在这一篇戏文中表现得淋漓尽致。

薛二娘坚守正义，为救兄嫂，对丈夫大义灭亲。薛二娘的丈夫是个吃喝嫖赌无所不为的恶棍，她第一次出场就是在听到丈夫唤她以后"急忙走上前"，一个"急忙"写出了她面对丈夫淫威时内心的战战兢兢。但接下来的剧情急剧反转，在听到丈夫卖嫂求荣的想法以后，她一口回绝："你为何丧尽良心，要把嫂嫂送给仇人？"纵使遭到丈夫的威胁与暴力欺凌，薛二娘也从未低头，甚至还指责丈夫"做汉奸，廉耻全无"①，劝诫他"要自强，去把敌诛"②。看着丈夫执迷不悟，她就尾随丈夫偷听奸计，并把丈夫的恶行告诉兄长刘忠义，救下兄嫂。在紧要关头，薛二娘以身诱敌，大义灭亲，她恨铁不成钢地质问丈夫："你也是中国人应知仁义，你为何降日本狼狈相依？枉作了男儿汉全无志气，只是个亡国奴向贼屈膝！"③薛二娘的无奈、气愤和爱国志气在这问答中尽显。

陈寡妇的丈夫投笔从戎，为国牺牲，但她贤惠明理，认为丈夫"殉国不虚生"，她强忍着内心的悲痛教子复仇，还在晚上给前线的战士织毛衣。她为了把土匪赵虎拉入抗日队伍，"约法三章"后从了他。在这个过程中，陈寡妇有过一系列的心理活动："听他言来心暗想，为国舍身理应当。国家事大贞节忘，且与敌人杀这场。亡夫恩爱山海样，我不贪生怕死亡。我若不从空命丧，贼人作歹祸四乡；权且依他勤劝讲，游击日本扫强梁！"她想到了自己的国家，想到了死去的丈夫，还想到了四乡百姓。在一番利益权衡之下，她决定用自己的贞节去换取一

---

① 老舍：《老舍全集》第12卷，人民文学出版社2008年版，第624页。
② 老舍：《老舍全集》第12卷，人民文学出版社2008年版，第624页。
③ 老舍：《老舍全集》第12卷，人民文学出版社2008年版，第634页。

份抗日力量和四乡百姓的平安,由此可见在她复杂矛盾的心理中有着十分明确的目的。在当时,保全贞节对一个女性来讲是很重要的,所以陈寡妇这样的决定不可谓不勇敢。

在这些女性身上,灌注了老舍一贯的理念,即"国家兴亡,匹夫有责"。在这些普通妇女身上,也充溢着昂扬的斗志,康氏的一番话就是佐证,她说,"救国何分男与女,欲学搔鼓战金山!"① 这是一个现代版梁红玉。她失去了投身于战场的丈夫,又硬生生地将孩子托付给老父,决意只身抗敌,她的大义、大勇、大智跃然纸上,康氏胸中澎湃的激情令她的形象高大而光彩夺目。康氏有勇有谋,表现出高度的智慧,在日军到来之前,先以黑灰涂面,保护了自己和春香;之后又用美酒佯献敌人,在灌醉他们之后又趁机杀掉。这个女子以弱制强的故事,虽然本身略显老套,但在京剧有限的舞台时空中,却能显出巨大的戏剧张力。女性刚直、勇敢的光彩形象,有时令男性相形见绌。她们绝不庸庸碌碌、自私狭隘,而是穆桂英、花木兰、秋瑾式的人物,但又生动而多元,彼此之间有所差别。例如,康氏的刚烈、智慧;春香的勇敢和稚气;陈寡妇的隐忍;薛二娘的大义。在危机四伏之际,她们往往表现得沉稳镇定、毫不胆怯,有时她们甚至主动出击。这是一曲女性的哀歌,同时也是对中国女性的永恒礼赞。

老舍创作的这四部京剧实际上都属于折子戏,都截取了戏剧冲突中最为激烈的剧情来进行表演,情节安排得非常紧凑。这些京剧仅仅攫取人生的一个片段,它们似乎预示着,苦难总是如影随形地伴随着人们,在一个危机结束之际又转入下一个,这似乎预示着人间的苦难永无尽头,无论是康氏、春香,还是陈寡妇,她们的故事最终都不是终结,而只是她们苍凉人生的一个片段,一个发生在一天或数日之间的命运起伏。她们在仓促混乱的氛围中匆匆退场,而留给观众的,则是一个有待遐想的巨大的空间,没有人知道她们去了哪里,结局命运如何,也不知道她们是否还有机会和家人团聚,这一切都在京剧短小精悍的篇幅中戛然而止,成了长长的叹息和思考。

---

① 老舍:《老舍全集》第12卷,人民文学出版社2008年版,第586页。

三 老舍对传统曲艺的改良

改良从某种程度上来说，就是继承运用旧的形式，同时去掉其不合理、不合时宜的部分；与此同时从某种意义上来说，改革是打破旧的枷锁，创造性地加入新的成分，创造新文艺。可见改良只是继承和利用旧剧，这也是对旧剧进行改革的前提和基础。老舍则充分利用了旧剧的一些因素，或者说旧剧的大量传统被老舍自觉或不自觉地继承和沿袭。

老舍的京剧创作有鲜明的时代性，那些生旦净末丑的形象也是打上了抗战这个大时代的印记。无论从哪个方面看，抗战都是中华民族重新确立自己文化身份，重建文化自信的第一步。五四时期，传统文化被全面否定，从而走上文学革命和革命文学的道路。直到抗战，中国文艺者发现要给广大军民进行宣传竟然找不到一个趁手的武器，他们只有回过头来到传统文化的杂货铺中去找寻，打鼓歌词、二黄、梆子等，然后发现最顺手的还是国粹京剧。从这个角度来看，不论是改编京剧还是传统曲艺创作都是这一大时代语境的产物。

老舍对传统京剧的表现手法也进行了一定的改良。值得注意的是，抗战时期有着极为特殊的氛围，救亡图存的紧张和凝重压倒了一切，京剧也不得不面对转型的压力。这是"艰难时世"，艺术没有理由停滞在原地，何况它曾拥有如此广泛的欣赏人群。对于一个积贫积弱的国家来说，它所要改造的不仅仅是国民性，它的艺术和文化也一样面临着被改造的迫切任务。改变是必须做出的，那些被认为是老祖宗留下的看家宝贝、那些动不得的规矩，也不得不面临转型。对于戏剧改革，老舍和他同时代的那些作家一样，始终保持着一种开放的、坚定的心态。他一方面尊重其中的传统形式、原理、美学特征，而另一方面，他又坚定地主张打破常规，用戏剧去回应时代的需求。这绝不只是形式和语言层面的改变——就像在某些地方戏中所产生的摩登化倾向一样，而是一个时代的总体需求，也是事关民族前途和命运的文化呼声。老舍说在改良传统曲艺中，他"在简单中求生动；于此，略用小说写法。"① 老舍多用对

---

① 老舍：《〈忠烈图〉小引》，《文艺阵地》（创刊号）1938年4月。

话引起更多的戏剧画面,以激起爱国的热情。但随着时代的改变,对话中有些作了修改,有些称谓诸如"主人"改为"先生","奴家""小人"等则尽量避免,这样能减少传统曲艺中不平等的思想。老舍也不建议在对白中加入"打倒日本帝国主义"之类的口号,避免冗长无力,但可以设法把"爱国"等词在顺嘴的地方加入。老舍认为旧剧的改良还是应该顺着时代,本着潜移渐转之原则。

老舍在改革中也有对传统的保留。比如对白保留旧套:"大事不好了"后面必须接对白"何事惊慌",老舍认为这主要是"听惯了就悦耳,耳顺则情通"①。老舍明白剧本只是剧本,京剧并不同于话剧,新时代的京剧固然要求新求变,但它的滋味却不可丢失,不可以"走了味"。老舍坦白地承认,对他来说,京剧创作的难,最大的难度在于,如何做到一个"整"字,这既是立场问题,也是技术问题。他以京剧老戏《四郎探母》为例,指出保持戏曲表演的整体性是非常重要的。而那种一气呵成、连绵不绝的爽利感,又恰恰是这门艺术巨大魅力的重要依凭之一。具体而言,老舍从以下两个方面去尽力实现这一点。一方面,老舍尽量保留了这样一些基本的艺术语言,例如,在开场的人物道白中,剧中角色一般要自报家门,以短平快的节奏,将自己和现实情境介绍给观众。如《新刺虎》中的康氏在一上场就唱出几句引子:"儿的父,去从军,英雄好汉。我在家,教儿女,看守庭园。听说是,日本兵,来到临县。这几天,倒教我,心神不安。"② 紧接着便是四句定场诗:"可恨敌兵太不仁,攻城防火杀良民!可怜家有小儿女,难做冲锋娘子军。"③ 在简单的引子和定场诗中,主人公所处的时代背景和自身处境就交代清楚了。接下来就是一段自我介绍的念白:

  我,康氏,配夫孟国藩。结婚以来,倒也平安快乐。生有一儿一女:儿唤金郎,年方七岁,已入学校读书;女名玉娥,刚交三岁,终日随春香玩耍……这几日,谣传贼兵前进,眼看即至此处。

---

① 老舍:《〈忠烈图〉小引》,《文艺阵地》(创刊号)1938年4月。
② 老舍:《新刺虎》,载《老舍全集》第12卷,人民文学出版社2008年版,第586页。
③ 老舍:《新刺虎》,载《老舍全集》第12卷,人民文学出版社2008年版,第586页。

是我紧闭家门，教金郎暂不上学，在家识字。唉，正是：救国何分男与女，欲学擂鼓战金山！①

通过这段念白，观众就知道了康氏的基本情况：她的丈夫离家去参军了，她在家中和一双儿女相依为命，随着日寇的日益逼近，她的处境非常危险。并且这是一个有强烈爱国心的女性，她想要和丈夫一样去抗敌。有这样一个心理基础，观众就会满心期待康氏是如何"战金山"的。在剧情具体展开之前，人物的身份、家庭情况和性格特点就在一段独白中被交代清楚了。

老舍明白京剧和话剧之间本质的差异，京剧最终所呈现的不是一个脚本，落在纸上的文字只是一个开始而已。此后，这些文字经由导演、演员、乐队等人的共同努力，方才有可能成为艺术作品。老舍说需要记住的是，京剧是一种极为复杂，而且高度程式化的表演艺术。它融合了念白、唱腔、舞蹈、武艺等多种艺术手法，在历经几个世纪的传承发展之后，对于"唱、念、做、打"的技术要求极高。将如此丰富多样的艺术门类汇聚、融合在一起，达到浑然一体的效果，确实并非易事。而这也是让老舍始终思考的关键问题之一。直观地来看，京剧首先是载歌载舞的戏剧形式，这一点和中国许多其他地方戏一样——这一特质可以沿着宋金、汉唐一直追溯上去，和早期人类活动中的祭祀、农耕有着密不可分的联系——借用载歌载舞的形式，或舒缓或激昂的韵律，将人们带入故事情节。这也许可以用"戏随曲动"，或者"无曲不成戏"来形容，这就造成了一种持久的、绵长的韵律感和仪式感。另一方面，老舍努力地保证了故事节奏的连贯性，这就要求节奏的灵活变换和有效地剪辑。在这四部剧中，情节的起承转合大都迅疾有力，这种对于节奏快慢的把握，带动了故事的迅速发展，也在其中造就了一种巨大的紧张感和戏剧气氛，这是京剧艺术的手段，一旦投入表演，在锣鼓、梆子的配合下，还要更为出彩。以《新刺虎》为例，在日军大举进逼之际，康氏唤来仆人春香，欲劝她独自逃生时，有这样一段对话：

---

① 老舍：《新刺虎》，载《老舍全集》第12卷，人民文学出版社2008年版，第586页。

> 康氏　我夫从军，不知生死。我若携带儿女同逃，中途路上或遭危险；不如交与老爹爹带去，我倒放心。我留在此，贼兵不来便罢，来了必定难逃我手。此心已决，不愿连累于你；这里有法币十元，拿着逃命去吧！
>
> 春香　夫人讲那里话来，撇下夫人一人在此，春香是万万不肯的！
>
> 康氏　好个春香！你既忠心，你我且换上破衣，面涂煤灰，俟贼兵到来，看我眼色行事。随我来呀！（唱散板）
>
> 安排妙计擒贼匪
>
> 教他插翅也难飞①

这种极为精简而又迅速的情节转换，在很大程度上，依赖于语言的精炼、字句的控制，达到了很好的艺术效果。这种对时间的控制，符合京剧欣赏的固有习惯。"七七事变"发生之时，老舍自身的创作技巧已经渐渐臻于成熟。作为当时最为出色的小说家之一，他塑造人物的杰出才能首先基于这样一些基本的素养，例如描写对话的生动笔触、把握故事节奏的敏锐感知力等等。很明显，如果单纯地就塑造人物而言，老舍是驾轻就熟的，难就难在如何利用京剧这一旧形式去塑造新的时代形象。当老舍在转向京剧创作之后，他的确遇到了创作"瓶颈"，这位精力充沛的作家对生活始终保持着巨大的好奇心，这使得他总是勇于尝试，而这一过程中也不可避免地伴随着失败和遗憾。新的时代在呼唤新的文艺形式，作为老舍抗战通俗文艺创作的重要组成部分，他的京剧创作占据着一席之地，我们并不能因为它们篇幅短小就无视它的价值。其中既具有通俗明了的面目，又蕴含着那个时代知识分子内心的复杂情思，这是一种混合了激昂、愤怒、理智的混合物，也许其中还混入了一丝焦虑。毋庸讳言的是，这四部京剧是"急就章"，在当时的情境之下，这是可以理解的。这也的确成为了一种以宣传为主要目的的文艺样式，传递出基于义愤的情感宣泄，其意义当有别于我们对于一般文学的要求。

当我们在探讨老舍的京剧艺术时，必须探讨它和老舍后期话剧的关

---

① 老舍：《新刺虎》，载《老舍全集》第12卷，人民文学出版社2008年版，第591页。

系。作为重要的西方文化舶来品,话剧这一艺术形式源自于19世纪末的西风东渐,在20世纪初期以"文明戏"的名义逐渐实现本土化。话剧的本土化过程,也自然对包括京剧在内的传统戏曲造成冲击。和传统戏曲相比,话剧更加侧重于对生活的写实性描绘,它更多地依赖于对话和动作,而非节奏、歌舞和象征性。抗战时期老舍的这些京剧和曲艺创作,可以说是一场属于中国的"文艺复兴"中的一朵浪花,然而这文艺的浪花也折射出民族的自我觉醒,以及不断走向新生的大时代精神。我们必须客观地承认,老舍的这些京剧作品的确显出某种"力不从心"的迹象,它们远未臻于完美。就艺术品质而言,无论是艺术手法的成熟、人物的塑造,还是整体的结构、布局,它们都无法和老舍的抗战话剧、小说相比。其中流露出的明显的宣传气味,鼓舞抗战的强烈意图似乎压倒了对于人性特质的细致描摹,这是不争的事实。"近来时兴的'本儿戏',目的在求穿插热闹,多占功夫,而又需省力气,往往是红脸的进去,白脸的却出来;你两句散板,我两句道白又臭又长,病在一个字——'碎'。这样的戏,尽管行动漂亮,布景讲究,只能热闹眼睛,而不能往人家心里去。"① 显然他意识到了这一点,因此在1938年之后,他便不再从事京剧的创作,而将精力投注到他的话剧当中,并取得伟大成就。张庚在1939年6月10日,给延安鲁艺学生作了一个题为《话剧的民族化与旧剧的现代化》的报告,他指出:"要利用和改造旧形式不仅仅在为抗战作工具的意义,而且在接受民族的戏剧遗产的意义上。要彻底转变过去话剧洋化的作风,使它完全适合于中国广大的民众,在这个意义上,就把它归纳为一句口号:话剧的民族化与旧剧的现代化。"② 他进一步指出:"所谓改革旧剧,并不单是在形式上,而主要是使它的形式能表现新时代、新生活的现实,并且能从进步的立场来批判并改造这现实。"③ 老舍在后续的创作中正是吸取了旧剧的精华,同

---

① 老舍:《〈忠烈图〉小引》,《文艺阵地》(创刊号)1938年4月。
② 张庚:《话剧民族化与旧剧现代化》,载《张庚文录》第1卷,湖南文艺出版社2003年版,第242页。
③ 张庚:《话剧民族化与旧剧现代化》,载《张庚文录》第1卷,湖南文艺出版社2003年版,第242页。

时将其改造以适应新的时代，特别是在思想和精神上对旧剧进行改造，加入了抗战的时代精神。李健吾曾说："然而中国戏曲，几乎千篇一律，只是台上的小说，缺乏戏剧性的集中效果，不能因为片段的美好，掩饰全盘的散碎。我们以往的剧作家注重故事的离合，不用人物主宰进行，多用情节，或者更坏的是，多用道德的教训决定发展。对象是绮丽的人生的色相，不是推动色相的潜伏的心理的反应。这就是为什么，我们常有可喜的幻想——一种近乎现实的文人的构思，然而缺乏深刻，伟大，一种更真切的情感根据。"[①] 老舍后来创作的话剧篇幅更长、内涵更为深刻、人物形象也更为鲜活、多元、生动，这样程式化的问题也大为减少。同样是女性形象，老舍京剧中的烈女康氏、陈寡妇略显"扁平化"，她们无法与话剧《残雾》《大地龙蛇》中的女性的深刻和丰富相比拟。由此可见，话剧自然和现实主义的写作方式还是赋予了老舍更大的创作空间和自由。

老舍的戏剧作品从中国传统小说和戏曲艺术中汲取营养，对其作品有较大的影响，而其创作独特性的重要手段便是传统叙事艺术。与此同时，创作家的写作心态也会受到大时代浪潮的影响，这种"同化"作用不可避免。珍视、尊重民间传统艺术，自我选取与建设创作方式，我们能够从老舍对京剧和传统曲艺的探索中看到这些。同时，也看到了大时代背景对他们的创作产生的强大影响力——老舍作品里出现的现代性的审美创造，戏剧传扬的实际内容是暗含意识形态的政治性话语。时代对创作的渗透不可避免，而作家所要做的是在自主选择与时代渗透之间寻找平衡和价值最大化。

关于旧瓶为什么要装上新酒的问题。《忠烈图》这部戏剧是套用《桑园寄子》这部京剧，不过换上了抗战救国的现实内容，传统京剧是宣扬忠义，而老舍宣传的是抗日爱国情怀。这二者之间在情感上有一定的逻辑联系，但也存在着微妙的差异。老舍经过创作实践发现最大的问题在于，旧的形式与新内容之间存在着很多矛盾和互相冲突的地方，如果不处理好，往往会显得不协调，限制戏剧的表达。老舍抗战京剧都遵

---

① 李健吾：《吝啬鬼》，《大公报·艺术周刊》1935年12月7日第六十一期。

循了传统戏剧的一些章法，比如剧中人物的自报家门，通过自我介绍来完成人物形象；比如场和幕之间，往往采用定场诗、下场诗和下场对等程式化的方式；还有舞台动作上，往往有耍古代戏曲身段动作来表达现代生活的情形，这些会让人觉得有滑稽和时空错位的感觉。这些问题老舍在另一部话剧《大地龙蛇》中借赵兴邦之口也有论及：

  赵兴邦　啊！听这个，"我本是，卧龙岗，散淡的人。"军人要按着这个节拍开步走，行不行？起码，你得来个"大刀向鬼子们的头上砍去"！
  赵庠琛　粗俗！粗俗！
  赵兴邦　是粗俗呀，可是这个路子走对了。我们几十年来的，不绝如缕的，一点新音乐教育，到现在才有了出路。艺术的原理原则是天下一样的，我们得抓住这个总根儿。从这个总根儿发出的我们自己的作品来，才是真正有建设性的东西。啊，（看着刚才挂好的那张画）就拿这张画说吧。①

赵兴邦认为中国文化需要不断地根据时代创新。抗战不仅需要军人战斗，更需要文艺工作者共同努力，需要文学、音乐、绘画，需要文化工作者的参与。赵兴邦认为中国传统戏剧艺术的节奏散淡而富有诗意，但在抗战这一特殊时期我们需要充满血性，甚至是传统认为粗俗直白的艺术。对于赵庠琛的山水画，赵兴邦建议要画那种惊心动魄的东西，要在把握世界普遍的绘画理论和技巧的基础上，才能创造出既是世界的，同时也只是中国的艺术作品。这其实是老舍对传统艺术的看法，他的抗战戏剧也是这么实践的。

第二节　老舍抗战戏剧与西方艺术

  实际上，老舍十分重视创新，他曾说创作需要的是大胆、别出心

---

① 老舍：《大地龙蛇》，载《老舍全集》第9卷，人民文学出版社2008年版，第377页。

裁，每个人都要有点"新招数"，敢于"突破藩篱""别开生面"。① 其实老舍的"新招数"并不是无源之水，除了对传统曲艺的继承和发展外，他最大的创新就是大胆借鉴西方戏剧的技巧和方法，同时突破藩篱，独出心裁地将其融合演变成老舍式的戏剧。总体来说，在老舍抗战戏剧中，西方戏剧艺术的渊源仍然是清晰可辨的。

一 老舍对西方人物塑造的借鉴

对人物性格出色的描绘是老舍小说中的重要特色，而在戏剧中人物性格塑造尤为重要。德国的莱辛说："一切与性格无关的东西，作家都可以置之不顾。对于作家来说，只有性格是神圣的，加强性格，鲜明地表现性格，是作家在表现人物特征的过程中最当着力用笔之处。"② 在英国多年，熟读了从莎士比亚，到狄更斯和康拉德等人的作品，老舍自己也说受到了他们人物塑造手法的影响，这些自然也反映到其抗战戏剧之中。

其中最醒目的是哈姆莱特式的人物。老舍可以说对哈姆莱特这个人物情有独钟，他早期有《新韩穆烈德》的小说，而抗战戏剧中总有一些对现实不满，满腹牢骚而又缺乏行动的青年，很有哈姆莱特的延宕气质。比如老舍在介绍《归去来兮》中的乔仁山的性格时曾说："有理想，多思辨，辨善恶，但缺乏果断与自信，今之'罕默列特'也。"③ 乔仁山是一位新青年知识分子，富裕的家庭生活支持他对西方知识的学习，他的身份与性格特征体现出当时爱国知识分子的特点，像哈姆莱特的一样的人文知识者，对现实充满不满和批判。

  乔仁山 大嫂，我并不怕死！不过，假若我去抗战，而家中有个不管正义，而只顾发财的爸爸，有什么用呢？我走了，剩下妈妈在家中受气，我怎能放心呢？
  ……

---

① 老舍：《老舍的话剧艺术》，文化艺术出版社1982年版，第275页。
② ［德］莱辛：《汉堡剧评》，张黎译，上海译文出版社2002年版，第122页。
③ 老舍：《归去来兮》，载《老舍全集》第9卷，人民文学出版社2008年版，第433页。

乔仁山　我不能不想！一个人还能糊糊涂涂的活着，糊糊涂涂的死吗？报仇是义不容辞的，我敢去！可是家里象一堆臭粪，一堆臭粪；把我们兄弟的热血洒在了战场上，难道就为保存一堆臭粪吗？①

乔仁山的哥哥在抗日战场上英勇牺牲了，他想上战场为哥哥报仇，但又因现实种种犹豫无力。在他父亲眼中，他是"一个废物，虽然没死，可是跟死人也差不多"。在他母亲眼中，他的作用也只是"能够传宗接代"。虽然善良，敢于直言，"有的人忙他不该忙的，有的人帮助别人忙那不该忙的，这就是减少了抗战的力量"。但是他性格软弱忧郁彷徨，又不敢有所担当。"我不要钱，也不要衣裳！妈，太苦了！全是责任，全是责任！而又是毫无意义的责任！负起来吧，没有任何好处；不负起来吧，就备受责难！"他有着与哈姆雷特相同的"延宕"的处事方法，为事事操心却不去行动。他希望每个人都能够在社会中有自己的位置，每个身份都应当承担与他身份相对应的责任，但是在抗战这个大背景下，他看到的却是像自己父亲乔绅一般投机倒把，自私自利的人，他想要改变却无他法，所以他永远活在自己理想的世界中，看每个人嬉笑怒骂，自己却只能叹息彷徨。

乔仁山　（在屋中来回走，忽然看见哥哥的遗像，愣住，而后慢慢的叫）大哥！哥哥！你死得光荣，死得光明，我为什么不死呢？你的骨头变成灰，肉化为泥，可是你的正气老象花那么香，永远随着春风吹入那正经人的心中，教历史永远香烈的活下去！我呢？我呢？我怎么办呢？难道这世间第一篇烂账，都教我一个人去清算吗？今天的哪一个有心胸的青年，不应当象你那样赶到战场，死在战场？我并不怕死！可是，我要追随着你的脚步，去到沙场，谁来安慰妈妈，照应妹妹，帮助大嫂，同情以美？噢，这群不幸的妇女们！我不能走，不能走！我不能痛快的洒了我的血，而使她们老以泪洗面！可是，安慰妈妈就是我唯一的责任吗？我爱妹妹，她

---

① 老舍：《归去来兮》，载《老舍全集》第9卷，人民文学出版社2008年版，第481页。

可是准备着嫁一个流氓啊！我佩服以美，可怜以美；结婚我可是想不出道理来，我不能教她永久作奴隶，把肉体给了我，把灵魂卖给金钱。至于爸爸，他总是爸爸呀！他不但给了我生命，仿佛也给了我命运。可是，我的命运就是敷衍爸爸！在臭水坑里作个好儿子，好哥哥，好丈夫吗？我应当孝顺我的爸爸，从而管钞票叫祖父吗？大哥，你说话呀，你指给我一条明路啊！噢，光荣的沉默，惨酷的沉默，你一声也不出！我怎么办呢？①

老舍抗战戏剧中的人物语言一般是非常简短和口语化的，像这样的大段大段的独白非常少见，简直就是哈姆莱特因不能给父亲复仇痛苦自语的再现。在当时战乱时代里，他的言谈有时流露出一种书面化特点，较为文雅，他的心地善良，爱母亲与妹妹，这都和哈姆莱特的形象有类似之处。乔仁山充满爱国之情与奔赴前线的冲动，但又受到种种羁绊。

    乔仁山 妈，我不是个狠心的人！由香港回来，我原想先把家里安置得妥妥当当的，然后再去为国家尽点力。第一，我要说服了爸爸，请他把眼睛睁开，往大处看着，别专看自己的利益。可是我的话象一些雨点落在大海里，任何作用也没有。及至前几天香港被炸了，桃云跑了，我想一定是我的好机会了，可是爸爸似乎更糊涂了，象被魔鬼附下来一样，把我看成了仇人！我不能再因循，不能再把露水空空的落在石头上。我不能再等着，我怕既不能改善了家庭，又耽误了报国的机会！我得马上走！我到外边去，一来是去尽每一个青年应尽的义务，二来是为爸爸向国家社会赎罪！妈，您明白我吗？原谅我吗？②

也正因为如此，他在遵从母亲意愿与自我抱负之间挣扎，他在说服父亲放弃个人利益这一理想破灭后而感到痛苦，他在整个国家命运漂浮

---

① 老舍：《归去来兮》，载《老舍全集》第9卷，人民文学出版社2008年版，第467页。
② 老舍：《归去来兮》，载《老舍全集》第9卷，人民文学出版社2008年版，第504—505页。

不定与自我家庭人员自私自利玩世不恭的对比之下感到愤怒，但却性情软弱，感觉自己"是个废物"，一切事与愿违，多变成了对自己的责难。他对自己妹妹和母亲的对话，和哈姆莱特对奥菲利娅和王后的对话也有相似之处。

> 乔仁山　妹妹，只要知道了父亲不队，知道了母亲爱你，你，妈妈，大嫂，就还有很大的力量把父亲劝明白过来！妇女，在后方，至少会教男人清醒一些，悔悟一些，假若她们不专心地作男人的玩物！莉香，你作过了玩物，你鼓励了爸爸作恶，也毁坏了你自己！毁坏的是你自己，改造你的也是你自己！好，我该走啦！妹妹，搀着妈妈回去！①

乔仁山这段对话可以看出，她对妹妹的态度和哈姆莱特对女性的态度一样的，认为女性是脆弱的，都被动的助纣为虐。乔仁山尽管是这样柔弱的知识分子，其内心的激烈程度却也是最为感人，其最后冲破各种家庭阻力，毅然决然地奔赴前线的爱国之情也最为纯粹，也像极了哈姆莱特的最后一击。

类似的人物还有《残雾》中的冼仲文，冼局长的弟弟，二十三四岁，穿洋服有点洋习气，有点思想而不深刻。爱发愁，可是也会骂人打架。再比如《国家至上》中的李安杰，二十一岁，因战事辍学返乡，希望尽力于家乡的抗战工作，但不懂世故，天真简单，自信于自己才能，以为凭自己就可以说服回汉两族共同抗日。他父亲是汉族乡绅，与回族邻居多有矛盾，他想到的解决办法就是和他的回族同学张孝英结婚，以为这样一切矛盾就得以解决了。还有《大地龙蛇》中的赵立真，专心学问，认为只要科学昌明，世界也自然不会有战争，这是典型的一种简单的人文主义。类似的人物还包括《谁先到了重庆》中的吴凤羽，二十二三岁大学未毕业，富有热情，但年轻冒失。这些人物虽然都如哈姆莱特一样年轻，嫉恶如仇，对日本帝国主义入侵中国感到痛恨，对国内一

---

① 老舍：《归去来兮》，载《老舍全集》第9卷，人民文学出版社2008年版，第505页。

些现实不满，但往往缺乏行动能力，是中国当时一批知识分子的典型。

值得注意的，老舍抗战戏剧中的"哈姆莱特"式人物都不是主角。这些"哈姆莱特"由于家庭、个人等主客观原因，在抗战的时代大潮中被裹挟前进，存在着犹豫和彷徨。老舍对他们是存在一定的批判，但同时认为他们是真实的存在，对他们抱有一定同情。特别是他们最后大多坚定地走向抗战，老舍又对他们是抱有赞扬和期待的。

还有老舍式的"狄更斯人物"。狄更斯塑造了很多戏剧性的人物，他描写了许多有血有肉、丰满逼真的人物形象。比如《大卫科波菲尔》里面有一对虽是配角却让人记忆犹新的角色——米考伯夫妇，他们平时挥霍无度却死要面子，但仍存做人的良知，在关键时候挺身而出揭发坏人的恶行，最后到澳大利亚过上富庶生活。米考伯先生的名言：如果收入20磅，花十九磅十九先令六便士，他就快乐，如果花二十磅一先令，他就痛苦。老舍抗战戏剧中也经常成双出现这样的夫妻。比如《面子问题》中的方心正，因妄想发财而破产，虽处于极度困苦中，仍努力保持面子，而他的妻子单鸣琴为了面子问题绝对与丈夫合作。单鸣琴喜好金钱，重视面子，可谓是走在时代前端的新女性。单鸣琴让人别叫她方太太，认为那太封建了！她觉得"单鸣琴小姐"似乎更有点时代性。[①] 她不似旧时代女性对丈夫言听计从，反倒在其讲话时常常抢白，还掌握家里的财政大权。有资产阶级陋习，吸烟，爱讲究。家里房屋被炸毁，兴办实业发国难财的美梦破碎，但仍为了面子不肯讲出实情。他们还打算组织个实业公司。方心正说是三四百万资本的小规模，以后再扩充。单鸣琴则说："我原说至少要一千万，心正总以为骑着马找马好；他太谨慎！"[②] 为了面子和虚荣心，他们夫妻两个常常假话连篇，而且两个人还经常秀恩爱。

    单鸣琴　好在他马上就回来！心正，从结婚到今天，咱们没分离过一天，我真（很难过）

    方心正　鸣琴，要坚强，挣扎！佟小姐，我可把她托付给你

[①] 老舍：《面子问题》，载《老舍全集》第9卷，人民文学出版社2008年版，第302页。
[②] 老舍：《面子问题》，载《老舍全集》第9卷，人民文学出版社2008年版，第302页。

了!(往外走)

单鸣琴 (追着他)心正,达灵!快回来呀!呕,心正,路过诊所的时候,把欧阳小姐请了来!①

这种夸张的西方式的恩爱像极了米考伯夫妇。米考伯太太几乎每次出场时都要说:"我永远不会离开米考伯先生。"方心正夫妇也是这样讲面子,嘴上处处维护面子,但不似佟秘书般自尊心过强,而是觉得丢了面子可以再找回来。例如当他们无家可归无钱生活的时候,死皮赖脸地待在佟秘书家却丝毫不觉得羞愧。爱金钱,愿意为其挣扎奋斗,而不顾钱来得是否干净。总之,自己有自己的一套哲学,从不会觉得自己有错。这样的人物还有《残雾》中的杨茂成夫妇,杨茂成四十岁,职业无定,作汉奸也可以,作买办也可以,现在正作着各种的官,官小而衔多,化整为零,收入颇为可观。杨太太则与丈夫精诚团结,形影不离,有心路,不顾脸面。三十六七,仍自居为摩登少妇。老舍抗战戏剧中众多人物都打上了西方文学印记,但也是抗战时代中国所特有的。

二 对西方戏剧叙事结构的学习

老舍抗战戏剧总体来看还是遵循了西方戏剧的叙事原则。老舍抗战戏剧中的很多情节都具有丰富的戏剧性,这也归功于对西方戏剧叙事的继承。老舍不少抗战戏剧之所以深受读者喜欢,很大程度上归功于情节的戏剧性。

首先,老舍抗战戏剧善于设置假定性情境。从狄德罗到萨特都特别推崇戏剧的情境。② 老舍的戏剧往往也合理有效地设置特殊的情境,比如《王老虎》中,老舍为了让王老虎的命运起伏处于一种比较自然的状态,

---

① 老舍:《面子问题》,载《老舍全集》第9卷,人民文学出版社2008年版,第337页。
② 18世纪法国的美学家、戏剧理论家 D. 狄德罗在提倡严肃剧(即正剧)时指出,在过去的喜剧中,性格是主要的对象。在严肃剧中,情境却应该成为主要的对象。戏剧作品的基础应该是情境。德国美学家黑格尔则把情境看作是各种艺术共同的对象,只是在不同的艺术中有不同的要求。他在讨论戏剧的特性时,把情境、冲突动作联系起来,构成一个完整的内容体系。在现代戏剧理论中,萨特等人则进一步把情境看作是戏剧的本质所在。

有意将他安置在诸多假定性情境中，为王老虎命运的转向制造背景。一方面，设置王老虎和兄弟之间的矛盾和冲突，但这只是生活上的小冲突；另一方面，又设置一个算命先生给他一个出走会发财的选择性情境，这样在多个条件的作用下，王老虎自然地离开了这个小山村，老舍善于适时设置假定性情境，作为一种自然的客观推动力，让王老虎由一个懵懂的农村憨厚小伙，走上抗日的革命道路。比如《大地龙蛇》具有人物安排的假定性：将主要人物父子直接的冲突安排在一个小小客厅之中，让赵家两代人在这么一局促的斗室之中，促使他们的性格得到充分的展现。还有《谁先到了重庆》将人物设置在一个类似囚笼的北平城，家和国都被异族占领，人物出场就背负国恨家仇，这既是一个假定性情境，也是历史的现实。在这一情境下，张凤鸣等人面临一个抉择：是忍辱偷生作亡国奴，还是杀身成仁，走向光明。老舍将人物置于生与死、黑暗与光明抉择的境遇中来考验人物，当人作出选择的时候，人性自然得以凸显。

其次，老舍也特别善于运用西方戏剧的倒叙手法。从古希腊戏剧开始，索福克勒斯的《俄狄浦斯王》被誉为十全十美的悲剧，开创了回溯式的戏剧结构模式，对戏剧结构艺术产生了深刻影响。老舍也非常推崇这戏剧结构。

> 幕启前数分钟，有一架强烈的聚光灯射向舞台，在未拉开的幕布上，映出重庆的精神堡垒，或别的壮观的建筑的阴影，幕前安置广播机，先放送音乐——像《义勇军进行曲》之类的抗战歌曲，而后广播消息如下：
>
> "重庆广播电台，播送新闻，北平，吴凤鸣，吴——凤——鸣义士，为国除奸，杀死大汉奸胡继江，及日本驻平武官西岛七郎，吴凤鸣义士亦以身殉国。闻国府将有明令褒奖吴——凤——鸣义士……"如有必要，可念两次。
>
> [消息读完，再放音乐，随即熄了灯光，撤去广播机，紧跟着开幕。]①

---

① 老舍：《大地龙蛇》，载《老舍全集》第9卷，人民文学出版社2008年版，第515页。

《谁先到了重庆》这部话剧采用了倒叙的结构，借鉴了西方戏剧的艺术手法。《谁先到了重庆》一剧，以广播播送吴凤鸣牺牲这一情节作为开幕，于戏剧开始就奠定了壮烈雄浑的基调。随后将叙述时间拉回到冲突发生前，从吴凤鸣计划送吴凤羽和小马儿去重庆开始，沿着事件发展的先后顺序，一步步推进故事。戏剧的主要冲突在于吴凤鸣想送吴凤羽和小马儿去重庆，汉奸管一飞站在日军的立场上认为这是背叛日本的行为，因而设计陷害他们。除此之外，还有田雅禅身上正义与邪恶思想的斗争、董志英与管一飞的斗争等次要冲突。老舍在设计冲突时，有意地想带给观众出乎意料的感受。管一飞是吴家兄弟的近邻，刚开始是以朋友的身份出场，很亲切地称呼吴凤鸣为"凤鸣兄"。但在第一幕的最后，他的形象却突然发生了一百八十度的转变，不仅骗走了吴凤鸣的枪，更以此为胁迫，霸道地抢占了吴家兄弟的房子。老舍在编写之时，独具匠心地埋下许多伏笔，使戏剧情节的走向既出人意料，又在情理之中，例如，当董志英说"好在也没多大关系，大家都是老朋友、老邻居，谁还能陷害谁吗"①时，吴凤鸣回答到"这年月就很难说"，这里正是一个伏笔，预示着之后会出现背叛和陷害好友的情节，前后照应，管一飞的转变自然也在预料之中。自此吴家兄弟与管一飞之间展开了戏剧上的冲突。作者以"小马儿毫无防备地告诉邻居们要去重庆的消息"这一情节开场，引发了一系列的戏剧冲突，邻居们最初是支持鼓励，可后来一一暴露了真实的面目，有的趁火打劫、有的助纣为虐、有的幡然醒悟、有的舍生取义。描写北平沦陷后人民不甘当亡国奴，普通市民吴凤鸣等爱国人士与日本侵略者、汉奸等进行了勇敢的斗争，而被逼当了特务的田雅禅和董志新在他的感召下逐渐觉醒，不再助纣为虐，重新焕发了爱国热情，帮助凤羽、小马儿等爱国青年逃往重庆，最后吴凤鸣的牺牲是从广播里传出来的，完成了戏剧的回溯式结构。

　　再次是老舍对非线性叙事的继承。老舍多次提到他非常欣赏康拉德的叙事手法，甚至表示达不到康拉德那样的叙事风格，然而实践上老舍很自然地模仿了康拉德，老舍在他的抗战戏剧中也运用了康拉德的非线

---

① 老舍：《谁先到了重庆》，载《老舍全集》第9卷，人民文学出版社2008年版，第521页。

性叙事的手法。康拉德善于打乱时空顺序,让故事切割重组,这让老舍感到很新奇。老舍说:"在写《二马》之前,我读了他几篇小说,他的结构方法迷住了我,我也想试用他的方法,我在《二马》里留下了一点……痕迹"①。康拉德式的倒叙在老舍的《二马》中得到了运用。老舍这种叙述结构并不奇特,但对于初涉艺术创作的老舍来说是一大突破。老舍曾说因为康拉德,让他明白了如何先看到最后一页,之后再创作第一页。② 最后,康拉德在作品中大量使用象征笔法,老舍的创作受到了这一做法的启迪。康拉德笔下的大海、怒涛、飓风、暴雨、丛林等充满着夸张的想象力,给人以丰富的象征性的联想。老舍早期小说《小坡的生日》就是受康拉德海洋象征性叙事的影响,老舍的抗战戏剧中也有这种大跨度的象征性的叙事作品。老舍的《大地龙蛇》前后有20多年跨度,地点上从西南重庆,到西北绥远,再到山东青岛;情境上从雾都的市民生活,到绥远的炮火,再到碧波浩荡的海洋;从斗室杂物陈列,到大青山的野花,再到青岛鲜花与海浪的映照,期间穿插六支短歌,四个舞蹈,而且戏剧的前线和后方,家庭矛盾和战争冲突等多条线索是交错非线性的发展的,整个戏剧有极大的跨越性和张力。

最后,从整体创作上看,老舍有个别的抗战时期戏剧还是比较注重戏剧的矛盾冲突的。老舍戏剧的结构呈现出"传统模式"与"现代模式"并存甚至融合的状态。其原因是老舍一方面不想走前人的道路,另一方面又不得不在继承的基础上创新。这样老舍的抗战戏剧叙事上呈现一种斑驳杂色。一方面,传统戏剧的结构模式是以情节为中心,故事线索清晰、完整,部分戏剧就继承了这种模式;另一些戏剧在故事情节上虽然完整,但往往穿插叙事很多,还有多条线索,有些线索是隐含和并不明朗的,有些是人物心理和性格的发展叙事。这样老舍抗战戏剧叙事结构上虽然注重矛盾冲突,但又将多种时间和叙事结构融合。我们可以看看《桃李春风》这部戏剧,无论是开场和结局,以及场幕之间都

---

① 老舍:《一个近代最伟大的境界与人格的创造者——我最爱的作家:康拉德》,载《老舍文集》第17卷,人民文学出版社2008年版,第90页。

② 老舍:《一个近代最伟大的境界与人格的创造者——我最爱的作家:康拉德》,载《老舍文集》第17卷,人民文学出版社2008年版,第90页。

注重前后照应。

  辛运璞　（搬一桌由右门入）珊姐！快弄吧！（放下桌，吐气）怎吗？又哭？事到如今，哭有甚么用处呢？①
  胡晓凤　（悲）伯父，我父亲要真做了汉奸，我就没有了爸爸。伯伯，你就收我做个女儿吧！（跪，双手献镯）②
  胡晓凤　（咬牙）提他干嘛？他先给日本人提粮草，找鸡鸭，忙的不得了！为的是保护他的财产，那知道后来日本人还是把他的房子地抢去了，他不答应，跟他们争，后来，后来日本人就把他杀了！我把自己爸爸和丈夫埋了，就连夜跑出来，没想到，在这儿碰到伯伯啦！我可有了主心骨，伯伯，你愿意带着我走吧？伯伯，我什么都没有了，你就是我的亲人。③

  这部戏剧中抗争与投降，生存与毁灭的对照叙事是非常强烈和明显的。戏剧开头辛运璞让学生不要哭，不要慌乱，结尾对应胡晓凤的哭，她父亲没有像辛永年一样为了气节而走，而是为了保住自己个人的一点私产不惜替日本人办事，最后果然没有得到好的下场，而辛永年的抗战终于有了结果。这部戏剧不仅有前后对照，也注意矛盾的突转。戏剧的突转主要表现在最后一幕。辛永年连房租都交不起，陷于困境之中，谁也没想到最后是他以前的那些学生们帮助了他。有当小老板的替他缴付了房租欠款。本来很严格的安检官员，一听是自己老师带领学生过关也给予放行方便。当地的站长也是他的学生，给连票都买不上的辛永年他们安排好车辆，这种被置之死地而后生的突转，显然是凸显桃李不言，下自成蹊的、无私奉献的教育精神。老舍虽然多数戏剧没有按照30年代流行的"没有冲突就没有戏剧"的原则来进行写作，诸如《大地龙蛇》《归去来兮》等戏剧的矛盾冲突并不是特别地集中和突出，但老舍在每一幕也尝试着设置一些冲突性的情境。还有一些戏剧，为了市场和

---

① 老舍：《桃李春风》，载《老舍全集》第10卷，人民文学出版社2008年版，第125页。
② 老舍：《桃李春风》，载《老舍全集》第10卷，人民文学出版社2008年版，第160页。
③ 老舍：《桃李春风》，载《老舍全集》第10卷，人民文学出版社2008年版，第170页。

观众的需要，老舍也尝试了一些戏剧冲突，比如《残雾》中的汉奸、特务之类极富话题性的谍战冲突。《谁先到了重庆》里面就有暗门、枪杀，最后一幕牺牲了众多人物，有很强的戏剧冲突性。

总之，老舍抗战话剧的戏剧结构呈现出多种丰富的面貌，但更多地还是注重情境对戏剧结构的统合。值得注意的是老舍并不热衷于那种不断地设置跌宕起伏的冲突，他注重小的情境营造，还是倾向于戏剧在小情境之中不断积累着冲突，最后在戏剧结尾完成始料未及且饶有趣味的突转，向读者呈献情趣盎然的故事。

第三节 走向人民性的现代戏剧

在抗战这个大时代和政治的推动下，话剧走向了更为宽广的舞台，它不单是要纯粹的套用、模仿西方的戏剧技巧，它更应该结合中国的社会实际情况。时代需要话剧民族化、本土化，抗战过程中话剧得到了一定的发展，同时也推动着话剧逐渐达到了历史的高峰期。

中国现代文学面临着新旧、中西相互交织的复杂问题，抗战时期的话剧也一样。中国学习了西方的戏剧理论，因而产生了中国戏剧概念。中国现代戏剧虽然源于西方，但它面对的观众却是中国人，它也必须面对传统的曲艺形式，只有二者融合才能适应观众口味，实现戏剧的民族性和现代性发展。关于中西戏剧，在有些剧作家看来似乎是难以融合的，有些人是彻底否定传统戏剧，有些则是完全坚守传统。老舍则是知其难为而为之。那么老舍将中西艺术进行融合是一种自发的行动，还是自觉的探索呢？实际上老舍从根本上并没将传统和西方绝对对立，他戏剧出发的根本是为人民大众服务，为抗战服务。他早期进行了大量自发的艺术活动，在当时"文艺下乡""文艺入伍"口号的感召下，决定以枪为笔投入抗战前线，创作了大量鼓词、太平歌词、相声等传统曲艺。通过大量接近人民大众的戏剧创作，老舍实现了其戏剧的现代转化。

一 融汇中西：老舍图卷式戏剧的创造

传统戏剧中，人物始终是戏剧舞台的中心，是最显著的符号，一登台亮相就被人所感知。很多研究者将老舍戏剧称为更像小说的戏剧，这有一定的道理，但笔者认为将其称为"图卷式戏剧"更合适。老舍的确是从小说创作方式转向戏剧创作的，但他最自傲的却是其戏剧人物的塑造，以及人物在戏剧矛盾进展中的呈现方式，更像一个图卷式的展现。

《残雾》的成功，老舍总谦虚地说是侥幸得来的，想不出成功的理由，但他借用赵太侔先生的话说："写过小说的人，对人物的创造有些把握，所以可以写戏。"老舍说："此语若属可靠，就也许可作《残雾》的一点成功之注解"① 对于《国家至上》，老舍认为"它可以算作一本成功的作品。它的好处也在于有人物"。② 老舍抗战戏剧人物众多，有典型的中国传统戏剧图谱式人物，也有西方哈姆莱特式的人物，五行八作、林林总总在一起构成一个抗战风俗世态图，其人文塑造，以及在戏剧叙述中的呈现构成了一种老舍式的图卷式戏剧，达到了超越中西的效果。

一方面，这种图卷融汇了西方戏剧典型化。老舍注意学习西方戏剧类型人物的典型化。老舍追求人物的类型化，但老舍不热衷于用激烈的矛盾和冲突去塑造人物，而是通过最简单的语言，通过对话，用几笔就简单勾勒出一个人物的形象。比如老舍塑造了众多的抗战军人、政府人员、医生、教师、农民，也塑造类型化的汉奸、商人、投机倒把者等类型化人物。众做周知，艺术人物进行类型化有利于让观众一眼就认出来，可是戏剧家易把过多的注意力投入到总的类型上，却极少留意到细节③。老舍的《大地龙蛇》就是类似于"图卷戏"，除了赵兴邦一家人性格比较突出，其他人物类似满、蒙、回、藏等各大民族人物群像展览一样，略微显得单一。这个戏剧最后的龙蛇之舞中，人物被赋予类型的象征性，随着"和平节"游行，这些人物就如同一个卷轴被打开，逐一呈现。戏剧的最后一幕气势恢宏，但人海淹没了人物的具体面目，就像李健吾所评价的那样"我们不能向这类图卷戏要求它不能提供的东

---

① 老舍：《小报告一则》，《笔阵》1942年6月1日第三期。
② 老舍：《小报告一则》，《笔阵》1942年6月1日第三期。
③ ［挪威］克努特·哈姆逊：《论易卜生》，载《易卜生评论集》，外语教学与研究出版社1982年版，第66页。

西。……人物属于类型创造。这正是这类图卷戏的特征。不是剧作者做不到，而是体裁给他带来了限制。"① 笔者认为"图卷戏"并没有给老舍带来限制，而是带来了新的思维方式和新的表述方法。布莱希特说："在简单的评论中这种结构方法常被称为画卷或技巧，就像剧台上展现的只是一幅又一幅情节的图画，它们之间的情节不紧凑，也没有把握住戏剧的紧张性。这当然是愚蠢地误解了我们经典作家伟大的剧本结构方法，……这些剧的主要情节是丰富的，各场戏与剧情发展尽管像图画一样，但决不仅仅是互相联在一起，而是互相制约。"② 老舍在《大地龙蛇》里通过"图卷"展现的是丰富的社会情境，并注重细节描写，使人物的一言一行栩栩如生，从而使《大地龙蛇》任何一帧都成为瞬间的人物剪影，每当戏剧情节安排的台词只有四五句，动作只有两三个，都要配合整个剧目创作目的的独特性、典范性，要在内在和本质上与作品的基本创意保持一致，不然就要弃之不用。正是通过这样立竿见影的方法，老舍写出了虽形散但神聚、意义旷达而气凝的《大地龙蛇》。

另一方面，老舍抗战戏剧的图卷化人物塑造不是单纯的典型化，而是典型化与个性化的融合。比如《大地龙蛇》只在第一幕出现的封海云，他只是一个作为陪衬的次要人物，但老舍仍刻画出他的独特个性。封海云什么也会，什么也不会，是个万金油。他不务实事，崇洋媚外，醉心于享乐交际，不在乎民族大义，只关心个人利益。老舍一方面让这个人物继承了早期小说创作的"洋奴"的典型形象；另一方面老舍又善于细节描写，完成了封云海个性化形象塑造。封云海出场就给赵立真献花，并说"几朵小花，买不到好的，平常的很，倒还新鲜"，就生动地凸显了这一类人的个性特征：漂亮，空洞。作品在封云海的性格塑造之外突出的是当时"西方文化侵略势力越来越大"的社会现实。这种人还有一套自己的独到理论。说得看似颇合情理，但实际上却是为自私自利行为的开脱，若没有国家何来小家，若没有经济的整体繁荣，个人也无法发家致富，在战争年代的投机是发国难财的行为。封海云只能一

---

① 李健吾：《李健吾戏剧评论选》，中国戏剧出版社1990年版，第199页。
② ［德］布莱希特：《布莱希特论戏剧》，中国戏剧出版社1990年版，第151页。

时外表光鲜、个人活得漂亮，而当这种极端利己主义的行为被戳穿，也会尝到不诚实的苦果。赵素渊在没有见到赵兴邦之前，眼界还比较狭窄，世界里只有封海云，没有见到更多优秀的人物，难免认同他的世界观。而当她见到赵兴邦，便会鄙夷封海云："我看他不象个男子汉！我不稀罕他的钱，他的洋服，他的鲜花！都是你们逼的我，我才和他作朋友！"① 走出个人的小圈子、融入家国利益的大圈子就会鄙弃这种行为，封海云也就更加孤立，难以得到大家的认同。封云海这样的虽然是类型人物，老舍在描写上却从来不打折扣。他说："不管人物在台上说多说少，演员们总能设身处地，从人物的性格与生活出发，去说或多或少的台词。某一人物的台词虽然只有那么几句，演员却有代他说千言万语的准备。"② 所以《大地龙蛇》做到了人物个性化与典型化的有机结合。老舍将戏剧图卷式的艺术性提到很高的位置，他说："观众要求我们的话既有思想感情，又铿锵悦耳；既有深刻的含意，又有音乐性；既受到启发，又得到艺术的享受。"③ 正是这种个性化与典型化并重的戏剧观，使老舍创造了独一无二的图卷式戏剧。

　　老舍图卷式戏剧还与传统曲艺有关。传统，应该是一种生机盎然的力量，给时代注入无限活力与朝气，而不是过去了的、不复返的一种遗迹。为了避免复刻生活的自然主义现象，同时也为了让舞台成为演员和观众互动的结合点，而不仅是演员在舞台上表演、观众在台下观看，演员和观众互不干涉的空间，因此在《大地龙蛇》中，老舍把中国戏曲和布莱希特理论结合起来，这便是一种创新。老舍在幕与幕之间安排多个舞蹈、歌曲，突出了舞台性和剧场性。老舍还吸收叙事式戏剧的象征性特征，用龙象征中国文化，蛇象征日本帝国主义。龙蛇的歌舞则是抗日战争的象征，大地龙蛇50年的历史就是中国社会50年的历史。作者通过大地龙蛇的命运变迁来见证社会历史的变迁和命运，蛇在舞蹈中被打败具有象征意义，象征了日本法西斯的战败，黑暗社会的结束。《大地龙蛇》就是通过赵兴邦一个家庭的故事，以及一个家庭的变迁，折

---

① 老舍：《大地龙蛇》，载《老舍全集》第10卷，人民文学出版社2008年版，第371页。
② 老舍：《老舍的话剧艺术》，文化艺术出版社1982年版，第262页。
③ 老舍：《老舍的话剧艺术》，文化艺术出版社1982年版，第243页。

射整个东亚社会和文化的变迁，这便是他"图卷式戏剧"的意义。

老舍在《大地龙蛇》中运用类似布莱希特"史诗剧"这种开放式的戏剧结构，运用叙事性叙述，也是对斯坦尼斯拉夫斯基体系在中国戏剧界一统天下的反叛与挑战。老舍以小处着手、大处着眼的方式关注时代的变化、国家的盛衰，从而达到"图卷剧"的效果。老舍想方设法让每一个人物都说自己的事，同时又与时代发生关系。① 老舍的《大地龙蛇》虽然没有直接证据显示受到布莱希特"史诗剧"理论的影响，但是这种图卷式戏剧的大气磅礴，也与布莱希特的"史诗剧"有着异曲同工之妙。这也许是抗战结束后，老舍和布莱希特在美国见面时互相欣赏的原因。

二　超越新旧——走向人民性的戏剧

在老舍看来，戏剧新旧、中西等问题实际是一组相关的概念。无论是传统戏曲、民间曲谣，还是五四以来的新文学传统和话剧传统，它都是随着时代和人民的需要而变化的。利用旧形式和民间形式都是实现大众化的一种途径，而创造新的、现代化的民族形式则是艺术家的理想追求，要达到这一理想，对于抗战时期的中国戏剧而言，戏剧与现实存在一定的差距或鸿沟，只有跨越这一鸿沟才能创作出人民性的戏剧。什么是人民性的戏剧？其关键在于积极投身于为人民服务的创作中去，创作老百姓喜闻乐见的作品。老舍说："远查历史，则古希腊之大悲剧家与戏剧家都拿剧本去竞赛。他们并不以走出家门，与大众混在一起为耻。"② 老舍认为投身于抗战事业的戏剧创作者，一定要深入人民群众的生活，一定要让戏剧作品以人民群众非常喜闻乐见的形式展现出来，更要符合人民群众的喜好与审美观点，从而让话剧能够发挥最佳的宣传鼓动作用。话剧自身发展的艺术需要和政治需要达成一致，于是，话剧表演的民族风格问题被推向了前台。

（一）老舍抗战戏剧的人民性表现在为广大军民服务。老舍抗战话

---

① 老舍：《老舍的话剧艺术》，文化艺术出版社1982年版，第158页。
② 老舍：《哀莫大于心死》，《文风》1942年6月1日第三期。

剧的一个努力方向，就是当抗战戏剧要为广大军民服务，就决定了它的观众和对象发生了改变，它需要与广大的民众相结合，群众化的风格成为了时代对话剧的要求。话剧的生存与发展也受到观众文化层次和接受水平的影响。在《中国新文学大系·戏剧集·导言》中，洪深曾说，1921年汪仲贤拿一千多元去投资《华伦夫人之职业》，邀请那时最有名的夏月润弟兄两个主演这部萧伯纳的名剧。结果观众上座率很低，而且"陆续走去的很多，等到闭幕底时候，约剩了四分之三底看客。有几位坐在二三等座里的看客，是一路骂着一路出去的"。① 这是中国现代话剧普遍存在的一个现象，洪深的《赵阎王》"对大多数观众也是失败的……观众颇不明了，甚至有谓此人系有精神病"。② 此种情况下，可以紧跟现实进行创作，创作方式简单、内容通俗易懂、表演形式灵活多样的欢快短小的街头剧，广受人民群众的喜爱。这种街头剧随地而安地在街头、场院、前线战壕进行演出，还能极大地调动起观众的参与热情。走遍中国大江南北的《放下你的鞭子》就是最经典的街头剧，堪称演出史上的奇迹。在艺术方面，此种战地宣传剧并不繁复，较为简单，但是非常符合我国大众的观看习惯，尤其是在文化程度非常低的最底层民众中，更易于直观地发挥效用与影响。

老舍抗战戏剧的人民性体现在通俗易懂。这些传统曲艺的一个共同点就是语言平实易懂，源于老舍对文艺作品的语言的通俗性的重视。在由文协主办的座谈会"怎样编制士兵通俗读物"中，老舍对参加会议的众位人士提出建议，形式的新旧无所谓，但一定要注意用词造句，人民群众看不懂的新词新句就不要用了。老舍在创作时一直秉承这种原则，在其较为严肃的文艺作品中也很难看到生僻字，其通俗文艺作品的情况就可想而知了。老舍的一部鼓词作品《识字运动》，就是为普通群众创作的，通俗易懂。甚至还写出了鼓词让山药蛋（富少舫）演奏。在创作过程中，老舍不是没有过苦恼："写惯了新文艺的，越敢自由，便越见胆气与笔力；新文艺所要争取的是自由，它的形式内容也就力斥

---

① 洪深：《中国新文学大系　戏剧集》（影印版），上海文艺出版社2003年版，第33—34页。
② 洪深：《中国新文学大系　戏剧集》（影印版），上海文艺出版社2003年版，第61页。

陈腐，要拿出争取自由的热诚与英姿来。赤足已惯，现在硬教我穿上鞋，而且是旧样子的不合脚的鞋，怎受得了呢？写新小说，假若我能一气得一二千字；写大鼓词我只能一气写成几句。着急，可是写不出；这没有自由，也就没有乐趣。幸而写成一篇，那几乎完全是仗着一点热心——这不是为自己的趣味，而是为文字的实际效用啊！……牺牲了文艺是多么狠心的事呢？这么一想，有时候便把写成的几句扯碎"。① 然而，自己"既懂得一些写通俗文艺的方法，而且确实有不少读众，为什么不努力于此呢？""自己吃点苦，而民众得以读到一些可以懂得的新东西，便一定不是乖谬之举。"在老舍看来，"写通俗文艺是尊重教育程度稍低的读众，与表现文艺抗战的热烈，此外别无企图"。② 抗日战争这段时期，老舍的通俗文艺作品，既鼓舞了广大民众投身于抗战事业，也在悄无声息中传播了文化。这样的文化传播不是通过新的文艺形式，像街头剧、朗诵诗那样去改变普通民众的知识框架，提高民众的知识水平，而是使用民众熟悉的老形式，只是使用旧形式时也会使用一些新的词汇与语法，比如《女儿经》里的"宣传""恋爱"。这种以民众喜闻乐见的形式、加之新的词汇与语法进行潜移默化的文化传播，在不知不觉中提高了民众的知识与文化水平。

（二）老舍抗战戏剧人民性的特点是戏剧审美情趣贴近民众。老舍为了让话剧的审美更加符合民众的意趣，在创作时朝着大众化、民族化的方向努力。老舍说："主要的问题在于深入大众中去了解他们的生活，更深地同情他们。"③ 老舍要求抗战戏剧内容上贴近老百姓的生活、老百姓喜闻乐见的事情。比如《王老虎》中算卦这一节。

  王母　你跟陈先生说什么来着？
  王老虎　啊！他还给咱占了一卦！
  王母　挂上怎么说的？
  王老虎　卦上说的咱们准有财！

---

① 老舍：《制作通俗文艺的苦痛》，《抗战文艺》1938 年 10 月 15 日第二卷第六期。
② 老舍：《制作通俗文艺的苦痛》，载《抗战文艺》1938 年 10 月 15 日第二卷第六期。
③ 老舍：《抗战以来的文艺发展情形》，《国文月刊》1942 年 7 月、9 月第十四、十五期。

> 王母　我不大相信你的话!
> 王老虎　不信……你老看好不好?
> 王母　你作什么买卖呢?①

王老虎和他母亲是地地道道的北方农民,其生活在愚昧和迷信之中,如果没有日本帝国主义的入侵,他们可能一如既往地像这样生活。老舍的戏剧并没有拔高王老虎,而是如实地表现了他们的生活状态。

正是老舍这样的抗战戏剧,彻底完成了话剧中国化和本土化的任务。话剧本土化后,观众群体的范围扩大了,除了原来的市民阶级、知识分子与中学生、大学生,工人、农民和抗敌官兵等社会阶层也加入观众群体。由于受众群体阶层的扩大,话剧第一次得到了最广泛的群众基础。

老舍也注意到服务人民群众也不意味着简单迎合,也需要改良和提高,需要从时代和抗战的需要出发,对旧的思想加以改良。传统《女儿经》传扬的是女子应"三从四德",贤良淑德是女子应该有的品质,出嫁前一切听从父母的安排,出嫁后就是"夫为妇纲",孝敬公婆,主持家务。而老舍的《女儿经》则与传统《女儿经》大相径庭:

> 太平年,贵温贤,在乱世,重健全。身为女,心似男,知爱国,不苟安。多作事,不偷闲,不搽粉,省下钱。献政府,救国捐,织毛袜,送营盘。前线上,士兵寒,到医院,救伤残。到乡下,去宣传,手不懒,口会言。为国事,身当先,甘吃苦,不畏难。有胆量,把枪肩,女中杰,花木兰。跳舞场,影戏园,全不去,志气坚。不挑吃,不讲穿,慢恋爱,快自全。贪快乐,国难安,国不保,家也完。莫胆小,莫心酸,胆要壮,心要宽。新女子,手托天,女豪杰,美名传。

老舍改编的与传统的《女儿经》的差别是显而易见的,那就是思

---

① 老舍:《王老虎》,载《老舍全集》第10卷,人民文学出版社2008年版,第20页。

想内容上的不同。老舍希望将抗战的新思想，用传统通俗的方式，朗朗上口的诵读传唱，来唤起广大平民女性的爱国热情，为抗战大业作出贡献。不止《女儿经》，老舍也把京剧改成了激励群众参加抗日的有效形式，如其在武汉时创作的《王家镇》《新刺虎》《薛三娘》《忠烈图》，都是普通百姓参与抗战的题材。例如《新刺虎》里的康氏与春香，《忠烈图》里的陈自修一家和赵虎、刘忠，《烈妇殉国》里的薛氏与刘忠义、赵先生，《王家镇》里的王老好、王老三、王小、薛成义等，这些普通群众中有农民，有教师，有抗日士兵的家属，虽然身份不同，但他们在面临危险、面临敌人的境况中，用自己的智慧打败敌人，没有一个人卑躬屈膝、举手投降。老舍把沉积在老百姓心中的旧有的封建观念，置换成抗击敌寇、保家卫国的观念。除了《女儿经》，老舍改造的大鼓书词也是这样的。原来的大鼓书词以讲史为主，也有讲述男女之间爱恨情仇、悲欢离合的，而有关保家卫国的却很少，而老舍创作的大鼓词《新"拴娃娃"》中的那个摩登女郎刘三姐，在战争中也改变了性格，愿早起晚睡，将领养的难童培养成"报仇雪耻小英雄"，其中虽不乏幽默可笑之词，但是它的格调仍然是为民族复兴，振奋斗志的，绝无了野调无腔招人讨厌之处。一定程度上，老舍的改造转变了这样一种局面，提高了群众的文化素养。

（三）老舍抗战戏剧的人民性决定了其戏剧超越了新与旧，并且采用民族化的形式。随着抗战时期民族意识的兴起，文艺的民族形式越来越受到重视，并引起热烈讨论。从1939年初到1942年间，在毛泽东同志的推动下，延安开展了有关民族形式问题的讨论，前后有近百名参与讨论者。张庚的《话剧的民族化与旧剧的现代化》和黄芝岗《评〈话剧的民族化与旧剧的现代化〉》两篇文章引起话剧"民族形式"的讨论。张庚认为"要利用和改造旧形式不仅仅有为抗战作工具的意义上，而且在接受民族的戏剧遗产上也有重要意义。要彻底转变过去话剧洋化的作风，使它适合于中国广大的民众。在这个意义上就把它归纳为一句口号：话剧的民族化与旧剧的现代化"[①] 老舍分别于1940年6月和11

---

① 张庚：《话剧的民族化与旧剧的现代化》，《理论与现实》1939年6月第一卷第三期。

月，两次参加了由《戏剧春秋》杂志社在重庆召开的关于戏剧民族形式的座谈会。会议由田汉主持，参加的还有郭沫若、茅盾、阳翰笙、胡风、葛一虹、陈白尘、章泯、应云卫、马彦祥、洪深等人。老舍与大家就建立戏剧的民族形式的正确途径交换了意见，推动抗战戏剧的现代化与民众的结合。陈白尘指出："现在中国的话剧之所以成为'非民族'的形式，是由于它的内容有太多'非民族'的生活、思想与情感之故，而不是由于它没有用京剧或其他民间落后的形式来表现。"① 阳翰生说："有人认为旧戏地方戏便是民族形式，至少从这里可以找出它的中心源泉。但我同意田汉先生的意见，旧戏地方戏不就是我们今日要求的民族形式。"② 周扬则认为："五四的否定传统旧形式，正是肯定民间旧形式；当时正是以民间旧形式作为白话文化之先行的资料和基础。"③ 在一部分文艺工作者看来，五四启蒙文学一方面是反对封建传统文化和文学，另一方面，五四新文化运动所利用的武器却是旧的，是传统的民间文化。由此可见当时讨论中，对戏剧中新与旧的问题仍然没有统一的意见，对如何利用旧的曲艺、民间艺术旧形式缺乏有效的方式。

老舍则对旧剧的改革和改良作了区分。在针对旧剧问题的讨论中，改革与改良这两个词常常混用，老舍则对此作了区分。老舍认为："不改旧剧，而改剧本，这当然说不上改革"，而去掉旧剧"不合理的部分"，则只是"去毛病"，只能算是改良。④ 因此老舍看来，改革是要从剧本上根本的改变旧戏，继承旧戏的一些合理元素；改良则是沿用旧戏剧本，而去掉一些不合时代的旧元素。这二者是存在质变和量变的差异。老舍提出了几种改良的方法：

第一，仍用旧戏，极力改良其不合理的部分，即对五四以来批判旧戏的问题加以改良。老舍认为这只能算是去毛病，而称不上建设新歌剧。比如用简单的昆腔代替二黄，因为昆腔好听，还可以合唱。老舍认为这种改良是不合适的，因为从昆腔的角度看，这只是取巧而已，而且

---

① 陈白尘：《民族形式问题在剧作上》，《戏剧岗位》1941 年 1 月第二卷第二、三期。
② 阳翰生：《戏剧的民族形式问题座谈会（中会）》，《戏剧春秋》1941 年第一卷第三期。
③ 周扬：《对旧形式利用在文学上的一个看法》，《中国文化》（创刊号）1940 年 2 月。
④ 老舍：《抗战以来的文艺发展情形》，《国文月刊》1942 年 7 月、9 月第十四、十五期。

从二黄的角度来看，这甚至是开倒车。至于对旧戏服装上的改良，老舍认为需要长期的研究和考证。"因为旧剧只行头，脸谱全成了定性的艺术美，一改未必不失去了这种美。真的未必美，求真而弃美亦为一大损失。"① 老舍认为对旧戏，不能为了求真实感而去掉其美感。

第二，不改旧剧，而改剧本。老舍认为这肯定称不上改革，这不过是应抗战宣传的需要罢了，而且很多是历史剧，因为时事和政治等诸多因素的制约不太好演，但老舍觉得诸如西安秦腔可以尝试着用旧戏来演时事。老舍认为这种不改剧本的好处是形式一定，剧本看起来比较容易写，但实际情况却并不是这样。前方军民看戏往往想知道完整的故事，"结果我们所写的就往往太简洁，而不为民众所喜。"② 老舍认为只照顾到剧本的完整，又失去了宣传的效果。

第三，演旧剧不要行头，改用现代服装。这种改良办法，不用复杂装饰行头，但还用些简单的马鞭等道具，老舍认为是因为知道旧戏有宣传的力量，但因战争条件限制无法置办行头才不得已为之。老舍认为这种戏的内容往往是民间和现实的。因为服装是现代的，反而显得亲切，内容是大众民间生活，所以也能被群众喜欢和接受。

老舍呼吁要注意保存和继承旧的遗产，在继承的基础上才能改革。老舍说旧剧"一个定型的东西改革之不易。因为它是完成的艺术，故弃之可惜，改之又不易"。③ 但是我们也不能为了新的形式，就抛弃旧剧的特色。老舍特别指出："最近一个不好的现象是值得注意的，就是抗战以来二黄传到大后方来，有许多地方戏受了它的影响，而在逐渐改变。研究戏剧的人对此当充分注意，不要让这些宝贵的东西丧失。如湖北的花鼓戏，因不能在湖北演唱，移到四川，他们就用二黄的锣鼓，且加入二黄腔调，结果原来二百多个调子现在只能唱两三个了，这种损失多么值得注意。"④ 很明显，老舍认为剧种自身的个性与特色非常宝贵，如果因为学习平剧或其他戏剧而丢失，那将是无法估量的损失。老舍本

---

① 老舍：《抗战以来的文艺发展情形》，《国文月刊》1942 年 7 月、9 月第十四、十五期。
② 老舍：《抗战以来的文艺发展情形》，《国文月刊》1942 年 7 月、9 月第十四、十五期。
③ 老舍：《抗战以来的文艺发展情形》，《国文月刊》1942 年 7 月、9 月第十四、十五期。
④ 老舍：《抗战以来的文艺发展情形》，《国文月刊》1942 年 7 月、9 月第十四、十五期。

身对话剧的民族形式是极其热衷的，但经过自己的创作实践证明这是一条走不通的道路，或者说是一个偷换了概念的命题。但如何利用旧形式却不是一件简单的事情，有些作家"不是根据反映抗战现实内容的需要去改造旧形式、选择合适的瓶子，而是做了旧形式的俘虏"。① 对此，老舍根据自身经验强调新旧文艺的区别在于：新文艺"立志要改变读者的思想，使之前进，激动情绪，使之崇高"，而"通俗文艺则近乎取巧，只愿自己的行销，而忘了更高的责任"。不过他也提醒道："因旧生新易，突变急转难。一蹴而成，使大家马上成为最摩登的国民，近乎妄想。以民间的生活，原有的情感，写成故事，而略加引导，使之于新，较易成功。中国原来讲忠君，现在不妨讲忠国，忠仍是忠，方向却变了"。②

老舍对传统曲艺采取的是发展与提高的方法。在采取旧形式的同时，老舍对它的内容完成了置换。1938年9月中，文协曾派郁达夫和盛成两人率团分赴鄂南和鄂东慰劳前线将士，回来后两人曾报告说前线将士精神食粮严重匮乏，同时后方民众的读物，依然到处都是那些充满毒素的旧有的小唱本，和《七侠五义》《彭公案》一类的说部。原先的旧形式的内容多是宣扬忠孝节义、三从四德，甚至荒淫猥亵的。这些东西是无法提高一般民众的抗战情绪的。老舍显然同意这看法，并把这些旧的内容置换成宣传抗日、保家卫国，这就是所谓的"旧瓶装新酒"。

关于"旧瓶"和"新酒"之间的矛盾，当时很多人作了探讨。比如廖沫沙指出："以新酒装入旧瓶，是改造新的去适应旧的，而不是改造旧的来适应新的。"③ 老舍通过创作实践后也进行了深刻反思："等到抗战的时间愈长，对现实的认识和理解也愈清楚、愈深刻，因此也更装不进瓶里去，一装进去瓶就炸碎了。"④ "利用"可以有两个意义。应用了旧的形式，把整套的间架都搬了过来，例如应用京戏这形式，就连台

---

① 蓝海：《中国抗战文艺史》，山东文艺出版社1984年版，第77页。
② 老舍：《谈通俗文艺》，《自由中国》1938年5月10日第二号。
③ 易庸（廖沫沙）：《读欧阳予倩的旧剧作品》，《戏剧春秋》1942年9月第2卷第3期。
④ 老舍：《一九四一年文学趋向的展望（汇报座谈会）》，《抗战文艺》1941年1月1日第七卷第一期。

步脸谱统统都拿过来,"瓶"是完全旧的,连"瓶"上的旧招牌也完全不去动它,这是仅仅借用了躯壳的办法,可以说是初步的手续,但显然未尽利用的能事。所以进一步的"翻旧出新"必不可少。翻旧出新便是去掉旧的不合现代生活的部分(这是形式之形式),只存留其表现方法之精髓而补充了新的进去,而这新的"主要问题在深入大众去了解他们的生活,更深的同情他们,这比只知道一点民间文艺的技巧,更为确实可靠"。① 因此,老舍认为新与旧并不矛盾,而在于如何服务广大人民。

总之,老舍抗战戏剧从理论和创作实践发现,无论新与旧,始终是离不开人民欣赏水平和艺术的传统。对传统因素的利用有两种方式:一种是直接"借用",按照原样照搬,依葫芦画瓢,甚至是保持原汁原味;第二种则是"翻旧出新",批判地加以改造和利用。对于这两种方式,老舍都作了尝试,最终选择了后者,在继承传统的基础上,从思想内容,艺术形式进行适应时代变迁的改造,对传统加以提高和发扬。这样老舍在一切以服务于抗战,服务人民需求,并促进人民的教育和理性思考出发来创作戏剧,从而实现了戏剧对中西、新旧的融合与超越,这无疑对我们今天的文艺创作富有启发。

---

① 老舍:《抗战以来的文艺发展情形》,《国文月刊》1942年7月、9月第十四、十五期。

第七章　语言、叙事与舞台艺术

老舍可以说是中国现代文学的语言大师。高尔基说:"语言是文学的第一要素,是文学的主要工具。它和各种事实、生活现象构成文学材料。"① 戏剧是特别注重语言的艺术,而且要将语言诉诸表演的舞台,使这二者紧密结合。当然在不同时代和流派,以及不同剧作家那里,语言和舞台的关系侧重点各有不同。就这二者关系,老舍也是作了不断的摸索。从某种程度上讲,老舍抗战时期的戏剧更偏重戏剧语言表达,对舞台艺术考虑的还不够,尤其像《残雾》《国家至上》《张自忠》等前几部创作的戏剧,比较偏重叙事和人物对话,以及他的《面子问题》《谁先到了重庆》也属于此类。到了《桃李春风》《大地龙蛇》《归去来兮》这几部戏剧,老舍又开始注意语言和舞台之间的关系。那么我们如何分析老舍抗战戏剧语言中所蕴含的历史文化意蕴,以及老舍戏剧语言和舞台艺术之间融合的可能性呢?回答这些问题,厘清语言、叙事、舞台艺术之间的关系,是我们认识老舍式戏剧的关键因素。

第一节　多样而现代化的语言

老舍从开始进行文学创作就重视语言艺术。老舍指出"语言的运

---

① [苏联]高尔基:《和青年作家谈话》,载《文学论文选》,人民文学出版社1958年版,第294页。

用对文学是非常重要的"。① 在中国现代文学史上，老舍不是白话文运动的先锋和开启者，但老舍将北京地道的口语运用到文学创作之中，在很大程度上克服了"五四"白话文运动中普遍"欧化"的倾向，并为白话文走向成熟的普通话做出了巨大的贡献。早在抗战时期，何容就指出："中国语言的成熟，有赖于施耐庵、曹雪芹、罗贯中、老残……诸人，如果不避嫌，我们可以说老舍也是其中之一。"② 可见，老舍的语言艺术在很早就受到肯定，而其抗战戏剧中的语言也有诸多特色。

一 语言的北京化和地方化

老舍作为土生土长的北京人，虽然留过洋，小说创作有英国的痕迹，但其人物和语言无不是地道的北京味。老舍回国后辗转从山东济南、青岛，到武汉、重庆等不同地区，在写作中北京的语言痕迹一直都在，但是戏剧中也有很多其他地方的方言。从语言的角度看，老舍的戏剧是一个北京话和众多地方方言组成的斑驳地图。

不可否认的是，北京话是这些戏剧语言的主调。正如老舍自己说的"二十岁以前，我说的纯粹的北平话。二十岁以后，糊口四方，虽然并不很热心去学各地的方言，可是自己的言语渐渐有了变动：一来是久离北平，忘记了许多北平人特有的语调词汇；二来是听到别处的语言，感觉到北平话，特别是腔调上，有些太飘忽的地方，就故意去避免。于是，一来二去，我的话就变成一种稍稍忘记过、矫正过的北平话了。大体上说，我说的是北平话，而且相当的喜欢它。"③ 可以说，北京话是渗透到老舍血脉之中的，戏剧创作中用北京方言是一种很自然的表达。在老舍的戏剧《归去来兮》中，人物对话便富有明显的北京方言特色。

> 乔妻　我想呵，吕大哥，以美，顶好是咱们作亲？
> 吕千秋　儿女们的事顶好由儿女们自己管，弟妹！
> 乔妻　好孩子，以美，你有良心！大哥，你看，我在这里简直

---

① 老舍：《人物、语言及其他》，载《老舍文集》第16卷，人民文学出版社1991年版，第57页。
② 何容：《语言的创造者》，《抗战文艺》1944年第九卷。
③ 老舍：《我的"话"》，《文艺月刊》1941年6月16日第十一年六月号。

是个受气包儿，我就盼仁山回来，好歹的给我争口气。①

《归去来兮》这个戏剧的背景是香港沦陷前的重庆，但却也有很多北京方言的痕迹。戏剧对话多是口语化的，比如乔妻说话都是三两个字一停顿，即便是作为旧知识分子的吕千秋也是语言平白，似乎看不出什么地域色彩。但有一些方言也很明显，比如"顶好""作亲""受气包儿""活气"等应属于北方方言，老舍在写作中不经意流露出北京话的味道。

我们还可以看看《谁先到了重庆》，这部戏剧虽然标题有重庆，作家也在重庆，里面的主要人物却在北京，其中对话也是地道的北京味，是老舍所熟悉的语言：

　　管一飞　你，雅禅！要是服从我，我会教你增多些收入，我会给你弄几两好烟儿吃吃！②
　　章仲箫　我来道歉！前天骂了你一句，越想越不够北平人的味儿！我特意来道歉，就手儿帮帮忙！③
　　老四　您等着，赶明天隆福寺开庙的时候，我孝敬你一对小哈巴狗，管保是宫里太监养起来的，嘴，鼻子，和脑门，一边儿平！您是要黑白花的，还是黄白花的？

北京话在老舍这个戏剧里可以说得到了尽情的抒发，如"弄几两好烟儿吃吃"是北京方言的一种句式，"够味儿""就手儿""管保"都是北京方言词。因为《谁先到了重庆》写的是沦陷区的北平，因而语言更多使用北京方言以使戏剧达到生活化、通俗化的效果。从上文可见，除了"烟儿""一边儿""就手儿"这种地道的名词+儿化音的北京味，戏剧中还有很多动词，比如"孝敬"体现了皇城根特有的语言，还有一些形容词和短语都是地道北京方言，一看就充满了北京市民的生活烟火味，有具象化的特点。老舍这种语言往往活泼生动，富有地方情

---

① 老舍：《归去来兮》，载《老舍全集》第9卷，人民文学出版社2008年版，第444—445页。
② 老舍：《归去来兮》，载《老舍全集》第9卷，人民文学出版社2008年版，第540页。
③ 老舍：《谁先到了重庆》，载《老舍全集》第9卷，人民文学出版社2008年版，第575页。

趣。北京是老舍生于斯,死于斯的地方,他前前后后在北京度过42个春秋,老舍对北京饱含深情,因此"不论是在伦敦,在济南,在青岛,在重庆,在纽约,他都在写北京。他想北京,他的心始终在北京。北京是他的写作源泉"。① 老舍自己说:"真爱北京。这个爱几乎是要说而说不出的。我爱我的母亲。我说不出。"② 老舍将北京和生他养他的母亲相比,这是一种无须言说而又血脉相连的情愫。北京是老舍的生命之根,思想之本,创作之源。正是怀着对北京无比深厚的情感,凭借对北京鲜活的记忆,老舍将北京都写进自己的文学作品之中,并"不断地从其题材范围、人物形象、语言韵味、自然景观与人文景观、文化意识与美学意蕴等多方面深入开掘,精心淘沥"③,使得这种京味成为了老舍的艺术的独特风格,也成了他抗战戏剧中的一道风景。许自强认为"京味"应具备以下三个标准:用北京话写北京的人、北京的事;写出浓郁、具体的北京的风土习俗、人情世态;写出民族、历史、文化传统的积淀在北京人精神、气质、性格上所形成的内在特征。④ 纵观老舍在早期所创作的九部抗战话剧,我们不难用这三个标准来分析出其作品所蕴藏的浓郁的京味儿。

京味儿是老舍抗战戏剧的一大特色,也是其运用北京话创作戏剧的最鲜明的标志。其实,京味在老舍抗战话剧中一个突出的特征就是大白话。无论是从人物对话,戏剧的叙述语言,还是场幕的说明,老舍都最大程度上使用北京大白话。老舍热爱北京大白话,他说"我无论写什么,我总希望充分地依赖大白话"。他努力追求一种"既是大白话,又不大像日常习用的大白话",而且是"叫人听着有点滋味"的"加过工的大白话"⑤。老舍以书面的形式提纯了许多北京人口语的日常表达,

---

① 孟广来、史若平等编:《老舍研究论文集》,山东人民出版社1983年版,第151页。
② 老舍:《想北平》,载《老舍全集》第14卷,人民文学出版社2008年版,第55页。
③ 吕智敏:《老舍与"京味小说"》,《北京老舍文艺基金会年鉴》,北京十月文艺出版社2000年版,第133页。
④ 许自强:《"京味小说派"与老舍》,《北京老舍文艺基金会年鉴》,北京十月文艺出版社2000年版,第168页。
⑤ 老舍:《我的"话"》,《文艺月刊》1941年6月16日第十一年六月号。

"把白话的真正香味烧出来"。从其理论及创作实践来看，老舍实际是有意识地运用北京话，一方面熟练运用北京民间口语，将大白话的朴素、生动融于字里行间，但另一方面又经过加工、锤炼，把其中粗劣的杂质剔除掉，干净利落的同时还真正烧出了京韵的香气。

老舍也注重语言的地方化。老舍戏剧创作大部分是在重庆，戏剧里的人物不仅有四川人，也有因抗战从天南海北汇聚而来的人，相应地，老舍戏剧自然也有很多这种地方化的语言。比如《面子问题》：

佟继芬　（略带兴奋的）呕，我赶紧叫徐嫂预备！徐嫂！徐嫂！

徐嫂　（在门外）抓仔？

佟继芬（模仿着川调，而不十分正确）先燉上一壶水，水涨了，泡茶！泡了茶，煮一锅饭！

徐嫂　（仍在门外）懂不到！

佟继芬　怎办呢?！三天就换一个老妈子，两天换个听差的，换来换去，全是那样！他们恨不能把老爷太太小姐的脸面揭下来，扔地上，跟橘子皮一块儿扫出去！

……

于科长　（喊）徐嫂！徐嫂！

徐嫂　（在门外）抓仔？

于科长　拿油灯来！油灯，懂不懂？

徐嫂　没得！

佟继芬　我真不愿意再活下去了！没得，没得，一切都没得！①

这段不仅反映了战时重庆物资缺乏，老爷太太的不适应，也反映了差异化的地方语言环境。从北京、上海等地而来说官话的人，可能觉得一些典型的重庆方言如"抓仔""没得""要得"，乃至那种重庆腔调很奇特好笑。四川方言的入声整体混入阳平，这比较简单，不像北京官话派入三声那样复杂。实际上重庆方言属于西南官话，它的形成与元朝之

---

① 老舍：《面子问题》，载《老舍全集》第9卷，人民文学出版社2008年版，第310页。

后进入中国西南地区的移民具有很大关联，成渝片的四川话与湖北话音系产生分化的年代可以上溯至明朝，因而西南官话的形成年代应当更早。同时有学者认为其可能与另一种南方官话——江淮官话同源。西南官话在词汇、音韵等方面与北方官话都具有显著差异。到了民国时期，西南官话一直被认为是与粤语、吴语等并列的汉语大语言区，而非官话的分支。[①] 老舍在戏剧中杂用西南方言、北京方言、吴语等各种地方化的语言，这重现了重庆战时的语言交流语境，这对于当时生活在重庆的人们来说，可能是一个生动而又有些小幽默的场景，也是西南官话发展中的又一个历史现实。

又比如从苏州逃难到重庆的小财主方心正，明明走投无路逃到重庆赖在佟秘书家不走，却嘴里跑火车的说要开什么投资公司，夫妻两个把佟家当自己家，穿起别人的大衣，还满口苏杭腔调：

  方心正　（匆忙的进来，穿着佟秘书的大衣）鸣琴！哟，佟小姐也起来啦！

  佟继芬　（勉强一笑）怕起来晚了，没人给你们拿衣服什么的，天气相当冷了！

  方心正　哈哈哈！用不着小姐操心，自家人还闹什么客套吗？佟秘书的大衣，我穿着正合适！[②]

方心正被佟小姐看到他穿上佟秘书的大衣，"哟，佟小姐也起来啦"，这种吴语软侬而甜得发腻的语气使得穿别人衣服的境况一点也不尴尬。方心正转而"哈哈哈"一笑，说"自家人还闹客套吗"，这种方言语气使那种占别人便宜不拿自己当外人的形象跃然纸上。

  方心正　鸣琴！好消息，我找到事作了！

[①] 西南方言到1955年才首次被划入官话，西南官话的使用者超过2亿，如果将其划出官话，其使用者将在全球所有语言中排第6位，仅次于官话、西班牙语、英语、印度斯坦语、阿拉伯语及孟加拉语。

[②] 老舍：《面子问题》，载《老舍全集》第9卷，人民文学出版社2008年版，第334—335页。

  单鸣琴　什么事，心正？
  方心正　秘书！
  单鸣琴　你看多么巧！住在秘书家里，你也就作了秘书。多少薪水？
  方心正　薪水不薪水的倒没多大关系，我要的是这个头衔，有了头衔，我还是进行咱们的实业公司！①

  佟继芬已然看到这夫妻两人赖在自家混吃混喝，还穿上自己和父亲都舍不得穿的大衣，但他们夫妻二人马上转了话题，说找到了工作，而且对工作的薪水根本不计较，可见这夫妇两个也是特别爱面子，而老舍用简单的对话就很自然地展现了他们这一特点。抗战时期中国人口出现了少有的大流动，对中国文化和语言的发展意义重大。实际上，抗战也推动了中国官话的地域流动，也就是北京普通话扩展到了四川和重庆。重庆是个码头城市，因近代开埠而兴，抗战爆发之前是西南地区的商贸中心。1926 年重庆城乡人口约 30 万，人口拥挤；1928 年拆除城墙，扩展码头；1929 年重庆正式建市，开始跨江发展。建市后人口也由 1927 年的 208294 人增长到 1936 年的 471018 人，当然这也有大量移民流入的原因。② 1937 年抗战爆发，重庆成为战时首都，由区域中心城市转变为全国中心城市。数以千万的人口涌入西南、西北大后方，百万人口流入重庆及附近地区，带来了短暂的"战时繁荣"。重庆不仅有四川本地方言，还有北京话、上海话、武汉话等，各种语言杂糅，老舍的抗战戏剧语言则恰好反映了当时重庆的这种语言境况。

二　口语化

  在老舍抗战戏剧中，通俗浅白的口语运用颇多，北平口语风味尤其浓厚。老舍自己说："我生在北京，一直到二十多岁才去糊口四方，因

---

① 老舍：《面子问题》，载《老舍全集》第 9 卷，人民文学出版社 2008 年版，第 335 页。
② 张根福在《抗战时期的人口迁移》（光明日报出版社 2012 年版）对抗战时期的人口迁移及其对西部开发的作用作一整体的分析与研究，从理论高度总结战时重庆人口迁移的一般规律和特殊性。

此，在我写小说和剧本的时候，总难免用些自幼用惯了的北京方言中的语汇。"① 在老舍抗战戏剧中，人物的对话非常多，老舍很自然地运用北京的口语，而不是华丽的书面语，这样显得亲切、新鲜。如表示不定时间的代词，书面语是"什么时候"，一般口语中是"多会儿"，而在老舍戏剧中则是"多喒"，这是一种带有轻度北京方言色彩的口头表达语。如"多喒你成了家，我就不再操心了！""多喒我得把你灌醉，您就说实话了！"等，象这样有强烈北平口语风味的词语用得非常多，下面略举一二：

名词类

  丫头片子 没良心的丫头片子，白疼了你啦！
  屈心话 不说屈心话，我真看着眼红！

动词类

  扯淡 你可不可以到别处去扯淡
  大吃 咱们上饭馆，大吃，扒拉一顿，好不好

形容词类

  喇喇忽忽 年轻的人都是喇喇忽忽的！
  野腔无调 老这么野腔无调的，我真不懂！

副词类

  一上手 一上手，我不是没按着气。
  乘早儿 那么，司令何不乘早儿挪动挪动呢？

---

① 老舍：《我的"话"》，《文艺月刊》1941年6月16日第十一年六月号。

连词类

　　顺手儿　教新夫人到十二那一天，也要到我那儿去，顺手儿和大家见见面，省事而且自然。

　　就手儿　就手儿催秦大夫一下，你就说佟小姐请他，一定要来！

除了这些俯拾即是的北京话外，还有大量的北京儿化韵现象，如"绕个湾儿""抖抖土儿""皇城根那溜儿"，"遛遛天桥儿""任着性儿""野鸟儿""受气包儿""我还活着什么劲儿呢？""乘早儿"等，林林总总，不胜枚举。诸如此类的惯用语汇、地方俗语涌现于老舍话剧作品中，这不仅使得其描述的客观事物精确浮现在文字中，并且在几字几词之间令说话人的语气、神态活灵活现，立体化的人物形象呼之欲出。这种口语的运用使得对话充满生活气息，使得作品中对话双方的性格相得益彰。

俗语类

　　至于我呢，把吃奶的劲都使出来了，还不过是兼了几个闲差。我实在不愿再这么一天三个饱地混下去。
　　水大也漫不过鸭子。四海之内皆兄弟。
　　金四把！你这是成心磨豆腐

谚语类

　　一失足成千古恨，当初你贪图了吃的，喝的，花的，今天就不必再讲清白！
　　我晓得我是癞蛤蟆想吃天鹅肉。

歇后语类

　　百足之虫，死而不僵。过河拆桥，忘恩负义。

忽然有那么一天，洋火来个孙悟空折筋斗，一下子十万八千里。

在北京口语中，有些词语或者短语的用法有些特别。比如在双音节词中插入一个虚词，使之离合，加强了语气的延宕，这样使得一个比较书面化的词，变成一个口语化的短语。老舍经常把"了"插入双音节中，如"小姐，你还欠了点老到精细""我已经开了火，就不能再鸣金收兵""为的是好能见到，大家谈了会子心""我倒弄了个两面不讨好""一块石头落了地啦"等，用这种特殊的口语表达方式为作品增添了浓郁的地方色彩。在老舍创作的戏剧中，北京口语常见的惯用语、歇后语的借用、化用比比皆是，戏剧语言自然生动。如"跟我犯牛脖子，没你的好儿""犯牛脖子"就是北京惯用语，指的是犯倔脾气，像牛脖子一样硬，很形象。如"猪八戒掉在泔水桶里，得吃得喝！"利用北京的歇后语生动地表现了人物的庸俗，还有一定的幽默味道。北京人说话喜欢用歇后语打趣。短小、风趣、形象是歇后语的典型特点，歇后语一般有"引子"和"后衬"两部分：前者像谜面，有"引子"的功用，后者像谜底，产生"后衬"的效果，既顺口又颇为妥帖自然。比如："你的嘴跟海一样，没有盖儿，也没有边！对不起，你不能走！"① 正因为老舍在运用北京口语时，注意吸取口语中干净的文字，使用顺口自然的句法，同时还巧妙地穿插千百年来形成的惯用语、歇后语，所以老舍抗战戏剧的语言纯净、简劲，富有动感，同时又活泼、生动，富有丰富性。

其次，大量采用口语化的句式。老舍抗战戏剧除使用口语化的词汇外，老舍也喜欢运用口语化的句式，而且也非常喜欢简洁明快的短句，而尽量避免用长句。他说"从造句上说，我们也要遵照口语的句法。一般的说，中国话在口头上是简单干脆的，不多用老长老长的句子"。② 如果朗诵一下老舍的话剧作品，更能体会出句式简单、活泼生动、变化有致的独特韵味。老舍吸取口头交际的句子大多比较简短这一特点，结

---

① 老舍：《谁先到了重庆》，载《老舍全集》第9卷，人民文学出版社2008年版，第582页。
② 老舍：《怎样运用口语》，《语文学习》1951年第2期。

合话剧这个以"对话"为主的文学样式，创作时常用短句，多以七八个字为一句，对一些较长的对话，也多用切割法，把复杂的内容压缩在极短的结构里，使台词显得既短且零、明白干脆，顿挫有致，富于感染力，如洗老太太训斥大儿媳妇和小儿子：

  洗老太太　刘妈！挽起我来！（指着儿子）你们在这儿谈心吧，我不愿意再听！不仗着你哥哥？仗着谁呢？我就纳闷！媳妇，你要是稍微明白点事，就该当拦住仲文，别教他和哥哥犯了心。你在洗家快二十年了，难道还不知道你男人的脾气？他有本事，有主意，该怎着就怎着。连国家大事，他还能拿主意呢；就凭你们俩，能闹得过他吗？我把好话都告诉给你俩，我尽到我的心；听，全在你们；不听，也在你们；我这么大年纪了，咳！还教我说什么好呢？！①

老太太可能是上了年纪，一口气不会太长；另一面，上了年纪人也有点唠叨的感觉，通过这种短句，洗老太太的形象就如同在眼前一般。再看章仲箫的心里话：

  章仲箫　差多了！差多了！人到三十五，就半截儿入土！再说，北平这个地方害苦了我！吃的，喝的，住的，听的，看的，全这么合适，舒服！哪里再找第二个北平去呢？我每次一出永定门，或是德胜门，一看见黄土大道，我就不敢再往前走啦，唯恐丢了我的北平！②

老舍喜欢用省略、加标点，以及插入等多种方式造成口语化的短句。上面两段话都是老北京人所说，全部用的是短句，大都由一到十个字组成，显得简洁明快，层次分明而又情态毕现，富于生活情趣。分析这两段话，不难看出，老舍主要是使用了省略法和切割法，如"不仗

---

① 老舍：《残雾》，载《老舍全集》第9卷，人民文学出版社2008年版，第21页。
② 老舍：《谁先到了重庆》，载《老舍全集》第9卷，人民文学出版社2008年版，第523页。

着你哥哥？仗着谁呢？"，把主语和连词都补出来就是"你们不仗着你哥哥？那仗着谁呢？""吃的，喝的，住的，听的，看的"，把主语补出来就是"我所吃的，我所喝的，我所住的，我所听的，我所看的"，把主语、连词一省略，显得句式简洁明快，通俗易懂。再如"听，全在你们；不听，也在你们"，把分开的词语合起来就是"听在你们，不听也在你们"，意思完全相同，可是，用切割法把两句话分割成四句话，说出来显得更干脆有力，无疑更有老北京人说话的味道。上文提到的这两段文字读来皆朴素简单，自然流畅，明白如话。既没有难懂的字，也没有拗口长句。既没有文雅的辞藻，也没有欧化句式。前者如老太太对子女的唠叨，而后者感觉在听一位长者拉家常、讲故事，都是一样的亲切有味。曹禺就曾赞扬过老舍的戏剧中口语化的特色，老舍从不用华丽的辞藻，只是口语化的句子，但却能感动人心，其韵味深厚美妙。

最后，老舍戏剧还特别注意每个人物不同的语气和语调。他认为话剧是语言的艺术，而语言的声调和语气也是不能忽视的。老舍抗战戏剧中的人物对话多是北京大白话，直白通俗，但如果朗读或者细品却是朗朗上口的，有的还有一定旋律，甚至像说书和相声一样有韵脚，优美动听。实际上，老舍戏剧中人物的语言不仅符合人物身份和性格特征，而且与环境、人物心情等相契合。老舍十分注意说话的环境，人物心情，以及语气的不同，而人物语言的字音、字调，甚至人物的神气和语调都会有差异。比如上文张仲箫说自己为什么不离开北平，原因一个是年纪大了，另一个是养成习惯了。所以用的语气词都是舒缓和表叹息的，充满感慨。通过老舍抗战戏剧，我们可以发现汉语确实是讲究声调和语气的语言。中国古人很早就发现了汉语的这个特点，早在《诗经》和《楚辞》中就利用平仄的韵律来写诗，同时还加入一些语气词来舒缓节奏，表达不同的心情。老舍对汉语这种平仄搭配，语气词的错落有致是深为赞叹的。老舍说他学生时代不仅读诗，也学着写诗，甚至作赋。抗战时期，老舍也写了大量格律诗词，就是现代诗歌，大鼓书词也是注意音调和韵脚搭配的。老舍抗战戏剧更是注意口语的节奏和韵调，他常常一边写一边朗诵。特别是戏剧中的人物对话，他更是反复朗诵给朋友们听，不仅要使得语言符合人物形象，还要求朗朗上口，或抑扬顿挫，铿锵有力。因此老舍抗战戏剧往往句式简短，节奏紧凑，音调平仄相间，读起来更是充满韵律与韵味。

  金四把　是！是！张老师！这，这！县长！县长容禀（立起来，鞠躬）①
  吕千秋　老弟，你说对了，我"是"老小孩子！一个艺术家，带着赤子之心而来，带着赤子之心而去。②
  乔莉香　"我"跟丁影秋借的车，你又必得揩油！③
  乔妻　你"要"怎样回答呢？④
  乔莉香　真的，我们连"买"票都买不到！（随手捡了两张）⑤
  乔莉香　不对！以前我有点看不起你，近来才"真"跟你好！⑥

  老舍戏剧中还有很多独特的语气符号。比如引号的用法较为独特，很多要表示加强语气的字词，老舍都用引号来突出。诸如上文出现的"我""买""真"等都有加强语气的作用。老舍也会使用一些"——"来拉长语气。除此之外，老舍抗战戏剧中，所有语气词"哦"，都是写为"呕"。冰心如此评价老舍："我感到他的作品有特殊的魅力。他的传神生动的语言，充分地表现了北京的地方色彩，本地风光，……每一个书中的人物都用他或她的最合身分、最地道的北京话说出了旧社会给他们打上的烙印和创伤，这一点是在我们这一代的作家中独树一帜的。"⑦"京味"是老舍抗战戏剧最为人称道的艺术魅力，其韵味的重要来源是老舍戏剧语言的美。老舍在词汇、短语、句式、语气，乃至说话

---

① 老舍：《国家至上》，载《老舍全集》第9卷，人民文学出版社2008年版，第118页。
② 老舍：《归去来兮》，载《老舍全集》第9卷，人民文学出版社2008年版，第439页。
③ 老舍：《归去来兮》，载《老舍全集》第9卷，人民文学出版社2008年版，第439页。
④ 老舍：《归去来兮》，载《老舍全集》第9卷，人民文学出版社2008年版，第445页。
⑤ 老舍：《归去来兮》，载《老舍全集》第9卷，人民文学出版社2008年版，第462页。
⑥ 老舍：《归去来兮》，载《老舍全集》第9卷，人民文学出版社2008年版，第439—485页。
⑦ 冰心：《怀念老舍先生》，《民族画报》1978年第10期。

人的情质神态方面，皆带有自身独特的感知与创造，其语言质朴简洁，具有浓郁的北平味，隐约渗透着北京文化。

三 风俗化

老舍在抗战时期生活在重庆，写作在重庆，他的九部话剧都在重庆写成，尽管如此，每部剧中的人情世态、风土习俗仍然呈现出浓郁的"京味儿"。身在重庆，心在北京的老舍，在抗战时期并没有亲历北京当时的社会现实。但他说："生在北京，那里的人、事、风景、味道，和卖酸梅汤、杏儿茶的吆喝的声音，我全熟悉。一闭眼我的北京就全完整了，像一张彩色鲜明的图画浮立在我的心中。我敢大胆地描绘它。它是条清溪，我每一探手，就摸上条活泼的鱼儿来。"① 所以老舍敢于放胆描写想象中的北京，运用流畅生动的北京口语，从衣食住行、人物场景、礼仪风俗人情上描绘出一幅幅富有地方色彩的生活画面。

从衣食住行可以看出老舍抗战戏剧中的平民风俗。《谁先到了重庆》发生的地点是在沦陷区北平，人物也全是老北京的普通市民，他们吃的是东来顺、同和居、大饼、酱肉小肚卷饼、熏黄花鱼、卤鸡蛋、煮小花生、玫瑰枣儿；住的是小商人、贫民、汉奸等各色人等杂居的四合院；用的是同仁堂的痧药万应锭；喝的是龙井茶、竹叶青；耍的是嘴、鼻子、脑门一边儿平的小哈巴狗；过的是遛遛天桥儿、逛逛东安市场、浇浇花，擦擦香炉的生活；游的是永定门、德胜门、中海、紫禁城、西山；讲的是北平规矩，如中间人要使"成三破二"的用钱，有了新房要温居送礼物等规矩。

从老舍戏剧中人物、场景等也可以看出浓郁的风俗画面。《面子问题》中的佟秘书，在"北洋政府的时候就是秘书"，于建峰作为科长跟了他很多年，自然也是北京人；《大地龙蛇》中的赵立真描述其父赵庠琛时说"他不能投降日本，而老随着国都走"。暗示出赵家世代居住在北京；《张自忠》里出现的墨子庄自称"在党政军学四界都有地位"，而且跟张军长是"老朋友"，大儿子在"天津吉美洋行当买办"，分析

---

① 老舍：《三年来写作自述》，《抗战文艺》1941年1月1日第七卷第一期。

起来也应该是北方人。再看舞台背景设置,《残雾》里在那个"不十分讲究,可也不算不讲究"的洗局长客厅里,陈设的红木茶几、古瓶、座钟、巨幅风景油画、中堂对联、太师椅以及内室门上悬挂的绸帘等,是20世纪三四十年代中上等人家常见的物什,杨茂臣操办四十岁生日宴时,客厅摆设"红烛,寿字,红幛,寿联,铺红垫的椅,围着乡裙的桌,黑白瓜子,香烟",这些都具有浓郁的地方特色。考虑到老舍对北京生活的熟悉,我们可以感觉到人物即是北京人,场景也是参照北京人习惯设置的。最后看看礼仪和风土人情。重礼仪是北京人的风俗,也是北京人的气质。杨茂臣即使在国难期间,也大办四十岁生日酒,有酒有牌有歌女,客厅布置讲究,来往的贺客全都送来封儿或礼盒;周明远因为佟秘书告诉了他"一片好话"而要请佟秘书吃一顿表示感谢,于建峰去看望佟秘书也要带上"挂面、藕粉、果子露"之类的东西;吴凤羽、小马儿要走,章仲箫便要请吃一顿,管一飞搬了新家,李巡长、章仲箫都要送小红封儿和礼物。追求体面、排场且精致的生活艺术是北京人生活的重要部分,章仲箫即使已沦为亡国奴,还是想着过精致的生活,别人的茶不喝,只喝自己家里面用康熙五彩小罐盛的真正的龙井茶,别人的茶具不用,只用自己的盖碗,吃就只吃茴香嫩尖拌的肥肉丁,玩就只玩嘴、鼻子、脑门一边儿平的小哈巴狗;洗老太太在国难当头,敌机狂轰滥炸的时候,唯一的希望是炸弹落下来的时候,金镯子还在手上,"不至于空着手儿走了";佟秘书对身为秘书连"大英牌"烟都吸不上而耿耿于怀;于建峰对能够喝上咖啡的人垂涎三尺。

老舍戏剧展现的都是北京平凡市民风俗化的生活,其中可以窥见时代、民族、历史等文化传统的积淀。一些生活琐粹和习俗也能体现北京人精神、气质、性格上所形成的精神疾痼,这是长时间在老北京环境中形成的生活方式与独特的文化心理习惯。老舍认为这可以用"官样"两个字来概括:就因为是北京人,所以明明为民,而非"官",却执意要有个"官样"的生活,哪怕生活再窘迫,也不会忘记礼节、排场和老规矩。同时,长期的慵懒生活,封闭自守的生活状态,也使北京人在生活态度上养成了怯弱敷衍、庸俗折中、逆来顺受、随遇而安、苟且偷生、缺乏反抗精神等精神疾痼,老舍对此进行了深刻的反思和批判,这些问题在第四节中有详细的论述,在此略过不表。

> 洗局长　小嘴真厉害(摸她的脸蛋一下)我叫他们回来。(到门口)杨!杨!杨——
> [远处有应声。声音渐近,杨太太唱着:羊,羊,跳花墙。抓把草,喂你娘。你娘没在家,喂你们老爷儿仨。——读如萨]
> 杨太太　(有点喘)连爬坡带唱,可真有点吃不消!大哥,多亏你把这个小房子让给我住几天,天天去爬爬山坡,我就不至于越来越胖了!①

这里洗局长和时尚的徐芳蜜在一起,喊杨太太时候,很自然的就学着徐芳蜜的西式时尚口吻,只喊其姓"杨!杨!杨——",而且这简单的三个字,不仅是口语化的,而且把洗局长言行上被徐芳蜜媚倒的形态勾勒得一览无余。杨先生和杨太太按他们自己的话来说就是"抛家弃业来重庆为了抗战",虽然戏剧没有具体交代他们从哪儿来,但杨太太随口而应的儿歌,就是老舍打小儿就唱熟了的老北京童谣,充满着诙谐有趣的北京幽默感,以口语化的形式体现了北京的民俗风情。还有诸如"老爷儿仨"这般明显的北京儿化音,老舍竟然还在后面特意标注"读如萨"。可见老舍当时虽然生活在重庆,但其戏剧中的北京风俗化是很浓厚的。

四　语言的欧化

在英国教了五年书的老舍,阅读了大量的西方文学,对西方语言中的一些表达方式加以吸收并改造,运用到创作中去,形成独特的欧化句式和表达方式。老舍始终秉持着开放的眼光,选择"拿来主义"的方式,将欧化的词汇、结构用到戏剧语言中。就现代汉语欧化的表现而言,可以分许多层次。第一个是直接的欧化,就是在汉语表达中直接用英文,或者夹杂一些音译的西文词汇;第二个层次是在概念的层面:由

---

① 老舍:《残雾》,载《老舍全集》第9卷,人民文学出版社2008年版,第44页。

于老舍在英国多年，对英语的运用也很纯熟，对西方文化的接受使得他很自然地使用了很多西方的概念。第三个层面是句法上的欧化，即便在戏剧中，老舍也有运用一些欧化短语结构，或者从句等。

（一）直接用英语

老舍戏剧里有些人物直接用英文的词汇，非常欧化，但老舍总体上是对这类人有讽刺意味的。老舍虽然在国外多年，但从写小说开始就对那些出过国，或者没出过国，动不动就来一两句英文的所谓知识分子、上流社会人士表示讽刺和鄙夷，其喜剧中总有那么几个喜欢用英文的人物。比如《面子问题》中的于科长、佟小姐的对话：

> 于科长　没关系，佟小姐！电棒并不比油灯坏！大夫，你说——难为情？一点也不！我问你，你是医生，外国话是——Doctor。请问这个头衔是白来的不是？钱哪，这么厚（比划）一堆洋钱买来的呀！老赵现在有了这么厚一堆法币，天然的他可以买来"先生"二字！①

于科长为了附庸风雅，"医生"二字非用外国话"Doctor"来说，认为它是要用一堆洋钱买的。在于科长看来，一切有面子的头衔诸如"先生"等都可以用金钱买卖和衡量，这也显示了老舍一贯以来对官本位、钱本位的批判。

> 佟继芬　那不行，老赵，你一定要学打牌呀，喝咖啡呀，才能像个 Gentleman！
> 赵勤　像个什么？小姐可别骂人哪！
> 佟继芬　（天真的笑起来）你看，你就不知道我说的那个字，那是个外国字！哼，你该学的事太多了！
> 赵勤　发了财更麻烦了！②

---

① 老舍：《面了问题》，载《老舍全集》第9卷，人民文学出版社2008年版，第311—322页。
② 老舍：《面子问题》，载《老舍全集》第9卷，人民文学出版社2008年版，第315页。

佟小姐认为上层阶级的生活就一定是西方式的，要打牌，喝咖啡，这才像个绅士（Gentleman），老舍则故意借赵勤说，这简直是骂人，对于赵勤这样的劳动人民来说，这种西式生活方式，这种时不时来句英文附庸风雅的生活是无聊极了的，便有"更麻烦"一说。

又比如当赵兴邦与马志远谈日本人有很多诸如地质学、考古学之类研究机关的时候，竺法救和赵立真以为他们在谈政治。

> 赵兴邦　我没敢答应，没有那么大的本事！作政治要有极高的天才，我知道我是蠢材！
>
> 赵立真　除非到了各种科学成了团体的行动，像足球队那样的 Team Work，没有畸形的发展，不准随便的应用的时候，那就是说，除非到了科学与人生哲学能平衡与合作，一致的以真理正义和人类幸福为目的而发动并监督政治的时候，我们还是不去作政治吧。①

赵立真应该不是老舍批判的人物，但属于那种受西方思想影响，语言和思维都很西化的，这在当时中国知识分子中也是一个较普遍的现象。句式也明显是欧化的，整段就一句话。一句话用到了两个"除非"引导的条件状语从句，在这两个从句之间用"那就是说"引导的同位语从句连接，整个就是典型的欧化的现代句型。这种句型在老舍话剧，乃至小说中也并不太多，但符合赵立真这个人物的性格特征。赵立真除了直接用英文词语"Team Work"，还用到诸如科学、政治、人生哲学、真理正义、人类幸福等一系列从现代西方翻译过来的概念。

（二）概念的欧化

老舍戏剧除了有直接的英文词语，更多的是用到了一些翻译过来的西方现代化概念。在日常用语中，也出现了一些音译词，比如来自于外国的地名，事物等。

---

① 老舍：《大地龙蛇》，载《老舍全集》第 9 卷，人民文学出版社 2008 年版，第 422 页。

> 丁影秋　布鲁摩里克（把外国姓名说得分外象中国的）有五千，乔治马鹿有几千，我都可以去接头！①
>
> 乔莉香（接电话）……好，我等你，快来呀，姑得拜！②
>
> 吕以美　叔父，影秋已经给了我一个"帕司"，他说拿着这张帕司就是走到上海也有用。③

这里丁影秋和乔莉香等人短短的对话里满是音译词，比如"布鲁摩里克""乔治马鹿""姑得拜""帕司"，对话显得这几个人很"摩登"。我们还可以再看看《归去来兮》中的台词：

> 吕千秋（又立起来，赶到女儿面前）爸爸当然老是这样！只要上帝还没毁灭了他自己创造的美丽的山川花草，我就不会投降给丑恶！
>
> 吕以美　爸爸，乔叔叔不懂艺术，决不会拿出钱来，也不会勾了您的账！
>
> 吕千秋　怎么？一个人可以不懂艺术？难道他是一头牛？
>
> 吕千秋　老弟，你说对了，我"是"老小孩子！一个艺术家，带着赤子之心而来，带着赤子之心而去。尽管霜雪盖满了头，我的心永远是一朵香美的春花！
>
> 吕千秋　那难道可耻？我的作品，我自己去卖，卖给那真爱艺术而没有多少钱的人，难道可耻？
>
> 吕以美　爸爸，您太理想了！
>
> 吕千秋　没有理想，还有什么艺术，我的好姑娘！④

乔仁山与吕千秋在剧本中的话语用词中，有着一些来自于西方的词语，比如说：艺术、艺术家、理想、上帝、天堂、理智等。而且在吕千

---

① 老舍：《归去来兮》，载《老舍全集》第9卷，人民文学出版社2008年版，第440页。
② 老舍：《归去来兮》，载《老舍全集》第9卷，人民文学出版社2008年版，第460页。
③ 老舍：《归去来兮》，载《老舍全集》第9卷，人民文学出版社2008年版，第491页。
④ 老舍：《归去来兮》，载《老舍全集》第9卷，人民文学出版社2008年版，第436—447页。

秋对女儿婚事的看法之中，流露出一种西方自由主义倾向。对于现代汉语中的一些概念与西方语言之间的联系，老舍本人是有着明确意识的。老舍早就说过，"现在学术上的名词多数是由外国文字译过来的，不明白译辞的原意，而勉强翻开中国字书，去找本来不是我们所有的东西的定义，岂非费力不讨好"。① 比如"修辞学"这个概念，中国本来就没有这么一门学问，而西方亚里士多德开创它已有两千多年，为了证明中国有这样一个概念，许多人引证《易经》中的"修辞立其诚，所以居业也"，而老舍驳斥这种"摘取古语作证"的证明手段，因为中国古代汉语中的"修辞"与西方的"修辞学"完全不同，属于张冠李戴。老舍说："拿单字的意思解释词的，弊在错谬的分析；以古语证近代学术者，病在断章义。"② 因此老舍在其作品中，顺应现代生活，只要生活中有的西方词汇，老舍都如实地，并不避讳而大胆地使用。

> 吕千秋　我愿意不愿意，与以美无关。她有她的生命，她有她的自由。谁也不能替一朵花决定在什么时候开，什么时候落；我的女儿就是一朵花，她会为自己作最好的打算。
> ……
> 吕千秋　算了，算了，弟妹！我就怕看大家愁眉苦眼的为难！人生还不够痛苦的吗？何必再自寻苦恼呢？你得跟我学，弟妹，我心里刚要一发愁，就马上到江边，或半山上，去看那有催眠力的绿波；或者听听鸟儿们唱着上帝编的歌儿！
> 吕千秋　我好，还常画画！我和图画就像身体与灵魂，永远不能分开！③

吕千秋这里提到的关于"美""生命""痛苦""上帝""身体""灵魂"等词语实际都与西方艺术密切相关。吕千秋虽然是一个传统艺术家，但我们也可以从他的一些词汇和用语中发现，抗战时期，很多知

---

① 老舍：《文学概论讲义》，载《老舍全集》第16卷，人民文学出版社2008年版，第5页。
② 老舍：《文学概论讲义》，载《老舍全集》第16卷，人民文学出版社2008年版，第7页。
③ 老舍：《归去来兮》，载《老舍全集》第9卷，人民文学出版社2008年版，第446—447页。

识分子还是受到西方文化的影响,表明西方的概念和思维已经渗透到中国人的生活,以及艺术思维之中了。

(三) 句法上的欧化

老舍抗战话剧在句法上的欧化现象也是非常明显的。在中国现代文学史上,能进行中英文双语写作的作家有不少,但其作品无论是在中国还是在西方都同样大受欢迎的却并不多。老舍的很多作品都翻译成为英文,也有一些作品多次在中英之间转译。[①] 老舍自身其实也具备中英文自由表达的能力,因此老舍创作也很容易受到英语的影响。到了抗战话剧创作,老舍虽然特别突出口语化,但也注意学习欧化语言的一些表达,诸如适当运用英语善于修饰、铺排的句式等,这样使得文本的语言表达更加多样化。

1. 人称名词和专有名词前面带了较多的修饰语。

汉语中表示状态的副词性词语一般放在主语之后,或者副词放在动词短语之前。老舍则打破这一传统顺序,创造性地将表示状态的副词性词语放在句首,这种欧化的表达使得语言更富有表现力。比如"象人话不象""你个不要脸的浪丫头""你个没骨头的人""你个泥鳅似的东西"等。这样的欧化句式不长,但却错落有致,而且说出来还顺口,听着也顺耳,有一种跳动的和谐美,都带有浓郁的地方风味。老舍语言虽非常直白,但其生动性与表现力都是别具一格的。老舍很少用诸如"很""非常""十分"等表程度的副词,往往有一些具体、个性化的形容词作修饰语,这样在戏剧中把人物的身材,性格,神态都勾画出来。如《归去来兮》中吕千秋回忆乔德山的片段,吕千秋觉得自己一闭上眼睛,德山的形象就浮在了自己眼前,并且他用了一长串的修饰定语"英俊的,活泼的,含笑的"使德山的立体画像跃然纸上,用词精妙,

---

[①] 老舍《四世同堂》的第一部《惶惑》从 1944 年 11 月在《扫荡报》连载,第二部《偷生》1945 年 5 月在《世界日报》上开始连载。1948 年 6 月底,老舍在纽约完成了第三部《饥荒》。《四世同堂》1949 年曾在美国出版节译本,被誉为"好评最多的小说之一,也是美国同一时期所出版的最优秀的小说之一"。1980 年人民文学出版社出版了只有前面 87 段的《四世同堂》。2016 年《饥荒》的 21 段到 36 段,约十万字的英文原稿被找回又重新翻译成中文。2017 年《四世同堂》由东方出版中心出版上市。这是该作自发表以来第一次以完整版形式出版。

把德山的外貌、精神、气质等淋漓尽致地突现出来，充分显示了德山的丰富形象，已经宛如一幅画像呈现在观众眼前。

2. 大量夹注式的语言。

老舍对于一些复杂的问题，并不是用长句来表达的，而是在口语中加一些补充的短句，即一种夹注的句式，这在老舍的剧本中非常多见。

于科长　他不但得罪了——（看他一下），而且得罪了我，我本应当马上教他我的厉害！不要说秘书您，连我姓于的也不是豆腐作的！可是，我办事，总把眼光放远一些——这，我是跟秘书学来的——我看他要到前方去，多少总算有了点发展，所以——①

这段文字开头和结尾有两个"——"表语气的欲言又止（这种口语化延长语气的用法前文已提及，能使得语调舒缓）。台词中间的"总把眼光放远一些——这，我是跟秘书学来的——我看他要到前方去"是典型的插入式夹注。这样的夹注式结构，在日常口语上很普遍、正常，书面语看起来有些混乱，语言组织看似松散了些，但在逻辑表达上没有问题，而实际上语义更加严密，将对象的性质更明确地指示出来。老舍对此类夹注式插入语的自如运用，一方面表现了叙述者对读者的价值取向的引导，同时也透漏了叙述者自身的强烈情感。

3. 倒装句的频繁运用。

中国传统语言表达中倒装句式并不太多，有一些主谓倒装或宾语前置，在北京口语里，就更少。与之相较，英语表达里倒装句式十分常见，而老舍欧化的语言中经常使用此类句式，在其戏剧作品中众多倒装句构成一道特别的风景线，尤其是含有因果关系的倒装在老舍的剧本中俯拾即是。

在《残雾》中有段话是洗局长讨好徐芳蜜的甜言蜜语，采用了先抑后扬偏句后置的句型。其中有两个因果关系的从句："可是，又想

---

① 老舍：《面子问题》，载《老舍全集》第9卷，人民文学出版社2008年版，第324页。

到,那恐怕也没多大意思,因为年轻的女子未必都好看。""一个美女就可以弥补这个缺陷,因为她一个人把女子的好处都显露出来,而把女子的丑相都掩盖下去。"① 汉语的语言习惯是偏句在前,正句在后。这两个句子用中国句法的习惯来说就是:"因为年轻的女子未必都好看,那恐怕也没多大意思。""因为她一个人把女子的好处都显露出来,所以一个美女就可以弥补这个缺陷。"冼局长为了讨好徐芳蜜,偏句后置将事实的本来面目放在现象陈述的后面,类似于"突转"的效果,让徐芳蜜在对其表述的疑惑和猜测中突然看见冼局长对自己的夸赞,从而达到冼局长所谓幽默的效果,其谄媚无耻的形象溢于言表。

4. 浩繁的复述语言。

老舍戏剧中的北京话都直截了当,不拖泥带水,格外追求简絜。但非常有意思的一个现象是,老舍抗战戏剧作品中的语言时常出现重复的语句,并经常出现感叹句的运用。

  吕千秋 哈哈哈,说得好!说得好!
  吕以美 婶母。您看我有什么办法呢?我真舍不得您,您真好像我的母亲似的!可是,我不能作一辈子奴隶,我的小小一点本事也不是专为替乔叔叔赚钱的!我不能不走!只有走出去,我才能对社会有点用处,对父亲有点用处!您说是不是?
  乔妻 我明白!我明白!可是,仁山也要走!②

可以看到上文中感叹句用得非常频繁,这不仅是欧化的表现,也是老舍抗战戏剧的一个特征,但也有一点喊口号加强语气的意味,反而使得语言的艺术性少许减弱。另外,人物语言的重复性,也起加强语气的作用。

一般观点普遍将老舍作为语言民族化的典范,看似与欧化完全对立。其实则不然,语言的民族化并不意味着没有欧化的成分。我们不能为了证明老舍语言的民族化特征,就完全忽视其作品中大量的欧化现

---

① 老舍:《残雾》,载《老舍全集》第9卷,人民文学出版社2008年版,第69页。
② 老舍:《归去来兮》,载《老舍全集》第9卷,人民文学出版社2008年版,第502—503页。

象，这不符合基本的事实。老舍的确是有意识地致力于语言的民族化和口语化，老舍有大量的创作谈到文学语言的民族化问题。就作家的语言想象这一层面讲，老舍的确明确意识到了使用自己民族的语言进行写作对于文学写作的意义。当然老舍也是非常早地意识到五四时期文学语言的过度欧化倾向，老舍在戏剧中对那些总把英文词语挂在嘴边的洋奴极尽讽刺。但是老舍特定的文化身份，决定了他不可能完全摆脱西方文化与西方语言对他的影响，老舍虽然是在北京出生和长大的，但他所受的教育主要还是新式教育，五四新文化运动对他的影响也特别深，特别是废除文言的白话文运动基本决定了他大致的文学语言风貌。另一方面，老舍在英国生活多年，长期阅读英文原著，他早期作品很多都是在英国写成，语言风格上也有明显的欧化色彩。那么我们要思考的是，老舍在抗战戏剧中是如何处理他语言方面的这种民族化和欧化问题的，二者如何融合，形成老舍自己的语言风格。

五 语言的现代化

尽管老舍语言中有欧化的现象，但他始终致力于最终走向语言的中西融合，致力于中国语言现代化。老舍是综合民族化、地方化、风俗化、口语化、大众化等多种语言倾向而走向语言的现代化的。也因此促就了老舍自然质朴、活泼生动、赋有感染力的戏剧语言。

其实老舍对语言非常敏锐和自觉，并长期思考这一问题。老舍到伦敦大学亚非学院的工作就是给英国人教汉语，老舍可能是中国最早一批专业的对外汉语教师。老舍自己编写汉语教材，从语音、字词、句子，到篇章形成一个老舍式的对外汉语教学的体系。老舍还将自己的汉语授课灌注成了唱片，这也可能是最早的对外汉语教学录音了。老舍在教学和编写教材中发现汉语从表音到字形等都自成体系，有不同于英语的特色。老舍在后来的文学创作过程中，也是经常分析探讨语言问题，撰写和发表大量文章：《语言与生活》《我的"话"》《文艺的工具——言语》《我怎么学习语言》《谈用字》《怎样运用口语》《关于文学语言问题》《谈文字简练》《民间文艺语言》等，还有大量论及文学语言问题的文字散见于各种文论、创作谈和专题文章之中。老舍对语言有深透和广泛的研究，在中国现代作家中是少有的。老舍对完全的欧化表示警惕，也反对孤立地吸收个别欧化词语和语法。老舍在创作中积极汲取西方句法中有裨益的元素，老舍说："热爱我们自己的遗产并不排斥从世界各国文学中吸取营养"，"我们应当全面利用语言，把语言的潜力都挖掘出来，听候使用"。① 事实上，老舍在写作伊始就尝试融会中国语言与欧化语言，以求语言在融合中走向现代化，这亦是老舍抗战戏剧中相当显著的特征。

　　首先，现代汉语的现代化过程中，一定程度的欧化是必然的趋势。由上文作品的微观分析可以看出，欧化语言在文本表达、凸显人物形象等多方面产生了良好的接受效果。此外，从整体角度而言，老舍语言的一个鲜明特点表现为逻辑严密。五四以来白话文运动蓬勃发展，推动了中国语言文字里程碑式的解放，写东西不再拘囿于文言牢笼，能够用活的文字，但即使如此也仍有所欠缺，比如"白话的本身是很穷窘的，句的结构太少变化，字的太少伸缩，文法的太简单"。② 老舍认为要持有开放的思想，语言上学习欧化的优点。他说："'五四'传统有它好的一面，他吸收了外国的语法，丰富了我们的语法，使语言结构上复杂一些，使说理的文字更精密一些。"③ 老舍抗战戏剧中人物语言虽然简洁，但富有逻辑性，这显然是受到欧化句法的影响，老舍善于运用一些表示逻辑关系的连词，简单地阐明事件关系。例如：

　　　　吕千秋　画好了我的八大幅或十大幅正气歌，我要献给国家，你看，我要开个展览会，摆上鲜花，预备下香茶鲜果，招待客人们，然后，我把画儿分文不取的献给政府。含着泪，我看着我的正气歌入了国家的艺术宝库；叹一口气，我便死而无憾了！④

　　北京白话里的句子通常稍显简短，句子之间的语义关系是松散的，

---

① 陈震文、石兴泽：《老舍创作论》，辽宁大学出版社1990年版，第318页。
② 老舍：《论创作》，《齐大月刊》1930年10月10日第一卷第一期。
③ 老舍：《读与写》，《文艺先锋》1943年4月20日第二卷第三期。
④ 老舍：《归去来兮》，载《老舍全集》第9卷，人民文学出版社2008年版，第444页。

或者靠语义的自然联结，很少或根本不用连词。吕千秋这段话都是短句，但结合了欧化句法，用了"然后"这个连词，还有"含着泪"这个是状语前置的倒装；接着一个"叹一口气"的前置倒装。这种白话式的简短口语，加上欧式连词，排比的状语倒装，中西杂糅的句法将吕千秋"正气歌"这幅画作的目的以及激昂的情绪表达出来了。

    吕以美 （接电话）乔宅。华昌公司？乔先生不在，请叫四一四五九！好！
    李颜 老是公司！（挣脱开手，很快的走到遗像前）我不敢看你！不敢看你！可是又非看你不可！我老以为你能有个消息，我到处去打听，老听着电话，可是电话老是什么公司来的！①

在剧本中，吕以美和李颜的对话内容出现一些西方现代事物，比如公司、电话，而且有两个由"可是"引导的欧化句式。老舍作品的语言，在具有民间文学浅白、通俗的倾向的同时，也展现了戏剧中现代精英知识分子语言的痕迹：欧化、雅化、审美化倾向。

其次，老舍语言的口语化、民族化是经过现代改造的口语化和民族化。老舍的口语化、民族化是在五四白话文运动的基础上的继续探索，老舍说文言文是限制中国文学的一个因素，"文字呆板，加以因袭的毛病，文学便成了少数人的玩艺，而全无生气……但这文字本身的恶劣，我们既不打算采用某种外国语来代替，也只好努力利用这不漂亮的国货"。② 老舍深刻认识到现有语言的不足，也认识到民间语言的粗浅。虽然老舍抛弃旧有的文言格律，走口语化和通俗化的道路，但他也讲究语言的技巧，老舍充分认识到要运用好这种简单的白话实际上非常困难。老舍说："可见文字之好并不要掉书袋用典故，于是我明白一篇作品用最浅显的白话文字写出来与用深涩的文字写出来，两者相较，一定是白话文好，而且也很难。"③ 口语化，但简洁、生动、平易是老舍的

---

① 老舍：《归去来兮》，载《老舍全集》第9卷，人民文学出版社2008年版，第448页。
② 老舍：《论创作》，《齐大月刊》1930年10月10日第一卷第一期。
③ 老舍：《读与写》，《文艺先锋》1943年4月20日第二卷第三期。

追求，这不仅仅是说让人好理解，其实老舍把它放到一种美学风格的高度上去追求了。老舍说戏剧比小说要难得多，"因它在文字上，只以对话支持故事，故文字非极有功夫，不能以一语一字道出某人某事之性格心理及因果；对人世间生活非极富经验，不能删繁剔冗，探得其源。"①由此可见，这种语言上的探索，实际上是审美意识上的调整，代表着一种新文学观念。

最后，语言民族化和欧化共同作用于汉语的现代化。老舍话剧中，语言的"民族化"与"欧化"统一于文学语言现代化，二者是相辅相成的。在这一问题上，老舍抗战话剧的语言，就给我们提供了丰富证明。

  乔绅　你放心，我决不打骂你，错待你！你可得听话，我教你干什么，你就得干什么！告诉你，只要有钱，什么事都不难解决！所以，你得帮助我挣钱，多多的挣，越多越好！②

我们可以看出这一段话中，老舍将民族化、口语化与语言的欧化和现代化融合得非常好。乔绅开头说，"你放心，我决不打骂你，错待你！你可得听话"，不仅是短句，而且短长结合，错落有致，不仅仅是口语化，还有传统语言的韵律感，后面一句"只要"引导的条件从句，以及"所以"引导的因果从句，都是欧化的表现，但从句都是有口语特征的，短小精悍。最后是叠词强调短句"多多的挣，越多越好"，显示了乔绅的巧舌如簧和极强的说服能力。我们可以发现老舍无论是用繁复的欧化句式，还是口语化句式，老舍都是有意识地进行探索的。中国自五四以来大部分学者多试图吸收欧化语言，以他者的语言来改造或重建中国语言的现代化，却很大程度上忽视了中国民间活着的口语化语言，老舍以他抗战戏剧的创作实践证明，只有将民族化与欧化结合才是语言的现代化之路。

---

① 老舍：《诗戏剧小说》，《文艺先锋》1942 年 11 月 25 日第一卷第四期。
② 老舍：《归去来兮》，载《老舍全集》第 9 卷，人民文学出版社 2008 年版，第 496 页。

老舍抗战戏剧的欧化和民族化，不是闭门造车，而是立足于生活实践，立足于现实戏剧的演出的。老舍的口语化语言是面向生活，面向戏剧演出实践的。老舍说："一与演员们接触，我们便能知道许多我们没有想到过的用字法、押韵法、造句法和一篇东西的组织法。这些方法未必都值得保存与仿效，可是由这里我们确能推陈出新，化腐为鲜。"① 老舍认为只有持有这样的开放态度，才能在语言上进行改革，不断推进语言的现代化。对中国现代作家而言，语言的革命是一个在路上的征程，无论是文言，还是白话，无论是欧化，还是民族化，无论是下层民众的口语，还是知识分子的书面语都有多种选择，但这也不仅仅是一种语言的运用问题，更是一种是新与旧立场、文学为谁服务的立场问题，甚至是政治态度的激进与保守的选择问题。

总之，我们可以看到即便是在强调口语化台词的抗战话剧中，老舍也是将通俗口语与欧化句式结合在一起走向现代化的。老舍总结自己抗战话剧的时候说："学写剧本有一样好处，就是能使自己的文字练得更紧凑，通常写小说常患拉长说废话的毛病，经过写剧本的联系，尽管剧本写不好，再写小说也就懂得怎样使得文字简洁明快起来。"② 老舍从在早期小说中对欧化句法倍加推崇，到理智使用，再到在抗战话剧中将其消融在"民族化"的口语中，经历了一个蚌病成珠的过程。抗战戏剧这种面向广大群众创作的语言实践，也使得老舍对民族语言的现代化有了更符合现实生活的思考。

第二节 类似"图卷式"的叙事

老舍抗战戏剧不仅台词对话有特色，而在此基础上的整体叙事语言也有独有的风格。有不少学者提出老舍戏剧是"小说化"的戏剧，这有一定的道理。老舍以写小说而闻名，在抗战伊始，他深刻认识到话剧

---

① 老舍：《多习多写》，《文艺先锋》1942 年 12 月 25 日第一卷第十四期。
② 老舍：《读与写》，《文艺先锋》1943 年 4 月 20 日第二卷第三期。

的宣传作用,从小说转向戏剧创作话剧。老舍自己也多次说过以小说创作的经验来写戏剧,特别是在人物对话等方面带有其小说的影子。老舍多次提到戏剧比小说难,除了文字要求高之外,"且有舞台的条件,又非贸然从事者可能把握到的"。① 老舍认为小说可以代表第三方的身份地位,代所有人说话,比如孙悟空在别人肚内乱跳捣怪,这些均是戏剧不允许的,"戏剧是以活人表现活人","故学习剧作,须先略知舞台为何物"。② 我们在前面也论述过,老舍在《文学概论讲义》中已经非常明确地说明戏剧是不同于小说的"综合性舞台艺术",因此老舍实际上深刻懂得戏剧舞台的重要性。

笔者认为老舍确实从小说的叙事方面吸取了经验,但如果把老舍的抗战戏剧作为一个整体来看,老舍的抗战剧应该是一种"图卷式戏剧"。从总体创作上分析,其作品表包含有"图卷式模式"与"传统模式"两种戏剧结构,且两者处于并存状态,这是老舍在传统舞台和自己个性戏剧之间的摸索探究,具体表现为:部分戏剧继承了现代话剧以矛盾冲突为中心的结构模式,具有完整的情节结构和清晰的故事线索。比如《残雾》围绕间谍斗争的矛盾以及洗局长家庭矛盾来展开,《张自忠》等以时间为主线,用几个前后承继的故事片段联结起张将军的悲壮人生,将张将军奋勇杀敌、孤军抗战的过程曲折而完整地叙述出来。《谁先到了重庆》围绕日军铁蹄下北平吴鸣凤兄弟为投奔重庆与汉奸和日军斗争的矛盾故事展开。另有一部分戏剧则没有那么强烈的戏剧性效果,诸如《归去来兮》《大地龙蛇》等戏剧叙事时空跨度大、人物多、矛盾冲突分散,类似于一种"图卷式"的戏剧叙事。

一 类似"群画像"的戏剧

与结构完整统一,情节集中连贯,严密紧凑的一般话剧不同,老舍的九部抗战话剧,有一个共同特点就是戏剧的人物众多,类似于一个群画像,有些戏剧虽然有中心人物或者中心事件,但老舍也喜欢铺垫、穿

---

① 老舍:《诗戏剧小说》,《文艺先锋》1942年11月25日第一卷第四期。
② 老舍:《诗戏剧小说》,《文艺先锋》1942年11月25日第一卷第四期。

插和陪衬，显得画面繁杂。

第一，多事件多人物多场景。一般话剧多围绕一件事，在固定的场景中展开，在传统的话剧中，情节总是处于第一位的。亚里士多德的《诗学》认为悲剧有六个组成部分，其中情节最为重要，即事件的安排。法国戏剧理论家狄德罗也强调剧中的每个人物要重视同一件事。中国明末清初的戏剧理论家李渔在分析中国古典戏曲《琵琶记》《西厢记》时，表示"一本戏中，有无数人名，究竟俱属陪宾，原其初心，只对一人而设。即此一人之身，自始至终，离合悲欢，中具无限情由，无穷关目，究竟俱属衍文，原其初心，又只为一事而设。此一人一事，即作传奇是主脑也"。[1] 老舍却认为"写戏主要是写人……只有写出人，戏才能长久站住"。[2] 老舍创作时并不局限于以一人一事为主线的传统结构法，不追求完整的故事，将大量丰富的情节和较为复杂的人物关系穿插在话剧中，剧的每一幕均由多个小事件组成，时空转换大，舞台场景变化频繁。他还说"从写小说的经验中，我得到两条有用的办法：第一是作者的眼睛要老盯住书中人物，不因事而忘了人"。[3] 老舍多数小说是以人物为主的，人物成为小说描绘的主要对象而不再受情节支配，作家根据人物性格或心理特点组合情节，戏剧的情节框架和人物关系在戏剧中共同构成戏剧叙事结构。老舍《残雾》第一幕由洗局长的母亲、夫人、兄弟为洗局长纳妾一事发生争执，朋友杨茂臣夫妇为采办委员的肥缺找上门来两件事构成，第二幕由洗局长强纳难民朱玉明为妾、女间谍徐芳蜜与洗局长狼狈为奸的故事组成，第三幕由淑菱与红海争吵、朱玉明到洗家哭诉、洗老太太收徐芳蜜为义女等三件小事组成；第四幕穿插了朱玉明控诉洗局长、红海被当作间谍抓去、洗局长与徐芳蜜互相攻讦等事件。《张自忠》第一幕发生在初春，第二幕就转到初夏，而第三幕出现了第一节和第二节，第一节的地点在徐州村西八十里，第二节就转移到徐州西南大路，第四幕更是发生在两年后；《大地龙蛇》第一幕第一节在重庆，第二节转到了绥西，到了第三幕，时间

---

[1] （明）李渔：《闲情偶寄》（上），时代文艺出版社2001年版，第15页。
[2] 老舍：《老舍论剧》，中国戏剧出版社1981年版，第18页。
[3] 老舍：《老舍论剧》，中国戏剧出版社1981年版，第4页。

空间来了个大跃进，已是抗战胜利后，地点也变到了青岛。一般话剧多围绕主要人物展开故事，人物关系比较单纯，而老舍的话剧充分吸收了小说中角色众多的特点，出场人物众多，人物关系复杂。《残雾》第一幕出现了洗仲文、洗太太、淑菱、洗老太太、杨茂臣、杨太太六个角色，第二幕出现了洗局长、徐芳蜜、朱玉明、红海、毕科长 5 个新出场人物，其中洗局长作为主角到第二幕才出场，第四幕又出现了贺客若干、侦探长、卫兵等角色，有名有姓的就有 11 个；《张自忠》更是出场人物众多，先后有张自忠、尤师长、范参谋、洪副官等 13 个主要人物，然后还有胖伙夫、卫兵等若干角色，有的角色甚至一句台词都没有；《大地龙蛇》出场人数最多，第一幕第一节只有赵老先生、赵老太太、赵兴邦、赵立真、赵素渊、封云海等 7 个主要人物，到了第二节戏剧场景一下跳到绥西战场，人物则出现了印度医生竺法救、蒙古兵巴彦图、回教兵慕沙、西藏高僧罗桑旺赞、日本兵马志远、朝鲜兵朴继周、南洋华侨林祖荣、黄永慧等 9 人，并以数十人的军队作为歌咏队，也就是说这部戏剧有名有姓有台词的共 16 人，再加上几十人的合唱队、舞蹈队，真是气势磅礴。整部《大地龙蛇》所描绘的人物多达 70 多个，叙述的事件至少有 20 多件，根本无法断定谁是主角，何事是主要事件。至于《面子问题》《归去来兮》《谁先到了重庆》等都有十余个出场人物。各个出场人物之间或为父女、或为夫妻、或为兄弟、或为母子、或为恋人、或为上下级、或为陌生人，关系十分复杂，各个人物身上发生的事件之间不一定有必要的联系。这些人物之间有些能够互相理解，对国家和民族的命运有共同的理念；有些则话不投机，相互讥讽或斗争。老舍善于在抗战这个大的时代主题背景下，将人物的精神状态、内心矛盾通过人物之间的关系来表现，在这一语境下，人物性格和心路历程自然凸显，老舍善于用一个小家庭来透视整个大的时代和社会。《大地龙蛇》中的赵家，老太爷赵庠琛饱读诗书，把"修身齐家为首"当成座右铭，老太太所关心的只是三个孩子的婚姻大事，老大赵立真以"科学救国"为己任，长年待在家中养小狗小兔子做科学实验，老二赵兴邦积极投身于抗战前线，老三赵素渊空虚无聊，不知该做什么。在生活信念迥异的一家五口之间，发生了关于抗战时期该做什么不该做什么的矛盾冲突，最终以老二的"抗战文化"胜出，带动着全家用各自的方式一齐上阵为抗战尽一己之力。一个小小的赵家，完全是那个时代千千万万个家庭的缩影。

三笔两笔地画出个人来。老舍从抗战戏剧创作中凸显出人物速写的天赋，老舍一方面继承了前期小说中利用人物语言刻画人物的方式，另一方面戏剧中的人物语言更简洁，且更侧重人物的细小动作，或者通过行动三两笔就摹写出人物特征。老舍自言："一个小说作者，在改行写话剧的时候，有这个方便，尽管他不懂舞台技巧，可是他会三笔两笔地画出个人来。"① 老舍就这样把小说里塑造人物的成功经验运用到话剧创作，用两三句对话刻画出一个鲜活的人物来，以生动、简洁的对话准确勾勒出剧中人物，这种白描手法是老舍剧中特有的人物速写和人物剪影，是最适合老舍话剧文本的美学特征，也最能反映老舍的话剧创作观念的。对洗局长这样的专制暴虐者，老舍仅用了几句话就将他这一特征刻画出来：洗局长对杨茂臣说"我爱要什么样的女人，就要什么样的女人；……属于我的都得听我的命令，没有什么别的可说的！"他轻视太太"太太不听我的话，我会断绝她的供给，我会另成立个小家庭！"他对弟弟大吼"你把她放走了？你赔！一只小鸟，就是个臭虫，只要我想留住它，别人就不能动它！"短短三句话，便表达出洗局长专横粗暴的特性，刻画出一个家庭暴君形象。佟景铭秘书把面子看成是毕生的事业，时时处处都想维护自己的面子，他斥责工友"赵勤，我问你，你就这么递给'我'东西啊，你懂得规矩不懂？"他迁怒秦医官"他应该伺候着我，难道我还不如老百姓？"他渴望升官"在我死后的讣文上还不能只印个秘书！"他惧怕被免职，因为"免职就是死刑"，几句简单的话语，看似毫无逻辑，实则将一个为官多年，以维护面子为己任，追求虚荣、官迷心窍的小官僚形象刻画得栩栩如生。

二 忘记"打架"的情节

长期以来，在戏剧上我们有一个通晓的认知——"没有冲突就没

---

① 老舍：《老舍论剧》，中国戏剧出版社1981年版，第4页。

有话剧"①。众多戏剧理论家对戏剧冲突都有详尽阐释,冲突作为戏剧的重要部分,贯穿于戏剧文本,并且在逻辑上也有因果联系,别林斯基也说过:"悲剧的实质……是在于冲突",美国话剧理论家贝克主张"冲突就是话剧的中心"②,英国话剧理论家阿契尔是"冲突论"的激烈反对者,可也得承认"冲突乃是生活中最富于话剧性的成分之一"③。然而老舍却抛弃了传统的"冲突论"创作手法,在话剧创作中几乎没有设置过贯穿全剧的冲突,去推动整个剧情的发展,更遑论尖锐激烈的矛盾冲突。老舍自嘲"老是以小说的方法去述说,而舞台上需要的是'打架'。我能把小的穿插写得很动人(还是写小说的办法),而主要的事体却未能整出整人地掀动,冲突。结果呢,小的波痕颇有动荡之致,而主潮倒不能惊心动魄的巨浪接天"。④ 老舍所谓的"打架"即是对"冲突"的通俗说法。实际上,老舍戏剧中的主要矛盾虽并非若巨浪惊天般明显,但并不是说老舍的戏剧始终表现为宁静平和,各色形象之间没有任何龃龉冲突。《大地龙蛇》和其他戏剧一样最根本的冲突和矛盾是中国人民和日本军国主义的龙蛇之争,老舍并没有花太多笔墨直接描绘这种炮火连天、血与火的场面和冲突,戏剧中的人物才是老舍着力表现的,他们之间有各种矛盾冲突,但又并不是绝对对立的,而是可以调和的小矛盾,因为这些人物的基本立场其实是一致的。因此在老舍戏剧中,推动戏剧向前发展和戏剧的全局的"冲突"是存在的,但它往往是隐性和象征性的存在,影响和制约着其他冲突。

《归去来兮》主要讲乔仁山在大国与小家之间再三徘徊,最终冲破心理障碍而迈出抗战第一步的故事,至于怎么跨出去,跨出去又做了什么则全然不说。全剧通过乔绅、乔仁山、吕仁美、吕千秋等人物之间的各种复杂关系来重点反映乔仁山的矛盾心理。《残雾》围绕纳妾事件引出一连串家庭风波和政治风波,一方面是洗太太、洗仲文的极力反对与洗老太太、杨先生夫妇的极力撮合之间的冲突,另一方面是杨先生想求

---

① 谭霈生:《论戏剧性》,北京大学出版社1984年版,第61页。
② [美]乔治·贝克:《戏剧技巧》(上),余上沅译,中国戏剧出版社1985年版,第38页。
③ [英]威廉·阿契尔:《剧作法》,吴钧燮、聂文杞译,中国戏剧出版社1980年版,第28页。
④ 曾广灿、吴怀斌:《老舍研究资料》,北京十月文艺出版社1985年版,第595页。

洗局长帮忙做采办委员大发战争横财与洗局长受到汉奸徐芳蜜的诱惑而甘愿泄露国家秘密的事件。在一系列事件的曲折发展后,难民朱玉明逃走,纳妾事件破产;泄密事件败露,局长被捕;杨茂臣的采办委员梦破灭。老舍通过描绘发生在洗局长周围的种种事件,揭露了抗战期间国民党高级官吏醉生梦死,大发国难财,荒淫贪婪的丑恶嘴脸,表达了对抗战形势的忧虑之情。《面子问题》的主角是佟秘书,剧中所有的人物都与佟秘书对于"面子问题——当不当官的认识"发生关系,如工友赵勤因为不双手递信被责骂、书记周明远要请佟秘书吃饭被大骂、秦剑超医官没及时来诊病被疑心有背景、于建峰科长在佟秘书当官时与丢官后的迥然不同的嘴脸、方心正夫妇利用佟秘书的面子观念白吃白喝白住还落井下石等,通过周围人物与佟秘书深重的面子观念的碰撞,深刻剖析了佟秘书面子观过重的隐秘心理,同时通过完整展现方心正夫妇蹭吃蹭喝、女儿佟继芬无病呻吟,工人赵勤突然发财、于建峰变化多端的嘴脸等事件,批判了国民党小官吏在抗战期间无所事事,空虚无聊,为争面子而做出的种种丑恶行径。《国家至上》的主人公无疑是张老师,这一个个性独特的回族老人,他豪爽、仗义,同时又偏执,戏剧似乎也围绕他来展开矛盾,比如张老师和师弟之间的关系,但这种矛盾没到打架的地步,因为后来张子清不愿意和他冲突,因此这成不了主要矛盾。他大哥被日本人炸死了,最后他孤军抗击日本人,但日本人在戏剧中只是以汉奸金四把的形象间接出现,整个戏剧张老师一直相信金四把,并没有多少冲突。张老师和汉族其实只是不来往,也并没有多大的矛盾冲突。日本人和中华民族的冲突也只是作为戏剧的一个大背景,最后张老师牺牲了才明白国家至上。可见老舍这些戏剧中,抗战这个主题都只是一个悬置的背景,并没有作为矛盾对立的主要因素,而人物才是戏剧的中心,由人来引发事件,情节是变化不拘的,并不集中冲突,而只是用来彰显人物性格,这无疑是老舍抗战话剧的独特之处。

老舍所谓"忘记打架",其实就是对根本性的戏剧冲突的悬置,而戏剧舞台上呈现给观众的人物冲突往往是琐碎、日常生活化的小问题。老舍抗战戏剧并不刻意追求矛盾冲突的表面性和激烈性。人物的命运悲剧,并非由某个恶人故意引导所致,也不仅是两种社会势力争持、斗争的结果。冲突完全是内在的，极为微弱的。老舍戏剧的不打架其实是弱化了激烈的外在冲突，将戏剧冲突日常生活化，这其实与老舍戏剧的真实观理论有关系，老舍认为戏剧本质就是表现生命和生活的真实，老舍戏剧看似平淡，不太热闹，不刻意追求所谓戏剧性，但这才是真正的细腻和深刻的生活本真，我们甚至可以从表面平淡的戏剧窥见民族和人类的秘密。

三 "渐变"代替"激变"

老舍总是说自己戏剧叙事上"忘记"了打架，缺少矛盾冲突，那么他是采用怎样一种方式展开戏剧的呢？仔细考察老舍抗战时期这种类似小说的戏剧，其叙事上有一种"渐变"的节奏。

英国话剧理论家阿契尔在将小说与话剧进行比较后得出结论："一个剧本，在或多或少的程度上总是命运或环境的一次急剧发展的激变，……我们可以称话剧是一种激变的艺术，就像小说是一种渐变的艺术一样。"① 老舍的戏剧大多以抗战为悬置的大背景，此环境下的人物命运发生大的转折必须先通过各种小变化，这是一个渐变的过程。"如一个农民带着他旧的伦理观念，旧的思想，遇到战争而发生恐惧，经过种种变动才到了战场，变成全民抗战的一员战士。……渐渐明白日本是我们民族的仇敌，及中国如何抵抗日本。"② 基于这种认识和对小说渐变艺术的熟悉，老舍或自觉或不自觉地在创作话剧时，用渐变来替代激变，通过弱化冲突，用普通的人和事、生活中的点点滴滴来展示人物在抗战中发生的缓慢转变。《大地龙蛇》中赵庠琛以一个顽固的封建知识分子身份出场，他"幼读孔孟之书，壮存济世之志"，认为孝为百行之先，即使在抗战期间，子女也要坚守身之不修，家之不齐的道理。他承认舍身报国是大丈夫应为之事，又否定读书人上前线杀仇敌的行为。就是这样一个坚决反对儿女走上抗战前线的老头，在与晚辈们一次又一次的论争中受到了教育，慢慢改变了其根深蒂固的观念。在听到大儿子讲述科学的意义

---

① [英] 威廉·阿契尔：《剧作法》，吴钧燮、聂文杞译，中国戏剧出版社 1980 年版，第 33 页。
② 老舍：《抗战以来文艺发展的情形》，《国文月刊》1942 年第十四期。

时，他认识到"科学是为追求真理的话总算没有错"。在聆听了二儿子讲述的前线打仗的事情后，他"明白这回打仗，敢情连咱们的兵都有文化"。而当他被族侄赵明德一心一意要当兵打鬼子为亲人报仇的热情所感动时，他感叹"没想到你们种地的人有这个心眼"！就这样一个顽固老头，在受到一系列的触动后，转变了"读书种子"不能上战场的观念，转而支持二儿子上前线，甚至自己也勇敢迈出家门，成为全民抗战中的一员。乔仁山从香港回来，想说服父亲不要只图赚钱，想先安置好家庭再为国杀敌，一直徘徊犹豫在国与家，忠与孝之间。在经历了桃云和丁影秋骗取父亲的钱私奔，乔莉香上当受骗，父亲的钱和货物因为香港被炸而损失一空，吕千秋父女离开重庆上前线等事件后，他认识到凭一己之力无法说服爸爸，无法安置好家庭再为国家尽力，他认识到"不能再等，我怕既不能改善家庭，又耽误了报国的机会"，最终抛家别母，毅然走向前线。赵庠琛由偏狭到觉悟的过程，乔仁山从苦闷、彷徨到毅然出走的过程，生动地展示了在抗日战争中发生在中国人民身上的精神变化，这些情节转变鲜明地打上了小说渐变艺术的烙印。

  比如《谁先到了重庆》中的人物是选择在北平当汉奸和顺民，还是选择抗争去重庆。我们现在看来似乎是分外分明的事情，但实际上，选择留在北平的人是有诸多羁绊，有很多束缚的，心理是复杂的，要做出选择是困难的。《谁先到了重庆》中吴凤鸣、董志英和田雅禅他们面对着两扇门。对他们来说，冲出门，他们便通向梦，通向幻想世界、安全，到达陪都重庆；但最终他们选择面对现实世界、危险，枪杀了西岛将军和胡委员，坦然选择死亡。实际上两扇门就存在于他们的心灵深处。剧中的董志英和田雅禅都在这内心的两扇门之间徘徊、犹豫，无法把握人生的航向。上文提到英国戏剧理论家阿契尔论述了渐变与激变的艺术，渐变的历程带有缓慢性，到达激变也不是一蹴而就的。《谁先到了重庆》中虽然老舍着力制造各种矛盾，如卧底、枪战等有舞台效果性的矛盾，但戏剧的整体矛盾仍然是逐步推进的，经过了心理复杂反复的较量，田雅禅最后才跨出那一步，为掩护吴凤鸣，挺身挡住日本宪兵的枪，最后牺牲。《桃李春风》和《归去来兮》更是充分运用"渐变艺术"代替了戏剧的"激变艺术"，弱化了不断推进情节发展的激烈冲突，将内心的急剧、躁动隐藏在表面的缓慢、平静之下，用生活中的点点滴滴一层层地揭开抗战这个大时代社会的面纱，展现其真实面貌。

老舍的戏剧虽然大多不是充满激烈冲突的，但总能适时设置假定性情境，引起新的矛盾，使得小的矛盾逐渐聚集和变化，最后自然到达戏剧高潮。这种戏剧情节不那么紧张，但曲折多变、引人入胜。与此同时，老舍虽不太注重戏剧故事的传奇色彩，但善于通过设计奇巧的情节或安插一种比较符合生活自然的突转，以增强读者的阅读趣味和感官冲击。从结局上看，老舍戏剧的这种自然突转一般也是戏剧渐变而来的，并不会觉得太突兀，是一种情理之中的结局，虽简洁明了，但也韵味隽永。

四　穿插、正反对比与侧面烘托

老舍戏剧善于运用穿插和侧面烘托。老舍认为写剧本要集中兵力，攻击一点；只要能把握着这一点，就许能有声有色，但他更喜欢迂回穿插，最后集中攻击。他承认自己"能把小的穿插写得很动人（还是写小说的办法）"。[①] 在他的抗战话剧中，无处不见"小穿插"。《残雾》中穿插了老太太怕防空警报的情节，接着由杨先生插入关于"抗战麻将"的故事："老王拼命甩牌，表示反抗，他自己先告诉我的，那叫白板防空。这群人在敌机空袭时照样大赌，甚至对于炸弹炸飞来的一条丝袜里掖着'30元法币'的女人腿异常兴奋，'你看他们这个跳呀，这个喊呀……，他们足吃足喝了一大顿！'"[②] 一个小小的穿插，即勾勒出一批毫无人性的民族败类的嘴脸；《张自忠》围绕王得胜排长的死作了大量的穿插，其中有小姑娘送袜子给伤兵的故事，爱兵如子的张自忠不惜枪毙士兵的故事，因为士兵用了老百姓的东西。此外，还穿插了范参谋在难民潮中寻找小姑娘的故事，张自忠的部队与友军的争路冲突等等。这些穿插并不是直接写王德胜排长，也不是直接塑造张自忠，但却将张自忠整部，从军官到士兵，从军令到精神都全面地描绘了，从而从侧面塑造了张自忠将军的人格形象。《面子问题》中的方心正夫妇本来靠一

[①] 曾广灿、吴怀斌：《老舍研究资料》，北京十月文艺出版社1985年版，第592页。
[②] 老舍：《残雾》，载《老舍全集》第9卷，人民文学出版社2008年版，第14页。

天啃两个烧饼过日子，却死要面子，当烧饼从包里掉出来时，两人居然声称烧饼是为了"贿赂"狗的，这段小插曲把一对死要面子，绝不承认自己落魄倒霉的夫妇形象生动地展现出来。老舍的穿插看似不起眼，其实都围绕着主线，这种多层次的穿插无疑拓展了戏剧舞台的宽度，令戏剧的表现力大大增强，使得戏剧不是那么富有戏剧冲突性，但更像真实的生活本身。

正反对比的方式是老舍塑造人物、表达思想观念的犀利武器，也成为老舍话剧的一大特色。难民朱玉明毅然宣称："我决不和局长捣乱，我的仇人是日本人，我到北边去算帐。"他是口口声声说自己"拥护政府，我决心抗战，一个人作着五个人的事"，实际做着追逐女色，中饱私囊等坏事的洗局长形成鲜明的对比；旧式文人赵庠琛，认为上前线的二儿子赵兴邦"偷着跑出去，已经是不孝"，而赵兴邦经受了炮火的洗礼，对战争有了新的认识，提出了"前方是在打仗，可是也需要文学、音乐、图画"的观点，父子两代人，一个是深受传统文化熏陶的旧式知识分子，一个是在抗战的洪流中接受洗礼而对抗战文化有了新理解的热血青年，新与旧，传统与现代，凝固与变动在父子俩的对照中表现出来。剧作中的其他人物，如弃旧变新追求进步的热血青年赵素渊、冥顽不化的市侩分子封海云、于建峰，丧尽礼义廉耻、一心想发财的乔绅、杨茂臣，追求理想、正直善良的老画家吕千秋，抗日英雄张自忠，抗战破坏分子墨子庄，汉奸特务徐芳蜜、管一飞等等人物，大多采用了正反对照方式来塑造，可见，正反对照在老舍抗战话剧中占有非常重要的位置。

侧面烘托也是老舍话剧创作时爱用的手法。洗局长在第一幕根本没有露面，而是通过亲戚朋友之口来交代，从洗老太太说"他是儿子，也是局长"，到洗太太说"老爷进门，一语不发"，再到杨茂臣说"我再活三十岁，也比不了大哥"，一个具有较高官职，在家庭中占绝对权威的国民党政府官员形象就从旁边人的口中活现出来。骁勇善战、深得人心的抗战将领张自忠的形象也是在忠心耿耿的部下、反对抗战的投降派、为新闻而深入前线的记者、顽强战斗到生命最后一刻的士兵、胖伙夫、逃难的母子等人物的对话、行动中塑造出来的。好面子，轻视别人，办事效率低的佟秘书的形象，在于科长口中被形容为"您有时候未免太任性，教刘司长下不来台！""他们也许嫌秘书办事太慢。"几句话便清晰地显现出。章仲箫更是在街坊邻居们"等你会保守秘密的时候，太阳就从西边出来了！""章仲箫，广播专家已经知道了！"的讥讽中暴露他的爱打听消息爱嚼舌头的不良德行。

老舍这"不怎么像戏剧"的话剧用新颖的结构将若干事件组织在一起，弱化外在单一冲突，用众多人物间的小矛盾揭示了剧本的主题。老舍抗战话剧更重人物、重叙事，时间跨度较长，多用穿插、正反对比、侧面烘托等手法，与传统的"纯话剧文本"相比，显得更自然，更为生活化，是不同于一般话剧的独特样式。

第三节　充满实验性的舞台艺术

老舍戏剧的一个突出特点就是叙事语言充满舞台性，老舍非常喜欢说自己的戏剧是"不像戏剧的戏剧"，其实它的立足点在于戏剧叙事语言。以往关于老舍戏剧有多种说法：诸如"小说式话剧""散文式话剧"，"离那种纯戏剧式的剧作较远"的戏剧等等。从这些对老舍戏剧的称呼中就可以发现一个共同点，即都重视戏剧语言。无论是"小说式"，还是"散文式"，其实都是指其戏剧冲突不太激烈，但有独特的叙述语言，而这正是老舍话剧舞台艺术的一大特色。话剧舞台艺术是一种综合艺术，它包括舞台空间、舞台形象、舞台交流等，戏剧家需要对此有一个综合的把控，而这就是剧作家的舞台意识。老舍常常告诫自己写戏剧要盯着舞台，就充分证明了老舍有广阔的舞台视野和高度的意识。老舍并非不明白戏剧理论和舞台技巧等问题，他也非常清楚自己的小说创作的思维模式，他实际上在不断地探索，既不走已有的戏剧老路，又能充分利用自己小说创作在人物塑造、对话等方面的特长，适应话剧的舞台要求并形成自己的舞台艺术风格。

一　语言带动舞台

抗战前老舍就有很高的戏剧理论素养，但毕竟缺乏舞台实践。随着抗战的发展老舍逐渐接近戏剧舞台，在重庆领导文协时指导和促进戏剧舞台建设，慢慢从舞台边缘走到舞台中心，开创自己的戏剧舞台艺术。老舍开始创作时对舞台的考虑可能的确不够，但随着自己戏剧在舞台上不断受到欢迎，老舍开始思考其中的奥秘，发现了自己戏剧叙事语言的优点，但这叙事语言如何达到舞台艺术效果确实是一个不断试和摸索的问题。

老舍创作第一个剧本《残雾》（1939年）的时候，呈现了语言的幽默艺术。老舍戏剧叙事语言的立足点其实的确和其小说类似，就是幽默的语言，但戏剧到了舞台上就和小说大不一样了。《残雾》上演之际老舍还在西北，剧本没来得及修改就上演了，但也有一个好处就是，老舍回来发现自己戏剧叙事语言还是太繁冗，不太适合舞台叙事。其实早在1938年老舍已经写了4出京剧，而京剧是特别需要有舞台性的。老舍自己也说过："我心目中的戏剧多半儿是旧剧。"① 老舍从京剧中发现京剧并不太讲究故事情节，而注重人物对白。我们如果考察老舍的《新刺虎》《忠烈图》《薛三娘》《王家镇》这四部京剧，也可以发现一个共同点就是它们都是独幕剧，并不以复杂的故事情节取胜，但能立于舞台之上，则纯粹是其戏剧语言的功劳。经过这前后的思考，老舍开始领会到舞台的技巧，慢慢建立自己的舞台意识。老舍在《残雾》上演后实际已经看到自己作品置身舞台实践中的情形，他的戏剧叙事语言经过导演的改造后，能够很好地把握舞台节奏，因此能够获得成功。因此老舍《残雾》演出后，他也作了一定的反思。他时常告诫自己不要堆砌语言，不能放任笔尖，下笔时候始终要看这语言叙事是否符合舞台叙事的节奏，逼近戏剧舞台叙事的语言并不是小说的叙事语言，老舍说："写小说以第三者地位，可以代一切人说话，如孙猴子能跳到别人肚内作怪。……然此种方法，皆戏剧所不许者。戏剧是以活人表现活人，直接说法，不容介绍。"② 老舍实际已经从《理论上对戏剧语言进行认识》转向实践探索，逐渐摆脱小说的叙事语言。《残雾》如果只看剧本，可

---

① 老舍：《闲话我的七个话剧》，载《老舍全集》第16卷，人民文学出版社2008年版，第374页。

② 老舍：《诗·戏剧·小说》，载《老舍全集》第17卷，人民文学出版社2008年版，第381页。

以很清晰地看到作家作为叙事者的在场,但演出的时候就有所改变了。老舍戏剧还有一个特点就是非常喜欢比较细致地叙述人物性格特征,这可以从戏剧每一幕前面的人物介绍中看出。老舍对人物的介绍,语言虽简短,但是对人物性格特征都有较全面的概括。若我们翻看曹禺的剧本就会发现,与老舍的人物介绍相比,曹禺戏剧的介绍就更简单明了,只标明人物的年龄和身份,其形象关键还是依托舞台动作来体现。老舍更相信自己的语言叙事,希望通过自己的语言叙事来影响导演和戏剧舞台对人物的表现。我们可以看《残雾》人物表:

> 刘妈——北方人,逃难,失去一家大小,屈作女仆。三十上下岁,真诚干净,最恨日本。
> 冼仲文——冼局长之弟,有点思想而不深刻。爱发愁,可是也会骂人打架。二十三四岁,穿洋服,稍微有点洋习气。
> ……①

《归去来兮》中的人物表对人物性格,甚至心理特征都有介绍。老舍似乎更相信自己的语言,而对导演和演员不甚信任,老舍写这么细致,其实是给导演提供建议,给演员给予指导,老舍人物的介绍语言实际就构成了舞台的驱动力量。如果看吕千秋的介绍,就可以发现这个人对艺术的痴迷和执着是源于最初的人物介绍语言。我们再看话剧《王老虎》,其人物表中关于王老虎的介绍非常细腻,完全可以构成小说文本中的一个小细节。如果将老舍戏剧人物列表摆出来,真的就是一个人物的画廊,但这些人物不是静画像,老舍人物画的语言是有力量的,它推动着人物,乃至导演按照这个语言的指示行动,策划戏剧情境和矛盾的演变。

从老舍剧本的动作上也可看出语言的推动性。有学者考证老舍英国早期的剧本语言多于动作,特别是摹拟性动作的指示语言就更多,可能要达到指示性语言的四分之三,而对话性语言则相对较少。② 如果看曹

---

① 老舍:《残雾》,载《老舍全集》第9卷,人民文学出版社2008年版,第3页。
② [美]乔治·贝克:《戏剧技巧》,余上沅译,中国戏剧出版社1985年版,第19、22页。

禺的话剧，我们也可以发现剧本中有不少摹拟性动作指示性语言，这在《雷雨》序幕中很突出，甚至占到了三分之二篇幅。相应地，老舍抗战话剧中的动作性指示较少，而对话特别多。从老舍抗战京剧的写作就可以看出这一特点，京剧大部分都是人物的唱词，而不需要太多的动作，整个京剧完全可以通过一个唱段一个唱段的结合推动戏剧发展。老舍早期话剧也有点京剧的韵味，有让人物一口气把词唱完的意思，至于行动的问题则交给导演。老舍戏剧人物的性格特征主要不是通过动作，而是通过语言传达思想，从这种指示性语言可以看出，其戏剧叙事多于舞台表演。但是老舍抗战戏剧是不断试验和演变的，后续创作话剧的动作性又大大增强，从《残雾》到《谁先到了重庆》的变化就非常明显。《谁先到了重庆》中老舍有意识地强化了话剧舞台性，加大了很多动作性指示，这样人物动作舞台表演性就大大增强了。《面子问题》是一个比较轻松的戏剧，但不是动作性过多的闹剧，人物的动作性语言恰到好处，这样的舞台形象更鲜明，人物更带有表演性。在论及《面子问题》时，老舍还说这个戏剧"分量太轻，压不住台"。如果从老舍指示性语言来看，分量确实变轻了，但从这个戏剧开始戏剧语言的动作性大大增强了。戏剧中佟科长，他的女儿佟继芬，以及方先生夫妇都是特别地爱面子，从其语言都能感受到矫揉造作的表演性和动作性，而这种语言自然地加强了舞台的戏剧性。

二 "图卷式"舞台的象征性

老舍"图卷式"的戏剧一个突出特点就是舞台语言富有画面感，甚至诗意，同时具有象征性。抗战时期由于条件有限，舞台布景不可能太丰富和复杂，而老舍则充分利用传统戏剧的抽象性和象征性手法，来弥补舞台布景的不足。老舍在话剧创作中时常提醒自己："笔落在纸上，而心想着舞台。"① 老舍早就论述过，戏剧需要观众的体验和认可，观众当时产生效果了才算成功，这种观众的直接性与读者看小说完全不

---

① 老舍：《一点点写剧本的经验》，载《老舍全集》第17卷，人民文学出版社2008年版，第7页。

一样，读者可以反复阅读小说，慢慢思考和体会，最后领会文本的意蕴。观众则直接得多，需要舞台打动，因此老舍写剧本时特别注意舞台画面感，舞台叙事要有象征的韵味，并使这种象征的画面传达到舞台之外，直击观众。如《谁先到了重庆》中强烈的聚光灯：

开场

〔幕启前数分钟，有一架强烈的聚光灯射向舞台，在未拉开的幕布上，映出重庆的精神堡垒，或别的壮观的建筑的阴影，幕前安置广播机，先放送音乐——像《义勇军进行曲》之类的抗战歌曲，而后广播消息如下：

"重庆广播电台，播送新闻，北平，吴凤鸣，吴——凤——鸣义士，为国除奸，杀死大汉奸胡继江，及日本驻平武官西岛七郎，吴凤鸣义士亦以身殉国。闻国府将有明令褒奖吴——凤——鸣义士……"如有必要，可念两次。

〔消息读完，再放音乐，随即熄了灯光，撤去广播机，紧跟着开幕。①

这里聚光灯象征着精神堡垒，阴影象征着日本帝国主义统治的笼罩，这有点像伦勃朗的画一样，富有强烈的明暗对比和象征性，而广播则象征着胜利的声音。《谁先到了重庆》这部抗战戏剧采用倒叙，开场幕启前以广播播报的形式播报了吴凤鸣铲除了大汉奸胡继江，与日本武官西岛七郎后以身殉国的新闻，确立了吴凤鸣的英雄形象，也提前使观众了解了故事的结局，这种将结局提前交代的方式意味着故事结局震撼性的加强，观众将看着吴凤鸣的形象一步一步完善，最终在最辉煌处戛然而止，增加了戏剧的表现力度。

第一幕

〔开幕：一间几净窗明的客厅，虽系旧房而门窗甚多，象被一

---

① 老舍：《谁先到了重庆》，载《老舍全集》第9卷，人民文学出版社2008年版，第515页。

个受过新教育的中等人所改造过者。陈设亦然,有一二张红木桌子,也有半旧的沙发。窗外有枣树,树梢上露着皇城的门楼。墙有复壁。开幕时,凤鸣拿着一把手枪,由暗门出来。①

第二幕

〔开幕:在北海的小白塔下一个僻静的"山"坡上,老树斜依巨石。下有湖光,塔影倒映。田雅禅与董志英坐于石下,密谈。②

第三幕

〔开幕:吴凤鸣的房子已被管一飞占据。房屋仍旧,而陈设改观;装上了电话。幕开时,董志英坐,李巡长立,管一飞则正往外送贺客。桌上堆置礼物甚多。③

第四幕

〔开幕:花园内,八角亭一。亭悬松匾,题"世界和平";内置桌凳,有点心鲜果及茶具,并设花瓶,为重要人物休息之处。亭后有长廊,绿藤覆之;廊上有牌,书"到会场去"。园内花木甚茂。志英在亭外徘徊,雅禅悬招待员条子,立于亭畔,看着她。④

在《谁先到了重庆》中我们可以看到这四幕开头布景都极富有象征性。第一幕是"几净窗明的客厅,一二张红木桌子,窗外有枣树,树梢上露着皇城的门楼",三笔就简略勾勒出这是皇城根下一个知识分子家的客厅,象征着抗战时期在北平沦陷区发生的爱国义士吴凤鸣等人和日本侵略者、汉奸等进行了勇敢的斗争的背景。

第二幕湖光下倒映着白塔更是典型的北京景色,在此背景下被逼当了特务的田雅禅和董志英在吴凤鸣的感召下逐渐觉醒,不再助纣为虐,重新焕发了爱国热情。这处场景是田雅禅和董志英进行密谋的地方,老舍特意将其设定在一个人少僻静的山坡,二人秘密在此地会面,商量自己的出路。田雅禅和董志英的本性都不坏,只是太容易被别人左右自己

---

① 老舍:《谁先到了重庆》,载《老舍全集》第9卷,人民文学出版社2008年版,第515页。
② 老舍:《谁先到了重庆》,载《老舍全集》第9卷,人民文学出版社2008年版,第535页。
③ 老舍:《谁先到了重庆》,载《老舍全集》第9卷,人民文学出版社2008年版,第550页。
④ 老舍:《谁先到了重庆》,载《老舍全集》第9卷,人民文学出版社2008年版,第572页。

的想法，一时误入歧途。田雅禅劝董志英去给日本人报告吴凤羽和小马儿逃跑的事情，董志英一开始是拒绝的："小马儿是我的真朋友，我不能去报告"，但经不住田雅禅的花言巧语，选择了出卖朋友："管不了什么朋友不朋友了"。董志英知道自己走上了背信弃义的道路，是种见不得人的做法，因此自然会选择一处没有旁人的僻静角落来讨论。"老树""巨石""湖光""塔影"这些意象都渲染了安静、冷清、肃杀的气氛，老舍的场景布置符合人物的行动和心理，特色化的场景布置增添了戏剧的象征性。

老舍戏剧差不多每一幕的开幕都布置有简单的富有象征性的道具，都借助道具另设场景，完成衔接。比如第三幕开幕中提到吴凤鸣的房子被人占据，陈设有了很大变化。房子被占象征着老北京被日本人占领。第四幕亭悬松匾，题"世界和平"，象征着日本帝国主义所谓"大东亚共荣圈"的虚伪。此背景下，人物形象上设置爱国英雄和汉奸特务两大阵营，故事剧情也在正反人物的交锋中展开，带来波折起伏的戏剧效果。与此同时，戏剧传奇性、象征色彩浓厚：吴凤鸣探知小马儿心事后撮合其与弟弟恋爱；田雅禅弃暗投明；董志英最终不堪侮辱刺杀西岛将军和胡继江，无论是人物感化后的剧情反转，还是房中设有密道，借密道救人的桥段，以及乔装潜入敌营直取敌人首级的设计，不仅具有中国传统戏剧中的惊奇效果，更象征着中国人民抗战的曲折，其戏剧不仅可看性强，更象征着日占区北平人民的血泪生活。

结尾
田雅禅　凤鸣大哥，走！
吴凤鸣　（拉志英疾走）
兵（开枪）
田雅禅　（开枪回击，挺身前进，掩护凤鸣）
吴凤鸣　（催董去）
田雅禅　（中弹，倒）志英，我也对得起自己了！
兵　（搜索田的身上）
吴凤鸣　（回来）雅禅！雅禅！（见田倒于地上）啊！

兵　　　（击凤鸣）

吴凤鸣　　（中弹，仍还击；又中弹，倚亭柱上）凤羽，小马儿，还是我先到了重庆！（倒）①

戏剧的结尾与开头具有首尾照应的象征意味。结尾在剧情反转后，田雅禅和董志英都弃暗投明，象征被日本统治的受压迫的人民最终是会反抗的。吴凤鸣的结局则与开场照应，义士为国捐躯，灵魂先到了"重庆"。这样的结尾设计使悲剧美达到了顶峰，戏剧借助吴凤鸣这一英雄形象象征了中国人民通过悲壮牺牲一定能获得独立，歌颂了民族精神中的爱国精神，为了信仰将生死都置之度外的勇气，而这种忠勇的抽象意识是潜藏在《谁先到了重庆》戏剧性、冲突性和可看性之中的，是通过艺术的象征手法来表现的。话剧这个舞台演出形式是从西方传来的，它能从一种陌生的舞台美术形式逐渐在中国生根、发芽，到逐渐壮大并在抗战的烈火中绚烂绽放，说明它适应了中国的土壤。也正是诸如老舍这样一批戏剧工作者的不断努力使这一外来的舞台表演形式逐渐被中国观众所接受。

中国传统戏剧舞台讲究象征，多抽象化，但也有少量的布景。比如有人举例明末张岱在《陶庵梦忆》中提到的"刘晖吉女戏"中指出，刘晖吉"欲补从来梨园之缺陷"，才增加一些机关布景的。在"目连戏"中，张岱说"据磨鼎镬、刀山寒冰、剑树森罗、铁城血澥，一似吴道子地狱变相。为之费纸扎者万钱"。由此可见在明朝后期，中国戏剧布景已经采用纸扎的道具和服装等来配合传统的程式化表演。到了清代宫廷戏剧中，各种灯彩道具运用的更是广泛。总体来说，这些传统的布景只不过是锦上添花的点缀，是分散和偶然的，在中国戏剧中并未形成体系化，没有发展到西方透视布景那样的水平。

从19世纪中期开始，一些到欧美游学的中国人就开始注意到西洋戏的布景和灯光等艺术，大不同于中国传统戏剧，这得到很多人的赞叹。到了五四新文化运动时期，随着对传统文化批判的深入，不少人批

---

① 老舍：《谁先到了重庆》，载《老舍全集》第9卷，人民文学出版社2008年版，第585页。

判传统戏剧是野蛮的,而西洋戏剧则是科学、文明和进步的。这种观点明显有些激进,但代表了当时诸多提倡西学的知识者的态度。实际上,中国在清朝末期的戏剧舞台布景上显露出变化,布景开始融入透视写实的色彩,这和清代意大利传教士的介绍传播有紧密联系,诸如郎世宁等人就介绍了文艺复兴时期开始采用的透视法,清代学者年希尧在与郎世宁多次交流后撰写了《视学精蕴》(1727),从此之后透视法广为流传,大街上的"西洋镜""拉洋片"和苏州桃花坞的年画都用上了焦点透视法。中国戏剧界使用西洋布景比较早的是在日本的春柳社,1910年后春柳社回国,将这些布景方法也带回,欧阳予倩还曾请日本布景技师洪野来上海。自从透视法布景在新舞台上出现后,在上海滩的戏院如果没有新布景就很难站住脚了。到了20世纪30年代初,上海的大戏院都使用布景,像盖叫天、周信芳等大多偏爱演出带布景的戏,尤其连台本戏,这些戏里设置不少特技,被观众称之为"机关布景"。此后这一布景方法传向九江、武汉、重庆,向北到天津、北京,以致迅速扩展到全国。《面子问题》的编剧是老舍,导演应云卫,布景请的是张尧,灯光设计是苏丹;《国家至上》导演马彦祥,布景设计是姚宗汉,灯光设计是章超群;实际上抗战时期不论布景还是灯光都带有一定的集体创作的特点,他们往往互相讨论,互相帮助完成某一工作,只是最后按照惯例写上某一个人的名字。

第四幕

〔开幕:仁山与母亲谈话。瓶内务须插"鲜花"。①

老舍在第四幕开幕强调瓶内务须插"鲜花",这个是特意的有象征性的安排,因为这时候乔仁山的母亲还有希望,日夜祈祷她儿子能和以美结婚,她认为以美是一个有本事、有心路的好姑娘,但乔仁山却放以美逃走了。

---

① 老舍:《归去来兮》,载《老舍全集》第9卷,人民文学出版社2008年版,第483页。

〔灯光全熄。

〔灯光复明，瓶花已萎，隔一二日矣。李颜独在室内，对着丈夫的遗像痴立。①

第四幕场景也较为简单，但是却也注重细节。这里通过一枝鲜花由盛转枯，暗示时间的变化，设置巧妙。灯光明灭中，花瓶的花已枯萎，这象征着李颜心中的希望起起落落而最终落空。李颜原本希望自己的丈夫乔德山归来，可是他在抗击日本鬼子的战斗中牺牲；她原本希望吕千秋能给德山画一幅像，结果他和以美不辞而别；她原本希望自己公公乔绅能让次子乔仁山上战场给自己丈夫报仇或捐款抗日，但乔绅不仅不放乔仁山，不拔一毛，而且阻止李颜自杀，怕她死了玷污了价值三十多万元的房子。

第五幕
〔开幕：扬子江滨，码头在望。对面有山。江中舟船往来，帆移歌起。
船夫（不必登台，台上帆动，船夫在幕后合唱）②

《归去来兮》第五幕场景算是比较宏阔的，江山如画，帆移歌起。动态的舞台将话剧推向高潮，更易使观众产生共鸣，象征着经过浴血奋战，江山应无恙，最终会迎来胜利和平的歌声。从这个戏剧开始，老舍大胆地运用了他丰厚的艺术素养，中国绘画艺本来就富有象征性和写意性，这给老舍的叙事以更大的韵味性和深度。老舍因抗战条件限制，布景选择尽量简洁，但老舍都对这种布景的画面进行了精心选择与建构，融入了丰富的戏剧象征性元素，呈现出鲜明的"象征化"风貌。

三 交响乐式的舞台呈现

老舍抗战戏剧除了"图卷式"的特征外，有些戏剧的舞台语言还

---

① 老舍：《归去来兮》，载《老舍全集》第9卷，人民文学出版社2008年版，第494页。
② 老舍：《归去来兮》，载《老舍全集》第9卷，人民文学出版社2008年版，第500页。

呈现出一种音乐性的节奏。特别是老舍的《大地龙蛇》和《归去来兮》这两部抗战戏剧，他尝试了超越时空限制的交响乐式舞台的呈现方式，其中插入不少歌曲和舞蹈，充满音乐性。老舍对他其他戏剧的评价都是说不像戏，但这两部戏老舍自己却是特别欣赏，老舍说《大地龙蛇》："把它当作案头的一本小书，读起来也许相当的有趣，放在舞台上，十之八九要失败。"① 老舍知道这个戏剧演出阵容庞大，但在条件有限的战时状况下也不愿意修改。老舍说《归去来兮》的文字相当美丽，且有几支短歌，他不敢预言其舞台演出成败，但老舍认为把它当作一本案头剧来读还是趣味十足的。可见老舍最欣赏的两部戏剧的一个共同特点就是充满音乐性和跳跃性，不太符合古典主义戏剧的经典舞台演出要求。

古典戏剧理论三一律是从亚里士多德的《诗学》演绎而来的，要求戏剧的时间、地点和行动保持整一性，即一个主题、一个地点、时间不能超过 24 个小时。三一律确实有利于舞台紧凑演出，但能够严格按照三一律并写出完美戏剧的剧作家屈指可数。自从莎士比亚以来，三一律早已被打破，但戏剧舞台和观看的限制，仍然制约着戏剧时间、地点，以及行动。按照老舍的话说，戏剧是神的游戏，是带着枷锁的舞蹈。老舍的戏剧则可以叙述几十年甚至几代人的生活经历，他的空间也是自由跳跃的。老舍欣赏康拉德的倒叙以及分开几个人、几个地方来叙述的手法，也可以任意改变时间的顺序。老舍还欣赏康拉德类似电影蒙太奇的手法，"我常常怀疑康拉德是否从电影中得出许多新的方法。不管是否如此吧，他的景物描写变动得很快，如电影那样的变换"②。老舍《大地龙蛇》等多部戏剧开始时都是一个传统家庭的客厅，但随后很快就变换场景，不断地变换时空。我们可以看《大地龙蛇》开始时并没有违反古典戏剧理论对地点一致的要求，选择了一个极富重庆特色和战时气象的赵宅的典型环境，场景设在重庆大轰炸风雨飘摇的一个老宅，而且从里面的家具可以看出新与旧、中与西等多场景的切换十分多样。

---

① 老舍：《闲话我的七个话剧》，《抗战文艺》1942 年 11 月 15 日第八卷第一、二期合刊。
② 老舍：《一个近代最伟大的境界与人格的创造者》，上海《文学时代》（创刊号）1935 年 11 月 10 日。

《大地龙蛇》是一部话剧歌舞混合剧，作者在普通话剧的基础上给予了很多突破创新。到了第一幕第二节赵兴邦的思绪就跳跃起来，回忆自己的战争生活时布景切换至绥西抗战前线的大青山：

> 开幕：（距离上节闭幕时间越短越好）远远的是大青山。虽然春已到来，山尖上还有些积雪。山前，一望平原，春草微绿；两三株野桃冒险的绽开半数的花。近处一间土屋，已然颓坏。原为垦荒者休息之所，今仅为路标矣。林祖荣，黄永慧，与罗桑大师坐屋外。远处隐隐有炮声。[1]

古典主义戏剧认为最好要一时、一地、一事，而老舍则往往打破这种时空限制。戏剧第一节是在重庆，第二节就到了绥远大青山。空间上虽然有跳跃，景物上虽有变化，但隐隐的炮声让戏剧联系在一起——这就是抗战的中国。第二幕的开幕则和第一幕的布景形成鲜明对比，赵庠琛的古色客厅已经完全被赵兴邦布置成了"军事基地"。

同一个家庭在不同理念的冲撞下，如同不同旋律的矛盾和对照，但这种冲突又不是绝对的，而是充满差异性的和谐，最后赵庠琛终于走出古板的格局，也投入为祖国贡献一分力量的事业中去。到了第三幕，音乐的旋律趋于众声和谐重奏，为和平的来临和国家的重建而高歌。

第三幕
时间 大中华民国五十年春，和平节
地点 青岛[2]

到第三幕，时间一下子跳到二十年后的未来了，地点则由重庆、绥远，转而到了青岛。《大地龙蛇》的三幕戏如三组风俗画，又更像一个交响乐，主旋律是中日战争的龙蛇之舞蹈，这一主旋律始终贯穿或隐或

---

[1] 老舍：《大地龙蛇》，载《老舍全集》第9卷，人民文学出版社2008年版，第379—380页。
[2] 老舍：《大地龙蛇》，载《老舍全集》第9卷，人民文学出版社2008年版，第407页。

显，而赵家两代人的命运则充满生活化旋律，二者相互联系和纠缠，这样构成音乐结构上的虚实结合。音乐的序曲是：锅碗瓢盆奏鸣曲，抗战初期逃难到重庆的赵家人局促于一斗室，闹得鸡飞狗跳；第二乐章：草原跃马图，这一节赵立真离开家庭到了绥远，跃马疆场，乐曲的伴奏是马嘶炮吼，气氛悲壮；乐曲第三章：龙蛇之舞，中日战争在"和平节"的龙蛇之舞蹈中结束。通过这三个乐章，赵家人聚合分离的命运呈现地实在细腻，而由此展开了中国三个时代的社会历史奏鸣的背景音乐，这种"虚"与"实"的合奏具有无限的广度和深度。家庭的命运和国家的命运就像白天与黑夜一样，交替出现，又如奏出的"复调音乐"，让不同的旋律同时进行又相互关联，每个角色都成了这首复调中必不可少的成分。老舍在音乐结构中探索，在创作中实践，因此交响乐式的戏剧结构成为其剧作中新颖独特的结构模式，而旧式的"一波三折"的程式话结构被取代。这样使得赵兴邦的回忆显得更加真实、鲜活。第一幕第二节和第二幕第二节都采用歌舞剧的形式进行表现，用舞蹈表现战场厮杀，用龙舞和蛇舞比喻中日之间的战争，把难以在话剧舞台上展现的战争场面诗化。用歌曲抒发爱国情怀，众人合唱更具气势，也容易激起观众的爱国热情。戏剧的第二节是四幕戏都关联的部分，该段反复插入人物的身世，是这部作品互相有联系的主要主题的变奏。从而也为自己长期追求的那种"具有诗意的对人生的看法"的表达寻到了恰如其分的方法，戏剧本身也得以获取永恒的活力。

《归去来兮》第五幕也是一个完美的曲式结构，而正是在这一幕曲式结构中完成了整个戏剧，动态的舞台将话剧推向高潮，更易使观众产生共鸣。

  第一幕 时间香港陷落前。
  第二幕 时间第一幕的二三日后。
  第三幕 时间第二幕的两三日后。
  第四幕 时间前幕的两三天后。
  第五幕 时间前幕一二日后。清早，雾甚浓。地点渝，江边。

传统戏剧多以线性时间结构为主，在老舍的《归去来兮》中也依旧注重时间的变化。老舍大量继承各种民间曲艺、歌舞。歌舞是传统曲艺的主要表现形式，1909 年王国维在《戏曲考原》一文中曾说过"戏曲者，谓以歌舞演故事也"①他在后来论及"上古至五代之戏剧"时，在《宋元戏曲考》中说："唐五代戏剧，或以歌舞为主，而失其自由；或演一事，而不能被以歌舞。其视南宋、金元之戏剧，尚非同日而语也。"②按照王国维的观点，故事的内容是否完全能被歌舞表现出来是中国传统戏剧的关键所在。齐如山也将"国剧"定义为"无声不歌，无动不舞"。③老舍抗战时期除了直接的三部京剧，还有些戏剧大量地插入民歌和民谣。《归去来兮》这一话剧则在最后一幕中加入了歌曲的元素，且不单单只有对白。正对应了古典戏曲中曲和白两部分，只是侧重不同。

〔开幕：扬子江滨，码头在望。对面有山。江中舟船往来，帆移歌起。

船夫（不必登台，台上帆动，船夫在幕后合唱）哼哟，嗨哟，哼哟，嗨哟，摇船，摇船，向前，向前。

从早到晚，从暑到寒，天天，年年，年年，天天，江是我们的路，船是我们的家，

清凉的风儿吹送着我们的帆。

哼哟，嗨哟，哼哟，嗨哟，向前，向前，摇船，摇船。

顺水逆水，大滩小滩，向西，向东，向北，向南。

热汗滴在江里，

货物送到江边，

明月儿东升，落下我们的帆。

……④

---

① 王国维：《王国维戏曲论文集》，中国戏剧出版社 1984 年版，第 163 页。
② 王国维：《王国维戏曲论文集》，中国戏剧出版社 1984 年版，第 14 页。
③ 齐如山：《齐如山回忆录》，中国戏剧出版社 1998 年版，第 6 页。
④ 老舍：《归去来兮》，载《老舍全集》第 9 卷，人民文学出版社 2008 年版，第 433 页。

《归去来兮》这一话剧就是在最后一幕中加入了船歌号子的元素。顺水行船时，船工扳桡无须费力，动作较慢人较轻松，就唱音调悠扬的"莫约号子""桡号子""二流摇橹号子""龙船号子"等，这一类号子节奏不快，在船工过滩、礁的紧张劳动后，唱起来是一种放松和调剂。比如乔仁山母亲追着儿子，最后看到他上船后，再也走不动，坐在江边休息，这时候船歌又起：

> 江是我们的田，
> 船是我们的家。
> 把准了舵呀顺水而下，
> 波涛滚滚流到三峡，
> 两岸青山啊开满了花，
> 云在山峰上绕，
> 舞在江边上流，
> 拉紧了纤呀逆水行舟，
> 热汗淋漓来到忠州，
> 灯火儿如星啊在山头。①

这支短歌非常有特色，包含了两类最突出的号子：一是顺水行舟时，情绪舒缓，歌声悦耳抒情；二是逆水行舟时，雄壮激越。刚开始乔仁山顺利上船时音乐轻快，但他真有心思欣赏这美景吗？显然不是。1938年老舍经历武汉大轰炸后，随文协从武汉迁往重庆时曾记录一段他面对壮阔长江的心情：

> 没心去看江景。那夹岸的青山，云中的塔影，蒲上的流烟，多美好的江山哪，……除了把强盗们都赶出去，谁有心思去讴赞江上的清风与山间的明月呢！那些鸦片烟鬼们终日倒在床上，那些能坐着的壮士，终日围坐着麻雀桌旁，他们也无心观看美景。他们不理

---

① 老舍：《归去来兮》，载《老舍全集》第9卷，人民文学出版社2008年版，第506页。

会中国的伟大，所以也就不替中国着急。无限的青山，滚滚的长江，你们的位置在没有诗，没有热情的地方；等着听炮声吧①。

老舍在船上的这段思绪可谓是乔仁山思想的注脚，乔仁山一心想上前线抗战，而他的父亲却一门心思放在发国乱财上面，根本不关心民族存亡。就在乔仁山听着这舒缓船歌时，他父亲就追来，要组织他上前线，这时戏剧音乐马上又转向激烈，戏剧冲突随即上升，整个戏剧的情绪随着音乐节奏缓急而变幻，确实颇费心思。

最后，乔仁山他们终于顺利地坐船奔赴抗战前线了，尾声的船歌则激烈雄壮，反复地咏叹：

> 抗战，摇船，摇船，抗战。
> 同舟共济，齐心向前。
> 前方流血，后方流汗。
> 摇船，抗战，抗战，摇船。
> 说什么风波，说什么危险！
> 掌稳了舵，
> 扯好了帆，
> 同心同德，
> 不惜血汗，
> 渡过了险滩，
> 花明柳暗，
> 尽是浩浩的平川！
> 抗战，摇船，摇船，抗战，弟兄们，齐心向前！②

这段是典型的川江号子，它体现了自古以来长江各流域劳动人民面对险恶的自然环境时不屈不挠的抗争精神，这是长江之歌，也是中华民

---

① 老舍：《船上——自汉口到宜昌》，《宇宙风》1938 年 10 月 16 日第 77 期。
② 老舍：《归去来兮》，载《老舍全集》第 9 卷，人民文学出版社 2008 年版，第 511 页。

族的精神之歌。在船歌声外，岸边还留李颜一个人在倾听，在呼喊，仿佛是在与这船歌相呼应。老舍在《归去来兮》中说："我写出了一位可爱的老画家，和代替《罕默列特》里的鬼魂的疯妇人，我很喜欢。老画师的可爱是在其本人，疯妇的可爱是因她在此剧中的作用。"① 老舍说像老画家吕千秋这样的人物在他的小说里面已有过，包括以后的《鼓书艺人》等都有吕千秋这个画师的影子。至于这个疯妇的人物形象，"还是第一次运用，在我的小说和剧本中都没有用过。她是个活人，而说着作者所要说的话，并且很自然，因为她有神经病"②。由此可见老舍是非常欣赏疯妇这个人物设定的。我们可以看最后一幕，其他人都走了，唯疯妇独立江畔，目送乔仁山他们在船歌声中远去：

  李颜 我不回家！我要在这儿坐着，日夜给仁山祷告：身体好好的，多杀几个日本鬼子！多久我看见了他回来了，得胜回来了，我就跪在江边迎接他，捧一把江里的清水，洗出他脚上的尘土；用野花编成一个花圈儿，戴在他的头上！然后，我拉着他，绕遍全城，到家门口，我要放十万头爆竹，才许他进到屋里去！（拍手）多么好呵！多么好！③

疯妇虽然经常哭嚎，哭其丈夫死得悲壮，但哭声悠长，颇有曲调的音乐性，像西南的歌谣；她也经常大笑，长歌当哭，嬉笑怒骂，笑看乔绅等人不为儿子报仇，只是追逐钱财。她这个人物喜怒无常，出入自由，对于一个充满音乐性缺乏激烈舞台冲突的戏剧，李颜这个疯妇起到了连接戏剧结构的作用。老舍后来将这一人物作为结构叙事要素也经常运用，比如《龙须沟》中的"程疯子"就是对这一角色运用的延续。不过，在《大地龙蛇》中，疯妇或哭或歌，穿插于其他人的对话之中，构成一种互文，她或大笑或低唱，又与剧中多首短歌形成一种多声部的和声响应。

---

① 老舍：《闲话我的七个话剧》，《抗战文艺》1942年11月15日第八卷第一、二期合刊。
② 老舍：《闲话我的七个话剧》，《抗战文艺》1942年11月15日第八卷第一、二期合刊。
③ 老舍：《归去来兮》，载《老舍全集》第9卷，人民文学出版社2008年版，第509页。

老舍在《大地龙蛇》与《归去来兮》等戏剧中的大胆尝试使得戏剧充满音乐性和舞蹈性，也无疑大大拓展了话剧舞台艺术表现的空间。如果说老舍"图卷式"戏剧扩大了文本的容量，充实了内容，那交响乐式的舞台节奏则大大增强了戏剧的艺术性和灵活性。这种曲式节奏使得老舍戏剧的众多人物不是僵死不动的，而是在舞台上展览的，甚至是穿越时空跳跃的，充满着生命的律动。老舍曾说过，戏剧最大的魅力是活的人在现场来感动观众，而这也是戏剧的难处之所在，这种舞台的现场感给戏剧创作带来极大的限制。西方戏剧从古代祭酒神仪式中诞生之日起，就不断经历着艺术上的探索和改变，希图摆脱舞台的限制和制约。老舍则融汇中西曲艺，在抗战戏剧的创作中不断试验，借鉴小说、曲艺、舞蹈，并将这些艺术形式有机结合，增加了其创作形式，突破舞台的限制，大大扩充了戏剧表现的容量，丰富了戏剧的舞台表演方式。老舍对戏剧与其他艺术、文学文体的交叉运用的实验，尝试了充满音乐性的"图卷式"戏剧。老舍的这种戏剧艺术尝试，作为一种跨文本创作，在抗战时期无法上演，也并不被人所重视，但仍拓宽了无数戏剧作家和表演、导演艺术家的视野，其实也代表了戏剧艺术的发展方向。老舍的"图卷式"戏剧在抗战戏剧中还不是特别成熟，但在经过他长期的实验和探索之后，也必将形成"老舍式"戏剧，成为立于世界戏剧之林的光彩夺目的一朵艺术奇葩。

结　语

　　老舍抗战戏剧是时代性、人民性和艺术实验性的高度统一体。老舍从一个留洋回国独立的精英作家转向为时代和人民服务的艺术家，抗战是一个重要的时代契机。老舍在转向抗战戏剧创作的时候虽然有一些对为宣传而创作的不适应，但老舍从根本上是一个"国家至上"的民族作家，因此他始终能和人民同呼吸、共命运。老舍这种人民性立场，使得他在中华人民共和国成立后获得"人民艺术家"的称号，也使他必然走在时代和政治的主潮之前。

　　老舍能走在时代前列也不是自然而然的，其中有他的不断追求和探索。老舍原本是一个象牙塔内的自由主义作家，有自己独立不倚的处世原则，他抗战加入"文协"时就感叹"在动摇的时代，维持住文艺的生命，到十几年，是不大容易的。思想是多么容易落伍，情感是多么容易拒新恋旧。"① 为抗战救亡，他抛家弃子追随革命脚步，他遵从"国家至上"的原则，不站队、不选边，不得不与各类人群和政治团体打交道，又要保持一定距离，最终仍不能避免受困于现实政治语境。

　　老舍抗战戏剧一直在寻找政治、宣传与艺术的平衡。抗战前已成为小说名家的老舍，抗战时期自觉放弃"灵的文学"。老舍说："从作家的生活上看，文艺是最自由的东西……这个变动，就是文人须把个人的私生活抛去，而建立起一种团体的，以国家社会为家庭的公生活。"②

---

①　老舍：《入会誓词》，汉口《大公报》1938年3月27日"全国文艺界抗敌协会成立大会特刊"。

②　老舍：《略谈抗战文艺》，《抗战四年》1941年8月13日军事委员会政治部编印出版。

老舍毅然投身抗战宣传，通俗文艺创作，以及抗战戏剧的创作实践中，产生了文学的、政治的、宣传的多重煎熬的"苦痛"。正是因为老舍抗战时期经过这种痛苦的煎熬和历练，他才能在中华人民共和国成立后紧跟时代政治，其戏剧创作才能服务于时代的"主旋律"。中华人民共和国成立后老舍也始终以人民性的立场来指导文艺的宣传。老舍强调"政治概念不能和真实生活分割开。政府的政策是根据人民真正的需要而制定的。如果作家们在他们的作品中简单地片面地强调政治，而看不到根据真实生活的经验写作的重要性，作品自然会受到损害：充满千篇一律的概念和干巴巴的共识"。① 老舍说："一部文学作品肯定是政治宣传的一件武器。但应该具有影响力和吸引力的。文学要遵从其自身的规律。没人肯读那种说是文学，其实满是政治词句的作品。"② 中华人民共和国成立之后，老舍虽然以"赶任务"的方式投入宣传写作，很多戏剧作品也还不是特别成熟，但绝对不是那种口号式的纯粹宣传品。老舍其实也是在不断探索艺术和变动生活之间的关系，在不断地进行着实验，创作了《一家代表》《春华秋实》《青年突击队》《西望长安》《红大院》《女店员》《全家福》《神拳》《荷珠配》《宝船》等众多各具特色的话剧。

老舍抗战戏剧充满实验性，这种实验精神促使他中华人民共和国成立后也不放松艺术探索和进步。老舍在英国写小说时接受西方文学影响，回国进行戏剧创作之时也遇到文艺如何深入民间，民间形式如何创新的痛苦。老舍尝试将小说与戏剧打通，对中西艺术的交融作了大胆试验。老舍在抗战戏剧中融合传统民间艺术和西方舞台艺术的大胆尝试对戏剧创作是一种革新和突破，这也为中国戏剧艺术创作留下了宝贵的经验。老舍从根本上并没将传统和西方绝对对立，他文艺创作的根本是为人民大众服务，为抗战服务。他早期进行了大量自发的艺术活动，在当时"文艺下乡""文艺入伍"口号的感召下，决定以枪为笔投入抗战前线，创作了大量鼓词、太平歌词、相声等传统曲艺。老舍最后将这些接

---

① 老舍：《自由和作家》，《中国人民》（英文版）1957年1月16日第1期。
② 老舍：《自由和作家》，《中国人民》（英文版）1957年1月16日第1期。

近人民大众的艺术形式融入自己的戏剧创作，从而实现了其戏剧的现代转化。老舍也一直致力于传统曲艺和现代的转换，创作了曲剧《柳树井》，京剧《青霞丹雪》，昆曲《十五贯》、歌剧《青蛙骑士》等佳作。严格地说，中国现代话剧源于西方，但它面对的观众却是中国人，它也必须面对传统。老舍深刻认识到传统曲艺的丰富性和价值，认为只有二者融合才能适合观众口味，实现戏剧的民族性和现代性发展。老舍正是在继承传统的基础上，从思想内容，艺术形式入手进行适应时代变迁的改造，对传统加以提高和发扬。

总之，无论在抗战时期，还是在中华人民共和国成立后老舍都怀着高度的爱国主义精神，一切以服务于时代，服务人民需求，并促进人民的教育和理性思考为出发点来创作戏剧；老舍不断调试时代、政治宣传和艺术之间的关系，在对中西、新旧多种的融合中不断地进行试验与超越，最终创作出《龙须沟》《茶馆》这样的优秀之作，形成"老舍式"戏剧，成就了"中国话剧的经典""东方戏剧舞台上的奇迹"。

参考文献

一 专著类

［法］保尔·巴迪：《小说家老舍》，吴永平编译，长江文艺出版社2005年版。

陈震文、石兴泽：《老舍创作论》，辽宁大学出版社1990年版。

成梅：《老舍小说创作比较研究》，山西人民出版社2000年版。

崔燕：《老舍的文学语言风格与发展》，复旦大学出版社2015年版。

崔恩卿、高玉琨：《走进老舍·老舍研究文集》，京华出版社2000年版。

崔明芬：《老舍·文化之桥》，中华书局2005年版。

董健、胡星亮：《中国当代戏剧史稿》，中国戏剧出版社2008年版。

傅光明：《口述历史下的老舍之死》，山东画报出版社2007年版。

傅光明：《老舍与中国现代知识分子的命运》，复旦大学出版社2011年版。

傅光明：《老舍之死访谈实录》，中国广播电视出版社1999年版。

甘海岚：《老舍表》，书目文献出版社1989年版。

甘海岚：《老舍与北京文化》，中国妇女出版社1993年版。

关纪新：《老舍评传》，重庆出版社1998年版。

郝长海、吴怀斌：《老舍谱》，黄山书社1988年版。

洪子诚：《中国当代文学史》，北京大学出版社2007年版。

胡星亮：《现代戏剧与现代性》，人民文学出版社2007年版。

黄永林：《20世纪中国大众文学的现代转型及其品格》，华中师范大学出版社2013年版。

贾志刚：《戏剧理论与批评》，中国文联出版社2015年版。

克莹、洪志煌：《老舍话剧的艺术世界》，学苑出版社1993年版。

克莹、李颖：《老舍的话剧艺术》，文化艺术出版社1982年版。

老舍：《老舍》，人民出版社1986年版。

老舍：《老舍的生活与创作自述》，人民文学出版社1982年版。

老舍：《老舍论创作》，上海文艺出版社1980年版。

老舍：《老舍全集》，人民文学出版社2008年版。

老舍：《老舍书信集》，百花文艺出版社1992年版。

李杨：《50—70年代文学经典再解读》，山东教育出版社2003年版。

李杨：《中国当代文学思潮史》，上海科学出版社2005年版。

林庚：《中国文学史》，清华大学出版社2009年版。

刘海龙：《大众传播理论·范式与流派》，中国人民大学出版社2008年版。

［美］马斯洛：《动机与人格》，华夏出版社1987年版。

马威：《戏剧语言》，上海文艺出版社1985年版。

［法］米歇尔·德·塞托：《日常生活实践》，南京大学出版社2009年版。

［法］米歇尔·福柯：《自由与规训》，生活·读书·新知三联书店1999年版。

牛运清：《中国当代文学精神》，山东教育出版社2003年版。

［美］欧文·戈夫曼：《日常生活中的自我呈现》，北京大学出版社2008年版。

钱理群：《中国现代文学三十》，北京大学出版社1998年版。

［美］乔治·贝克：《戏剧技巧》，余上沅译，中国戏剧出版社1985年版。

冉忆桥、李振潼：《老舍剧作研究》，华东师范大学出版社1988年版。

施旭升：《戏剧艺术原理》，中国传媒大学出版社2006年版。

石兴泽：《老舍文学思想的生成与发展》，山东文艺出版社1993年版。

石兴泽：《老舍与20世纪中国文学和文化》，人民文学出版社2005年版。

舒济：《老舍和朋友们》，生活·读书·新知三联书店1991年版。

舒乙：《老舍正传》，江苏文艺出版社2010年版。

宋永毅：《老舍与中国文化观念》，学林出版社1988年版。

［美］苏珊·朗格：《艺术问题》，中国社会科学出版社1983年版。

唐小兵：《再解读·大众文艺与意识形态》，北京大学出版社2007年版。

田本相：《中国话剧艺术通论》，山西教育出版社2008年版。

田本相、焦尚志：《中国话剧史研究概述》，天津古籍出版社1995年版。

王本朝：《老舍研究》，重庆大学出版社2013年版。

王庆生、王又平：《中国当代文学（上卷）》，华中师范大学出版社2011年版。

王行之：《老舍论剧》，中国戏剧出版社1981年版。

［英］威廉·阿契尔：《剧作法》，吴钧燮、聂文杞译，中国戏剧出版社2004年版。

吴戈：《戏剧本质新论》，云南大学出版社2001年版。

吴小美、古世仓：《老舍与中国革命》，民族出版社2005年版。

吴小美、魏韶华、古世仓：《老舍与中国新文化建设》，民族出版社2006年版。

吴秀明：《简明读本·中国当代文学史写真》，浙江大学出版社2003年版。

徐德明：《老舍自述》，湖北人民出版社1981年版。

徐复观：《中国艺术精神》，广西师范大学出版社2008年版。

徐海波：《意识形态与大众文化》，人民出版社2009年版。

叶长海：《戏剧学》，文化艺术出版社2014年版。

余秋雨：《世界戏剧学》，长江文艺出版社2013年版。

曾广灿、吴怀斌：《老舍研究资料》（上、下），知识产权出版社2010年版。

张帆：《话说北京人艺》，百花文艺出版社2004年版。

张桂兴：《老舍资料考释（修订本）》，中国国际广播出版社2000年版。

周安华：《戏剧艺术通论》，南京大学出版社2005年版。

周晓风：《新中国文艺政策的文化阐释》，中国社会科学出版社2008年版。

二 期刊论文

阿庚：《老舍与他的戏剧创作》，《文史精华》1998年第8期。

蔡志飞：《论老舍话剧艺术上的创新》，《四川师范大学学报》（社会科学版）1994年第4期。

陈红旗：《老舍与左翼文学（1926—1937）》，《民族文学研究》2010年第2期。

陈军：《论老舍"小说戏剧体"的成型》，《戏剧艺术》2006年第6期。

邓绍基：《老舍近十来的话剧创作》，《文学评论》1959年第5期。

丁金诺：《老舍小说中的城市书写研究》，博士学位论文，东北师范大学，2019年。

董雯雯：《老舍戏剧理论研究》，硕士学位论文，河北大学，2014年。

傅光明：《抗战中的老舍"士"的精神与"国家至上"》，《西南民族大学学报》（人文社会科学版）2008年第4期。

关纪新：《老舍抗战观扼要》，《中国文化研究》2015年第12期。

关纪新：《老舍研究个案与中华多民族文学史观》，《福建论坛》（人文社会科学版）2009年第2期。

洪忠煌：《老舍话剧的美学特征》，《天津社会科学》1985年第6期。

洪忠煌：《老舍话剧的幽默艺术》，《社会科学》1991年第8期。

洪忠煌：《老舍戏剧创作失误初探》，《烟台大学学报》（哲学社会科学版）1989年第4期。

胡杨：《论抗战时期老舍话剧创作的小说化》，硕士学位论文，重庆师范大学，2014年。

姬立强：《老舍抗战戏剧新论》，硕士学位论文，山东师范大学，2004年。

金吉开：《政治热情下的艺术探寻——论老舍抗战话剧》，《重庆交通大学学报》（社会科学版）2019年第6期。

孔焕周：《论老舍抗战时期的话剧创作》，《文艺理论与批评》2004年第5期。

孔庆东：《老舍的大众文化意义》，《南方文坛》2002年第4期。

孔艳侠：《老舍文学转型及成因探析》，《东岳论丛》2012年第9期。

李卉：《老舍在重庆时期的抗战戏剧》，《四川戏剧》2011年第1期。

李平章：《老舍的抗战剧作值得重视》，《重庆师范学院学报》1982年第10期。

李媛:《老舍抗战话剧论》,硕士学位论文,重庆师范大学,2007年。

李兆忠:《作家老舍的诞生》,《文学评论》2008年第4期。

陆生发:《从老舍的抗战戏剧创作看他的戏剧观》,《戏剧文学》2017年第11期。

马风:《论老舍剧作的审美理想》,《文艺理论与批评》1990年第4期。

马云:《论老舍话剧创作与舞台视野》,《文艺研究》2006年第11期。

梅琳、王本朝:《老舍〈残雾〉的创作,演出与论争》,《贵州社会科学》2016年第2期。

梅启波:《老舍抗战戏剧刍议》,《河南师范大学学报》2016年第5期。

梅启波:《老舍抗战戏剧的人民性》,《文艺理论与批评》2015年第6期。

孟广来:《老舍的话剧艺术》,《文史哲》1984年第4期。

孟广来:《老舍的话剧语言艺术》,《齐鲁艺苑》1982年第1期。

孟姣:《论老舍抗战话剧中的"女性出走"模式》,《戏剧之家》2016年第6期。

彭丽华:《老舍通俗文艺理论与创作的研究》,硕士学位论文,厦门大学,2008年。

彭玉斌、潘忠惠:《错位中的夹生——对老舍抗战话剧创作中矛盾心态的还原分析》,《重庆师范大学学报》(哲学社会科学版)2005年第6期。

[日]杉本达夫:《有声的呐喊和无声的呐喊》,《中国现代文学研究丛刊》1993年第2期。

沈后庆:《从老舍的抗战戏剧创作看他的入世情怀》,《大舞台》2019年第4期。

石兴泽:《试论老舍的〈残雾〉及其意义》,《包头师专学报》1987年第4期。

述之:《老舍先生对戏剧的贡献》,《中国戏剧》1993年第3期。

汤晨光:《老舍与革命和政治》,《中国现代文学研究丛刊》1996年第1期。

万平近:《老舍与抗日话剧运动》,《福建论坛》(人文社会科学版)1985年第4期。

汪开寿：《老舍话剧的文化学研究》，《文史哲》2001年第1期。
汪开寿：《论老舍抗战话剧的文化内涵》，《安徽教育学院学报》2000年第1期。
王辰竹：《论老舍抗战剧与民族精神》，硕士学位论文，青岛大学，2016年。
王家平、杨秀明：《抗战时空里的谣言与身体》，《中国现代文学研究丛刊》2014年第1期。
吴小美：《悲剧美·老舍精神与艺术之魂》，《中国现代文学研究丛刊》2012年第11期。
吴小美：《对近十年老舍研究的反思》，《北京社会科学》2003年第3期。
吴效刚：《老舍的自由心态与其小说的人本思想》，《江苏社会科学》2009年第4期。
谢昭新：《老舍的京剧创作》，《安徽师范大学学报》2019年第3期。
谢昭新：《论老舍的"和谐"文化观》，《民族文学研究》2009年第2期。
兴茂：《老舍戏剧"对话技巧"的奥秘言艺术》，《满族研究》1994年第4期。
徐亦成：《热情的迷失·老舍从小说到戏剧》，《粤海风》2010年第9期。
徐仲佳：《论老舍在新中国文学场的占位》，《中国现代文学研究丛刊》2015年第9期。
杨国祥：《浅论老舍解放后剧作的"树人"艺术》，《镇江师专学报》（社会科学版）1985年第1期。
杨丽霞：《"士"与"卒"之间——论抗战中的老舍》，博士学位论文，河北大学，2019年。
叶立文：《文化与政治的双重批判——老舍话剧创作的批判精神》，《戏剧之家》1997年第3期。
翟瑞清：《抗战背景下老舍的民族焦虑与文学担当》，《山东社会科学》2014年第9期。
张霓：《建国后老舍的多重身份"表演"与话剧实践》，硕士学位论文，河北师范大学，2018年。
章罗生：《老舍文艺思想漫谈》，《湘潭大学学报》（社会科学版）1993年第3期。

章罗生：《老舍在 20 世纪话剧文学史上的地位及其对中国戏剧现代化的贡献》，《民族文学研究》2005 年第 1 期。

赵福生：《老舍小说戏剧创作贯通论》，《河南大学学报》（哲学社会科学版）1988 年第 5 期。

赵园：《老舍——北京市民社会的表现者与批判者》，《文学评论》1982 年第 2 期。

郑雪君：《老舍戏剧"变"与"不变"探因》，硕士学位论文，山东师范大学，2018 年。

之林：《老舍抗战剧作论略》，《广西师院学报》1993 年第 2 期。